柳萌自选集

散文卷

年光岁影

作家出版社

图书在版编目（CIP）数据

年光岁影/柳萌著. －北京：作家出版社，2010.12（2012.5重印）

（柳萌自选集）

ISBN 978－7－5063－5537－7

Ⅰ.①年… Ⅱ.①柳… Ⅲ.①散文－作品集－中国－当代 Ⅳ.①I267

中国版本图书馆CIP数据核字（2010）第177015号

年光岁影

作者：柳　萌

责任编辑：李亚梓

装帧设计：曹全弘

出版发行：作家出版社

社址：北京农展馆南里10号　　**邮码**：100125

电话传真：86－10－65930756（出版发行部）

86－10－65004079（总编室）

86－10－65015116（邮购部）

E－mail：**zuojia@zuojia.net.cn**

http://www.zuojia.net.cn

印刷：紫恒印装有限公司

成品尺寸：152×230

字数：453千

印张：28.25

版次：2010年12月第1版

印次：2012年5月第2次印刷

ISBN 978－7－5063－5537－7

总定价：90.00元（全三册）

作者近照

柳萌 天津市宁河县人。20世纪50年代起，从事文学编辑工作。曾在《乌兰察布日报》社、《工人日报》社、《新观察》杂志社、《中国作家》杂志社、作家出版社、中外文化出版公司、《小说选刊》杂志社供职。

出版的主要著作有散文随笔集：《生活，这样告诉我》、《心灵的星光》、《岁月忧欢》、《寻找失落的梦》、《消融的雪》、《穿裤子的云》、《当代散文作家精品文库——柳萌散文》、《散文名家精品文库——柳萌卷》、《珍藏向往》、《真情依旧》、《生命潮汐》、《春天的雨秋天晴》、《绿魂》、《变换的风景》、《无奈的告白》《夜梦与昼思》《悠着活——柳萌散文随笔选》、《时间的诉说》、《文坛亲历记》、《放飞心灵的风筝》《村夫野话录》等20余种。

在内蒙古集宁市（1977年）

生活里并非全是艰辛、困难，它同时也有欢乐、恬适，就如同我们经历的季节，冬天过后有春光，风雪停息又艳阳，人就是要在这样的境况里度过一生。

——柳萌

每个人的经历都是一本书，写得好写得坏，写得厚写得薄，写得精彩，写得平庸，全看你如何下笔，别人没有办法代替，因此下笔时一定要慎重。

——柳萌

一九八九年赋闲，六年后接办《小说选刊》（1995年）

性格决定命运（代序言）

国际写作营营址，在庐山别墅村。

邓友梅、束沛德二兄和我，是参加写作营作家中，中方作家最年长者。出于对年长者的关照，我们这三位七旬老人，分别居住三处别墅套间。友梅兄住的是一栋新别墅的套间，陈设和生活设施，自然更有现代气息。我和沛德兄住176号别墅，两个单独的别墅套间，门对着门，窗邻着窗，如同这栋别墅的两只手臂，直愣愣地从别墅两旁伸出来，不知是欢迎客人的表示，还是拒绝来访者的姿势，大概只有别墅设计者知道，留给后来人的只是猜测和联想。由于建筑年代久远，面积和设施都很一般，不过住着还算舒适。

好像是来到庐山次日，吃早餐的时候，作家郭雪波先生问我："柳老师，昨天晚上，徐坤我们去你房间，几个人又敲门又喊叫，把瑞典老太太（参加写作营的瑞典作家林西莉女士）都吵火了，你怎么就未听到啊?"我问了问他们来的时间，那时我正在洗澡未能听见，对于这几位年轻文友的造访未遇，我自然表示歉意和遗憾。雪波随后又跟我说："你知道你那间房，过去谁住过吗？彭德怀。《万言书》就是在那儿写的呀。"噢，真未想到，这605号房间，还有这么一段经历。其后包括外国作家在内，许多人都对这间房，发生了浓厚的兴趣，有的来参观，有的来拍照，我就成了房间主人，热情地接待来访者。

知道了这是个有故事的房间，这次有幸暂住这里，我的心情和思绪，比之别人更为复杂更为不安。有天夜里似睡非睡，冥冥中听到有声音，噼噼啪啪响个不停，我定了定神坐起来，拉开窗帘往外一看，外边小雨飘飘洒洒，却丝毫没有什么声响。再仔细地听一听，原来是密集雨滴，敲落在铁皮屋顶，发出噼噼啪啪的声响。这声音让我联想起，战场的机枪声，会议的发言声，瘾者的絮叨声，睡眠的梦话声，还有受冤屈人的申诉声。这时再也睡不着觉了。我想到作为一代英雄的彭德怀的人生，我想到作为一个凡人的自己的人生。最后，我只能说，如何解释我们的人生呢？如果让我概括的话，只有两个字：命运。

我知道我的经历，跟大人物的经历，实在没有可比性。不过无论是谁，命运都是一样。当年彭老总为民上书，被打成小集团的首脑，这是由于偶然事件，给他造成的命运悲剧。当年我们在政治运动中，说了真话被划成“右派”，这是由于偶然事件，给我们造成命运悲剧。身份不同情况不同，从个人命运来说，好像没有太大区别，反正都是政治冤案受害者。两者不同的是，我们这些普通人，遭受的苦难更多。

想想这位彭老总的沉浮人生，再想想作为草芥之民自己的人生，我们过去所经受的那些苦难和屈辱，就没有什么想不通的了。联系到自己的经历，当时毕竟还算年轻，政治身份恢复正常后，总算赶上比较安定的年代，后半生尚能做点自己的事情。不然不会有我后来的写作，更不会有这套书中的文章，这就是说，人不会永远倒霉。人生实在不好预测。一个好的偶然机遇，或许把你抬得很高；一个坏的偶然事件，或许把你踩在地上，这就是通常说的命运。不知别人信不信，反正我信。

那么，命运又是如何造成的呢？早年我未认真地想过，好像从来也不想去想，总觉得那是客观存在。直到老到论天过活的现在，回想走过的七十多年人生路，跟同时期的同龄人相比，这才悟出，自己命运的起伏跌宕，原来都是性格捣的鬼。就是日本人芥川龙之介说的：“命运非偶然，而是必然，它就藏在你的性格中。”

我的命运完全印证了这句话。我的性格比较散淡、固执、直率、抗上、不愿受人摆布，在一个有约束的社会里，必然要受大罪吃大亏经受磨难。按照世人追求的所谓“进步”，应该说，从年轻最早的时期，到中年重新起步时，我都有极好的“进步”机会，闹好了完全有可能谋求一官半职。比如说，在部队时我在兵团级直属机关任职；又比如说，转业以后我在国家中央机关当职员；再比如说，“右派”问题改正后我在国家某部政策研究室工作，换个想当官性格又温顺的人，这都是求之不得的“进步”境遇。可是，我却觉得根本不适合自己的志趣，于是千方百计地想办法脱离，非要往文人扎堆的文学单位跑，这一干就是大半辈子的时光。

同样是性格的驱使和左右，在文人堆里也没有吃到“好果子”，这不是命运的注定又是什么？有位比我年轻十多岁的作家朋友，后来成为副部级的干部，有次曾坦率地对我说：“你不必溜须拍马去钻营，哪怕你什么话都不说，几十年下来，你都比现在混得要好。”我听后只是淡然一笑，既表示认同他的看法，又显示我活得也不错，假如他非要我回答的话，我想说："什么人什么命嘛。"我的命就是老天给了我一支笔，让我在可以利用的业余时间里，写下了我想说的一些话，不然就不会有这套书。这就是命运对我的回报。足矣。

我这套书的出版也是命运使然。我的年龄告诉我，留给我的时间不多了；最近的一次身体检查，癌症又将缩短我的生命。我只能坦然面对命运的摆布。好友、文学评论家陈德宏兄，有次像往常一样来电话问候，跟他说起我近日患病的情况，他建议我把自己写的东西，出套文集作个阶段性总结，这样，我才产生出版这套《柳萌自选集》的念头，不然，我绝对想不到做这件事。

我的职业就是个报刊编辑，文学写作不过是业余而为，把这些短小文字汇集出版，无非是给自己一个安慰。自打喜欢上文学那刻起，苦难的种子就植在了我身上，先是以"不安心工作"为由遭整治，次是在"反胡风运动"中受审查，最后在"反右派"运动中成贱民，前半生几乎没有安宁过一天，原因都跟爱好文学有一定关系。想到前半生的坎坷经历，想到后半生的平静生活，想到文学给我的快乐与烦忧，给自己的命运留下点浅浅印迹，我觉得还算说得过去。这就是在这炎热的暑天，利用跑医院治病的间隙，不顾劳累整理书稿，唯一可以说得通的理由。

在写作营结束前一天晚上，来自克罗地亚的青年作家马瑞科·可塞克先生，在加拿大华人小说家张翎女士陪同下，参观完有故事的605号房舍，由张翎女士做翻译我们一起聊天儿，除了文学也谈到了命运——彭德怀的命运，普通人的命运，都成了我们关注的话题。看来命运对所有人来说，都有普遍的兴趣和意义。这正是人们对于605号别墅房舍，比对别的豪华别墅更想探望的原因。这就启发我以命运为话题，写了这套丛书的自序，目的是想告诉读者，我书中有太多的文字，都是关于普通人命运的，说不定会对诸位有所裨益。

诚挚感谢何建明先生，成全我出版这套书的愿望。

作家出版社的老同事曹全弘先生、初克堡先生、罗静文女士、祁斌女士，责任编辑李亚梓女士，都为这套书的出版付出辛劳，我在此表示由衷的谢意。

2010年7月26日伏天

目　录

第一辑　心苑芳草

母亲的肩膀

都怨我是那么粗心，母亲健在的时候，竟然没有注意到，她的肩膀她的脊梁。在她逝世后许多年，有次整理生活相册，看到母亲唯一的照片，我忽然惊奇地发现，母亲的肩膀孱弱却很宽厚，母亲的脊梁弯曲却很坚韧，难怪她健在时我觉得活得踏实。只有在这时我仿佛才真正认识母亲。只可惜时间已经太晚太晚了。

此刻凝望着母亲相片，跨越漫长的时间隧道，我的思绪在悠悠飘荡。

我很小就离开家乡，天南地北在外疯闯，那时只在逢年过节时，偶尔才会想起家想起父母。由于年轻渴望自由自在，乍一脱开父母的羽翼，真有雏鸟展翅的感觉，别提心里多么高兴了。在嬉闹中度日，在无忧中生活，一晃就是十多年，不知不觉我已长大。有一年搞“反胡风运动”，我被莫名其妙地整了一通，思想不通心情无比郁闷，半夜孤零零地独自乱想，两行泪水从眼角潸潸流下，这时蓦然想起小的时候，无论在哪里受到委屈流泪，总会有一双温存的手擦拭，一边擦还一边轻声劝慰。可是现在母亲不在身边，有谁会来抚慰我呢？没有。再大的委屈再多的苦恼，都得自己咬紧牙关忍受，这时才意识到母亲对于我是多么重要。

时光仅仅过了两年，“反右派”运动又找上我，而且这次成了灭顶之灾，戴上一顶“右派分子”帽子，被毫不留情地赶出北京。在北大荒劳改，在内蒙古流放，完全处于贱民身份。这时母亲承受的压力，可以说比我还要大得多，因为，她不相信儿子是坏人，她不了解儿子的处境，她只能凭单纯想象猜测，儿子和儿子的生活如何？无尽的思念和无着的惦记，这时就像两根重磅铁锤，日夜不停敲击母亲胸膛，那撕心裂肺的疼痛，只有母亲自己知道啊。而母亲只是一个普通的妇女，丈夫和子女就是她的整个天空，如今天的一角在她心里塌陷了，请想想看吧，她那并不坚硬的肩膀能够承受得住吗？

摘掉“右派”帽子，有一年回家探亲，母亲悄悄地端详我，好久好久没有说话，只是不住地抹泪，最后终于说了：“这才几年哪，怎么，人都走了样儿啦？”大概是我此时的模样，比母亲想象的还要糟，她觉得有些出乎意料。是啊，这时正是全民挨饿的年代，正常人都吃不饱，何况被“专政”的贱民。可怜我的母亲，她用正常思维来想，眼前的儿子哪能不走样儿？就凭这句普通的话，我完全能够想象得出，此时母亲心中的滋味儿，会是多么艰涩痛楚和凄凉。对“右派”儿子的思念和惦记，日复日月复月，在她的心中整整折腾了二十二年。不正常的日子终于有了尽头，这时的母亲应该欢笑了吧？而这时母亲已经老了糊涂了，欢乐和忧伤对于她都属于过去，她只能生活在无感觉的现在。在我有了真正意义上的家以后，本想接她到北京过几天舒心日子，谁知母亲却永远地离开了我。这时我才忽然发现和意识到，就像当年我遭难受罪时，母亲心中的天塌陷一角一样，此时没有了抚慰我疼爱我的母亲，我心中的天则整个都消失了。您知道吗？母亲。

母亲一生养育了五个子女，大弟和妹妹结婚成家以后，父母身边还有两个小弟弟，母亲的生活自然还会有欢乐。好像老天有意为难母亲似的，就在我“右派”帽子摘掉没几年，母亲脸上刚刚露出的笑容，又被新的忧愁和思念的阴云，浓浓地遮盖在她越发苍老的脸上。在所谓“接受再教育”运动中，母亲一次送走两个小弟弟上山下乡，她的肩膀又扛起分离的重压。那是个不让人说话的年代，何况母亲是个普通的妇女，就是让说话她又会说什么呢？在两个小弟弟远走他乡的几年，母亲惦记和思念的心秤上，除了我又增加了两个沉沉砝码，从此那个过去爱唠叨的母亲渐渐沉默了，做事情也开始有点丢三落四。有年春节我和两个小弟弟回家探亲，我们要走的前一天晚上，只见母亲独自一人在灯下，小心地用菜刀切一整条肥皂。这是个吃用都要票证的年月，她把自己节省下来的肥皂，为在外地劳动的三个儿子分哪，切成三份儿她又仔细比量比量，生怕哪块切少了对哪个儿子不公。我无意间发现她的眼角湿润了，不时地用手背轻轻擦拭一下，这时的母亲，与其说是在为儿子们分肥皂，不如说是在为儿子们分她的心，似乎更贴切更符合母亲的心意。

经过多年的等待与盼望，母亲的愿望总算没有落空，若干年后两个小弟弟陆续回来了，可是这时的母亲更老了更糊涂了，多年的生活磨难和精神压抑，使她的神经早已经麻木，即使盼望的事情成为事实，她脸上却连个会心微笑都没有。她只是自己唠叨：“回来了，回来就好。”记得我发配回来的时候，她还知道端详我的模样，两个小弟弟回来她连端详都已不再，可能她的内心早就结成硬趼，对于哪怕喜悦仿佛都已经迟钝，足见她心灵受到的挤压多么大。多少年来她不会表达也不敢表达，她的微弱想法和她的轻薄愿望，连同苦闷都默默地压在心中。母亲的心哪，该负载多少艰难啊。其实她哪里知道她承受的所有艰难，不只是属于她个人和她子女的，更是属于那个无比荒唐的时代，如果她懂得这个道理说不定会好受些。可是她不懂。当然，也就比懂的人更加痛苦。唉，那时真难为了母亲。

母亲去世以后，我再未回过故乡，尽管故乡还有弟弟妹妹，但是没有了母亲也就没有了家，回去的意义就完全不同了。此刻，静静地悄悄地看着母亲相片，我就越发觉得我的母亲，她简直就是大地和山峰的化身。你看她的两个肩膀，宽厚得立刻让我联想到大地，竟然能够扛起那么多普通人的烦恼；你看她的那根脊梁，坚韧得立刻让我联想到山峰，竟然能够担起那么大时代的压力。她是一个普通的妇女，她是一个平凡的母亲。可是我要问我想问，就是那些被称为伟大的妇女，就是那些被誉为非凡的母亲，她们一生所经历所承受的艰难，跟我的母亲比比又有什么不同呢?!

母亲啊，请原谅儿子吧，在您逝世以后，今天看您的照片我才发现，您的肩膀是那么美丽，因为厚重才美丽；您的脊梁是那么美丽，因为坚韧才美丽，即使现在它也是儿子的慰藉。想想就感到心里踏实。好像您还在我的身边。是啊，大地不会消失吧，山峰不会移走吧，母亲，您就永远是儿子的大地和山峰。

1986年9月2日

腕上晨昏

平日很少去逛商场。偶尔上街办事，信步走进钟表店，那些五光十色的钟表，让我悦目，更让我动情，不禁想起关于手表的往事。苦涩的滋味儿，如同反刍的食物，重新咀嚼以后，实在难以咽下。

我这辈人年轻那会儿，可不像今天城里的年轻人，几乎人人戴着手表。我自己能赚钱许多年之后，伸出胳膊来还是光光的，要想干点儿有钟点的事情，要么同有表的人结伴同行，要么询问戴表的陌路人，总之时间掌握在别人那里。攒钱买块手表，在我当时的生活里，无形中成了最大的愿望。那么，我是什么时候戴上手表的呢?

具体时间实在记不得了。反正这么说吧，在三十岁结婚之前，我没有戴过手表。我那时每月几十元的工资，有三分之一寄回家孝敬父母，有三分之一用于吃饭穿衣，余下的三分之一用在购书看电影上了，再没有钱考虑干别的事情啦。何况那会儿的手表大都是进口货，价钱很贵，一般的工薪青年难以承受，只能像我这样想一想罢了。

有次跟一位年长的同事一起出差，在卧铺车上早晨起来洗漱，他怕手表丢了，摘下来让我给他照看，这是我平生头次摸表。可能是出于好奇和羡慕，我不时地把表贴在耳边倾听，那清脆的嘀嗒嘀嗒的走动声，在我听来简直像音乐一样美妙。这位同事从洗漱间回来，我把手表交给他时，顺便问了些有关手表的知识。他见我对手表这么感兴趣，就说：“你也买块表吧。当记者的，走南闯北，没表怎么行?”我想，他说的倒是对，总不能老麻烦别人哪，只是他不知道我的难处。不过他的话还是让我动了心，打那以后我就开始省吃俭用，硬从每月的工资里挤出十块八块存下，有了稿费更是当做额外收入不花，目的就是想买块手表戴。这也算是我那时的唯一物质追求。

俗话说，天有不测的风云。我要买手表的想法刚刚萌生，攒的钱也许刚够买条表带的，五七年突然来了一场政治上的“龙卷风”。我这二十出头的小青年，由于说了几句真话、实话、心里话，也被这场“龙卷风”卷了进去，然后戴上“右”字荆冠送北大荒劳改。攒钱买表的念头，成了死在胎中的美好愿望，我依然晃着光光的胳臂，不知所措地走向亘古荒原。从常人沦为“罪人”，这意味着失去自由，许多事情不是你想不想做，而是看人家让不让你做，乱说乱动就会“罪”上加“罪”。不过当“罪人”也有当“罪人”的好处，说句苦中找乐的话：省心。起床、睡觉、吃饭、劳动、学习，甚至于拉屎撒尿，都有人吹哨子掌握钟点儿。“罪人”的时间同“罪人”本身一样，被严格地管制起来了，自己有手表也是个摆设。后来在全民饥饿的年月，北大荒的“右派”饿得连路都走不动，有表的老“右”为了保住自己的命，干脆忍痛拿表换点可怜的吃食。我没有手表之类贵重的东西，自然也就换不来果腹之物，比这些人要多受些饥饿的折磨；但也会少些失掉爱物的痛惜，因为他们中有些人的手表，不是爱情的信物就是生日的纪念，如今为了填饱肚皮，不得不割爱换给别人。我猜不出他们此刻矛盾的心境，从那一张张无奈的脸上的苦痛表情，却也可看出他们的灵魂正在经受着拷打。

两年半北大荒囚徒生活结束以后，在告别这块充满原始形态的土地时，望着那红花绿草的原野，听着那婉转动听的鸟鸣，我一度沉郁了的心仿佛又有了生机，青年人富于幻想的纯真天性，此刻在我的生命里重新复苏。

在从牡丹江开往北京的列车上，我跟几位有家室的人一起闲聊，有位同我相处甚好的难友问我：“你这小光棍儿，摘了‘帽子’（右派）啦，回去最想干的事情是什么?”我几乎未假任何思索，脱口便说：“攒钱买手表。”他听后一下愣住了，脸上挂着无限疑惑，我猜想他满以为我会说找对象结婚，所以才对我的回答不解。是啊，一个二十啷当岁的年轻人，倘若不是遭逢这飞来的政治横祸，本该是成家立业的好时候，这会儿好容易解脱了囚徒生活，自然要把结婚作为首要大事。发现他的疑惑不解，我就说：“这些年不问早晚的日子过惯了，回去到机关上班，再不能这样了，我总得买块手表吧，没有表万一迟到，人家会怎么看呢?”他微笑着点了点头，似乎表示理解和赞同。我对自己的未来也充满着希望。

可是没过几天的时间，我的天真和诚实，再次被无情的事实愚弄，原来“右派”摘帽不过是个形式，在对待上没有丝毫的实质性改变。

在天津家里跟父母团聚了几天，我满怀喜悦的心情，比规定的时间提前到了北京，希望早日到原单位报到工作。谁知人事部门只给我换了个调动手续，又再次把我发配到内蒙古，而且是安排在一个工程队里当工人，终年在大漠荒原里埋电线杆子。得，这又是个无须自己掌握钟点的地方，上工下工，吃饭睡觉，都有领班的师傅吆喝。我要买表的想法再次打消，继续过起不问晨昏的日子。只是有时想起这件事情来，心里的滋味儿总是酸溜溜的：我的命也真够苦的，且不说买得起买不起表，竟连戴表的机会都没有，这老天爷待我实在刻薄。

还好，我跟妻子结婚一年以后，我总算戴上了手表，而且是正儿八经的“梅花”牌，这着实让我臭美了一些时候。

这年夏天，在内地教书的妻子，暑期到内蒙古来找我，享受我们婚后第一个探亲假。动身前她特意拍来电报让我接站，她乘坐的火车凌晨到达，夜里不便向别人问时间，我一下睡过了点儿，醒来匆匆赶到火车站，见妻子正坐在提包上焦急地张望。看到我来了，她面带愠色，说的头句话就是：“怎么这么晚才来？”待我说明了情况，她才知道，我这个穷丈夫，连块表都没有，害得她等了四五十分钟。幸亏这是夏天，这里的气候还算凉爽，要是在冬天，这塞北的寒风冷雪准得给她个下马威，该不定怎么抱怨我呢。后来妻子又买了块手表，就把她戴的“梅花”表让给我，这时我的腕上才不空荡，平生总算第一次戴上了表。倘若有谁问我这戴表的感觉，说实在的，我真无法说得清楚，喜悦和苦涩的滋味都有，唯独没有如愿以偿的满足感，因为这表毕竟不是我的。过去那些关于手表的往事，此刻又重现在我的眼前，这就更加使我心神不安。

就是有着这种来历的手表，在我的腕上停留不过一年，谁知又回到了它的真正主人的身边。留给我的只是失去自尊的记忆。即使今天想起来，脸还是火辣辣的，追悔当初不该那么轻率，只是为了一时的需要，便放弃了男子汉的尊严，实在不值得。

那是在次年的暑假，我陪妻子去北京她姥姥家。她那八十岁的姥爷，突然跟妻子说：“我给你的那块手表，还在吗？要是在，给我吧，我想戴。”妻子看了看我，然后跟老人家说：“还在，在家里。过些时再来北京，我给您带来。”回到家妻才告诉我，我戴的这块“梅花”表，就是她姥爷的，是她上大学时给她的。这会儿老人经常自己出去遛弯儿，没有表也实在不方便，考虑外孙女已工作几年，怎么也会买块新表的，就想把这块表要回去戴。多亏当时我未理解妻看我一眼的意思，要是知道我戴的这块表是她姥爷的，以我这种犟脾气，说不定马上摘下来，那该多么尴尬，岂不是大家都会不愉快，即使是这样，在把表还给妻子时，我仍有种受辱的感觉，在递表的一刹那，觉得脸上发烧，悔恨当初不该戴这块表。

有了这番经历以后，手表对于我不仅是掌握时间的需要，而且无形中成了荣辱的标志：我下决心要用自己的钱买块表。可是说起来容易，做起来并不那么简单：那时我同妻子两地分居，辛辛苦苦挣的一点钱，两人一探亲，七花八花就全用光了，买表的愿望很难真正实现。这样又过了许多年，我的胳臂还是光光的，外出办事照样向别人问时间，表依然是个吊我胃口的诱饵。

在城市里生活，毕竟不同于农村，没有表的确不方便。有年我从内蒙古回天津家里过春节，在北京换车，签了时间最近的车次，还要等待一段时间，想买些东西带回去。在商店里买了一些东西，满以为时间还富余，就大包小包地背着往车站晃悠。到了火车站一看大表，立刻愣了，距开车的时间还有十来分钟，检完票就匆匆赶上了火车，不小心把手提的糖果撒了，在我捡拾的时候，开车的铃声响了，我眼巴巴地望着火车渐渐远去。没辙，只好跟车站说好话，重新换签，乘下班车走。所幸的是那会儿旅客不多，要是像现在这样人挨人，那张通票八成签不上，我岂不是得另掏钱买票。这件事弄得我心里很别扭，这时对于表已不是什么一般的渴望了，而是有种极其强烈的占有欲，因为它太刺激我啦，无论如何我得有只手表。

我们国家这时候开始生产手表了，市场上随处可见的有“上海”牌、“东风”牌，款式性能都很不错，价钱更比进口表低很多。经过一番努力，终于从牙缝里省出一些钱，在回天津探亲时，买了一块“东风”牌手表，这时我已是个三十大几的人啦。说起来也真有意思，这块“东风”牌手表，还真体谅我可怜我，戴在腕上许多年未进过表店，今天还是走得那么欢实，只是时间不怎么准确了。它同我一样，老啦。

不管怎么说，我总算有了真正属于自己的手表。再不会听别人手表的声音取悦了，再不会戴在腕上担心别人要走了，我成了表的主人，我也成了时间的主人，这块表伴随我度过许多年。它提醒我的不只是时间的长短，它还告诉了我许多别的事情，跟时间一样准确无误，我一直在严格、诚实地信守着……

1989 年 6 月 2 日

缱绻乡情老少时

一个人由童年到老年，从生理年龄上来讲，已经度过生命大半，而且经历了许多事情，应该说开始拥有谈论人生的资格了。这时我惊奇地发现，人生在世几十年，乃至活到百岁，温馨无忧的恬淡时刻，原来并不是在青年时期，就我的体会和观察，少年和老年时期，人的心态似乎更自然更平和。人们说的“返老还童”，既是指人的性情，更是说生存状态，老年和少年这两个年龄段，的确有许多相似之处。比如对生活的少虑，比如对名利的淡漠，比如对家乡的眷恋，就是如此。

我为什么这样说呢？初冬时节暖气未来，屋子显得非常阴冷，独自坐在阳台上晒太阳，温暖的阳光照射过来，浑身上下都觉得很舒适，人如同包裹了一层棉。由于自己已经进入暮年时段，既没有年轻人的忧虑，又没有中年人的奔波，此时心如秋水般宁静。就连曾经有过的人间怨艾，遭遇过的那些世态炎凉，以及渴望过的虚名小利，顷刻间都忽然云消雾散，拥有的只是悠闲自在的心境。不由得想起小时候在家乡，冬天放了寒假做完作业，跟小伙伴在户外玩耍，那时也是沐浴着暖暖的太阳，也是无忧无虑无所求的心情，跟现在的情景一模一样，完全浸润在温馨的氛围里。想到这些不禁感叹起来：人生如四季，何必论短长，少有少的灿烂，老有老的美丽，原来，洗去名利的浮尘，忘掉烦恼的日子，人生竟然是这般适意。如果把少年和老年，当做生命线的两端，倘能抓住这始末时光，活得肯定会有更多精彩。于是又想起那久远的少年生活。

我的老家在冀东。离开已经几十年了，许多景物和人情，都从记忆中渐行渐远。唯有那条叫蓟运河的河流，却始终不曾在眼前消逝，无论在哪里看见河流，都会自然而然想到她，这时就会勾起故乡往事。至今还记得，有年夏天在河边，跟几位小伙伴一起，从芦苇荡采来苇叶，叠成一只只轻巧小船，放在河中看它随水流去。凭着孩子仅有的一点知识，以及少年人的无羁幻想，我们每个人都在讲述，自己的这只苇船会漂到哪里。有的说会漂到天津，有的说会漂到北京，有的说会漂到长江，有的说会漂到黄河，还有的说会漂到天上，更多人则说会漂到大海，因为我的家乡距渤海很近。但是不管这些苇船漂向何方，都寄托着我们的美好意愿，希望这只船给自己带来好运。

长大成人以后离开家乡，开始独自闯荡世界，走的比想象的还远，偶尔看见河流想起家乡，我就会暗自欣喜地傻笑，觉得这世界好像并不大，不然这河流怎么都一样呢？这无形之中给了我些许安慰，仿佛家乡的河流一直陪伴身旁，保佑我在人生路上步步平安。然而这只是一种个人想法而已，事实上我的前半生非常不平顺，几十年一路走来磕磕撞撞，最好时光全都毁弃在荒唐年代。几乎不曾尝过青春滋味儿，转眼就到了垂垂暮年，关于年轻的美好生活，许多都是从别人讲述中，间接地知道和体会的。所幸总算揪住了幸运尾巴，在有限的生命最后时刻，还能衣食无虑享受安详，生活似乎又回到少年状态。在我也就感到十分满足啦，每天睡觉醒来第一个念头，就是如何快活地过好这一天，别的什么都不想再去操心分神。

当然，有时闲坐难免也想些事情。几十年的风霜雨雪，几十年的坷坎沟壑，都曾从脑子里折腾过；但是想得最多最远的事情，依然是故乡的风土人情，一想起来就异常兴奋，说不定会哼起少年时的歌，借以表达对故乡的悠悠思念。好像越到老年越是如此。

故乡就如同一棵情感树根，牢牢地深埋在我的心野，无论怎样的力量都无法撼动，到时就会生出嫩枝长出绿叶。尽管老家早没有了亲人，就连那片经过地震破坏的土地，恐怕再见到都已经非常陌生了，回去只能凭记忆搜索印象。可是从个人的心情上来说，我总还是记挂着我的故乡，什么时候想起都如醉如痴。平日里读报纸看电视，只要有关于故乡的新闻，我总要仔细地看看听听。跟小时候听讲故乡趣事一样，在感情上得到最大的满足。这再一次印证我的认识：老年思念故乡，少年留恋故乡，老人和少年对于故乡，有着非常相同的情怀。

这种思乡情况，好像人人如此。有次突然接到从烟台来的电话，对方报出姓名之后说是老乡，而我对这个姓名非常陌生，听他说了情况才明白：中央电视台《子午书简》节目，播发过我的散文《芦苇丛》《知了》，都是写蓟运河边的童年往事，这位乡友听了以后非常亲切，再听介绍说作者是宁河县人，他更断定我是他的同乡，便从天津作家协会那里，打听到我家电话号码，特意来跟我叙叙乡情。两个老年乡友，远隔千里之遥，讲童年往事，说故乡风光，电波搭起的桥梁，把两颗思乡的心拉近了距离。可见故乡在游子心中，有着多么神圣的地位，相距再远不觉远，相离再久不觉久，说起来依然是那么亲切。

那么，为何只有在童年和老年，更容易对自己的故乡，有浓浓的缱绻之情呢？青年和中年时期即使有，那也只是偶尔闪过的念头，很快就会在忙碌中消失了。我觉得主要原因在于，少不更事时依赖家乡，老来寻归时落脚家乡，这是人们普遍的心理状态。不过有更多远走他乡的游子，到了晚年却很难回归故里，就个人来说自然是个遗憾，这时只要记忆尚好想想往事，不仅会在欣喜中获得宽慰，而且会有置身故乡之感，这实在是老来的一种享受。在这种温馨的享受中，仿佛时光并未老去，自己的心态依然年轻。

2006 年 1 月 20 日

老　街

这是一条老街。

我这里说的老街，其实不见得真的老，比起这座城市的年龄，这条街还算是年轻的。我之所以把它称为老街，只是因为这条街与我的往昔经历有关，如今已经过去几十年了，对于我来说自然是老了。就如同每每说起同街居住的人，总要加上个老字，即“老街坊”、“老邻居”，似乎这样才够亲切才够人情味儿。我对于这条街，亦是如此。

这条街不长，最长不过两三百米；这条街不宽，最宽不过六七米。这条街很普通，没有豪门重宅。这条街的房舍，一水儿的灰色砖房；这条街的院落，都有树木花草。这样的街道在这座城市，过去有好多好多，如今却是很少见了，它们正随着城市改造，渐渐地被拆除消失，这条街的命运也是如此。正像人跟人一样，相处得久了就有感情，老居民们对这条街，同样都是难舍难分，明知道拆迁后的住房，比现在居住的老房子要好，可是在搬往周转房时，许多人还是一步一回头，尤其是那些上点岁数的人，走时还悄悄地抹眼泪呢，好像这一走就再也不回来了似的。人们说：“故土难离啊，走个半年一载，心里也还是老想着老惦记着。”

想着什么惦记着什么呢？没有人说。不过也无须说。因为大家都清楚地知道，这里有自己度过的时光，这里有自己过去的生活，无论是喜是忧是爱是恨，都留下过温馨的气氛，只要想一想就觉得很舒心。老房拆除新房即将建起，这就意味着，往昔生活从此结束，未来日子从此开始，想想心里真的不是滋味儿。别的什么就不去说了，就是那家家的开门关门声，今后再也听不到了，就很让人有点儿怀念。

每天早晨谁家去买早点，谁家大人去上班，谁家孩子去上学，开自家大门时若被邻居听到，准有人问候一声“早啊，您哪”，这时的心情，就像清新空气吸进胸腔，觉得特别清爽畅快。晚上回来开自家大门，如果有邻居偶尔碰到，同样会有人说声“回来啦，您哪”，这一天的劳累就会消解，如同刚洗过热水澡，别提浑身多么轻松了。尤其让人难以忘怀的是，早些年购买冬储大白菜的情景，只要一想起来就心里热乎。几场瑟瑟的秋风过后，大白菜成车地拉来了，一堆一堆地码放在街上，整条街都弥漫着泥土芳香。街坊们排队依次购买，过完秤就再也不分彼此了，他为她送回家，她为他抱上车，仿佛整个街道就是一家人。

这就是老街的风情，这就是老街的习惯。

后来一年到头都有新鲜菜蔬上市，冬天再无需储存大白菜了，人们自然会感到由衷的高兴。只是一想到当年一起买菜的快乐，总还是多多少少有些眷恋呢。老人们回忆说，那会儿多热闹啊，就像过春节似的，全街道的老老少少，都走出来买大白菜，趁排队时说说话，别提多么亲热了。孩子们回忆说，那会儿真开心啊，在白菜堆中间来回窜，左邻右舍的小伙伴儿，就是这样渐渐窜大的，后来有的上学有的工作，偶然相遇说起这些往事，别提多么惬意了。

这条老街宛如悠悠水流，即使河道被拆除了改向了，它依然还会在人们记忆的河上，托着思绪的风帆向前流淌……

然而，这条老街对于我，恐怕还不止是这些，除了人人共有的东西，还有我个人的命运，跟这条老街也有关联。我的最初的欢乐，我的后来的噩运，这条老街看得清清楚楚，只是它沉默不语，用最大的克制和忍耐，分担我的痛苦和怨愤。这时它不再光是一条街道，它更是一部厚重的历史书，记载着普通人的生死欢忧，无论什么时候只要看到它，就如同掀开陈旧的书页，过去那段荒唐残酷的岁月，就会重新呈现在眼前。对于这条老街的感激，立刻从我的心底升腾起来，化成一炷神圣的香火，供奉在崇高的祭坛。

我至今还清楚地记得，当年被发配到遥远的荒原，拖着沉重的身躯走出时，这条街所有的门都未开，过去随时可以听到的开门声，骤然之间消失得无影无踪，整个街道比平常午夜还安静，我感到无比的失落和孤独。就在我一步一步踽踽前行时，突然被凹凸不平的地绊倒，打了个趔趄险些摔在地上。在倒霉的时候遇到这种事情，十有八九的人也许会觉得晦气，我却认为这是这条街的善意，它想用这种方式挽留我安慰我。可是它哪里会知道，命运是无法挽救的，就如同现在它自己，还不是同样要被拆除？所以后来一想到这条街，自然地就会想到这件事情，对这条街也就格外地感激。

如今这条老街被拆除了，往日的风情，往日的情分，还会不会保存住呢？我不知道。但是有一点我还比较清楚，那就是我对老街的记忆，永远也不会轻易地消失，即使它盖成崭新的楼房，人们静悄悄地独自上楼下楼，再听不到门的开关声，再听不到亲切的问候，我好像都不会介意和在乎。只要老街的位置不被移走，它在我的心目中就风采依旧，绝不会因模样改变扯断缘分纽带。我和老街的情感早就融合在了一起，我对老街的思念总是那么刻骨铭心。

老街啊，我的老街。

2003 年 11 月 1 日

京包线上

两根冷漠僵直的铁轨，从北京延伸至苍茫的大西北，列车终止在包头的一段，铁路部门称为京包线。总有十多年的时间，我每年都要来往在京包线上，享受一年一度仅有十几天的探亲假，跟家人作长期分离后的短暂团聚。什么叫思念，什么叫惦记，什么叫团圆，什叫么离别，比起许多生活平顺的人来，我有着更为刻骨铭心的理解。而帮助我深刻理解的，就是这条千里京包线。

这京包线上运行的旅客列车，那时大多是在夜间行驶，陌生的旅客很难分出方位。我毕竟多年在这条线路上来往，即便在黑得不见五指的暗夜，仅从疏密明暗的闪烁灯光里，我也可以毫不费劲地分出，哪里是城镇，哪里是农村，哪里是繁华的内地，哪里是萧索的边疆，它们在我心中激起的情绪，自然也就不尽相同，或兴奋或惆怅，情绪明显有着变化。那时我有着流放人的身份，政治上的重负，命运上的难测，常常地使我陷人苦闷之中，这条京包线上的两根冰冷的铁轨，在我看来无异于两行流不尽的眼泪，凝固在我青春抑郁的脸庞上。青年时代的美好愿望，个人本该享有的家庭幸福，全都被这隆隆的车轮，无情地碾碎在长长的京包线上，没有半点怜悯和恻隐之心。

我一直想忘掉这条京包线，确切地说，是想忘掉那段痛苦的流放岁月。然而却又总是不能完全地忘掉，有些零零散散的记忆，只要被什么事情偶然触动，就如同从门缝里透进来的风，总是让你觉得有点身心不适，这时就不能不想起相关的往事。这条京包线是我那段生活的见证。

我头次踏上这京包线，是在六十年代的初期。结束了北大荒两年的劳役生活，我们几个曾在北京工作的“荒友”，被通知到内蒙古重新分配工作。这几位“荒友”都有家室儿女，好不容易有了久别重聚的机会，谁不想在家中叙叙亲情呢？但是他们又想早日了解工作安排情况，几个人的心情一时都很矛盾，谁也不好启齿让别人先走。我当时是个无牵无挂的单身汉，虽说也想跟父母多待几天，暖暖这颗被放逐多时的冷却的心。可是当他们把祈盼的目光投向我，我还是毫不犹疑地拿起提包，比他们先一步踏上了当时比较冷清的京包线。

记得是个春节刚过不久的傍晚，背着跟心情一样沉重的行李，我走进西去列车的一节车厢。这节灯光幽暗的车厢里，旅客稀少，氛围压抑，可能是春节刚过的缘故，旅客多有恋家的缱绻之情，不然车上不会这样凄清。出于对眼前这种环境的陌生，再加之思虑未卜的前程，一种影影绰绰的莫名的恐惧感，顿时在我的心中油然而生，这一路上都久久挥之不去。

在我当时的想象中，内蒙古该是个荒僻的地方，西北部边地更是像《走西口》歌中唱的情景，我此去将跟那里的牛羊相伴，说不定要在那里了此一生。想到这里心绪越发不宁起来。越这样想越睡不着，越睡不着越这样想。听着车轮单调乏味的滚动声，看着窗外夜色笼罩的四野，我的神经绷得紧紧的，情不自禁地流出了滚烫的热泪。这时我最想做的事情，就是扑在母亲的怀中，喊声“妈妈”，然后痛痛快快地大哭一场，可是现在我正在京包线上，离父母越来越远了，距内蒙古越来越近了，我已经没有办法改变眼前的事实。我真后悔自己早几天离开家，在这时候能跟父母家人多待几天，毕竟是人间最大的快乐，何必非要了解什么情况呢？再说自己的命运又何时被自己掌握过。一场突然袭来的政治运动，险些毁掉自己的一生，这会儿还这么想，实在天真，实在无知，我不禁怨恨起自己来。

列车到达呼和浩特正是早晨。我从车站出站口走出来。这个叫做站口的地方，其实只是个木板栅栏。守在栅栏口的人，穿着散发膻气的白茬老皮袄，头戴长毛狗皮帽子遮严脸颊，伸着冻僵的手一张张地收票，让旅客一下车就有种寒冷的感觉。走出车站站口一看，眼前尽是低矮的房屋，灰蒙蒙的一片一片的，没有一点城市的模样，卖吃食的小贩，在寒风凛冽的早晨，扯着嗓子不停地吆喝，却很少有人走近食摊，越发衬出城市的凄清冷落。我找了一辆三轮车，装上行李，坐在上边，悠悠地走在风沙飞旋的街道上。没过多久就到了自治区政府，这里是一栋六层高的楼房，而且很有些威风凛凛的气派。我在这里报完到，就逛大街去了。从此，我就成了内蒙古人，这一待就是十八年，除了“文革”期间动乱的几年，每年都要回家探亲，奔波在这条京包线上。倘若不是在二十世纪八十年代初调回北京，谁知这条京包线，还要消耗我多少宝贵时光。

从那个年代走过来的人都知道，那时的中国，城乡百姓都在忍受着饥饿的折磨，像我这样长年远走外地的人，在吃穿上就格外让父母惦记。只要是有机会回家，总要吃得肚子发胀，走的时候还要大包小包地带上，这样父母才好放心，好像不带上这些吃的就要挨饿，家里人怎么能不惦记呢？所以那时候一说要回内蒙古，母亲总是抹着眼泪为我准备，买的买，做的做，吃的诸如大米、油、盐，用的诸如火柴、肥皂，一样不落地给我一一带上，以供我的单身生活之需。这条迢迢千里京包线，无形中成了我的生命线，拴着我对亲人的无尽思念。

有一年休完探亲假回去，母亲给我装了一提包吃食，我从天津扛到北京火车站，在北京站等待换车的时候，枕着提包在长椅上，不知不觉地睡着了。睡着睡着觉得头越来越低，醒来一看，枕在头下的手提包被人划了个大口子，从这里掏走了我近一半的吃食。母亲和全家人从嘴里抠出的吃食，本想让我这远方游子饥饿时果腹，却不料被哪位聪明人给“借”走了，让我不禁想哭又笑起来了。我找出随身携带的一根绳子，把提包重新牢牢地捆了捆，抱在怀中上了火车，这一宿连眼都不敢眨，警觉地守护着剩下的吃食。事后同别人说起这件事，有人开玩笑说：“你也该知足了，要是你里边放着酒，小偷是个酒鬼的话，说不定割下你的耳朵下酒呢?”这件发生在饥饿年代的事情，一直留在我的记忆中，这会儿有时去北京站，我还时不时地想起这件事情来。真想为那个近乎滑稽的年代哭泣。

调回北京以后，这十几年里，我又到内蒙古去过几次，重新领略京包线上的风光，那已经是今非昔比了。尽管客车依然在夜间行驶，但凭灯光已经无法分辨出方位，更难以断然分辨出，哪里是城市，哪里是乡村，哪里是内地，哪里是边疆，绵延几千里的京包线两旁，楼房多了，灯光多了，自然也就没有了过去的沉寂荒败的情景。我曾经居住过的呼和浩特和集宁，这几年的变化特别大，光靠记忆实在难以寻找往昔熟悉的地方。这些年在京包线上来来往往的人，同样也没有了当年的恐惧感，许多人怀着对大草原的深情向往，愉快地到内蒙古去旅游观光。

坐在这京包线飞奔的列车上，我在想，谁能说，在这些南来北往的旅客中，没有当年“借”我食品的那位聪明人呢？不知他还记不记得这件事情。不过我想这些并不重要，重要的是他现在生活得怎样。但愿他这会儿的生活比我好。我也相信他一定比我生活得好。

1997 年 5 月 6 日

未摸过枪的老兵

我也当过兵，而且是解放军序列里正儿八经的兵，可是很少跟人说起。即使熟人聚会时，某个相关话题，勾起在座老兵心思，议论起军旅生活，我也是缄口不语。所以我敢断定，知道我当过兵的人，在朋友中恐怕很少。我从军的历史，写在我的档案里，留在我的记忆中，成为我生命的历程。

好像是只有一次，跟一位陌生人，说起我当过兵。那是在一列长途火车上，坐在我对面的一个人，不知是排遣旅途寂寞，还是想起了什么事情，他凭窗凝视着远方，轻轻地吹起了一串口哨。他口里飘出的音调，流畅而有力，动听而不俗，立刻把我吸引住了，情不自禁地打量他。这是一位年近五十岁的人，一双眼睛闪着智慧的光芒，只是眸子略显忧郁，那一张黑里透红的脸上，明显地刻有岁月风霜。从他的脸上和口哨声中，我判断眼前这个人，很可能跟我有过相同经历，抗美援朝时期参军参干，在部队里干了几年后转业，属于五十年代那批学生兵。

为了验证我的判断，更为了跟他攀军缘，我主动地跟他搭话："同志，你是当兵出身吧?""是啊，你怎么知道?"这位旅伴惊奇地问，本来就很大很亮的眼睛，此时显得更大更亮了。我说："我不仅知道你当过兵，而且还知道你是五十年代参加军干校的，对吧?"他一听马上兴奋起来，移正身子，两眼直视着我，说："这就怪了，咱们不认识，也从未见过面，你怎么说得这么准呢?""这有什么准的，你刚才吹的口哨，那音调是一首歌曲的，曲名叫《走进军干校》，我现在还记得歌词。当年学生参军参干都唱过。"我这么一说，他就更来了神，说："这么说，你也当过兵，也是那会儿参军的?"我微笑着向他点了点头。

两个同时代人，两个同期老兵，就这样相识了。在列车隆隆的滚动声中，我们一起回忆着那段峥嵘岁月，那时新中国刚刚建立不久，战火便燃烧到了鸭绿江边，中国人民个个义愤填膺，誓死保卫危难中的国家。许多大中学生投笔从戎，唱着“让我们走，走进军干校”，唱着“共青团员时刻准备着”，离开家乡、父母和学校，走进绿色军营，走向朝鲜前线，成为有文化的新一代军人。我和这位旅伴儿，都是那个时候穿起军装的学生兵。从谈话中知道，他去过朝鲜前线，真正地打过仗，这在当时很了不起。而我却没有这样的机会，参军后在军校未毕业，就进了部队的大机关，成为“当兵四年未摸枪，抗美援朝未过江”的军人。总觉得自己未摸过枪，跟那些有过战斗经历的人比，实在不配老兵的称呼。

但是，不管我敢不敢承认，在有的场合里，在别人的眼里，我还是被当做老兵。就拿眼前的事情来说吧，这位打过仗的真正老兵，跟我谈话时，总是一口一个“咱们这拨儿老兵”，说得我简直无地自容，却又不好解释和推托，只好以点头表示默认，谁让我属于他那拨儿人呢？就算我沾光占便宜啦，这样我们之间也更显亲近。

说起我们那拨儿五十年代的学生兵，我们两人的心绪都很不安，当时的情景又都重现在眼前。新中国刚刚建立的最初几年，是个充满激情和理想的年代，几乎每个人都是那么真诚——年长者真诚地忏悔自己的过去，年轻人真诚地憧憬自己的未来，对于国家发出的每个号召都坚定不移地响应。当国家号召青年学生参军参干时，许多大中学生放弃读书，坚定地投身到解放军的行列。当时的情形颇像六十年代青年学生的上山下乡运动，人们争着抢着地要走。我就是背着家里报名的，以致让母亲着急许多天，直到接到我从军校来信，家里人这才放下心来。参军参干成为一种时尚，被我们那代人追求着，当时好像谁也不想落后。

在这些十几二十几岁的学生兵当中，有的人出身富裕家庭，却未留恋安乐窝儿，而是毅然决然地参了军，不料在当时极“左”路线下，有的人仅仅因为出身不好，或者因有海外港台关系，就抹杀了本人的政治热情，受到了不公平的对待。我眼前的这位旅伴儿，就是因为出身地主家庭，在部队多年都未能提干，最后只好复员回家。他说：“其实提不提干，对我来说也没啥。不管怎样，有了那段当兵的经历，我也就很满足啦，只是觉得自尊心被人捅了一刀。”噢，一个多么豁达开明的老兵，一个多么真诚单纯的老兵，一个为理想献身的五十年代的老兵。

老兵自有老兵的情怀，老兵自有老兵的骄傲，当然，老兵也自有老兵的烦恼。尽管我是个未摸过枪的老兵，没有多少可以夸耀的资本，没有多少值得称赞的业绩，但是作为一个五十年代的老兵，我仍然有着自己神圣的尊严，如同我戴过的军帽上的军徽，绝不能让人随便地亵渎污辱。然而在“文革”后期，我却被人无情地数落了一顿，倘若不是考虑自己的“罪人”身份，我真想跟他们好好地理论一番。在我当时的下意识里，对方可以对我不恭不敬，但绝不能说老兵的坏话，因为老兵是个通称，它代表着所有的老兵。

事情是这样的，经过几年的造反瞎折腾，考虑到内蒙古是边防前线，“文革”后期，中央决定对内蒙古实行全面军管。机关干部全部进学习班，一边学习一边接受审查，管理人员由北京军区指派，实际上是人也被军管了。既然要由军队来管理，自然少不了军训和拉练，在部队时我没有摸过枪，转业地方后又被错划“右派”，连当民兵的资格都没有，这样就又失去了学武的机会，因此在做各种操练时，我做的动作远不如当过民兵的人。有一次学习走队列正步，我的动作怎么也不规范，军人连长对我很不高兴，他怒冲冲地说：“真笨，简直是乱弹琴，连个正步都走不好，亏你还是个老兵哪。”他的这句话很刺激人，很伤我的情面和感情，当时本想当面质问他，考虑再三还是忍住了。不过私下还是给他提了意见，不为别的什么，就是想维护老兵的尊严。连长也是个军人，我们是不同代的战友，他应该真正懂得，尊严对于军人——尤其是对老兵，是多么重要的事情。

有了这次对老兵尊严的维护，从此以后，连长对我格外客气和尊敬，即使我再做不好操练动作，他也不再像过去那样数落我，总是耐心地告诉我应该怎样做。他好像开始意识到，我再有天大的错误——假如真有的话——我的老兵身份也是抹不掉的，这是我的历史和生命的一部分。而我自己从此以后，也再没有客气过，更不再有自卑之感，因为当兵时没有摸过枪，就自以为矮人一等。不，摸过枪与未摸过枪，只是工作岗位上的区别，我穿上了军装就是军人，我在那么早当上的兵，我就是个不折不扣的老兵。这还有什么好说的呢？不过我还得如实承认，在扛过枪的老兵面前，不管怎么说，总还是觉得有点“理亏”，谁叫咱是个未摸过枪的兵呢！

1997 年 8 月 6 日

月圆之处是故乡

吟诵中秋的古诗词，流传下来的相当多，真正被人长久记住的，莫过于杜甫的《月夜忆舍弟》。仅一句“月是故乡明”，就成了千古绝唱，诗中那凄惘情绪，在每年中秋节夜晚，对于远离家乡的游子，都似勾魂摄魄的精灵。特别是当独自一人，远离故土在异乡，孤苦地仰望月空，那思念无寄的情感，没有经历过的人，恐怕很难体会。

我曾经在外游荡多年，而且日子过得很不平顺，到了中秋节这天夜晚，常常的是郁郁寡欢，早早地就熄灯睡觉，想借美梦排遣孤寂。有年中秋也想这样度过，可是怎么也睡不着，在床上辗转反侧多时，忽然一缕明亮月光，透过婆娑树影照射进来，恰好铺在我的脸上，温馨而寂寞的情绪，顿时从心底浮升出来，再不想这样亏待自己了，就赶紧披衣走到院子里，追望那轮高悬的明月。这时微风轻轻吹过，树木发出沙沙响声，犹如家人柔声呼唤，立刻让我想起小时候，在家乡过中秋节的情景。

我的家乡在北方，坦坦荡荡的平原，平平静静的河流，给我无忧的童年，留下了安详的记忆，却少去了起伏跌宕的情趣。唯有那冬天的雪秋天的月，算是两抹美丽浓重的色彩，涂在我幼小心灵的画纸上，回想起来总会少点遗憾。那时候过中秋节，最为惬意的事情，并不是吃什么月饼，而是跟家人一起望月，听那些关于月亮的美丽传说。所以后来流放在外，无论月饼是好是坏，只要夜晚月亮圆润，观望时回想一下过去，孤独心灵得到些许慰藉，对于亲人的殷殷思念，暂时就会得到更多缓解。这个中秋节也就算是过好了。

此刻，又是一个风清月朗之夜，宁静深邃的万里晴空上，一轮皎洁的圆圆月亮，正在微笑着俯瞰人间，仿佛在祝福万物吉祥。哦，这晴空，这月亮，这微风，这情境，跟我中秋时节在家乡，岂不是一模一样吗？这时不禁想起诗人曹松，他那首写《中秋对月》的诗：“无云世界秋三五，共看蟾盘上海涯；直到天头无尽处，不曾私照一人家。”这感受跟今人多么相似。“不曾私照一人家”的月亮，亲切地安抚我的时候，不也照耀着我的家人吗？跟家人共赏一轮明月，如同在家乡欢度中秋节，“离人无语月无声，明月有光人有情”，哪里还有关山阻隔的烦忧啊。真不知如何感谢这皓月，它是这样善解人意，让远方游子的中秋，因共赏明月得到欣慰而有情趣。

自从跟家人团聚以后，每年再过中秋节，那种茫然的情绪，自然也就渐次消失了。可是每每在电视中，看到奔波在外的人，谈论中秋节感想时，映在脸上的无奈表情，我会敏感地捕捉到，而且完全能够理解。是啊，或是为了生计，或是为了求学，或是为了爱情，或是为了职业，远离家乡的人，甚至于置身异邦的人，正在越来越多起来，总会思念家乡和亲人。尤其是在中秋佳节，这思念就更加难挨，感情上总会受些折磨。好在电讯科技发达了，打个电话问候一声，还是比较方便快捷的，如若有条件还可以用网络或可视电话，在异地传递彼此声影，思念和牵挂也就会少点。比之家书难寄对月空叹的过去，这中秋节总会多了一份温暖吧。

不过，我依然想说，远在他乡的人，中秋回不了家，在夜晚时分，还是要望一望月亮。月明之处是故乡。就在你望月的时刻，说不定你的家人，正在家乡的楼台或院子，也在望着月亮哩。倘若心灵有感应的话，通过明月清风传情，这中秋节过得何等踏实、浪漫哪。

2007 年 9 月 8 日

寻觅记忆的声音

我一直固执地认为，每个地方每个区域，都有自己的声音。这些有特点的声音，即使在黑夜里听到，都会让你准确地判断，你此刻在什么地方。这些地方的声音，如同这些地方的景色，领略了就会久久难忘。

比方，我家乡宁河青青稻田里，夏日那一片清脆的蛙声；比方，我曾经流放三年的北大荒，冬天那呼啸不止的风声；比方，我艰难度过的内蒙古，那辽阔草原的马蹄声；比方，我去过多次的北戴河，傍晚那海浪扑石的涛声；比方，我游玩过的川地成都，茶馆堂倌冲水的壶声；比方，那年独坐莫斯科河边，白桦树在风中摇曳的响声；比方，漫步音乐之都维也纳，无处不闻的优美琴声，如此等等，都成了我记忆中的声音，只要一想起这些地方，那声音就会自然而然地在我的耳边轻轻地回响。仿佛在跟我诉说它们的往事，以及现在的更为新鲜的故事。

这次来到广州番禺，眼前看到的一切，都是那么充满现代感。城市充沛的活力，犹如南方的阳光，灼开了我昏花老眼，我真想看看，早年芭蕉树丛的景色；然而，触目可见的已是零零散散，倒是有众多新鲜花木，不时涌入我的眼前。旧景不再，旧情依然。自从踏上番禺这块土地，思绪和回忆的车轮，始终在过去的轨道上转动。那绮丽的南国风光，你们都在哪里呢？

在参观空闲小憩时，在一家茶厅饮茶赏乐，听着优美的广东音乐，立刻让我不由得想起，第一次听到的这南国的声音。那声音比之现在听到的，好像更悦耳、更美妙、更抓心、更充满化不开的韵味儿。当然，就更能调动我的好奇心，这时我就想：旧日风光不再，那么旧日的声音呢？你们又在哪里？

是啊，那伴过轻盈舞姿的《步步高》还在吗？那让人遐想的《饿马摇铃》去哪里了？那《平湖秋月》的旋律还那么优美吗？我在询问更想寻觅。我询问的是广东音乐，我寻觅的是我的生活。半个世纪前我在风华正茂的年纪，广东音乐给了我多少精神抚慰啊，跟今天年轻人痴迷流行音乐一样，我陶醉在广东音乐的美妙乐音里。

我第一次到广州，是五十年前的一个十月，这时北方已经进入秋凉季节，身体感觉非常舒适清爽，可是南方却仍然酷热难当。火车到达的时间是在晚上，走出灯火辉煌的火车站，像到每个陌生城市一样，我想捕捉异样的景色，然而，我看到的却别无二致，在失望中忽然听到，那唯有广州才有的声音——悠扬舒缓的广东音乐，还有那噼噼啪啪的木屐声。其后，暂居广州的几天，早晨在酒楼喝早茶，晚上到冲凉间冲凉，都会有这两种声音陪伴。于是我兴奋地跟同伴说："广州这座城市太有意思了，用独特的美妙声音，向远方客人问候!"这声音是生活的交响，这声音是远古的足音。这声音中的景色，如同一小幅油画，保存在我记忆的相册里。

后来我又多次来过广州，广州的高楼多了，广州显得洋气了，在这现代化的高楼里，我看到的是另一种景象，我听的是另一种声音。那噼噼啪啪的木屐声，几乎已经完全消失了，木屐被柔软塑料鞋代替；悠扬舒缓的广东音乐，只在餐厅里会偶尔听到，街头响起的大都是流行乐曲。我只是遗憾，却并不惆怅。时代进步生活必然变化，一代人有一代人的选择，彼此间多些宽容才会和谐。而我，依然怀念那逝去的记忆中的声音。

这次来到广州番禺，那噼噼啪啪的木屐声，同样在任何地方都未听到，原以为，那悠扬舒缓的广东音乐，大概也不会再飘出来了，谁知在那个休憩的茶厅，却举办了一次广东音乐演奏专场，而且还有醇厚的女声伴唱，着实让我过了把广东音乐欣赏瘾，当然，比这更欣慰的是让我知道，早年记忆中的广州的声音，还没有完全在这块土地消失。边饮茶边欣赏广东音乐，忽然那乐台两旁的楹联，引起我的注意："三杰遗风何氏清歌流妙韵，五音和律紫泥红豆换新声。"回到下榻酒店查阅资料，噢，原来这里是广东音乐的故乡，何柳堂、何与年、何少霞这广东音乐"三杰"，就出生在番禺的沙湾镇，难怪在这里我终于寻找到，那曾经令我心醉情迷的乐音。

除了这古老的广东音乐，在番禺，我还寻找到了另一种乐音，它比之柔美的广东音乐，更有着震撼心魄的巨大力量，这就是番禺人冼星海的乐音。被称为"人民音乐家"的冼星海，出生于番禺榄核镇一个渔民之家。可能是这块土地的乐音，滋养了他的音乐天赋，闯荡过的纷繁的大千世界，开阔了他的眼界和心胸，他用跟乡贤们同样的音符，谱写出中华民族的最强音。我曾经在晚霞落尽的壶口，借助微弱的光亮欣赏瀑布，那壮阔的阵列，那震撼的响声，仿佛是从天而降的兵马，挟带着锐不可当的气势，扑面而来而后又渐渐远去。此时我分明清晰地听到了，黄河的吼声，太行的号声，让一个不肯屈服的民族，昂首站立在这个世界上。冼星海是伟大的，番禺是伟大的。你们共同创作了浩气冲天之歌。

每个时代的人，都有自己的生活方式，都有自己的表述声音。那么，现在的番禺人的声音是什么呢。是“何氏三杰”的《雨打芭蕉》《寒潭印月》《夜深沉》？是冼星海的《二月里来》《在太行山上》《黄河大合唱》？是红线女唱的广东粤剧？是现代歌手唱的流行歌曲？都是，又都不是。在酒楼里喝早茶，会有广东音乐陪伴悠闲时光；在电视机节目里，会有流行歌曲取悦耳目；在大型文艺晚会，会有粤剧清音助兴；在群众歌咏比赛时，会听到冼星海的歌声。现在的广东番禺，如同她拥有的水域，宽广得能容纳世界，任何动听的声音，都能像鸟儿落在枝头，落在开放的城市番禺。

但是，我发现当代的番禺人，更喜欢用新的声音，倾诉对新生活的感受。这新的番禺的声音是什么呢？是大夫山公园的潺潺流水声，是沙湾活动中心的击乐声，是建设工地搅拌机的轰鸣声，是掠天而过的大型客机的流动声……这声音托起座座美丽的楼舍，这声音铺就条条平坦的道路，这声音寄托番禺人的无限向往，这声音滋润着番禺人的心田。

番禺，你知道吗，你的声音蛮美哩。

2010年5月22日

故乡的那条河

我的故乡在宁河县，我出生时隶属河北省，现在划归天津市，不过在地域和语言上，她依然算是冀东平原。有人说我是河北人，有人说我是天津人，都不应该算错，我也均能欣然接受。为了更准确地表达，需要自己介绍时，我大都是说：天津市宁河县人。这样，既不忘记出生地，又沾点城市光，挺好。

宁河是个近海傍河的地方，盛产稻米、芦苇、银鱼、紫蟹，可以说是北方的鱼米之乡。我自幼跟随父母离开再未回去过，对于故乡景物的记忆，自然仍旧是儿时的印象，更不曾有过认真的思量。有一天忽然发现，故乡出过几位文化人，这才想起来探询，他们的灵秀之气，是不是跟故乡的景物有关。人说，近山者多沉思，近水者多幻想，而与诗文相伴者，大都是幻想中的人，当然就与水分不开了。这些故乡的文化人，他们的成长和成就，说不定跟故乡的水——那条宽阔美丽的蓟运河有关呢。

知道的第一位故乡文化人，是台湾诗人郑愁予先生。那是在 1989 年的春天，郑先生来祖国大陆访问，我陪同中国作协书记邓友梅先生，在北京昆仑饭店接待这位郑诗人。我们一起吃过饭回到家里，翻着这位郑诗人赠的诗集，我想多了解一点他的情况，就找来《台湾作家辞典》读。这时才知道郑愁予先生，敢情是我的同乡宁河县人，可惜我们谋面时不知道，失去了亲叙乡谊的机会。郑先生跟我是同代人，如果当时知道他的情况，一起回忆那故乡童年往事，相信我们一定都很快乐。

时隔几年，我去湖南岳阳参加笔会，跟赴会的文友闲聊时，说起这一次的遗憾事，在旁的台湾文学学者古继堂先生说：“你是宁河人哪，在台湾的作家中，不光郑愁予是宁河人，还有一位罗兰女士，也是宁河人，我们在宁河，给她开过作品研讨会。”听后我不禁“噢”了一声，真没有想到，那位写有《罗兰小语》畅销书、正在大陆走红的罗兰女士，也是宁河籍作家。这样就引起我对故乡文人的关注。

有次去吴祖光先生家串门儿，跟新凤霞大姐说起天津，我们两个老乡越说越起劲。当我谈起宁河的银鱼紫蟹，她知道宁河是我的老家，就告诉我说，空军部队剧作家丁一三，也是从宁河县出来的文化人。后来又有人告诉我，作家万国儒也是宁河人，这就更增加了我的兴趣。很想在这方面做一番探索，从中了解些故乡的地缘人情，就写信给一位并不认识的乡亲，请他给我寄些相关的资料。

从这些资料中知道，北京画院画家周思聪，北京人艺演员张僮，也都是喝蓟运河水长大的。女画家周思聪的画，在美术界有很高赞誉，可惜她英年早逝，我的故乡失去了一位才女。张僮先生是位老话剧演员，在电视剧《编辑部的故事》中，他饰演的那位老编辑，架着厚厚的近视眼镜片，跟那位牛大姐坐对面桌，给人的印象颇为深刻。由此我还想到张颂甲、孙惠青先生，这二位是首都两家报纸的老总，他们也都是宁河县人士。我还想到那年去南方，在火车上结识的一位记者，他也是从宁河出来的文化人。当然，宁河籍文化人，肯定不止这些，只是我不知道罢了。相信研究宁河县志的人，掌握的资料会更多，如果认真地做些探索，这应该是个有意思的课题。

常言说，一方水土养育一方人。那条美丽的蓟运河，不舍昼夜流淌在故乡，用她丰厚香甜的乳汁，哺育着自己的儿女。儿女们因吸吮了她的乳汁，有了感受美好事物的天赋，自然而然就想画就想写就想表现，于是也就有了故乡的文化人。今天，我们这些蓟运河的儿女，怎么能够不感念故乡呢？怎么会轻易忘记那条河呢？

2000 年 6 月 28 日

远去的乡音

我这里说的乡音，可不是单指的话语，而是那些地方曲调，比如河南梆子、山东柳琴、京韵大鼓、天津时调、苏州评弹，如此等等，它们是一种唱出来的话语。无论是在白天还是夜晚，只要你听到这些音调，马上就会想起它们的故乡。假如你此时来到某个地方，正好听到电台里播放什么曲调，无须询问任何人就会知道，自己正置身在什么地方。具有鲜明地方特色的曲调，是一张声音制作的名片，非常准确地递给远方来客。

时光倒退三十年，那时电视机还不普及，一般百姓人家能有台收音机，就算是很奢侈的生活了，没有此物的邻居都会羡慕。尤其是一些孩子们，家里没有收音机，又特别喜欢听，就会蹲在墙根，蹭听邻居的收音机。每天傍晚时分，下班回来的人们，边做饭边听收音机，成了城市人的习惯。这时人们收听的节目，不可能是郑重的内容，大都是一些地方戏曲，除了不必过多地用脑子，还可以轻轻跟着哼唱，既不耽误做事又可娱乐。后来成了演员的孩子，有的就是听着收音机，模仿自己喜欢的演员，渐渐地长大成人，有机会就走进了艺术殿堂。

我那时在内蒙古工作，家在天津，是准光棍，生活还算自由自在。每天在单位食堂吃过晚饭，就一个人到大街上溜达，走一路就听一路的收音机。这是内蒙古西部的一个小城镇，紧挨着山西省的大同、阳高，汉人居民不仅说话生活习惯，跟山西人几乎都一模一样，就连喜欢的戏曲也是晋剧，当然还有流行内蒙古西部的“二人台”。我每天傍晚散步听得最多的戏曲也是这两种。久而久之已经烂熟于耳，成了我心中默哼的音调，在爱好上也成了当地人。只可惜我总不敢唱出声来。就是唱出声来，恐怕也不是那个味儿，一方水土润一方音，我毕竟是外乡人。我当时的同事，有的会唱“二人台”，而且唱得很正经，每次听了都很感动。

有次我从天津探亲回来，列车渐渐行驶得慢下来，此时临近黄昏，我扒着车窗往外张望，想知道车到了什么地方。外边除了闪烁的灯光，漆黑得再什么也看不见了，这时听见“二人台”的音调，隐隐约约地从远方飘过来。再不要问啦，到了内蒙古地界。这时的地方曲调，就不光是一种娱乐形式了，无形中还起着领路作用。而且地方曲调的形成，有着强烈的地域原因，跟当地的风土习俗，有着难解的血缘关系，别的音调不可能代替。倘若像现在这样，不管走到哪里，电台电视台的节目，大都是通俗歌曲，凭音调就很难辨别方位了。

过去的流浪生活，使我有机会接触各地的人，由于他们离家乡多年，有的人说话早没有了乡音，平日里很难知道谁是哪里人。可是从悠闲时嘴里哼唱的小调，或者节日出节目唱的歌中，却不难判断他们来自何方。有时我也想，这些人的乡情，可真够浓烈的，口音改了心仍依旧。我这样想别人时，好像并未意识到，我自己也是如此。有年春节回家探亲，从内蒙古到北京坐一夜车，又困又乏就想睡觉，无精打采地走下车来，忽然听到熟悉的天津时调，从收音机里清晰地传来，我一听劳累顿时消失。尽管北京距天津还有一段路程，但是在精神上却一下子拉近了，仿佛此刻就在自己的家里。这时我才真正明白，那些身在异地的游子，离开家乡这么多年，为什么还难舍乡情。原来这乡情乡音是一个人的生命之根。

现在无论在什么地方，都很少听到这些地方音调了，更多频道让给了通俗歌曲，那独特的乡音正在成为记忆。从有的电台电视节目里，偶尔听到点这类音调，在我心中荡起的涟漪，不光是情感上的抚慰，更有着对于民族文化的担忧。那些寄托着乡情的音调，今天正在渐渐远去，明天会不会消失呢？我不敢过多地去想。我只想说，今天属于现代，同样也应该属于未来和过去。文化更是如此。

2002年10月6日

我的什刹海

诗人李林栋兄来电话约我参加作家夜游什刹海活动，几乎未打奔儿，我就欣然答应了。于是在 2005 年的 7 月 21 日，跟随众多文友泛舟海上，听歌饮茶，聊天放灯，度过了一个闲适的夜晚。这也是我居京几十年来，头次跟什刹海这样亲近，自然也就倍感欣慰。

熟悉我情况的人都知道，平日里很少出门儿，更何况是在暑热如蒸的夏天，就更不愿意到人多的地方。那么，这次为什么要给自己破例呢？原因很简单，就是冲着什刹海。如果不是什刹海，换个别的地方，哪怕再好玩儿，我都要找理由推辞。

我的家乡是个北方临水之地，自幼就养成了亲水的习性，每到一个地方只要见到水，就有着如同回到家乡的兴奋。在北京虽说类似什刹海的地方，数得上的还有好几处，如昆明湖、北海、中南海等，但是这几处不是咱去不得，要不就是得掏钱买门票，唯有这什刹海的一湾水，属于咱们普通老百姓，什么时候想去抬起腿就走。什刹海也就成了我经常光顾的地方。

我之所以喜欢什刹海，除了这一湾静水，还有两岸的风光，以及那种文化氛围。昆明湖的皇家气派，中南海的神圣面容，北海的豪华景象，都会给人留下一定记忆。然而要说最具京味儿的水，大概除了什刹海别处都不及，不信请问，距民居院落如此之近，昆明湖有吗？跟平民百姓天天碰面，中南海行吗？容店铺商贾存身，北海能吗？正是因为什刹海，有这种包容个性，它才会很有人缘儿。从感情上就认为它是百姓心中的水。

我曾经供职的作家出版社，前些年就在鼓楼后边的街上，每天上班从团结湖乘电车，特意在北海后门下车，目的就是绕什刹海走走。早晨的什刹海氤氲静谧，空气里散发着清爽温馨，刚一挨近就会心胸顿开，浑身上下都会觉得舒畅。听听鸟声，看看水波，伸伸腰肢，吐吐浊气，边走边赏景健身，怎能不感念什刹海呢？久而久之也就有了感情。出版社搬家后再无此享受，每每想起来总觉得遗憾。后来只要去地安门一带，我总是要先走几个时辰，到什刹海走走看看，用心灵跟这位老友交谈。

可是无论如何不曾想到，还会有今天这样的机会，跟朋友们乘船夜游什刹海。尤其让我不曾想到的是，如今什刹海完全是另样。两岸酒吧灯光闪烁，歌声笑语飞在夜空，北京人对生活的满足，外乡人对北京的渴望，仿佛都浓缩在什刹海的夜晚。同样未曾想到的是，什刹海还可以游船，而且是多种多样的船。我们乘坐的是篷船，马灯高悬，船工摇橹，立刻让我想起西湖的船，不同的是，西湖上的摇船人是船娘，什刹海摇船的是个中年汉子，听口音他好像是西北人，说不定家就在黄河岸边呢。如今的北京才是“真正”首都，她属于全国人民不再只是理论上，更是在感情和对外地人的接纳上。

安排这次活动的西城区作协，真也难为他们了，竟然还让我们放起了河灯。我小时候最喜欢这玩意儿。时光过去几十年，经历的沧桑无数，现在已是七旬老人，再次玩起河灯，快乐之中难免有种酸楚感。是啊，小时候在故乡放河灯，小伙伴总是暗自祝福，长大后一生平安幸福，可是我的经历告诉我，愿望跟现实往往不一样，愿望过于美好一旦失望，常常会悔恨那有过的天真。我想如今的年轻人就很现实，所以才会把时光消磨在灯红酒绿中，成就了这什刹海的现代繁荣。我不想说及时行乐这类话，更不赞成这样的处世态度，但是年轻时候多些属于自己的快乐，总比我们年轻时的互相争斗要好。

离开什刹海回首来路，灯幽歌柔舞欢，夏夜情浓意长，我却没有丝毫的留恋。我似乎更喜欢什刹海早晨的宁静。那就把夜晚的欢乐留给年轻人吧。明天早晨我再来，听鸟鸣赏水波，伸腰肢练声音，亲近那属于我的什刹海。

2005年7月8日

这个秋天没有乡愁

如果把自己比喻成一辆车，在这漫长的人生路上，走过的沟沟壑壑实在多，几乎对前程失去信心时，忽然，一条顺畅道路铺在眼前，惊异中让我的心为之一振。曾经有过的愁苦和怨怼，顿时变成车轮下的尘土，扬弃在渐渐远去的路上。前景似乎不再暗淡。即便后来也有坎坷，但是，对于生命再构不成威胁，总算平安到达目的地。

让我扭转命运的时间是 1978 年——这年板结的政治土地开始松动。给我发展机遇的地方是工人日报社——这家报纸停刊多年即将复刊。我可以毫不掩饰地说，1978 年这个年份是我的吉时，工人日报社是我的福地，我常常怀着感激之情，回忆那段美好、舒心的日子。

年轻时由于天真幼稚，在动员鸣放的运动里，说了几句真话、实话，结果给自己招来祸患，一夜之间沦落成政治贱民，从北京流放到边疆。苦重的劳动，缄口的惩罚，这些都好忍受，唯一难耐的就是那思念——思念故乡，思念亲人，思念自由，思念欢乐，思念人应该过的正常生活。每年到了秋冬时节，听着那呼啸的风声，看着那飘落的雪花，想起家乡和亲人，就会感叹多舛的命运。更忧虑这样的日子，何时算是个尽头，一想到可能终老他乡，脆弱的生命支点，如同一张薄薄的纸，被轻易地捅破了，显露出来的自己，原来是如此难堪。倘若不是考虑再获罪，痛快地放声大哭一场，或者淋漓尽致大骂几声，这样的念头常常闪在脑海。唉，毕竟罪身不容，于是只好在忍耐中，想念远方的亲人，回味有过的欢乐。

记得小时候在家乡，秋天捡拾落叶把玩，冬天在雪地里嬉闹，回到家里母亲看见，先是问问冷不冷，而后立刻端杯热茶，让赶快焐一焐双手。万一有个小病小恙，母亲总会给些药吃，饭食上更是加倍关照，自打成为罪人流放外乡，别说母亲的照拂了，连见面的机会都很少。留在母子心中的都是思念的折磨。因此这之后的每个秋冬，只要被什么景物触动，勾出我思乡的情绪，就会自然而然想起，在母亲身边的那些往事。我被流放二十二年，二十二个秋天，总会有这乡愁。读到有关乡愁的诗文，想起家乡景致和幼年生活，有时就独自悄悄落泪。男子汉的尊严，此时荡然无存……

还好，忍耐了二十几年，祈盼了二十几年，幸运之神突然眷顾。几乎在毫无准备的情况下，我获得一个返京的机会。从此改变了生存状态。尽管这时我已经是人到中年，生命季节正是秋天，但是心野依然蓬勃，渴望在新的时代里，认真地做点自己喜欢的事。

那是在遭“文革”大难之后，被破坏的中国百废待兴，停刊多年的《工人日报》准备复刊，经多年好友王文祥（原《人民日报》海外版副总编辑）推荐，我被借调到《工人日报》当编辑。在此之前的十数年间，我都在农场、工厂劳动。“文革”中先是进学习班受审查，后又被送到“五七干校”劳动，直到“清理阶级队伍”结束，分配我到乌兰察布日报社，政治命运才多少有些好转。但是“摘帽右派”的政治身份，却依然像个幽灵盘旋心中，做什么事情都是小心翼翼，生怕在被视为“专政工具”的报社，再犯什么不可饶恕的过错，重新遭贬斥成“牛鬼蛇神”。作为有如此政治身份的人，在一个什么都讲出身的年份，我能得到这个岗位已经知足。这是我当时唯一的愿望。而且做好在此终了一生的准备。

然而，政治伤疤明摆在头上，想不让人揭不大可能，特别是在牵涉个人利益的事情上，政治身份是取舍的重要标准。在工资调整停顿多年之后，国家准备给大家增加工资，名额毕竟有限，总有人调不上，可是机会却是平等的，谁也没有权力剥夺谁。在报社调资动员会上，编辑部一位负责人讲话，公开点名拿我做例子，先是夸奖我一番，而后说“因为名额有限，这次恐怕就不好考虑了”。工资还未正式调，就先剥夺我的正当权利，听后心里很不是滋味儿，当天夜晚怎么也睡不着觉，满腔的忧愤无处诉说，本能地想起家乡想起父母，浓浓的乡愁犹如乌云，推开我痛苦和不解的闸门，委屈的泪水顿时急淌下来。

假如他不是公开这样讲，私下里跟我交换一下意见，我想我是会理解和放弃的，因为，即使在1957年受处分降了级，在那家报社职工工资中，相比之下我还属于高的，放弃一次根本算不得什么。他这样公开表态剥夺，很明显是拿政治身份说事，在我看来，这不仅是不按政策办事，而且是对人格的重大伤害，无论如何我都无法接受。在我的心目中，人格和尊严的位置，远比政治生命更为珍贵更为重要。在人格和尊严上，我从来都不让步。我知道，这也正是我一生倒霉的原因。此刻，尽管有可心工作和稳定生活，按说应该用忍耐求平安，但是，天性不允许我有丝毫退让，既然没有权利享受，我也没有义务当陪衬，这个工资我就不调了。次日便请假回天津探亲，起初领导一再劝阻，最后在我的坚持下，领导只好批准。当夜我便乘上返乡列车。

跟每次路过北京一样，我总要看望几位好友。见到王文祥说起这件事，他也觉得不合乎国家政策，并且对我的遭遇很抱不平。稍停片刻，他说："干脆，我想想办法，你回北京吧。"要知道，那时"右派"问题还没有改正啊，这种事怎么可能呢？我简直不敢相信自己的耳朵。接着他又说："到《中国青年报》《工人日报》都行，我给你联系，不过青年报有个年龄限制，待几年你还得调动，还不如直接到《工人日报》。"话都说到这个份儿上，我又不能不相信，何况此时，王文祥正参与《中国青年报》复刊准备，更没有理由不相信他的话。只是想到自己的政治情况，心里难免犯嘀咕：在内蒙古连调工资的资格都没有，现在说调北京就真能够调来吗？万一人家再从政治问题上卡，岂不是会受更大的羞辱？经过再三思索，还是听了文祥的话，连天津父母家都未去，带着几分疑惑和期望，当夜乘车折返内蒙古。谁知事情竟然很快有了眉目，未过几天，便接到工人日报社借调信。办理调动手续时，虽说有人设置障碍，用种种借口阻拦，在几位好友的帮助下，最终我还是到了北京。

到《工人日报》报到时，正是 1978 年的秋天。这是北京最好季节，满街菊花飘香，蓝天白鸽飞翔，闻着这久违的气息，心中有说不出的快乐。饱受"文革"灾难的首都，刚刚从窒闷中苏醒，行人脸上荡漾着喜悦，说话都不再那样拘谨，这种情绪无形中感染着我。使我隐约地觉得，这世道真的变了，不然，我的调动不会如此顺利。

筹备复刊的工人日报社，大院走动的人，楼内上下的人，都显得异常紧张而又兴奋，如同冬眠迎春的花树枝，每株都想早点绽放异彩。我被分配到文艺部，并以老编辑的身份，被委任为编辑组长，主编"文化宫"副刊，跟其他同仁一样，为报纸复刊尽心忙碌。有时上完夜班回到宿舍，睡不着觉在床上辗转反侧，我就独自想：同在一片蓝天下，北京和内蒙古两地，地域距离并不很远，政策执行咋就不同？假如没有朋友帮助到工人日报社，我还不是依然在那家报纸，满足于得来不易的编辑职业。当然，更不会有我后来的发展。人的命运就是这样奇妙，哪怕一步走错或走对，都有可能影响自己一生。

同样是从 1978 年起，我搁置多年的笔，开始捡拾起来。先是因工作需要，给我主持的副刊，写些配合性文字，后来应《中国青年报》之约，为《青春寄语》专栏，写些适合年轻人阅读的文章。《寻找你青春的歌》、《不要熄灭心中的灯火》两篇短文，在报纸发表后竟然得到读者认可，其后《解放军报》、《辽宁青年》、《河南青年》、中央人民广播电台、吉林人民广播电台等媒体，都相继来信来人找我约稿，中国青年出版社和四川人民出版社，还派编辑找上门来要为我出书，这样，在不知不觉中又开始业余写作。我的第一本散文集《生活，这样告诉我》，由中国青年出版社出版后，此时正好中宣部、国家出版局、共青团中央、全国总工会举行图书评奖，这本书被评为“全国首届优秀青年读物一等奖”，这也是我平生第一次因写作获奖。此后四川人民出版社又出版了我的第二本散文集《心灵的星光》，这不仅给我的写作增强了信心，我以为比这更重要的是，曾经因笔墨罹难的恐惧感，渐渐地在写作快乐中淡忘，沉寂多年近乎老死的心，仿佛又有了新的生机。追补失去的时光，找回原来的自己，尽管知道不大可能，却也成了我那时的动力。白天编报纸，夜晚写文章，睡眠有时三四个小时，并不觉得怎么累，积蓄多年的体能，像山泉之水喷发出来。

借助《工人日报》这个地盘，我重新熟悉了北京，重新融入了文学界。过去在各种政治运动中，受迫害乃至被治罪的大批作家，这时纷纷从流放地陆续回来。这些人有的过去我就认识，有的是我北大荒难友，有的是到《工人日报》结识的，大家都处于雨过天晴的兴奋中，彼此之间交往交谈再无防备。我以报社编辑身份向作家们约稿，我以报社记者身份出席文学会议，二十多年的痛苦经历被暂时遗忘。那时的北京文化界，如同久闭的潮湿暗屋，门户被一股清风吹开，感到格外的明亮清新。走过文化沙漠地段，迎来花红柳绿美景——禁锢的图书开禁了，封存的电影放映了，连《魂断蓝桥》《翠堤春晓》等外国电影，都以内部参考名义播放，我这个穷乡僻壤归来的人，着实地饱了眼福开了眼界。著名指挥家小泽征尔、小提琴家施特恩的到来，让优美的纯音乐重新响起，使人们被“文革”歌曲折磨的耳朵，从此不再有受刑的感觉。我作为报纸从业人员，都能得天独厚最先享受，心灵和思想也就显得开阔。

就是在这种清风送爽的氛围里，我所在的《工人日报》文艺部，先后发表或转载了《于无声处》《乔厂长上任记》，刊发了歌曲《祝酒歌》，还有艾青归来后写的诗歌，廖沫沙平反后写的杂文。能够见证这段历史，我为自己感到欣慰。当然，比这更令我兴奋的是，相隔半年之久，具有里程碑意义的四届文代会召开，我以记者身份参加大会采访。那些我敬重的文学泰斗，那些我钦佩的艺术大师，经过长期磨难和漫长等待，此刻相聚北京西苑宾馆。亲见他们相逢时的情景，作为一个晚辈文化人，为他们失去的宝贵时光惋惜，更为他们脸上有了微笑欣慰。尽管开心的日子来得迟了，但是毕竟还是真的来了，怎么能不让人们高兴呢。有的人合影留念，有的人把盏言欢，多年的思想隔膜，在一时的欢乐中，仿佛都不复存在，共同迎来的美好春天，让人们的心胸变得豁达。

这时，时间仿佛也在追悔荒唐时段，许多被扭曲的历史事件，都在拨乱反正中重新审视。我的“右派”问题改正后，又顺利调入中国作家协会，在刚刚复刊的《新观察》杂志社，开始我后半生的跋涉。栖身在年轻时起步的地方，人是熟的，地是熟的，就连散发的气息都无陌生感。尤其是距家乡和亲人近了，心里也就比过去显得踏实。就是从这个秋天开始，长长的幽怨，浓浓的乡愁，好像永远不再属于我。我这辆半新不旧的车，在其后的人生道路上，又欢快地奔跑许多年，超过退休年龄才停歇。留下深深辙印的时间，是三十年前的那个秋天。从那个秋天起，我没有了乡愁。

2008 年 1 月 12 日

难忘草原那段情

前半生四处奔波，有居室而无家，那时最大的愿望，就是有个属于自己的窝儿。经过多年的企盼争取，最后总算如愿以偿，有了一套说得过去的住房。没有豪华的装修，住着却很舒适；没有高档的家具，使用却很方便。从此这个叫家的天地，就完全任我来驰骋，既掌握总统般的权力，又享受平民样的自在，活得真真正正像个人了。这时再听人唱“外面的世界很精彩”，对我都形不成怎样的诱惑，倒是那首《可爱的家庭》外来歌，让我听着非常动情动心。

朋友说，你这是怎么了，趁能跑能颠时，还不多往外走走，老待在家里多没意思。话是这么说，有时也想这样，只是临到出发时，常常会变卦，找个理由打了退堂鼓。想想过去到处流浪，这会儿好容易有了个家，恨不得把过去失去的日子，找回来重新组合在家庭的温馨里。这就是为什么，这些年本来有机会，去九寨沟，走张家界，到新疆，进西藏，而我却并不十分热衷，原因就在这里。

可是，在今年竟然有个例外。全国政协和国家林业局，组织首都文化界人士，去内蒙古赤峰翁牛特旗，参加“保卫绿色，关注森林”活动，我未假任何犹豫和思索，当时就爽快地答应了。尽管因脑供血不足正在输液。这是为什么呢？连我自己也说不清楚。反正只要一说是去内蒙古，本能上就来情绪，有着游子归家的感觉。

在这次同行的作家中，有两位曾在新疆工作过，一位是剧作家陆天明，一位是报告文学作家文乐然。当我跟他们说起此事时，他们跟我有着同样的感觉，怀念自己曾经生活过的地方。陆天明是上海人，后来去了新疆；文乐然是湖南人，后来去了新疆。我是天津人，后来到了内蒙古。我们三个人跟新疆、内蒙古，都没有任何乡缘关系，只是因为在那个动荡年代，身不由己地被送到边疆。陆天明、文乐然两位老弟，是什么原因到的新疆，我没有细问过他们，从当时所处年代推测，我想不会是自我选择吧。而我去内蒙古完全是流放性质的，对于一个摘帽“右派”来说，哪里会有自己的自由自愿?

由于有这段不寻常的经历，时不时会有人感到不解，甚至于被认为是一种矫情。尤其是像我这样的人，或者还有“知青”那代人，去边疆受了不少的苦，怎么还要留恋那个地方呢?简直不可思议。于是我跟陆天明进行探讨。我们的共识是：地域情感和苦难经历，是完全不同的两回事。给苦难唱赞歌，是矫情；恋生活的土地，是常情。这就是为什么，即使是经过苦难，还要缱绻不舍。人在许多时候就是生活在这样的心境中。

说到这里，我忽然想起一次聚会。那是在2003年春天，浙江作家汪浙成来北京开会，会期只有三天，他哪里也不想去，他说，他在内蒙古工作那么多年，调回家乡了，还是经常想内蒙古，这会儿就想跟内蒙古人见见。于是，我们这些在北京的内蒙古人，相聚在北京广播学院两位教授那里，淋漓尽致地神游了一趟草原。席间又是说又是喝又是唱，无拘无束，自由自在，就像在白云蓝天下的草原，由着性子跑马、摔跤、打滚、呐喊，要怎么畅快就怎么畅快，高兴得忘记了都是年逾六旬的人啦。

尤其让人奇怪的是，说的事都是内蒙古的事，什么内蒙古人如何实在呀，什么内蒙古莜面如何好吃呀，等等；唱的歌都是内蒙古的歌，什么《美丽的草原，我的家》呀，什么《呼伦贝尔圆舞曲》呀，等等，说时是那么动情，唱时是那么动心，好像我们就是土生土长的内蒙古人。其实，我们这几个人，全部是外地人，有的是大学教师，有的是报刊编辑，有的是部队将军，在六十年代初期，以不同的情况，以不同的身份，从内地来到内蒙古，一待就是二三十年，直到改革开放时，才都陆续地调回来。可以说，把自己的青春年华，把自己的聪明才智，全都献给了内蒙古草原，献给了大西北的开发。我们可以无愧地说，在支援西部建设方面，我们是一批先行者。

当然，我们在内蒙古的几十年，同样也有过不愉快的事，经历过各种各样的政治运动，在身心上也都不同程度地留下了永远抹不去的痛苦。但是这些不幸的遭遇，如同一片暂时的小小乌云，并未遮住我们心灵的天空，只要想想内蒙古这块深情的土地，只要想想内蒙古那些纯朴的人民，情感上依然有种难以舍弃的眷恋。而这种眷恋常常是说不清道不明的，你可以说它是一种情感，你可以说它是一种习惯，反正不管你怎么说，只要它潜入了你的血脉里了，你就再也没有办法摆脱掉。就如同进入江河的水流，总是不停地往前涌动，涌动。

我的故乡在冀东平原，十几岁便跟随父母离开，此后再也没有回去过。对于家乡景物的记忆，完全是儿时的那些，一点都形不成感情震撼，可是仿佛有种东西，总是冥冥中来诱惑我，无论在何时何地，亲切的故乡身影，都会出现在我的眼前。只要想起故乡，我就会兴奋，恨不得立刻回去，看看那可能完全陌生了的土地。这是什么情结呢？这大概就是通常说的乡恋吧。

那么，对于生活过的地方，对于受过苦难的地方，并没有一点相承关系。而且留下的记忆完全是外乡人的，却同样有着刻骨铭心的思念，有的时候比对故乡还要强烈，这该怎么解释怎么说呢？我想应该说是一种“地域情结”，似乎更恰当更能表达真实情绪。不然没有这种经历的人，就很难理解这样的事，必然会说是矫情的表现。

在我认识的外地“内蒙古人”中，有这样一位文化界朋友，他原本是四川人，六十年代大学毕业分配来内蒙古，可是总想调回家乡去，后来终于有了个机会，调回到四川家乡了。到了家乡他才发现，除了景物是熟悉的而外，别的什么尤其是人情，他完全都是很陌生的，就连气候都不适应了，他只好又回到了内蒙古。这时的四川对于他，只是个籍贯上的故乡，而生活惯了的内蒙古，却成了他心灵上的故乡。有次跟一位原在内蒙古的江西籍作家，说起这位四川朋友的事情，他说他也有同样的感觉。他从内蒙古调回江西以后，尽管他的乡音未改，人们也承认他是老表，说话做事都很方便，但是在感情的沟通上，总觉得跟内蒙古人更容易。这是多么奇怪的事情啊。

这时我就想，人的感情之舟太奇怪了，一半装着生养的故乡，一半装着心灵的家园，悠悠荡荡，从从容容，永远行进在时光的河流上。不管遇到多么大的风浪，都不会轻易地失去平衡。这也正是人的可爱之处。噢，心灵的家园和生身的故乡，都是我真诚情感的圣地，只要挚爱的泉水不枯竭，我就会永远精心地浇灌它们。

2000 年 6 月 10 日

总算有了梦想

在新世纪到来之前，《燕赵晚报》的副刊版，以《梦想中国》为题，组织一些作家撰文，畅谈自己的梦想。他们希望我也写篇小文章，谈谈我在新世纪的梦想。提起笔来立刻就犯难了，不禁对自己发问：我还有梦想吗?

在应该梦想缤纷的年龄，我却一直不敢有自己的梦想，那时候的我就像一头驴，捂着眼睛拉一盘生活的碾子，日复日年复年地在一条道上，难分昼夜地一圈圈地走着。重复着动作也重复着思想。人间许多美好事物都难以享受，哪里还会有属于自己的梦想。

当二十世纪即将结束的前二十年，中国进入一个开放的时代，人们衣着的色彩多了，心灵之湖的涟漪多了，梦想也就自然而然地恢复。依我此时的年龄，按说不应该再有梦想，然而我却梦想接连不断，为此，我特意写了篇短文《开始有梦》，用以表达自己真诚的喜悦。这时我才蓦然懂得，梦想跟花儿一样，只有在风和日丽时，它才会自由地绽放。

现在，时光之水在静静流淌着，已经悄悄流入新世纪河床，人类又走进一个新的天地。在这样的时刻谁能没有梦想呢? 我作为一个普通中国人，当然也会有自己的梦想。然而我的梦想又是跟我的经历相连的。在我生长的二十世纪里，给予我的苦难和痛苦，实在多得令我胆战心惊。童年的梦想被日寇的铁蹄踏碎，青年的梦想在政治运动中破灭，中年的梦想消失在流放的劳役中，到了可以梦想时已经进入老年，这时再有梦想都无法实现。所以让我谈对未来的梦想，只有一个不是梦想的梦想，这就是：让中国人永远在梦想中生活。

一个人乃至一个民族，倘若没有了梦想，就会失去创造性，即使生存着也缺少活力。就如同河里没有了水，叫河流却没有水的灵气；就如同山上没有了树，叫山却没有山的秀色，这样的生命是多么可悲可怜。纵观我国改革开放这二十几年里，国家处处充满生机，人民个个胸怀有志，就是因为赶上了梦想的时代。有了梦想就不愁创造，有了梦想就会有进取。而这一切又是需要安定环境作保障。因此，我真诚地希望未来的中国，不要再有战争，不要再有伤害，让每个人的人格都受到尊重，让每个人的梦想都能实现，那时的中国肯定是美好的。

我的这个不是梦想的梦想，对今天年青一代中国人来说，它实在有点过于卑微浅显，甚至于是对梦想的牵强附会。然而，对于经历过苦难的我这辈人来说，正是因为没有尝过梦想的滋味，对于梦想的渴望、祈盼和珍惜，就越发显得比别的梦想更重要。梦想早已经不属于我了，只能把梦想寄托年轻人。在这新世纪到来之际，我真诚地祝愿年轻人，为了这有梦想的年代，为了实现自己的梦想，勇敢地去梦想去创造，这就是我对“梦想中国”的期望。

2001 年 1 月 6 日

永远的月季

——致一位日本友人

从居住了十六年的团结湖小区，迁居到现在的安慧里小区，算起来有一年的时间了。中国人有句老话：“人往高处走”。我肯于舍弃住了十六年的团结湖小区，搬到这个新建住宅区来，自然也有往“高”处走的意思。只是这个“高”并非说的地势，而是这个新区的设施、方便，要比我原来住的小区高一个档次，尤其是这个新区的绿化，让我这个喜欢花草的人，简直到了如醉如痴的地步。

每逢闲暇时候，我在绿树繁花间散步，无论有多少烦恼，都会消弭得一干二净，涌进胸怀的总是惬意。这时你就不能不感激大自然，倘若没有它的慷慨恩赐，我们赖以生存的环境，会是个什么样子呢？这是不难想象出来的。

你要知道，我的房子在十层楼上，房间不算很大却都向阳，连冬天都没有“不胜寒”的感觉，相反倒有种居高临下的快活。当写作写累了，想松弛一下筋骨，呼吸点新鲜空气，我就站在阳台上，仰首辽远的天空，听悠扬的鸽哨声，这时再没有了别的向往，只希望时光永远定格在此时。有时我习惯地低头看看楼下，总是不自禁地关注满地的花草，这些小生命活得欢欢实实，无形中也给我们以感染，觉得人也应该这样生活。

然而，当我再仔细地想想时，却又不能不有种莫名的惆怅，为那被废弃的一个花圃惋惜。原来花草跟人一样，有时也会遭遇不幸。

那是我住在团结湖小区的时候，楼下邻居有位退休职员，他非常的喜欢花草，这可能跟他温顺的性格有关。我们刚搬到那里的时候，正是风沙漫吹的秋天，楼下空地堆满施工的渣土，随风到处飞扬，住户人人抱怨，这位退休职员实在看不下去，就在每天的早晨和傍晚，他一点一点地把这些渣土移走，平整出一块方方正正的土地。他一锹一锹地挖松土层，他一桶一桶地提水洇湿，说是等明年春天种点什么。

像首都北京这样的大城市，能有这么大的一个花圃，实在是太稀罕太宝贵了，当时许多人都啧啧地称赞。我更是对这个花圃格外关心，每逢走到阳台上看见他劳作，我总是在楼上跟他搭讪几句，并且希冀明年春天到来时，这里出现花繁蝶飞的景象。我想那一定是个百花争奇斗艳的好地方。

斗转星移，时光流逝。几场秋风几场冬雪过后，很快又是一个明媚春天。按照中国农家的习惯，这正是整理田地的季节，这位职员又开始了劳作。几乎是在我不经意的时候，他整治完了土地播完了种，等有一天我走到阳台上一看，嗬，地皮上长出了一片片小苗，绿茸茸，鲜嫩嫩，给人一种生机勃勃的感觉。他都种了些什么，我不便向他询问，猜想，无非是北京普通人家，经常种植的蔬菜花草呗。我也就未再更多地理会它们，每天照样到阳台上走走，也就是随便瞅上一两眼。

等到有那么一天，这块花圃的花儿，一棵棵都有了模样，我才惊奇地发现，敢情种植的全是月季花。我不胜惊喜地询问这位邻居，这么大的一块土地，怎么全种了月季花？他笑了笑，非常平静地告诉我说，他原来打算，种点蔬菜自己吃，再少种点花自己赏，后来一想，这里楼间还都是光光的，谁知道何时才能绿化呢？跟家人一商量，干脆全种成月季花，让左邻右舍的街坊们，走出来也好有个去处。这个花圃也就叫它月季园。这是多么美的花园多么美的人啊。

月季花是中国首都北京的市花，中国人——特别是北京市民，对这种花有着特殊的感情，养花的人家几乎都养月季，每年到了三、四月间，整个北京城处处有月季飘香，可以说是月季花的节日。

中国人为什么这样喜欢月季花呢？月季花富丽典雅、色香俱佳，被誉为花中皇后，这是人们喜欢她的重要原因；除此而外还因为月季花的花期长，可以用来作为友谊的象征，它很能代表中国人好客的性格，正如一首诗中说的那样，“花落花开无间断，此花无日不春风”，所以来过中国的外国友人，他们总是有着如花的记忆。

说到月季花作为友谊的象征，这里边还有一个真实的故事：据说在十八世纪末期，英、法两国交战时，一位英国商人从广州买了四株名贵的月季，被拿破仑的皇后约瑟芬知道后，声称要不惜一切代价弄到手。英国人慑于法国人的强大武力，下令海军把这四株中国月季送到法国，法国人用中国月季跟法国的玫瑰杂交后，使当时欧洲的玫瑰花花型大了花期长了。自从中国月季远嫁欧洲之后，月季花和玫瑰花都称为 ROSE，中国月季花理所当然是位友谊使者。

我的这位爱花的邻居，用自己开辟的这块土地，种植满园的月季花，让附近的人都能观赏，这不也是为了友谊吗?

自从有了这个月季园，每年春天月季盛开时，姹紫嫣红的花朵含笑迎宾，我的这位邻居更是乐不可支。我原来团结湖小区的家在二楼，可以说是得月季香色之先，只要推开窗户就有香味漫来，走到阳台上立刻便见花姿摇曳，犹如置身于烂漫花丛中，整个身心都被色香浸润。这时我就会想起梁实秋和冰心，这两位久居北京的作家，他们都非常喜欢月季花。

听说梁实秋先生到了晚年，每当漫步台湾家中的小花园，看到来自故乡北京的月季花，他常常是抚花沉思久久不忍离去，可见这月季寄托了梁先生多少乡思。至于冰心老人喜欢月季花的情景，这更是许多人都知道的，据她自己说，早在1918年进协和女子大学时，她就开始喜欢上了月季花，从此以后再没有间断过，每年在老人过生日时，人们总是按她的岁序多少，就赠送给她多少朵月季花，祝福这位世纪老人健康长寿。你看这美丽的月季花有着多么高尚的品德。

然而非常遗憾，我在团结湖小区楼下的这个月季园，没过几年由于这位职员迁居，很快便渐渐地荒芜了废弃了。有一次我习惯地走到阳台上，看着满园狼藉的残败景象，满眼的热泪禁不住地潸潸而下，为那失去了往日的辉煌惋惜，为那位邻居的辛勤劳作感慨。尤其想到那些生机勃勃的月季花，我就越发感到生命的可贵，倘若我们不趁精力旺盛时做点事情，无情的岁月很快便会催人老去，我们最终的归宿跟这花儿又有何两样呢?这时我仿佛一下子理解了月季花的情怀，它之所以要在月月开花年年怒放，并且毫无保留地奉献出真诚的友谊，大概就是有珍惜生命的意思吧。

月季是永远的友谊之花。听我这么一说，相信你也会喜欢上月季花，如同喜欢你们自己的樱花，那么好吧，等你有机会来北京，我一定带你去看望一处月季园。当然，我在团结湖小区的那个月季园，恐怕是没有希望再恢复起来，你也就无法跟我一起寻求往日忧欢了，只能在我不熟悉的月季园里徜徉，不过这样也好，我们可以共同享受新园里月季的姿容。

那时如果园主人允许，我一定采撷一束“茶香月季”赠你，这种月季花有个显著的特点，初开时是淡淡的黄色，渐渐地又会变成绯红，这象征着我们的友谊，开始时是淡淡的，随着时光的推移便会加深。你说是吧?

好，在这秋去冬来的时节，先让我送上一个月季的祝福——祝你的生活如同“茶香月季”一样，越来越美满越来越如意。

1997年11月18日

挂在心幕上的电影

如果今生今世不再进电影院，最后看电影应该是十多年前，有次在西单开会中午休息，诗人雷抒雁兄约我看电影。记得那次是在首都电影院，看的影片是《红玫瑰白玫瑰》，根据张爱玲小说改编。对于首都电影院太熟悉了，刚一跨过电影院的门槛，立刻就勾起我对往昔的回忆。

二十世纪五十年代恋爱时，我和女朋友看电影，就经常在首都电影院。她读书的俄语专科学校，在西单附近的石驸马大街，距首都电影院比较近，周末傍晚她下课以后，就匆匆地跑到这里。我当时在中央某部工作，时间相对自由一些，尤其是到了周末，各大机关都有舞会，有女朋友的年轻职员，这天下午就坐不住了，不是跑工会讨要舞票，就是打电话约会时间。我和女朋友有时候跳舞，更多的时候还是看电影，这样时间就比较从容。看电影不是在首都电影院，就是在交道口电影院，交道口电影院距我机关近。不管在哪个电影院看电影，大都是我提前排队去购票，常常是下班铃声一响，就赶紧收拾桌上的公文，像战士冲锋似的去跑票。那会儿想看场电影真的很辛苦，常常是饭不吃觉不睡排队购票，拿张报纸几块饼干就往电影院跑，跑到就边看报纸边吃饼干边排队。

如今首都电影院已经拆除了，交道口电影院改成了文化馆，原来的痕迹都荡然无存。只要一想起这两家电影院，就会想起我的初恋，想起最后一次看的电影。这电影院寄托着我多少往日情怀啊。

平生第一次看电影是在什么时候呢？是在二十世纪四十年代末，那时我还是个少年，随家人从家乡移居天津，在美琪电影院看《艳阳天》，是由李丽华主演的国产片。影片的内容早已经忘记了，以我当时的年龄也不理解，好像是讲述女教师的故事，不然怎么给我留下的印象是，一群孩子跟教师做捉迷藏游戏呢？至于能记住片中的演员是李丽华，除了以后还看了些她的影片，更因为我这个从县城来的男孩，第一次看到如此漂亮时髦的女人，当然就记住了跟人一样美丽的名字。就是从看《艳阳天》开始，我渐渐喜欢上了电影。

十多岁的孩子正是贪玩时候，可是又没有什么好玩的东西，每天上学家里给点零花钱，除了买点小食品边走边吃，余下的钱都送到了电影院。像美国大片《人猿泰山》《乱世佳人》等等，就是在这个时候观看的。尽管那时不见得看得懂，但是作为娱乐的电影，却在我幼小的心灵里，留下了异常美好的感觉。我的眼界也由此打开。

参加工作后到了北京，独自一人住单身公寓，平日里别的娱乐不多，业余时间就泡在电影院。那时看电影显得很时尚，就连青年人谈情说爱，除了逛公园就是看电影。每月的工资六七十元钱，我烟酒不沾吃喝简单，比之别人花销比较少，买书看电影是最大消费。隔三差五来了新影片，下班后就往电影院跑，怕买不上票连饭都不吃，手里拿着面包或饼干，边吃边抢着排队购票，这是每个电影迷的平常事。

有次来了部苏联新影片，好像是《奥赛罗》，首轮上映正好在周末，头天从会议上溜出来抢票，好不容易弄到两张票，而且时间座次都不错。次日傍晚兴冲冲跑到电影院，站在最高处等待女朋友，左等不来右等不来，身边有几个人撺掇我让票，这时开映的铃声响起，我赌气把票让给了别人。正在下台阶时见女朋友来了，乘坐三轮车紧赶慢赶地赶到，知道我已经把票让给了别人，她一边解释迟到原因一边哭泣，我连听都不要听，挺起胸膛自己走开，混耍男子汉的威风。从此感情的瓷器留下裂痕，恢复理智后主动设法修复，最终因自己性格的缺欠，更因为“反胡风”政治运动原因，结束了那段美好的恋情。那次看电影的盲动也成了我终生隐痛。

命运之舟1957年遭遇暗礁，先是流放北大荒劳改，后来又发配内蒙古劳动，在塞北小城蜗居十多年，由于有个政治贱民身份，正常人大都不敢接近，日子过得相当孤独郁闷，再加上家人不在一起，业余时间全泡在电影院。那时看电影只是想排遣寂寞，当然也就不在乎是什么片子，只要能够一时忘记身份，跟陌生人享受平等就好。

有一次看朝鲜影片《卖花姑娘》，这部片子又是演又是唱，故事还是那么扣人心弦，散场后许多人谈论剧情，我只是出耳朵听不搭话，默默地感受欢乐的气氛。忽然有个年轻人问我：“你说，朝鲜国家不大，更不富裕，怎么能拍出这么好的电影？”我一听这是个政治问题，不敢也不便多嘴，就哼哼哈哈搪塞过去。二十多年以后在一次文人的聚会上，聊天儿聊起看过的老电影，说到朝鲜电影《卖花姑娘》时，在座的歌词作家乔羽先生讲述中朝文化合作往事，其中就说到这部《卖花姑娘》电影剧本的修改，“乔老爷”乔羽曾经被朝鲜请了去，在《卖花姑娘》文字润色上出过力。听到这里忽然想起，当年观看这部电影，那位观众的疑问。真为他的敏感惊讶，竟然从这部影片制作上，悟出存在的问题。今天被“乔老爷”乔羽所证实，真了不起。

看电影赏风景吃大餐，本来都是美好的事情，不过一旦不自愿就成受罪。别看我这么爱看电影，也有讨厌电影的时候，那就是在“文革”学习班。我当时所在的内蒙古，全区实行军事管制，干部全部进学习班，圈在一个外地的军营，组织审查个人，个人“斗私批修”，余下的晚上时间就是看电影。按说这差使够美的吧？只是跟看样板戏一样，翻过来掉过去折腾，就是那么三部电影，强制你看不看也得看，看电影上纲到政治任务，学员们自然要反感抵制，于是就编出顺口溜：“吃的是大米饭，看的是老三战（《地道战》《地雷战》《南征北战》），闲着没事院里转，说是‘斗私批修’，其实是瞎扯淡。”顺口溜传到学习班领导那里，这还了得，这不是明显地对学习班不满意吗？对学习班不满意不就是对抗吗？对抗不就是“现行反革命”吗？追查。于是一层一层一人一人地追查，好在这时大家都有了挨整经验，知道应该如何应付这种情况，问到每个人时，人人都说是夜里上厕所听别人讲的，厕所有挡板隔着，只听声见不到人，哪能随便胡说到底是谁说的。众口一词多腔一调，最后不了了之，更多的这类顺口溜，反而如长翅膀越传越多。这段经历成了我看电影的经典故事。

不过，真正把看电影当做一种享受，这样的时候也还是有的，那是在改革开放以后。我在工人日报社当文艺编辑，正好赶上时兴内部电影，出于职业的需要看电影，这时叫做业务参考，而在我却成了最好的享受，隔两三天就要进一次电影院，常常是一次看两三部片子。如果碰到一部非常喜欢的影片，看过以后总还要设法再看，比如《魂断蓝桥》《翠堤春晓》这些大片，少说也看过七八次了，每次看完弄得神情难安，到时还是想再去看看，仿佛这种不安就是情感需要。

我妻子是音乐教师，婚前也喜欢看电影，两个电影迷走到一起，按说应该双双观看，岂知两地分居十多载，根本没有这个机会。我的“右派”问题解决以后，好容易从边疆调回北京，这时许多事情都物异人非，就连电影院都有变化，首先是电影票价比较贵，其次是距电影院比较远，再有就是乘车不很方便，年纪又一天大似一天，就很难再走进电影院，无形之中就跟电影绝了缘。偶尔想起早年看电影的事，依然会隐隐感到那种快乐，还在我的心中悠悠地回荡。这时才意识到看电影的瘾头未减。

好在如今电视普及、DVD 片成堆卖，连奥斯卡金像奖大片都有，这些年也买得不算少，偶尔来了兴趣就放 DVD 片，在家里悠然独享世界电影。泡一杯醇香的绿茶，仰坐在柔软沙发上，遥控器往手上一握，想开始就开始，想终止就终止，喜欢看的片断再放一次，不喜欢的地方就跳过去，比往年进电影院更舒适。所以说那次跟抒雁兄看电影，是今生今世的最后一次，这也是完全有这个可能的，除非再有朋友拉着我去。当然，还得是我喜欢的电影片子。

如果就此画个句号，我看对我来说也不错，那拆除的首都电影院，给我留下的永远记忆，岂不是最后的美好——最早跟朋友看电影在此，最后跟朋友看电影也在此，人生有这样的巧合多有意思。

2007 年 2 月 28 日

在南方思念着北方

正是北方寒风凛冽的冬天，怀着对温暖的急切渴望，我于春节前匆匆来到草绿花香的南国，想在这里度过一个春天般的冬天。

我们居住的中国作家协会创作之家，坐落在深圳市西丽湖畔麒麟山下，是个自然环境十分幽静、美丽的所在。曾经来过这里度假的老作家李纳大姐，在同我一次电话里交谈时，高兴地告诉我：那里真美，到处是青竹绿树，花儿开得也艳。连这位生长在四季如春的云南的老作家都如此倾心，我这在北方长大的人怎能不痴迷呢？

从北京到广州，经过两个多小时的空中航程，一下飞机便投入绿色的怀抱。改乘汽车由广州到深圳，一路上尽是南方充满生机的自然景色，使我们这些满目存留着北方冬天萧瑟景象的人，立刻为之一振，心中顿时激起难以言喻的欢欣。南方北方冬天迥然不同的自然景观，在我的脑海里形成了十分强烈的对比，很自然地想起了一句现成的话：哦，这冬天里的春天。

当晚，带着这南方美丽、温暖的冬天给予的激动，我睡下了，满以为还会给我一个更为美丽、恬适的梦。谁知这一夜翻来覆去怎么也睡不着。悄悄潜来的寒冷和藏匿居室的蚊虫，趁黑夜一起朝我袭来。为了抵御这同属南方冬天的天敌，我不得不起床再加上两床被，还得同时放下蚊帐来。可是我总不能把头埋在被里睡呀，露着的脸颊和耳朵依然感到冷飕飕的，只是身子觉得暖和多了。于是白天的那种印象此时翻了个个儿：这里室外是春天的景象，室内则是真正冬天的温度，这一点远不如北方冬天室内紧锁的温暖令人惬意。

我又思念起北方来了。北方冬天的室外是寒冷的，特别是在起风降雪的时候，温度会骤然下降，最低时零下二三十度，身着皮衣棉衣脊背还会透风。四周清冷的景象和路人古板的脸面也透着寒意，无形中更使你感染着冬天那种失落的氛围。可是只要你推开住室的房门，就会扑来一股暖气，你的身子立刻会觉得暖融融的，思想感情上顿时会意识到家庭的温馨。这大概也正是北方人在冬天匆匆赶路归家的一种心态吧！

然而，我的思念是更为具体的，那就是北方冬天的炉火，这是另有一番情趣的冬天景象。我住进有暖气装置的楼房是近几年的事，更多的时间是住在用炉火取暖的平房里。用炉火取暖是要脏些、麻烦些、辛苦些，但是它却有着暖气无法代替的好处。比如，可以用炉火烧水，壶中喷出的水气弥漫在室内，使人有着潮乎乎的滋润感觉；再如，可以在炉火上烤白薯烤窝头，烤出来又焦又酥，围在炉火旁边烤边吃好不自在。这些只能属于北方冬天的生活情趣，我想一年四季温差不大的南方就不会有了。

至于北方落雪天银白的世界给人的遐思和梦幻，不用说在此刻更是我无法剪断的悠悠思念，就连那令人讨厌的刮风天给人带来的烦恼，此刻都变成了亲切的记忆涌进了我的思念中。这时我的心仿佛是只小鸟儿，不再眷恋这南方的绿枝头，多想早日飞回那熟悉的北方。尽管那里的冬天是寒冷的空寂的，但它毕竟养育了我的生命，是我无法割舍的故乡土地。

美丽温暖的南方，原谅我吧！无论是谁，无论走到哪里，都不会冷淡他的故土。人都是永远属于他自己那块土地的。

1988 年 12 月 26 日

悉读大海

我的家乡临河近海，自幼就喜欢亲近水，长大之后足踏南北，最喜欢的仍是水乡。尤其是那些濒临大海的地方，总是让我去不厌看不够，它如同一本厚厚的彩色书，里边充满浪漫的内容，对于我永远有着迷人的魅力。可惜我跟水的缘分不大，在我有条件与水为伴时，把我发配到远离水的地方。从此，水也就成了我的记忆所在，只是时不时出现在我的思念中。

那年我正跟随一支工程队，在内蒙古东部草原上劳动，一天黄昏，看见草原在微风轻轻吹拂下，一层一层地翻起柔和的草浪，使我立刻想起了记忆中的大海。说来也真够巧的，那天刚刚下过一场带日雨，雨后的草原，天空是那么澄蓝，草野是那么碧绿，这绿这蓝连接在一起，立刻给我犹如观海的感觉。何况还有在朗朗阳光照耀下，随意翻卷的无边无际的草浪，怎不叫人心旷神怡遐思驰想呢？那天高兴得我一夜难眠。后来好容易睡着了，又于迷迷糊糊中说起梦话，据一位同帐篷的师傅讲，我说的竟是什么“蛤蜊”、“贝壳”、“浪花”什么的，他这西北长大的人，连听都一点也听不懂。可见我对于大海是多么一往情深。

然而，若问我，大海的什么，这样让我痴迷，这样让我眷恋，我又难以说得出来。这就如同对于祖国、家乡、母亲，我们每个人都会深爱不疑，但是又说不出道理一样。倘若非要让我说出点什么来的话，那恐怕就是少年时代的美好印象。其实，我对于大海真正有所认识，而且有了理智的敬仰，还是近些年再次接触以后。这时才算认真拜读了大海这本书。

有年夏天，我在北戴河小住数日，下榻的国家建材局疗养院，其建筑探入海中，躺在床上休憩，即有哗哗涛声洗耳，仿佛人就沉浸在海水里，那种惬意宛如游海。这时你会身不由己地，被这情境带入亦梦亦幻中，飘飘然悠悠然地自由自在。纵然过去有过些许不幸的遭遇，见过甚多的人世间纷争，都会被这带盐含碱的海水，荡涤洗刷得一干二净。只觉得偏颇狭窄的心胸，在一点点地开阔拓宽，渐渐地跟大海融合。海的神奇，海的力量，海的胸怀，海的魔力，此刻都表现得淋漓尽致，让你没有商量地领略到。这就是我认识的大海。

国家建材局疗养院的位置，紧邻东山鸽子窝公园，我去的那年还没有圈墙，出入无须购票且不说，更主要的是视野开阔。那些天只要有时间，我就步行到鸽子窝，坐在鹰角亭上观海。这时的海距我是这么近。一天黄昏，正在跟大海倾谈时，突然下起了毛毛细雨，这情景立刻让我想起，那年在草原雨后想海的事，只是我个人的情况已大有改变，真的是星移斗转今非昔比了。这时的海在我眼中是朦胧的，海的远方是蒙蒙的雾气，海的近处是沥沥的微雨，四周宁静得只能听到海涛拍岸声。我看着那海涛，一层一层地前扑后涌，迅速而坚定地攀上岩岸，击撞起朵朵水的星花，壮观极了。这时立刻让我想起，许多关于力量的传说，例如“愚公移山”，例如“精卫填海”，等等，但是那毕竟都是传说，或者说是人们的向往，而这眼前的情景却是真实的，不由你有丝毫怀疑。

次日是个特好的响晴天。披着清新绚丽的朝霞，我又来到鸽子窝海边。昨天浩浩荡荡的海潮，已经退落得几百米远，大海显得异常的宁静，似缎如绸的海水，轻轻地漫卷波纹，在早霞中闪闪地发光，鲜亮得很。这时的海滩是裸露的，如同大海解开了她的衣襟，把藏匿多时的宝物，通通地摆放在你的面前，让你任意尽情地挑选。彩石，贝壳，海带，蛤蜊，螃蟹，应有尽有，无遮无拦，足见大海的慷慨与无私。赶海的人们，一边捡拾大海的馈赠，一边议论着说：“浪涛的劲儿真大，推来这么多宝物，让咱们拾。”“那还用说。跟大海比起来，河和江都显得小气。”无意间听了这些对话，我觉得很有意思，我想，这大概正是人们喜欢大海的缘故。

北戴河海滨的几天小住，让我尽揽了一怀清爽，更让我获得了一腔豪迈，从感觉上觉得变了个人，连走路时的步履都轻快了，更不要说头脑的清朗空阔。只是回到这烟尘浊土的城市后，又开始在局促的环境里生活，难免有些短暂的不适应，需要重新慢慢地调整。此时，我对于大海，不仅有着深深的记忆，更有着别无代替的怀念，真希望再一次走近海滨，去读永远读不完的我所钟爱的海。

1998 年 10 月 26 日

告别老屋

搬家公司的大汽车，发出嗡嗡的启动声，如同一位多嘴的人在提醒，这回可真的要离开了，这居住了十六年的地方。真的要迁居了，心里顿时觉得发酸；“故土难离”是什么滋味儿，我平生还是头次领受。

类似这样的迁居，过去也有过几次，只是没有这么让我动情，因为，那些次毕竟是单身时的挪窝儿，不是真正意义上的搬家。这次则完全不同，这屋到底是我的家，精心经营了十六载，吃的住的都惯了，就这么说走就走，怎么能无动于衷呢？

说实在的，在搬家汽车开来之前，不，在搬家汽车未启动之前，我有过对这老屋的局促的抱怨，我有过对那新居的敞亮的渴望，可是当真的要告别老屋走向新居了，这抱怨这渴望全都已不复存在，只有一缕深深的缱绻之情，在我的心中悠悠地回旋。连我自己都觉得有些奇怪，人的思想感情怎么这样无定，在渴望某种东西时，恨不得拿出吃奶的劲儿去争取，然而当真的要成为自己手中之物了，说不定又会犹犹豫豫不肯接近。此时的我正是被这个矛盾的幽灵拉扯着衣襟。

其实仔细地想一想，我留恋这即将告别的老屋，本该是情理中的事情，否则反而不好理解。这栋楼房中的两间老屋，给我和妻子遮风挡雨且不说，更主要的它是我们婚后第一个栖身之地。在此之前的二十几年时间里，我和妻子两地分居各住各的单身宿舍，凑到一起也只能在办公室团聚几天，根本没有属于我们的被称为家的房子。这一住就是十六年的真正意义上的家，有着我们多少生活的悲欢，有着我们多少劳作的汗水，如今就这样说走就走了，无论是谁恐怕都不会轻易抬腿。当初开始准备迁入新居时，妻子是那么不情愿，总是跟我别别扭扭的，问她具体理由时，只有简单的一句话：“住惯了，舍不得。”听了这话简直令人啼笑皆非，难道这也算是不搬家的理由？

我们即将迁入的亚运村新居，大的环境是那么清洁雅静，住的房屋是那么宽敞明亮，远比这老屋的条件好得多，人不都是往好处搬吗，怎么只凭“舍不得”就不想搬呢？再说这是我们的最后一次机会，真的就这样轻易就放弃，恐怕以后很难再住进新房。反正我是铁了心啦，这次非搬走不可，妻子有天大的不情愿，最终也得听我的，只是在搬家的时间上，我迁就她挨过了春节。

这会儿真的要搬家了，装着家什的汽车马上就要开动，没有商量地要跟老屋告别了，谁知妻子有过的“舍不得”的滋味儿，竟然蓦地涌上我的心头。这时的妻子，反而显得比我平静。还别说，这“舍不得”不是什么理由，在这时候又是正当理由，倘若这会儿妻子说：“舍不得，就别搬了，何必勉强自己呢?”说不定我会改变主意，不搬了，哪怕过后又会后悔起来。

不过，我们还是走了，搬了，告别了居住十六载的老屋。我想再回头看看，甚至于想跳下车，再轻轻地抚摸一下那推拉过千万次的大门，然后说声“谢谢”再走，可是没有这样的勇气。我的铁石心肠，我的克制能力，在这短暂的几分钟里，非常出色地帮了我的忙。老屋，我的老屋，渐渐地远了，远了……

我坐在汽车驾驶室里，给搬家公司的人引路，除在必要的拐弯处告诉一下方向，一路之上很少说话，脑子里不时幻化出的尽是老屋的叠影。可以毫不夸张地说，这两间住了十六载的老屋，是我近些年来生活的见证，它知道我的悲欢，它明白我的荣辱，若是当初记下每一天的经历，这会儿一定会成为一部书。我之所以会有“舍不得”老屋的情愫，如同我之所以会有离开老屋的想法一样，绝不仅仅是为了追求好的住所，这其中还包含着难以言状的心绪。

那是在我的“右派”问题还未改正的时候，先由工人日报社从内蒙古借调我来北京工作，说好给我解决全家户口和住房，当时也完全有这个可能，因为类似情况报社里只有我和另一位编辑。可是时隔不到一年，“右派”改正的事情就着手进行了，这时原先在北京工作过的“右派”，几乎都陆陆续续地回到原单位，我在的报社也回来了十几位，一起给这么多人解决住房，无论如何会有一定困难。尽管报社有关部门仍然坚持自己的承诺，却并没有说出具体时间，再说类似住房这样的物质分配，历来是不会平顺进行的，谁能预料到时会发生什么情况呢？我决定离开这家报社，寻找能马上给我住房的单位。

我当时不过四十出头的年岁，又在“文革”后接续上了编辑工作，属于那种物美价廉的壮劳力，自信是不愁找到一家让我栖身的单位的。经过几位朋友的奔波、投标，果然有两家杂志社想要我，并答应立即给我解决一套住房，人家向我提出的唯一条件是“不准跳槽”。这两家都是专业性质很强的杂志，人到中年再去学艺又来不及了，我也不想为了房子去糊弄人家，就这样错过了跟房子擦身而过的机会。后来有一家综合性质的杂志主编找我，我倒是真心实意想去，何况人家还答应很快解决住房。但是我认真想了想，我毕竟是个有妻室的人，光考虑自己合适一时冲动定下来，万一到时出点什么差池，岂不是会在妻子面前落埋怨吗？我想还是要跟她商量。

完全出乎我的所料，遇事一向没主意的妻子，这次竟一反常态，非常坚决非常干脆非常利落地表示：“不马上解决住房，哪里也不去，宁可留在内蒙古待一辈子。”

妻子的态度和想法，并非毫无道理，更不是要破坏我的前程。我们结婚二十多年，不是住单身宿舍，就是住办公室，从来没有住过像家的房子，这一晃悠到了中年，再继续凑合下去，谁知猴年马月有望解决呢？这时的我总算经过多年生活的磨砺，思考问题比过去实际多了，无论有什么天花乱坠的好事在诱惑，我也绝不想去亲近，只想有一套真正称得上是家的房子。

这样的机会，经过等待，终于来到了。

当年划我“右派”的交通部，决定给我落实政策，安排我在这个部的政研室工作，由一位副部长签字给我一套住房。其实以我当时的情况和身份，这样的工作根本不适合我，只是为了获得一套住房，我不得不硬着头皮接受。有了这套两居室的住房，我和妻子如同拥有了整个世界，我们高兴地唱，我们快乐地跳，仿佛这时才是我们真正的婚礼。这钢筋水泥建构的四壁，根本无法挡住我们的兴奋，我们时不时地凭窗眺望远方，那湛蓝的天际，那遨游的鸽群，似乎都在以羡慕的目光祝贺我们。真正的家的意识也在这时才在我们的心中形成。

房子是什么？原来房子竟是命运的组成部分。想到当年被莫名其妙地戴上“右”字荆冠，想到二十几年来的凄风苦雨的生活，兴奋之后不免百感交集，这本来早该属于我的生活应有之物，竟然付出如此昂贵代价才得到，实在有点让人哭笑不得。然而我们还算是幸运的人，不管怎么说，最后还是有了这两间住房。

在这两间住房里，转眼度过了十六个寒暑，从生活方式上讲，比之过去是安定的，但是就我的人生经历而言，依然是有风有雨，留下的记忆不会消失，让它先存放在那老屋中吧。特别是在我无端失业赋闲的那几年，再次领教了人情的冷暖，唯有几位真诚朋友送来的问候，使我感到生活的河流并未完全结冰。我在这两间房子里读书、写作，有时也安静地想想过去的事情，越发觉得这两间房屋，对于像我这样一生不顺的人，该是多么可贵多么重要。在失业无告的那几年里，要是没有这两间房子让我舒展身心，还是一如既往地漂泊流浪，很难说我会承受住这最后一次的命运拨弄。

老屋，伴随我十六载的老屋，这回我可真的要离开你了，在这里跟你作最后的告别。我知道你是不会记住我的，你的新主人也许比我更爱护你，你也会被打扮得更漂亮，只是不见得比我更懂得你的价值。我是永远会记住你的，老屋，即使迁入的新居更称我的心意，我也会想起你来。说不定哪一天，我会来看望你，那时让我们一起叙叙旧，好吗？

1997 年 6 月 28 日

永远的愧疚

得知母亲病危的消息，我和儿子立刻赶赴天津，想在病榻前尽点孝心。我毕竟是她的长子，几十年来漂泊他乡异地，我遭受磨难的时候，她的一颗心都快揉碎了。儿子是由母亲拉扯大的长孙，母亲最后几年的心血，全都倾注在了他的身上，他更是母亲晚年的精神寄托。如今母亲生病了，而且看来病得很重，于情于理我们都应该在她身边。同时我也相信，病榻上的母亲，这时她最想见到的人，一准也是我和儿子，因为在母亲的儿孙中，唯有我们父子不在她身边。

这时我的“右派”问题刚改正，已经从内蒙古回到北京工作，分居多年的妻子也调到北京，儿子从南开大学研究生毕业，分配来到北京跟我们团聚，单位又分给了一套新房子，一家三口三地分居多年，这会儿总算拢到一起。家，在我的概念中，这时才第一次，不再是个符号。我曾经多次跟妻子合计，在适当时候把母亲接过来，以慰她多年对我们的牵挂。不承想就在这时她病了，难道是她没有这个福气？为经济一直并不算宽裕的家操劳了一辈子，为流放的我和下乡的弟弟们担心了几十年，好不容易生活开始有了盼头，母亲却老了病了，作为她的儿孙，我们哪能不着急呢？所以接到大弟的电话，我和儿子立刻请假，乘时间最近的一趟车，急急忙忙赶往天津。

北京距天津总还算不远，火车只有两小时路程，每天来回的车次也多。倘若我仍然在内蒙古，得到母亲生病的消息，就是我日夜兼程地赶，最快也得走一天时间。路途上的劳累且不说，只是那焦急的心情，恐怕就很难承受得住。按照咱们老祖宗的说法：“父母在不远游，游必有方。”可是我总有二十多年的时间，因为“右派”的问题，不只是一直在远游，而且还多次中断信息，让母亲在痛苦的等待中，忍受思念和猜测的折磨。一个大字不识几个的家庭妇女，一个完全不懂政治的普通母亲，她招谁惹谁了，在那个没有道理可讲的年代，却要陪着她的儿子受罪。这个世道对她实在不公。

路上，一边凝视着窗外景色，一边想着母亲的一生，我的心比列车的声响，还要沉重还要压抑许多。这时那些陈年往事，在我的脑海里，一幕一幕地闪过。尽管回忆有时是痛苦的，尤其是当年我正值中年，还不到应该回忆的时候，但是我仍然愿意承受痛苦，跟随母亲艰难的步履，走过风风雨雨的岁月。

我的老家是个县城，三面环水一面陆地，在北方算鱼米之乡。我们家四世同堂，曾祖母、祖父母、父母、叔婶、姑姑，一大家子十几口人。我是我们家的长孙，在家中属于众人宠爱的人，所以在我的童年时期，记不得有什么烦心的事。家庭条件不是很好，但总还算说得过去，不然，我的三祖父和二叔，就不可能读到大学，我父亲和三叔及姑姑们，就不可能读到小学中学。至于家里靠什么为生，我就完全不知道了，只还依稀记得小时候，祖父在外地一家商店当掌柜的也就是现在的经理，我想那收入还是可以的吧。我父亲和三叔俩人，起初好像也是生意人。长大后看见过一张照片，足有半米多高的镜框里，镶着父亲年轻时的全身照，他穿着深灰色的西装，人显得很帅很精神。直到他后来落魄时，还保留着这张照片，想必是眷恋有过的得意。这起码说明父亲年轻时，经济上曾经宽裕过，倘若是个经济拮据者，哪里还有钱摆这个谱儿。所以我在懂事后，一直主观地认为，老家的男人好像有分工，谁将来得读书，谁将来做生意，我就想我也不会逃脱这个模式。

在老家的大家庭里，历来是曾祖母当家，老太太说一不二，我的长辈又都很孝敬，对于曾祖母的话可谓言听计从。正是在这个家庭背景下，当我父亲突然失业后，不知怎么惹恼了老太太，她就把无名火经常发到母亲头上。母亲觉得实在忍无可忍了，在我的祖父母劝说下离开老家，带着我回到外祖母居住地，开始独立门户自己过日子。外祖母是母亲的后娘，两个人的感情并不好，不可能给母亲实际上的帮助，只是提供个落脚之地罢了，从那时起我就再很少回到老家。父亲呢，自然也就不好用家里的钱，他就跑到天津在商界讨生，我和母亲两个人住在乡下，靠父亲寄来的一点钱过日子。从县城乍到乡村，等于进入一个新天地，对于我一切都是新鲜的，很快就什么都适应了。只是觉得母亲变了，经常地自己发愣、叹息，认真地算计父亲寄的钱，常常说的一句话就是：“钱得省着花。”但是在我的吃上穿上，母亲从来还是很大方，比方每到过年过节时，我总能穿上新衣服，衣袋里也照样少不了零花钱。可是母亲她自己，就很少做新衣服，逢年过节的时候，最多买一朵绢花戴头上，增加点节日的喜庆劲儿。这样的日子过了有几年，后来父亲的境况好了，把母亲、我和大弟接到天津，母亲这才不再为钱的事发愁。

舒心的日子未过多久，父亲又丢掉了饭碗，这时弟弟妹妹们，相继来到世界上，家里人至七口，日子的艰难可想而知。待我参加了工作，每月六十多元工资，在二十世纪五十年代的中国，一个单身汉花不了，总可以寄二三十元，助父母亲一臂之力。谁知好景还是不长，突然降临的“反右”运动，一夜之间我被贬为贱民，工资也降了许多，给家里寄的钱就少了。紧接着就是天灾人祸，整个国家都在挨饿，母亲愁家里人吃喝，更惦记在北大荒劳改的我，吃不上喝不上还要劳动，不知瘦成啥样了呢？听家里人后来说，那时她都快“魔症”了，像鲁迅小说《祝福》中的祥林嫂，老是念叨：“不知你大哥（指我），咋饿呢？谁去救救他啊。”所以当我从北大荒回来，母亲借了许多肉票粮票，起早贪黑地去商店排队，买各式各样的食品做给我吃，说是补补亏欠的身子骨。她把好东西全放在我跟前，自己却舍不得轻易往嘴里放，看着我狼吞虎咽的样子，脸上不时闪过会心的微笑，仿佛比她自己吃还高兴。这时我就默默地想，不管世上的人怎样对待我，只要有母亲在，生活就会总是美好总有希望，我就应该坚强愉快地活着。

好容易盼到我摘了“右派”帽子，表面上算是可以自由地走动了，这时又轮到两个小弟弟要上山下乡，母亲刚刚平静的心又开始不安。虽说在那个动乱的年代，父母无权无势的子女别无选择，只能被赶到“广阔天地”里去，但是像我家这样两个弟弟同时上山下乡的并不多见，母亲所受的心灵折磨，母亲所受的劳累辛苦，自然也就是双倍于别的人。

有一年的秋天，出差路过天津，顺便看望父母。我一走进家门，只见母亲独自一人，站在桌子前用菜刀切肥皂，一条两块的肥皂从中间切开，然后把两块分放两个地方，那种认真劲儿真让人感动，我问：“妈，您这是干啥?”“给你下乡的弟弟啊，两个人不在一个地方，这点东西总得分开吧。”我一看可不是，不光是肥皂，桌上还摆着别的东西，像虾酱、虾皮、咸菜、针线，等等，她都是不偏不倚地平分开，或用瓶装，或用纸包，小心翼翼地一样样地打点好。这时我不禁看了看母亲，她眼角的细纹又加了许多，过去乌黑的头发明显变得花白，映衬出原来慈祥而安静的心，正在变得忧虑、憔悴和不安。人说儿行千里母担忧，在那样的年月里做母亲，岂止是担忧啊，对于远行多年的儿女们，还有着更多的无望的思念。

现在，我和弟弟妹妹们都好了，儿孙们也都已长大成人，生活很少有什么难处。本该可以颐养天年的母亲，谁知却临近了生命尽头，如同一盏明亮的油灯，连需要积存的油都耗费了，还怎么让她再照亮呢？想到这些就越发觉得，生活实在太亏待母亲。她在天津住了几十年，算是真正的大城市人，她竟然连劝业场都未逛过，更不要说享受城市的欢乐。唉，简单地用一个“命”字来诉说母亲的这一生，难道能完全概括吗？

我和儿子到达天津时，正是早晨，上班时间，公交车人多车稀，实在没有心情等待。可是当时又没有出租汽车，只有私人驾驶的三轮摩托，不安全也好，是黑车也好，这时已经无暇顾及这么多了，在最短的时间内我们爷儿俩总算匆匆忙忙赶到家。心想这回母亲可以得到安慰了，我们爷儿俩能赶过来，子孙们全都在她身边，这不正是她早就盼望的事吗？老年人希望的儿孙满堂，母亲早几年无条件享受，现在她病了能够看到，多少会让她的心情好些。我在这样想。

当时母亲跟着三弟生活，我跌跌撞撞攀上楼梯，推开三弟家的门一看，迎接我的竟是一张冰冷的床板，端端正正摆在屋子中央。母亲平直地躺在床上，面容异常清癯，神情倒还安详，瘦小的躯体罩在新被下，仿佛是劳累后休息。放在床前的三炷香火，袅袅青烟在屋子里缭绕，家中大小都穿着孝服，个个脸上都挂着哀伤。我一看就明白了，一把拉过来儿子，扑通跪在地上，给母亲磕了三个头。多少年从没有过的悲痛，像针刺似的让我撕心裂肺，禁不住地嚎啕大哭起来。母亲哪，儿子来迟了，您生前我不曾尽过孝心，就已经是羞愧万分；您现在永远地走了，我又未赶上送行，这老天太不成全我了。

人的一生再做错事，有的都可以原谅，唯有对父母的不孝，无论如何是不能宽恕的。所以每每想起这次奔丧，我的心中立刻就会不安，总觉得对母亲有种歉疚，怕是永远永远都难以彻底解脱了。

2001 年 11 月 12 日

薄纸寄忧欢

距我家不远的街口，有座邮筒，圆形，绿色，属于那种旧式样的，远远地望去，好像个矮胖的人，终日静静地站在那里。那年亚运会召开之前，北京街头添了些新邮筒，模样、颜色都很俏丽，谁见了都很喜欢，我家附近街口的邮筒，它那傻乎乎的笨拙样子，无论如何是不能同那些相比的，不过它却以它的忠诚服务，赢得了这一带居民的信赖和好感。我每天一早一晚出去散步，总要从这个邮筒跟前经过，有时恰巧碰见邮局来人开筒取信，就好奇地停下来看看，每次至少要取走十几封信，要是逢年过节信会更多。连这样僻静街道的邮筒，每天都有这么多寄出的信，设在邮局和闹市的邮筒里，我相信会更多。这说明现在人们的交往比较频繁，而且乐意用信件沟通情感、通报情况。这是生活中合情合理的事情。

可是，就是这样生活中合情合理的事情，在十多年以前是很难想象的，那时写信和记日记一样，闹不好会引祸及身，有谁还肯找这种麻烦呢？起码我就不想再做这种“傻帽”。

年轻的时候，我很愿意给朋友们写信，更喜欢保存朋友们的来信，写信和读信，使我有种同朋友促膝交谈的亲切感，在感情上会获得一定的满足。后来在一次政治运动中，把我的信件和日记抄走，让我依次交代同来信者的关系，这时我才意识到信的可怕，有时竟会成为欲加之罪的罪证。从此我就很少写信和存信了。要是有些信非写不可的话，那也多是干巴巴的电报式的文字，心里的真情实话再不敢吐露。朋友们来的信，如有值得仔细读的，只是多留几天，认真地体味信中的内容，然后立刻撕毁了之。

有的朋友，可能是同我一样，吃过留信的亏，寄来信时，常在信尾加一句话：阅后烧掉，切莫保留。其实有这种心理的朋友，他们的信里本来就不会有什么不恰当的话，只是存有“一朝被蛇咬，十年怕井绳”的心态，总觉得还是谨慎行事为好。这时我从不肯违背朋友的意愿，即使是我认为很有意义的信，读完，我便恭恭敬敬地付诸一炬。现在有时想起来，我非常惋惜的是，好友、诗人公刘先生，在“四人帮”作孽的疯狂年代，他写给我的几封信，我未能保留下来。这些信中的具体话语，虽说一点儿也不记得了，但是他对这伙坏人流露出的憎恶情绪，至今还深深地感染着我。倘若不是他在信末叮嘱我销毁，这几封信留到今天来读，我们将会触摸到一颗真正的中国诗人的磊落之心。不过这位诗人朋友的高洁品德，却一直留在我的记忆里，它永远不会像几封信那样轻易地毁掉。

前些时候见报上有条消息，报道上海市街头信筒经常爆满，写信成了上海人的生活热点，我颇有感触。这起码说明这样两个问题，一是人们的文化教养在提高，二是人们的思想比较宽松，否则不会出现这种情况，尽管这是人们的正常生活。我们不妨这样想一想，假如像我说的那些反常经历，依然有可能在今天重新发生，我想是不会有人花钱花时间找祸的。那不是跟自己过不去吗?

信，人们正常生活的交往方式。从表面看不过几页薄薄的纸，付诸一炬会化为灰烬四处飘散。然而它有时却反映着时代的悲欢，从这个意义上讲，这信的分量又是很凝重很沉重的，更何况它还载着一个人丰富的内心世界呢!

1982 年 6 月 17 日

第二辑　远年风景

大连印象

褪色的老相册

我曾经两次到过大连，都是在二十世纪，一次是在五十年代，一次是在八十年代，那时候的大连，有三样东西留在我的记忆中：双层拱形火车站，领事馆小白楼，以及脏乱的海滨浴场。就城市的总体形象来说，大连没有什么鲜明的特色，让我久久地难以忘怀。更不是像有的地方那样，有种无形的魅力感染着你，去过之后还想再去，或者是说起来让你动情。大连那时在我的心目中，绝对没有这种力量，充其量它只是个可去的城市。因此，这次去大连倘若不是开会，即使北京的夏天再热，大连凉爽的气候和潮润的海风，我想也不会把我揽入它的怀抱。

这次到了大连，我才发现自己的固执，还有因无知形成的偏见，留在我记忆中的大连，其实早已经不复存在了。大连同其他城市一样，这几年有了长足的变化，如果说，它跟别处有什么不同的话，那就是它变得更快更明显，也更富有自己的个性。我足出国门的机会不多，没有办法跟其他的城市对比，我只到过维也纳和莫斯科，这两个城市都是世界文化名城，它们的洁净和个性化的建筑，构成了它们的美丽形象。大连在这些方面绝不逊色，它如同一颗东方明珠，穿进了世界名城的丝带。

由于开会的时间安排得过紧，没有机会去寻访昔日的景物，我只能向别人探听记忆的情况，回答的人都对这些显得陌生，这说明我收藏多年的相册褪色了。事实也确实如此，今天的大连，街道整洁，建筑别致，绿草如茵，氛围宁静，一踏上这块土地，就让人有种清新的感觉。倘若这种感觉只是在某一处，那也倒罢了，在大连却是无处不在。我曾经留意过城郊和小巷，同样是清洁宁静，一点儿不像有的城市那样，显眼的地方维护得很好，以便供人参观“欣赏”，僻静的地方就不是那么回事了。在这方面大连人是幸福的，他们得到的好的生存环境，是实实在在可以享受到的，我不禁羡慕起大连人来。

大连人的微笑

不知是哪位高人的发明，把文明程度的高低用微笑衡量，岂不知微笑也有真伪，有时不由衷的微笑，比不笑更让人难以接受。可能是海风的强劲，造就了大连人的性格，从他们的表情上很难见到微笑，但是大连人却是真正文明的人。大连人的文明既不是表现在口头上，也不是表现在各式各样的标语牌上，而是体现在他们的行动上。

大连的绿地没有人踩，大连的鸽子没有人捉，这早已经是人人皆知的事实，但是我想这些做起来也还容易。比这更难做到的是公共设施的保护，这方面有时更能体现城市人的文明程度。那年我出访奥地利，在首都维也纳，在其他各城镇，街道上的电话亭，每一个都完好漂亮，连电话本都无破损。当时我就想，这要是在我们国家，它会有怎样的命运呢？没过几年我们国家的大中城市，也开始有了这些公共设施，似乎情况并不美妙，就连北京这样管理条件好的城市，许多电话亭都时有破坏，可见人们的文明程度还很低。

可是在大连，还有珠海，这种情况要好得多。这两个城市都濒临大海，经常有旅游的人出出进进，按说也比较难管理，然而它们的电话亭却多数完好，这说明大连人和珠海人，文明程度是比较高的。我还注意到大连这个城市的公交车，大都擦洗得很干净，不像有的城市那样脏兮兮的，像一头头灰骆驼穿过城市的大街。如果说大连人也有甜甜的微笑，却不是显露在每个人的脸上，而是表现在城市的整体形象上，因此它更显得真诚也更迷人。

有机会走进真诚微笑的城市，这对于每位旅游者都是一种享受，难怪大连有那么多来来往往的人。

大连“三宝”

据说，服装、足球、小草——堪称大连的三宝，当然也就让大连人无比自豪，但是大连人会自豪到怎样的地步，我却没有什么感性认识，直到碰到一些事情感动了我，我才被事实所折服所倾倒。

服装节的盛况，我无缘亲眼目睹，这里不好说长道短。只是在电视里见过，那场面还是颇为动人的，毫不逊色于世界别处此类活动。倘若我们国家每个城市，都能像大连似的办些独特的活动，我想，不仅会给所在城市带来声誉，而且也会给国家带来经济效益。大连市长跟我们一起座谈时，会间休息时特意放了个电视片，就是关于大连服装节的录像，可见大连人对此项活动的厚爱。

大连是著名的足球之乡，大连的万达足球队，是国内赫赫有名的一流队，这个队的主教练迟尚斌，被众多的球迷疯狂地爱戴着。我们在大连开会休息时，作家们谈论起足球来，无不说万达队，无不说迟尚斌，还有几位女作家球迷，特意访问了迟尚斌。就连大连市长见了迟尚斌，都要抢先走过去跟他握手。市长设宴招待我们的时候，看见迟尚斌走了进来，立刻停止正常发言，先介绍这位英雄般的大教练。市长说到万达队和国安队那场比赛时，言语间流露出的喜悦和骄傲，简直有点让在座的北京作家球迷坐不住。

凡是近年去过大连的人都知道，大连街头的绿草地很多，如同一块块绒毯铺在四处，给钢铁建筑的城市增加了流动和色彩，成为大连市一道清新美丽的风景线。大连人都非常爱护他们的这些草地，就连孩子都不忍心随便地踩踏，而且还能自觉地保护这些鲜嫩的小生物。那天我们在广场散步，见到一位可能是外地游客，不慎踩住了草地的一点边儿，一位小朋友悄悄走过去，用小手轻轻地拉了拉那位旅客的裤子。这场景如同一幅小小的风情画，美极了，好极了，在我的心中立刻激起一种莫名的情感，许久许久都挥之不去推之不走。

这就是大连。这就是大连的“三宝”。这“三宝”宝在哪里呢？大连人最清楚，大连人最有解释权。

金石滩遐思

大连是一座美丽的海滨城市，它的许多地名都与滩字相连，最近开发的一个旅游新区，就被命名为金石滩。为什么叫这个名字，据说还有一番说道，只可惜我没有记住，总之是“点石成金”的意思吧。看过金石滩的怪异石头，我不能不为大自然的造化感叹。

我们国家的地域辽阔，许多地方都很有特色，类似金石滩这样的景物，倘若也能开发整理出来，说不定也会“点石成金”。今年春天，我去过内蒙古的集宁地区（现为乌兰察布市），距这个市不远有一个湖泊，水阔草茂，天鹅栖息，很有一派大自然的纯情野趣。同去的几位年轻的同事，立刻就被这迷人的景色陶醉了，然而他们并不只是自己迷恋，同时也想到了如何开发。当地的人也许是久居这里，再好再美的景物都不为奇，因此身居宝地不识宝，更没有想到“点石成金”。

这次有机会来到金石滩，眼望这万顷碧波，欣赏这多姿礁石，我忽然想起了集宁那一汪湖泊。鲁迅先生曾经说过，世界上本没有路，走的人多了也便成了路。这话无疑是对的。再好的玉石，没有巧手雕琢，终成不了艺术品。金石滩要是没有人开发，它依然不过是一堆乱石一汪海水，它的价值也就没有这么高。可见人的创造力之伟大。经过多年的思想禁锢，好容易盼到今天可以干点事，谁不想有所作为呢？但是只是想不行，光是傻干也不行，重要的是创造性。

金石滩啊，沐浴着你凉爽的海风，我带来的一身暑热消退了，这时头脑清醒了许多。我的曾经有过的想望，我的曾经有过的思绪，原以为彻底消失了，谁知此刻又重新活跃起来。那么好吧，让我从这里迈步，重新走自己的路。

1997 年 8 月 17 日

北大荒风光和白桦树

说话已经四十多年了，不知怎么，对于北大荒的自然景物，我总是无法真正地忘怀，在别处无论什么地方，只要看见一派相似的风光，心海就会涌起遐想的波涛。其实，北大荒，既不是我的家乡，也不是我的生地，更不是我向往的所在，如果说还算有缘分的话，倒是1957年那场政治灾难，让我和北大荒结下了情缘。时间不过短短三年。

在不正常的情况下，被迫接近的地方，按理讲，不会带给我美好的记忆，何况已经过去这么多年，总该渐渐淡忘乃至消失了。然而，它却常常地出现在我的脑际，而且有些景物异常清晰可见，仿佛我们依然置身在那块土地上。想到这些连我自己都觉得奇怪。

也许有人会说，你太过于自作多情了吧，在那里受了那么多苦那么多罪，险些把小命儿搭进去，这样的地方有什么好留恋的。道理是这样。可实际上，绝非如此简单。人为造成的灾难，跟大自然的景物，是不同的两回事。我憎恨苦难，却赞美土地。北大荒那片土地实在太美丽了，假如不是在开垦的名义下，对它进行毁灭性的破坏，我相信它跟九寨沟、张家界一样美。这也正是我时不时想起北大荒的缘故。我们刚到北大荒那会儿，黑油油的蛮荒土地，给人一种厚重沉实的感觉，抓一把泥土闻闻气味儿，就如同跟祖先用心对话，冥冥中的神圣充满心灵。这时不管你有多少烦恼事，也不管你处在怎样的境遇中，就如同孩子依偎母亲怀里，总会感到从未有过的踏实。我就是从这一刻起，真诚地爱上了这片土地，并愿意为它献上赤诚。

由于地处高寒地带，北大荒的四季景色，似乎并不那么分明，然而对于热爱它的细心人，总还是可以感觉到的。冬日的积雪在春天融化以后，黑土地到处散发着清香气味，这时彩羽巧嘴的云雀鸟，被这气味醉得不知如何是好，就尽情地在蓝天上低翔歌唱。到了夏天绿草繁花开遍四野，欢乐的江河条条碧水长流，给这千古沉寂的土地，带来一派勃勃的生机。秋天是个收获的时节，北大荒的田野由绿变黄，就像由金子铺成的宫殿，随便看上一眼都会喜悦盈怀。而到了漫长寒冷的冬日，完全成了白皑皑的世界，这才是北大荒最独特的美丽，就连不善词令的普通人，这时都会张口，说上一两句诸如“好啊好”之类的话，借以抒发内心的感受和激动。而我更喜欢和更留恋的，则是亭亭玉立的白桦树。它们是我白日朋友梦中情人。即使是在离开多年的现在，只要有人说起北大荒来，首先让我想起的景物，依然是记忆中的白桦树。白桦树实在可爱啊。

那年油画家张钦若先生要送画给我，问我画什么内容的画面，我未假任何思索地说：“画白桦树。”这位我北大荒的难友，立刻懂得了我的心意，不久就送来一幅白桦树的画，而且是水库旁的白桦树——我们亲手修建的水库，我们亲手栽植的白桦树。我高兴地把画悬挂在客厅里，有时间静坐在沙发上观赏，许多北大荒往事都会再现眼前。出于同样的情感和想法，重返北大荒的那年秋天，正赶上白桦树浑身披金的时候，我特意在白桦树下拍照，只可惜未能拍出白桦树的绰约风姿，不然我一定会放大悬挂在室内。

在北大荒有各种各样的树木，还有不少的无名奇花异草，以及不时出没的飞禽走兽，那么为什么，我只对白桦树情有独钟呢？说出来不怕人笑话。我觉得白桦树很有平民个性。它的体态不像松柏高壮，天生有种权势气质；它的叶冠不像榆槐蓬乱，给人一种不羁印象。白桦树体态单薄却很直挺，而且躯干比任何树木都清爽，尤其是它临秋时的金黄色叶子，在阳光照耀下越发显得落落大方，不萎琐，不矜夸，永远平静安详地自在生长。更可贵的是，它不畏惧严寒，它不羡慕荣华，生活得非常坦荡。

大概正是因为白桦树，太过于平和、平常了，因此，它的命运才更多舛。像柞树、水曲柳、椴树、杨树等等，在北大荒也很常见，总的数量上绝不算少，而在砍伐时却很慎重，派用场也都是重要地方。对于我喜欢的白桦树，则从来没有那么客气宽容，什么时候想砍就抡起锯斧，没有一点商量的余地。用场不是烧炕、垫路，就是盖马棚、猪圈，最好的用场也不过扎篱笆墙。至于人们随意践踏，更是再简单不过了。我喜欢的白桦树，没有抗争，没有哭泣，只是默默地承受。

我的植物知识，几乎近于零点，只知道，枫树的叶子经秋由绿变红，白桦树的叶子染霜由绿变黄，别的还有什么树木，经历外界的磨砺后，敢于如此张扬个性，我就再也不知道了。在我不算完全的印象中，大多数花草树木的叶子，都是在临近枯萎时暗淡，根本不会留下最后的光彩。所以对这两种树的品格，我才会有着爱意和赞赏。由于在北大荒那种特殊的境遇里，白桦树跟我相伴于艰难中，又默默地给了我生存启示，当然也就让我格外钟情。

哦，美丽的北大荒；哦，寂寞的白桦树。

1989 年 8 月 9 日

“中华荷园”小记

近些年的夏天，总会去北戴河几天，或度假，或避暑，一来二去也就熟了。可是，跟北戴河比邻的南戴河，还有个“中华荷园”，却是在去过之后，开始知道并且喜欢上的。它跟碧波浩渺的北戴河比，可以说是另有一番美丽景致。这是个集海、山、树于一身的所在。当然，最令人难忘的莫过于它的荷花，由于园中处处池塘步步荷花，在你的眼前不停地摇曳绽放，从南戴河回来许久以后，头脑里想的仍然是那些荷花。

我想起去过或未去过的，那些跟荷花有关系的地方。

北京城最负盛名的荷塘有两处，一处在清华大学清华园，由于朱自清的散文《荷塘月色》得名，它应该属于朱自清先生；另一处在北京西客站莲花池，建议重建的是地理学家侯仁之，它应该属于侯仁之先生。除这两处著名的赏荷处，北京大学朗润园里，也有一池塘荷花，据说是季羡林生前栽植，被人称为“季荷”，毫无疑问它属于季羡林先生。当然，还有北海公园、颐和园等处，这些公园中的荷景也蛮美哩，只是它们应该属于谁，我就完全不知道啦。北京之外的地方赏荷处更多，最有名的应该在西湖，西湖十景之一就有“曲苑风荷”，它应该属于美丽的杭州；洪湖的荷花也不少，一曲优美的《洪湖水浪打浪》，比歌剧《洪湖赤卫队》流传还广，它应该属于赫赫有名的贺龙元帅。还有那处更让我喜欢的白洋淀，茂密青翠的芦苇，舒展恬淡的荷莲，生长在弯弯曲曲的水道间，那年乘小船在白洋淀漂游，见景生情立刻想起作家孙犁，还有他那篇不朽之作《荷花淀》，这白洋淀理所当然应该属于孙犁先生。

那么，这南戴河“中华荷园”，它又应该属于谁呢？我不敢说是属于我的，怕有跟上述名人依附之嫌，让朋友和读者耻笑讥讽。其实我内心深处还是想说，这“中华荷园”就是属于我的，因为别的任何的荷花栖身处，都没有冠以“中华”字样，我不就是中华儿女吗，说它属于我总不算勉强；还因为别处荷花再多，都没有这里的品种齐全，每个人都会找到自己所爱，以此为理由口出一次狂言，说这“中华荷园”是属于我的又如何？那就原谅我的不知深浅，痛痛快快地说一句“我的中华荷园”吧。这样我会觉得更畅快更幸福。

我不敢说自己是个懂花的人，尤其是像荷花这样的花，在城市的街头巷尾很难见到，只能到有水的地方去观赏，对于它就更难说读得懂。只能说自己是个喜欢花草的人。荷花，还有兰花、菊花、翠竹、芦苇、蒲柳这类花草，外表看似单纯，内涵却极丰富，面对它们会让我联想许多事情。它们很少荣登大雅之堂，它们很少得宠献媚礼仪。更多的时候都是悄悄地，在它们安静的领地，寂寞而安详地生活，从来不凑什么热闹。渐渐地也就养成了好静的习性。这正是荷花高贵的另一种表现。

原以为荷花的性情都是一样的，这次在南戴河“中华荷园”，在六百亩水域集中观赏那么多荷花，我才真正知道荷花的性情，竟然依品种而性情各有不同。那是到“中华荷园”第一个早晨，我信步走到荷品集中的“千荷湖”，让我大饱了眼福也增长了知识。“千荷湖”位于“中华荷园”腹地，水域占地二百六十亩，湖内有百种荷花，它们像那些无私奉献的人，争着抢着展现自己的神韵，荷园的四季都会香色悠悠。在其他荷花生长的地方，四季香色不绝的，即使有恐怕也很少。因此在我看来，这“中华荷园”的荷，犹如一个大家族，血脉绵绵，生机勃勃，快乐和睦地一起生活着。

就是在这绿盖水面的“千荷湖”，结识了几种习性别样的荷花，它们像是天真烂漫的小孩子，一下子就吸引住了我的目光。这几种枝干低矮的荷花，叶子很小而且叶脉也浅，远看好似一个洁净马蹄，沾着鲜灵灵的水珠，在晨曦中闪闪发光，就显得越发活泼可爱。我移步到这些荷跟前，观看关于它们的说明，嘿，没想到这些荷中小家伙，都有着严格的作息时间，有的是晨开晚闭，有的是晨开午闭，完全由着性子过活，绝对不迁就讨好谁。荷花本来就出污泥而不染，一直赢得世间人们的尊敬，这类荷花又如此富有个性，这就不能不让人更加另眼相看。

古人写荷莲的诗词很多，我随手拈来李商隐的《赠荷花》：“世间花叶不相伦，花入金盆叶作尘。唯有绿荷红菡萏，卷舒开合任天真。此荷此叶常相映，翠减红衰愁杀人。”尽管全诗有诗人一贯的伤感情调，但是其中的这两句诗“唯有绿荷红菡萏，卷舒开合任天真”，跟我赏荷时的感受，有着特别相同之处。

我之所以喜欢那些小荷，正是因为它们的天真，以及卷舒开合的自在。其实无论是动物植物，还是万物之灵的人类，只要有这份随意和可心，我想别的也就无需求了。遗憾的是我们还不如荷花，在这纷繁的世界里总是无法安静，这样，对荷花也就增添了几分羡慕。

2009年10月26日

秋色正浓茅荆坝

在茅荆坝茂密森林里，树叶是油绿绿的，花朵是娇艳艳的，草尖是亮晶晶的，鸟的叫声是清脆脆的，溪水的流淌是慢悠悠的，这一切仿佛都在说：八月的茅荆坝，秋色正浓。难怪同行的伙伴，刚刚走进森林，就放开喉咙喊叫，把积存胸中的浊气，随山野的回声飘荡远去。这对于久居大都市的人，是多么美好的享受啊。就是在此刻，茅荆坝，我深深地爱上了你。你让我想起大兴安岭，想起北大荒。当年初到这两个地方，面对美丽的森林田野，我也是这样欣喜地喊叫啊。

八月的大兴安岭，森林也是这样美，八月的北大荒，花草也是这样鲜。只是它们离我太远太远，我再没有福气走近它们。而茅荆坝距北京，车程不过三小时，是距我最近的，同时也是最美的森林。今后我将像走亲戚似的，经常去看望你亲近你。喧闹的市声，空气的污染，心中的烦恼，我将依仗你得到缓解。

我的童年是在河北东部度过的，原以为素称华北平原的故乡，只有一抹平川的辽阔和坦荡，这次到了茅荆坝才知道，华北平原还有这么美丽的山地和森林。于是怀着孩子般的好奇心，我打探茅荆坝林中的宝物，植物有蒿草、地榆、龙牙草、地杨梅、金莲花、野罂粟、狼毒花等，动物有金雕、狐狸、松鼠、狍子、雀鹰等，鸟类有红脚隼、燕隼、四声杜鹃、戴胜、风头麦鸡等，构成这千姿百态风光旖旎的森林世界。同伴随意拍摄下的花草，让我一张张地欣赏，每种都非常招人爱。看来同伴跟我一样爱上了茅荆坝。

陪同我们的当地友人说，今年天气干旱少雨，林中的许多果木树，都没有结出果子。不过，我们还是吃到了野桑葚，这种野桑葚红红的鲜鲜的，好似小巧的红玛瑙耳坠，如果有哪位能工巧匠，依照这个样子做成饰物，让少女少妇佩戴在身上，相信会增添无限风韵和妩媚。我吃到嘴里细细品咂，这野桑葚比家养桑葚，口感还要清爽还要甜。尽管没有吃上林中别的鲜果，由这些野果制作成的干果品，却也让我们着实大饱了口福，如山杏仁、山里红果宝、山核桃、山梨、山野菜等，无不含着山野的纯净，吃在嘴里非常的清爽，留在齿间余香久久不散。唯一的遗憾是没有吃到传说中的“乾隆韭菜王爷葱”，不过，野韭菜炒柴鸡蛋也蛮好吃，如果主人谎说这就是“乾隆韭菜”，谁又能分辨出真正滋味呢？说明这里的人还存有山间的纯朴。

有山必有水，山水总相依。茅荆坝林中有清澈溪流，像条条丝带飘绕在树间，把春的信息秋的喜悦，传递给喜欢绿色的游人。茅荆坝的平地有丰盈泉水，像大地母亲敞开的温暖怀抱，用健康的元素和满腔热情，把四面八方来的儿女抚慰。我这久居城市的人，今天既然有机会来了，对于茅荆坝的享受欲，哪能轻易地随便放过，躺在平坦舒适如毯的草甸上，让友人美美地拍了一张照片，然后透过林间缝隙仰卧着凝望天空，天空只是湛蓝湛蓝的一小片儿，好似大树擎起的一块蓝色手帕，立刻让我想起北大荒的天空，也是这样湛蓝这样清澈，只是没有高树遮掩比这里辽阔，而且还有低飞鸣唱的美丽云雀。可是茅荆坝林中却有涓涓水流，耳朵贴近地面可听到叮叮咚咚的水音，跟云雀鸣唱的声音一样美妙。古人说的“眠云听泉”感受，我想也就不过如此的吧。这时的五脏六腑乃至每根神经，都觉得那么清爽畅快和舒适。所以我跟年轻的同伴说，老了老了还“浪漫”了一回。

当然，要说享受和“浪漫”还是泡温泉。在北京有朋友请我泡过温泉，泡了这里的温泉才知道，北京的大都是地热而已，茅荆坝才是真正的温泉。茅荆坝温泉是天然磁化温泉，日产量达两万立方米以上，水温50℃—80℃，最高可达97℃，泉水中含有偏硅酸、硼、锶等十多种微量元素，对于消除人体疲劳和治病，都有一定的积极作用。我们这次泡的是一座旧温泉，据泡过别的温泉的同伴讲，茅荆坝温泉没有硫黄味儿，洗浴后身体有种滑润感。我这是第一次泡真正温泉，大概是觉得新鲜吧，头天晚上跟大家泡过，次日早晨自己又泡一次，一天的长路奔波都未觉疲劳。一座占地四十多万平方米的温泉度假村，正在茅荆坝森林公园里建设着，明年如果有机会再去茅荆坝，我想我们会在更开阔的温泉，洗去闹市的尘埃和烦躁，静静地养养疲惫的身心，那一定会更惬意更快活。

那时的茅荆坝森林公园，秋色会更浓，春光会更美，夏景会更绿，就是在白雪皑皑的冬天，相信也会别有一番景致在。茅荆坝啊，我真的喜欢上了你。无论何时我都想亲近你。

2009 年 8 月 28 日

哦，大草原

不知你到过草原没有？假如你没有到过草原，你就永远不会知道，天有多么高，地有多么宽，你更永远不会知道，自己的心胸有多么狭小。到了草原你才会知道，我们亲眼看到的草原，原来并非是想象的那样，光是“天苍苍，野茫茫，风吹草低见牛羊”的景象，不，想象中的只是草原的表面。如同一个人的脸面，初见时给你的印象，无非是漂亮与不漂亮，五官端正与不端正，只有当你接触后了解了他，这时你才知道他的心地如何。草原也是这样。

我第一次见到草原是在四十年前。那是个仲秋时节，从海拉尔市驱车，进入陈巴尔虎草原，就是说，从环境局促的城市，到地域辽阔的荒野，从人声嘈杂的街市，到宁静无声的所在，你能想象得出来，第一感觉会是什么样吗？这么说吧，你闭上眼睛，体会一下夜的降临，然后你要走夜路，百米之内什么也看不见，只能小心地挪步前行，两只眼睛被夜色遮挡着，连一颗心都是皱皱巴巴，天地对于你都不存在。这时忽然前方出现一道亮光，一柄利剑划出天的缝隙，你的眼睛你的心门，刹那间大敞四开无遮无拦，一个无比光亮的世界重现眼前。你会有什么样的感觉呢？你想想看。这就是我第一次看见草原的感觉：兴奋、新奇，浑身都充满喜悦和激动。不禁大喊起来：“好啊，太辽阔啦。”

陈巴尔虎草原，是个充满原始气息的草原，草茂密而油绿，花芬芳而娇艳，一脚踏进草原人只露半个身子。放眼往远方望过去，天空湛蓝而高阔，云朵洁白而轻柔，随便看上一眼都让你心醉得无主。实在太感动太兴奋了，我不由得躺在草原上，像儿时在母亲的怀抱，来来回回地撒欢儿打滚儿，恨不得把整个身子都缩进草原。成为它的一株草，永远享受抚爱；成为它的一朵花，永远绽放微笑。这第一次对于草原的印象，竟成了我浪漫的亲切感受，却苦恼于无法用语言准确地表达，以至于对人讲述时只会说：“太美了，太美了。”美到简直无法用别的语句准确表达的程度。

这毕竟是我初次见到的草原。原以为草原已经慷慨地展示了自己，让我一览无余地感受到了草原的美丽，岂不知这只不过是草原抖开的衣裳一角，你并没有看到它壮实发达的躯体，更没有触摸到它的魂魄和心灵。直到若干年后，再次来到草原，我才有所了解。这次进入的是内蒙古西部的达茂草原。据说这里也曾像陈巴尔虎草原一样，有过丰美的水草肥壮的牛羊，可惜渐渐地被人为破坏了，到我看到它的时候，眼前只是一片漫漫黄沙，偶尔泛起的一点绿意，如同草原伤心的泪痕，仿佛仍在诉说着内心的痛苦。这时你就会相信，草原是有知觉的，草原是有灵性的，只是它不愿意表露而已。

然而，那些世代在草原生活的牧民，他们却远比我们更了解草原，当夜幕降临时，他们用忧伤的马头琴声，诉说着往日的悲惨故事，他们用高亢的蒙古族长调，讲述着对美好生活的渴望，总是让人感动得不知如何是好，尽管你并不十分听得懂那音调的意思，只是被那情绪深深地感染了，你的心就会跟他们一起欢忧。即使反应再迟钝的人，这时都会突然发现，原来草原是这样深沉，如同一位饱经沧桑的老人，他有太多的故事装在心中，随便一张口讲述就会让你感动。只有感动了才会懂得草原。

说到草原，就不能不说饮酒、唱歌，以及那悠悠飘香的奶茶。我说的草原的魂魄和心灵，从酒、歌、茶这三样东西上，你会真正地触摸得到，从而也就对草原人有所了解。这也许正是草原的另一面。

草原人喜欢饮酒，这是尽人皆知的。然而草原人饮酒，在我看来，绝不只是御寒防潮和嗜好，更主要的是因为酒符合草原人的性情——纯净而热烈。当他们端起那银色的酒杯，首先想到的是祭天祭地祭祖先，用手指轻轻地蘸几滴酒，然后把酒弹向天上地上。酒在他们的心目中是那么神圣。

草原人善于唱歌，好像是与生俱来的。然而草原人唱歌，在我看来，绝不是为了消愁解闷松弛块垒，更主要的是因为歌能表达草原人的心境——宽广而坦荡。当他们拉起马头琴放声歌唱，欢乐的歌那么高昂，忧伤的歌那么舒缓，仿佛是茫茫野草在风中月下跃动。歌在他们的心目中是那么美好。

草原人爱好喝茶，几乎是日常可见的。然而草原人喝茶，在我看来，绝不只是因为用茶帮助化食解腻，更因为茶的清爽体现草原人的追求——自然而宁静。当他们把牛奶和茶叶放在一起，煮成浓酽的蒙古族奶茶，香喷喷地端在你的跟前，这时再浮躁的心都会沉静下来。茶在他们的心目中是那么纯洁。

哦，草原，关于你，我知道得也许太少太少了。然而，对于你的宽宏气度，对于你的豪爽性格，我却是如此的欣赏。有时就想，假如有一天再次走进草原，先是唱歌，唱得天昏地暗了；然后喝酒，喝得不知南北了，就躺在草原上睡个三天两夜，醒来时望着天上的星星，饮醇香的奶茶，听悠扬的马头琴，我想那一定是人生的最大享受。那就让我们相约吧，大草原。

2004 年 10 月 26 日

两都步行街的黄昏

那时去奥地利，还没有直达航班，得由莫斯科换乘。一位熟悉莫斯科的作家，特意提醒我说，到了莫斯科，时间再忙，你一定要干两件事，一是去逛阿尔巴特大街，一是买一份《莫斯科新闻》。我们到了莫斯科，因为是短暂停留，时间实在紧迫，好多想去的地方，都没有来得及去，不过，还是去了趟阿尔巴特大街。

阿尔巴特街坐落在红场旁，是莫斯科的一条步行街。到莫斯科的当天下午，恰好有一点富余时间，我们就结伴去了这条街。大街上米黄色的楼宇，碎石铺的花纹路，典雅的方形街灯，别致小巧的报刊亭，在落日余辉的映衬下，都显得异常的宁静。我们刚步入这条街，街口上的几个绘画摊，立刻就吸引住了我们。绘画的画家，有男有女，有老有少，他们的绘画作品，大都是风景和人物，一件件地摆放在近旁，供人们观赏选购。

在一位老画家的身后，我们驻足观赏，他正在为一个女孩画像。只见他手持粗黑炭笔，用几道粗细有致的线条，在一方长画布上，就勾勒出脸型轮廓。那娴熟的技法，那准确的眼力，仿佛都在告诉人们，这是位以此谋生的画家。当我们走到他的侧位，他暂停画笔微笑着点头，像是表示欢迎，又像表示感谢，显得是那么文质彬彬。我们继续往街的深处走，这样的绘画卖画的地摊，以及出售图书古玩的摊贩，大大小小的还有许多处。这里浓郁的文化氛围，不仅点缀了城市，而且陶冶了人们，难怪那位作家朋友，建议我一定要来这里。

到了音乐之都维也纳，我国当时驻奥国的杨大使，在欢迎我们的便宴上，他一再说："你们是文化人，一定要去克恩顿大街看看，最好是在傍晚去，我相信你们准喜欢。"至于为什么要在傍晚去，为什么说我们准喜欢，几乎没有人仔细去想。

依照杨大使的指点，真的在一个黄昏时分，我们来到克恩顿大街。

先是在这里的圣斯蒂芬大教堂，观赏了精美的艺术浮雕，仰望了高入云霄的教堂尖顶，而后又到附近的咖啡亭小坐，边饮咖啡边赏悠闲的街景。天渐渐地昏暗下去，灯盏盏地亮了起来，本来就玲珑剔透的维也纳，此时又顿增些许富丽堂皇，使人的感官和心气，越发觉得从未有过的清爽。

正当我们沉浸在惬意的气氛里，忽听不远处飘来小提琴声，那深长幽怨的迷人旋律，分明是我们都熟悉的小夜曲，我们立刻情不自禁地站起来，循着那琴音的方向走去。到了拉琴人跟前才发现，这时有几位音乐家，正在打琴盒或擦拭乐器，为正式演出做准备。不一会儿又有歌声飘起，唱的是意大利名曲《桑塔露琪亚》，浑厚圆润的男高音，在手风琴的伴奏下，显得极富磁性，很快就把听众吸引过去。歌者是位中年人，个子不高，略微显胖，满脸的络腮胡子，乍一看颇像帕瓦罗蒂，只是手中少了一方白手帕。

不一会儿，这著名的克恩顿大街上，琴声歌声此起彼伏，融合在初上的灯光里，使这条古老的步行街，增加了无限的文化色彩。这时我们才一下子明白了，杨大使为什么建议我们，一定要到这条街看看的意图。这条街是维也纳的步行街，更是维也纳的音乐街，它是这座音乐之都的窗口，从中可以领略到奥地利人，对于音乐挚爱到何等程度。

从莫斯科到维也纳，几天之内，逛了两国首都的步行街，在一条街上赏画，在一条街上听歌，愉悦了我们的感官听觉，更激发了我们的思索。谁都知道，俄罗斯的历史上，曾产生过许多大画家，而阿尔巴特街则以画来展示，这实在是再恰当不过了。同样，奥地利的土地上，曾养育过无数大音乐家，而克恩顿大街则以歌来名世，也实在是再有特色不过了。可见把一条街辟为步行街并不难，难的是像这两条街似的有特点，而且这特点又是这个城市，乃至这个国家文化、历史的体现。这样的街给人留下的印象，就不只是没有车辆的表面形式，更多的还是它的古老文化内涵。这正是这两条街的魅力所在。

要了解一个人的内心世界，你就看他闪动的眼睛，这眼睛是他心灵的窗口；你若了解一个城市的底蕴，你就看它的步行街，这步行街是它的文化窗口，绵长历史，万般风情，都在这或长或短的步行街上。国内的大城市，如，北京的大栅栏、上海的南京路、天津的滨江道，都是著名的步行街，它们无不透着文化味儿。漫步在这些街道上，绝没有浮躁的情感，以及商业浸染的欲望，有的只是对这城市的亲和。这大概正是人们愿意逛步行街的原因。不过我总觉得，我们的步行街，还多少缺点什么，这一处和那一处，这一条和那一条，逛过后都相差无几。后来仔细地想了想，差的不是别的什么，而是体现城市的特色。

1998 年 12 月 6 日

南湖夜泊

湖南岳阳是一座历史悠久的文化名城。这里的岳阳楼、君山和洞庭湖，构成了这座小城的清新美丽。而宋代大词人范仲淹的一首词，更给这座洞庭湖畔的小城，增加了无限情感的色彩，使这里的山山水水，都染上了人间的忧乐。

凡是来岳阳的人无不观赏岳阳楼，领略词人笔下的洞庭风光，思索纷繁是非带来的忧乐。然而我们毕竟是凡夫俗子，比之国家民族的盛衰安危，个人的一己之利又算什么，只是范老夫子的这种情怀让人敬仰，我们才深感自己的一份责任。这也是我观赏过岳阳楼之后，萦绕心中久久不散的情绪。

游君山比之观赏岳阳楼，轻松得多，愉悦得多，如同脱下历史的厚衣，走进现代生活的花园，整个身心都浸在诗情画意中。山间小路幽深，山上草木葱茏，楼台掩映其间，湖水环绕四周。当漫步在这湖中小岛上，任湖风徐徐吹来，听鸟儿款款歌唱，真不知人间还有此佳境。这时心中忽生懒意，希望久住这里，岂不是再美不过了吗？

赏过楼，游过山，本来好客的主人安排去三峡，我却临时打了退堂鼓。主人只好另做打算，请我们一起游南湖。这南湖即是洞庭南侧，水清湖静，风光秀丽，确为一处好的浏览地。

吃过晚饭，我们驱车到了湖畔，这时已是华灯初上，湖滨人来车往，湖上舟船游荡，好一派悠闲的夏夜风情。我们一下车就有船老板走来，劝我们上他的船去游湖，他的船在这众多的船中，算不得漂亮豪华，但是，这船老板人还和气，我们也就随他而去，依次上了这小小的木舟。如今的游船已不用木桨摇划，大都改用电动机驱动，掌船人倒是省了力气，却没有了早先的情趣。旧诗文中讲的“桨声灯影”，怕只是留下了幽幽灯影，再难以听到那哗哗桨声，想到这里不觉有些扫兴。可是既然来了，就要玩好，就要快活，不负主人一片盛情。

这天恰好是个周末，湖上比平日要热闹，我们几个文人喜欢安静，就让船老板划船去僻静地方，于是小船渐渐向远方驶去。登船之前岳阳的朋友买了些小吃食，他们一一地摊在桌子上，我们边饮茶边吃小食品边聊天，倒也有一种说不出来的惬意。岳阳的朋友都喜欢玩水，聊天聊得有点乏味了，他们就脱下衣服跳入湖中，或仰泳或自由泳地游了起来，让我这不谙水性的人好羡慕。我们只好借着朦胧的月光，眼睁睁地欣赏朋友们在水中游玩，这样总算满足了一点遗憾。其实我的家乡是个近江河的地方，只是小时候家人不让下水游泳，结果成了个“旱鸭子”，实在有愧家乡那条美丽的河流。

船在南湖里游荡了一些时候，正好有一弯残月映在中天，我们就请船主把船机停下来，任船在靠近山峦的地方泊下。我们几个人谁也不说话，都在静静地仰首高天，观赏这弯弯的月牙儿在忽浓忽淡的云中出进。这时，远处有楼宇的灯光明灭，近处有朋友的烟火闪烁，给这幽静的气氛增加了神秘，也使那一弯月牙儿不再孤单。这出奇的静谧反倒让我们感到不安，尽管谁也没有说什么，谁也不想说什么，但我相信每个人的头脑都不会闲置，一定会从这水天交融的境界里，想到了一些什么悟到了一些什么，只是谁也不肯轻易道破罢了。

此刻，天是这般高远，水是这般清幽，人是这般宁静，简直达到了天水人合一的地步，世界也就显得格外和谐而融洽。尘世间的那些烦恼、纷争，这会儿全都一股脑地消失了，在这里真正感到做人的快乐。其实再仔细地想想，世界原本就如此，只是因为有了拨弄是非的人，才连这天空江河都不得安宁，这又能怪罪谁埋怨谁呢?

这次去岳阳，未能就近去游三峡，当然会有点遗憾。不过有了这次的南湖夜泊，在水天相连的夏夜里，聆听天籁悄声细语对话，我也就感到非常满足了。只是时光悄悄过去了三个时辰，虽说在船上过夜也是可以，但是终究不能永远地住下去，我们是尘世里的人还得回到尘世中去，再说那岸上的灯火正在招手哪。这时我又下意识地望了望天空，那弯残月还高悬在浓淡不定的云旁，可是比起城市的灯火来，它显得那么泰然那么纯净，给人一种足可信赖的感觉。哦，美丽的南湖，宁静的夏夜，能在这里待上几个时辰，我也就觉得不虚此行了，何况又从这大自然的境界里有所领悟，岂不是意外的收获?

1997 年 8 月 26 日

双手托起的南国明珠

纵观世界著名城市，大都有标志性建筑，只要一说起这些城市，便会想起这些建筑。游人在此留影，市民以此为荣，这些标志性建筑，成为城市的骄傲。我国重视标志性建筑，好像是近几年的事情。

不过，我们也有地方性的标志，说起来就会知道是哪里，我管这叫软性标志物。别看它不是摆在明处，同样却富有迷人的魅力，同样地被人们津津乐道。就以我国的小城镇来说，比方，景德镇的陶瓷，茅台镇的白酒，宜兴镇的紫砂，库尔勒的香梨，龙井镇的绿茶，如此等等，都是这些地方的软性标志。

我去过的广东省的虎门，虽说只是个东莞的城镇，它却是个大名鼎鼎的地方。那么，它的标志性建筑是什么呢？我一时还真的说不清楚。而它的软性标志，我却一清二楚，这就是，虎门的人文历史，虎门的服装制造，这两个软性标志物，如同两只有力的手，高高擎起虎门这颗明珠，在岁月的天空熠熠闪光。这正是虎门优于别处的所在。

说到虎门的历史，就不能不提林则徐，这位中华民族的英雄，1839 年率领虎门军民，销烟御敌，名声远播，掀开我国近代史第一页。这是虎门的城市之魂，更是虎门人永远的骄傲。参观林则徐销烟池、威远炮台、沙角炮台、战场遗址、海战博物馆遗址时，听着大海的鼓浪声，抚摸着苍老的砖石，仿佛聆听这片热土的声息，呼吸节奏跟海浪相合，我的思绪也随之远去。

虎门销烟至今已经一百七十余年，隆隆炮声和滚滚烟雾早已散尽，然而，它铸就的伟大爱国情怀，却在我国人民中世代相传。还是在我读小学的时候，知道的第一位英雄就是林则徐，知道的第一个神圣的城镇就是虎门，他们是跟民族精神紧密相连，被历史老师郑重地传授给我。当我有机会来到虎门，拜谒敬仰的民族英雄，心中涌起的情感波澜，绝不仅仅是高兴和赞叹。更多的则是历史的追问：当一个国家一个民族乃至一个人，贫穷和软弱支撑不起身躯，在这个世界上还有真正的尊严吗？每一位到虎门来的人，享受现代文明生活同时，必然会穿越历史的时空，在心中引出这样的思考。然而，却不等你探询和回答，虎门的现实却告诉了你。

今天的虎门，既是历史书中的英雄城市，更是现代生活的服装之都。虎门服装制造业的发展，可谓引领时装新潮流，虎门拥有大型服装商场21家、布料市场6家，经营面积达35万平方米，年服装销售额最高时曾经达到120亿元，从业人员曾经达20多万人。至今，中国（虎门）国际服装交易会已成功举办了十届，每届成交额都在10亿元以上，第十届中国（虎门）服装交易会更创下了成交额35.8亿元的新高。尤其是在女装制造方面，式样上更是不断地创新，虎门不愧闻名遐迩的女装之城，在我居住的北京或者其他地方，随便去逛逛服装批发市场，那些样式美观价钱便宜的服装，十有八九都来自虎门的制衣工厂。穿虎门服装正在成为女人的时尚。

其实，虎门的男装也毫不逊色。我曾经好奇地问过友人，穿的服装是哪里生产的，他们多数都说穿的是南方货，我想这南方就应该是虎门吧。我有件朋友赠送的薄棉衣，一直被我视为高档礼服，只有参加会议时才找出穿穿。我之所以这样喜欢这件棉衣，除了面料颜色质地雅致，我更看中式样设计非常简洁，却又不失方便和现代，比如，起码在我自己现有服装中，没有一件专为手机设计口袋，而我这件薄棉衣就有个手机口袋。别看这只是个小小口袋，却透着虎门人的聪明，不信就跟无手机口袋的棉衣一起，摆上大都市商场的柜台，这件衣服的销路准会多出几倍。生活方便永远是顾客追求，哪位商人懂得这个道理，他的商品就会换来更多财富。改革开放以来的这些年，广东地区的服装、家电产品，在国内外市场占据相当份额，正是包括虎门人在内的南方人，创造和管理方面聪明才智的体现。

当然，虎门的经济支撑行业，还不仅仅是服装制造，随着服装行业的繁荣，前些年，虎门的第三产业——特别是酒店、餐饮、信息、旅游、物流和房地产等行业，同样也是一片兴旺景象。尽管我们去的时候不凑巧，正赶上全球金融危机，这座聚集众多外商的城镇，不可避免地受到一定冲击，但是从她的市容市貌上，依然可以看出往日的活力。特别是夜幕降临时，高楼大厦灯火辉煌，各种车辆穿梭如织，商店里不时客来客往，海鲜大排档座无虚席，很难感受经济发展的缓速。由于虎门比邻香港、澳门，餐馆门前常见这两地车辆，可见虎门市场和餐饮业的魅力。我问陪同游玩的朋友，香港的餐饮业那么发达，怎么还来虎门吃饭呢？朋友告诉我，香港的客人来虎门，主要是冲着河豚这道菜，这里的河豚比香港便宜，河豚也比香港新鲜好多。可见在吃上虎门也有独到之处。

说到这里忽然想起，在我们游览海滨时，《虎门报》社长陈梓英兄，指着海边朦胧的远方，告诉我们说，改革开放之前那些年，曾经有无数偷渡者从虎门下海，冒着生命危险乘小船，弃家偷跑到香港澳门地区，就是想要一口饱饭吃，可是一旦被抓就成“叛国”罪，不是被判刑就是被管制，就是这样每天照样有人想跑。我们问现在还有吗？陈社长笑着说：“这会儿谁还偷渡啊，想去香港、澳门的话，坐船走水路只需半小时，来来往往的非常方便。”是啊，有了富裕安定的生活，谁还愿意背井离乡呢？相反现在倒是香港人澳门人，经常到内地来购物休闲，有的甚至于购房定居，因为内地的物价比较低。这真是应了那句老话：“人往高处走，水往低处流。”人总是寻找适合生存之地。

可是，话又说回来，同样的一片土地，同样的一群百姓，如今怎么就没有人跑了呢？这是个很难回答的问题，生活的事实却做了回答，当我有机会在广东乡间旅行，看到那掩藏在翠绿芭蕉林里，栋栋白色二三层小楼，楼前停放着轿车或摩托车，楼内传出悠扬的广东音乐，无须过问主人生活得如何，就可以想象得出现在的境况。不愁温饱和安逸、闲适，早在二十多年前，就成为广东农民的现实生活。这次在虎门客居的两三天，下榻在一座豪华的宾馆，我以为是某位港商投资建造，问过才知老板就是当地农民。这时立刻让我想起那句歌词：“给点阳光就灿烂。”我们这片古老的土地，我们这些勤劳的人民，只要赶上个开明的好世道，不是同样会创造出灿烂的景色吗？

别看虎门是改革开放以来，被视为前卫的标志性城市，然而，比之其他这类前卫城市，令虎门人自豪的仍然是，虎门厚重的人文历史，这就使得虎门比之其他城镇，显得更为深沉更为厚实。我去过的小城镇不算少，这些新崛起的富裕城镇，如同珍珠撒在大江南北，或以旅游业迅速腾飞，或以制造业一夜扬名，或以古迹名胜招揽远客，或以商品集散地繁荣，在经济富裕方面毫不逊色。可是当你在这些地方停留三天，就会发觉再无什么让你流连，就如同一个没有内涵的女子，取悦你的仅仅是美丽容颜，谈吐间显出的低俗让人生厌。在虎门则没有这样的感觉，由于有厚重人文历史依托，就连新兴行业都不显飘浮，只有冷静下来想想你才意识到，噢，原来历史和现代这两翼，正驾着虎门穿越经济的低谷。倘若只靠服装业维持生计，虎门很可能跟其他地方一样，在停滞中渐渐萎靡不振。

历史是虎门健壮的身躯，现代化是虎门的衣裳，无论何时，你都会欣赏到虎门的美丽。而这美丽正是来自历史和现代的融合。我在虎门停留不过两三天，却让我领略了虎门的风姿，她既没有我想象的那么疯狂，她也没有我预料的那么刻板，虎门给我的总的印象是，她更像出身高贵的少女，穿着现代服饰讲述老故事。

是的，虎门有过光荣辉煌的过去，虎门有着蓬勃向上的现在，虎门一定会有更加灿烂的未来。我衷心祝福我喜欢的虎门，一天比一天更美好更富裕更先进，在祖国的城镇中越发夺目。我曾经跟虎门的朋友说，我想适当的时候再来虎门，只是不要这样匆匆忙忙，而是悠闲地享受一下闲适的早茶和丰盛的夜宵。虎门的早晨和夜晚都很让我开心。

2010 年 6 月 28 日

雪落无语

按自然界的时序，现在正是冬天。昨天夜里静静地下了一场雪，把整个城市都盖得洁白如玉，让人一时忘记了人间的龌龊。这是新的一年也是新的世纪，天公馈赠给我们的最好礼物。由于这场雪的降临，公园里街道上都有人赏雪，处处洋溢着朗朗的说笑声。我想人们的心情都会格外地好。

坦率地说，在这一年四季中，我最喜欢冬季了，有时面对一派大好春光，好像也没有多少兴奋，思绪常常地滞留在冬天里。只要一想起漫天飞舞的雪——这个自然界的美丽精灵，我的心胸就如同被雪浸润着，顿时就会感到无比的舒畅，眼前总会呈现出清新的景色。童年时它是我玩耍的伙伴，成年后它是我解惑的老师，随着时光渐渐地推移，我越来越想亲近这洁净的雪。

我出生在冀东一座县城，那里有平坦的原野，那里有开阔的河流，每当冬季来临的时候，原野就会被大雪覆盖，河流就会被坚冰封锁，这时我的故乡是一片纯白。我读书的学校在郊外，放学回来要走过一段乡路，同学们就仨一群俩一伙地，在这雪路上打逗嬉闹，把无尽的欢乐洒在这冬天里。所以一说起少年时的冬天，我几乎没有寒冷的记忆，更多的却是充满雪趣的印象。那是个不懂忧愁的年龄，那是个不谙人世的岁月，那是个不知畏惧的时候，就跟现在的少年一模一样。

有次语文老师上语文写作课，他出了一道作文题《雪天》，我们班上的许多同学，都无一例外地写雪景，写在雪天里愉快玩耍，如实地记录雪天生活。平日语文课比较好的同学，满以为这次的作文卷，准会受到老师的赞扬，个个都在高高兴兴地等待。评点作文的时候到了。老师一开口就说："你们这次的作文，扣题、文字都不错，应该受到表扬，但是我却不想表扬，你们知道为什么吗?"大家都不解地愣住了，一腔期待的热诚，顿时变成了冰凉。

老师这时一本正经地说：“同学们，写文章说是作文，其实也含有做人的意思，你们把生活场景，写得再有趣再真实，那顶多算是照相。还应该学会思索，学会在文章中，融入自己的发现。”这是我在读初中一年级时，一次作文课给我留下的记忆，从此，每逢冬天落雪的时候，看着纷纷扬扬的雪花，就会想起这堂课老师说的话。只是仍然没有领悟老师说的“发现”，当然也就再无机会写新的作文，就这样又度过了许多年的时间。

当时光的手无情地把我拖进青年，很快就让我经历了一场苦难，这时的我一下子仿佛成熟了许多。

那年在北大荒的军垦农场劳动，这里冬天的雪比我的家乡还多，只要下起来总是没个完没个了，好像非把这大地盖得喘不过气来，那才算是寒冷的北大荒真正的雪天。我们刚到北大荒的时候，居住在自己搭建的土屋里，为了防御零下45℃的严寒，总是把屋子捂得密不透风。就连窗户都是用双层绵纸糊着。屋里通常都砌着热炕，还要生起旺旺炉火，这在我的家乡很少见。然而，就是防寒到这种地步，有人还要和衣而眠，可见北大荒是多么冷啊。

有天早晨醒来想推屋门，两三个人一起推都推不开，有的劳动伙伴说：“别是熊瞎子抵住了，不然怎么这么大劲儿。”大家一听吓得浑身冒冷汗，如果真的被熊挡住出路，在北大荒这一片蛮荒旷野里，每间房都封得很严实，喊破嗓子都无人会听到，有谁能来解救我们呢？那会儿又没有手机寻呼机，就连电话都不是很普及，何况我们是被劳动改造的人，更不会有这种先进装备。

正在我们这些当事者迷，感到一筹莫展的时候，我们当中一位年长者，果断地用手指捅开纸窗户，然后扒在洞口朝外一望，他不住地哈哈大笑起来，弄得我们这些惊恐人，更是丈二和尚摸不着头脑，都着急地询问他看见没有。他卖了个关子，而后不紧不慢地说：“告诉你们吧，你们听了可别害怕——是一群白色的野熊。”这时有的人神情更紧张了。他说完又是一阵放肆地笑。笑完才告诉我们说：“哪儿来的那么多熊啊，是大雪把门封住了。”听后大家不禁“啊”了一声，对于这雪可以封门的说法，我们都有些半信半疑，别说是南方长大的人了，就是我这北方的孩子都不相信，雪怎么会把房屋门堵住呢？

不过事实总归是事实。我们轮流扒在窗户洞前，真切地看过那一片白雪，确实有半人高度时，十几个人都不想说话了，好像都在思索什么事情。最后还是那位年长者，带领着我们大家，连推带撬地把门打开，又一点点地清除积雪，我们才从厚雪的包围中解脱。走出屋门放眼远望，茫茫雪原连着蓝天，一缕杏红色的阳光，正透过薄薄云层，照射在皑皑白雪上，简直是一幅绝美的油画。大地上一切污浊肮脏，人间的许多忧愁苦闷，这时完全被雪覆盖住了，雪给予的愉快和联想，雪给予的清新和宁静，实在让人觉得雪是那么神圣。

过后许多人说起这场大雪，说起这次雪天的自我惊吓，都觉得雪是种美的精灵。它把美好献给我们的时候，总是悄悄地不吭不响，绝不像风似的呼叫不停，也不像雨似的哼唱不止，而是默默地完成它的使命。想到雪的这些美好品质，这会儿真像当年老师说的，在这雪天仿佛有了发现，只是比老师说的晚了几十年，这就怪我这个学生过于愚钝了。不过不管怎么说，我还是有了自己的发现，这也算是我迟交的作文卷吧。

2001 年 1 月 6 日雪天

泰山记趣

野　趣

我这次去泰山，是第一次接触这么高的山，又是向往已久的名山，兴致很高，试着攀过两次山，可惜身不由己，累得气喘吁吁，狼狈得任朋友们取笑，自然也就无什么乐趣可言。倒是一次野山坡之游给了我许多往常攀山不曾有的情趣。如果没有这处野趣佳境，我这攀山艰难的人，岂不虚行这泰山一次？无论何时想起来都会觉得遗憾。

这处野山坡，泰山人叫桃花源。无疑是取陶渊明那篇《桃花源记》之意。可是这又寄托着泰山人多少美好的向往啊。

在有几千年历史的古老泰山，随处可见秀丽的自然景色和灿烂的人文景观，这处名为桃花源的景点，比之那些“正宗”的泰山景物，实在算不了什么，连《泰山揽胜》一类的书中都无介绍。正是因为它在泰山景点中知名度不高，这处花木繁茂、溪水长流的野山坡，从未印上过历代君王的马迹辇痕，至今还存留着一派质朴的自然野味。现在来泰山的络绎不绝的游人，大都来也匆匆去也匆匆，在有限的时间里只攀登观赏主峰景点，同样很少有人知道泰山还有这么个地方。若不是泰山风景区管理委员会的同志们带领，我们也不会领略到这里的野趣风光。

从地势看这里好似两山之间的一块低谷，谷中怪石嶙峋，山坡花草丛生，如同一条装满野趣的胡同。我们走进这条胡同，首先映入眼帘的，是那几块突兀的圆形大石头，好似一个个大乌龟，在潺潺流淌的溪水旁爬。这龟壳光滑且布满裂纹，我们好奇地躺在龟壳上，仰望蓝天白云，聆听鸟鸣虫吟，感到从来没有过的惬意。这空旷幽静的氛围，使你顿时忘却生活的烦忧，只觉得身心爽朗轻快。要是你有收藏石头的癖好，这野山坡会慷慨地满足你的欲望，走到哪里都会捡到零散的石头。这些石头形状、颜色、大小都不一样，随便拿起一块品赏都启发你的想象，情不自禁地要为它起个有诗意的名字。有的朋友很细心地捡了几块，不顾千里旅途劳累之苦要带回家中，起初我以为是文人一时的雅兴，待到上了汽车他提起那个“泰山石敢当”的故事，我才醒悟到泰山石有驱邪镇灾的威力，这时不禁后悔自己未带上一两块。

在野山坡未带上石头，却吃上了野山坡的野味，留在肠胃里的东西更是永生难忘的。那天中午在桃花源林场吃饭，好客的主人特意从荒山野岭采来各式花草山菜多种，或煮，或炒，或蒸，或炸，做了十几道菜，足足地摆满了一圆桌，让我们品尝这鲜灵灵的野味。席间主人一边让菜劝酒一边介绍，哪种菜可明目，哪种菜可醒脑，哪种菜可治高血压，哪种菜可治肠胃疼，原来这野山坡遍地是宝。细一打听这里有野生植物三百来种，其中有许多种可以佐餐，每有远方来客主人便以野味款待，连同主人纯朴的情愫一起献给客人。我们早听人说，泰山食物中有三宝——白菜、豆腐、水，这次来泰山吃过多顿，的确名不虚传，留下了极深的印象。不承想除了这人们熟知的三宝之外，泰山还有这充满情趣的野菜宴，这更是难得的泰山一宝。

泰山以它独特的美好景物和神奇魅力，不知吸引过多少观光朝拜者。但是我要说，在这众多的来去匆匆的游客中，大概很少会有人领略过桃花源的野趣。想到这些我同攀上泰山极顶一样感到满足和欣喜。

云　趣

泰山的云，很有情趣。

我们下榻的中溪宾馆，坐落在泰山的半腰，紧挨着中天门景点。这是一座仿古的新建筑，飞檐雕窗，典雅清爽，同原有的泰山景物颇和谐，远望近看都好像泰山美的一部分。最难得的是中溪宾馆的地理位置，仰首可望挺拔俏丽的高峰，俯身可见幽深莫测的低谷，在宾馆花木葱茏的庭院里散步，仿佛走在青峰翠谷之间，让你满身心透着凉沁沁绿幽幽的气息。同来的作家朋友们说，这简直是仙境，我们都成“仙”了。所以，在我们成“仙”的这几天里，只要有工夫，大家都愿意滞留在庭院，尽情地感受这里的“仙”气。

当然，我们流连这清静幽雅的半山庭院，除了感受这大自然赋予的恬适的氛围，还因为在这里可以观赏泰山的美丽云景。泰山的云景同泰山的日出一样诱惑游人。但在泰山观日出，有季节性，不是随时可见；而泰山的云景，四季皆有，经常可以见到，这就多少补偿了些游人的遗憾。我们就曾起大早攀山观日出，从天色乌黑等到东方发白，结果却带着湿漉漉的雾气败兴而归。然而泰山的云则要豪爽得多，经常出现在游人的眼前，大大方方地展示它多变的姿容。

中溪宾馆庭院里有座凉亭，建在山的陡壁之上，从亭上往下看便是山间深谷。那谷里生长着茂密的花木，郁郁葱葱，绿得好似一潭静卧的碧水。有天我们从室内走出来，在庭院里散步，走到这亭子上往深谷里看，那一潭碧水竟然变成了浓乳的颜色，把整个深谷灌得严严实实，扔下哪怕一根树枝都会浮在上边。我定睛一看，原来竟是似烟似雾的云，荡在那山谷里。你看，这泰山的云，多么乖巧，好像一群听话的孩子，透着那派纯真那派质朴，不声不响地挤在一起，等待着让其忘情玩耍的时刻。

那天从泰山极顶下来，乘坐的缆车顺坡而下，行至半程我回顾山顶，忽然发现，在起伏的绿色山峦间，有条浓淡不一的白云带。宛如在绿色画布上不经意抹下的一笔白色，那般飘逸，那般洒脱，观后令人产生无尽的遐思和联想。这同我在深谷旁看到的云有另种模样另种情致，这抹飘在伟岸雄壮绿色山峦的云，给沉稳静止的泰山增添了无限动感，同时也使泰山的绿色显得更绿更浓，在游人的心目中，这无异于天才画家的点睛之笔，令人久久难忘大自然随意形成的景色。

其实泰山的云并非老是静止的一团一抹，有时它会像大海的波涛一样奔涌，在辽远的天际自由自在地变化着形状。有天朗日晴空忽然变得阴沉起来，我仰首望天，见一堆云向山顶飘去，那速度那状势，好像一群骏马奔跑，只是闻不到嗒嗒的飞蹄声，当这片云快要接近山顶时，又渐渐地缓慢起来，轻淡起来，形状也显得疏疏朗朗，从从容容，飘飘洒洒，完全没有了方才如马群那般壮阔的阵势。一起观云的朋友，这时有所悟地说道："你看那云，多像表演的模特儿，只可惜服装不是彩色的。"经他这么一说，我们眼前的云，似乎有了生命，有了灵性，每朵都展示着庄重贤淑的身姿，让人舍不得移目。

哦，泰山的云，这样多彩多姿，这样千变万化，难怪云景是泰山的美景之一，游人把观赏云景视为享受。生活里变化着的景物最美。我们观赏泰山云景，之所以会在心灵上引起共鸣，正是因为泰山云不拘一格，诱发你产生新奇的联想。这时我是多么希望，我们的生活，我们的世界，就像这灿烂的泰山云，在不断的变化中越变越美。

奥地利风情

街头漫步

在我们出访奥地利之前，奥方寄来一份活动安排表，其中有一项：维也纳街头漫步。当时我曾想，不就是逛街吗，这也算一项活动?！街头会有什么好看的，若是像北京王府井那样，走在来往穿梭的人群里，岂不是自找烦乱。到了维也纳才发现，这座世界名城的街头，的确有它的迷人之处。

维也纳典雅古老的房屋建筑，几乎每座都有自己的故事，或今或古，使你边观赏边产生无限遐想。随处可见的历史人物雕像，耸立在楼间碧绿的草坪上或葱茏的浓荫里，向人们昭示着他们带给这个国家的荣耀，以及活着的人对他们的崇敬。奥地利地处欧洲中部，西方盛行的大幅广告画在这里也不少，只是张贴布置得很有规则，强烈的色彩和夺目的画面并未破坏城市和谐的色调。恬淡、洁净、安详的城市环境，可以看出这座城市的管理者们，都是有着较高文化素养的奥地利人。

在这立体静物的城市背景里，流动着的车辆和行人，并未冲散城市的宁静氛围，反而增添了城市清幽的美。维也纳市人口不算多，只有一百六十多万人，客观上提供了比较好管理的条件，但是人们遵守法规的自觉性，对于城市建设也起着重要作用。这里的汽车一起步就是高速，街上急速行驶的汽车好似织机走线，只有在出现红灯时才间断下来，或者偶尔有行人横穿马路才放慢速度。行人即使在无车辆通过的情况下，也要等待绿灯开亮才行走，这样遵法守纪的习惯据说是自幼养成的。

我们作家访问团拜访中国驻奥地利使馆那天，同大使杨成绪谈起这些事，这位文化人出身的外交官，建议我们再去听听维也纳街头音乐。当天傍晚，我们来到维也纳一区市中心的商业街，白天川流不息的人群渐稀了，五颜六色的广告灯在夜空里闪烁，使这座城市显得比白天更喧嚷。忙碌了一天的人们，有的开车去什么地方过夜生活，有的迈着悠闲的步子带着狗散步，年轻男女更是无拘无束地依偎着嬉闹，维也纳再不像白天那样文静。就在我们饱览这城市傍晚街景时，在前方不远处传来动听的歌唱声，唱的是意大利民歌《桑塔露琪亚》，浑厚深沉的男高音抒发着真挚的感情，听来十分感人。我们循着歌声走过去，只见一位约四十几岁的男子，怀抱着紫褐色的六弦琴边弹边唱。他那双明亮的眸子和一副棕色的络腮胡子，在魁伟身躯的映衬下显得越发英俊潇洒，只是那稀疏的头发未免有点不相称，不然我会怀疑是帕瓦罗蒂在演唱。像这样的街头音乐家在这条街上有许多位，有的在独奏小提琴，有的在拉手风琴，有的是独唱，有的是重唱，无论是琴声还是歌声都很优美动听，吸引得路人不时停住脚步欣赏。音乐家们的演唱演奏形成了维也纳的街头一景，更增添了这座世界闻名的音乐之都的艺术情趣。

至于古老的马车，旧式的电车，以及方形玻璃罩灯、雕花廊饰等，更给维也纳街头染上古朴、文明的色彩。即使在现代生活方式的环境里，这些前人的创造仍不失智慧的光芒，它们同样拥有着自己存在的价值。维也纳简直就是一个古老文明和现代生活有机结合的城市。

咖啡店

结束了奥地利的访问，取道莫斯科乘中国民航机回国，一走进波音767客机机舱，如同踏上了生养我的土地，我深深地舒了口气，首先在语言上我“自由”了。我要干的第一件事，便是找空中小姐要茶喝。一杯、两杯、三杯……不管别人怎么看，反正我足足地喝了个透。在奥地利的这十多天里，除了在中国餐馆喝了几次透茶，在奥地利西餐馆只能说是尝尝，哪里能痛快地喝上一顿呢？一路上几乎全是咖啡代茶。

不过，在奥地利喝咖啡，还是蛮有意思的，它使我了解了奥地利人的生活，以及这个国家的饮食文化。奥地利究竟有多少咖啡店，我没有问过奥地利朋友，我只是有这样一个印象，要是想喝咖啡，无须走多么远，随时都会轻易找到咖啡店。奥地利的咖啡店，每一家都不尽相同，从厅堂的布置、家具，到使用的杯盘、餐纸，都像艺术品那样讲究，从中可以看出店主的文化素养。在这些咖啡店里喝咖啡也可在精神上得到享受。这些咖啡店有个共同的特点：留去的时间不限。只要你要一杯咖啡坐下来，可以喝完了就走，也可以坐一会儿再走，若是你愿意还可以坐上一天，所以有的作家、作曲家干脆来这里写作，有的大学生来这里读书，还有的学者约朋友来这里切磋学问。咖啡店在奥地利是个极其文明高雅的活动场所。

奥地利汉学家施华滋教授，曾带我们到过中心咖啡店，这是维也纳一家比较高级的咖啡店，历史也长，来这里的人大都是文化人或上流人士。走进宽敞的店门，只见有位头发脱落的老人，独自坐在一张圆形桌前，若有所思地观看着什么，他桌上白瓷咖啡碗是空的，似乎压根儿就未装过咖啡。我们走近他身旁仔细一看，噢，原来这是一具蜡像人。施华滋教授告诉我们，这是早年奥地利的一位作家，他生前每天都来这里，要上一杯咖啡，边喝边写作，一待就是一天，后来他去世了，人们为了怀念他，同时也为了他带给咖啡店的荣幸，咖啡店的老板给他常设了这个座位。据说，音乐大师舒伯特、贝多芬、施特劳斯等人，健在的时候也曾来过中心咖啡店。中心咖啡店之所以在今天还享有很高的声誉，大概同他有过的那段历史有一定关系，同时也可看出奥地利人是多么珍惜自己的文化。

奥地利人爱喝咖啡，如同我们中国人爱喝茶，现在已经到了离不开的地步。但是咖啡的传入还是得力于土耳其人，那是在奥土战争结束以后，奥地利人击退了土耳其人，逃离奥地利时丢弃了一些咖啡豆，奥地利人起初以为是骆驼粪，后来被一个商人认出，他收下来在维也纳开了咖啡店，从此咖啡成了奥地利人喜爱的饮料。由此可见好的精神和物质文明是人类共有的，迟早会跨出国界被越来越多的人接受或享用，任何闭关锁国的做法都是愚笨的。

高山墓地

绵延不断的青山、草坪，间或出现的典雅建筑，还有那色彩斑斓的广告，使你很难准确地分辨清楚，汽车究竟行驶到了什么地方。统一和谐的气氛与色调，如同一块染织精美的绒布，铺在奥地利八万三千八百五十三平方公里的土地上，只有打听好客的主人才会知道，这是乡村还是城镇。奥地利全国分为九个州，我们作家访问团到了其中的八个，都是那样幽静，都是那样美丽，无论走到哪里都令人心旷神怡。

同访的一位女作家说，上帝太偏心眼儿，把奥地利安排得这样美。其实上帝岂止是偏心眼儿，我甚至觉得他私心太重，不信你仔细地看看，在奥地利，哪里最美丽最安静，哪里就有圣殿、圣像，我怀疑上帝是为了自己，才开拓了这人间佳境。奥地利人是沾了上帝的光才活得如此恬适、安详。

活着的普通人在勤奋劳作，应该享点人间清福，不然就没有吸引力。那么，死了的人——在人间经历过快乐和烦忧之后，当上帝把他们召回时，他们会是怎样的呢？好奇心驱使我爬上高高的山巅，在那块静寂得出奇的墓地，游历了一番“洋地狱”。

这是一座精致、美丽的小山城，名字叫赞阿斯塔特。十五世纪建成的大教堂，给这座山间小城平添了些许神圣的色彩，而建在山上的墓地又令人严肃思索。往日有过的那些欢忧和尘欲，在这里完全得到了净化，迫使你不得不淡泊人生。

墓地建在山巅，面向清澈的大湖，环境十分幽美。一方一方的墓穴前，立着雕刻精美的石头墓志铭，有的还有小巧的花坛，坛内种植着各色花草。我们是上午九时左右上山的，花草上还闪着莹莹的水珠，显然是有人刚刚浇过。据陪同我们的奥地利汉学家施华滋教授说，死者的亲人几乎天天都来洒水，以表示对逝者的深切怀念。奥地利人作古之后，倘若都能在亲人的爱抚下，长眠于青山绿水间，说来也倒死得自在。那么，在这并不宽敞的墓地里，每位死者都要这样永远享受人间抚爱，这墓地岂不很快就不够用了吗？

施华滋教授又引我们看了山洞骨穴，这才解除了我们心中的疑惑。原来这里并不实行“终身制”，死后绝对人人平等。无论什么人，只要死后葬在这里，到了十个年头，便要由家人帮助离开墓穴，把头骨陈放在幽暗的骨穴里。在这个幽暗的山洞骨穴的门前，借着微弱的光亮，我们定睛细看，只见那一颗颗大小差不多的头骨，像商店的商品似的整齐码放在那里。头骨上刻有字迹，大概是死者的姓名、去世年月，别的则完全没有记载了。但是也不是抹杀人们生前的业绩，只要你对国家、人民做过好事，活着的人也会纪念你、颂扬你。我们在奥地利访问期间，见过许多雕像、墙刻，就是在记述着这些民族精英的生平事迹。更不要说那些随处可见的名人故居、题签。

走下山来，我缓缓地步着阶梯，耳边不时有清风低吟，仿佛是这些奥地利的阴间公民在欣慰地向我诉说：活着的时候，我们这些人的地位、经济、学识，也许是不同的，死后一切都是一样的，完全平等。于是，我又下意识地回头凝望了片刻，然后才有所悟地走下山来。这时我的心胸异常开阔，许多烦恼和欲念，顿时消失得无影无踪。

讲究的第一餐

从莫斯科乘奥航飞抵维也纳，办完入境手续，走出机场已近黄昏。还未容我们仔细地看一眼仰慕已久的维也纳，奥地利汉学家施华滋和洁秀、艾娃两位小姐，便引我们到机场附近一家餐厅用餐。这是我们作家访问团到奥地利的第一餐。

在我的印象里，我们国家机场、车站、码头附近的一些餐馆一般都是大众化的，很少高档的，因此我猜想，我们要去的这家餐厅，大概也是便利旅客的大众餐馆。推开餐厅的金饰茶色玻璃门，我完全被眼前的情景愣住了。原来这是家相当豪华的餐厅，里边金碧辉煌、清幽宁静，客人在悠扬的钢琴乐曲声中慢条斯理地饮酒用餐，使人觉得分外安逸、恬适。

陪同我们用餐的，除了奥地利文化界的三位朋友，还有我国驻奥地利大使杨成绪、使馆三秘郑涌波。似乎是一顿便餐，但是接待的程序却不随便，完全是一派讲究的绅士派头，使我感到十分拘谨。先是洁秀小姐代表主人，向访问团的唯一的一位女作家，恭敬地赠送了一块丝巾，对她的来访表示欢迎。奥地利人如此厚爱女客人，使得我等男士不免羡慕和嫉妒，国内的“半边天”在这里占据了整个天际，这位幸运的女作家好不威风。接下来同样受尊敬的便是我们作家访问团的长者康濯老。一位穿着黑色燕尾服的男侍者，用一块洁白的餐巾托着一瓶白兰地酒，迈着轻盈的脚步走到康濯老面前，请他看一看这瓶白兰地酒是否满意，待康老示意看过，他才托回工作台开瓶。侍者托回开瓶的白兰地，先给康濯老倒满杯，然后又给这位女作家倒酒，其次才是我等依次满杯，不管你坐得多么分散，这严格的主客次序绝不马虎。侍者倒酒时右手用白巾托瓶，左手放在背后侧身倾倒，动作娴熟、轻灵，一看便知是受过严格礼仪服务训练的。

使用的餐具和摆放位置之讲究不必说了，就连由谁来提出散席在这里都有讲究。我们中国人历来是“客随主便”，主人让吃便吃，主人说罢便罢，作为客人不必操心宴席上的礼节。用过餐之后好久，话也说得差不多了，可是主人并不宣布散席，我们依然在大眼瞪小眼地发愣，不知如何是好。汉学家施华滋教授毕竟是在中国多年的“中国通”，面对着如此尴尬的局面，他立即意识到是我们不懂得习俗，便对康濯老说：“康老，按我们奥地利的习惯，散席得由年长的客人提出，要是您不再用什么了，是不是可以走了。”这时康濯老才礼貌地向主人表示了谢意，主人才起身让侍者收拾餐具。

奥地利是个十分重视传统文化的国家。既然饮食也属于文化范畴，在用餐方式方法上当然也要讲究，这样才会体现出这个国家的文化。后来我们又到过多家餐馆、咖啡厅，有古老的，有现代的，每家的陈设、布置和待客方式都不一样，但是无一例外地显示出好客、礼貌和文化。在维也纳有家名为新酒酒家的酒馆，据说大音乐家贝多芬经常来此，那里尚存的古朴、粗犷、优美的文化气息，使每个去过那里的人难以忘怀，可以说更为完美地保留着奥地利普通人的饮食文化。

公路车赛

维也纳是座美丽、幽静的城市。斯蒂芬大教堂附近的商业街——“救救我玛利雅”商业大街，尽管比之其他街道流动人口要多，但也不是怎样拥挤、喧闹。置身在这座多瑙河畔的名城，使人感到恬适、自在，无论什么时候神经都是松弛的，绝无杂乱慌惧之感。

细心的奥地利朋友，可能是考虑到作家们大都喜欢安静，特意安排我们在郊区的纳贝特尔饭店下榻。这家五星级饭店，背依青山，面向公路，环境之清新、淡雅，使人越发觉得宁静。可能是在市声嘈杂的北京生活惯了，这里静寂无声的氛围，头一夜使我未能沉睡，蒙蒙眬眬地挨过七八个时辰。凌晨头脑渐渐清醒，忽听室外有接连不断的沙沙声，似雨，推窗低头观望，洁净的土地笼罩在灰蒙蒙的曙色里。会不会是楼后山上的树涛声呢？我走出居室绕到室外楼梯阳台上凝望青山，起伏山峦上的每棵树都在默默地睡着，不知做着怎样的梦。

好奇心驱使我走出饭店大门，站在门前的高处望去，只见隔音墙挡住的高速公路上，不时掠过道道杏黄色的灯光，一辆辆疾驶的汽车擦地的沙沙声，似雨像涛。原来这里即将开始一年一度的国际自行车赛，得知这一消息的体育爱好者们，驱车赶早去车赛启程地点观看。在维也纳市区平时很少有人骑自行车，一般人大都是自开汽车或乘公共汽车代步，只有在每周休假的时候，人们把自行车运到郊外作为体育锻炼的器具，这时才会看到自娱的人们骑着各色自行车。奥地利人对于自行车赛如此痴迷，我想与平日很少接触自行车有一定关系，如同我国群众爱看汽车、摩托车大赛一样，同样是因接触少有种新鲜感。

我们下榻的纳贝特尔饭店，作为车赛的中间站，这天也像过节似的热闹起来了。门前搭起一座高高的塔台，用色彩鲜亮的布匹包裹着，从远处望去如同一只五彩的立柱，给赛车者以奋进的鼓励。饭店建筑群周围竖着的红、蓝、黄、绿的绸旗在清风中抖动，几百名身着各式艳丽服装的儿童手牵气球欢呼雀跃，这色彩，这欢声，给平日里幽静的青山绿野平添了新的妩媚，使居住在这里的客人领略了静中有动的气氛。

主持者手执话筒即兴地讲述着什么，因为我们听不懂，又不便麻烦翻译，只能观察周围情况，判断主持者说话的内容。忽然，两位漂亮的姑娘走到我们跟前，微笑着递给我们一些画册之类的宣传品，嘴里还一再说着什么，显得十分有礼貌和热情。经翻译翻过来，我们才知道，原来在这众多的人群中，只有我们四个黑头发黄皮肤的人，被主持者发现并问过饭店工作人员之后，他特意表示欢迎“尊贵的中国客人”，这样，那两位姑娘才跑过来。这可以看出奥地利这个中欧的中立国家，他们对于来自四面八方的客人是多么友好，即使在这样的场合偶然见到，他们也要表示一下他们美好的情感。

不一会儿，扩音器里播放出大音乐家约翰·施特劳斯的著名圆舞曲《蓝色多瑙河》，旋律悠扬、轻快，使生活在音乐之乡的奥地利人顿时情绪昂然，这预示着赛车队即将到来。人们急速地散开，各自寻找满意的高处，向公路的远方眺望。果然，在公路的远方呈现出一片色彩斑斓的形体，由朦胧到清晰，由蠕动到疾驰。这是几百辆自行车组成的车赛长方队。赛车者个个奋力拼搏，一路上并驾齐驱。待从我们眼前掠过时，好似一辆轻型的多轮彩车，在观众中引起热烈的喧腾，音乐声、鼓掌声、摇晃的彩旗、飘飞的气球，鼓动着运动员再接再厉。直至这色彩斑斓的形体，由清晰到朦胧，由疾驰到蠕动，渐渐在淡蓝色的远方消失，人们才兴高采烈地散开。

回到住室，谈起这次巧遇车赛，我们都很兴奋，感触最深的是奥地利人对体育的浓厚兴趣。后来同奥地利朋友谈起此事，他们告诉我们，有许多地方每逢休假日都有车赛，有的地方还有别的体育比赛，人们利用度假锻炼身体。难怪奥地利人的体魄都那么健壮，这也反映出奥地利人既会工作又会休息，但这休息并不是静止地求安闲，而是在活动中获得轻松。

五月花

我们这个四人作家代表团，在奥地利各地访问了几天返回维也纳，大家都不约而同地思念起祖国。人大概都是这样。当你终日厮守在家乡的小天地里，总是渴望有一天出去闯闯，看看世界到底是啥模样。出来以后由于语言、生活习惯的不同，又说不定有种莫名其妙的失落感，还是觉得生养自己的地方好。

我们对祖国的思念是由老作家康濯引起的。那是在连续吃了多天西餐以后，康老有些耐不住了，他同翻译说，能不能跟主人商量一下，让我们吃顿中餐。听了康老的这一建议，我和那位女作家立刻表示支持，而且我们的想法更为具体，最好是稀饭面条一类的食品，润润我们吃惯了汤水的肠胃。

在维也纳吃中餐同吃西餐一样方便，全市有三百多家中餐馆，随便走进哪家都会受到很好的招待。奥地利的作家朋友，很能理解我们的心情，次日中午便作了安排，让我们在一家颇有名气的中餐馆就餐。这是一家店堂很大的餐馆，古画宫灯，方桌漆凳，完全是一派典雅的氛围。在悠扬的广东音乐伴奏下，我们说说笑笑地进餐，几个人犹如鱼儿得水，吃西餐时的力巴、拘谨，这时全不见了。

出访以来，这顿饭吃得最舒服。我们的思乡之情，当然也得到些慰藉，大家都很高兴。俗话说，吃好了不想家。这句话在这里完全得到印证。走出餐馆的大门，几个人立刻来了劲儿，连车都未坐，徒步往下榻宾馆走。

维也纳是世界著名的音乐之城，建筑、环境都有浓郁的文化气息，在街上散步也是种享受。我们沿着古朴的大街前行，街上行人不多，很幽静，正好松弛一下旅途的疲劳。走到著名的斯蒂芬大教堂广场时，只见前边拥来一群人，有男有女，边走边唱，给这寂静的街道平添了些欢乐。我们迎着走过去。他们之中的一位年长者，突然在我们面前站住，右手伸出五个手指，左手伸出一个手指，边晃动边说些什么。这时其他人也同他一起停住脚步。从他脸上绽出的笑容，我们猜测是在问候，几个人便用中文连连道谢，但是这手指的意思，却一点儿也猜不出来。后来翻译告诉我们，这才知道，他是说，今天是五一劳动节，向朋友们祝贺，欢迎你们同我们一起庆祝。

哦，这些天净顾访问、游览了，竟然忘记已是五一劳动节了。翻开各国的节日历史，很难找到相同的节日，能让全世界共同庆祝的，大概只有这五月一日的劳动节。这是全世界劳动者共同欢度的节日。虽然我们此刻正在异国他乡，不能在祖国庆祝节日，但是作为中国的劳动者，我们能向奥地利劳动者致以问候，使我们感到这个节日过得更有意义。我们一边向他们祝贺节日，一边向他们解释，访问的日程安排得太紧，就不参加他们的庆祝活动了。

这时年长者又同翻译交谈了几句，他们立刻显得更活跃了，有的把自己佩戴的徽章拿下来挂在我们胸前，有的把手中的花束送给了我们，那种高兴劲儿好像遇到了多年不见的朋友。原来他们了解到我们来自中国，为了表达对我们文明古国的崇敬，便把这些作为节日礼品赠给了我们。离开时还都不停地说些友好的话语。花束是玫瑰花，鲜艳明丽。徽章上也是玫瑰花图案，红花绿叶。我不理解这些花象征什么，更不知道在奥地利人眼里，这些花会有什么特殊意义。但是它盛开在五月的维也纳，在普通劳动者的心中吐露芬芳，我想它一定寄托着爱花者的理想和追求。这花让我想起德国大诗人歌德，他在那首著名的诗篇《五月之歌》中，曾经满怀激情地这样吟唱："千枝复万枝，百花怒放，在灌木林中，万籁俱唱。万人的胸中，快乐高兴，哦，大地，太阳，幸福，欢欣！"于是，我高兴地擎起这花束，走过这美丽的维也纳街头，庆祝在异国土地上迎来的五月一日。

这一天，吃过中餐，又这样度过了节日，我们每个人都感到无限的欣慰。

柔情似水

古老的多瑙河，在维也纳静静地流着、流着……我们攀上高高的箭形多瑙塔，在旋转餐厅明亮的咖啡间，边饮咖啡边俯视维也纳。多彩多姿的建筑，葱茏茂密的树木，宛如一组组精美的雕塑，在灿烂阳光的照耀下，显得十分妩媚、飘逸。从高处看那条举世闻名的多瑙河，只不过是条浑浊的水流，很难说有什么迷人的地方。但我依然怀着崇敬的心情凝视着，因为我的耳边一直回响着《蓝色多瑙河》《多瑙河之波》优美的旋律。这条流经欧洲多国的母亲河，她所哺育过的多少历史风流人物，即使越过百载千年，都会同她一起闪着粼粼波光。

一方山水养育一方人。这中欧宁静、清幽、美丽的山水，赋予了奥地利人白净的肤色，也给了他们多情、善良的心灵。我们走在维也纳街头，不时会有微笑的目光投来，有的还微笑着点头致意。这不用言语的情感交流，给我留下了深刻的印象。在农艺师艾娃小姐家中做客，她那演员出身的八十岁老母热情、文雅的谈吐，越发使人感到奥地利人的坦诚和讲究礼仪。

我们作家访问团起初被安排在郊区一家五星级饭店，环境之优美，设施之齐全，都是让人无可挑剔的，唯一的缺点是距离市区较远。翻译金晙每天要带着康濯老我们几个人，从郊区找出租汽车进入市区活动。在维也纳叫出租汽车同打电话一样简便，车多，司机态度也好，所以我们并未觉得有什么不便；相反觉得这很有意思，借乘车的机会同司机聊天，可以从中了解一些普通人的生活。

有天早晨，我们照例离开下榻的饭店，来到出租汽车停车处，在一辆汽车前停下来，由金晙说德语要车。这次却不知怎么的，坐在车内的司机，好像没有听见或者听不懂金晙的话，没有任何反应，依然漫不经心地听音乐吃早点。金晙不得不再次重复他的话，这位司机才打开车门，让我们跨进汽车。坐上车以后金晙询问他，刚才要车时他为什么不答应？司机并不正面回答，而是反问我们是哪国人。当我们说出是“中国人”时，他立刻活跃起来，说：“我以为你们是日本人。刚才我正在喝中国茶，才有点滋味，以为是日本人打扰了我，当然不高兴。”随后他眉飞色舞地学起鸭子叫“呱呱”，并说：“北京的烤鸭好吃。”金晙问他去过北京没有，怎么知道北京烤鸭好吃？他说他岳父是养鸭子的，告诉他北京烤鸭好吃。他还告诉我们，今年秋天他要到北京，亲自尝尝北京烤鸭。

这位司机已是五十多岁的人，同我们说起话来，好像是个活泼的青年，高兴时双手离开方向盘，边说边比划。我们于担心中又不能不佩服他娴熟的驾驶技术。维也纳的汽车司机，有的来自波兰、南斯拉夫，有的来自意大利、土耳其。这位司机表示对中国的友好，以及他对中国的了解，我们以为他是波兰或南斯拉夫人。后来一问，方知他是道地的维也纳人。像这样热情好客的维也纳人，在其他地方我们还遇到一些，使我们深深感到这个城市的居民，大都很重视友情和有一定文化教养。

维也纳是世界闻名的音乐之城，这里无处不飞旋的优美动听的旋律，于潜移默化中塑造了人们美好的心灵。在维也纳逗留几天使我隐约地觉得，这里的天空是多情的，这里的河流是多情的，这里的森林是多情的，这里的人更多情。我们带走的维也纳的绵绵情意，如同那多瑙河的闪闪浪波，不时掠过我记忆的河床，将会永远静静地流着。

优美的旋律

维也纳不愧是世界音乐之城，无论走到什么地方，都会听到优美的音乐旋律。餐馆、咖啡厅、商店、街道、广场、宾馆、酒吧，甚至于公共设施的卫生间里，都会飘着缕缕轻柔的旋律，使你无时无处不痴醉在美的音乐氛围里。在这些优美的音乐旋律中，最让人心驰神往的还是名曲，如《蓝色多瑙河》、《多瑙河之波》、《维也纳森林的故事》等，好像只有它们才属于维也纳，是真正的维也纳旋律。每逢听到这些自少年时代便耳熟的旋律，我的心仿佛被轻云流水填充，久已消逝了的幻想，这时又张开了飞翔的羽翼，音乐在维也纳比之任何地方更富有神奇的魅力。

不朽的音乐大师莫扎特、贝多芬、海顿、施特劳斯等，他们都是把自己的天才融汇进维也纳的旋律中，给酷爱音乐的维也纳人以永恒的享受，并给维也纳带来无上的荣耀。为了纪念音乐大师们创造的人类文明业绩，维也纳人在街头精心建造了大师们的塑像，行人从这里走过耳边立刻会响起他们创作的那些迷人的乐曲。这其中最著名的是维也纳街心公园的约翰·施特劳斯的纪念铜像。施特劳斯手持小提琴站立在高台上，斜身倾首奏出的那串飘动的音符，仿佛在诉说音乐家对维也纳的深情爱恋，抑或是在赞美着脚下的这片明丽的土地，于是，在他的周围，云朵腾飞，天使起舞，越发衬出施特劳斯那永远迷人的魅力。凡是来这里的人很少不久久流连和拍照留念。贝多芬、莫扎特、海顿的形象同样随处可见。我在维也纳买过一盒包装精美的巧克力糖，那金纸上便印有音乐大师们的形象，以至于带回来以后长久不忍打开。至于音乐大师们的故事更是比比皆是，奥地利朋友们最愿意同客人讲的也是这些，这样就给维也纳增添了些许浪漫的色彩。

我们去我国驻奥地利使馆拜访杨成绪大使，杨大使向我们介绍维也纳情况时，他不止一次地跟我们说：“你们是作家，来维也纳，一定要欣赏街头音乐，不然就不了解维也纳。”后来我们按照大使的指点，在黄昏时分来到步行街，不远的几步便有一两位或三四位音乐家，操着小提琴、大提琴、手风琴、六弦琴、小号等不同的乐器在演奏，有的还在那里自由自在地歌唱。优美动听的琴声歌声融在傍晚的霞光灯影里，给维也纳宁静的市街增添了不少情趣。在我这音乐的门外汉听来，这歌声琴声是那么充满深情，如果说维也纳是一部“音乐之城”交响曲，那么这街头演出便是其中的一个声部，而且比之剧场演出更接近人民的情绪。难怪大使建议我们来这里看看。

维也纳的旋律是迷人的、温馨的，同时也是非常神圣的、高雅的，在维也纳人的心目中可谓是又一位上帝。我们曾在维也纳看过一次歌剧，在去歌剧院之前，奥地利著名作家、汉学家施华滋教授便提醒我们，要把最好的衣服穿上，刮刮胡子，并且对我们中的唯一的一位女作家说，最好打扮一下，穿得也要讲究些。后来临上车时我发现，老作家康濯穿了一身质地很不错的西装，领带的颜色和衬衣色也很和谐；这位女作家则脱掉了她的宽衣长裤，穿了一件颇为考究的连衣裙，又精心打扮了一番，所以这二位显得比平日潇洒端庄了许多。相比之下我要逊色得多、寒酸得多，可是又有什么办法呢，我只有这套灰色西装和两条廉价领带，实在没有换穿的像样的衣服，只好硬着头皮尾随他们二位之后了。

我们走进金碧辉煌的歌剧院一看，的确像施华滋教授所说，男士西装笔挺，女士裙服飘逸，如同来这里参加什么历史性的大典。演出正式开始以后，观众个个屏息端坐，很少交头接耳的人，但是从神情上看又无半点拘谨。这时我才意识到，人们之所以把维也纳称为音乐之城，并非完全因为它有过几位不朽的音乐大师，还因为它有着真正崇拜音乐的有教养的众多听众，共同缔造了维也纳这永不衰弱的旋律和声誉。

哦，维也纳的优美旋律，在我的心中，你同样是圣洁的、不朽的，如同你那条名为多瑙的河流，将会永远在我的记忆里流淌。

1988 年 10 月

怎不忆江南

四月。杭州灵隐寺旁。中国作家协会创作之家。居住休息十天。

这几个词组合到一起简直是一种诱惑，一种无法抗拒的向往已久的诱惑。尽管还未真正到了一动不如一静的年龄，只是由于思想的懒惰已经很少远行，可是一说去杭州就再也捺不住性子了，于是就有了春四月的江南之行，而且在灵隐寺旁一住就是十天，总算做了一回“天堂”里的人。其实，杭州并非陌生的地方，少说也去了七八次了，早没有了最初的好奇和兴奋，然而那种打心眼里的喜欢，却依然不减三四十年前。以我的年岁和经历，走过的地方并不算少，喜欢的地方也还有几处，能够长久保持新鲜感的，恐怕就只有江南之地，这其中也包括杭州在内。

有时我也扪心自问，既不是江南人，又不是生活过，你怎么就那么喜欢江南呢？是江南的什么让我如此沉醉如此钟情呢？想来想去无法回答，因为喜欢就是喜欢，喜欢还需要理由吗？有理由的喜欢是理智的喜欢，无理由的喜欢是感性的喜欢。真正的喜欢从来都是水乳交融难解难分。我对于不属于我的江南就是如此。至于说到喜欢江南的什么，绣山画水，深宅幽巷，文人雅士，故事传说，这些就不必去多说它了，就连江南人也厌烦的梅雨，我都觉得有着缠绵温馨的诗意。

这次的江南之行，我没有重游熟悉景点，即使是近在咫尺的西湖，也只是在湖堤上走了走，重温一下曾经有过的感受。倒是两项意外的活动，在我记忆的画册里，又增加了两幅美景，对于江南有了新的印象。一次是走马观花的千岛湖行，一次是雨中的朋友山间茶叙。说到这里我得感谢汪浙成和张坚军这两位作家友人。他们二位都是江南人，生活工作在杭州，对于这里自然熟悉，倘若叫我自己选择，无论如何不会想到，除了西湖还有别的让人动情的去处。

人说，观景不如听景。到了千岛湖之后，看着这青翠欲滴的山，望着这幽深宁静的水，我立刻被惊呆了震住了，不承想还有这么好的地方。我马上改变了观念，觉得应该改过来说，听景哪有观景美。置身在这碧水翠山之间，眼前的景物立刻突现心中，人世间的尘垢杂物通通都忘掉了，只有洁净温馨的清风，在我的怀中撒欢儿激荡。我跟同行的作家友人程树榛、杨匡满说："二十年前，我去过奥地利，那里的山水，洁净清幽，至今都难忘怀。不承想这千岛湖的山更青水更幽。"这二位游历的地方比我多，他们跟我一样也有同感。可惜的是来去匆匆，停留时间不过半日，这千岛湖的美景，算是浮光掠影瞟了一眼，而那种氤氲浓郁的氛围，怕是永远也不会从我的心中消逝了。

几次去杭州都要饮茶，饮茶又必是在虎跑，据说只有虎跑的水泡出来的龙井茶，茶味才更清淳爽口。谁知道呢？我不是正经的饮茶人，再好的茶水也品不出，跟着行家充雅人罢了。这次在杭州没有去虎跑饮茶，浙成兄安排我们在山间饮茶，倒是颇有一番山野的情趣。这座山的名字记不起来了，据说乾隆皇帝下江南时，在这里歇息曾饮过茶，事情是真的还是后人附会不得而知，反正这地方的确是个品茶佳处。坐半山亭屋里，仰头观云，低头看树，人在云与树之间。这会儿正细雨蒙蒙，云被雨洗着，树被雨洗着，空气越发显得清新。文友们边品茗边聊天儿，天南地北，海阔天空，无拘无束，想起就说，倒也蛮适合文人的秉性。

这次的江南十日小住，比之前年到青田过温州，去年的绍兴参观游览，是少去了些许走动的情趣，却有着静下来的全新体验。这两者都不能相互替代，就如同江南的山和水，各有各的美丽特色，总是让你看不够玩不够，看过了玩过了还时时会想起。我对于江南就有着永远解不开的情结。这几天京城连日小雨绵绵，不紧不慢，悠洒轻飘，很有些江南梅雨的韵味儿，早晨凭窗往远处的小公园一望，那片微雨洗着的碧绿树丛，跟我看见过的江南景色相同，只可惜天空没有江南的湛蓝。记得在创作之家小住时，推开那扇对山的小窗户，仰首辽远的天空，总会有一抹幽蓝的云彩，拥着地上翠绿的茶田扑来，顿时觉得抱着一怀江南的景色，别提多么惬意多么自得啦。

哦，江南如此美好，怎能不忆江南。

2002 年 6 月 25 日

团结湖

在过去漂泊无定的生活里，真正住下来过日子的地方，大都是五六年的时间，因此感情上也就难说如何。唯有北京团结湖小区，一住就是十六年，占去我将近四分之一的有生时光，离开以后难免会时常想起来。别看曾有过种种抱怨和不满，此刻也都变成了感情的丝缕，编织进了对团结湖的永久记忆。

北京的众多居民小区，哪一处建成得最早，我不得而知，反正搬到团结湖小区以后，经常听人说起的新建居民点，只有劲松、左家庄、团结湖，这起码说明团结湖是头批建成的。

我搬进团结湖小区那会儿，绝大多数的居民楼都在闲置着，生活设施更是连影子都没有，恐怕连现在的远郊居民区都赶不上。许多北京的老住户都不肯来住，尽管他们在城里的住房并不宽敞，也不想放弃那份挤挤擦擦的方便。那会儿团结湖小区的头拨儿居民，十有八九是落实政策或是下放的干部，从外地返回北京没有窝儿，理所当然地被安置在这里。我当时住的那个居民楼里，几乎全部是这样来的“移民”。大家都是人地两生，心态相同，彼此间也就能够主动地关照，完全没有城市公寓里人们的生分。记得过迁居后的第一个春节时，由楼长带领住户各家的人，楼上楼下地挨门入室地拜年，亲热得如同亲朋好友。只可惜没有坚持几年，由于走了几家老住户，又搬来几家新住户，这样的“传统”就消失了，渐渐地形成了自成一统的局面。

团结湖小区刚建成那会儿，大环境还是比较不错的，街上树木葱茏，楼间草坪如茵，居民们闲时都愿意到户外走走，消解一下久居室内的烦闷心绪。偶然有朋友来串门儿，谈论起团结湖小区，言语间更会流露出喜悦。特别是像我这样的人，过去一直跟家人两地分居，从未住过正儿八经的房子，这次一步登天住进楼房，自然就更喜欢这里的一切。看到什么都觉得新鲜，看到什么都非常喜欢，就更高兴得不得了，终日总是乐呵呵的。我平生头一次感受到房子对于人的重要，它有时会改变一个人的性格，更可以使人的命运发生变化，难怪人说安居才能乐业呢。

可是没有经过多长时间，这条街的模样就全变了。首先是居委会为了经济上的创收，在楼间草坪上盖起一座座小屋，接着又冲出一些不安分的居民，扒开新建成的围墙花砖来回穿行，从这以后眼看着小区变旧变丑变脏。有些居民出于对生存环境的爱护，曾经向上级政府反映过，还向《北京日报》写过信，最后都没有理想的结果，从此就再也没人出来管闲事了。后来大批的无证摊贩长驱直入，几条过去比较清洁、幽静的街道，再没有了往日怡人的景象，喜欢在晨昏散步的人没有了去处，只好到团结湖公园去寻找情趣。再后来街上搭起早点棚，从午夜就开始有杂乱的响动，吵得居民连觉都睡不安稳，有的居民就结伴告状。

有那么一天的傍晚，市容部门来了一些人，二话不说，下车就动手，把这些违章建筑全部拆除，这一带居民无不拍手叫好。谁知过了一段时间，新建的售货棚比原来还要多，有的居民上前质问，店家理直气壮地说："我给居委会交钱了。"谁也就再不说什么了，知道再说什么也没用，闹不好反而祸及自身。当金钱被看得比民意重要时，有时连法律也显得无能为力，更何况这又是区区小事一桩，居民们只得忍耐着等待着。

搬出团结湖小区以后，有很长一段时间，我还时不时地想起它来。团结湖小区比之我现在住的地方，似乎更适合普通人生活，守着水碓子菜市场，菜蔬的价格比较便宜；小区内的团结湖公园有山有水，花几角钱就可以进去散散心，在北京这样的地方并不很多。正是有着这份多年积累起来的情愫，每逢见电视里报刊上，有关于团结湖小区的报道，我总要格外地注意和关心。听说在这次的市容整顿中，我曾经居住过的那条街，摊贩撤走了，违建拆除了，居民重新获得了清幽的环境，我打心眼里替老邻居们高兴。倘若这样的环境压根儿就未被破坏，我搬家带走的岂不是个依然美好的印象，这会儿回忆起它来不就更加令人眷恋吗？

如今的北京城，居民小区越建越多，房舍越盖越漂亮，团结湖小区明显失宠了。团结湖小区现在的唯一优势是，它的地理位置比较好，对于喜欢城居的人还有一定的诱惑力。在团结湖居住的时候，我就常想，这么好的一个居民区，怎么会建得这么单调拙劣，连一点艺术特色都没有，看上去都是火柴盒的样子，丝毫引不起人们的想象。

大概是当初筹建过于匆忙，如同想抢交头卷的学生，结果试卷上出了不少差错。我们不妨做这样的设想，从设计房舍到规划环境，要是那会儿都能考虑得长远些，总不至于在近城出现一片“火柴盒”，这不能不让人感到遗憾。这片住宅房舍的设计者，如果有机会到团结湖走走，面对自己的这些作品，真不知道他会作何感想。

当然，这些都属于后话了，那时毕竟有那时的情况，所以才会出现在比较好的地段上，出现前三门、团结湖、左家庄、劲松等，这些没有一点儿特色的楼群。不过这会儿说也不算迟，今后还要建设更多的居民小区，希望当事者能从长远的规划考虑，不要光是着眼于自己任上的利益。城市规划稍有不慎，就会留下无法弥补的遗憾。让后人指指点点地评说，这总不能说是一件好事。

回首在团结湖小区居住的日子，我的心依然很激动，即使它有这样那样的不足之处，那里毕竟有过我的第一个家。家的温暖与惬意，家的方便与自在，我都是在这里体会到的，在这之前我一直过着流浪的生活。团结湖小区是我人生最后归宿的起点，没有最初它对我的接纳，哪里能有我后来事业的发展，以及今天安宁平静的生活呢？团结湖小区，我爱着你才这样说你，我这样说你是因为爱你，我想你是会理解我的心的。是吧？

2000 年 12 月 26 日

第三辑　记忆档案

雪的往事

已经连续五天了，雪还在纷纷扬扬地下着，中央气象台发布的消息说，这次降雪持续时间之久，是北京历史上所少有。雪天不能出屋，就在家中闲待。周围显得宁静而温馨，凭窗凝望邻近的街道，行驶的车辆是白的，行走的路人是白的，就连往日灰蒙蒙的天空，此时都显得洁净许多。车走得很慢很慢，人走得很慢很慢，仿佛一切都想默默停止。唯有那不老的时光，在我的心海里不住地翻腾，让我想起那些关于雪的往事。

我是在北方长大的，除了短暂的远行，更多的时间是在北方。北方有过我的欢乐，北方有过我的苦难，我的生命属于北方。每次雪天闲暇时看雪景，想起艾青的诗《雪落在北方的土地上》，我的心寂寞得就想哭，为那在不经意中消失的童年，为那在无奈中毁灭的青年，为那在不安中度过的中年，我这一生不就是一片雪花吗？没有声息，没有重量。刚刚有点美丽的模样，很快就又消融在地上，被污染被践踏成泥巴。

雪，在默默地默默地飘着飘着，我的思绪也在默默地默默地飘着。我想起童年时代欢乐的雪。

家乡在冀东平原，坦坦荡荡，舒舒展展，天与地紧密相连。在冬天落雪的时候，宛若上天抛下的手帕，雪铺在养育我的平原上。凭借想象的小手，我轻轻地掀起那块手帕，看到泥土张着干渴的嘴，在大口大口地吸吮甘露琼浆；看到睡眠的虫子刚刚醒来，在轻声细语地悄悄交谈，这时就会觉得我跟它们一样，在这块洁白的手帕下，无忧无虑地唱歌嬉闹，欢度着这雪天的时光。童年时家乡的雪，给了我最初的幻想，所以，在若干年后一想起故乡的雪，我苍白的想象就会重显光彩。这时才知道我的心永远属于我的故乡。

在别人的眼里，雪都是一样的——洁白轻盈，纷纷扬扬。然而在我的眼里则不同，我故乡的雪最温柔最可爱，每一片都是母亲的笑靥，每一片都是故乡的目光，千百次的观赏就有千百次的新鲜。每逢下雪的时候，小伙伴们最爱玩的游戏，就是堆雪人打雪仗滚雪球，跟别处的孩子们没有两样。可是比这更让我们喜欢玩的游戏却是“盖雪被”。好多人一起在雪地上打滚儿，让整个的身体裹满厚厚的雪，然后躺在地上捧起雪来吃，我们管这叫在被窝里吃冰淇淋。看似这只是个简单的童年游戏，其实在我们的内心深处，觉得这样才跟土地更亲近，享受雪天的情趣更酣畅。

说到故乡的雪，还让我想起落雪的晚上，那是孩子们最惬意的时光。白天在雪里疯跑疯玩了一天，吃过晚饭在昏暗的灯光下，一边吃着花生、冻梨、柿子，一边听大人们讲一些老故事，或者唱一些悠扬小调儿，不见得完全都能听得懂，那种气氛却让你心醉。听着吃着偶尔向窗外看一眼，只见雪花渐渐地向窗户飘来，静静悄悄地落在玻璃上，好像是伸着耳朵在倾听故事。讲故事的人就更有了兴头，说着说着就把雪也编了进来，使这故事就越发有了意思。长大后知道了白雪公主的故事，自然要比童年的雪故事好听，只是没有童年的故事更让我动心。

关于童年雪的记忆，我还有好多好多，每一个都很温暖，每一个都很深情。它们永远是我的慰藉和依恋。可惜童年不会再来，在这落雪的日子，想起远逝的童年，面对着静静纷飞的雪花，我只有深深的怀念怀念……

雪，在默默地默默地飘着飘着，我的思绪也在默默地默默地飘着。我想起青年时代忧伤的雪。

二十世纪五十年代初期，我从天津来到北京。工作单位就在西苑一带，距颐和园不过百步之遥，跟公园管理人员非常熟悉，每天黄昏时分都要进园，在里边散步爬山划船，缓解一天的劳累和紧张。冬天赶上下雪的时候，游人稀少，空气新鲜，整个公园被白色点染，显得格外清爽宁静，进去之后更是流连忘返。当时正是青春年少光阴美好，有朝气，有幻想，面对着园中美丽的雪景，常常跟同去的伙伴一起，顺口胡诌几个长短句，算不算诗我们不管，反正能表达感情开心就行。那时我的思想跟这雪一样纯净，对于未来总是往最好处去想，从来不曾想过生活还会有艰难。我现在保存的几张雪天照片，就是那时候冬天在颐和园拍摄的，看到这些照片就会想起那段时光。

后来调动工作住进城里，就很少再去颐和园公园，冬天就根本未再去过，往日欢乐只在回忆中重温。

生命之船第一次在政治上触礁，过去的宁静日子和美好向往，一下子都被无情铁掌击毁成稀巴烂。这时开始感受到生活的艰难，对人对事都不再盲目地相信，思想从此陷入极端的矛盾之中，唯一能够解脱苦恼的事情，就是对过去生活的回忆。那年冬天雪下得比往年早，而且飘落的雪花很大很紧，忽然让我想起颐和园的雪，这时在家里再也坐不住了，就独自一人出城来到颐和园。偌大一个公园里没有几个游人，环顾园中四周山湖树木，都被厚厚的白雪覆盖着，就连低垂的天空都是白色的，置身在如此洁净的氛围里，我的思想又重新有了过去的单纯。只是想起无端地被人批整，心里就又罩上一层瘴气，浑身都觉得不那么自在舒服。

这时雪在我的心中，再不那么单纯了，踩上去听到嚓嚓的响声，我会觉得它跟我一样，在唱着一首忧怨的歌。我完全能够理解。因为雪的洁白与美丽，如同我年轻的生命，一旦被脚步无情践踏，变成一摊脏乱烂泥巴，就意味着生命的毁灭，难怪雪要痛苦地诉说。我为能够在雪天找到相怜者感到宽慰。

谁知相隔两年的时间，我遭遇了一场更大的雪，而且夹带着最北方的风暴。那是在一次劳动的归途中，突然遇到了一场暴风雪，也就是当地人说的“大烟炮”，刮得天昏地暗，举目不见前路，几个人就委身在豆秸垛旁，躲避这场突然袭来的坏天气。过了好长时间仍不见暴风雪停息，四周都是黑蒙蒙的大气，像口大锅似的捂着我们，再怎么着也不会找到路了。这时又饿又乏又恐惧。幸亏我们当中有会吸烟的人，就用打火机点燃起豆秸，边取暖边吃烧熟的黄豆。渐渐习惯了这恐怖气氛，几个人就扯着嗓子唱歌，唱累了就讲半荤半素的笑话，借以消磨这段迷路的难挨时光。后来不知怎么就钻进豆秸堆里睡着了。醒来雪停天霁大地一片晴朗，一看我们所在的位置，原来就在住地附近，只是辨别不出准确方向，结果在荒郊野地待了一宿，给我们的人生增添了经历。

只是每每想起这段经历，心中总是多少有些酸楚，觉得这无常的人生犹如天气，说不定什么时候让你遭殃倒霉。有人说“苦难是财富”。说这样话的人，如果不是苦难的制造者，就是没有苦难经历的人，不然不会说得如此轻松。我觉得正确的说法应该是，假如你有过苦难的经历，要把这苦难当做财富，生活正常以后当做财富。这样说似乎更好些。

雪，在默默地默默地飘着飘着，我的思绪也在默默地默默地飘着。我想起中年时代不安的雪。

那时我在一家地方报社工作，领导派我去采访学大寨运动，在火车站上听到这样一个故事：一个农村的孩子抱着一只鸡，活活地冻死在一个雪天，发现他和同样冻死的鸡，是在运煤列车到达目的地，人们从车上往车下卸煤时。工人们看到这悲惨的景象全明白了。当时的农村只让你种粮食，养鸡种菜植树搞其他副业，都被当做资本主义尾巴割掉，当事人自然也不会被轻易放过。农民为了换几个零花钱，拿自家养的鸡扒运煤车，偷偷地跑到煤矿上去卖。这个抱着鸡的孩子就是这么冻死的。听了这个身边的现实故事，立刻让我想起安徒生的童话，联想到那个卖火柴的小女孩。我的心开始不安起来，对于所谓学大寨的报道，完全没有了采访的热情。在我脑子里不停飘荡的就是寒冷的雪，以及在雪天冻死的想生存的孩子，还有他抱着的想卖的冻死的鸡。幸亏这样的日子再未能持续下去，我们国家迎来改革开放的春天，城乡人民生活普遍都得到了改善，不然谁能说得准还会发生什么事呢？

我的命运也是从这时候开始好转。1978 年秋天从边疆回到北京，经过几场萧瑟的秋风，很快到了寒冷的冬季。在一个大雪纷纷的黄昏，下班后在公交车站候车，忽然看见一个熟悉的身影，匆匆地从我的眼前掠过，赶忙边喊他的名字边追他，最后总算把他叫住了。两个人相对视的刹那间，几乎都在为这次邂逅感到惊讶，要知道，我们整整二三十年不见了。年轻时终日在一起玩耍，算得上是很要好的朋友，只是在一次的政治灾难中，让我们都吃了苦头各奔东西，从此生死两茫茫常思量。于是我们踏雪路信步而行，谁也没有回家的意思，在这个落雪的黄昏街头，走了多久不知道也不想知道，最后一起走进一家小饭馆，接着又边吃边说些今情往事。回到家里这一夜无眠，思前想后地回味生活，就觉得有些疲倦和无奈。

次日起来看皑皑白雪，在灿烂的阳光下熠熠生辉，不免感叹生命的脆弱。人哪，跟这雪又有什么不同呢？开始也是这样洁白轻盈，无忧无虑地飘落在地上，借助太阳的光辉还会变得美丽，不禁会赞美起太阳的恩惠。可是后来呢？还不是在太阳的烘烤下，渐渐地消融化成一摊脏水，回复到自己原来的模样吗？

雪，在默默地默默地飘着飘着，这北京的雪下了整整六天，我的思绪在这六天里，同样是在默默地默默地飘着。据说这场雪持续的时间，创造了北京一百六十年以来降雪之最，历史上降雪时间最长的两次是四天，而这次的雪却整整下了六天。让我们赶上了。

听了气象台的这个破纪录报告，看着窗外残留的积雪就在想，我们这代人到底算幸运还是不幸呢？几乎把人间的许多事情都赶上了，战争、瘟疫、地震、洪水、饥饿、残酷的政治运动……没有什么坏事情未摊上。当然，我们也赶上了许多好事情，比如改革开放、申奥成功、申博成功、加入世贸成功、香港澳门回归、人民开始奔小康生活，如此等等，同样不是也让我们赶上了吗？

雪不再下了。我对于雪的回忆与怀念，却还在我的脑海里继续着。因为我喜欢雪，这大自然的精灵，永远会让我觉得温馨，哪怕时间非常短促，却也让我感受到人间的圣洁。有了这一点就足够了，别的还有什么好要求呢？

2002 年 12 月 26 日

雨的记忆

人生有四季，哪能无风雨

——题记

1955：忧伤的雨

早晨，睁开惺忪的睡眼，蒙蒙眬眬地听到，窗外传来沙沙声。赶忙披衣凭窗张望，葱茏密匝的暗绿色树叶，像低垂的滚滚乌云，遮挡住我的视线。用耳朵仔细搜索，那声音好像来自树丛，却又没有明显的摇动。原来是蒙蒙的细雨，轻柔而急促地飘洒，点点滴滴地落在树上，发出清脆匀称的声音。

蔫雨难晴。看来一时半会儿，这雨是不会停歇了。

我泡了一杯茶，摆在硬木的茶几上。学闲适人饮茶的样子，先观赏碧绿的茶叶，在玲珑剔透的杯子里，漂漂浮浮地沉落。直到片片绿叶抻开，杯底铺成圆形绿茵，散发出阵阵的醇香，水也显露出淡淡的清晕，我才端杯慢慢地呷了一小口，整个脾胃都感到舒畅。在这样的天气里，品茶听雨，别有一番滋味儿。

谁知这雨，比起刚才下得越发大了。雨点落在树叶上，声音自然就更响，如同一位多嘴的老女人，絮絮叨叨地说话，让我不得安静入睡。可能是受了这雨声的影响，我的思绪也滴滴答答地，回到早已经消逝的远年，唤来那关于雨天的记忆。

那是个初夏的下午时分，参加完《文艺学习》杂志社的会，我和C并肩走进中山公园。临近黄昏公园里格外清幽宁静，宁静得能够听到蜜蜂飞翔的扇翅声，清幽得能够听见彼此心灵的呼应声，我们信步走在公园的林阴小路上。好像是不忍心破坏这宁静清幽的气氛，开始谁也不想多说话，只是默默地往前走着，任凭草色花香浸润着各自的感官。

走着走着，迎面出现一张长椅，用手绢擦了擦尘土，然后并排坐在长椅上，谈论起彼此都喜欢的话题。说了多少话，谁也没有注意，说了多长时间，谁也没有理会。反正从天色尚明，说到天色转暗，我们还在不停地说着，仿佛都想把积存多年的话，在这个夏天倾诉给对方听。

突然，一阵轰轰隆隆的滚雷，从遥远的天际扑来，震得四周都在颤抖；跟随其后的是闪电，扯着云的缝隙跳起，放出短暂耀眼的光亮，紧接着是急雨顿时倾盆而下。我们赶忙跑到附近一棵粗树下，这棵树树叶茂密而蓬松，如同一把张开的硕大雨伞，遮挡住这突然袭来的雨。急促的雨敲打在厚实的树叶上，增大了雨声的原有音量，用正常语调交谈很难听清，只能靠拢在一起说话，还得多少提高些嗓门。我们说着说着，这场不停歇的雨，拉近了晨昏的距离，也拉近了我们情感的距离……

雨终于停了，天空晴朗。公园里更显得宁静清幽，空气比雨前更加清爽，我和C都很兴奋。是这场雨让我懂得了，青春如何美好，生活多么宝贵，以及友谊和爱情，有着怎样的区别。这场雨对于我，是记录青春的雨，永远难以忘怀。

不期而遇的雨啊！让我对你说什么好呢？初尝幸福的果实，让我感到无比甜蜜；后吞刺心的蒺藜，让我难解苦涩人生。

就是从这个雨天开始，我的生活发生了变化。

在我正沉浸于雨天给予的惬意之时，那场比自然界雷雨更凶猛的政治雷雨——“反胡风运动”，残暴而迅疾地劈头盖脸向我袭来，往日的宁静，过去的梦想，都被这场政治雷雨无情地击毁。到大学读书的机会，刚刚萌芽的爱情，一下子全都连根拔掉，只剩下无助的哀叹留在心中。我的情绪从此开始消沉，觉得人世间太少宽容，对属于个人的抱负和追求，这欠佳的世风都要蚕食，哪里还有青年人的个性和创造。我不愿意完全丢失自己的天性，更想保持住正直人的应有尊严，就依然我行我素地处世待人。这样的日子仅仅维持了两年。

一年以后，比前一场更为猛烈的政治雷雨——“反右运动”，再一次降临我的头上，而且比前次还要残酷，恨不得连我的肉体都要吞噬。从此以后，我就苟活于风风雨雨中，连昂头走路的资格都被剥夺，更不要说享有人的无上尊严。这场雨一下就是二十几年，淅淅沥沥，哗哗啦啦，连我最后的希望都淋湿了。挨到政治天空雨霁风清，我可以无忧地抬头走路时，已是人到中年，赶上个好日子的尾巴，想多干点有益于国家的事，噢，这时又到了应该“退隐”的时候。

这就是我年轻时经历的雨天。此后，无论在何时何地，每当下雨的时候，总会想起1955年中山公园的自然雨，1955年和1957年那两场“人造雨”。它们给予我生命的欢愉与忧伤，常常会出现在无尽的痛苦思念中。即使是在四十几年过去的今天，在这远离北京的美丽桂林，在这春天绵绵的微雨中，想起1954年那个湿漉漉的夏日，我的心仍然还是潮润的。这时我才真实地意识到，1954年那场记录青春的雨，还在我的心空上飘飘洒洒着。唉，多半儿是永远也不会停歇了。

1958：离别的雨

今天出入北京的人，上下火车大都在新车站，如北京站、北京西站，很少人知道南站、东站，至于那座前门老火车站，甭说，那就更是鲜为人知。偶尔走过前门火车站，看到这座老式的洋楼，淹没在无数新建筑之中，我就替它感到愤愤不平。难道自然界的生存规律，都是像阔佬穿鞋似的，有了新的马上扔掉旧的吗？这种现实，实在残酷。就拿这座前门老车站来说吧，可以说它是北京历史的见证，多少风雨沧桑都在它的记忆里。假如它会说话，我相信它一定会如实地告诉你，在它身边发生的那些或喜或悲的故事。

这是一个节日的晚上，看过百里长街灿烂的灯火，我信步走到天安门广场南侧，目光不经意地掠过前门老车站，情感的绳索立刻牵出往日的记忆。

1958年4月一个早晨，大批政治蒙难者流放北大荒，在雨中跟亲友告别的情景，此时仿佛又在我的眼前出现。我那时年岁不过二十出头，还不曾有过离别的体验，就连离别的情景也是初见，真可谓“少年不识愁滋味”。因此在心灵上引起的震撼，当然也就比别人更为强烈。

那时候北京的街头，人少车稀，店铺零落，整个城市都很清静。就连人来人往的车站，都少有喧嚣的时刻，这天又是春雨蒙蒙，挡住不少远行的脚步，车站内外比往常更静。我们这批被称为“罪人”的人，别说是下雨了，就是天降刀子，该走恐怕也得照样地走，对于我们这些人根本没商量。中央各单位的“右派分子”，心怀忐忑，拖着行李，一个个从城里城外赶到车站，从这里踏上前程茫茫的驿路。除了像我这样家在外地的单身汉，一般有家室的人或北京当地人，大都有一两位亲友来车站送行，这原本清静的车站因有这些人到来，顿时显得热闹起来也沉重起来。

生离死别本来就是人生无奈事，谁摊上都免不了会伤感动情，何况这又是在非正常境况下分离，远行的“罪人”和送行的亲人，每张脸上都写着牵挂和惶恐。走的人年龄最大的不过五十来岁，最小的也就是二十来岁，从这样的年龄段来看，即使经受再大的磨难总还能扛住；送行的人年龄最大的有的已近八旬，最小的不过五六岁十来岁，从他们这种年龄看，无论如何是没有多大承受力的。尤其是那些为人母为人妻的妇女，我真担心在日后的等待和歧视中，她们有没有能力应付这段艰难的日子。

这天早晨的雨，仿佛是老天故意安排，用这种方式表达怜悯，缓解人间的感伤与痛苦。不然怎么早不下晚不下，偏偏在今天这个早晨下，而且如此缠绵悱恻，让每颗心都在流泪。倘若我是老天的话，我就痛痛快快下场豪雨，把积存多时的郁闷和愤慨，像骂街似的倾泻出来。那该多么畅快淋漓，有种男子汉的真气概。

我一个单身“右派”，肯定是无人送行的，尽管北京有几个朋友，有的已经划清界限，有的想来也不敢来，只能孤零零的一个人，在这车站随意走动。走到哪里都会听到抽泣声，以及这样的话语：“在外边自己多多注意，家里的事情，你不要惦记。”“我走后，你的日子会很难，老人、孩子全靠你了。”“记住，要按时吃药，病犯得厉害时，一定要去医院看。”“你一个人出门在外，要懂得照顾自己，说话时格外要加小心，千万可别再出事。”这些哭泣声和叮嘱话，我听了心情跟他们一样，忧郁压抑得就像这雨，点点滴滴不停地洒落在心田。

这时我忽然明白了一个道理，世界上的事情，大概都有好坏和得失两方面，好事情都让一个人摊上似乎并不多。就拿我来说吧，曾经有过一段美好的情感经历，在“反胡风运动”中无奈地戛然而止，当时也让我痛苦了许多时候，自此就再未敢考虑婚恋的事。现在我被流放去远方，没有任何情感上的纠缠，天大的痛苦都由自己承受，哪怕上刀山赴火海都利利索索，这反而让我感到没有负担。这也许是一种阿Q心理。不过不管怎么样，此时，比有家室的人，比热恋中的人，对我来说岂不是幸运？

离火车开车的时间近了，我们这些远行的人，陆续走进各自的车厢。这时雨还在下着，只是没有人在意，道别声哭泣声，哗哗啦啦的雨声，汇成一部《悲怆命运交响曲》，在我们的心中奏响。这支曲子一奏就是二十二年，比任何曲子响得都长久，留给人们的印象都深切，只可惜它并不那么伟大。它的作者当然更不可能像贝多芬、柴可夫斯基这些大师，让人们永远地怀有崇敬之情。

今天当我观望这前门老火车站，看见闪闪烁烁的似雨灯光，耳边立刻又响起那支乐曲，雨天离别的情景似在眼前。这人生世事真的像一部书啊，看前几页还在为命运叹息，再翻几页岂料是另一种结局。这样仔细地一想，被冷落的前门火车站，除非像我这样的人，因为你是我命运的见证，我自然对你有着难舍之情；你对别的正常人，不过是一座老式建筑而已，又有什么价值呢？难怪你在默默之中忍耐。相信吧，我会永远记住你的，就如同难以忘记1958年春天那场凄惘的离别雨。

1960：失落的雨

雨，在哗啦啦不停地下着，十几个人居住的茅草屋里，除了漏雨屋顶落下的雨，溅在脸盆里嘀嗒嘀嗒的声音，整个屋子安静得让人想哭。我看了看屋子的周围，雨水在顺着屋檐哗哗地流，纸糊的木窗棂都洇透了，阴冷的潮气呼呼扑进屋里。跟我同室的这些难友，用棉被或披或卷地护着身子，唯有我一人只披着棉袄，我毕竟比他们都年轻。我好奇地看了看每个人，想弄清楚为啥这样安静，实在受不了这沉闷的气氛。

我们在北大荒已经劳改两年多，这样的日子何时会结束，好像连点影子都没有，人们的烦躁不安显而易见。不过总不能老是愁眉苦脸吧。依我的想法，在这阴雨天里，不去外边劳动，正好可以休息，大家一起玩玩，美美地热闹一番，那该多好。现在一个个都这么静处，真不知他们都在想啥，反正跟我想的不会一样。我这样猜。

我们睡的是个土炕，长长的一字排开，大家都正在炕上。有的趴在被窝里，信封信纸摊在枕头上，八成又是在写家信，不然，那笔不会写写停停。自从来到这北大荒，让人最发憷的事情，就是不知如何写家信。把这里的生活说得太好，总觉得有违自己的良心；如果照实地讲述情况，又担心家人会更惦念，所以写信的时候就得"编"。第一次意识到这种情况，是一位难友逝世后，在他的遗物中发现，他妻子写给他的信里，讲述的好几件事情，跟实际对不上牙口，原来是这位难友，为安慰远方的妻子，说了些善意的谎言。看到这些遗留的信件，有几个人都流了眼泪，他们说，真也难为他了，其实我们也是经常说谎啊，说谎总比让家人惦记好。

有的人披着棉被，坐在炕上缝补衣服，手里粗长的针线，吃力地穿进拉出，那针脚足有一寸长，一看就是个老"力巴"。这也难怪了，在家的时候，不是母亲，就是老婆，反正有人伺候，像这种事哪能自己干。到这儿来则不同了，什么都得亲自动手。这让我不禁想到，我们刚刚来的那会儿，由于干的净是苦重活儿，衣服每天被划破开缝，许多人不会用针线，会用的人也没时间缝补，十有八九都是用橡皮膏贴，或者用大头针别上。那种德行别提多狼狈，所以被人称为“二劳改”，因为判刑的劳改犯穿劳改服，我们穿的衣服还不如人家整齐呢。

写家信和缝衣服的人，都在聚精会神地忙着，当然不会出什么声音，屋子里也就必然安静。还有两个人端坐炕边，用棉被包着半个身子，面对那落雨的窗外，安然自在地饮酒吸烟。其中一位原是某报社记者，他经常这样自斟自酌，我们大家都早已经习惯，这次让我纳闷的是另一位，中央某部的一位仁兄，今天怎么也喝起酒来了，而且还边喝边唉声叹气，并不时地出现嘬酒声，多少打破点这沉闷的空气。

出于年轻人的好奇和无聊，我凑到这位难友的身边悄悄地问他：“今天这是怎么了，你也喝起了酒，是想凑热闹吧。”他看了看我，说：“你一个小光棍儿，有些事跟你说，你也不懂。”

我心想，什么事啊，我不懂，没那么严重吧。后来我听别人讲，前天他接弟弟来信，告诉他，妻子跟他离婚的申请，最近已经被法院判准，两个孩子判给他一个，他正在为孩子的处境犯愁。难怪在这阴雨天里，他独自在那里饮酒，原来是用酒浇愁啊。我一个光棍汉的确不很懂，不过听了还是能理解的。这种事放在正常人身上，都不是很容易承受住的，何况是身在逆境里的他。过些天他的情绪好些了，在地里一起劳动时，他主动跟我提起雨天的事，他说：“妻子要离婚，也就是个迟早的事，这我早有思想准备，我也不想牵累人家，最担心的就是孩子，怕他幼小的心灵受不住。”未想到一个大男人，还有这么深沉的情怀。

别的人——写信的缝衣的睡觉的看书的，在这遥远的北大荒雨天，他们都在想些什么呢？想起童年的无忧，想起工作时的快乐，想起常人的幸福，想起自己的“过错”，我想这些都可能会想到，但是有一点是绝对想不到的，这就是我们的未来会怎样。就像屋外越下越急的雨，什么时候下，什么时候停，那完全要看老天的意愿；我们头上这顶帽子，什么时候戴，什么时候摘，那要看主宰者的安排。我没有那么多的家事，在这百无聊赖的雨天，唯一想的就是自己的未来，成家不成家这是小事，关键是今后的日子怎么过。一想到这里我就没了情绪，干脆也钻进被窝睡阴天。

这场雨整整下了一天，除了如厕打饭不得不出去，其他时间大家都在屋里，一天的时光都是死一般的宁静。静得让人害怕，静得让人压抑。直到吃过晚饭，通知开全体会，这种沉闷才打破。雨却依然不停地下着。散会以后回到屋里，悄没声地钻进被窝，睡着未睡着谁也不知道谁，只是那雨声听得更清晰了，心情自然也就更烦躁。我想在这下雨的夜里，有人也许会做起梦来，这梦会是啥滋味呢？我不知道。反正一想起来总是觉得苦涩，即使是在平静的今天，仍然都会感到齿根发紧。

1980：欣慰的雨

居住过的团结湖那处房子，是我实际上的第一个家，在此之前，一直过着有家无室的日子，那时有人问我家在哪里，总是支支吾吾难以回答。自从有了这处房子，这才算真正的有了家，感受到家的温馨与欢乐。那处称为家的房子不算好，可是在我却比皇宫还神圣，您想想看嘛，一个四十几岁的中年汉子，婚后跟妻子分居十六载，各住各的集体宿舍，各过各的“独身”日子，好容易有了属于二人的天地，这跟皇上登基有什么区别？反正我有种美滋滋的满足感。

这处楼房的门前有一排白杨树，高耸入云，挺拔屹立，像一列忠诚卫士守候在那里。进出它为我击掌，推窗它跟我聊天。尤其是在微风细雨的夜晚，躺在床上睡不着觉时，听白杨树在风雨中哗哗摇响，就像有人在絮絮叨叨地说话，立刻就会勾起我许多回忆。时光这时就会倒流，情绪这时就会复旧。搬进这座房子的情景，当时深嵌我的脑海，过去二十年依然历历在目。

那是1980年的秋天，原来本不由自己掌握的命运，这时开始有了真正的转机，我可以按正常人方式生活了，就思忖着如何安置这个家。由于是第一次住楼房，不知道清洗水泥地板，不知道煤气灶怎么开，就连查水表都得问邻居，我也算土得快掉渣了吧。当然，这都是历史性的新式笑话，今天重提已经毫无意思，倒是搬家的那个雨天，给予我的狼狈与尴尬，恐怕是永远都难以忘记的。

记得小时候在家乡，人们迁居外出都看历书，择吉日良辰才行动。生活在今天的人，当然不再讲这些俗套了，听听电台的天气预报，找个风和日丽的好天，视情况安排迁居出行，总还是应该和必要的吧。可是久已习惯听从命运摆布的我，二十年前根本未曾想到视天气好坏搬家，好容易有了一处新房子给我，就像怕被别人抢走似的，趁一个星期天找两位同事帮忙，就风风火火地来了个急搬家。

那会儿还没有搬家公司，公家汽车想不到动用，搬家全都靠自己想辙。好在我的东西不算多，吃穿用的全部加起来，两辆三轮车就全拉走了。搬家那天天气有点阴沉，总觉得还不至于下雨，就没有做任何防雨准备。车就快要到达新居了，天空响起隆隆雷声，接着就是不紧不慢的雨，淅淅沥沥地下个不停。连蹬带推地赶忙走，在新居门口停下来，人被淋成了落汤鸡，东西被浇得如水洗过，弄得我们好不狼狈。从三轮车上往下搬东西时，有的装衣服的纸箱子，被雨水泡得完全变了形，已经无法整个抱下车来，只好几件几件地倒腾衣服。狼狈之中又增加了一分尴尬。天气晴朗时光晾晒衣物就有好几天。

这就是多年无家的我，第一次安家的景象。过去了也就未往心里去。因为在我几十年的流放生活中，比这更狼狈更尴尬的事情，可以说是无法准计其数，这点区区小事不过小菜一碟，哪能跟有房居住的快乐比。

搬完家几天后的一天，单位领导让人来找我，说是有什么事要谈谈。这是我落实政策回到北京后，领导第一次要找我谈话，虽说改变了“右派”身份，但是多年养成的“怕”性，此时又倏忽间袭上心头来，猜想是不是有什么新麻烦，去时走路的脚步都很迟疑。见了领导看那和气样子不像有“诈”，这才一颗心完整地放在肚子里。他问：“家搬完了?”我“嗯”了一声作为回答。他又说：“看你怎么找个雨天搬家啊，听说把衣物都浇湿了。”我说：“光顾高兴了，就没想那么多。”他又说：“听说你连点像样的家具都没有，居家过日子这怎么行?我跟房管处打了招呼，卖给你几件旧家具，你到库房挑去吧。还有什么困难就说。”后来才知道是这两位帮忙的同事，从来没有看见过像我这么寒酸的人，出于同情就动了恻隐之心，把我的情况汇报给了领导，这才有了卖给我家具的事情。

听了领导的这番话，我的眼泪立刻涌出，一时不知应该说什么好。说实在的，“右派”问题改正时，我连个“谢”字都未说，更不要说感激涕零啦，这次的关心却让我很感动。二十二年苦难的贱民生活，除了被人像牲畜似的呵斥，有谁曾给过如此的温暖，就是为这次恢复人的尊严，我从心底流出了感激的泪水。因此这次的雨天搬家让我长久不忘，想起来就有种“春雨润物”的欣慰，不能不为赶上的这场喜雨高兴。那些狼狈和尴尬，自然也就不在话下，想起来反而觉得好笑了。

记得是在迁入新居不久，一个秋雨绵绵的傍晚，我坐在新居的窗户旁，听冷雨敲打窗棂的刷刷声。这声音其实只是单调的重复，并没有什么悠扬婉转的旋律，而在我听来却像一首美妙乐曲，让我的心灵感到无比畅快。这时我才强烈意识到，原来人的悲喜忧欢的情绪，并不完全取决于自身，更多时候是受外部影响。倘若我的处境没有改变，依然是地道的贱民一个，在这凄风冷雨的瑟瑟秋天，谁能说我不会感叹“秋风秋雨愁煞人”呢？

上述关系雨天的往事，不过是经历中的几个片断，无论是喜是悲都成过去，今天想起来都很亲切。人的情感有时就是这么古怪，甚至于还有点不可思议，当你生活在某个特定环境里的时候，因为喜悦而激动，因为痛苦而诅咒，把自己折腾得死去活来，这时什么心思都有，什么笨事都会做出，几乎完全失去自控能力。可是一旦这些事情随着时间推移渐淡，一切的一切都会成为遥远的往事，再次想起来就会有着无尽的怀念。有过的怨怼会消解，有过的感动会减弱，就连心情都会归于平和，生命仿佛也回到原始状态。我在回忆这些雨天往事时，尽管件件都跟命运相系，想起来有时会揪心撕胆，但是绝对没有丝毫当时的情绪。今天有的只是记忆与怀念——清晰的记忆，亲切的怀念。

2003 年 8 月 28 日

风的怀念

在北京这初冬的融融的阳光里，我忽然地怀念起风来了。

那带着雪花的北大荒的风，那夹着沙粒的内蒙古的风，在记忆中总是那么强悍，在怀念时又是这般宁静，即便记忆中有多少关于风的恐怖，在顷刻的怀念中都会化解成温馨的回忆。只有在这时才会发现，那段跟风相伴的生活，并未远远离我而去，更不曾在心中消失，它如同刀刻斧削的镂痕，紧贴在我的血肉之躯上，成为生命中难以剔除的部分。它在我心中引的共鸣，既不同于江南的雨，也有别于家乡的雪，它属于那种让人震撼的自然景象。

我是去过江南的，当听到冷雨轻打芭蕉，淅淅沥沥，我会感到难耐的凄清；我是平原长大的，当看到雪花悄落田野，纷纷扬扬，我会感到深切的寂寥。然而，这北大荒的风，这内蒙古的风，则完全不一样，它们另有一番情景。如果打个不恰当的比喻，北大荒的风如同一个卖俏的泼妇，内蒙古的风则是一个任性的汉子，只要你一接触它们，就甭想有片刻的安宁，它们对你的爱，它们对你的恨，都在它们那不停的嬉闹吹打之中。因此，你对于它们的好恶，你对于它们的喜忧，都是不会忘记的，无论什么时候只要想起来，就会有撕心裂肺的颤动。这就是我对于这两个地方风的印象。

时光已经过去三四十年了，我仍然有着关于风的记忆，以及只在此刻才会有的怀念。

我们刚到北大荒那会儿，可能由于所处身份不同，绝不是像后来的许多知识青年，他们所说的那么浪漫那么轻松，北大荒似乎成了理想的家园。我们到达的第一个冬天，那时还没有房屋可住，只能搭“马架子”藏身。这种用木棍和杂草搭的窝棚，形状很像简陋的马鞍子，当地人就叫它“马架子”。没有第一个“马架子”，就不会有更多的“马架子”，更不会有后来的房屋，像我这样当时年轻的“右派”，就理所当然地成了建房人，也就最早领教了风的性情。

北大荒的风很少独来独往，它常常是跟雪一块儿奔跑，当地人管这叫“大烟炮”，也就是我说的卖俏的“泼妇”。我们搭第一个“马架子”时，正赶上一场“大烟炮”刮来，那风呼啸着打旋儿，连温顺的雪花都在叫，一股一股地糊在脸上身上，让你又觉得冷漠又觉得惬意，还带着说不出来的野劲儿。可是还未容你品咂出滋味儿来，这风立刻便翻了脸，像一只天公的坚硬利手，放纵地撕扯着棉絮般的雪花，不一会儿便弄得百步难见人，我们有好几次迷失了方向，不得不等待风停雪歇时再走。这时几个人蜷缩在一起，浑身冻得连话都说不出来，饥饿的肠胃无望地空叫着，这时唯一的想望不是别的，而是祈求天气早点晴朗，好钻进临时的住处暖暖身子。当然能有一碗热姜汤更好，可惜母亲不在身边，有谁会想到这些呢？

过了不知有多少时辰，风停了，雪歇了，亘古莽原露出了笑脸。我们也从麻木中渐渐清醒，忽然不约而同地惊呼起来，天哪，原来我们所在的地方，距住处不过百尺之遥。让这北大荒的“泼妇”，活活地给捉弄了一番，真是让你哭不得笑不得。我们狼狈不堪地朝住地走去，过了许久情绪才恢复平静，大家回想起这次经历，后怕之中又觉得挺有意思。若干年后跟一位难友谈起此事，那兴奋的情绪依然不减当年，只是想想当时“右”字号的身份，又多多少少还存有某种苦涩……

当我带着关于北大荒的种种记忆，被再次发配到内蒙古的时候，对这块土地的陌生与隔阂，同样让我有着天然的恐惧，我想了很多很多的事情，唯一没有想到的就是内蒙古的风。

内蒙古的风跟北大荒的风一样，没有江南雨的温馨，没有故乡雪的宁静，而且是常年劲吹不止，用当地人的调侃说法：“谁说我们这儿的风多？一年才刮一次，从大年初一刮到大年三十。”因此可以这样说，自从我踏上这块土地，就在风的呵护下生活着，喜欢也好，讨厌也好，风都是难以摆脱的“冤家”。这内蒙古的风同样也不是独行者，它常常是跟沙粒结伴而来，来时如同骑马挥刀的勇士，一路之上怒吼着砍杀着，让你的脸你的任何肌肤，都有种被刀尖刮划的感觉。然而，我真正认识内蒙古的风，还是在一个寒冷而漫长的冬夜。

那时我在有风口之称的集宁，住在一间简陋的房子里，考虑到冬天风大寒冷，在最容易进风的窗户上，糊了双层厚厚的牛皮纸，满以为这样就安全了平静了。岂知它却给我带来一场不小的虚惊。那天的风很大很冷，我把炉火烧得旺旺的，就钻进了被窝儿，很快就不知不觉睡着了，而且觉睡得很沉很死，这在冬天再美不过了。可是在半夜时分忽听窗户上，有无数的利爪在不停地抓，我从睡梦中醒来一看，原来忘记了关灯，心想这回可糟了，准是有什么飞禽耐不住寒冷，看见灯光扑打而来，赶紧把明亮的电灯闭了。

闭了灯却仍然不见这利爪停歇，甚至在感觉上比方才还要可怕，于是一种恐怖和惊慌的情绪，死死地揪住了天生胆小的我。我穿好了衣服起了床，提着一根粗粗的木棍，蹑手蹑脚地走到窗前，决心跟这些怪物一决雌雄。等了好久却不见新的动静，就奓着胆子开点门缝悄悄往外看，原来是冷风夹着沙粒刮在窗纸上，发出了这般凄厉这般恐怖的声响。

次日跟别人说起此事，他们在笑我无知的同时，也告诉了我不少关于风的故事，从此我才了解了这内蒙古的风……

此时，我站在冬日的阳台上，凝视着这大都会的穹隆，灰蒙蒙的似一口大锅，让我感到非常压抑，自然而然地想到了风，以及跟风相关的往事。按照人们通常理解的情感，离开一个地方或结束一段经历，而且是有着不愉快往事的地方，总是希望完全忘掉才好，可是我却偏偏没有忘记，这无形中就成了一种自我折磨。我在这里用“折磨”二字，并不是纯粹的贬义词，其中也含有一定的亲昵，因为，那些关于风的可憎经历，它又往往是跟人的友爱相连的。这就使我在谈论风时，不能不怀有复杂的情感，如同我们在说起家乡时，尽管有些东西不尽如人意，但是依然对她有着缱绻之情。

熟悉我的人都知道，我的倔犟性格较起劲儿来，有时毫不亚于强悍的风。在内蒙古流放的十几年中，倘若在人际关系上也有风的侵扰，很难想象我会怎样应付，说不定又会遭遇一场新的灾难。值得庆幸的是，我周围的一些人，没有这样对待我，他们摒弃了政治标准，用人的正常思维看待我，这就使我在那样的环境里，多多少少还有生存的空间。在一切都已经政治化了的可怕的年代，像我这样的人尚能自由自在地喘息，这简直如同在水火中求生，今天回想起来怎么能不感念呢?

哦，我记忆中的风，面对时是那么强悍，回忆时又是这般温馨。

1997 年 11 月 26 日

我的羊管胡同

人在一个地方住久了住熟了，总要或多或少的有些感情，当有一天突然地离开了，什么时候想了起来，说不定会跑来看看。至于为什么会这样，连你自己也说不清楚，反正就是想来走一走。是想寻找当年的人？是想重温往日的梦？实在说不准确，总之，就是想来走走看看。

我年轻时在北京住过的地方，有几处常常出现在我的思念中，我最想去看看的，就是东直门里的那条羊管胡同。

其实，我在羊管胡同只住了三年，比之我住过的别的地方，在这里的时间并不长。那么，为什么对这里如此钟情呢，以致在远离北京的那些年，只要想起北京来，就会自然而然想起羊管胡同。起初我还从来没有认真地想过，后来我捋了捋在各处的生活，这时才发现，我在羊管胡同度过的这三年，绝非一般意义上的过日子。我在这里度过的三年，让我尝尽了生活的滋味儿，可以说是人生的浓缩。我的正式以笔墨为生的职业，就是从羊管胡同开始的；我的第一次的感情故事，就是在羊管胡同完整结束的；我的到大学读书的美梦，就是在羊管胡同彻底破灭的；我在可怕的政治运动中挨整，就是在羊管胡同起头的，以后一直延续到我被戴上“右”字荆冠，走上长达二十二年的流放之路，我的美好的青年时光，我的宝贵的中年时光，就这样被人为地白白糟蹋了。青年和中年是人生交响乐的华彩乐章，人的一生中又能有几个这样的时光呢？因此一想起羊管胡同来，就有种说不出的情绪，在我的心中萦萦绕绕。

可能正是因为有这样一段经历吧，想去又一直很怕去羊管胡同，到底想什么怕什么，我自己却又很难说得清楚。大概是想回忆那些美好的事情，大概是怕勾起对那些可怕往事的记忆，这样两种情绪混杂在一起，如同一杯怪味儿酒在胃里翻腾，让我时时不得安宁不得消停。可以毫不夸张地说，羊管胡同对于我，简直就是难以摆脱的冤家，今生今世都有还不清的感情债。

有那么一天，走到交道口一带，距羊管胡同只有百尺之遥，实在无法控制自己的感情了，我屏住呼吸踮起脚，像一位虔诚的朝圣者，轻轻地悄悄地走向羊管胡同。此时几十年的风风雨雨是是非非，如同一群有的哭有的笑的孩子，呼啦啦地跟随着我艰难地行走。一步一步地靠近羊管胡同，一步一步地越发感到不安，我无法猜测等待我的会是什么。

凭着依稀的记忆，找到了居住过的那个院落，可是已是人去院非，连一点当年的影子都没有了，好的也好，歹的也好，完全被岁月的水流冲刷殆尽。面对着这无痕的旧地，我立刻有点懊悔了、有点自责了，埋怨自己实在不该来这里。如果不来这里，留下的那个记忆，岂不是依然美好，即使痛苦的事情无法消解，那总还是被完整地保留着。这时我才理解了有的人，到了年事稍高以后，为什么不想重游旧地，不想会见往日的朋友，大概就是要留下点梦痕吧。老在梦境中生活，固然也很可怕可怜，但是总还有点安慰，起码不至于消沉。

回想我在羊管胡同的三年间，正是我一生中最好的年华，那时浑身充满朝气，对未来有着诗般的梦想，很想成就一番事业。但是也不乏年轻人常有的缺点，如好高务远、自大自信、敢作敢为，等等，这样也就不可避免地会让人记恨。那会儿又不似现在环境比较宽松，允许有个性的人生存，政治运动犹如家常便饭，只要过些时一来，一些心术不正的人，恰好可以施展整人的才干，我也就成了他们的战利品。先是在“反胡风运动”中，被莫名其妙地给整一顿之后，让我在消沉中度过几年寂寞岁月；然后又是更残酷的“反右运动”，把我的政治生命像纸似的搓一阵，然后无情地随便扔到什么地方，这一待就是二十二年。所以后来一想起羊管胡同，我就感到浑身发抖，憎恨这个不祥之地。这也正是我不想走进羊管胡同的原因。

当然，生活中有些美好的事物，也是跟羊管胡同分不开的，它常常会带给我些许欣慰。我发表的第一首诗，就是在这里写成的，从此做起了文学梦，这个梦督促着我不敢懈怠，有些书就是在那时读过的；倘若不是那时做了些准备，实在不好想象在后来时日，我还可以应付搁置多年的编辑工作。我的第一次感情故事，就是在这里开始的，它让我真实地感到了青春的活力；尽管这故事的结局并不美妙，但是让我懂得了如何尊重自己，更要珍惜艰难中结成的情意。我要到北大去读书的愿望，也是在这里表示出来的，为了早日实现这个愿望，我曾放弃无数个休息日做准备；即使这个愿望未能实现，我依然觉得很值得回味，人的一生中能有多少这样的事，一想就会唤起甜蜜的向往呢？这大概正是我想接近羊管胡同的原因吧。

离开羊管胡同到现在，整整四十年的时间，就这样匆匆过去了。我从一个风华正茂的青年，到一个两鬓霜染的长者，在这漫漫的人生路上，留下多少坎坷的足迹，实在不敢回头张望。每一步都是生命的叹息，每一步都是命运的呐喊。如果有人问我此刻的想法，我只想说：可以忍受贫穷，不可忍受屈辱；可以没有金钱，不可没有人格。世界上无论什么样伟大的人物，无论他作出怎样的贡献，只要他不尊重人不珍惜生命，在我的眼里就会粪土不如，我对他永远充满敌意的诅咒。我记着羊管胡同，就是想记住那些美好的事物，更想记住那些灾难的祸根，以便让自己的心灵时时得到净化。

啊，羊管胡同，我是多么想走近你，我又是多么怕走近你，你是我生命历程的真实写照。你是人去院非了，可是在我的心中，你还是完整的，如同一只果子，别看它是酸酸的，同样也是甜甜的。这就是我的羊管胡同。

1997 年 10 月 6 日

往事今情总难忘

小时候跟随父母，离开宁河老家，就再也未回去过，辽阔的冀东平原，从此，只能在梦中萦绕。这其后的几十年时间里，由于命运不济，成了漂泊之人，城镇乡村住过许多地方，真不知该把哪里作为故乡。如果单从时间上来说，北京耗去我大半生的时光，而且我的许多重要经历，都跟这座城市紧密相连，完全有理由把北京作为第二故乡。但是在我多年形成的意念里，地域的亲疏和时间的长短，并不等于情感的抚慰，而故乡却又正是让你依偎之地，从这样的意义上来选择的话，我真愿意把内蒙古集宁（乌兰察布市），作为我人生的第二故乡。

我被划“右”以后，从北京到北大荒，再从北大荒到内蒙古，坎坎坷坷二十二个寒暑，尝尽多少生活的屈辱艰辛，真正给予我亲情般体恤的，只有北部边城集宁的人们。这座小城里的人，如同她的土地，朴实，坦荡，豪爽，亲和，即使在常见欺诈的今天，生活在这里依然感到踏实。可能正是因为有这样的感受，当我离开多年以后，那里的朋友向我发出邀请时，几乎未假任何思索就欣然前往，重新投入了这座小城的怀抱。有人问我感觉如何，我说：“如同游子回家，人是熟悉的，城市陌生了。”

是的。二十年前在这里居住时，毫不夸张地说，我骑车一小时，可以跑遍整个城市。那会儿人们形容这座城市是：“一个岗亭（交通警），一个猴儿（公园），几辆破车满街走（公交车）”，至于四层以上楼房等建筑，只有乌盟盟委、集宁市政府屈屈可数的几处大机关。就连我当时工作的《乌兰察布日报》，在当地也算是个显赫单位了，那时都是一水的普通平房，冬天取暖用一种由砖砌成的“地老虎”，暖气在这里是很难见到的。全市最大的一座商场，就是中心区的联营商店，花几十分钟就浏览完了，货架子上的物品，一摆就是半年一载，人们没有钱买更换慢，商店就没有生气。记得妻子刚调去那会儿，觉得最不适应的就是，这里的水果奇缺，她感到非常不习惯，有次她弟弟捎去点苹果，她高兴得像是得到了宝贝。

按城市建制来说，这小城也算是个市，其实还不如内地的县城，尤其是到了冬天，风沙不断，路少行人，就越发显得萧条凄清。这时，我也常常会想起家，怀念内地的亲人们，心中自然有些怅然；等到次日到报社上班，看见同事张张热情笑脸，立刻又会觉得温馨。

这次回来，一走出火车站，眼前的陌生景象，着实让我吃了一惊。低矮破旧的平房不见了，局促的小街变成了广场，数栋多层楼房拔地而起，五颜六色的广告耀眼夺目，跟内地的中小城市毫无差别。当车子驶进市区的街道，更没有了我记忆的模样，繁华的市街多了几条，街上车辆来来往往，岗亭也就不再是一个；街道两旁的商店挨肩搭背，装修漂亮的店门如同笑脸，迎接着八方顾客来购物。我下榻的北京饭店，是北京燕化集团办的，总经理王国强原是北京知青，选调到北京燕化集团后，为给第二故乡做点事，他又杀回来主持这摊事情。我跟国强曾在《乌兰察布日报》共过事，听说我回来了，他非要让我在他那里住，我就以半客半友的身份，住进了这家草原上的北京饭店。据国强介绍说，经营情况还算可以，但是着眼点并不全在这里，主要是借此沟通两地的信息，他接待内地旅游者，就让他们了解内蒙古，把内蒙古人介绍到外地，就要把土特产推销出去，两地经济都会得到促进。由此可见，把感情的依托地当做第二故乡的，并不只是我一个人，那些在特殊年代漂泊过，而得到当地庇佑的人，大概都有着相通的情结。

我一开始就说了，幼年离开家乡，此后再未回去过，体会不到玩伴儿相聚，会有怎样的欢欣；但是回到集宁跟老朋友相聚，我依然感受到了纯真的乐趣，尽管有的朋友已经成了“三小”之人（喝点小酒，玩点小牌，逗逗小孙子），过着宁静而安逸的退休生活，但是聚到一起谈论艰难年代的缘分，我们每个人都会像孩子似的兴奋，只是眉宇间隐约地夹杂着少许苦涩。所幸那样的年代毕竟过去了，即使今天的物质生活不算丰厚，总比那会儿揪着心度日要好，何况那时我们也并不富裕呢？朋友们现在的生活，别看说是不甚理想，这就要看跟谁比啦，如果从自身情况看，大家都有些变化。我去过几位朋友家里，他们都住上了楼房，家具家电应有尽有，请我吃饭时的餐桌上，再不是盆装的土豆炖猪肉大烩菜，跟北京人待客一样摆着盘盘碗碗，想吃些内蒙古特色饭如莜面鱼鱼，黄米面炸糕，我得事先跟朋友点出来，他们才好特意做些准备，这些过去经常吃的主食，现在平日很少端上餐桌。像内地家庭一样，大米白面在餐桌上唱主角，新鲜蔬菜也是常年不断。

当然，朋友们也有不愉快的时候，见到我这老朋友总要唠叨，但是我发现，他们不满意的事情，并不是对于现在的生活，以及并不算多的退休金，而是对于那些不正的世风和腐败，他们实在看不惯想不通。他们说，这会儿各方面情况都不错了，有的人为什么还不满足，张着大口吸自己同胞的血汗？因此他们无不感慨地说："要是生活是现在的，风气是五十年代的，我们的社会该会多美好，人们活得岂不更要顺心。"这就是我的朋友和乡亲，多么可爱可敬的集宁人。

这次在集宁来去不过几天，说是故地重游也好，说是重返故乡也好，总之，我的心境是不平静的。既有对往事的追忆，又有对今情的眷恋，更有对未来的祝愿。这时，只有在这时，我才真切地意识到，真正的故乡，存在于记忆里；情感的故乡，存在于现实中。对于像我这样长期漂泊的人，故乡的真实含义，既是个生我养我的所在，更是个我爱我恋的地方。集宁啊，我的第二故乡。

1998 年 11 月 16 日

歌声起落的岁月

一

我的家乡在冀东平原上，那是个典型县城小镇，距北京天津都很近，又紧靠京山铁路线，因此风气也就比较开化。只要这两个城市流行的事物，过不了多久就会传到这里，还不光是穿的用的东西，就连书报和戏剧曲艺节目，都几乎跟京津两地同时出现。譬如曹禺先生的话剧《雷雨》，刚有从天津回来的人说，天津这会儿正演出这部剧，未过多久小镇的业余剧团，就把这台话剧奉献给乡亲。应该说演出水平并不很高，舞台布景灯光道具更谈不上，可是那剧情却演绎得照样准确，让许多观众边看边长吁短叹。

至于歌曲，就更像是自己长了腿，只要这两大城市一有人唱，家乡立刻就会飘起这些旋律。我有三个姑姑，还有几位表姑，当时都是中学生，没事就凑到一起唱歌。有次她们唱的一首歌曲，音调特别好听感人，只是略微显得忧伤，我听后心生悲凉，弄得心里很不是滋味儿。后来听她们老是唱，就问她们这首歌歌名，这才知道叫《夏日最后一朵玫瑰》，是爱尔兰的一首民歌。因为好奇和喜欢，就跟着她们瞎哼哼，久而久之，想不到我也会唱了。这是我第一次听到和唱的外国歌曲。从此这首《夏日最后一朵玫瑰》，常常出现在我寂寞的时光，情不自禁地就会随口轻哼起来，这时就会想起美好的幼年生活。

可是万万没有想到，就是这样一首歌，在那个荒唐年代，却成了我的罪过。

在一次思想改造运动中，有人检举揭发我有“小资情调”，证据就是爱唱这首《夏日最后一朵玫瑰》，还有诸如《可爱的家庭》《西波涅》等。我当然不服气，就据理力争，说：“我还爱唱《莫斯科郊外的晚上》《小路》哪，更爱唱《红莓花儿开》哪，这些歌曲不也是抒情歌曲嘛，难道也是‘小资情调’吗?”结果惹恼了揭发的人和“革命”者，他们愤怒地大声吼叫着：“你这是强词夺理，抒情跟抒情一样吗?《夏日最后一朵玫瑰》是资本主义国家的歌，《莫斯科郊外的晚上》是社会主义国家的歌，抒的情当然也就不一样。”哼，原来如此。听后我在心里不禁暗笑，如果按照这样的逻辑推论，吃的粮食，用的语言，岂不也得有区分有限制?!革命竟然革到这种地步，真也算是够悲哀的了，可是谁又能又敢说什么呢?

从此以后，缄口不唱。这首我喜欢的《夏日最后一朵玫瑰》，真的成了夏日最后的一朵玫瑰：“我不愿看你继续痛苦，孤独地留在枝头（《夏日最后一朵玫瑰》歌词)。”这枝头就是我永远眷念美好事物的心。

二

少年时期在天津，下午放学回家，走在大街小巷里，随便什么人家，都会有收音机播放。节目或是相声，或是天津时调，或是京戏评戏，或是单弦大鼓，但是放得更多的，还是流行歌曲，什么《何日君再来》啊，什么《可爱的香格里拉》啊，什么《花好月圆》啊，只听曲调并不懂歌词。当时年幼不谙世事，对于这类歌曲优劣，自然也不真正知道，只是那柔柔的曲调，听起来让人觉得适意。这大概就是除了学校音乐课之外，社会上的音乐留给我的最早记忆。

中国天地变色以后，音乐也开始随之变调。听过的那些流行歌曲，几乎是同一天从电台消失，以一个少年人的理解能力，我怀疑有人“关闭了电钮”，不然怎么能够那么一致呢?竟在同一时间戛然而止。代之而来的是高昂的革命歌曲，什么《没有共产党就没有新中国》，什么《解放区的天是明朗的天》，什么《你是灯塔》《团结就是力量》，唱起来倒是蛮有劲儿。让我当时非常不明白的是，那些流行歌曲不让唱了且不说，而且还毫无商量地定为靡靡之音，尽管我不懂得什么叫靡靡之音，但是相信那些歌不是好东西，在我的意念里跟当时被镇压的人一样。从此我的耳朵养成了听革命歌曲的习惯，渐渐地觉得这些革命歌曲也很不错。

十几年二十几年听下来，听习惯了，耳朵完全真的革命化了，就觉得这革命歌曲也蛮好听蛮迷人。比如《我们走在大路上》啊，比如《革命人永远是年轻》啊，比如《团结就是力量》啊，很让我唱过好多年陶醉过好多年。甚至于觉得自己的革命觉悟，一半来自首长经常作的报告，一半来自革命歌曲的熏陶，所以在提倡大唱革命歌曲年代，我也不管跑调不跑调，曾经扯开嗓子可劲儿地唱。真想唱得革命更坚定觉悟再提高。

谁知时间到了文化大革命年月，有的革命歌曲竟成了毒草，就像当年禁放那些靡靡之音，这些革命歌曲一夜之间，从我们的生活里完全消失，说真的，这时我还真的有点想不通。这些不是红色革命歌曲吗？怎么说不让唱就不让唱呢？那我们唱什么歌提高觉悟呢？再说人不唱歌怎么行呢？就连牲畜高兴了，还要吼叫几声呢，有感情的人更不应当沉默吧！

要知道，这时候本来就很少有肉吃，再没有了什么歌让唱，这张嘴也实在清苦啦。当时这么暗地里想却不敢说。不过很快就有了更显革命的歌曲，比如《下定决心》啊，比如《革命不是请客吃饭》啊，比如《造反有理》啊，这类所谓的红色语录歌曲，以及《大海航行靠舵手》啊，《向着太阳歌唱》啊，《遥望北斗星》啊，这类风行全国的疯狂崇拜的歌曲。这些歌曲的曲调还算不太刺耳，起码在听觉上不太有受罪感觉。因为那时我属于“黑五类”人，没有资格唱这类革命歌曲，说实在的心里和嘴里反而清静。有一首叫《无产阶级文化大革命就是好》的歌，后来不知怎么突然冒了出来，于是乎全中国的高音喇叭，天天都像吵架似的吼着：“无产阶级文化大革命就是好，就是好，就是好……”听了就好像置身麻雀窝里，吵得人鼓膜都快被撕破了，听这类歌曲简直是活受罪。极端点说，宁愿被判刑也不想听这类歌——一时间连这样的心思都有。

我没有资格唱却有资格听，属于旁观者清的局外人，这时就拿过去被禁的一些歌曲对比，觉得这吵架歌真的不怎么样，既不像靡靡之音悦耳，又不像革命歌曲动听，心想，这也叫歌曲吗？如果这也叫好歌的话，相信那些乡下泼妇吵架，每一回都会是一支最好的歌。从此我的心中再没有了美好的旋律，对于听过的唱过的自认为的好歌曲，比如《草原之夜》《莫斯科郊外的晚上》《宝贝》《夏日最后一朵玫瑰》等等，只能在回忆时默默地在心中哼唱。

三

1978 年我从流放地内蒙古回到北京，在《工人日报》文艺部编文化副刊，想在近于空白的歌曲缺失年代里，给普通读者生活找点小的乐呵，就请《歌曲》编辑部的朋友推荐一首歌，未过几天就寄来了那首《祝酒歌》（施光南作曲），我把它放在了文化版头条位置。果然这是一首很不错的歌曲，经歌唱家关牧村、李光羲演唱后，立刻传遍大江南北长城内外，电台里几乎天天反复播放，每一台晚会都必不可少。人们平日里哼唱的也是这首歌。

大概就是从这时开始，不几天就会有支好歌，送到我的耳朵里来，有的是三十年代的歌，比如《叫我如何不想他》《思乡曲》；有的是解冻的“毒草”歌，比如《可爱的一朵玫瑰花》《秋水伊人》；有的是传唱已久的外国歌，比如《友谊地久天长》《可爱的家庭》《夏日最后一朵玫瑰》，至于新创作的艺术歌曲就更多，总之都是非常润心悦耳的真正歌曲。这些歌曲宛如春天的微雨，轻轻地悄悄地洒在干渴的心田，很让爱歌的人着实欣喜若狂。

但是无论如何不曾想到，台湾当红歌手邓丽君的歌，竟然这时也出现在大陆。她的歌在中国大陆的出现传唱，你也可以仅仅看做是一种文化现象，但是好像又不完全这么简单，使人隐隐约约地感觉到，她还有着某种信息传递出来，至于什么信息却谁也说不清楚。这就是我头次听到邓丽君歌的印象。

记得是在一个中午，报社文艺部的同事们像往常一样，都在办公室午休，有的打扑克，有的聊天儿，有的看报纸，尽量享受这短暂的中午时光。我昨天夜里上夜班，版面处理得不很顺利，跟工人师傅折腾到两点钟，这才回宿舍睡了几小时，上午上班觉得头发沉，想趁午间补上一小觉，就在拼凑的椅子上小憩。用报纸遮住刺眼的光亮，静静地缓解身心疲惫，刚刚觉得有点朦胧睡意，忽然一阵轻柔甜美的歌声，冲进我的耳朵，然后如风似雨地洒在心中，一种久违而在企盼的新奇感觉，顿时罩上我的意识和思维，没有任何犹疑，没有任何权衡，我立刻从椅子上腾地爬起来，去寻找那喜欢的歌声。

原来是年轻编辑胡健，不知从哪里弄来的磁带，正在录音机上播放。可能是我异乎寻常的举止让胡健感到有些意外，于是她问我：“怎么样，好听吧?”我只是微微地点点头，却没有也不敢用言语表示。就问她：“这是谁唱的?”她说：“邓丽君。”这是我第一次听到这个名字，陌生之中又觉得新奇，以为邓丽君是香港歌手，拿起磁带盒上的说明书看，上边显眼地写着：（台湾）邓丽君。然后就是曲目：《小城故事》《采槟榔》《绿岛小夜曲》《何日君再来》《甜蜜蜜》等等。看着这些歌曲名字，我真不知道说什么好，尤其是看到《何日君再来》的歌名，那已经消逝了的少年时代，好像又重新回到我的生活里，仿佛放学回家正走在天津街头，听临街人家收音机放流行歌曲，简直不敢相信自己的耳朵。

事情过去许多天以后，听过的邓丽君的歌声，依然在我的耳畔萦绕。多少年来，几乎还没有一首歌，让我如此动心动情，让我时时觉得惬意。其实我并不是个流行歌曲的迷恋者，只是有好几年遍地都是吵架歌，听得耳朵起了老趼长了硬皮，心里实在无法接受硬邦邦的曲调，突然听到这轻柔似水的曲调，自然有种如坐春风如睡沙滩的感觉。看来歌曲还是得好听。

2005 年 1 月 6 日

平房情缘总难忘

从平房院落迁入楼群，总有一二十年了，可是，至今还怀念平房日子。

听了我这样说，有人也许不屑一顾，甚至于暗自嘲笑："纯粹是矫情，作秀，难道你真想住平房吗?"其实，这话看怎么说了。如果平房有楼房设施，当然还是愿意住平房，可惜咱不是没那个条件嘛。再说平房都拆得差不多了，这么多普通百姓哪能放得下，经济条件比较好的人家，或者政府征地的人家，只好住进叠"罗汉"的楼房。楼房比之老式平房，设施齐全，整洁安静，生活要方便滋润得多。只是不知为什么，有时想起住平房的情景，总还难免有着怀念。

那么，到底怀念平房的什么呢?说白了，怀念平房院落那种氛围，怀念平房邻里那种关系，无论什么时候，只要回想起来心就发痒，往昔日子就会重现眼前。那些老邻居老街坊，别看已分别多年，他们的音容笑貌，有的依然时时闪出。

平房在全国民宅都有，唯有北京的平房可爱，原因大都是四合院，这种格局如同火盆，把人气拢得红红火火。门对着门户挨着户，好似并肩而立的兄弟，天生透着亲热劲儿。早晨开门道一声："早啊，您!"下班回来说一声："下班啦，您!"邻居之间无半点陌生，有的总是难分的亲热，以及犹如春风的情分，荡漾在人们的心中。老邻居老街坊相处几十年，彼此之间不仅是面熟，经过艰难岁月的磨砺，有的连脾气性情都清楚，说话做事也就从不隔心。有外人打听某某人，遇到邻居说起来，甭问开口准是："他呀，那可是个好人，老邻居了，我太了解啦。"话就这么简单几句，透着人间的情缘，更有着无限的信任。

我至今还记着这样的情景：院里一条长长的晒衣绳，搭着多家的衣服被褥，晌晴天突然变成风雨时，即使正在上班都不必担心，准有人给你收起来保管好。下班回来刚一进院，就会听到喊声："他大兄弟，您的衣服在这儿哪，下雨我收进来了。”还有，大人有事匆忙出了门儿，孩子放学别怕没饭吃，到时有人争着抢着，接到自家的餐桌上，比在自己家还照顾得好。父母回来告诉一声，在哪家吃了喝了玩了，知道了也就完全心安，连句谢谢的话都不必说。谁让“远亲不如近邻”呢？假如谁家寄来汇款包裹，邮递员一声悠长的喊叫，恰好当事人忙家务未听见，或者有事外出未在家，准有人接话或者拿图章代领，这是邻居之间常有的事情。至于谁帮谁带点菜，谁求谁买点早点，谁陪谁看个病，谁代谁办点事，谁为谁接待客人，如同每天吃饭一样，平常得提都不需提。更不要说夏天院里纳凉，冬天炉旁聊天的自在，哪一样不是平房院落的氛围？就连院里孩子淘气，谁看见都得管管，管轻管重都成，就跟自家的娃娃一样。如此种种，透着多少温馨，散着多少欢乐，漫着多少和谐……

这样不分彼此的邻居，请问如今楼房里普遍吗？大概不普遍。这样亲如一家的关系，请问现在小区里很多吗？恐怕不很多。钢筋阻挡了交往的机会，水泥浇固了流动的情感，一家一户分隔开的小格子，如同挤在一起的孔孔蜂窝，每家人都似忙碌的蜜蜂，奔来维生的食物钻进去，独享属于自家的那份甜蜜。这就是楼房居民的生存状态。这就是仍在发展的城市民居。用牺牲人间美好情感，换来现代化生活方式，这究竟值不值得呢？不知道。说不清。只是从感觉上认为，倘若，拥有的仍然拥有，失去的寻找回来，似乎生活质量会更高。

就拿我来说吧。搬到这栋大楼快十年了，除了本单位同事有来往，其他邻居面熟却不知姓甚名谁，更甭说类似平房邻居的关系。有时因为什么事情必须得交涉，只能在对方半开的门缝交谈，连一声“您请进来坐”的话，都很难听到啰，邻居间本该有的亲密尊敬，早成为回忆里存在的往事。原来家住团结湖小区，水电费轮流收，楼里事商量办，邻居间还有见面机会，自然而然也就认识了。认识了见面就得打招呼，似乎还不显得十分生分，多少总有些平房感觉。现在的事情全靠物业管，电梯有人开，信报有人送，连通知事情都贴告示，居民省心倒是省心了，人与人的情缘也就不再，又何谈营造和谐社会？

真的，很怀念平房日子啊！由于怀念平房日子，有时我就瞎想：邻居相见不相识，这种既熟又生的情况，难道真的就无法改变吗？对立的国家运用人类智慧，尚能化解矛盾成为友好，只是因为无太多机会来往，比邻而居隔壁闻声的人，怎么就不能消除这隔阂呢？回想在平房院落的年月，新搬来的人家刚落脚，立刻就会有老住户过来，上赶着搭话：“有需要帮忙的事，您尽管言语，来不及做饭您说话，我加双筷子。”说的人实诚，听的人舒服。从此，就算接上茬搭上话，再也没有了陌生感，心与心开始真诚互动。倘若新住户有半大孩子，跟老住户孩子玩一会儿，得，这邻居的情缘哪，你就是想怎么着，八成都不会拉扯得开。

噢，平房日子再好再温馨再惬意，终归已是“昨夜星辰昨夜风”，只能让它在住过平房人的回味中，留下几许踪影几许温情。如果能够在高楼里，营造哪怕一点温馨氛围，记忆中的平房“春色三分”，不至于因为现代化生活，在感情上成为“二分尘土，一分流水”，这对于跟平房有情缘的人，我想就是最大的安慰啦。

2006 年 4 月 28 日

雨　天

生离死别，这大概是人间最痛苦的事情了。从时间上看也许是短暂的，在记忆里却会滞留很久。

我在这并不很长的生命历程里，有过无数次的同亲朋好友的告别，虽然不是每一次都那么惊心动魄，但是总有几次让人牵肠挂肚。这其中1958年春天的那次告别，更是久久地揪着我的心，一想起来就会气火冲顶，愤怒得不禁咒骂当时的自己，怎么会那样老实、顺从，眼巴巴地看着人间美好情感被残忍地揉搓。

那是早春四月的一天，北京下着蒙蒙细雨，大街小巷都是湿漉漉的，连人们的心也罩上了水汽，以至于张不开飞翔的羽翼。有人说，今年雨水来得早，是老天爷愁事太多，总是在哭。谁知道呢？反正我是无论如何笑不出来的。

从北京开往牡丹江的火车，要在早晨启程，这是风天雨天都不会变的。在那个万事都难以预料的年代，唯有这少变的列车时刻，使人们的生活多少有点安定感。此刻，中央各单位、各部门被戴上“右派分子”帽子的人，冒雨从北京城的四面八方向前门火车站聚拢来，他们要搭车去密山、虎林一带的军垦农场，开始那不可知的北大荒流放生活。

雨，在淅淅沥沥地下着，不大，可也不停。不知是匆忙中忘记了带雨具，还是沉重的心思无暇顾及，来的人里有不少被淋得像个“落汤鸡”。若是在往常，这帮大大小小的知识分子，无论如何是很少雨天远行的，有些过于娇嫩的人，即使订购了车票，说不定还要退掉呢，怎么肯轻易受这份罪呢？可是现在，无论是过去的作家、教授、记者、工程师，还是过去的委员、司长、大使、书记，好像都没有了昔日的派头、威风、脾气，如同孙悟空跟随唐僧赴西天一样，不得不乖乖地听从命运的摆布。原因是他们头上都有个“右派分子”的紧箍咒，动不动就会被人念“老实点”的咒语。就连平日最爱发牢骚讲怪话的人。嘴上都好像贴了封条，不管心中到底是怎样想的，也不得不规规矩矩地哑然处之。这些在 1957 年夏天敢于说真话的人，现在却连说话的权利都没有了，留给他们的仅仅是痛苦的回忆，以及对于未来的茫然思考。

我当时是个孑身一人的小光棍，父母也不在北京，自然也就少去许多情感上的牵挂。除了像我这样当时人走家搬的光棍汉无人送，凡在北京有沾亲带故的人，差不多都有人来送行，其中有男有女，有老有少。从他们互相的称谓看，大都是父母妻子、兄弟姊妹等近亲，远一点的也不过叔舅姑姨。至于别的什么人，即使平日里关系果真不错，大概也很少有无顾虑的勇者，再说人家也犯不着，为了给发配的人送行，找顶划不清界限的帽子戴。在政治高于一切的那些年里，运动的风暴不时袭来，人们感情的泉眼干涸了，连言语都不敢交流半句，谁还肯用心同心相撞呢？能保持自己平安度日，少点政治差错，就算是幸运了。何必无事寻事，自讨苦吃。就是在这些送行的亲人之间，谁又能说些什么呢？明明清楚是蒙冤受屈，怎么好鼓励“要好好改造”呢？明明知道此去生死未卜，怎么好安慰“不要挂念”呢？凝滞的眼神，沉默的泪滴，变成了无言的话语，道出这人间复杂的感情。可能是老天爷有眼，看出了人间的不幸，特意洒下这场早来的春雨，替无辜的人们哭个痛快。雨呀，淅淅沥沥的雨，湿润了北京城，湿润了一颗颗善良无告的心。

我认识的一对小夫妻也来了。男的去年才从俄语学院毕业，分配在一个外事机构当翻译，结婚还未来得及去外地度蜜月，就遭遇了这场飞来的横祸。原因是说过“苏联专家有的也无什么本事”的话，被上纲到“破坏中苏友好关系”，戴上了“右派分子”的帽子。年轻的妻子是位中学教师。她紧紧地握着丈夫的双手，不住地哭泣，用来擦泪的手帕全湿透了，还在不时地擦泪，有时她用劲地咬着自己的下嘴唇，紫红的齿痕深印在唇上。从她无限痛苦的神态里可以看出，心中聚集着无数难言的话，却被一道无形的可怕闸门阻挡着。丈夫也不便劝慰妻子，他唯一能说的一句话，只是“别哭啦”。妻子反而哭得更厉害。两个人的目光，有时交织在一起，都是那样痴那样呆，倘若不是在这种特定的环境里，很难让人猜想他们的表情，更难以理解他们复杂的心境。

站台上响起了一阵铃声，列车就要开动。这时，人们的情绪更加激动，手也拉得更紧，哭得也更伤心，只是依然不便开口说话。走的人边朝车厢走去边在回头观望送行的人，好像今生今世再也见不着似的，留恋的神情里透着无限的痛苦。送行的人不忍看一眼走的人，却又想再看一眼熟悉的身影，表露出来的矛盾神态显示出一颗正在破碎的心。人说哭是内心痛苦的最好解脱，不能哭岂不是会带来内心更大的痛苦?

列车到底还是开动了。起初只听得机器的轰鸣声，待列车渐渐远去以后，无数颗头颅和挥动的手臂，从车窗里伸出来，隐约传来更响的抽泣声。命运把一批人送到荒凉的原野。命运把一批人留在繁华的都会。无论是走的，抑或是留的，他们都要在痛苦中等待，等待有朝一日重逢。这便是这些人当时唯一的美好愿望。

雨，还在下着，淅淅沥沥地下着，下了一天，下了一年，下了十年，下了二十年。当二十年以后天空晴朗时，我回到春光明媚的北京城，心依然是湿漉漉的，这时我不禁苦笑了一阵。二十年前的那场雨啊，该让我说些什么呢? 还是不能说，只好缄口沉默。可是我依然在想，想二十年前那个雨天，想雨天中的我。

1995 年 3 月 16 日

无言的等待

母亲是个爱唠叨的人，心里不搁事儿。生活里碰到高兴的或烦恼的事情，她都要说出来，很少有话闷在心里不言语。可是就是这样一个人，竟然会在一件事情上不声不响，硬是挺了两年多的时间不唠叨，直到这件事情有了结局，干涸的眼泉流出泪水，她内心的忧郁这才算释放出来。对于像她这样爱唠叨的人，能忍耐、克制到这个份儿上，该承受怎样的感情重负啊！其中的痛苦和酸楚，只有她自已知道。

这件事情就是等待她被划为“右派”的儿子，从“北大荒”流放地归来，重新回到她因等待而显衰老的身边。

我的母亲大字不识一个，年轻时从农村来到城市，这之后的几十年再未回去过。说是生活在大城市，其实连像样的大商场都未逛过，终日在家中忙里忙外地操劳，唯一的爱好也是活动，就是找邻里姐妹们聊天儿。弟弟妹妹小时候上学，放学回来见家门上着锁，不必等待，不必打听，到邻里的某一家去，准能找到串门儿的母亲。

这样一位不谙人间大事的家庭妇女，当然更不会懂得什么是政治运动，因此，当我在1957年被划“右”以后，家里人谁也没有跟她说，何况连有点文化的我的父亲都不懂，即使跟母亲说了她又能懂什么呢？

但是，母亲对孩子的惦念，无论何时都是真诚的，如果有一段时间见不到我，她总是要问询的。再说，那时我在北京工作，又是单身汉一个，每到星期日总要去天津看望双亲。突然有一天中断了对她的看望，那该怎么跟她说清楚呢？还好，那会儿正是干部下放的年月，母亲在街道开居民大会时，听说过这类事情，父亲就跟她说，我下放东北锻炼去了，母亲自然信以为真，不再说什么。只是在逢年过节的时候，全家人团聚在一起，唯独我不在，母亲就会显得魂不守舍，做饭常常忘记放盐或放两次盐，却不像对别的事情那样唠唠叨叨。

后来见别的下放干部休假，或者人家可以请假回来，而我，竟然是一走两年不见踪影，母亲实在沉不住气了。这时才疑惑地偶尔说一两句：“他大哥到底去哪儿啦，怎么还不回来呢？人家下放的也回来过呀？”这时全家人心里都明白，只有母亲一人不清楚，她的大儿子——我是个“右派分子”。在当时一些人的眼里，“右派”无异于中国“最坏”的人，怎么能给坏人自由呢？下放不过是个好听的名词，实际是无情的专政严厉的管制，根本没有一星半点仁慈可言。

正像人们常说的那样，儿行千里母担忧，而且我不是走一时半会儿，母亲更不会是一般的惦念，她只是不挂在嘴边上罢了。我从“北大荒”回来以后，父亲曾经告诉我，母亲那些年丢三落四的事情很多，纯粹是因为我的事让她太不放心了。这实在太可怜我的母亲了。在那个黑白颠倒好坏乱分的年代，连一位普普通通的家庭妇女都要遭受如此折磨，被欲加罪过以后的当事人的景况，那就更是可想而知了。

我们这些被当地人戏称“二劳改”的右派，到“北大荒”农场的第二年，正赶上全国人民大挨饿。农场只能给我们每人每天八两带壳的粮食，可是劳动的时间和强度却未减，不时有些身体不支的人死在荒野里。幸亏当时管制“二劳改”的农场领导还算开明，他们破例地允许我们可以做两件救命的事：一件是可以变卖衣物换食品充饥；一件是可以让家里寄钱或寄食品接济，让这些加罪并未判刑的人得以逃生。

我们那时没有带来工资，每月只有二十五元生活费，更没有可变卖的衣物，只好写信找父母要吃食。有些原先级别比较高的人，或者家庭经济情况好的人，那时都有大包小包从北京寄来，里边大都是奶粉、饼干、腊肠、葡萄糖一类的食品，农场每天都要派出马车运送。我盼望许多天以后，总算接到了家里寄的邮包，打开一看，只有一个筒形双层的搪瓷饭盒，里边装着满满的油炒白面，数量、质量都远远不及别人的，当时心里很不是滋味儿，不免埋怨父母不理解我的艰难处境。

可是我完全没有想到，家里经济条件不好，人口又多，就是这么一点东西，还是从众人牙缝里抠出来的。后来听父亲说，当时家里既无粮又缺钱，母亲边炒着面边流泪，还一个劲儿地念叨，不知我饿成啥样子了哪。这时我的羞愧之情油然而生，深深感到错怪了母亲，在那种情况下还同别人攀比，实在不该。现在想起来才意识到，正是这种不值钱而又非轻易寄来的东西，更显出母亲一颗比金子珍贵的心，这远比那些有钱可买可寄的东西情意更浓。

我在“北大荒”过着无望而艰难的生活，母亲也就这样一声不吭地等待着，还经常在睡梦中呼唤着我的名字。有次她睡到半夜忽然惊醒，叫我父亲快去开大门，说是我从东北回来了；其实哪有那么回事，是她思子之心过于殷切。在过去那样把政治运动当饭吃的年月实在无理可讲。我们这些被打入另册的人，哪怕是判刑几年十几年也好，总还会有个时间可以指望，而对于当时的“右派”根本没有时间界定，因此，不仅折磨着我们这些“罪人”的身心，而且也让我们的亲人在痛苦的等待中煎熬，这种做法比之蹲大狱更让人难以承受。我简直没有办法猜测和理解，像我母亲这样爱唠叨的人，竟然默默地忍受多年惦念盼望亲子之情，那该是有怎样的力量支撑着她的精神啊！

从六十年代挨饿的日子过来的人，大概都还记得，那时候家家吃饭都是分份儿，掉一颗米粒饭渣都要捡起来。我家那时人口比较多，弟弟妹妹们又都是长身体的时候，再分份儿也得让他们吃饱，母亲自然就不会按份儿吃。她总是把自己碗里的饭菜，拨给这个一口那个一口，她自己却经常饿得无力地躺在床上。弟弟妹妹也还都懂事，他们总是不肯要母亲给的饭菜，说：“妈，您自己吃吧，您不能饿着。”这时母亲总是说：“这饿啥。你大哥呢？他不定饿成啥样子了呢？”听到这些话，谁也就不再说什么了，大家知道她在牵挂着我，都希望她说说心里的郁闷，哪怕像对别的事情那样唠唠叨叨，谁也绝对不会感到厌烦。可是她就是怎么也不说，把无尽的思念和深情的惦记，全一股脑儿地积存在她的心中。我的父亲不得不经常写信提醒我，常给家里来信报个平安，免得我母亲总是牵肠挂肚。

这写信的事情，在我父亲看来，似乎并不难。其实他不知道，在人烟稀少的“北大荒”，在强制劳动的“右派”劳改农场，我哪里有时间和精力写信，写的信又怎么能及时寄出。只要有一段时间我的信寄不到，母亲就会像丢了魂似的，常常是坐在那里自己出神。父亲怕母亲想出病来，有时就找出我的旧信，说是我新来的信，瞎编些内容给母亲读，这时她才会放下心，总会有几天，高高兴兴地忙着家务。一天复一天一年复一年，就是在这样的境况中，母亲无言地等待着我。

我们这些“右派”之所以被放到“北大荒”，主要是考虑当时中苏两党两国是亲密无间的兄弟，有些“右派”就是因为对苏联有看法罹祸的，把这些人放在中苏边境自然放心。不承想后来俩兄弟闹翻了，反目成仇，放心地区成了“反修”前哨，万一有个风吹草动，这批“右派”若是“乱说乱动”会更糟，上级便决定把我们分散到全国各地。尽管是出于这样的考虑，对于我们这些“右派”来说，依然是个天大的喜讯，起码我们可以回家啦。

我想让思念的母亲有个意外的高兴，两年多来头次发了个电报，告诉家里，不日即可离开“北大荒”去天津。在从农场总场所在地发完电报回来的路上，我还想象着，接到我的电报母亲会怎样高兴，说不定很快会告诉邻里姐妹，更会千方百计给我准备些吃食，总之，她一定会用她全部的慈爱迎接流放归来的儿子。

后来听父亲说才知道，跟我想象的恰好相反，我这一纸突来的电报，差点儿让无备的母亲丧命。

送电报的时间是一天傍晚，父亲还未下班，弟弟们还未放学，只有母亲一人在家。母亲像往常一样，做熟了晚饭，趁等待他们的时候，自己收拾她心爱的小院。这时送电报的摩托车的突突声，由远而近地传来，到我家门口熄火停下，送报人连喊几声“一号电报”，门牌一号的我家无人应声。送报人推开大门一看，见我母亲独自一人倚在墙边儿，脸色煞白，动也不动，送报人急忙走过去，一边呼喊“大娘”，一边又推又拉，最后找来一杯冷水喷在脸上，母亲才渐渐从昏厥中苏醒过来。幸亏遇到了这位好心的送报人，倘若没有他的及时抢救，说不定会发生什么事情，我岂不是成了受人责骂的千古孽子。

母亲后来回忆这件事情的时候说，她一听到送电报的喊声，不知怎么一下子联想到是不是我出事了，不然不会拍电报来，她的两条腿立刻不听使唤了，心里也发慌了，不由自主地倚在了墙边儿，她还说，这些年无时无刻不在惦念着我，自个儿老不向好处想，又不便跟谁说，许多话全都闷在心里头了。我的事实在难为我可怜的母亲了，连她的儿子本想给她的意外欢喜，她都没有福气承受，可见我的流放带给了她怎样的痛苦。有了这次刻骨铭心的经历，这以后无论有什么急事，我都不曾给家里拍电报，怕让母亲再担惊受怕，更不想引起她对往日痛苦的回忆。

母亲用她无言的等待，终于盼来了她的儿子；母亲又同样用无言的忍耐，不久又送走了她的儿子，因为，她的儿子名义上是摘了“右派”帽子，实际上并未结束劳动改造，很快重新发配到内蒙古草原。这样，母亲又等待了许多年，她还是没有再唠叨什么，不过她心里是有数的。在经历了那个人妖颠倒的“文革”以后，她仿佛一下子明白了许多道理，她曾说：“这回我明白了，好人为什么会挨整。”从此她更心安理得地等待儿子归来，只是仍然不多说话……

远远近近王府井

全国各大城市都有商业街。我逛过的上海的南京路，我玩大的天津的滨江道，在全国乃至世界都赫赫有名。至于北京的王府井大街，这就更甭说啦，她跟长城、天安门、故宫一样，成为国内外宾客必到之处。北京大商场没有遍地开花那会儿，老北京人购物必到王府井，外地人买东西直奔百货大楼，这几乎成了当时的生活时尚。大概就是因为这个缘故吧，前几年，王府井大街封街进行改造时，就受到百姓无时无刻不在的关注，并盼望早日一睹它的新颜。

我的两只眼睛同样盯着王府井大街，只是我的想法要比一般人显得复杂，改造后的新的王府井大街，那些老书店还会在吗？那个190号院会消失吗？就成了我最关心的事情。倘若这些地方完全改变了，王府井大街即使成为天堂，它对于我也不再有任何意义，仅仅是条繁华的现代商业街。我说的那些书店和那个院落，曾经见证过我沉浮的人生，只要一见到它们，我的脑海里立刻就会出现那些相关往事。

我最早跟这条街结缘是在五十多年前。那时北京的书店不多，像撒芝麻粒似的，全城东一家西一家，书的品种也不多不全，唯有王府井大街上，聚集着多家书店——新华书店、外文书店、内部书店、美术书店、音乐书店、古旧书店，像一棵棵蓬勃大树，每天引来读书人，如同觅食的鸟儿，在这里寻找精神食粮。若想看新书、买新书，就必然要到王府井，久而久之，王府井的几家书店，就成了我光顾的地方。假如说在年轻的时候，还认真地读过几本书，积累了一点知识，我应该好好感谢王府井。

我年轻时比较喜欢读诗歌作品。有次见报纸新书介绍栏目，预告鲁藜诗集《星之歌》出版，我就想快点读到这本书。在住地附近书店问过，都说还没有进货打算，我就跑到王府井新华书店，在推荐的新书平台上，果然摆着鲁藜新诗集，就特意买回来一册。放在床头还没有来得及看，全国就开始了“反胡风运动”。有个同公寓的人来过我屋，知道我有本鲁藜的诗集，见报纸点名批判的人中有鲁藜，他就表现了一次“进步”，悄悄地向组织告密揭发我，我自然也就在劫难逃。

我喜欢文学且听过鲁藜的课，有两位文友跟胡风间接沾边儿，我所在的单位就拿我当猎物，又是批判又是审查又是交代，我被狠狠地折腾了几个月，未找到罪证这才不了了之。这么被无端折腾几个月，我失去到北大读书的机会，女朋友也不得不跟我分手，我遭受最早的政治打击，就是由鲁藜诗集《星之歌》引起，这当然就跟王府井大街，跟卖书的王府井新华书店，有了无法绕过的牵连。我哪能够忘记故事发生的地方呢？

天下大概很少有这样的人，受了委屈和伤害不吭声，自己默默地扛着忍着。反正我做不到。1957 年号召群众大鸣大放，让知无不言地说心里话，思索再三对此事说了说想法，结果又酿成了更大的灾祸，把我“阳谋”成“右派”，带着户口被赶出北京城。这一走就是长达二十二年的时光，其后再很少有机会来北京，当然也就难见王府井大街，更不可能闲逛王府井书店。早年逛王府井大街的惬意，在王府井书店购书的乐趣，此刻全都化成了缕缕记忆，纵然再美好再亲切再珍贵，都也离开我徐徐远去……

有一年休探亲假回天津，路过北京趁换车空当，我去逛王府井新华书店，消磨那段等车的漫长时光。正埋头读一本新出版的文学书，听到旁边有位女士悄声说话，语调非常熟悉，我下意识地抬头看了看，啊，这是一张多么熟悉的脸啊，我真想搭话或再仔细看看（这张脸给过我欢乐更给过我伤痛），可是理智提醒我不能这样做。尽管命运让我落魄到了这种地步，但是尊严不允许我有半分低下，绝不能让这个人看到我此时的狼狈相——不管她是给予同情还是歧视。趁她还未看到我的此刻，放下手中的书就快步走开。从书店出来徒步去火车站的路上，想起我们过去一起闲逛王府井大街，一起在新华书店看书买书的情景，一股酸楚的滋味顿时在浑身翻腾。特别是想到她把我送给她的两本书，波列伏依的《斯大林时代的人》和《我们是苏维埃人》扉页上她的签名狠狠划掉，毅然决然地退还给我表示绝交，我的心如同刀割一样地疼痛，那个令我伤心的日子重现眼前。这次的巧遇等于给我的伤口撒了把盐。整个探亲休假的十二天都没有快乐。这时我真有点埋怨王府井大街，你怎么老是无情地伤害我呢？更痛恨“反胡风运动”，它险些毁了我的一生。

真如一位哲人所说，这人生就是个圆点，转来转去你都在圆点上绕。当二十二年之后流放归来，我供职的《新观察》杂志，社址就在王府井大街上，就是我说的190号院。这回我居然成了王府井的街民，更是朝夕与王府井形影不离了。那时杂志社的办公条件极差，几间简陋破旧的小屋，除了必要的桌椅橱柜，别的东西很难再放下，连主编都没有自己的办公室，我们这些人就更是多人挤在一起。中午无处休息，又不能老泡在屋里，这王府井大街的店铺，就成了我们最好的去处。尤其是街上的几家书店，几乎天天都要光顾一次，渐渐连营业员的脸都看熟了。

在这王府井大街上，待了不过五年时间，经历的事情却不少。我在《新观察》主持杂文栏目，这是这家杂志的重头版面，直接评说社会生活时事，既让人喜欢又易招致灾祸，我经常处在忐忑不安之中。杂文作家大都目光敏锐，思想深刻，对于生活中的许多事情，都较一般人感悟得要快些。我主持杂文版面的五年间，虽说处于思想解放的最好时期，较之过去不知要好多少倍，但是那些习惯用放大镜认识事物的人，总还是要鸡蛋里头挑骨头，他们老想在杂文、漫画里，寻找他们认为的什么“毒素”。在这样的气氛里工作，不仅正常思维受到扭曲，而且还会使意志受到挫伤，自然更不会有什么工作的创新。只是让我对王府井有了新的认识，原谅了它也就有了一定的感情。

后来调到作家出版社，社址在沙滩北街2号，距王府井仍然不远，去协和医院看病，去北京饭店开会，有点富余时间总要逛逛。就是后来离开了沙滩，到商店购物到书店购书，别处再近也不想去，仍然是习惯地到王府井，可见我对王府井多么情有独钟。

这几年由于城市规划的需要，不少过去的设施被拆除，并未引起我多少注意，但是王府井书店和吉祥戏院被拆，就像自己的神经被割断一样，我却怀着惋惜的心情，写了篇文章表示无奈的留恋。这就是我的王府井情结。

现在的王府井大街，比之前几年，变化就更大了，公交车从这里经过，我凭窗匆匆地掠视。熟悉的大明眼镜店、建华皮货店、中国照相馆等等，一些老字号商店还在，却已经是名存面非，再也不是我记忆中的模样。从社会发展的角度看，这也许是事物发展的必然，然而，对于像我这样的人来说，再好的今天又怎能代替温馨的昨天呢？昨天的王府井永远是我情感的所在。记忆中的事情，喜也好悲也罢，都不会轻易抹掉，唯有那有过的怨艾，随着变老的年岁消失了。

2010年6月11日改写

饺子随想曲

好吃不过饺子。在我国尤其是在我国北方，借用一句政治家常说的话，这几乎成为人们的“共识”。既然是大多数人的“共识”，在生活中也就必然付诸实践。每年春节期间，初一饺子初二面，初三合子锅里转，到了被称为“破五”的初五，还要吃饺子，可见饺子在饮食中地位的显赫。当然，过大年吃的这两顿饺子，有个图吉利的讲究。那么在平时呢？饺子好像同样是餐桌上的常客。朋友来了吃饺子，改善生活吃饺子，假日休息吃饺子，今天高兴吃饺子，等等，到了食品制造业可以速冻保鲜的现在，人们来不及做饭或懒得做饭，首选的食品更是速冻饺子。饺子，饺子，饺子实在是种人见人爱的好东西。富人吃，穷人吃，洋人也吃。不同的只是馅儿的差别，制作工序全一样，从整体上来讲，没有一样食品，能像饺子这样，把人们的关系拉得这样近。

在我国的饮食文化中，光正经菜系就有多种，例如鲁菜、川菜、粤菜、淮扬菜、潮汕菜。地方小吃民族小吃，就更是不计其数了，而且都制作得非常精美。饺子既不是正经菜系，也算不上风味小吃，为何如此大受青睐，我没有看过专家们的论述。不过从我个人生活的体会中，我觉得饺子的灵魂在一个“包”字上，也就是说饺子的制作过程顺乎人心，倘若没有自己动手的制作过程，像现在这样吃速冻饺子或在饭馆吃饺子，光剩下一个饺子好吃方便的结果，这饺子也就没有了最早的意义。饺子原来负载的那种人情韵味儿，随着现代的冷冻食品技术一起，被渐渐地冷冻得没有了亲和力。饺子跟面包饼干一样成了纯粹的吃食。

如今我也常吃饺子，大都是买速冻的半成品，放在冰箱里储藏着，想吃了拿出来一煮，绝对的省心省力省时间，而且味道比我自己包的不差。可是也绝对的没有了包饺子的情趣。因此常常在吃饺子时想起过去包饺子的情景，尽管那已经是多少年前的事情了，并且有着或忧或喜的关于饺子的经历，但是今天想起来依然觉得异常温馨。

我虽然是个地道的北方人，但是生长在盛产鱼米的水乡，对于米面两种食品都习惯，面食中唯独对饺子有种偏爱。小时候在县城的老家居住，四世同堂的十多口子人，平日里吃的是单调的饭菜，哪天当家人曾祖母发话改善生活，准是全家总动员一起包饺子。家中的女人们是包饺子的主力不必说，就是男人们也得干些剥葱择菜的事，我们几个孩子帮助传递面皮数饺子，全家男女老少说说笑笑其乐融融，饺子无形中成了让全家人亲和的食品。曾祖母是一家之长，她从不具体干活儿，可是每逢包饺子，她好像也很高兴，要点面皮儿和馅儿，独自在她屋子里包几个。她包的这几个饺子，除了一般的饺子馅儿，她还悄悄地放点别的东西，比如块糖、山楂片、杏仁等，并按照她自己的意思，赋予这些饺子以寓意。饺子煮熟了端上桌子，谁吃到她包的什么馅儿，说甜说酸说苦这类话，曾祖母听过都有解释，总的就是有苦有甜才叫过日子。

我有过几次过集体生活的经历，在部队在“右派”劳改营在“五七干校”，那时一到节假日说改善生活，其实就是大家一起动手包顿饺子吃，既减轻了炊事员的一时劳动，又让别的人得到些许乐趣，真可谓是休假过节的好方式。集体包饺子，与家里不同。先由厨房的师傅们拌好饺子馅儿，准备好生面粉和必要的炊具，班组领取时按人数多少分发。把馅儿和面粉领回到宿舍之后，就由班组长按每个人特长分配任务，有的和面，有的搅馅，有的擀皮，有的摆案，大家一边干活儿一边说说笑笑，政治上的界限和精神上的负担，此刻都暂时被抛到九霄云外。集体包饺子最有意思的是煮饺子。饺子包好都放在床板上，由两个人一前一后抬着床板，到厨房排队等候煮饺子，饺子如片片银鳞整齐地摆开，顺着次序一溜儿地排在院子里，远远地望去犹如一条静卧长龙。临到煮饺子下锅的时候，一个人把床板抬举到适当斜度，另一个人把饺子轻轻往锅里推，饺子就呼啦啦地跳进水里。然后用大铁勺一搅和，饺子犹如银色小鱼，一个个地沉下又漂起，布满在整个锅面上，腾腾的热气散发着香味儿，这时不由你不口水欲流。煮熟了吃饺子也自然会有另一番情趣。

正是因为饺子好吃，在生活贫穷的年月，在一般人的眼中，谁家能够吃上饺子，那这家就必然富裕，不想露富的人家，有时吃饺子都怕别人知道。二十世纪六十年代初期，全国城乡闹饥荒，我正在一个工程队劳动，有位老工人家中人口多，生活上比较困难，经常靠公家救济度日。住的单位宿舍是个大杂院，平日里谁家吃什么饭，经过的人隔着窗户玻璃，就可以看得一清二楚，其实那时吃喝都差不多，就是不看也能猜得出，还不是各种粗粮加菜啊，饭的好坏只是看粮多少。有天傍晚，还不到拉窗帘的时候，这位老工人家的窗帘，却早早地就拉上了，恰好这时有位工友去串门儿，走进屋里一看，全家围坐在炕桌上，正在欢欢喜喜吃饺子，弄得主人和客人都很尴尬。这位老工人一再解释，是小女儿馋饺子啦，怎么说也不听话，只好包顿素菜饺子。此事传出去以后，有一个月的补助费，这位老工人差点未拿到。可见这饺子在过去的年月里，在不富裕的人们的眼里，有着多么举足轻重的地位。

如今生活富裕了，饮食的花样也多了，即使人们再怎么钟情饺子，它都不能算是高档食品，要想让饺子上正经宴席，就得制作精良多些花样儿。南北城乡的地方，这些年未少跑，各式各样的饺子，当然也未少吃。不过给我印象最深的，只有西安和长岛的饺子。前者因为个儿小馅儿的样子多，后者因为个儿大馅儿的样子少，这一小一大一多一少的对比，就形成了我鲜明的记忆。

在西安市那次吃饺子，由陕西省作家协会做东，请去延安开会的北京作家。西安是个古老的都城，饮食也沾着皇味儿，我们就餐的那家饭店，据说专营宫廷膳食，更以宫廷饺子闻名。开始端上来的几盘饺子，除了馅儿上的区别，个头样子并没有特色，觉得宫廷膳食徒有其名，或者纯属后人演绎，想借皇上的名气挣钱而已。各式各样的饺子吃得差不多了，只见侍宴小姐端上一只铜火锅儿，我以为是北京的涮羊肉或汤菜，就越发觉得这所谓的饺子宴，不过是蒙普通人的假御膳。稍候端来一盘小巧的饺子，放入沸水的火锅里，这才知道，敢情是现煮现吃的珍珠饺子，尽管也没有什么新奇的地方，这种吃法却蛮有情调儿。一个个各种馅儿的小饺子，在放有作料的锅里煮熟，捞出来放在小碟里数着个儿吃，确实得有如数珍珠般的耐心。宫廷里是不是真有这种吃法且不说，反正这些小巧独特的饺子，是我平生第一次吃到，因此留在脑海中的记忆远比香味儿长久。

山东长岛是个水上花园，树木葱茏，幽雅宁静，好客的主人见我喜欢这里，特意让我们在岛上住了一宿。次日本想在上午离开，主人非让吃顿中午饭再走，只好客随主便留下来。在长岛吃饭，鱼虾蟹之类海鲜，顿顿都会摆满桌，而且都是新打捞上来的，是真正意义上的海鲜。这天中午的饯行饭，除了照例各种海鲜堆得满桌满席都是，还特意加了几样青菜。刚一落座主人就说："为了给远道来的客人饯行，今天中午的饭，除了老一套的海货，还想请客人尝尝长岛的饺子。"心想，还不是面皮儿包馅儿，南北城乡都一个做法，尝不尝都是一样的饺子。

海鲜佐酒，微醺未醉，喝得恰到时候。这时只见两位小姐，各端一个大盘子走来，一位端着的是平常的饺子，让我一眼就认了出来，另一位盘子里放的是什么认不出，大小个头好像是两只鸡，却又没有鸡的模样儿肉质。经主人介绍后才知道，原来这是一种大饺子，包的全都是海鲜馅儿。这种跟鸡差不多大小的饺子，是当地渔民最喜欢的吃食。因为在海上行船做饭，没有时间和条件讲究，渔民就把鲜美的海产做成馅儿，用一个盆大的面皮儿一包，在锅里煮熟捞出来，一个人端一个找个地方一吃，既省吃饭的时间又解饱。后来发现这种吃法不错，岸上的人家都来学仿，渐渐就成了饭店的食谱。像这么个儿大的饺子，很少有人能自吃一个，一般都是先在宴席上摆摆，做做样子，然后再由大家分而食之。当然，如果哪位愿意，又有本事独吞，也行。这是我平生看到的最大的饺子。

西安的饺子过于小，而且有各种荤素馅儿；长岛的饺子实在大，而且是一水儿的海鲜馅儿，这两个地方的饺子，个儿一小一大，馅儿一个多样一个单一，都属于有自己特色的饺子，因此也就让我记忆至今不忘。看来世界上的东西，不怕都一样，只怕无特色，踩着别人脚跟的创造者，终归没有太大的出息。想想这饺子的各种往事，回头再来看今天的饺子，平常之中又似乎不平常。这饺子好吃与否，跟人的生活处境，有着一定的关系。试问今天吃饺子还有往日的感觉吗?

2002 年 11 月 4 日

穿着的喜忧

穿衣戴帽这类事情，纯属个人行为，穿什么戴什么，怎么穿怎么戴，按理说，别人不该说长道短，说了道了也没用，只要自己觉得自在就行。

在现实生活中却并不尽然，有时穿戴不当，或者不合时宜，被人笑话不说，说不定还会招来麻烦。过去我很少这么想。真正意识到穿衣的重要，还是在几年前，这得感谢歌词作家晓光。

我供职的《小说选刊》杂志社，跟中国文联当时在同一栋楼办公，中国文联的人有的都跟我比较熟。《在希望的田野上》的歌词作家晓光，是我多年的好朋友，他调来中国文联工作以后，就更是抬头不见低头见了。

有次他从楼上走下来，忽然想起如厕，却未带下外衣，正是大冷的冬天，他便披起我的棉袄去方便。他从厕所回来跟我说："我穿上你的棉袄，人家说是像收破烂的，你是不是该换换装啦。"我笑了笑，没说什么。晓光是个著名作家、文联的领导，经常在电视上抛头露面，我曾戏称他是"电视明星"。这次以为他在开我的玩笑，心想，你别糟蹋我了，我再不像你那样讲究穿戴，总还不至于混得这么惨吧。不过他放下我的棉袄走后，我还是下意识地看了看，这一看还真的有点不好意思了。黑糊糊的两只袖子，好像是刚刚抱过煤炭；前襟还有饭渍油痕，比掌勺师傅的工作服还"花"。这时我才不禁责备起自己来：我的邋遢，真的上了档次了，难怪人家……

这时，有两件关于穿衣的往事，忽然盘旋在我的脑海。这两件往事发生的当时，弄得我心里很不愉快，我自己把这戏称"穿衣的剧"。

这头一出"穿衣的剧"，发生在几十年前的北京饭店。当时我还是个二十几岁的年轻人，在一家报社当编辑，收入不高，穿着随便，跟自己的身份颇不相称。有次去北京饭店开会，散会以后走出大门，一位相熟的轿车干部，让我搭他的车走，等他上了车，我正走近车时，竟被警卫给拦住了。后经这位干部说明，警卫才让我上车，我感到从未有过的羞辱。这位干部认为原因是我穿得不怎么样。这之后我一气之下，用稿费买了一条料子裤子，装扮了自己的下半截，多少改变了点“社会形象”。

这第二出“穿衣的剧”，发生在几年前的城市饭店。这年夏天的一个傍晚，我去看望一位香港来客，这家饭店距我家很近，没有更换整洁点的衣裳，穿着旧布衬衫就去赴约。守门的警卫见我穿着如此寒酸，立刻绷紧了头脑里的那根弦，盯着我上电梯又走过来盘问，弄得我一时非常尴尬。我不得不面带嗔怒地给了他几句，他才不好意思地悄悄走开，不过我的心里却感到很别扭。跟朋友说了这件事，他笑笑说：“你这身打扮是差点劲儿。”从此只要是去这些地方，不管多么匆忙，我都要换件像样的衣服。

可是，这两件因穿衣随便引起不悦的事情，在发生的当时，我却丝毫不觉得自己有任何不是，认为完全是对方有意以衣帽取人所致。在事情过去多日之后，《中华英才》杂志来向我约稿，让我谈谈生活的感悟，我便写了那篇《布衣的遭遇》的散文。在讲述这两件事情的同时，我还谈了自己对穿衣的看法，即，穿衣还是随意自在好。

说句实在话，以衣以貌取人这类事，在社会的交往中确实存在，造成我不愉快的这两件往事，同样不排除这个原因。但是今天冷静地想一想，从主观上找找原因，又何尝没有自己的不是呢？倘若在衣着上多少讲究点，给人一个良好的“社会形象”，有些“穿衣的剧”不一定会发生。

穿衣戴帽这类事情，在更多的平常人当中，往往是被忽略的，认为没有必要花这份心思。尤其是像我这样穿着随意的人，更是由着性子来，根本不会考虑什么“社会形象”。其实，穿着绝对不是个无关大局的小事，有时它可以反映人的精神面貌，以及文化教养、审美情趣，若是在社交场合出现，还有个职业形象的问题，就更不应该随随便便了。我的这两次因穿着遇到的麻烦，今天认真地想想，客观地说，首先是自己不够自重、自爱，其次才是别人的轻视、无礼。

当然，穿着的讲究，并不见得披金挂银，真正的讲究，应该是庄重、大方、整洁，符合自己的身份。在我比较熟悉的文化界里，有些人的穿着就比较讲究，其实他们的服装并不高档，却得体地表现出一定的修养。这些朋友由于长年如此，从无一天走样，在别人的眼里，渐渐就习以为常了。相反，像我这样一向衣着马虎的人，穿着稍有一点儿变化，立马就会引起熟人的注意。这几天天气比较暖，我脱去晓光称之为“收破烂”的棉袄，换上那年出国做的旧西装上衣，被中国文联的另一位朋友看见了，他非常奇怪地说："怎么今天西装革履的了？是不是要接待外宾哪?"我依然是以笑作答，实在不知道说什么好。

我穿着的邋遢形象，在朋友们的眼里，看来永远难以改变了。这"穿衣的剧"，一时半会儿，还不好谢幕。那就随他去吧！

2010年6月8日修改

逛书店

前不久邂逅一位老朋友，多年不见，首先是彼此询问对方情况，然后就是回忆陈年往事，这位朋友忽然发问：“还记得吗，当年咱们一起，看电影逛书店？这一晃四十多年过去啦。”

哪能忘记呢，尽管这是几十年前的事了，但是毕竟不止是一两次，而是年轻时生活的一部分。那会儿的北京城，大书店只有三五家，小书店也只有几十处，若论书全书新只有去王府井。当时像我这样年轻的读者，几乎每个休息日，都要找一两位好友，先是逛书店购书，逛累了逛饿了找家小饭馆撮一顿，下午再到大华影院看场新电影。直到傍晚才回到单位单身公寓。逛书店购书看电影，是我们的主要业余生活，更给予了我们莫大快乐。而要说这逛书店，却又非一时冲动，早在天津读书时，就有逛书店的习惯，只是那时是看蹭书。

在天津一中读书那会儿，我家住在西北城角，从家到西安道的学校，每天上下学要换两次电车，那时天津的电车按颜色分路线，我经常乘坐绿牌、蓝牌和白牌，绿牌车距离蓝牌车途程短，有时放了学就不坐车，跟同学一起从教堂走到劝业场。这其间经过的两三家书店，就成了我们放学后的乐园，特别是天祥商场的古旧书店，走到跟前就身不由己，自然而然地移步而入。找一两本喜欢的老书，在一处人少的地方，把书包往屁股底下一垫，两三个人凑在一起，就津津有味地读起来。有时读到书店打烊才回家。感兴趣的书一时读不完，怕再读时忘记了，就拿张纸当书签，或者趁店家不备，就折个角儿为记。这读蹭书的经历，给我带来无穷乐趣，更培养了逛书店的习惯。

参加工作到了北京，在这座文化古都，靠要笔杆儿吃饭，书店更是经常光顾。除了要购买些新书，更多时候还是看蹭书，只是没有了少年时的情趣。因为经常逛书店购书，书店里的老售货员，一来二去也就熟悉了，如若想买哪本书，跟他们说一声书名，再来时准能如数拿到。被划成“右派”以后，离开北京流放内蒙古，有年春节回天津探亲，趁在北京等候换车时间，就去王府井书店看蹭书，碰巧遇到一位老售货员。彼此认出之后寒暄了一阵儿，他问我：“这么多年不见您来店里了，您到哪儿高就啦?”待我说明了情况，他不无感慨地说：“难怪呢，您不要太往心里去，咱们是同辈人，都知道当时怎么回事。您在外地买书不方便，尽管说，我设法给您寄去，咱们不是有过缘分嘛!”

我对他的关照自然很感激。可是在“知识越多越反动”的年代，一提读书我就会心头发紧，生怕跟自己的过去联系一起，被人来个新老账一起算。所以在那时根本不想认真读书，到了“文革”时期连身边的书，有的都一股脑儿地毁弃了，直到到了“五七干校”，因为无聊才又开始翻点书。正是因为有这样的错误想法，在人身完全恢复正常以后，我发现跟我有相同命运的人，有的文章中总是体现出知识，我就会为自己当年的短视，感觉汗颜和无限懊悔。其实在那种境遇里，不让另类“乱说乱动”，偷偷地读点喜欢的书，总还是可以为之的。我却在无望中失去了读书的心思。

流放二十二年后调回北京，工作的《新观察》杂志社，就在王府井书店旁边，这样就又恢复了逛书店的习惯。杂志社人多办公条件差，中午无处休息，这段时间就去书店，自己看书为朋友购书，就成了我的生活乐趣。有位年轻时的朋友，有天给我来电话，说：“咱们年轻那会儿，外文书店净卖名画复制品，你在王府井上班，有时间过去看看，这会儿还卖不?”我跑到外文书店一看，画复制品有倒是有，只是品种少了许多，而且远没有过去的好。不过逛完外文书店，在回来的路上，却勾起我对一幅画的回忆。

有次跟朋友去逛外文书店，书店店堂挂着油画复制品，画上的文字全部是俄文，朋友在北京俄语学院读书，她一看立刻就不肯挪步了，一幅一幅地把画名翻译给我。其中的一幅画画面是，一位年轻貌美的女子，肩披厚衣倚在门旁，金色的斜阳淡淡地洒在身上，她略显忧虑的眼神，直直地凝望远方……朋友告诉我说，这幅画画名是《小旁门》，表现一位年轻女子盼人归。这幅画的画名意境都很美，我毫不犹豫地买下这幅画，回到单身公寓贴在床头。罹难远走他乡一直带在身边，苦闷时拿出这幅画来看看，回忆北京的时光就会有所慰藉。“文革”初期到处闹抄家，生怕这幅画再给我雪上加霜，乘人不备痛心地悄悄销毁。留下的只是对于美好生活和美好画幅的记忆。

经过几十年的坎坷磨难，年轻时形成的许多习惯爱好，都渐渐从我身上消失，有的想恢复都很难做到。只有这逛书店的习惯，于不经意间又恢复，而且成了退休后的生活。每次去协和医院看病，无论时间多么紧，总还是去书店逛逛，不见得每次都买书，看看好像就有种满足感。尤其是在两家出版社任职期间，编书出书卖书成为职业了，无形之中逛书店又增加了“责任”，了解自己出版社图书销路如何，这时还不只是随便看看，更多时候还跟售货员询问。因为销售好坏跟饭碗有关，这样一来，逛书店就不再那么单纯了，总会给我带来些欢喜与忧虑。这种对书销路的喜与忧的关切，调到《小说选刊》杂志社才消失，作为一般读者爱书的正常情结，重新又在我身上得到恢复。逛书店也就仍然感到自在惬意。

如今北京城有多少书店，一般读者很少有人知道，光我居住的亚运村地区，就有七八家大小书店，选书购书都很方便齐全。每天出去散步或购物，经过书店就会进去逛逛，看看有什么新书出版，看看读者们看书买书，跟观赏风景一样悦目。这些书店有些属于私营，老板大都有知识懂文化，更了解读书人的情况，他们说：“想读书的钱不多，钱多的不想读书。”可能就是基于这样的想法吧，有的私营书店老板很慷慨，有时看你多买了几本书，他们就主动给读者打折，这点比大书店更灵活。

据说，现在有的大点儿的书店，还专门成立了读书俱乐部，给读者以更多优惠和服务，可惜我的年纪大了不愿意活动，只能像过去一样继续逛我的书店。附近有这么多家书店，每天都会进大量新书，相信越逛越会让我兴奋。生活也会因逛书店而更快乐。

2005 年 4 月 12 日

核桃的故事

一位朋友给我送来几个核桃。这位在山区长大的人，自幼便与山野打交道，不用说是熟悉核桃的脾性的。他一再郑重地告诉我："核桃是补气的，到了咱们这样的年纪，经常吃点，大有益处。"我见医书上也曾记载："核桃性温、味甘，功能温肺、补肾，主治虚寒喘咳、肾虚腰痛等症。"朋友的话，我自然相信。

送走了这位朋友，看着这一颗颗坚硬皱壳的山果，我不禁陷入沉思，回忆起关于核桃的往事。

我小时候，喜欢吃干货，尤其是花生、核桃。其实，我的家乡濒临渤海，并不出产山珍，只是由于距冀东山区近，才得便大享口福。每年秋凉时节，山民们挑着山货担子下山来，我家乡的长街小巷，顿时飘荡起"核桃、山里红"的叫卖声，好似带着山野特有的清香味，诱惑着孩子们的心，哭着闹着找家人要几分钱，追赶渐渐移远的山货担。

买回来几颗核桃，先是在手里抚弄着玩，玩腻了，或者馋了，再吃掉。那时北方乡间的屋门，不是现在这样的单扇玻璃门，大都是两扇木板门，比较结实。孩子们无力砸开核桃，就用木板门挤，将核桃放在门框门扇的接合部，用手轻轻地一推，咔吧一声，核桃的硬壳便裂开了，露出卷卷曲曲的厚实、油光的核桃肉，着实好吃。这便是我幼时对于核桃的全部记忆。

倘若那时有谁问我，核桃有什么用项，除了吃，我肯定是说不出别的来的。就是后来，有了些生活阅历，最多也只能说可以入药。现在则不然，经过那劫难的十年，目睹了人间百态，我竟然发现，核桃除了吃，除了入药，它还可以传递信息呢！

那是在"文革"后期"清队"的时候，当时在内蒙古工作的干部，无论你是历史上的"右派"，还是"现行反革命"；也无论你是被打倒的"走资派"，还是正在走运的"造反派"，通通被悄悄地送到外地军营办学习班。名义是办学习班，实际是在受审查。这个班里明确规定“五不准”，即不准串连、不准议论、不准回家、不准会客、不准通信，如同伸开的五指，紧紧地卡住你的脖子，连出气都不得均匀。可是这成百上千的学员，大都是拖家带口的一家之长，又都是有七情六欲的活人，不准串连、不准议论、不准回家、不准会客，也算罢了，但总得允许通封信报个平安吧，难道这也会颠覆“无产阶级专政”?！经过全体学员再三请求，仍不准破坏“五不”规定，后来听说是上边有人开了恩，让军代表走访学员家属，但不准带任何信件。

不准带信就不带信呗，给孩子带点东西，总可以的吧。有的买一两斤水果糖，有的买几斤红枣，有的买几本小人书，经过严格检查，确认无犯忌行为，这才允许带走。我没有出入过我们共和国的海关，不过我猜想那里的检查，绝不会比我们经历的严格多少，因为，海关的出入者毕竟受到某种保护，而当时的我们，是处在宪法被践踏、“五不准”代替法律的年代。

有位学员的爱人，见学习班来人了，还给孩子带来核桃，自然高兴。她想热诚地接待一番军代表，在屋里左翻右翻找不出合适的东西，灵机一动把捎来的核桃摊在客人的面前。客人吃了两颗，拿起第三颗，掂着很轻，往回一扔，壳开了，他拿起一看，里边装着一张纸条，上边写着：“我好，勿念。这里不让通信。”军代表趁女主人未发现，悄悄将这颗核桃皮和这张纸条放在口袋里，带回到学习班。在这以后的几个月里，用核桃传递信息的发明者，无数次地被大会小会轮番批斗。因为他自己交代是用小刀慢慢撬开核桃壳，放进纸条以后又用胶粘上的，小刀和胶水一时便成了危险品被禁用。核桃原来还可当“红娘”，这是我从未想到过的，我怀着苦涩、压抑的感情，赞叹这山果的本领的同时，也不能不佩服这位发明者的勇气和智慧。为了能够享受一个公民起码的权利和自由，他担着多大的风险实践一次自己日夜苦思得来的方法啊，目的无非是向人为隔绝的妻儿报个平安。这便是在那个痛苦年代我对于核桃的痛苦记忆。

关于核桃的故事，我讲完了；我对于核桃的复杂感情，似乎却很难割断。我多么希望在今后的日子里，核桃仅仅给人以口福或者治病，不再担负类似通报受迫害者音讯的任务，那时核桃给人留下的记忆，一定会是极其美好的，如同生长它的山乡土地。

1988 年 9 月 19 日

灯火的记忆

生活中离不开灯火。但是，生活在城市的人，夜晚总有华灯陪伴，他们很难意识到暗夜的可怕，更不会感到灯火的可贵。只有那些在茫茫旷野里，走过漫长夜路的人，他们才会知道灯火多么重要。

年轻时候，我在北大荒农场劳动，曾有过一次迷路的经历。那是个冬天的夜晚，我们几个命运相同的人，从总场办事回来，途中突然刮起了“大烟炮”（暴风雪），一时间，刚才还是好好的天气，此刻却来了个风狂雪怒，百米之内难见道路，人如同在黑锅里扣着。我们毫无把握地，探着路向前挪动。这时风雪更大更疯了，如同千万头凶猛的野兽，伸着只只锋利的尖爪，撕扯着棉絮般的雪花，而且还不停地吼叫着，怕得人浑身都毛骨悚然。当时我们几个人都不约而同地想到：这要是前边有灯光，那该多好啊。

倘若不是在这样的天气里，即使这块土地再荒凉再辽阔，总还会有些许忽明忽灭的灯火，给走夜路的人指引方向。可是现在灯火全被风雪吹熄了，我们只能凭着感觉一点一点地往前走。就这样无目的地走了一会儿，风还不见停，雪还不见歇，却不经意地撞见了豆秸堆，别提多高兴了，就停下来依偎着豆秸堆，乘着躲避风雪时闲聊天儿。这时忘记是谁了，轻声哼唱起了苏联歌曲《灯光》，别的人立刻也随声跟着唱，在这风狂雪虐的旷野里，顿时飘荡起“静静深夜里，灯火闪着光……”的歌声。尽管歌声被风雪压盖着，微弱得几乎听不出来，但是我们仍然觉得声音很大，仿佛正有无数灯光在眼前闪烁。

风停雪息之后，天还是黑黑的，却透出了微光，当我们站起来，向四野张望时，只见远处有点点亮光，像亲人的眼睛，在向我们眨动。我们知道，那正是一个小村落，还没有熄灯，这太好了，我们赶紧奔它而去。这时的这几点灯火，觉得比任何时候都明亮，在我们心中的地位，远比什么都重要。

这次的风雪夜迷路，这次闪烁的点点灯火，给我留下的记忆特别深。在这以后的许多年来，只要是家中因故偶尔停电，或者是置身黑暗的夜晚，我都会自然而然地想起这次遭遇。有时走在流光溢彩的大街上，观赏着那高大建筑上的璀璨灯火，我也会像别人那样激动不已，甚至于会脱口说几句称赞的话。但是内心深处想得更多的，依然还是迷失道路以后的灯火，在那种特定的环境里见到的灯火，我觉得比节日里城市的灯火更美丽。

在我的记忆里，还有一种灯火，同样是明亮的，这就是艰难岁月里，用墨水瓶做的小油灯，它所发出的如豆光亮。它的光亮是那么安详、平和，连飘出的缕缕黑烟都很随意，看着它让你想到自己的生活。似乎只有像它一样地随遇而安，不求大光大明，只想微亮鉴人，这是多么地符合平常的心态啊。

用墨水瓶做的油灯照明，在我的生活经历中有过两次，一次是在北大荒，一次是在内蒙古，这两次印象最深的是在内蒙古。

那是在“文革”的后期，我们这些臭老九被轰到干校，生活中的许多习惯、毛病，都在不得已的情况下改掉了，唯有一样可以说是“死不改悔”，这就是对书的钟情和喜欢。其实在那个以书为敌的年代，真想读的书并不让你读，必读的只有毛泽东的著作。终日里翻过来掉过去，把书页都搞脏了破了，还得一遍遍地再读，现在敢说真话了，说句对老人家不敬的话，这样“百读不厌”，目的就是出于多年习惯。我从年轻时就有个臭毛病，临睡觉前不翻几页书，就很难沉沉地入睡。可是在干校过集体生活，没有那么多个人自由，晚上一吹哨就得熄灯，没辙，我就自己做了一盏小灯，用作睡觉前看书用。

我从农村信用社要了个空墨水瓶，打了几两当地产的胡麻油，然后找块小铁片挖个洞，再从棉被里揪块棉花，搓成个长条捻子穿过洞，一盏小小油灯就做成了。这墨水瓶做的小油灯，挂在我的床头，照着我的书本，很给了我不少的快乐。那时候白天不是下地干活，就是没完没了地“斗私批修”，弄得你身心都不得安宁，只有晚上在灯下才自在，这小油灯无形之中，就成了我困难中的朋友。有时看书看得烦了，就瞪着两眼观灯花儿，见那灯花儿啪啦啦爆响，我就想，人这盏灯也有爆响的时候，最佳时间应该是青年时代，可是像我这样年轻罹难的人，还未容你爆响青春之火就熄灭了，连这盏小油灯都不如，这不能说不是人生的最大悲哀。

这小油灯的灯光，是那么微弱，是那么短暂，摇摇曳曳地亮着。在灯光如撒金泼银的今天，无论是城市还是乡村，大概很少有人再点这样的灯了，点过的人也许早已经淡忘了。但是对于像我这样发配过的人，它是永远不会消失的一轮明月，想起它我就会想起那段生活。

1998 年 10 月 8 日

绿豆粥

北方人爱喝稀粥，尤其是在炎热的夏天，早早地熬好一锅绿豆粥，放凉了，就着腌出油的鸭蛋，那滋味儿别提多美了。有年随几位作家访问西北，望着大漠骄阳，不觉嗓子眼发燥。邻座的青年作家徐小斌，可能是也被这干裂的景象触动了，她问我："您说，这会儿，您最想吃什么?"我毫不犹豫地告诉她："凉绿豆粥咸鸭蛋。"小斌听后随之惊愕地"啊"了一声，仿佛惊奇我想吃的不是冷食瓜果，竟然是绿豆稀粥咸鸭蛋。其实这有什么好惊奇的，我就是爱吃这口嘛!

三十几年前的北京，数得出名来的饭店并不多，更没有现在这样豪华的酒楼，最多的还是散落在街旁路边的小食店。这些只有一间店面的小食店，大都卖稀粥、馄饨、包子之类的便饭，个别的再加些二锅头、下酒小菜什么的。对于当时像我这样的单身汉，实在太方便了。在这些小食店里吃饭，不光是经济实惠，主要的还是它的温馨氛围，常常使我有如在家的自在。现在想起来我甚至于觉得，倘若那些年不是经常吃稀粥之类的家常便饭，说不定我会时时想念母亲做的饭菜，岂不是要耽误了工作。

那时我常去的小食店，是开在北新桥的一家。这家小食店店堂很小，桌凳也没几张，简单得赶不上现在的食摊，卖的吃食也只有绿豆粥、包子、芝麻烧饼、咸鸭蛋、香肠几样。那时我住在单身公寓，工作单位先是在交道口后来又迁到和平里，上下班断不了要从这一带过，这家就自然成了我经常光顾的小店。这家的店主人是一对四十岁左右的夫妻，人很和气，干活也麻利，特别是女店主那张嘘寒问暖的嘴，谁听了都会打心眼里高兴。她知道我家在外地又是光棍以后，每逢我来吃饭都要倍加热情地关照："年轻人吃好了，你不像别人，回去可没的吃啊!"简简单单的一句实诚话，让我感到无比的欣慰。

每次去这家小食店，无论是冬夏还是早晚，我经常要的吃食，除了烧饼、包子换着吃，永远不变的两样，就是绿豆粥和咸鸭蛋。这家小食店的绿豆粥熬得非常好，稠稀适宜，汪着米光，端上来散着禾香味儿，立刻会勾起你的食欲。有时是小米绿豆的，有时是大米绿豆的，都熬得很是火候，喝上两碗，吃个咸鸭蛋，再要两个包子或烧饼，这顿饭就算解决了，比吃机关食堂的饭还舒服。一算钱也不过几毛。这种食品假若也属于饮食文化的范畴，我想应该是真正的大众饮食文化，它远比山珍海味更贴近普通人的生活。

近些年北京的饭店、酒楼多了，中高档餐馆也不少，就是低档小馆也装修得很讲究，卖的吃食就更丰富多样了。像我说的绿豆稀粥专营店，几乎再很少见了。有时想起那些卖家常便饭的小店，我依然有着扯不断的眷恋之情，这还不单单是想着那喷香可口的绿豆粥，更让我怀念的还是真诚的家庭式的服务。

即使卖绿豆粥的小店不见了，绿豆粥也还是要喝的，无非是自己下点工夫熬呗。只是总熬得不似人家那么好，这就越发让我想起那家小店，想起店主端来的绿豆粥。不知这会儿有哪家饭店还肯专卖这种大众吃食。

1994 年 8 月 16 日

永远的眷恋

我有这样的体会，到过的地方，住过的地方，并不见得全会记住，更不会经常都思念。然而，有些地方，哪怕只到过一次，只住过几天，这辈子也难忘掉。特别是有的地方，同自己的生活有联系，千丝万缕，难舍难分，今生今世都在记忆里。有时思念起来，弄得你翻肠倒肚，似乎又回到了那个年月。天津的西北城角，对于我，就永远有说不尽的眷恋。

在天津读书时，我家住西北城角。

西北城角这个地方，没有和平路、官银号一带繁华、热闹，没有五大道、小白楼一带幽静、典雅。在当时充满“洋”味儿的天津卫，西北城角显得很“土”气。西北城角的居民，绝大多数是穷苦的劳动人，民风也就格外纯朴；在这一带的居民中，有不少是回族同胞，又有很浓的回族风情。我家那时租用着两间房，房主姓穆，是正兴德茶庄的少东，他家是回民，对于他们的生活习惯，我们很注意尊重，所以两家相处得很好。有关西北城角的故事、回族的风俗，我知道的一些，大都是在那时听说的。

在西北城角，更令我怀念和感激的，还是那家小文具店。我能够喜欢文学，后来又做文字工作，除了学校的教育、环境的熏陶外，同那家小文具店也有一定的关系。那家小文具店，只有一间铺面，店名记不得了，当时主要是卖笔墨纸张，图书是代卖，品种不多，稀落地摆在货架子上，我得踮着脚看。那时我的家境不好，父母给的零花钱不多，根本买不起书，站在那里看看书名，似乎也就很满足了。

有次，我去这家文具店买铅笔，见货架上摆着本厚厚的书，书名是《作文描写辞林》。我从书名上猜想，这本书一定有意思，就请书店老板拿给我看看。随手翻看了几页，一下子就把我吸引住了。这是本有点像现在出版的文摘一类的书，许多中外著名作家对于人物、风景、心理、事态等等的描写，这本书里都有详尽的摘录。这对于一个读书不多的中学生来说，无疑是本可供参考的文学读物。我实在喜欢它。赶忙跑回家中，向母亲破例多要了一点钱，买下了这本书。这也是我有生以来买的第一本书，从此，只要有时间我就翻看。这本书成了我的文学启蒙教材。

前几年，见有的报刊发表文章，批评出版写作辞典之类的书，读了很不以为然，我甚至于觉得，这是好心人管闲事。当然，文章作者的想法，也不是没有道理，对于有志从事文学创作的青年人来说，光靠阅读文学辞典一类的书，是不会在创作上有成就的，除了生活的体验和积累，还应该认真地读些文学名著；但是就一般文学爱好者来说，从欣赏的角度读些文学名著摘抄一类的书，我看也未尝不可，起码可以培养兴趣、陶冶情操。我对文学的最初兴趣，就是来自那本《作文描写辞林》，后来觉得读这些不解渴，这才开始找中外文学名著来读，可是这本书却起到了索引的作用，它好像一位知识渊博的人，把我领进了五彩缤纷的文学世界。

几十年以后，观看张仲兄编剧的《龙嘴大铜壶》电视剧，剧中出现的那些人物、那些生活、那些风俗，我感到非常熟悉、非常亲切，这正是小时候留下的印象。读了林希兄写西北城角的那些散文，同样不时会唤起我许多早年的记忆，重温了那些似乎并未远去的经历。张仲、林希这二位作家，都是我的好友，有次在天津一起侃西北城角，我们越说越起劲儿，抖搂出不少往事旧情，三个人都感到无限欣慰。只可惜消逝的岁月不会再来，而我辈于不知不觉间跨过了半百门槛，就越发会时常想起那少年时的生活。

今天的西北城角，已非昔日可比，虽说没有面目全非，往日街衢格局依然可辨，但再不似从前那般陈旧败落。拓宽的马路，新盖的房舍，使这块天津的旧地方，添了不少新的神气。这眼前的新景象，固然令我激动，可是对于那往日的生活，我依然不能忘怀。

我尤其不会忘记穆家大院和小文具店，每次经过时总要向这些方向张望，还好，文具店的小门脸还在那里，四十多年的风雨沧桑，它未被拆除也未停业，看来它的生意还是兴隆的。从招牌上看，它依然是家文具店。它是不是还在代销图书呢？我就不得而知了。

这西北城角，这小文具店，多么温馨，多么可爱，在悠悠的岁月中，永远留给我的是无限的欢愉。

1983 年 12 月 12 日

琴声纪事

悠扬、宁静，系着缕缕深情的钢琴声，在狭小的居室里回响，这局促的空间一时充满温馨。室外的雨在不紧不慢地飘落，打在渐黄的泡桐树叶上，发出淅淅沥沥的声音，犹如有人在窗下悄声谈话，只是听不出说些什么。这种很能撩人心绪的氛围，使我再无法平静，生活中曾经发生过的事情，又在我的记忆里重现出来……

时间过得真快，从购买这架钢琴到今天，转眼已经九年了。自打我家有了这架钢琴，妻子好像有了正经干的事情，只要兴致一来，她便坐在钢琴前，弹奏些优美动听的钢琴小品。只是年岁不饶人，琴业又荒废多年，手指不甚灵活，琴音也就不很流畅了，但是她毕竟受过科班训练，总不至于生疏得如初学乍练。这好像一个久别家乡的游子，重新踏上故乡的道路也许走不习惯，但总不会迷失大致的方位。《献给艾丽丝》、《少女的祈祷》、《夜曲》、《月光曲》、《梦幻曲》……这些迷人的钢琴小品，我过去听过无数次，音乐大师们创造的这些美的情绪，常常引起我产生奇妙的遐思，深深感到音乐的无穷魅力。可是这些优美动听的曲调此刻从妻子的手指间流泻出来，在我的心上无论如何再难以引出往昔那美好的共鸣，即使有时留下短暂的美好印象，只要一想起那些痛苦的往事，我的心灵立刻又会产生强烈的震颤。我被一种说不出的苦涩、凄楚的情绪困扰着，音乐旋律再美妙，钢琴声音再动听，都挤不走“文革”浩劫留给我的可怕记忆，如同温存的手抚摸伤疤，这琴声有时反而会勾起那致伤的疼痛回味。

我的妻子是个善良、诚实、本分的妇女，可能是受了中学教师父亲的影响，对于教师这种职业非常热爱。五十年代从天津河北师范学院音乐系毕业以后，本来可以留在天津市工作，她却只身一人去了唐山，在唐山师范学校开始了教书生涯，一干就是十几年，直至师范学校迁址外地，她才转到唐山二十一中学任教。1963 年同我结婚以后，她在唐山，我在内蒙古，我们两地分居十八年。要是在安定的岁月里，两地分居也没啥，生活上的困难可以克服，无非是忍受些思念之苦。不料 1966 年突然降临“文革”灾难，在那些以强凌弱的年月里，像我妻子这样的无依无靠的弱女子，理所当然地成了某些政治投机分子的猎物。我妻子在唐山师范教过的一个姓董的学生，这时也在唐山二十一中任教，他摇身一变成了造反派头头，在暗地里煽动一些无知的中学生揪斗我妻子，然后又以种种莫须有的罪名进行迫害，以至使她身心致残，险些丧命。从此也就失去了与钢琴相伴的生活。那段不时拳打脚踢、棍棒相加的日子，她这个在异地独自生活的人是怎样度过的，连我这个她的最亲近的人都无法想象。我猜想那时说不定会有音乐的旋律给她以慰藉，她才会艰难地支撑着走过那段痛苦的人生之路，因为任何暴力都不会摧毁人间美好的事物。

十几年以后，我们买了这架钢琴，她又开始在黑白相间的琴键上寻觅乐趣，有时我无意中看到她那被打伤的手指和胳臂，我就会很自然地想起她的遭遇，优美的琴声立刻会化为我心中的愤激。可是我的妻子却总是那么平静，无怨无悔，依然像过去那样弹奏着她喜欢的钢琴曲，对音乐的酷爱，对教育事业的忠诚，似乎都已融进了她善良、敦厚的品德中，即使经受那样的磨难，她还在执着地追求着。

在没有钢琴陪伴的日子里，我妻子的生活无疑是单调的，但是比这更让她痛心的是，从此她的业务日渐荒疏了。我于 1978 年调北京工作，1980 年她也调来北京，要她去中央民族学院音乐系任教，本来是要经过考试的，民院音乐系的领导，考虑她是科班出身的老大学生，又从事教育工作多年，估计任课不会有问题，就没有坚持让她考试。上班以后让她试琴，结果满不是那么回事，基本上不能任课了。中央民族学院音乐系的领导和教师，一见这种情况并没有责难她，而是怀着极大的同情心安慰她，随后把她安排在系资料室做些力所能及的事情。他们说，尽管“文革”时这位教师不在民院，她受的迫害与我们无关，但她总是我们国家的教师，既然来民院了，我们还应该给予照顾。这种宽宏、大度和极富同情心的做法，我妻子和我一直记在心中，尤其是她，总想尽快地把荒疏的业务重新捡起来。这样，我们买了这架钢琴。

现在一架钢琴要价四五千元，城市有不少人家为孩子购买，就在我家居住的前后楼，每天都会传来悦耳的琴音。我们购买钢琴时，虽说价钱不过一千四五百元，比这会儿要贱得多，但是那时很少有人买得起，更不要说像我们这样靠工资为生的人。恰在这时我出版了一本小书，扣除国家税收和别的支出，稿费还余下一千二百多元钱，不足的部分却很难一时筹措。有一次我同老诗人艾青和他的夫人高瑛大姐说起此事，他们非要接济我，我实在不好意思麻烦这两位刚刚摆脱困境的朋友，就从我妻子的亲戚那里借了三百元钱，好歹凑够了一千五百元钱，托画家徐进为我妻子购了这架星海牌立式琴。

在课堂上送走了美好青春，又在劫难中支撑过来的妻子，她大概做梦也未想到会有自己的钢琴，如今那钢琴就摆在了她的卧室里，她自然有说不出来的高兴。她翻箱倒柜找出几块做衣服剩下的绒布，把钢琴从上到下从里到外地精心擦拭了一遍，然后又找出一块花绸布把琴罩上，那种仔细劲儿我还是头一次看见。从她的这些无言举动中，我猜想她的心是甜蜜的，这种甜蜜也许稍带些苦涩，总还不失渴望满足的欣慰。

她过去在大学读书时，省吃俭用，挤出钱买了些琴谱，“文革”中全被抄走了，心疼得多次同我念叨。但是那时没有钢琴弹，还不是特别的在乎，这会儿有了钢琴了，而且是属于她自己的琴，她自然又想起了那些琴谱。于是，她开始往王府井、前门、琉璃厂的音乐书店跑，还好，这几年美好的事物又回到了生活里来，出版社陆续出版了一些音乐书籍，她总算购得了几本琴谱。她非常喜欢的那套《世界钢琴名曲大全》，跑了几家书店却一时买不到，扫兴的同时又勾起了她的心思，不能不憎恨那个毁灭人类文明的罪恶年代。忽然有一天，我妻子大学同学的姐姐来到我家，进门便告诉我妻子，她见到一家书店有《世界钢琴名曲大全》，特意给她买来一套，这意外的收获使她非常高兴。如同喜欢骑马的人，有了马，又有了鞍座，可以在草原上驰骋了。那种满足的欢乐，也许我不能完全体会，但是我相信那是无比神圣的，因为它包含着一个人的执着追求，更何况在追求时付出过痛苦的代价。

我家有了钢琴，那悠扬、宁静的琴声，便不时在居室里回响。她弹琴的时候，有时正好我在看书或写作，弄得我的心很浮躁，常常不得不走开桌案。可是我又能说些什么呢？我妻子就这么一点爱好，我怎么能忍心剥夺呢？有次一位朋友来电话给我，他从电话听筒中听到钢琴声，冲我开玩笑地说：老兄过得真够滋润，在钢琴伴奏下生活。我只是嘿嘿地跟他笑笑，其实他哪里知道，这琴声记录着多少痛苦的往事，这琴声记录着多么艰难的生活，在他听来这琴声是优美动听的，传到我的耳中却是“别有一番滋味在心头”。记得那天她第一次弹《少女的祈祷》，优美、轻柔的旋律，在我的脑海里幻化出许多画面，其中有一幅无论如何排除不掉。我仿佛看到有位少女跪在神像前，双手合十，虔诚地在那里祈祷神灵，不要让恶魔夺走她的美好理想。我并不理解《少女的祈祷》这支名曲的内涵，仅仅是凭着这支曲子的名字使我想起看过的一幅油画，它也许同作曲家的创作意图并不吻合，而我的生活经历补充了我的想象，就让我这样理解，就让我带着自己的情绪、心境这样欣赏。

哦，此刻琴声又响起来了。在这微雨连绵的秋天，琴声回响在居室，震撼着我的心灵，使我的思绪飞向过去。有人说，过去的就让它过去吧，何必再去回想，给自己寻找烦恼。这话是有道理的。人生的四季周而复始，冬天过去就是春天，春天总会给人们希望。有希望就有欢乐。我们记述痛苦的过去就是为了珍惜欢乐的今天。

1988 年 9 月 26 日

故乡的春节

故乡在冀东平原，自古隶属河北省，现在划归天津市，因此，春节的习惯风俗，自然就津、冀杂糅。好在地域相连，差别不是很大。由于有机会交流，两地好的民俗风情，互相吸纳融合一起，反而使春节更具情趣。在我的记忆里，最不同的地方，当数过节的时间，城市里过了正月初五，就算是春节过完，乡村则得到正月十五，那才算新的一年。这与城乡娱乐多少，大概有一定的关系。因为，城里人平日玩的地方多，过节也就是过个气氛；乡间人平时玩的地方少，赶上春节自然得玩得尽兴。

无论春节时间过得长短，最红火最浓郁的年味儿，要数大年三十这一天了。全家人都比平日起得早，年轻的媳妇先收拾屋子，真正做到窗明几净了，就开始洗漱和着衣打扮，像戏台演戏的人一样，个个都有模有样了才出门。早买的好衣服平日舍不得穿，这天都找出来特意穿上，而且颜色式样大都很鲜艳靓丽，女人们无论长幼的头发上，都要插上一两朵红绢头饰，样子或是双喜字或是花朵，别看这只是一两点红色，使人显得格外精神和喜庆。男孩子除了新衣新裤，最抢眼的就是头戴的帽子，样子要看当时时兴什么，我小的时候时兴航空帽，在天津混事的父亲回家过节，就买来一顶送给我当做礼物。有的小伙伴家里没有给买，见到我头上戴的航空帽特羡慕，等他们闹着嚷着让父母买，过了这个时辰又是新样子了。

春节期间尤其是大年三十，是一年中最开心放松的一天，在外奔波的男人挣了钱，这天什么也不必操心劳累，忙碌一年家务的女人们，提前做好年夜饭也无事了，大家就在一起玩玩牌聊聊天儿，或者约上邻居好友一起逛庙会。经济情况富裕的人家不必说，就是不很宽裕的家庭，到了春节这几天花钱，都也是不怎么锱铢必较，好像真的如传说中那样，财神爷会把钱送上门儿来，大把大把地花钱并不心疼。这时买的东西也都是年货，女人们买衣料、化妆品，孩子们买各式各样的玩具、糖果，年长者买几包好香烟几瓶好酒，还要留些钱给晚辈们压岁钱。总之，全家老小奔波一年到了年根儿，想的做的事情就是快乐，花钱买个高兴图个吉利。这就是我故乡人过春节的思想观念。

在没有电视的时代，除夕夜都是自娱自乐，成年人玩成年人的玩意儿，如去戏院听戏、凑一起打麻将牌；孩子们有孩子们的玩意儿，如放花炮、抖空竹、踢毽子，实在不愿意凑热闹的人，就找人自在地喝茶聊天儿，安详地度过一年最后时光。年夜饭吃得都比较晚，而且还要比平日“隆重”，照习俗得有七碟八碗，鸡鸭鱼肉一样不能少，尤其是鱼和鸡这两样，比别的菜更要做精细，因为取其谐音——年年有余（鱼）、吉（鸡）祥如意，这是绝对不能马虎的，在长辈人心目中这是美好愿望。年夜饭的酒也不能少，平日不喝酒也要抿一口，这样做也是讨个吉利——平安久（酒）远。吃饭座位按长幼辈分排序，守在桌子外边的是媳妇，主要是考虑上菜端饭方便。这种规矩好像永远未变。虽说有点封建味道儿，缺少家庭的平等气氛，但是总得有人侍奉吧，就这样代代沿袭下来。

吃过年夜饭就算正经过年了，收拾完碗筷稍微休息一会儿，临近午夜就是晚辈给长辈拜年，这时最快乐的就是孩子们，因为可以拿到几份压岁钱，所以一个个嘴上像抹了蜂蜜，连“寿比南山”、“长命百岁”这类话，在今天都能说得出来，惹得老人高兴大家说笑，亲人之间的真挚情感，此时显得格外的明显。比这还要显得和谐的事，就是全家人一起包团圆饺子，这是大年三十的重头戏。这时包的饺子是初一的饭食。

在没有现代通讯设备的过去，亲友间互相拜年从初一开始登门，接来送往地到了中午不便做饭，除夕夜包的素饺子放锅里一煮，全家人随便地吃一顿忙中的偷闲饭，这种节日的从容安排非常科学。这大概是几代人积累的经验吧。

家乡春节饭谱安排讲究：初一饺子，初二面，初三合子锅里转，到了初五还是吃饺子，可见家乡人多么看重饺子。只是饺子的馅不一样，初一饺子要包全素馅，取肃肃静静不出事之意，寄托全家来年共同心愿。这样的饮食还含有健康用意，过大年吃的荤菜比平常多，都特别注意荤素菜搭配着吃。素馅的主菜是韭菜、豆腐干、鸡蛋、虾米等。

包完了饺子，鞭炮响起，街头喧嚷，预示年夜即将过去。大人孩子都会说：“唉，又过了一年，长了一岁。”欢喜快乐之中，增添些许惆怅。故乡的大年三十，就是这样过去了。留下的是记忆，回味的是人生。渐渐我才理解，为什么把欢乐和美好集中一天，让故乡的人痛快地享受，原来平时忙于生计太苦太累，这一天算是老天给予的补偿吧。

2007 年 2 月 8 日

在回忆中寻找

我把自己的一部书稿交给出版社，编辑审阅之后，没几天便打来电话，让我找一张生活照寄去，说是要印在书上。

当晚，我把五六本精美的相册，还有些零零散散的照片，一股脑儿地摊在桌子上，借着明亮的灯光开始寻找。尽管在不许有美好事物存在的“文革”中，被造反派抄走了我几大本相册，青少年时期的生活记录被抹掉了些，但是手头总还会有“漏网”幸存下来的，说不定从中可以找出合适的。谁知，左翻右看地来来回回折腾了几个过儿，竟找不出一张适合印在书上的照片，不免有点扫兴。这倒不是觉得这些照片上的尊容不佳，本来就长得不怎么样，哪能强求照出个俊美的人儿来呢？令我感到万分为难的是，这些照片大都是早年拍的，长得再丑也还透着一派蓬勃的朝气，如今已是满脸沟壑两鬓挂霜的人，总不能以年少代老年，让读者耻笑、生厌，甚至于说些不中听的话。想到这些我不禁后悔起来，近几年里各式各样的活动也不少，我怎么未想起拍几张照片呢？以至于想找一两张派用场都有点措手不及了。

拍照同跳舞、唱歌、旅游等活动一样，我历来认为主要是年轻人的事，年长人即使再有兴趣也不似当年了。我年轻时还是比较喜欢活动的，唱歌、跳舞、拍照、旅游，虽说样样都不精通，但是样样都能凑合，起码不至于让人给唬住。后来渐渐对于这些活动的兴趣淡漠了，大概是同年龄和心态有一定的关系。不过对于拍照并未完全到了禁拍的地步，只是从数量上看比年轻时少多了。

有年夏天，我同妻子一起去青岛度假，这北方海滨城市的明丽风光，唤起了我们年轻时的游兴，不顾乘车的艰难，我们跑了许多迷人的风景点，自然也拍了一些照片。在拍照时我格外小心谨慎，生怕丧失这难以再得的美景佳境。可是偏偏怕什么来什么，未拍几张，我的破相机又卡卷了，急得我不知如何是好。正在我作难之时，遇到一位善心的年轻人，他脱下自己的衣服遮住光线，把相机放到衣服里为我理顺胶卷，然后笑着递给我，并嘱咐我该注意什么，这样才使我带回几十张畅游青岛的彩色照片。现在每每打开相册观赏，仿佛那海风海浪正在扑来，顿时又会有种心旷神怡的快感，丝毫不亚于浩翰大海馈赠的美景深情。这时我又依稀看到那位帮我理卷的青年的友好微笑，倘若没有他的解难之举，我怎么能带回这美丽的海滨之城的纪念呢？

1988年参加中国作家代表团出访奥地利，途经苏联首都莫斯科，使我有机会结识这座久已向往的城市，当然不肯放过拍照的机会。记得那天早晨，在中国驻苏大使馆招待所吃过早饭，我们便匆匆赶到克里姆林宫广场，想在那里散散步顺便拍些照片。不巧的是，正赶上这天红场上有大型群众活动，周围均由军警严密把守，任何游人都不准靠近。可是我们又不想白来一趟，经过给我们做翻译的中国留学生小杨好说了一阵，值勤人员总算发了一点善心，允许我们紧靠警戒线拍几张照片，这样才算慰藉一点心愿。但是我们都清楚地知道，在这样远的距离拍照，很难会有理想的背景。我们又在莫斯科其他地方，寻找有特点的背景拍照。

回到北京交洗印社冲扩胶卷，取卷的那天，在北京和维也纳拍的几个卷都有，唯独找不到在莫斯科拍的那一卷，惹得我不得不犯态度。找不到胶卷破费几十元钱倒没啥，问题是我很难再去莫斯科，丢了这个卷儿岂不是终生遗憾。洗印社的几个人把所有的袋子都抱在柜台上，一袋一袋地耐心寻找，最后总算在别的袋子里翻出来。找到了大家都很高兴，洗印社的几位年轻人便同我一起观赏这些照片，一个个都情不自禁地沉浸在美丽的异国风光之中，刚才那件不愉快的事情好像压根儿就未发生。

这天晚上，给出版社出书用的照片并未找出来，却引起了我关于拍照的一些回忆，我就越发感到这些照片的珍贵。我想再过许多年以后，那时我的记忆力也许减退了，生活中有过的欢欣与苦恼，年轻时走过的城镇与乡村，说不定都会渐渐地淡忘，偶尔打开这几本相册，情感的浪花将会在心海里激起，重新使我干涸的心田得到滋润。谁能说老年人特有的孤独和寂寞不会得到些许宽慰呢？想到这些，把几张折角的照片，我轻轻地抚平了。

2000年8月26日

安居难忘流浪时

那是《家庭》杂志刚创刊的时候，一位编辑从广州来北京，让我给她们的杂志写篇文章。我信手翻看着她带给我的《家庭》杂志，思想的触角顿时伸向了消失的年代，许多关于家庭的叠影一张张映在眼前，使我好容易平静下来的心情又开始不安。我的家庭生活，如同我的经历，充满着坎坷与辛酸，很不想再提及，可又偏偏忘不掉，只要碰到什么诱因，就会清晰地重现出来。这大概也正是人有记忆的悲哀吧！

我什么时候有的真正属于我的家呢？实在无法说得准确。

六十年代初期，我作为摘帽“右派”，结束了北大荒的劳改生活，分配到内蒙古工作。三年以后经人介绍，跟我爱人相识、恋爱，后来又结婚、育子，这该算是有家了吧。按照我们中国人的习惯，不打光棍就算成家了。可是我的家在哪里呢？我爱人当时在唐山一所中专任教，学校给了她一间宿舍房，里边的设备仅是一床一桌一椅。我当时在内蒙古一个工程队里工作，四人一间的宿舍有我一张床，我并不多的衣物放在床下的一个纸箱里。我们的孩子生下来就留在了天津奶奶家里。这便是我成家以后的情况。难道这算是家吗？恕我直言，实在不敢恭维。因为在我的记忆和意念里，家是温暖的，家是方便的，家是一首令人回肠荡气的歌，家是一股令人无比陶醉的熏风；而我们的这个家呢，它使我想起吉卜赛人的大篷车，蒙古族人的帐篷，没有一星半点汉族人定居的情趣，这算什么家。

按照那时毫无人情味的规定，我们这对牛郎织女，每年可以相聚十二天，有时在唐山，有时在内蒙古，一起过过家庭生活。其实这同孩子过家家的游戏相差无几。临时凑点锅碗米面，好歹做上几顿饭，这便是最大的享受了，区别于光棍生活的，只是不在食堂打饭，偶尔再吃上一顿饺子，更算是浓味的家庭生活了。

我们这个本来就很少安定生活的国度，到了1966年“文革”开始，灾难如同一场天翻地覆的风暴，把许多家庭都搞得七零八落。我和我爱人同样未能幸免这场浩劫，我们两个都被关进了“牛棚”，这时连各自的一张单人床都没有了，更不要说名义上的家。我这个人好像是一棵“死不了”花，从十八九岁“反胡风运动”开始挨整，后来被划成“右派”在北大荒流放，“文革”开始又被折腾了一阵，但总还是苦苦地活过来了。我爱人毕竟是个善良的弱女子，又出身于一个信奉上帝的知识分子家庭，被莫名其妙地“冲击”了一通，身心都留下了痛苦的痕迹。当我们被“解放”以后，我再不想乖乖地安于这两地分居了，多少年来，我们自觉地遵守着两地分居的政策，可是在危难时刻这政策却不能保护我们。当时我在内蒙古的乌兰察布日报社工作，我周围有不少富于人情味、同情心的好人，他们并不嫌弃我这个摘帽“右派”，主动为我们夫妻相聚出主意、想办法。我想调往内地是不可能的，一听是发配在边疆的“右派”，无论什么样的领导都不敢答应，只好劝说我爱人调内蒙古。

1976 年唐山大地震前半年，在这些好心人的帮助下，我爱人从唐山调到了集宁，结束了我们婚后分居十三年的生活，应该有个家了吧！从那个年代过来的人也许还记得，那时正是“深挖洞”的时候，内蒙古又是“反修”前线，数不清的劳力和金钱都消耗在地下了，地上的房舍却不见增加。许多人背地议论说“拿挖洞的钱盖房子，让我住一天，然后被飞机炸死也心甘”，可见人们居住条件的紧张，像我这样一个新来乍到的半路户，就更难解决住房了。同事们见我们好不容易团圆，别再因为无房分居，便说服领导给我们腾了一间办公室，让我们安了家，户口也上在了这里。

在办公室住，算不算家呢？按照内蒙古人的习惯，这倒无所谓，关键是看你有无凉房。内蒙古地区寒冷，每年秋天要储下过冬过春的蔬菜，成百上千斤的土豆、圆白菜、胡萝卜、大葱等的存放，就全靠这间凉房。又是这些好心的同事们，帮我买来一些减价的木料，帮我找来一些破砖碎坯，和泥的和泥，砌墙的砌墙，一天便搭起了一间凉房。这时我总算有了个家了。尽管没有什么摆设，没有什么家具，连做饭也是用土炉子，但总还是有了点生活的情趣。我这个多年漂泊的单身汉总算是靠在了家庭的码头上。而在我的思想深处，依然有种不安的感觉，在这个没有家“味”的家里，我的心绪常常是茫然的，有时会想起四处奔波的过去，有时会预感到吉少凶多的未来，生怕这个迟来的家再失掉。

1979 年我来北京。在《工人日报》工作时，正逢筹备报纸复刊，白天夜晚都很紧张，实在无暇考虑家事，但只要稍微有点时间，静坐那里歇歇脑子，立刻便会想到又分居开的爱人，以及从未在我们身边生活过的儿子。有一天早晨，我爱人突然来到北京，她出现在我面前时并未说什么，仅从她那多虑的神情里，我已依稀窥见了她的心灵，知道了一切，我的还算清晰的头脑轰地混浊了。要么，留在北京；要么，快回内蒙古，不能没有家。北京是我生活之船起锚的地方，也是我生活之船覆水的地方，在这里有多年关心着我的亲友。经过一年多的奔波，我和我爱人又重新回到了北京。我们分了两室一厅的住房，用落实政策得来的仅有的三百多元钱，买了几件必备的家具和一套新沙发，因为从来没有住过新房，连刮掉地板上的余灰的常识都没有，用水洗了洗便住进来了。

这时我才平生第一次感到真的有了自己的家了。家庭的概念也从那时开始在我的脑海里逐渐形成。记得搬进来住的第一夜里，我和我爱人都没有睡好，我们俩人躺在席地的褥子上，谈论着过去那些伤心的往事，越发感到今天的家的温馨、恬适。如同远航归来的水手上了岸，看到家乡的灯火，家乡的炊烟，每个毛孔里都充满了甜蜜，那有过的风波险路，此时都化为一缕缕轻云飘走了……

无情时光的利手撕碎了我的青春，转眼之间，我已进入了老年的行列。回首这坎坷的五十岁月，真正享受到一点家庭的欢愉不过五年之久，而我付出的代价却是三十多年的痛苦忍受、追求。从五年开始以后的我的家会是怎么样呢？我说不清楚。但我一定要加倍地维系好我的家，因为我从未忘记那长长的近乎流浪的生活。

1982 年 10 月 26 日

只有遗憾

在我结识的一些朋友和熟人中，有的是中学的同学，有的是一起工作的同事，有的是当编辑时的作者，有的是流放时的难友，还有的是参加社会活动时的一面之缘。这些交情或深或浅的朋友，算起来，每拨儿都有十几位。

唯有一位好友是个例外，是我报考大学时一起备课认识的，这位就是中央民族大学的吴重阳教授。我的“右”字荆冠摘掉从外地回到北京以后，这些年同重阳的接触不算少，电话更是经常不断，偶尔也会说起年轻时的事情，却没有怎么谈过我们结缘的经历。但是在我的心中，这是一块芳草地，永远吐放芳菲，每次见到重阳，我都会自然想起。因为这段看似平常的经历，维系着我的一个心愿——到北大读书，怎么会轻易地忘掉呢？只是这个像鲜灵灵的苹果似的美好心愿，还没有成熟就被一只无情的手活活地糟蹋了，从此便给我留下了无法补偿的终生遗憾，什么时候想起来就会隐隐地心痛。

现在谈起连自己都觉得奇怪，那会儿我怎么那么固执，鬼使神差地非要上大学不可。其实那会儿我已有了一份不错的差使，在北京一家报社当编辑，同时在大学旁听部分课程，并开始学习写作且有诗文发表，在当时一些文学青年朋友中，我该算是个非常幸运的人。可是当时我却不这么想，总觉得应该趁年轻系统地学点知识，这样会更有益于自己的发展；何况那会儿国家急需各种人才，号召在职干部报考大学，我当然不肯放过这个机会。倘若我的想法就这么简单朴素也好，无须考试公家可以把我保送进入一所高校，从此也就圆了我想读书深造的梦。然而事情远不是这么单纯，不知从哪里冒出来的冲动和虚荣，突然在我的身上发作起来，非要报考北京大学，而且非中文系不上，这样就把自己限制住了。我知道自己的古文底子不行，为此曾向当时在北大中文系任教的褚斌杰先生求教（近日听说褚先生现任北大教授，我顺便在这里问好），还请当时在北大读书、现任北京联大教授的朋友翟胜健先生辅导过，就这样足足地准备了好长一段时间，自以为有了足够的实力。因此，当我拿到准考证的时候，别提该有多么高兴了，仿佛胸前已经佩戴上校徽，眼前不断地幻化着校园生活的景象。

这是临考的前一天下午，我什么也不想干，更不想见什么人，独自一人坐在宿舍里，听着音乐喝着茶，享受临考前的这份宁静，也借此缓解一下多日来的紧张心绪。如果说我这一生还有过幸福的时刻，我想那就是这天下午了，它使我头次感受到自我价值将要体现的快乐。特别是在那个很少个人欲望的年代，青年人要想实现自己的理想和抱负，简直是比登天还难的奢望，而我居然有了这样的机会，实在不想让人分享这份幸福，悄悄地在喜悦中等待庄严时刻的到来。

可是，世上的事情，确如人们所说，天有不测的风云。距走进大学考场不过十几个小时，一场灾难突然袭来，幸福被不幸取代，我被拖进的是“政治运动”的考场。这时我才真切地认识到，快乐和痛苦，原来是邻居，我们随时会走错门。

就是在那天的傍晚，我还未从欢乐中走出来，突然听到急促的敲门声。开门后走进来两个人，都是我所在单位的人事干部，他们先是询问我考学的准备情况，后来又要我的准考证看，最后才把来意郑重地向我宣布：“组织上决定，不让你去考了，现在正搞运动，你有些问题得说清楚。”说完了，拿着我的准考证就出了门。这突如其来的灾难，如同背后飞来的石块，一下子把我打蒙了，我愣怔好久说不出话，稍稍清醒过来，只觉得像被掏了心似的难过，真想跟谁大哭一场才痛快。老天爷这是怎么了，不让我去考学且不说，还得说清什么“问题”，实在是天大的冤枉。那天晚上连饭都没有吃，早早地熄灯钻进被窝，独自默默吞食有生以来这第一颗苦果。我不停地擦着眼泪，还在不停地想着那张准考证，并天真地想，说不定明天会还给我，先让我去考试，回来再说清“问题”，这样不是还可以上学吗？

后来我才清楚了我的所谓“问题”：一是我在天津读中学时听过鲁藜、阿垅、王琳等人的文学讲座；二是我的两位诗人朋友林希和山青，由于同阿垅、吕荧的关系正受审查，我表示过同情；三是我本人喜欢文学，又发表过一些东西。因此，在“反胡风运动”中，本单位没有“和尚”要打我这“秃子”的主意，以为我可以印证一些人高度的警惕性。要是我能耐心地把这些情况说开了也好，以我当时的年岁和表现，也许会放我一马，偏偏我火爆的脾气不容我有丝毫耐心，再说又是在节骨眼儿上被破坏了上学的梦，越想越委屈，态度很强硬，这就越发让人不肯饶恕我。这样“恶劣”的态度，在两年后的“反右运动”中再次爆发，结果来了个新老账一起算，从此我被打入另册，再没有了上学读书的机会。

在“反胡风运动”中，对我的审查批判，我并不怎么在乎，因为我对自己的“问题”心里完全有数，最后搞清楚了绝不会把我怎么样。只有两件事，我实在难以承受，如同两把尖刀插在心上，一件是感情经历的挫折，一件是大学梦的破灭。尤其是这后一件，几乎是在我全无准备的情况下袭来，而且失去了就再不会复得，怎么能让我容忍和想通呢？所以当“反胡风运动”结束以后，证明我并无“问题”，我也没有什么高兴，而是比当时更气愤。到北大中文系读书，曾是我一生最大的愿望，就这样白白地被毁了，我能心安理得地接受吗？当然不能。

这件发生在1955年的事情，距现在快四十年了，有时想起来，心里依然觉得堵得慌。有次实在憋不住了，信口同吴重阳先生提了一句，他又似安慰又似劝解地说：“你现在不是也挺好吗，那次就是上了北大，这会儿也不过如此吧。”我知道他指的是什么。如果人的生活人的追求，单单从物质和名位的拥有上考虑，我想那还是比较容易满足的，可是心灵也就觉得空虚了。即使是经济大潮卷得金钱叮当作响的现在，我依然觉得知识对一个人的至关重要。我甚至于认为拥有了知识也就拥有了灿烂的人生，不信你同那些大学问家坐一会儿听听他们讲话，你就会惊喜地发现世界原来是这么多姿多彩。我当年那么想去北大读书，其中就有想丰富人生的因素。后来既然命运给了我另外的安排，我只是深深地感到遗憾却并不觉得有什么后悔，因为在社会这所大学里读到了另外一种版本的书，让我更直接地领会了人生的真谛。这不也蛮好吗？

是的，没有后悔，只有遗憾。

1987年4月17日

路至远方有佳境

1988年春天，我和老作家康濯等人，出访奥地利。在这个被誉为音乐之邦的国家，施特劳斯、莫扎特、贝多芬、舒伯特、舒曼等，这些世界级的音乐大师们，都在这里留下了艺术的足迹。我们在这里十多天的访问，不仅感受了一次美的历程，而且也领略了中欧的风光，使我这个有机会跨出国门的人，知道了外边世界的真实情况。只是由于我们与世隔绝太久，对于许多事情的陌生，难免因无知而出“洋相”，完全暴露出封闭中的人，跟高度现代化世界的差距。

那是在游历过奥地利几个州之后，我们回到首都维也纳，大家在交谈感想时，我忽发奇问：“奥地利怎么没有火车？一路上净让我们坐汽车。”陪同的“中国通”、汉学家施华滋教授，听后颇为风趣地说：“老弟，你太‘土包子’啦，高速公路这么发达，谁还坐火车。”这是我第一次听到“高速公路”，再回想一下几天来的出行，可不是，从维也纳的宾馆门前上车，在到达地宾馆门前下车，没有一点换乘的劳累，的确要比火车方便舒适。公路两旁的田园风光，苍翠欲滴的积雪山峦，在澄碧穹隆覆盖下，使天地交融之处越显清远。乘车人宛如在画中行驶，整个身心都感觉清爽。这其后有许多天，在我的脑海里，都是关于道路的画面。

最先想到的是故乡的道路。我很小就跟随父母离开故乡，几十年后的今天想起来，许多景象都还依稀记得。其中记得最清晰最亲切的，要数故乡通往外界的道路。那是怎样的一条道路呢？晴天是疙疙瘩瘩的硬土块儿，走路稍不注意就会崴了脚，雨天是黏黏糊糊的烂泥巴，刚拔出后腿前腿又陷进去。最令人难以忍受的，还是雨过天晴时，在太阳的暴晒下，牲口粪烂草沤在一起，那股难闻的气味，简直要把人呛晕。就是在这样的道路上，我们这些乡村孩子，一天天地走过晨昏，从孩童走成了大人。

尽管那时并不知道，故乡以外的道路，是不是也是这样，但是只要说起道路，总还是免不了抱怨。孩子们在一起胡扯乱侃，有时说到将来的打算，总会有人说："哼，要是我将来成了大官儿，先修一条平坦的路，让乡亲们舒服地走。"可惜我那时的伙伴，没有一个人当官儿，这留在记忆中的路，依然是那么坎坷难行。许多年以后有人说起乡村现在的道路时，我总是连连摇头不止，无论别人怎样啧啧夸奖，我都不会十分相信。

当有朝一日离开故乡，乘坐着一辆铁轮马车，吱吱扭扭地走在土路上，亲切和苦涩两种滋味，同时涌上心头，我真不知该说些什么好。这脚下的道路，是系着我情感的带子，无论走到何时何处，它都会拉扯着我，让我跟故乡永不分离，应该说些感激她的话。可是想到行走时的艰辛，又觉得还是离开她的好，就不能不悄悄地高兴，这时藏在心中不便说出来的，竟是庆幸自己离开的话语。怀着这两种复杂的心情，就这么依依离开了故乡，带走的只是对道路的记忆。

走出了家乡的村镇，本以为外边的世界，道路比故乡的平整，灯火比故乡的明亮，岂知那只是我的想象。从家乡出来几年后，开始生活在大都市里，道路自然是平坦的，就淡忘了往日的艰难，后来被发配到北大荒，碰到的头一件难事，就是在荒原上走路。在我们到来之前，这亘古荒原很难说有路，只是走的人多了，这重叠的足印，渐渐地拓宽光滑，人们才管这叫道路。在这样的道路上走，晴天也还算惬意，路的两边有花草，路的远方有蓝天，偶尔还会有云雀，唱着好听的歌飞过。只是一到了化雪季节，或者雨过天晴的时候，这道路上就会是泥泞满地，走路带来的麻烦，要比别处多得多。

头次领教这里道路的泥泞，是在北大荒过第一个劳动节。运送节日吃食的汽车，陷在了半路的烂泥塘里，农场派我们几个人去推车。几个二十左右岁的大小伙子，满以为可以把车推出来，谁知费了九牛二虎之力，这汽车光动弹就是不走。实在没有办法了，在司机师傅的指导和呵斥下，把车上的物品一一卸下来，再推空车还是纹丝不动，物品只好由人扛着背着运回来。负重在泥泞中走路，在我们还是头一次，一路上深一脚浅一脚，不是摔倒了，就是挪步走，十几里的路程走了半天。到了农场卸下物品，我们几个人像散了架子，一个个狼狈地坐在地上，好久都不想爬起来，懒得连句完整话都不想说。事后谈起这件事来，一位同济大学毕业生说："将来有机会改行，我一定做公路工程师，把咱中国的路修得棒棒的，就是再有人下放劳动，起码在走路上不受罪。"

这位同伴的这席话，是理想也好，是感慨也好，总之，说出了我们的心情。当我在奥地利访问时，乘车行驶在高速公路，沉浸在道路的遐思中，不禁想起了北大荒的道路，更想起了这位同伴来。当然也想到我们的国家，长期的这样闭关自守，使我们失去了多少机会。假如不是改革开放，我们仍然像老牛破车似的，慢悠悠地走在土路上，我们跟世界的距离就会更大。那位感慨道路的北大荒同伴，他的那点微薄愿望，恐怕短时间内很难实现。

当我从遐思中走出来，大胆地跟康濯老说："康老，我相信总有一天，我们也会有高速公路，让出行的人享受方便。"康老微笑着点了点头。

出国访问回来不久，就从报纸上看到，许多地方在喊："要想富，先修路。"这说明人们开始意识到，没有道路的艰难，拥有道路的方便，尤其可贵的是，把道路跟富裕连在一起，这不能不说是个进步。就是在这个时候，应山东一位朋友邀请，我作了一次公路上的旅行。从在济南下榻的宾馆上车，而后我们到了几个城市，以及沿海的小村镇，一路之上都是在汽车上，真实地感受到了公路给我们生活带来的方便。在建有高级公路的地方，我还看到了不少的乡村，盖起漂亮的二层楼民居，这跟我在奥国见到的没有两样。经这位朋友介绍知道，山东是个公路大省，由于经济比较发达，各类公路建设都比较快，反过来公路的迅速发展，又促进了经济的繁荣。

我还想到了内蒙古的道路。我在内蒙古流放过十八年，对于那里的道路情况，应该说还算有些了解。在阔别十多年后，重新回到熟悉的地方，我发现最大的变化，同样是在道路上。我在内蒙古的那些年，从集宁去呼和浩特，一般都是乘坐火车，火车既方便又快捷，就连有小轿车的官员，无急事都很少走公路。实在受不了那份颠簸，更不要说时间的浪费。我这次回到集宁来，想去趟呼和浩特，跟朋友们说坐火车，他们不禁惊讶地说："这都是什么年代了，还坐火车，走公路两个小时，轻轻松松就到了。"结果真的像朋友们说的那样，从集宁宾馆门前上车，在《内蒙古日报》门前下车，如同从这个家门进那个家门。小车在平坦的公路上奔驰，说说笑笑地很快就到了，大地的距离仿佛在缩短。可是我永远不会忘记，有年乘坐一辆吉普车，从集宁到呼和浩特，一路风尘，一路颠簸，路上走了四五个小时，到了呼和浩特想办事，机关都已经下班，只好再住上一宿。

现在有了畅达的公路，别说是在集宁、呼和浩特之间来往了，就是从北京到内蒙古，许多有车的人都是开车去旅游。内蒙古的朋友们要来北京，常常是早晨打来电话，如果不堵车中午就会到达，再不会像乘火车那么受限制。看到朋友们进北京这么方便，就会于羡慕中想起早年的自己。我那时在内蒙古工作，每年春节要回家探亲，为了买一张火车的坐票，得提前一个月托人走后门儿，有时还往往落空。有好几年就是坐在手提包上，迷迷糊糊地日夜兼程，在大年三十的晚上才到家。这种狼狈的旅程，如今当做笑话说，恐怕还有人不相信。对于我却是一段辛酸的往事。倘若是在今天，有了公路就多一种选择，我可以抬腿就走，真正成了生活的主人。

这些年外出的机会比较多，即使乘坐飞机来回，到了访问的目的地，也要坐汽车下去。这些天南地北的城乡，给我感触最深的变化，就是一条条新建道路。繁华地区有高速公路，偏远地区有普通公路，像交错纵横的蜘蛛网，编织在祖国的山水间。有的道路平坦宽阔且不说，道路两旁的绿化带更是悦目赏心，乘车走在绿荫覆盖的公路上，人的心境宛如长了翅膀，不由你不在想象中飞翔。我再次到北大荒和内蒙古我生活中的这两个重要地方，它们道路的变化实在让我感动。这种变化正在预示着，我们这些普通人的生活，总有一天也会像这道路一样，渐渐地平坦开阔起来，开始充满勃勃的生气。

不过从我个人来说，还有个小小的愿望和向往，希望有一天能回到故乡，重温那没有消失的道路记忆，更想体会新建道路上的风光。尽管已经有几十年没有回去过，家乡的一切似乎都已经陌生，但是我知道那条京津塘公路，正好从我的故乡擦身而过，她肯定会有一番繁荣的景象。从家乡艰难坎坷道路上走出来，如今再从平整的高速公路走回去，连我自己都很难想象得出，我心中将会涌动怎样的情感。那就让这新建的道路去感受吧。

1999 年 1 月 12 日

谁知前路是何方

粗略地算起来，至少有十来年，未坐过慢速火车了。出远门的时候，不是乘飞机，就是坐快速火车，再远的路程，有十来个小时也到了。除了途中节省时间，还少受许多颠簸罪，使人对旅途没有畏惧感。可是在二十几年前，每年总要坐慢速火车，在几千里的途中，咣当咣当地晃悠。生命、时间和金钱，全都被车轮碾碎，然后随岁月之风，在不知不觉之中扬弃。那时候常常想，我这个人的命运，大概早就注定，在火车上了此一生。所以在后来有段时间，只要一说坐火车，特别是说坐慢车，我就头大，发愣，好像有什么大难临头。

其实，刚开始坐火车时，对于这钢铁长龙，并非这样反感。记得第一次到城市，是跟随父亲从家乡芦台，到他做事的天津，我们就是坐的火车。出于好奇和新鲜，一会儿摸摸这儿，一会儿瞅瞅那儿，还不时地在车厢里跑，这火车在我的眼里，就像一件开心的玩具。见到窗外美丽风景掠过，就会嫌火车跑得快，真希望它能马上停住，让我好好看看那景致。可能是头次坐火车的缘故，加之芦台距天津路途不远，好像没有走多长时间，火车就到了天津东站。火车在车站停下不走了，我还依依不舍地在车上磨蹭，想在这跑动的小屋里，再美美地多待上一会儿。

长大以后到北京工作，光棍儿一人假日孤寂，总想往父母那里跑，北京至天津的铁路，就成了一条情感的带子，把我和双亲拴在一起。假如没有这条铁路，给我提供来往方便，尽管这两地距离很近，恐怕那思念也显遥远。所以总是怀着感激心情，乘坐京山线上的火车。那时候的火车速度，并没有现在这么快，从北京到天津坐快车，少说也得将近两个小时。在这两个小时的行程里，边观赏沿途风光，边跟旅伴们闲聊，不知不觉之中就到了，没有显出劳累且不说，反而觉得很有些意思。火车上什么人都有，耐不住寂寞的就聊天儿，各式各样的同路陌生人，说各式各样的闲杂话，热热闹闹的像是朋友相会。京津一带的许多传奇故事，有的就是从火车上听来的，使我增长了不少人情见识。那时对火车没有丝毫反感。

我第一次真正厌恶火车，并有种不祥的恐惧感，是在1958年的春天。这是经过1957年风雨交加的夏天，好容易盼来一个平和的春天，我们这些国家机关被划“右”的人，就要开始流放人的劳役生活。告别了首都，告别了亲人，告别了单位，告别了美好的时光，到谁也不熟悉的北大荒去。隆隆的火车载着我们，走过华北平原，越过松辽大地，到达冰城哈尔滨，然后再换乘火车到密山。那时我年轻体力好，这段不算短的路程，在我根本算不得什么，火车上颠簸的劳累，至多睡上个把小时的觉，就会完全恢复过来了。最让我感到难以承受的是，那种压抑得近乎窒息的气氛，以致使我觉得这火车的轮子，突然由圆形变成了方形，每走一程都很艰难沉重。

从北京到哈尔滨，从哈尔滨再到密山，有着几天几夜的行程，成百上千的会出气的大活人，除了无法避开的交流话语，竟然一点闲话玩笑话都不说，好像谁一说就会遭受灭顶之灾。这时的火车在我看来，就是一个坚固的铁盒子，禁锢着有灵性的血肉之躯，在无可奈何之中失去活力。这种沉寂的空气，这种冷漠的时光，就像刀斧镂刻的印迹，留在我年轻的心上。幼年觉得非常好玩的火车，这时成了令人诅咒的东西，怎么也唤不起对它的好感。我当时就曾暗自发誓，此生就是要坐火车，再也不想坐长途车了，更不想再坐这慢速车。有点迷信的我，甚至于预感到，未来前程的艰难。

岂知当命运无法自己掌握时，什么事情都得听从拨弄，就连坐不坐火车，坐什么样的火车，都得别人说了算，自己哪能当得了家。从北大荒军垦农场流放回来，又被发配到内蒙古继续劳动，而且是在一个野外工程队，几乎终年在四处奔波，再加上我每年回家休假，一年几乎有多半时间在旅途中。这火车就更成了个甩不掉的冤家。

内蒙古地域辽阔，东到满洲里，西到乌拉特，这东西部的气候，有着明显的差别。野外工程队的工人，就像一群候鸟，春天飞出去，冬天飞回来，追逐两地的温暖，主要的交通工具，就是那慢速火车。按照规定可睡硬座卧铺，只是十次得有九次买不到，有时为拿补助费买到也不坐，就几个人凑在一起坐硬板。别人在火车上玩扑克牌，我不会玩也不愿意看，就觉得时间更长路途更远，怎么待着都不舒适，忽而坐忽而立，忽而在车厢走动，忽而靠着椅子小憩，就这样来来回回地折腾，几天几夜的行程才会熬过，可是人也就像了散了架子。下了火车连饭都不吃，先得找地方睡上一觉。

最不好过的时间是在午夜，生物钟到时在人体敲响，上下眼皮马上就会龃起架来，为了清醒照看行李物品，还得提醒自己不要睡觉。有次困得实在受不住了，就请同伴关照东西，在地上铺了两张报纸，枕着手提包睡了一觉。醒来发现钱包不见了，就告诉给一位老师傅。他让我千万不要嚷嚷，我就像没事似的坐着。不一会儿一位乘警走过来，只见这位老师傅突然站起，大声喊道："谁也不要动，都坐在原地儿，有人丢钱包了。"这时乘警就走过来，让我们邻座位的人，一个一个地站起来，自己抖搂自己的衣服，同时掏出自己的钱包，完全没有疑点才让坐下。轮到检查一个中年人，乘警让他站起来，只见他面带难色，抖搂上下衣服时，显得很不情愿。让他再用点劲儿抖搂，只见那个棕色皮钱包，顺着他的裤管掉下来，他正想用脚跟儿踢开，让我的师傅看见了。这个人立刻被乘警带走。

"右派"帽子摘掉以后，又过了几年，我已经临近而立，母亲就催我早日成婚。可是我一个野外作业工人，终年在少人烟的地方走动，连个雌性蚊子飞过都稀奇，上哪里去找做对象的女人呢？后来还是经北大荒的难友介绍，认识一位在唐山任教的老师，经过一段时间的信上交往，我们才结婚——这就是我现在的妻子。

结了婚却调不到一起，按习惯说法算成家，却没有实际上的家。这样一来，我又增多了在途中的次数，为了休每年一次十二天的探亲假，常常是临近大年时赶回内地，有时预约车票不好买，就干脆在大年三十晚上走。这时火车上的旅客比较少，许多座位都空闲着，躺在椅子上睡觉都没人管，倒也异常地舒适愉快。尤其让我不能忘记的是，除夕之夜列车上的饺子。列车员和旅客不分彼此，组成个临时家庭，聚在餐车车厢里，边听电台广播，边包年夜饺子，说说笑笑地，好不热闹和亲切。后来"文革"运动来了，全国都乱了套，人间少了真情，火车还是照样坐，只是旅客形同陌路，谁看谁都像"阶级敌人"，像我这样的人更不敢轻举妄动。

记得"文革"运动初期，我乘逍遥时回家探亲，列车行驶到宣化车站，突然停下不走了。大家以为是列车上水或候车，一小时两小时地过去，仍然不见走的意思，这时才感到不是正常停车。看见一位列车员走过来一问，是铁路上的两派造反组织，正在车站吵嚷着夺权保权。开始时旅客之间只是议论，我就在旁边静静地听，根本不敢多嘴添舌，后来一看还没有走的架势，旅客中就有人谩骂起来，我见情况不妙赶紧走开。在那个按政治划分人的年代，别人怎么痛快地臭骂都成，人家都是"红五类"里的人，真出了事情挨个儿查身份，栽到我头上可就不得了啦，我便独自走到列车连接处，一待就是六七个小时，直到列车开动才回来。坐到位子上邻座人问我，是不是下车看热闹去了，我赶紧解释说：“头疼，在车厢外坐了会儿。”他们要跟我议论这件事时，我只是支支吾吾地搪塞，生怕在旅途上给自己惹祸。

时光一晃二十几年过去了。本以为今生今世，都要在路上奔波，不可能有安稳日子。可是在这近二十几年里，还真的过上了安定生活，这使我感到无比的欣慰。有时——特别是逢年过节的时候，看电视新闻里民工返乡，那些男男女女的年轻人，在途中辛苦奔波的样子，我就会想起自己的当年。如果说有什么不同的话，那就是我当年比他们更要艰辛，因为那会儿物质供应匮乏，每个人的收入都不高，得来回捣腾日用物品。背着扛着大包小包，上车下车都会有许多麻烦，哪有现在他们这样轻松。更甭说像他们现在这样，乘坐快速豪华列车走动，在途中会减少多少劳累。

唉，同样是在人生的路上，由于时代的不同，人跟人的命运竟不一样。

1999 年 3 月 16 日

曾经稀罕的罐头

这会儿，谁还拿罐头送礼呢？即使经济不宽裕的人，看望亲友或求人办事，需要带些礼品登家门，十有八九不会想起罐头。可是，三十多年前，罐头食品却是好东西啊，当做礼品觉得十分体面，不管馈赠什么样的人物，都不会有出手寒酸的尴尬。无论是鱼、肉罐头，还是水果罐头，那时都很稀罕，能够弄得几听，会被视为能人，收礼人接过来，脸上立显狐疑，开口准问："你从哪儿弄来的啊？"那种惊愕的表情，有时弄得送礼人自己，都觉得很不好意思。

那时我也曾以罐头赠人，当然，也被收礼人询问过。只是我不是能人，最多算是有点福命。在那个缺肉少油年代，偶尔可以弄到几听罐头，分送给远方的亲友，聊表我的一点心意。如此而已。

二十世纪六七十年代，物质极度匮乏时期，我正在内蒙古工作。我栖身的那座小城，就是现在乌兰察布市，有个肉类联合加工厂，规模和设备都很可观，在当时算是个大企业。这个肉类加工厂生产的产品，主要是牛、羊肉罐头和皮革，皮革供给鞋厂和夹克厂，做成皮鞋、皮夹克在国内销售，牛、羊肉罐头大都向国外出口，不合格的残次品当做福利，分给本厂职工和家属食用。职工或自己用或送亲友，再有余下的又吃不了，就拿出来卖给社会上的人，自己也可以换点零花钱。那时在那座边疆小城，能认识一位肉联厂职工，简直比认识一位大官，似乎更让人有种优越感。

我当时在一家报社当编辑，同事中有位工业新闻记者，肉联厂属于他跑的范围，时不时买些残次品罐头，回来再让给报社的同事。我不习惯吃牛、羊肉，买下这些罐头残次品，就从邮局寄给内地亲友。经济困难时期的内地，居民吃饭都用蒸量法，视觉上有个量大感觉，平时吃肉凭票证买几两，随便一炒菜就吃完了，几乎连个肉味都未尝到，能吃到肉罐头简直是过年。我寄到内地的纯肉罐头，自然会受到亲友们欢迎。当时在山西受难的诗人朋友公刘，还有山西的另外两位老朋友，接到我寄赠的牛、羊肉罐头，立刻回信给我表示感谢。可见这罐头是多么宝贵。在经济困难那几年，每逢过春节或探亲回家，总要设法多买些罐头带上，作为珍贵礼品馈赠亲友。在千里之遥的铁路线上，乘坐火车本来就很辛苦，而最分神操心的事情，就是看管好这些罐头，生怕被什么人顺手牵走。那年月食物比钱财还重要。

后来国家经济情况逐渐好转，再后来到了改革开放初期，罐头依然是送礼首选物品。记得，我从内蒙古调回北京，看望妻子的一位亲戚，到附近商场购买礼品，选来选去都不很中意，最后还是购买了水果罐头，只是在品种上多些差别。比之购买其他礼品，这时仍然拿得出手。这位亲戚接过罐头，一再说我过于破费，自家人何必这样客气，在人们当时的心目中，罐头依然是贵重礼品。有位我认识的一个人，当时正在北京“漂”着，大年三十要回家过年，趁上火车之前几小时，他说来家看看我，就请他顺便吃了顿饭。他提来的也是两个水果罐头。我一看礼物如此之重，心里感觉很过意不去，一再跟他表白我的不安。因为此人也是个改正“右派”，而且是个想在京城混事的人，还不像我总算有了单位有了房子，起码在生活上没有什么忧虑。不过此人后来发迹成了大官，罐头对于他就不再稀罕，相信更不会记得这陈年往事。

然而，我却记着关于罐头的往事，而且是我眼睁睁地看过的，别人吃罐头的那种神态。那是我在北大荒劳改时，饥饿和寒冷同时侵袭，人们的体力实在难支，农场怕冻饿死更多的人，便允许我们找家里要食品。像我这样家境一般的人，能够寄来点炒面或馒头干，恐怕就得让父母很为难了；富家子弟或海外有亲友的人，寄来的吃食就完全不同了，大都是罐头、腊肉、香肠、饼干。有位被划“右派”的归国华侨，在几米长的通铺跟我睡邻铺，头朝外腿冲墙并排地躺着，一天夜里睡醒一觉想去方便，起来不见邻铺的这位老兄，却听到有窸窸窣窣的声音，很像老鼠啃食什么东西，我警惕地打开手电筒循声探照。嘿，原来是这位华侨老兄，倚着墙壁悄悄吃东西，被我照个正着，他也吓个正着，他不好意思地冲我笑了笑，我故意用手电筒扫了扫他，他面前摆放的吃食中，除了饼干、彩纸包装的糖果，还有打开铁盒的肉罐头。大概是怕别人听见，他不敢张大嘴巴，把东西放到嘴里，用手紧紧地捂着嘴，一点点地缓慢咬食，好像是个牙疼的人。次日他特意找我解释说，他的食品都是从国外寄来的，白天怕别人说闲话或“上纲”，只好在深夜里偷偷地吃。

可是现在，新鲜的食品有的是，罐头几乎被人遗忘了。前几天去超市，见一个货架上，摆着各种罐头，肉的，鱼的，火腿的，水果的，蔬菜的，捆绑一起搭配卖，价钱好像也不贵，顾客一一从旁走过，只是随便瞅上一眼，却都显得无意光顾。我看到这些罐头，立刻想起了过去——那个缺吃少穿的日子，罐头是多么珍贵啊。我不由得感叹起来：唉，时过境迁，物异人非，再珍贵的东西，原来都只能是在当时，总有一天会变得平常，渐渐地被人遗忘。

2008 年 4 月 26 日

难中拔牙记

这几天牙疼，越到夜晚越疼，疼得难入睡。索性起来走动，或者打开电视看，转移注意力。实在撑不住，就吃药，泰诺林、芬必得，两种洋药混着吃，说明书上让吃两片，我偏吃三片，结果该疼还是疼。药不管用，就骂药商。骂得解恨了，两眼发酸了，就吃安眠药，好歹睡一会儿。次日，牙照样疼，干不成事，枯坐在书桌前，发呆。

突然电话响起。我喂过两声，对方说了两句“久违啦”，我却听不出是谁，只好不礼貌地问：“哪一位？”“我是维熙啊。”对方说。原来是作家从维熙。“怎么声音变了？”我问。“我这几天牙疼。”我不禁笑起来，说自己也正牙疼。维熙接着说：“昨天跟刘心武通电话，他说他也正牙疼。”这就怪了，怎么都闹牙病，虽说牙疼不算病，疼起来却难受异常。记得俄罗斯作家爱伦堡说过，谁能把牙疼描述出来，谁就成了半个作家，可惜我描述不出来，当然也就连半个作家都当不成。

维熙夫人是医生，他自然会点医术，就告诉我，诸如用盐水漱口、吃点止疼药一类的话。次日就如法对付这该诅咒的牙病。稍稍好一点儿。本想去看医生，一想维熙遵“妻嘱”说的，疼几天就会好，就又忍下了。我平生最怕上医院，如今年纪大了，小病总是不断，不去医院还不行，所以是能拖就拖。

日前答应中国文联出版社，主编一套作家谈养生的丛书，其中有一部是专谈吃的。作家们的文章陆续地寄来，今天就忍着牙疼读这些文章，倒是转移了注意力，牙也不那么疼了。读到李国文老兄的文章，偏巧有一篇《你还有几颗牙齿？》，不禁又诱发我的牙疼，而且勾起我关于牙齿的往事回忆。

这几年，跟国文一起吃喝的事不少，他如今虽然年逾七旬，但是却有一口好牙，尽管比广告妞的美齿差点儿，却比我辈的牙齿要酷。所以在文章中他才敢说：“牙齿很重要，千万不要得牙病。”“我认为一个健康的人，其标准，首先是要牙好；而人老了以后，能有一副好牙，则是绝顶的幸福”，他甚至于说“作家也应该有一副能吃会吃的好牙齿，广泛吸收营养，才能写出好文章”，等等。这就对了，我说我怎么写不出好文章来呢，原来是牙齿不好。当然，照我的理解，国文说的作家的牙齿，似乎有点一语双关，不单单指自然牙齿，还有个咀嚼知识的牙齿。

那么，我的牙齿不好到何种地步呢？借用国文的话问，我还有几颗牙呢？这都纯属个人隐私，恕我暂不奉告。我的牙齿怎么会这么糟，倒是无密可保，在这里简单说说无妨，算是牙齿的经历吧。

且不要说天天要用的牙齿了，就是人体的别的任何部位，我想也同样非常重要，健全总比残缺要好得多，没有人不想十全十美的。只是有些事情由不得自己。在过去那个扭曲的年代，什么荒唐事都会发生，人身体的好坏完缺，有的也带有时代烙印。比方“文革”中受迫害，被棍棒毒打致残，被关牛棚得胃病，都是最典型的时代病。

我年轻的那会儿，牙齿不算整齐，却倒也算结实，起码吃蹦豆没问题。在运交华盖以后，三年的北大荒劳改，多年的内蒙古劳动，终年在艰苦的野外，断不了牙齿疼痛，吃止痛片不顶用，看医生无治疗手段，唯一彻底的办法，就是：拔。拔了不疼，拔了省心，拔了踏踏实实劳动，表现得好，改造就好，就有希望回到人民队伍。就这样，一颗颗稍有小病的牙齿，毫不犹豫地拔掉了，一直拔得说话走风漏气，遮住头脑光龇牙让人误为老者，命运仍然不见如何改变，这时才感觉自己吃了亏。因为牙齿拔得再多，劳动表现再好，感动不了神圣的天公，他不在生死簿上画圈，我照样得规规矩矩挨着。牙拔了，决定不了我的命运，就是拔成个“无齿之徒”，都无人可怜。

说到拔牙，倘若是正常地太平地拔掉，那也算好。由于穷乡僻壤缺医少药，医生多为“赤脚光足”档次，有时若再不用心操作，类似相声中说的拔牙笑话，就难免会发生。我碰上的就有两起。

一起是在北大荒。正赶上全国闹饥荒，春天气候燥热，又无正经食物，还要干苦重活儿，睡眠也不充足，身体自然失调，口腔立刻不适起来。先是牙床长出脓包，疼得说话吃饭都困难，就自己用针挑开，硬是挤出脓血，再用盐水漱漱口，然后就去野外劳动，结果感染发了炎，脸肿得像个死猪头。得，只好去农场医院。大夫一看，既不问情况，又不跟你商量，一句话：“你这牙得拔。”我明明是牙床肿，牙齿并未松动，干吗非要拔牙呢？我有点想不通，就央求大夫说：“您看我这牙，能不能不拔，等牙床不疼，如果牙出毛病，那时再来拔行不?”“不行。拔了彻底，不会再疼了，省得你再跑，好好安心劳动，不是对你更好吗？少一两颗牙算什么。”医生斩钉截铁地说。我所在的生产队，距离总场还挺远，跑一趟确实不容易，请假过多不利改造，这大夫完全是替我着想，就同意拔掉这颗不疼也得拔的牙。

注射完麻药，估计药劲疏散，大夫就开始动手。这是我第一次拔牙，害怕得就像上刑场，口腔死死地不愿张开，大夫边呵斥边用手抠嘴，汗珠子顺着脑门往下流，流到嘴里跟口水混在一起，由于情绪过度紧张，是个啥滋味都没有尝出。这时只听得嘴里滋滋地响，有个坚硬东西在钻搅，那声音搅得人撕心裂肺，这时才理解“毛骨悚然”，这个成语的形容多么准确。乍一听到这样的声音，恨不得立刻站起来就跑，可是一想到大夫说的“拔了彻底”“安心劳动”，只好乖乖地听任大夫摆布。大夫显然是拔得累了，用白大褂衣袖抹抹脸上的汗，像是自语又像是对我说：“嗬，这颗牙，你别看疼，长得还挺结实。”我心想，我可未说这颗牙疼，是你非要给我拔的。最后总算拔出来了，大夫用镊子夹到我眼前，我一看差点晕过去，这颗牙没有一点毛病，由于长得结结实实，拔时连血肉都带出来了。一颗好端端的牙，就这么“光荣”了。

就是从这次拔牙开始，拔了又不能及时镶补，有好几颗牙依次松动。此后，牙再疼，宁可吃大量止疼片，都不想去医院治疗，怕碰到“彻底”医生，再给我来个“彻底”。可是这牙疼并不听我的，疼起来恨不得撞墙打滚儿，说不去医院到时还得去。结果又碰上一次新鲜事儿，医生倒不是“赤脚”的，情况却比“彻底”更糟。

这是在“文革”中期，革命者造反我逍遥，在流放地内蒙古闲居。一天突然牙疼难忍，自己用尽所有办法，对疼痛都无济于事，只好又去医院治疗。有过第一次拔牙遭遇，这次说什么也得到大医院，就到了呼和浩特市医院。这家医院仅次于内蒙古医院。医疗设备大夫技术都不错。给我看病的大夫，是位中年男子，人很精干爱说，我一坐上牙椅，他就主动跟我说话。从说话中知道，绥远（现在内蒙古）解放以前，他跟一位比利时大夫学医，后来在这家老外诊所干活，“文革”当中被说成特务，审查批斗了好长时间，这才算被解放，重新让他看病。他自然对诬陷非常不满，边给我看牙边发牢骚，我怕他不专心就不搭茬儿，光出耳朵听，不开口说话，他这才渐渐不说话了，认真地给我看了看牙，说：“你这颗牙，得拔。不然以后还得疼。牙身都快断啦。”这是个正经大夫，还跟老外学过医，拔牙又是洋医术，我当真一百个放心。就让医生拔了这颗牙。

我所在单位的两派革命者，他们瞎折腾的真正目的，就是要在本单位夺权掌权，过一过当官管人的瘾，心思并不真的放在革命上。对于我这样的老“右派”，知道再怎么也不敢翻天，自然也就放弃了监督，只要隔一两天汇报一下，让他们知道我未乱说乱动就成。此时掌权的一派头头，往日跟我关系不错，尽管表面上对我严厉，其实内心里并没有那么恶，起码我还能跟他说上话。就趁他掌权时请探亲假，结果他还真的允许了，于是我就回到内地探亲。父母儿子在天津，妻子一人在唐山，我就两地来回走，逍遥自在地观赏派仗。十几天的假很快到期，我提前预购好了车票，准备到时返回内蒙古。谁知就在要动身当天下午，我的牙齿又疼起来了，位置就在拔过的地方，弄得我一时六神无主，不知如何处置这“突发事件”。想来想去还是走进口腔医院。

医院里冷冷清清，医生也只有几位，听说都去造反了，只留下些老大夫，大概是无资格闹革命吧。给我看牙齿的男大夫，满头白发，身材高挑，用牙镜照着疼痛部位，仔细地观察一会儿说：“你刚拔过牙吧？里边的牙根未拔净，养几天还得拔。”啊?！我一听就愣了。原来是那个被打成“特务”的牙医，给我拔牙时发牢骚说怪话，在精神不集中情况下留下了隐患。幸亏这事发生在我的身上，这要是碰上个革命者，人家不说他搞阶级报复才怪呢，找上门去准得有好果子吃。我如实地告诉大夫，我必须得今天回内蒙古，并拿出火车票给大夫看，希望他能给我立即医治。大夫本想做些保守处理，让我回到内蒙古再拔掉这半截牙，可是我又实在不想再见那“特务”，就将那位大夫情况说了说，这位老大夫最后说：“你若是非要今天拔，一是你得不怕疼，二是路上不要感染，不然出了事更不好办。”我都一一答应了，老大夫这才动手，拔出了那个牙根。

我的这两起关于拔牙的故事，跟那两位大夫的草率粗心，当然是有一定的直接关系。但是我却一点儿也不怪他们，在那样一个不正常的年代里，凡事都以政治论对错，凡人都以阶级分亲疏，再敬业的人都被搞得心灰意懒，谁能保证工作不出差池呢？尤其是像我这样被专政的人，在漫长的劳改岁月里，碰上这样的事更不足怪。现在由于牙疼回想起来，当做笑话随便说说，尽管多少有点苦涩，甚至有点黑色幽默，但是毕竟是我的一段经历，让今天的人知道一下，我看也没有什么不好。

这会儿满大街都有美容店，美发、美容、美甲，还有美齿，一看到这些招牌广告，就从心里有种羡慕感。生活在今天的年轻人，实在太幸运太幸福了，赶上了可以美化个人的岁月，连身体任何部位都沾光。而我们所经历的年代，却是对心灵身体的摧残，这难道还不值得今天的人，为自己庆幸吗？

2002 年 3 月 22 日

碗的经历

碗在所有生活用品中，再普通再平常不过了。它就像芸芸众生，每天都会看见，却又不大被关注。即使偶尔有人提起来，口气也是十分淡漠；绝对没有像说别的物什，言语中透着亲切赞许。

可是在生活中谁又能离得开碗呢？从幼儿学吃第一口饭，到老人临终喝最后一口水，都得用碗送到跟前。总统设宴待客，得用碗；乞丐沿街讨饭，得用碗。有的国家吃饭，用刀叉不用筷子，还有的民族，刀叉筷子都不用，完全用手抓食，就是这样也离不开碗，因为总得用碗喝汤喝茶。碗是一种富不嫌穷不弃的器具。别看它平常普通，却又须臾不可缺，这又显出它的重要。

我是什么时候学会用碗的，自己没有一点记忆了，这大概跟家庭境况平实有直接关系。倘若像宝贵人家那样，终日炮凤烹龙日食万钱，自然头脑里会留下金碗的印象；假如像穷苦人家那样，长年饭糗茹草三旬九食，记住的恐怕只有空捧泥碗的哀叹。是的，只有极端的富裕和极端的穷困，才会有对于碗的刻骨铭心的记忆。

我童年的家境显然不属于这两种。粗食淡菜碗不空，一日三餐不中断，完全的平民日子，这碗也就只能是碗了。碗能吃饭，碗能喝水，这便是碗在我这个平民孩子的心目中，最初形成的绝对不可更改的唯一用途。直到有一天父亲失业了，他紧锁双眉进出叹息，有时还跟我发火撒气，长辈们说，你父亲“丢了饭碗”，心里不高兴，这时我才知道这碗，敢情还有种象征的意义。它象征着一个人的前途、命运。“丢了饭碗”或者“砸了饭碗”，乃至近年知道的“没有了铁饭碗”，这才真正懂得，碗还意味着挨饿和断送美好前程。所以有的人为了保住自己的饭碗，不得不干委屈自己的事情；还有的人为了饭碗里多些肉，明知有些事情丧尽天良也去做。

自从有了对碗的关注以后，给我最强烈的印象就是碗的大小，至于碗的质地的好坏精粗，从来不曾刻意地去理会。一个只把碗当做碗的人，知道碗的吃饭喝水作用，似乎也就可以了，关于碗的别的什么，不再去联想不再去探究，这也是应该能够理解的。所以后来见过一些非常精美的碗，摆在展览会上或富人的客厅里，我看见也就算看过了。留意的依然是碗的大小，至于制作精致与否，对我好像并无干系。

既然只注意碗的大小，那么对于大碗小碗，有没有什么感触呢？有的。

我见到的最大的碗是在北方农村，一年秋天到乡下支援麦收劳动，一进村就看见打谷场上有人在理发。理发所用的工具，倒都是平常的推子剪刀，并未引起我的注意，让我惊奇的是，被理发的人的头上，扣着一个蓝花白地的瓷器，圆圆的好像是战士的钢盔。一问才知道这是一只大碗，因为理发师傅是个“二把刀”，不会光凭推子剪子理分发，就用这个瓷器扣住欲留的头发，把碗边儿外的所有头发剪掉，理完把碗一拿开就是他分头发型了，这也算是农村人的聪明才智吧。我把这碗拿过来一看，不禁接连惊讶了几声，世界上竟然还有这么大的日用碗。

据说这种碗叫“海碗”，名称最先来自渔民；渔民们出海打鱼，小船在风里浪里颠簸，根本没有办法摆桌吃饭。就把饭菜放在一个大碗里，端着在船上随便找个地方吃。农村的壮汉们吃饭时，同样也是学着这个样子，把饭菜装得满满的，然后捧着这大“海碗”，蹲在墙根儿或坐在门槛儿，跟过往的乡亲们边吃边说话。用这样大的碗吃饭，到底是农民的饭量大，还是饭菜里的油水少，我一直未弄明白，不过却记住了这种大“海碗”。

参加工作以后到了北京，在国家机关的食堂里吃饭，用的饭碗跟在家里一样，一般都是那种中号饭碗。同事中有男有女有老有少，吃多吃少自然也不一样，不过区别好像就在饭的数量上，在菜上很少有人要多买，因为菜毕竟比饭的价钱贵。就是像我这样的馋猫，当时又没有拖家带口的累赘，实在管不住自己的嘴，充其量也就是多买半个菜，所以那时谈起人的吃，都说饭量大小而不是菜量如何，在某种情况下餐桌上菜的多少，标志着一个人的收入多少。

有次一位领导找我商量事情，让我买完中午饭就去，我就端着上尖的一中碗饭菜，来到他宽大的办公室，这时他也正在办公室吃饭，我就坐在他对面的沙发上，跟他边谈事情边吃饭。我不经意地看了看他的碗，装饭的碗大小跟茶碗差不多，装菜的是我们常用的中号碗，我当时就想，这不是跟吃猫食一样吗？事后把我的想法讲给一位同事，他笑了笑说，你光看饭碗小，怎么不讲菜碗大呢，油水多还能吃那么多饭吗？我一想，可也是。

这一大一小的两种碗，这时在我的心目中，就不光是容量的区分了，它好像还隐约地说明别的什么。不过我依然希望自己，只要有个中号碗用就满足了，并不向往也能用上小号碗，当然更不想用大海碗。然而愿望并不等于命运。时隔几年以后的一个春天，一场突然袭来的政治风暴，把我从北京刮到北大荒，身份从干部变成了贱民，别说是用中号饭碗了，就是用农村的“海碗”吃饭，这时都觉得不够大，索性买了个小搪瓷盆，用来跟难友们一起抢食。就是这个当碗用的小搪瓷盆，把我作为人的贪婪本性，满满当当地装在了里边。

我们刚到北大荒那会儿，劳动强度大时间长，有时劳动到半截儿，肚子里就咕咕地叫，腿也软心更显慌乱。好在那会儿饭菜管饱，只要你不怕撑破肚皮，随你自己打多少饭菜，吃得下不糟蹋就行，所以收了工一见饭，就都像冲锋似的冲上去，碗大的放的饭菜多，吃不了也要往死里塞。这个当碗的小搪瓷盆，还别说，它还真的接济了我。有时吃完了饭，撑得动弹不了，坐在原地看着这个盆，就会想起见过的那种“海碗”，自然也就理解了农村后生，用那么大的碗吃饭的道理。

开始的时候，许多人也不是用大碗，一般都是用中号碗，两个，一个放饭，一个放菜，都保持着在机关时的斯文。后来，劳动强度越来越大，劳动时间越来越长，如果在饭上顶不住，恐怕连干活的力气都没有，这时人们才开始在吃上动心思。最简便最实惠的方法，当然就是饭菜合一，省去吃口饭夹口菜的过程，而且也免去了打饭打菜的麻烦，何况还要时时担心迟一步打不上。人在苦难中生存，饮食已不再是享受，仅仅是救命而已。

这样用大碗抢食的日子，过了也就是一年多，转眼到了全民挨饿年月，我们吃饭开始控制数量，不管你是用大碗还是脸盆，到吃饭时一律由炊事员分配。这时候我们的注意力，都不再放在自己的器具上了，而是两眼直盯着炊事员手里的饭勺，看他给的数量够不够，勺子拿得平不平，更希望他给自己多打点饭菜，大碗完全成了一种精神安慰。到了饭菜变成菜粥的时候，这个大碗的性质就更变了，它简直就是一面光洁的镜子，照出我们饥饿的面容，以及舔吃残渣的狼狈相。这时人们仿佛一下子醒悟了，如果碗里没有吃的东西，或者吃的东西质量不高，再大再漂亮的碗又有什么用处呢?

在此以后度荒的几年里，有的人又换成了小号碗，目的同样是求得精神慰藉，人们说，拿大碗到厨房打饭，老觉得给的数量不够，还未吃就觉得吃不饱。反不如小碗好，起码心里踏实。其实撑鼓了肚子又如何，当时一日三餐大都是菜粥，里边很少有什么正经粮食，还不是一个十足的水饱，几泡尿哗哗撒出去，最后仍旧一个干瘪的臭皮囊。这时再小的碗，依然放不满食物。

有了上边这些经历，对于这个平常的碗，无论它是大是小，我都不再那么注意，关键是看给我碗里放什么东西。过去是这样，现在亦如此。如果碗里无吃食或者吃食不好，哪怕它是个大金碗大银碗大玉碗，还不是个样子货，只能放在富人家中当摆设，送给平常人仍然还是得换吃食。碗在平民百姓的眼里，就是用来吃饭喝水的，你把碗吹嘘得再天花乱坠，我眼睛紧盯着的还是碗中物。谁让我们是平民百姓呢?

2004 年 12 月 26 日

第四辑　短笛轻吹

感悟秋天

夹带丝丝凉意的风雨过后，难躲难藏的暑热总算消退，又一个秋天就这样来了。秋天自有秋天的韵致，秋天自有秋天的声息。它不像春天那么娇媚，它不似夏天那么喧闹，它也不学冬天的沉静。如同一位饱经沧桑的人，秋天用它多彩的性格，跟我们悄悄地交谈。

也许有人会问，你听到了什么？我说，我听到了一个成功者的自语。只有用心倾听你才会听到，不信你到市场去看看，那些琳琅满目的农产品，无不向你诉说这件事。金黄的老玉米，紫红的葡萄，毛茸茸的青豆，白嫩的大萝卜，等等，像一个个天真的孩子，欢蹦乱跳地出现在你的面前。难道这不正是成功者的骄傲吗？

每逢秋天到来，我最愿意去的地方，就是附近的农贸市场。即使什么东西也不买，只是悠悠闲闲地转转，随随便便地问问，就足够你享受不尽了。倘若你有兴趣，想买点什么带走，那就更好，带走的不仅是口福，而且也是秋色秋韵，让你在精神上感到满足。或抱或提地带着这些东西，边走边想，这时就有种莫名的情绪，在你的心头缠缠绕绕。

我说的这些情景这些情绪，别的季节无论如何都不会有，只有秋天才会如此慷慨提供。因此，在这收获的秋天里，人人都会感到充实，人人都会有着喜悦，生活也就更富有色彩。当在秋天里浸润了这色彩，生命的价值自然也就高了，连时光都会显得厚重了许多。

当然，并不是说经历了秋天，你就应该有所收获，生命就有了价值，不是的，只有那些在春天播种过的人，只有那些在夏天浇灌过的人，在秋天里他才会收获希望。“悲”、“愁”这类字眼儿，常常被人跟秋天连在一起，就是因为在应该收获的季节，有的人两手空空一无所获。这时你就不能不感叹生命的虚度。秋天对于你也就有了凄楚的滋味儿。

这会儿又是一年秋天的到来，我楼间的蛐蛐等虫儿，歌唱得再也不那么欢实了，它们似乎也在叹息自己的失落。听到这秋虫阵阵的叫声，我就会越发感到冬天的临近，大诗人雪莱说的“春天还会远吗”的名句，此时真不知该作何等解释。人对于季节的真实感应，并不是完全一样的，就是同一个人也有差别，这要看你当时的心境。

我在秋天里的心境，每一年都不尽相同。就以今年来说吧，似乎就不那么踏实，很有点像空荡的打谷场，这秋天又有什么意义呢？想到这些也就会有种无奈的情绪，悄没声地攀上失落的心头，这时秋天的韵味再浓，我都不会平静地品尝。只能暗下决心期待下一个秋天的到来。但愿下一个秋天不至于有这样的感觉。

1997年9月30日

美　好

听说是躁动的西伯利亚寒流，送来了早春的第一场大雪，当人们怀着喜悦和激情，正想享受这雪天的无尽乐趣时，雪，却悄没声地渐渐融化了，变成了湿漉漉的水，流淌在城市的大街小巷。

雪在飘落时多姿的形体，雪在飘落时洁白的颜色，此刻都通通地变了样子，人们曾经有过的神圣的情感，这时也就默默地消退而去。钟情于雪天的人们，望着那残败的雪，难免会觉得失落，却又没有办法挽住，只好眼睁睁地看着。生命都是这样的无常，生息都是这样的无定。人世间最沉实厚重的书，大概要数这一本谈论存亡的书了，在这本书面前没有文盲。我是个喜欢雪的人，雪天的宁静，雪天的纯洁，总是让我产生遐想。

记得小时候在故乡，冬天一到就盼下雪，即使不能出去玩耍，也愿意有雪陪伴。在家里守着一盆炉火，暖烘烘的像锁着个阳春，听大人们讲故事，看那些有趣的闲书，竟会忘记冬天的寒冷。不听故事或不看书时，就倚在窗前观赏雪景，这时脑海里就幻化出一幅幅自己想象的图画。这图画有颜色有形象，像故乡的皮影戏，像书中的彩色画，全都印在洁白的雪地上。那时也曾想当个画家，把心中的这幅画画出来，给更多的人自由自在地看，让他们知道我故乡的美丽。然而，终因没有这样的天分，我心中的图画，如同消融的雪，从想象里逐渐地逝去了。

不过雪天留给我的感悟，却并没有完全地遁走，它有时还会显现出来。

那年冬天在北大荒，我们几个同命运的人，谈论前途感到无望时，情绪上不免有些神伤，真想痛痛快快地大哭一场。这时我无意识地望了望窗外，那覆盖着满山满野的皑皑白雪，忽然使我的眼睛一亮，接着心灵也随之一振，啊，我竟然想起了我的故乡，还有什么比她更让人留恋呢？在艰难的生活环境里，可以丢掉美好的幻想，可以放弃早年的愿望，唯独不能没有对故乡的情怀。正是因为有了这份情怀，在北大荒零下四十多度的严寒里，我依然没有畏惧的感觉。这时我是那么感激眼前这片茫茫雪野，是它唤回了我童年的纯洁和天真，开始不再为艰难的处境忧伤。

尽管时光不会倒流，生活不会停滞，我的情绪也没有当初鲜明，但是只要想到那有过的情景，心情依然不会平平静静。无论是故乡的安宁，还是北大荒的艰难，都无例外地潜入了我的心中，成为我生命不可分解的部分。想到这些我就越发地感念雪，没有了这洁净的雪单纯的雪，真不知人世间会变得多么可厌。有时我也问我的朋友们，在雪天里会想到什么。他们的回答也许多种多样，只是有一点是共同的，这就是在雪天里常常地、总是情不自禁地想起两个字：美好。

我想，何必想得更多呢？人在生活中，常想着这两个字，就足够了。怕只怕有的人想不到这两个字。想不到这两个字的人，会是怎样呢？我不知道，最清楚的，莫过于他们自己。

1997 年 11 月 30 日

花开南北

早年读秦牧先生的散文《花城》，那南国花市的绚丽景象，自然就成了我心仪的所在，真希望有朝一日在花中徜徉。可是总是没有机会，去领略那花城的花儿，这愿望也就搁在了心中。到了践踏美好事物的“文革”，爱花养花成了罪过，连这点可怜的愿望，渐渐地都不复存在，赏花也就成了遥远的梦。

谁知人到中年幸逢盛世，花儿多了，花儿美了，天南地北无处不飞花，爱花赏花不再是奢望。商市里有花店，街头上有花摊，就连僻静深巷，都有卖花吆喝声，何愁引花儿到家中。人说我们生活在花中了，又有谁还想逛花城呢。

我平生头次选购花儿，是在几年前，作家冯牧先生生病，代表《二十世纪争议作品丛书》编委会，到医院看望这位老领导，我才怯怯地走进花店。店主人问我购什么花儿，我吭哧好久说不出所以，急得店主没着没落，最后我实情相告，店主人才配出一束花儿，说这是探望病人的花儿。从此知道，玫瑰花赠情人，黄色菊祝寿星，百合花送朋友，康乃馨探病人，如此等等，原来这平常的花事，还有这么多讲究。这时我就想，倘若要是在过去，对于这人间的花儿，我又能知道些什么呢？

从这以后的许多年来，花不再是稀罕之物，更不是什么奢侈品，就连我家都常有花相伴。有时上街回来，在路上遇到花摊儿，用一两元钱选一束花儿，顺便带到家中，于是满室花香四溢，人也显得精神许多。每逢年节或假日，为增加些温馨气氛，更是少不得鲜花，仿佛只有这花儿，方可衬出好心情。

如今在大城市里，又有了新花事：购花，赠花，养花，不单是鲜花花束，多为盆栽鲜花，也不单是国产花，还有进口花卉。可见对花的要求，人们越来越高了。谁又能保准，有那么一天，人们住房宽敞了，手头的钱宽裕了，不会拥有花房呢？到那时候，这姹紫嫣红的花儿，不只是生活的装点，更是兴旺的象征，岂不更让人爱花儿吗?

听说昆明的世界花会，布置得非常好，有花，有草，有亭台，有楼阁，还有潺潺流水，相信那景色一定很美。全世界的佳花美卉，都要来昆明展览，这在说明什么呢? 我想起码向世人显示，今日中国爱花儿的人多了，南北城乡都有花儿，中国不就在花团锦簇之中了吗? 但愿生活也像花一样美好。

1999 年 2 月 26 日

花花草草故乡情

一

活到这把年纪，走过不少地方，原以为心也老了，谁知一想到故乡，记忆还是少年时候。这时我才终于明白，人跟花草树木一样，也有着生命的根脉，不然哪能活得如此蓬勃。这根脉就是生养自己的故乡。离开故乡远走异地许多年，你也许不会说家乡话了，甚至于连生活习惯都已改变，但是我相信，你身上散发的那股气息，还一定属于你的故乡。就是凭着这股气息，无论你走到哪里，都会找到自己的乡亲。因为你们的根脉相通着。

二

这是南方的一条河流，两岸生着密密的芦苇，苇秆在微风中自在摇曳，水鸟在苇丛中自由歌唱，好一派清新的水乡风光。看到这情景忽然想起故乡。我的故乡也有一条这样的河，同样有苇秆轻轻摇曳，同样有水鸟啾啾歌唱，此刻哪能不唤起乡情？故乡啊，是你伴随着我四方游走，抑或是我还在你的怀抱中？幼年读书学会一个成语“形影不离”，经历了许多人生磨难以后，此刻才真正理解它的含义。我认定这个成语就是说的你我。哪怕别人不同意。

三

走南闯北的汉子，即使再粗心大意，遇到鲜花绿草，总还会看上两眼。如若问我什么花儿最美，我真的不好爽快说出来。我只知道，无论走到哪里，都忘不掉故乡的花儿。其实故乡的花儿，也许并不名贵显赫，甚至于平常得没有名字，然而它在我的心目中，永远都是最美丽最高贵的，只因为它是生长在我故乡的花儿。故乡的花儿，跟故乡的人一样，看见它我就格外亲切，不由自主地想同它说说话。这实在没有办法呀。别的花草再珍贵，又如何呢，只好请原谅了。

四

有一种叫晚香玉的花儿，不知是不是我家乡独有，反正自从离开家乡以后，在南方北方再未见过它。这种花花瓣儿长而宽大，形状有点儿像郁金香，只是颜色洁白如玉更显高贵。我家长辈都非常喜欢它，老家庭院里养了好多盆，夏天坐在院里纳凉时，微风轻轻送来它的芬芳，让人顿时格外神清气爽。老家院里还有几盆夹竹桃。除此别的花儿就很少了，所以在我童年对花的记忆，最忘不掉的就是晚香玉——普通、高雅而又芬芳。这是多么好的花儿，故乡的花儿。

五

故乡秋天，最美的地方，就是河流两岸。清爽碧绿的芦苇，一棵棵挺拔而立，有微风吹来时，发出刷刷的声音，河岸越发显得清幽。倘若这时恰好有苇鸟啼唱，轻灵灵的声音带着水韵，连那洁白如雪的苇花，都高兴得伸开紧缩的身躯，随风自由地飘飞起来。淘气的孩子们，这时更不会安静，有的学苇鸟啼唱，有的做苇哨轻吹，有的捕捉苇花，有的在苇丛中乱跑，尽情享受这天籁情趣。而我最愿意玩的则是，做只小小的苇叶船，放上一朵芦苇花，让它轻轻地漂向远方……

六

许多年之后才明白，不管你走多么远，离你最近的地方，总是故乡。那年夏天在南方，听雨打芭蕉嘀嘀嗒嗒，声音清脆而缠绵，立刻勾起我的乡思。在我的北方故乡，芦苇秆叶挺拔爽利，雨落时也是嘀嘀嗒嗒啊，此刻听到雨打芭蕉，仿佛就置身故乡。芭蕉和芦苇唱的是同样的歌，没有哀怨，没有感伤，只是用深情地声音告诉你，哪里有花草，哪里就有故乡，你永远不是无助的游子。这时的花草，哪朵不是乡情？哪株不是乡意？难怪离故乡越远的人，越喜欢花花草草。

2006年6月28日

北京的季节

东南西北的地方跑了不少，久居过的城镇也有几个，要说这春夏秋冬的季节，我觉得要数北京分明。

尽管这几年的冬季有时无雪，让北京人缺少些情趣，夏天有时酷热似武汉的“火炉”，让北京人感到有些受不了，但是在四季交替的时候，依然是那么清清楚楚，一点儿也不含混。就拿今年夏天来说吧，开始是出奇的燥热，好像扣在热锅里，后来又是阴雨连绵，又像闷在蒸笼里，整个夏天都很不好过。可是一到了立秋的节气，炎热戛然而止，天气立刻凉爽，早晚都得穿上夹衣。这很有点像北方人的性格，没有商量的余地，没有缠绵的柔情，干干脆脆一条硬汉子。

正是由于这一年的季节如此分明，北京人比之外地人，更有福分享受不同季节里的美妙。春天可以眼看着柳条泛青变绿，夏天可以在河海里尽情地领略水趣，秋天可以倾听飒飒秋风唱强劲的歌儿，冬天可以感受冰雪的清冷纯洁。那么，春天，滞居的南国人呢？却少有缘分认识冰雪，同样，冬天恋栈的东北人，又很难饱赏似锦繁花。因为这些地方季节的反差实在太小。唯有北京这块宝地，老天爷特别钟爱，有着多彩多姿的季节。有时我在胡思乱想，把首都建在北京，考虑的因素会有许多，这分明的四季也该算一个吧，好让南来北往的人都能享受。谁知道呢？

我这样说，并不是认为四季如春的云南不好，并不是觉得沉稳冷俏的哈尔滨不美，绝没有这个意思，更何况从居住的习惯上来讲，在哪里住久了都会有难舍的缱绻之情。我只是想说，这色彩缤纷的四季，如同一本美丽的画册，再美也不能老盯着一页观赏，多翻几页看岂不更好。有变化就有美。这话大体不会错吧。人们在生活里追求刺激，甚至于嚷着喊着要换种活法，说穿了，还不就是寻觅变化吗？

我爱北京。北京的许多方面，都让我痴迷，如幽静的胡同、宽敞的大街、说不尽故事的宫苑宅院、精美多样的风味吃食，等等；当然，除了这些人间的造物，还有这鲜明的季节。很难想象，没有享受过四季风光的人，没有穿戴过四季时装的人，生活该是多么单一，又怎么会有波澜在心海涌起？北京人就没有这种遗憾。

近些年不断听人讲，全球气候正在变暖，北热南凉的情况时有发生，这使我不得不担心，四季分明的北京，别再渐渐地没有了四季。倘若北京没有了四季，或者季节不再分明，花草也许会长开久绿，风沙也许会停止肆虐，北京会变得像广州那样俊俏清新，这说不定会给北京人一时的高兴。只是万一永远定格在一个位置上，季节再没有了变化，那时怀念起现在的四季来，北京人的心中总会有几许惆怅吧！

这会儿大风正在窗外呼啸，写到这里不禁停下笔来，侧耳聆听，我怕不久的将来真的听不到。别看现在有时讨厌风沙，万一真的消失了，反而会觉得这季节里少了些什么。讨厌的有时会变成眷恋的。人的感情常常是这样。

1996 年 6 月 17 日

土地礼赞

一

土地，蓝天白云覆盖的土地，我们身躯亲近的土地，在平常情况下，有谁会更多地关注呢？即使关注又有谁会倾其全心呢？一般的人大概很少有。然而有些人，如农民、军人、地质学者、远航水手……他们总是用整个的生命，拥抱生养自己的土地。其实我们都应该像他们一样，时时关注自己脚下的这块土地，土地犹如母亲的温暖怀抱，相拥得越紧越好，哪怕透不过气来，都是一种甜蜜幸福的享受。

二

不管走到哪里，都有鲜花相迎。鲜花是土地的微笑，鲜花是土地的梦想，鲜花更是土地对未来的憧憬。可是时光倒退二十年，我们生存的这片土地，有这么多的鲜花吗？鲜花只在公园里生长，鲜花只在节日里开放。今天，城市有花，乡村有花，街道有花，房间有花，整个中国成了鲜花的世界。就连探亲访友祝贺乔迁都离不开鲜花。鲜花绽放在人们脸上，鲜花点缀着人们的心情。鲜花伴岁月，四季有春光。

三

海水浸泡的岛屿，本来寸草不生，现在鲜花处处，植花护花的是海军战士。他们像鸟儿衔食似的，从岛屿之外的地方，带来一袋一袋净土，买来一包一包花籽，然后，挖出一个一个的坑儿，播下一粒一粒花种，浇下一杯一杯淡水，经过一天一天的祈盼：终于，漫出一片片绿色，又开出一丛一丛鲜花。鲜花是大海往日的梦想，鲜花是岛屿今天的笑靥，鲜花更是守岛战士们献给祖国的比花还美的祝福。

四

沙尘暴袭来时，不要埋怨土地。土地曾经有过美丽的衣裳，土地曾经有过宁静的生活。是我们撕毁了土地的衣裳，是我们搅扰了土地的宁静，难道还让土地继续忍耐吗？土地从来都是宽厚的，任凭你怎样折腾，它总是默默地承受。土地从来都是无私的，任凭你怎样索取，它总是殷殷地奉献。土地是有情感有灵性的，我们如此无情无义无知无悔，土地凭什么要永远忍辱负重呢？学会善待土地。

五

土地是一本谈人生的书。我们蹒跚学步时，是土地告诉我们，跌倒了站起来再走；我们学会走路时，是土地教育我们，迈稳每一步才会走远；我们因为天灾饥饿时，是土地启发我们，世上没有不耕耘的收获；我们赞赏风景时，是土地提醒我们，良辰美景如人生珍惜最重要。战士从土地那里认识了生命的价值，所以彭德怀说死后骨灰运回家乡“报答土地”；诗人从土地那里懂得了人生的意义，所以艾青深情地说“我爱这土地”；我们是普通人，得到过土地的恩赐，所以说“永远不离开土地”。

六

那年从南方带来一盆鲜花。我极尽殷勤与心力，花开始也能艳丽如初，我自然更要加倍呵护。过了一段时间，花不再鲜了，又过了一段时间，花完全枯了。面对着死去的花，我悲伤而自责地探问，我并没有戕害花啊，可是花怎么如此绝情呢？后来问一位园艺家才知道，什么土地养什么花，再美丽的花离开自己的土地，都很难长久地蓬勃成活。这时我仿佛明白了一点什么道理，好像是关于人生的，或者是关于追求的，反正从此我更愿意依恋属于我的土地。

2002 年 10 月 22 日

温馨的灯光

曾经有过多年漂泊的经历，开始是光棍一人四处奔波，后来是结婚跟妻子异地分居，那时最想看见又怕看见的，就是夜晚家家户户的灯光。那些或明或暗的灯光，犹如亲人们的眼睛，立刻会唤起我对故乡的思念，以及对于家庭生活的渴望。特别是在像春节、中秋这样的大节里，只要独自一人走在街上，无意间看见窗帘遮住的灯光，我就会想象那家庭的温馨。这时我就想：什么时候，我也有个家啊。

在我这时的意念里，灯光就是家庭的标志，仿佛只要夜晚守在灯下，无论白天有多少烦恼，多么疲倦，通通都会被灯光化解消融。

经过多年的等待奋斗，我和妻子总算凑在一起，俩人不再住单身宿舍，后来又有了不错的房子，这才有了真正意义上的家。记得刚搬进新家时，什么装修，什么家具，我们连想都未想过，首先考虑的事情，就是要买只大灯泡，让它把家照得亮堂些。第一位前来贺喜的朋友，正好是在晚上，他走进家门，头句话就是："嗬，这么亮啊。你也不怕费电?"这一方面说明，我简陋的家，实在没有什么好称赞；另一方面也说明，我的灯泡是大了点，起码比一般家居要大。可是他哪里知道，我曾经有过对家的渴望，而这灯光正是殷殷的寄托。

从第一次有了自己的家，到现在又一次迁入新居，这一晃二十年过去了，房间宽敞了许多，布局合理了许多，可是在装修和家具上，依旧无什么大的变化，与原来不同的就是，如今家里的灯更多了。除了仍然想让房间亮堂，还希望使用时方便，可见我那个关于灯的情结，即使生活安定了也未消释。有时临睡前躺在床上，打开床头灯看书，偶尔回想到过去，自然而然地就想到灯。记得是在"五七干校"时，为了晚上看书，用墨水瓶做了一盏灯，不小心碰倒了，险些烧着了被褥。一边收拾一边跟同伴说："将来我有了家，一定要安个床头灯。"这个可怜的小小愿望，现在总算实现了，我和妻子的床头，各有一盏小灯伴眠。

这会儿有了家，家里有了灯，那么，感觉究竟怎样呢？用一两句话，很难说得清楚，这就如同吃甘蔗，也许没有刚吃时甜，然而它的韵味儿，却久留在了口中。这会儿有时夜晚外出，穿过华灯朗照的大街，我也会激动不已，但是更牵动我的心的，说实在的，还是家里的灯。尤其是在冬夜里，浸满身的寒气，灌一腔的冷风，只要远远地望见，那熟悉窗口的灯光，身子顿时就会温暖。

在家里过春节，住楼房是不便贴春联的，近年又不允许放鞭炮，节日的气氛显得淡多了。为了营造点喜庆味儿，更为了寻找童年的乐趣，我就在家里张挂灯笼。适合家里挂的灯笼，市场上卖的有各式各样，大都挺讨人喜欢的。而我更爱那小小的宫灯，它古朴典雅，庄重大方，给人一种吉祥感。尤其是它那长长的红流苏，在灯光映照下，缕缕都闪着堂皇的光彩，给节日的家增加了不少温馨。

这家就是这么安详，这灯就是这般宁静。要是没有这明亮的灯，您平日到我家，准觉得狭窄局促；要是没有这盏小宫灯，您节日到我家，很少有喜气洋洋的气氛。这熠熠的灯光，融进了我对过去的思念，汇入了我对未来的憧憬，更告诉了我许许多多，关于家的故事。

1998 年 10 月 8 日

晶莹的雪花

有位朋友问我："雨和雪，这两种自然现象，你喜欢什么？"我几乎未假任何思索，毫不犹豫地回答他："喜欢雪。"朋友有些愕然，望了我一会儿，又说："真的？"我说："当然！"

朋友笑了笑，告诉我，他也喜欢雪。

这位朋友是广东人，我不知道他喜欢雪的什么。南国温柔的风情，铸造了他细致的心灵；他在北方生活多年，性格里又添了些许豪爽。我相信他的话的真诚。我们都喜欢雪。我们都有关于雪的美好记忆。

我是北方人，童年和少年时代，无数个漫长的冬天，都有雪来陪伴，我的许多欢乐，都是同雪连在一起的。那时乡间的冬天很寂寞，孩子们唯一得到的安慰，就是坐在热炕头上听故事。村里有几位会讲故事的人，稀奇古怪的故事从他们嘴里讲出来，一个接一个，像扯不断的线，系着人们的神经，有时一讲就是半宿，听得人上下眼皮打架，还要支撑着听下去。听完了故事，要回家时，常常是推门一片白雪，那纷纷扬扬的雪，在不紧不慢地飘落着。晶莹、洁净的雪花，罩在黑沉沉的静夜里，夜显得更静谧、更神秘。

这时我看到村里的人，个个都是笑逐颜开，好像这雪也给他们带来无限欢乐。后来我渐渐长大，知道了农事，我就更爱雪了。因为，害虫被雪冻死，土地被雪滋润，就会有丰收年景。靠老天吃饭的农民，怎么能不感激雪的恩典呢？

当然，贵如油的春雨，同样给土地以滋润，这春雨也是可爱的。但是在我看来，这雨有点像乡间的老奶奶，总是絮絮叨叨地说些什么，似乎是在表白自己的功劳。当那雨点淅淅沥沥地滴在树叶上，滴在需要滋润的植物上，这雨犹如老奶奶对待她带大的孩子似的，在说："你是我一口一口喂大的。"希望这绿色的世界永远感激它。

我喜欢的雪则不然。它把自己全部的深情奉献给土地，默默地滋润着万物，从来无半点声张，从来无丝毫炫耀，最后连生命都静静地献出。这是何等的伟大和无私啊。这雪的形体和心灵，就是这般洁白、纯净，而且，再污浊的世界，都会因为有雪的默默奉献，通通会变得同雪一样纯净。不信你看一看下雪的冬天，这世界准是充满圣洁的氛围。我们会因雪而兴奋，我们会因雪而思索，自觉自愿地涤除心灵上的微瑕细疵，希望自己的生命像雪一样洁净。

现在正是冬天，我想到了雪，因为我实在喜欢雪。晶莹的雪花，飘在我甜美的梦中，总是那么宁静。这雪花永远滋润着我的心田。

1995 年 2 月 25 日

繁星在天

回忆孩提时代的生活，实在想不起来，有什么欢乐值得记忆。倒是有些自然界的景象，好似一幅幅韵味无穷的画儿，依然镶嵌在我的记忆里。有时我闭上眼睛回想过去，它们就会清晰地重现出来。这其中最使我感到惬意的，要数那布满繁星的夜空，它那诡诡谲谲的神态，常常引起我许多奇特的遐想。

家乡人常说：一颗星就是一个人。谁也不妨碍谁，各发各的光。来晚了的是流星，没有地方待了，就到处乱跑，不过跑也要发光。不发光，就不是星星了，掉到地上变成石头。

这充满诗意的讲述，给我留下了美好的印象，总想亲自探寻星空的奥秘。秋天的夜晚，天空清澈而爽朗，是观星的好时节。有时我披衣伫立院中，仰望满天的星斗。那数也数不清的星星，很像地上熙熙攘攘的人群，只是不似地上这样嘈杂。我仔细地观察那些星星，或大或小，或远或近，无一不在熠熠发光。它们的光芒有的强有的弱，却都能让人看得清楚，可能是占的位置适当，谁也不曾遮掩住谁。长久地观察，我还发现，这些星星从不移位，谁在哪里，就总是这样。

这神奇有序的灿烂繁星，真迷人。

噢，对了，我也曾多次见过流星。家乡人称流星是贼星，说它同地上的窃贼一样，到处乱窜，搅得天上的世界不得安宁。我却从来不这样认为，我觉得这流星有点像赶路的人，匆匆来去，行无定所，它比之其他星星更辛劳。它用短促的光带说明自己的存在，它用燃烧的生命给星空奉献最活跃的光彩，然而它却从来不肯用光芒建造丰碑，让人们时时记住它有过的辉煌。

这些就是我对星星的记忆。越是久远的事情，越令我记得清楚，同样，真正的认识和理解，也要经过时间的推移，思想的过滤，从中悟出些道理，那记忆才会有滋有味，真正地留下来。

我现在再无兴致和时间仰首夜空了。但是有时夜晚在户外，目光偶尔扫过沉寂的天空，瞥见寥落的星辰在那里闪烁，我的心依然会有瞬间的兴奋。只是令我关注的再不是那些星星了，而是由星星联想起自己，倘若这地上也是个天空，繁星满天，那么我该落在哪个地方呢?

我想，即使我的光芒再微弱，只要我的位置占得适当，我也会汇入这满天的繁星之中。

1995 年 2 月 26 日

乡村的道路

小时候住的乡村，紧靠着一条河。河中平静的流水、高扬的船帆，河岸碧绿的苇丛、繁忙的码头，都在我的记忆里留下了美好的印象。这些有点像童年那天真而少知忧虑的日子，无论什么时候想起来都会感到温馨和惬意。

当我领会了生活的艰辛，有时想起童年的故乡，比这条河的景物更让我忘不掉的，恐怕还是那条走过的乡村的道路。这乡村的道路是我生来最初走过的道路。在回忆中咀嚼往事的时候，这乡村道路上有过的情景，常常会使我油然想起人生。

哦，乡村的道路，那是怎样的道路呢？

晴天高高低低，是一溜儿土疙瘩。雨天湿湿漉漉，是一摊烂泥巴。骡马拖着的车走过，留下深浅宽窄不一的车辙。春天牲畜粪便搀着泥土散发着怪味儿。秋天谷物和草禾散发着醉人的芳香。这就是我最初走过的乡村道路。

后来长大成人，沿着这条路走出故乡，我又走过许多路。平坦宽敞的城市路，弯曲狭窄的山间路，风光秀丽的海滨路，繁华喧闹的商业路，还有近几年新建的高速路，以及天上海上的空路水路。这些各式各样的道路，如同这丰富多彩的世界，使我感到眼花缭乱。

可是说来也怪，在我心中经常萦绕的路，却并不是这些多彩多姿的路，更多的时候，是那些朴实简陋的乡村道路。

人都是眷恋故土的。这乡村的道路始终维系着我的乡情，无论走到哪里，无论走在什么路上，它都像根坚固的带子，把我牢牢地拴在故乡的土地上。除此以外，这乡村的道路，还给了我潜移默化的影响，只要想到这乡村道路的坎坷，只要想到我曾执着地学步，我总是认真地走生活之路。

我常常这样想，别以为自然景物不会说话，其实它创造出的环境氛围是最好的语言，置身其中你就会得到某种启示。海的宽阔，山的沉稳，天的豁达，路的艰难……都在向你诉说着人生。甚至于那些微弱的小草、零乱的石子，都会以它们的灵性感召着亲近它的人，这时你总会想些什么的吧？

现在很少再走乡村道路了。我记忆中的乡村道路，我走过的乡村道路，总是在提醒我：只有走过这样的道路，才知道什么是艰难；只有经历过艰难，才会更理解生活。我总是怀着感激的心情，回想那走过来的乡村道路。

1995年2月18日

江河湖海

在一年的四季中，我最不喜欢夏天。这时，春天的含蓄，秋天的深沉，冬天的稳重都不复存在。

不过这也同其他事物一样，夏天自有夏天的可爱之处，它会让江河湖海敞开温暖的怀抱，任你尽情地嬉闹玩耍，贪婪地享受大自然的天趣。

倘若你有机会在夏天出外旅行，又有玩水的浓郁兴致，不妨亲自去江河湖海，在狂涛静波里款款遨游。你会发现：湖是那么妩媚，河是那么温馨，江是那么爽朗，海是那么恢宏。如果你同江河湖海交朋友，会变得勇敢而富有智谋，性格也会得到陶冶，荏弱者会逐渐地坚强起来，暴躁者会逐渐地学会忍耐，在水的亲昵下完善自己。即使你没有玩水的缘分，那也不必遗憾，在水边伫立，眺望水天相连的迷茫景色；在水边漫步，倾听水拍堤岸的浪声涛音，你的心胸会顿时开阔，生活里有过的不悦和烦忧，都会一股脑儿地随着激荡的水远去。

我不会水，更不谙水性，不曾有过击水畅游的快乐；但是我依然执着地热爱水。夏天只要有机会，我总要设法去江河湖海，欣赏那壮观的场面。每次见到那一片神奇的汪洋，我就会像孩子那样兴奋，老远地便兴冲冲地走过去。由于经历了太多的艰难和岁月的关系，这江河湖海常常使我联想起生活。

江河湖海，时而平静，时而狂躁，犹如多变的人生不可预测。这时我就更加崇敬那些舟船的驾驭者，他们总是临险不惊，泰然自若，按照自己的目标和意志前行，丝毫不受境遇好坏的影响。这种品德和意志，绝不是与生俱来的，更多的是环境的磨练。从这里我得到了人生的启迪，从而更懂得该怎样对待生活。

我不喜欢夏天，却钟情夏天的江河湖海，只有在夏天，江河湖海才显得那么生机盎然，鼓动起生命的热诚。带着这热诚，去迎接秋天、冬天和春天。哦，我喜欢江河湖海。

“勿忘我”

曾经看过一部电影，片名好像是《勿忘我》，蛮有诗意的，从此便记住了。这“勿忘我”，是花是草，是什么模样，我不很清楚。凭我不算丰富的想象，相信会有动人的故事，不然不会有这样的名字。

今年七月去河北兴隆，有幸攀上燕山主峰雾灵山，在满山苍翠的花木之中，有许多被当地人称赞的花儿，如金莲、银莲，等等，的确很能给人以观赏的美感。在这些耀眼花草和挺秀树木之中，我无意中发现有种似花似草的植物，在紧偎地皮之处开放着，茎是细细的，花是蓝蓝的，那枝体和花朵都细小到难被粗心人发现。对于这一无意的发现，我很是高兴，轻轻地挖出来请大家观赏，看过的人都也觉得有意思。

在这么多繁花秀木竞相显耀的山上，只有这小东西在悄然开放，我不禁怜惜起它的孤单和寂寞。经一位认识花草的旅伴辨认，这似草似花的小可怜，原来就是我相知不相识的“勿忘我”。

唉，这小小的生命，竟然有这么个名儿，就越发令人感到凄楚。倘若不是亲见它的生存环境，光凭它的名字“勿忘我”，我也许不会有这样的情绪。现在知道了它的生存环境，再想起它的名字，我仿佛看到了一双胆怯的祈求目光，希望这世界不要忘记它的存在。

我把这小可怜带回下榻的宾馆，用一杯清水供养了一天一夜，它依然精神抖擞地开放着花儿，那是星星般的蓝色小花，如同这小可怜天真、纯净的微笑。看到它自由自在的小样儿，我自然很高兴；但是却不知为什么，我总是无法承受它的快活。我想，真是的，我无意识地把你挖出来，我无意识地把你插入水中，你竟然经受不住这点小小的“恩惠”，用你整个的生命来回报我，这我又怎么能接受呢？

我被这“勿忘我”的真诚感动了。次日返回北京，临上车前，我找来一个饮料瓶，里边注入些泥土和清水，把这棵“勿忘我”带回家来，然后又移入花盆里。我想让这棵“勿忘我”，同我养的别的花草一起开放，让它同样得到人间的些许抚爱，绝不能再让它那样寂寞地呼唤：勿忘我。

谁知，我的善良愿望，我的精心侍弄，并未得到这小东西的理解。足够的泥土、水分、阳光、空气，并未让它坚强地活下来，次日我去阳台看望它，它挺挺的枝体已经枯萎，那曾经微笑着开放的小花也已经闭合。看到这情形，我真的很伤心。我不明白，这可怜的小家伙，寂寞开放时，希望人家关注它；别人真的关照了，它又要拒绝，就这样悄悄地离去了。唉，还是个可怜的小东西。

我思忖许久，唯一的答案，我想是：离开故土的生活再美好，它也不稀罕。它祈求和希望的爱抚，永远属于生养它的那片土地。这时，我似乎理解了小草的情怀，以及它那别有含义的名字：勿忘我。

1995 年 3 月 16 日

山的诱惑

那时，我几岁，忘记了。

正是芦苇扬花的时节，一位满脸胡茬的老头儿，挑着颤巍巍的货担，走过我故乡的街巷。他边走边吆喝，悠长、深沉的声音，在风中飘荡。我不知道是卖什么的，跑过去一看，两个柳条编的浅筐，系在硬木扁担的两头儿，一边装着黄黄的大的果子，一边装着红红的小的果子，鲜灵灵的很是诱人，我却叫不出它们的名字。我赶忙跑回家中，让母亲带钱去买。我们一样儿买了一些，高高兴兴地带回家，我边吃边拿在手里玩耍。母亲告诉我说，那大的、黄的，是柿子；那小的、蟹红的，叫山里红，都长在山里的树上。

从此，我知道，这世界上，还有叫山的地方，而且山上有这么多好吃的东西。后来，我又知道，山是什么样子，我们国家有哪些大山。知道了山，就向往山，总想，什么时候去山上看看，那该多好。

我的家乡，濒河近海，是块坦坦荡荡的大平原，其实距有山的地方并不远，只是从没有大人带着去。后来参加了工作，走南闯北，见过一些山，大都是一般的，像黄山、峨眉山、华山、武夷山等名山，一直无缘登临，就是距北京不算太远的五岳之尊的泰山，也还是去年去的，在山上住了七天，这才算领略了名山的雄浑风姿，真正知道了山的可爱。

我前边说了，我的家乡靠水，自然也就对水有感情，更了解水的灵慧。那一汪汪活泼的水，或是河，或是江，或是湖，或是海，总是让我一往情深。这些水族世界的风光、资源，常常使我产生无限遐想，那些在水上劳作的人，终年同水打交道，他们的生活，我想一定很有意思。由于受水的环境的熏陶，他们爽朗、开阔的心胸，我认为都是水的脾性。还有那水中的鱼、虾、蟹等水产，只要有勤劳的人去打捞，这水的世界总是慷慨地敞开胸怀。难怪那些为人光明磊落的人，常常被人们称为大海之子。

当我接触了山，山的性格尽管同水不一样，但我觉得山同样很可爱，而这可爱正是因为它不同于水。山，那么沉稳，那么含蓄，无论什么时候，都不肯炫耀，总是默默不语。它的胸中储藏着丰富珍贵的宝贝，却不像水似的那样袒露富有，就是山上可见的佳木奇花，也大都是悄悄地开落。那些可以当药医治百病的花木，从来更是默默地奉献自己，有时连病愈的人都不知它们来自哪里。这就是山的性情。

自从了解了山，就对山有了好感，只要有机会，我总想去亲近。这些山，无论高无论低，无论大无论小，无论草木茂盛还是通体光秃，无论名声显赫还是至今无名，它们都会给我以影响和启迪，因为它们都同样具有坚挺、宁静、稳重的品格。就是从这种品格中，我感悟到：沉默不是怯懦，含蓄不是浅薄，更多的时候是力量的孕育。

那些愿意做山之子的人，我想他们正是仰慕山的品格；有了山的品格，他们也会同山一样有着沉静的力量。山在诱惑着我们。

1995 年 3 月 18 日

青竹处处

在花木之类的植物中，有几种我特别钟爱；竹子，就是这其中的一种。

说起竹子来，普通得无人不知，在南方的田间、庭院、塘边、河畔，几乎随处可见。竹子给我的总的印象是，它没有一点儿娇嫩的习性，只要气候、水分适当，便能无忧无虑地生长，从来不需要精心地侍弄。有的地方看上去很乱很脏，别的花木在那里生长，说不定会容颜污损乃至夭折，可是生长在那里的竹子，依然是蓬蓬勃勃地奋力向上。尤其可贵的是竹子的枝叶，即使在这样的环境里，还总是那样洁净、青翠，透着爽朗、利落的气息，环境丝毫不影响它洁身自好的本性。

从古至今，有不少诗人、画家歌咏竹子的高雅不俗的品格，借以抒发自己的追求和志向。其实竹子的奉献精神也很值得称道。在科学技术发达的今天，竹子不再光是用来制作精美的器具，或者是做成工艺品供人赏玩，在工业、建筑业也大有作为，这是任何光有观赏价值的花木无法比拟的，尽管它的金钱价值不如它们贵重。我喜欢竹子还因为它有坚强的忍耐力，你看那些横于楼台、庭院的竹竿，还有那些压在挑夫肩上的竹扁担，不管重物把它们压得如何弯，它们硬是默默地承受着重载。这是何等令人敬佩的毅力。

我是个喜欢花木的人。每次观赏那些争芳斗艳的花儿，确实也能引起一时赏心悦目的欢愉，有时还会高兴地信口称道几句。但是只要多逗留一会儿，就会产生一种喧闹、浮躁的感觉，只有立刻离开才会恢复心中的宁静。观赏竹子却不然，总想在它跟前多留一些时候，而且越久待越觉恬适、惬意；即使真的走开了，竹子的那种幽雅、清爽的气质也不会消失，总是时不时地在我的记忆里出现。我想这大概正是竹子自身的品格给予我的感染。

南方人是幸运的，随处有竹相伴，借竹陶冶性情。我这长期生活在北方的人，除非经常去公园才能赏竹，又哪里会有那么多闲暇呢？还好，我的画家朋友们，有两位也喜欢竹子，他们每人赠送我一幅画，使我得到了一定的满足。当我展读这些画幅上的青竹，眼前总会出现见过的竹林，那一根根节节高拔的青翠的竹子，仿佛都在同我深情地交谈。从它们的悄声细语里，我还真的听到了些什么呢。因为我实在喜欢竹子，它们说的话语，我也就完全理解。

1995 年 4 月 6 日

戈壁石

从西北戈壁滩回来，重睹这繁忙喧嚣的市风，心中更思念那无尽的茫茫大漠，它的沉寂，它的荒远，似乎更能让我平静地生活。

由于眷恋那次愉快的沙漠之旅，也由于想重温那种静谧庄重的荒野氛围，拿出那几块带回来的戈壁石，我一块一块地把玩，如同跟来自大西北的朋友们畅叙。

这时我仿佛听到石头在默默地歌唱，唱一支令人深思的古老的生命之歌。

说来好笑，在这世界上活了大半辈子，未去西北的时候，我以为只有南京的雨花石有花纹，其他地方的石头都是清一色的。因此，一位诗人朋友赠送的几颗雨花石，成为第一批饰物，珍重地摆在我书橱的显眼之处。这些来自石头城的尊贵客人，姿态各异，色彩斑斓，每次观赏都会给我新的联想。后来南京的作家朋友又寄来几张印有雨花石的明信片，上边还配有一位很有才气的女散文家的诗词，画片印得精，诗词写得美，使我越发喜欢雨花石了，总希望有朝一日亲自捡几颗来。有次开散文笔会遇到这位女散文家，我询问南京雨花石的情况，她说现在雨花石已经不多了，这使我很扫兴，真后悔自己这么晚才认识石头的美丽和价值。

这次去敦煌，从兰州启程，一路荒野，一路苍茫，很能引起人怀古的幽思。可是万万没有想到，这大漠戈壁滩上的石头，还会以它独特的品格，给人留下深刻的印象。那是在我们到达张掖时，一位同行的南京老作家，傍晚从室外捧回一堆石头，在洗手间洗净之后，放在荡着清波的脸盆里。他高高兴兴地端着让大家看。他还兴致勃勃地介绍说，这块石头上的花纹像什么，那块石头上的花纹像什么，我们的眼前顿时幻化出他想象的景物。这些原来平平常常的石头，经他这么一点拨，还真的像那么回事儿哩。

见这位仁兄兴致如此之高，眉宇间都透着对石头的痴爱，我就打趣地说："这戈壁滩的石头，总不会比雨花石更美丽吧？"谁知这位雨花石故乡的石头迷却说："嘿，老弟，你哪里知道，这戈壁滩上的石头，比雨花石更有意趣哪！"经他这么一说，我就捡了几块，千里迢迢，从戈壁滩带回北京。

这会儿拿出这几块石头来仔细观赏，我又想起那位老作家的话，揣摩他说的这些石头的"意趣"。

戈壁滩上的自然环境异常严酷，倘若石头也有灵性也有感知的话，荒沙飞尘的袭扰，风霜雨雪的剥蚀，烈日冷月的照射，寂寞时光的囚禁，它都得抵御，它都得忍受，这该需要怎样的意志和毅力啊。可是这大戈壁上的石头，不管自然环境如何严酷，如何冷漠，却都能泰然处之，在艰难中磨砺出自己坚强、美丽的品格。这样的石头，岂不更可爱更可贵，当然值得人们珍藏。

戈壁滩上的石头，外形朴朴实实，如同养育它的土地。然而它唱出的生命之歌，是炽热的，是深沉的，永远不会沉落。这时我好像懂得了什么。我相信了那位老作家说的话。

1995 年 4 月 18 日

窗前树

我家窗前的这几棵树，春天从冬眠中醒来，通身泛起盈盈的绿意，在空旷的楼间空地，显得比什么都更惹眼。我意识到春天的来临。宋代诗人张拭的诗说："律回岁晚冰霜少，春到人间草木知。"的确，这几棵树敏锐地感应春天，又最先告诉我们春天的信息。这几棵树，实在可爱。

其实，这几棵树，很普通。既不似楠树、檀树，连名字都透着富贵；也不似松树、柏树，个性都是那么鲜明；更不似枫树、杨树，天生就愿意显示。这几棵树，我甚至于叫不出它们的名字。

尽管在树中是这么不起眼，经过几许春风的吹拂，经过几许春雨的滋润，这几棵树，用不了多久便会枝繁叶茂，把用生命孕育的浓浓绿色，全部抛洒在这大地上。那时又该会有人走近欣赏这绿色，用动听的语言说些树听不懂的话。在这些人的眼睛里，仿佛这几棵树从来如此，羡慕和赞美也就理所当然。倘若这几棵树撑起绿伞似的树冠，遮住夏日炎热的太阳，说不定还会有人来树下谈天，享受这树给予的一片清凉。即使是在这样的时候，这几棵树也不会显得如何得意，它们依然按照自己的样子生长着。

每逢这样的时候，我就会想起秋来冬至。满树的密枝浓叶，在秋风劲吹时，开始渐渐飘零，而后便形孤影单地站在那里，经受严冬霜雪的侵袭，只有同样光秃的土地在陪伴它们。但是你若能仔细地观察，就会不难发现，在树的枝桠上，还藏匿着无数绿色斑点，预示着下一个新绿时节的到来。这时，这几棵树，从外表看好像死一般的枯萎，再没有谁来看它们一眼，不过它们没有一点儿惆怅情绪的流露，依然平静地等待着总会来到的春天。

这几棵树，在窗外同我相伴了十几个年头，寒来暑往，我渐渐地熟悉了它们的习性。我觉得它们的可爱之处，就在于它们的普普通通，不奢望高贵，不希冀显赫，不计较荣辱，不畏惧炎凉，本分而自在地默默地在那里生存。只是在奉献绿色、清新的环境上，它们同别的花木一样，从来没有半点含糊，这又说明它们的不普通。

哦，我窗前的这几棵树，几棵普通的树。

绿地上的小草

我做了个梦，一个绿色的梦。

在那个微雨飘零的夏夜，凝聚了一天的暑热消散了，空气透着沁人心脾的凉意，正是好睡的时候。我这个懒人早早便贪婪地睡下了，疲惫代替了催眠的乐曲，很快把我送入沉甜的梦乡。

我梦见我们楼前的空旷地，铺成了厚厚的绿茵，被夏风吹拂着，似江河翻着波浪，汩汩地向我涌来。我的心中激荡着绿色的波浪，洗刷得五脏六腑清清爽爽，别提多么惬意了。

实在兴奋，我喊叫起来。家人以为出了什么事，赶紧把我唤醒。我睁开惺忪的睡眼，向他们诉说了我的梦，那个绿色的梦。

人说梦是心的思念。我想是的。我正是有着对于绿地的深情渴望和殷切要求啊！

三年前的秋天，我们搬到这个新市区，鳞次栉比的楼群，纵横交错的街道，几乎全是单一的土色，放眼望去，连潮润的眼底都感到干涩。从此人们开始了盼望，像久旱的农村盼望雨水，盼望楼前有块绿地。

是啊，没有绿地，没有花木，楼房再漂亮，街道再坦直，还不是光秃秃的。那将无异于身材标致、脸庞俊美而就是没有头发的少男少女，更何况花草树木还要遮风挡沙调节气候呢！

又是一个春天，园艺工人来了。他们平整土地，捡拾碎砖碎石，然后砌上镂空的花池，开始精心美化。粗壮的塔松似一支绿色的火炬，高耸在中央，闪着春的光辉，它的四周环种着柏树和冬青，间隙里开着红的、黄的、蓝的小花，布局显得是那么错落有致。人们亲昵地称这里是楼前公园。

从此这里，早晨有健身的人群，傍晚有漫步的身影，即使在烈日炎炎的中午，树荫下也有歇息的人。人们像眷恋温暖的家，眷恋着这块楼前绿地；人们像爱护自家阳台的盆栽，爱护着这块楼前绿地。

我的绿色的梦，如今成了现实，自然更是高兴。每天上下班从这里走过，总要情不自禁地瞥上一眼，身心就如饮了醇香美酒般的舒畅。在我的心目中，这块楼前绿地，是一首抒情小诗，是一支优美歌曲，陶冶着我的情操，也给了我这样的启示：我们祖国的土地是美丽的。倘若我们都像园艺工人那样用辛勤劳动装点它，岂不更美！

这之后的一个夜里，我又做了个梦，一个绿色的梦。梦见我自己是棵嫩绿的小草，微笑着拥挤在楼前绿地的草丛中……

1995 年 4 月 26 日

云南绿色

我从来没有见过这样的地方，几乎无处不被绿色覆盖着。

平原是毛茸茸的，像绿色的地毯。高山是柔润润的，像绿色的云团。我的眼睛被染绿了，我的心被醉绿了。

哦，绿色的云南。

这绿色无所不在的云南，使我想起几位作家朋友。在我即将离开北京去云南的时候，这几位比我早去过云南的朋友，他们深情地告诉我：哪里也没有像云南那样，每个地方都那么绿，每个地方都那么美。绿得充满诗意，美得充满神奇。

我来到云南，在这片无处不绿无处不美的土地上，深深地陷入遐想。

生活中的事情，常常就是这样：反复呈现的景象，有时显得单调。于是，耐不住单调的人，便开动灵活的头脑，在这单调得烦人的景象里，撷取诗的美感和哲学的理念。不为别的，只为生活的多彩、深沉。

此刻，我也是这样。

我们乘坐的汽车，在蜿蜒曲折的公路上行驶，路旁的草地、鲜花、树木，或近或远地从窗外掠过。那反复呈现的绿的所在，使我发现，主要是由两种类型的植物构成的：一种是高大的，一种是低矮的。它们不同的姿容、习性，巧妙地组合在一起，这云南富饶的土地，才越发显得清新、俏丽。

你看，那些身姿低矮的植物，洒洒脱脱，毫无顾忌地抚慰着温暖的大地，生存得那么从容、自在。

再看，那些身姿高大的植物，无拘无束，机敏地闪过遮拦骄傲地向高空伸展，在空中安然地孕育青枝绿叶。

噢，这时我领悟了，这时我明白了：云南，所以这样绿，所以这样美，因为有着奋力向上的高大植物，这绿的世界才永远生机勃勃；因为有着能够包容竞争者的低矮植物，这绿的世界才永远繁密茂盛。

哦，我赞美你，云南的绿色！

秋走七里海

一场豪爽的秋雨，冲走了酷暑燥热，气候总算变得宜人。在这样的好时候，该去哪里赏秋呢？应天津友人盛情邀请，我们北京的几位文友，日前相伴走进七里海。在那片水天相连芦苇丛生之地，领略了一番平原的秋色，尽管逗留不过几小时，却也感觉心旷神怡。一时忘记了人间的龌龊，一时就有人生的清静，这也算是一种享受吧。

听说七里海的名字，是在《今晚报》的新闻里，到了七里海才知道，原来这块自然保护区，竟是我家乡宁河县属地。这样也就多了一分亲切感。我离开故乡已经半个世纪，虽说这次未能到生养我的小镇，但是闻到了那土地的气息，就已让我如痴如醉的了。

七里海是一块潮湿地，潮白、永定、蓟运三条河流，在此汇合同入大海。这片开阔的自然湖泊，波平浪静，芦苇密匝，在北方有这样一处水域，实在是很难得很宝贵的。这得感谢当地的官员和人民，没有用它来搞旅游赚钱，就使得这块大面积湿地，至今还保留着原始状态。不过从路边小店招幌上看，依然有人捕猎野鸟卖钱，倘若不早日设法制止，谁能保证这里不遭破坏呢？就在我替野鸟的命运担心时，看到《今晚报》一则新闻报道说，七里海的农民开始悔悟了，纷纷放飞野鸟、销毁鸟网，我真为我的家乡感到高兴。

芦苇、银鱼、紫蟹、稻米，是我家乡的四宗宝，在华北一带颇负盛名。小时候在家乡那些年，我居住的县城小镇上，时不时会有人沿街叫卖。可是在以粮为纲的那些年，在市场上根本见不到这些，特别是银鱼和紫蟹这两样，早从普通人餐桌上消失，以至于当再见到它们时，我竟然把刀鱼误认为银鱼。想起来不禁让我既心酸又好笑。假如不是近二十年的开放，乡亲们依然得在地里抢食，别说是自身难得温饱了，就是城里人怕也无此口福。

七里海是个三河交汇地，水域比我的家乡更广阔，水产品也就格外地多。这会儿京津两地市场上，出售的螃蟹最好的品牌，一是南方来的大闸蟹，一是七里海紫盖蟹，据说也只有几处正宗，好多商家还是假冒的，可见七里海的名声不小。我们这次到七里海，吃到真正的七里海螃蟹，的确不错，几乎个个是顶盖蟹黄，而且肉质香、肥、筋道，在今年秋天足足饱了口福。这也算是咬秋吧。

2000 年 8 月 16 日

悠悠往事

往事如同清冽冽的河水，常常地缓缓流过心头，这时你纵有天大烦恼，想起那些悠悠往事，都会或多或少得到欣慰。当然，并非所有的往事都美好，留下的记忆也许是很痛苦的，只是由于岁月的淘洗，酸涩的滋味渐渐地冲淡了，今天回想起来方解沉重。但是，我们经历过的往事，又并非都记得那么清晰，有的还需要借物回忆，这其中最好的物什，恐怕当数私人相册。这大概正是照相业发达的原因。

我的私人照片收藏不多，一是过去没有条件拍照，二是有些在运动中丢失，留下来的就尤其觉得珍贵。在丢失的一些照片中，最让我感到惋惜的，是那些记录情感历程的，以及私人重大事件的，譬如，我的结婚纪念照片，就在“文革”中被劫走，这件私人大事就没有了记录。去年《艺术家》杂志向我约稿，内容就是讲结婚纪念照故事，我翻遍相册都没有找到，问妻子才知道“文革”中被抄了。其实我很想写一写，我和妻子的婚事，尽管我们的结合，并没有什么浪漫，更没有什么传奇，但是它很实在地反映出，那个年代对爱情的扭曲，让今天的青年听听，不是会更珍爱生活吗？

在人生的经历中，往事的记忆非常重要。对于人类发展史，它也许微不足道，却能真实地反映出时代；对于个人的历程史，它也许过于琐碎，却能给后人许多启示，因此，自觉自愿建立的私人档案，是任何政治家历史家的研究，都没有办法代替的个人感受。我丢失的那些照片，从我个人生活来说，丢失的就不只是影像，应该说是丢失了往事——一段悲喜交加的难忘岁月。假如那些照片仍在身边，从简单的画面上，说不定会勾起许多回忆，今天用文字记录下来，就是我的一段真实生活。无论是欢乐是痛苦，都会让我在重温中欣慰。

人是不能没有往事的。往事这段情感的水流，轻轻地淌过记忆河床，它细柔的片片涟漪，使你有种忧怨的温馨。在孤独的时日，在无望的境遇，只要回忆往事，我就觉得美好。

我的前半生，活得很苦很累，有时感到惆怅。只要一想到，童年的欢乐，少年的平顺，就仿佛置身清新花圃，精神立刻就会爽朗。这时哪怕正在遭难，都不会感到生活阴暗，心中依然充满阳光。我一直坚定地觉得，假如在我的生活里，根本就不曾有过真诚，后来在现实中遇到的虚假，就会轻易地让我相信，生活就是由虚假来统治的。这正是往事给我的影响。随着年龄的增长，生活阅历的增加，对于往事的回忆，似乎也就越来越多。有人说，老年人喜欢回忆，这话有一定道理，但是并不完全对。比较正确的说法，我认为应该是，老年人愿意在回忆中，寻找美好的往事。因为，现实中有些事情，社会上有些人物，说实在的，真没有办法让人接受，可是又不想同流合污，只好用美好的往事，宽解自己心头的疑惑。不然，就难以感受愉快，生活着过于扫兴，岂不是跟自己过不去？何苦呢？就是为了这点愉快，我愿意永远在回忆中，寻找悠悠往事。

1999 年 11 月 15 日

短暂的春天

春天的衣裳还没有完全着身，就热得汗流浃背了，只好找出夏天的衣裳来穿。真没想到这春天竟这么短暂。好在我不是个看重衣着的人，无论春装怎样色彩绚丽，都不会对我有什么诱惑。倒是那些爱打扮的女人，对于春天的匆匆来去，似乎有点莫名的惆怅，因为，少去了一次展示美丽的机会。

这北方的春天，气温再高，景色再美，总不如南方。要说春天的色彩还算迷人，那有一半就来自女人的衣裳，难怪走在大街上的女人们，个个都显得那么高贵傲慢，好像这春天完全为她们所独有，男人们是没有资格享受的。要是谁有时间逛商场，那就别想消停地走动了，随时随处都会听到女人谈论，衣服的式样怎样，衣服的做工如何，至于衣服价钱的高低，她们也不是完全不讲，总之只要是看中，在她们也就算是小事一桩了，女人不就是花钱买高兴嘛！再说要是有个挣大钱的老公，这点钱就更是无所谓，说不定越花越快活哩。聪明的商人摸准了这根脉，他们把双手伸进女人的衣袋，不停地大把大把搂钱，还真没听说过哪个女人叫苦。可见女人们是多么珍爱自己的羽毛。

女人喜欢穿，跟男人爱吃一样，好像是与生俱来的，谁也不好说什么，谁也不能说什么，只好随他去了。我想说的是，有的女人别看爱穿，却穿不出风度来，更不要说穿出气质，这不能不说跟她的修养有关。我是长期在知识阶层工作的人，接触这个阶层的女性比较多，她们中有的人长得并不漂亮，穿衣打扮更为随随便便，走在大街上绝对不会惹人注意；但是只要坐下来跟她们聊会儿天，她们的言谈话语就会吸引住你，这时你就会发觉，在她们身上有种内在的东西，悄悄地感染着你的情绪，让你情不自禁地想去听她说话。然而，这种情形在有的女人身上，你却无论如何也找不到，她们直接给你的好感，也许是悦目的脸颊，也许是讲究的衣裳，让你像观赏一幅风景小画似的，获取一时的愉快，过一会儿也就没有什么印象了，更不要说留下长久不散的记忆。

在我们的生活里，在社会交往中，穿衣打扮显然很重要，有时穿得过于寒酸，会被人看不起，弄不好碰到麻烦也是有的。我自己曾经两次被饭店人员纠缠，都是因为穿衣过于邋遢所致，从这以后虽然开始注意了，但是总还是难以上档次，这说明多年形成的习惯，要想彻底改变并不容易。由此看来，穿衣打扮这类事情，还是要像做其他事情一样，有条件的话尽量早点考虑，以免形成习惯不好改变。当然，我这里说的注意穿衣，绝不是提倡过于讲究，更不是鼓励追逐时髦，那样就显得有点矫情了。总之还是那句话，穿衣是要注意形式好，但更要考虑内在美，体现不出自我气质的衣着，不管多么漂亮，多么抢眼，都只能是一件人体包装。从一个男人的角度来看，不管有没有这个资格，对于穿衣过俗的年轻女人，我都有点为她们感到惋惜。

春天就是这样的短暂，有时不容你有时间思索，它就悄悄地过去了。热爱生活的人们，特别是那些会生活的女人，确实应该趁青春年少，享受一番人间的造物，谁让生活是这么美好呢。然而在这短暂的春天里，我们只能光注意穿着打扮吗？是不是也应该想想别的什么呢？

1997 年 5 月 16 日

家乡的蟹餐

那天上街闲逛，见一家副食商场门前，赫然贴着大纸广告："新到白洋淀河蟹，鲜肥价廉，请快来买。"只瞥了一眼，便心潮涌动。仔细地想想季节，可不是，此刻已近深秋，河蟹黄多肉嫩，正是吃蟹的好时候。于是不禁想起了家乡，想起了家乡的蓟运河，想起了蓟运河中的紫蟹，便身不由己地走进商场，而且直奔水产品柜台。

这个水产品柜台不大，白瓷砖砌成的水池里，零乱地散放着几只死蟹，显然跟广告说的不一样。带着疑惑正要转身时，商家赶紧叫住了我："您是不是买螃蟹？这儿有新鲜的。"走到柜台里边，有个大玻璃箱，箱中有无数只蟹子，在那里自由自在地游动。嗬，这些水中的小生灵，总有好多年不见了，立刻让我眼睛一亮，不由得伸手去捉。商家见我有如此的举动，意识到不是个等闲之辈，即便不是个贩蟹人，起码也是个吃主儿。不然，怎么对蟹子这样亲，而且没有丝毫的惧怕，他便笑着对我说："一看就知道，您是水边长大的人，货卖识货人，今儿个让我赶上了，您给个价儿吧，多少我都认了。"经过再三地讨价还价，最后以三十四元一斤的价格，我买了十只鲜活的蟹子，六只母蟹四只公蟹，正好美美吃一顿。总有将近二十年，没有吃过河蟹，这次又有了口福。

回到家中把蟹子洗了洗，然后放入急火的蒸锅里，不一会儿，只听刚才还乱爬动的蟹子，渐渐地就没有了声息，再过一会儿，锅中又飘出来阵阵的蟹香。闻着这醉人的蟹香，仿佛回到了九月的家乡，田野里有成熟的禾谷，河岸上有鲜活的虾蟹，家乡此时处处弥漫着欢声。家乡靠河临海，每当虾蟹上岸时节，家家都会有几顿蟹餐，虽说都是庄户人家，做不出什么花样儿，但也还有自己的吃法，也还算可口宜人。最常见的吃法，简单的如蒸蟹、炒蟹，复杂点的如蟹饺、蟹饼，都很有特点。毫不张地说，我的乡亲们做的蟹餐，可以堪称一绝，倘若有机会来城市卖，准会是宾客盈门。

然而，我最爱吃的还是蟹面，这种面只有在麦熟时节，新麦打下来以后才有，平时有的人家也做，只是那味道完全不一样。蟹面的制作比较费时费工，即使是很勤快的家庭主妇，一般都不肯轻易让你享此口福。先是把一个个鲜嫩的小蟹洗净，放在一个小口的粗缸里，用擀面棍捣得细碎细碎的，然后放在水里过滤，淘净蟹皮的碎屑，光留下蟹肉和蟹水待用。面要用新打下场的麦粉，和好以后擀成片叠成折，再切成粗细适中的面条。这些主料备好后，起火煮开蟹水蟹肉，立刻放入切好的面条，再稍煮一会儿，有了蟹香麦香，马上揭开锅，撒点青韭菜，点少许香油，再放些蟹黄，这蟹面就做好了。香喷喷鲜嫩嫩的，趁热端上桌子，还没有入嘴，就已经涎水直流了。离开家乡一晃几十年，这期间再未回去过，自然也就吃不到蟹餐，更没有享受蟹面的福分。今儿个买了这十只螃蟹，自然地想起了家乡的蟹餐，不过也只是想想而已，别说是没有工夫制作了，就是有工夫，这样贵的螃蟹谁能多吃呢。想了想还是把螃蟹扔进了蒸锅。

待蟹子有了香味儿，揭开锅盖见个个泛黄，再也忍不住观赏了。把熟蟹放在盘子里，端上餐桌蘸着姜末醋汁，一个个剥皮剔肉地吃，倒也自有情趣自有味道。唯有那积蓄多年的乡愁乡恋，却并未因此有丝毫的消释，这时才发现，无论走到哪里，无论什么时候，我的心都永远属于生养我的那片土地。

1998 年 2 月 14 日

九八秋迟

没有爽利的风，没有缠绵的雨，按节令是到了中秋，而天气依然闷热。在城市的大街上，年轻的男人们，依然是背心短裤，腆着圆如西瓜的肚子，出入大小啤酒屋。时髦的女人们，本来就恨夏天短暂，一看此刻还是热气扑面，赶紧展示白嫩的肌肤。而那些有着平常心的人，则一再骂夏天这只恶狗，逃跑了，还拖着长长的尾巴。实在烦人。

自古以来有多少文人，在扯着嗓子吟唱，秋风秋雨秋花秋月。那种落寞那种怜爱的情绪，都透着没完没了的酸文假醋，顶风三十里都让人齿根发麻。其实至于吗？我就不相信，一片落叶真的会让人伤心流泪，一弯残月真的让人感叹人生，这全是无聊无病瞎哼哼。这会儿可好，秋天不像个秋天啦，我看你还怎么着，真是个报应。竟然把个清凉的秋天给哼哼跑了。

我早说过，在一年四季中，最让我讨厌的，就是这个夏天。好容易盼到秋天来了，屋里不再潮霉，身上不再发黏，希望爽爽利利地过几天，可是这夏天就是轰不走，时不时地还要耍耍余威。尤其是今年的夏天，听气象部门说，是近六十年来少有的长，平均气温高出往年三四度，快到了人不觉秋的时候了。倘若不是三江洪水牵着心，光考虑自己眼前合适，恐怕就会有更多烦恼。

还好，中秋节才过去几天，天气就见点凉意了，尽管中午仍是闷热，总算还有个凉爽的晨昏。今年中秋的月亮，当晚被云层时遮时露，没有赏得尽兴，本想十六月亮会更圆，谁知天宫拉上了窗纱，羞涩的月亮姑娘，躲进天宫不再出来。是不是她也在埋怨，今年秋天来得迟呢。

总之，今年的秋天，如同用过农药的水果，没有了早年的纯香味儿。我这喜欢秋天的人，只能怏怏地耐心地等待了，等待来年的秋天不至如此。起码不要这样热，不要这样短暂，要是中秋节里，再有个圆月高悬，那就再好不过啦。

这会儿最平等的事情，就是老天爷的赐予，不管你是高官，抑或你是巨贾，阳光，微风，雨雪，冰雹，都是那么无隐瞒地，给你，给我，给他。想到这里，我失衡的心，似乎又平静了，今年秋天的燥热，别人不是也得承受吗？

1998年10月20日

南戴河短章

晨　荷

假如你没有早起，或者早起没有去看荷花，那你就永远不懂得，这世界上什么叫洁净。晨曦像轻柔的帷幔，徐徐地拉开，整个池塘的绿荷，争着抢着挺立起来，托着张张翡翠盘子，向着蓝天高高举起，盘中那颗颗晶莹水珠，闪着无尘的七色光彩，仿佛向世人证明：世界本就该如此。这时我才真正触摸到，荷花那颗永远不变的心。

金　沙

黄金海岸，多么美丽的名字。终于有一天接近了你。哲人说，从一粒沙可看一个世界。诗人说，一粒沙就是一颗金子般的心。那么，整个无边的海岸都是沙，这又算是什么呢？那就让我这个凡人说吧，它就是点点闪亮的星星，簇拥在一起各发各的光，谁也不妨碍谁，谁也不伤害谁。这时我萌生一个渴望，人与人也这样多好啊。

绿　草

宛如一张绿色瀑布，从遥远天边垂下，那一张张轻巧滑板，就是艘艘小船儿，载着少男少女飞来。呼喊着，高唱着，兴奋、刺激和享受，掀起层层欢乐浪波，青春痕迹留在绿草山上。这是一道美丽风景，这是一曲自由颂歌。我多么希望时光能够倒流，哪怕只给我一小时的年轻。这时我也会像年轻人一样，去享受这一生难忘的幸福。

海　滨

这里的海这么静，静得能听到自己气息。这是一个夏季黄昏，我和同伴来到海滨，想蹚蹚水散散步，如果能够捡拾一点海物，那就再好不过了。此时浪很大很高，我向海的远方眺望，忽然发现有人在游泳，在忽起忽落的浪里出没，如同海燕在展翅飞翔。这时我多想跑进去亲近海，可惜年轻时没有练就这本领。

山　林

偶然发现一座小山，山上长满茂密丛林，像海的屏风，像湖的座椅，静静地耸立在那里。我多想攀登上去，领略这山海相依景色，一块禁登的木牌，像一个威严的士兵，挡住了我的好奇心。凭借不老的想象，猜测那山中景象，总算满足了自己的追求。这时我忽然有个新的发现，原来想象比现实更美好。

夏　夜

夏夜是漫长的，酷热是漫长的，我的梦也是漫长的。我梦见小时候在故乡，夏天在院子里纳凉，长辈们摇着芭蕉扇，悠闲地喝茶聊天儿，我们几个孩子捉蛐蛐，在草丛里钻来钻去。我还梦见此时的我，在一个更大院落纳凉，手中的扇子是片荷叶。这时我被一阵风轻轻吹醒，闻到沁人肺腑的荷的清香。

2009 年 7 月 26 日

变换的风景

走在今天大都会的街道，随处可见美丽的风景：装饰各异的商店门脸，五颜六色的霓虹灯，如蚁似蛇蠕动的车流，散发泥土气息的早市，透着安逸的晨练老人，衣着绚丽疾步而行的青年，摆满多种报刊的地摊儿……使城市显得充满生气，更有着难以抵挡的诱人的魅力。

然而，对于像我这样的上班族，有一道风景似乎更动心，想起来尤其动情，这就是公交车站的风景。

等候在车站的人们，有的安详地观望，有的在悄声交谈，有的在溜溜达达，有的在翻阅报刊，等待的时光，过得从容不迫。各种各样的车辆，来了又走了，走了又来了，像时装模特儿，走过人们的眼前。这里有：多年不变的老式电车，舒适的空调大巴，喊着闹着的小公共，晃来晃去的出租车，摆出一副贵族气派的专线车，等等，每一种都等待你选择，每一时都希望你光临，你真的成了这些车辆的贵客。这时要求你做的只有一样，就是盘算一下你的时间，以及掂量一下你的钱包。

每每欣赏着这车站的风景，我的思绪就会回到过去，说是过去其实并不怎么遥远，最多也不过几年十几年吧。

那会儿上班得早早起来，为的是赶上一趟人少的车，让自己的身体少受些罪。有时稍微迟起一会儿，紧赶慢赶到了汽车站，站台上左顾右盼的人们，如同临战的焦急大兵，只等待上级一声命令，就义无反顾地冲锋向前。车辆仿佛并不理解人们的心情，左等不来右等不来，好容易慢吞吞地来了，还未容车门彻底打开，凡是有力量挤上去的人，早就抓住了可以抓的地方，为的是在车上有个立足之地，倘若能碰上个座位，就会高兴得一天说不完。那时的公交车，说句不中听的话，犹如满街移动的罐头盒。人们一说起乘车来，就会有种逃难的感觉，连连摇头说“可怕”。

想想过去的公交车，看看今天的公交站，这都市里的新风景，真的像是一幅画儿，让你陶醉更令你深思。几次想给这风景命名，就是找不出恰当的字句，今天忽然想到个名字：《变换的风景》，不知如何？

闲 居

生活着会有多少闲暇时刻呢？

四年前，我终日奔波忙碌着，身心总是感到像背山似的疲惫，有时一进家，连鞋都顾不得脱，先直愣愣地放平在沙发上，刚迷迷糊糊地合上眼睛，又偏偏被追来的电话铃声唤起。那时候我最大的愿望，就是希望有一天，没有什么事情缠身，没有什么人来打扰，偎在被窝里美美地睡上一觉。如果这天是个阴雨天，听着风吹雨打树叶的声响，渐渐地沉入梦乡，那就再美不过啦。我想那准是人生的一大快事。

然而，这向往，总难实现。更多的时候，带着这殷殷的期望，我又投入新的忙碌之中。就这样年复一年地过了许多年。

真没料到，就在我惯于忙碌的时候，就在我放弃祈盼的时候，闲暇蓦然来到身边，由于没有丝毫的精神准备，以至于刚开始时有点不知所措。往日的奔波忙碌，神经的弓弦总是绷得紧紧的，乍一松弛下来，反而觉得没着没落了。有的朋友跟我说：你不能闲着，总得找点事情干啊。想了想，倒也是。我学着别人，养花，练字，读书，时间倒是打发了，只是心绪依然烦乱。这时我才真的明白了，那些多年忙惯了的人，从岗位上退下来以后，为什么性情会变，为什么会生病，有的不得不再重新寻找忙碌，那失衡的心态才会平复。

人啊，真是贱骨头。忙碌时渴望闲暇，闲暇时寻觅忙碌。人的一生就是在这样反反复复的自我折磨中度过。我呢，从年岁上讲，还不到退休的时候；从体格上看，还可以胜任一点重负。倘若不是在那种情况下失去工作的权利，这四年间，无论如何是可以做点事情的，想起来，实在不甘心这白白失去的好时光。可是再退一步想，这何尝又不是福分，在没有完全“路断途穷”（未到退休的时候）之时，先让我领略了退休的滋味儿，或者说是有个退休“预备期”，这总不是什么坏事。一旦真的到了退休的那一天，就不会在心理上有什么负担，我想我会坦然地办理退休手续。

体会过忙碌的烦恼，品尝过闲暇的滋味儿，这人世间的冷暖亲疏，都一股脑儿地揉进了变换的岁月里。它如同一服清醒剂，让我找到了属于自己的那份感觉，而这感觉只有经过冷暖之后才真实。从这个意义上讲，这段闲居的生活，我实在应该好好地感谢。

早年那个美美地睡一觉的愿望，四年来已经成为我每一天的现实，有急事时不得不拨动闹钟起床。这种散淡的闲居生活，我完全适应了，实在不想再去奔波忙碌，哪怕是有更大的诱惑在等待。人总归要回到宁静中生活的，既然拥有了这份可心可意的宁静，还奢望别的做什么呢？

2001 年 8 月 19 日

夏夜的感叹

夏天的夜晚，在大都市里，充斥着燥热——空气是热的，道路是热的，人心是热的，就连花花草草，摸一摸都灼手。大都市里的人们，挤在自家的房屋里，降温用空调，消暑喝饮料，悦目看电视，愉耳听 CD，生活在一统天地里，完全满足于悠闲自得之中。若问生活如何，只要是胃口不大的人，十有八九都会说："还可以，什么都不缺，很知足啦。"是的，经历过艰难的岁月，如今总算得以温饱，哪里还会有更大的奢望。

坦诚地说，我也属于温饱的一族，心态自然也是知足者。可是在这闷热的夏夜里，不知怎么，我忽然地不安起来，烦躁的情绪如同火，在我的胸腔里燃烧。就像圈在笼子里的鸟，我不停地在屋里走动，想借此缓解心头块垒。然而，失败了，这火依然燃烧，而且在不断地扩散，从心头到手脚，从手脚到毛发，都觉得火烧火燎的不自在。在无招可想的情况下，我走到了户外小公园，坐在长椅上仰望天空，在目力所及的地方，细数着那慵懒的星星。这时我的烦躁和不安，却在不觉中渐渐消失，头脑仿佛被冰水浸泡过，格外的清醒格外的振奋。

哦，原来在这大都市里，物质条件再优越，生活环境再自在，终归都是人工所造——人造的风，人造的水，人造的快乐，人造的心态，怎么能够跟天成地就的氛围相比呢？由此我想起了远年的夏天——夏天的白天和夜晚，夏天的故事和景色，就像一首优美的诗歌，至今还让我激动不已。这大概正是大都市里所缺少的哩。

那时在北方的家乡小镇，大人们白日忙碌了一天，一到夜晚就坐在户外纳凉。轻摇着大蒲扇逐赶蚊虫，慢声细语讲述家长里短，渴了喝碗清茶或酸梅汤，滋润了嗓子也消了暑热，接着再说那些闲言趣话，高兴了还会哼哼两句小曲。不时会有清凉微风徐徐吹来，那晚香玉的花香，那蛐蛐的叫声，这时都会随风送过来，顿时小院里就弥漫着温馨。

孩子们最高兴的事情，莫过于听大人讲故事，或倚在墙根，或躺在地上，或偎在祖母怀中，或坐在台阶上，歪着小脖子，圆睁着眼睛，聚精会神地听着。大人们讲的故事，也许是戏曲，也许是评书，反正只要好听就行。最想听又最怕听的，就是关于鬼狐的故事，讲到最瘆人的地方，孩子们赶快凑近大人，狠不得钻到地里躲藏。这时的孩子们也最老实。大人怕惊吓着孩子，就停下来不再讲了，孩子们却耐不住寂寞，催着大人们再讲一个，并且要求讲好听的。

我童年的那些夏天夜晚，就是在自家的院子里，在听故事和嬉闹中，在看星星和闻花香中，安静而悠闲地度过的。时间过去了几十年，想起来仍很亲切。尽管这会儿居住在大都市，有个生活设施齐全的家，起居出行都比乡间要方便，但是我还是常常怀念故乡，尤其是在心情烦躁的夏夜，真想再重归生身故土，找回那属于大自然赋予的欢乐。人啊，就是这样矛盾，失去的想再得到，得到的又不知道珍惜。

2000 年 6 月 26 日

捉摸不定的夏天

照常理讲，街巷里摆起西瓜摊儿，年轻女人穿起裙装，就算是城市的夏天啦。

可是不知怎么了，今年的夏天，真有点反常，忽而热，忽而凉，忽而晴天，忽而阴雨，弄得人无所适从。夜晚睡觉盖着棉被，四肢却又要袒露着，不然，就很难沉实入睡。真真假假的季节，如同世界杯赛的球场，变幻的结果折磨着人，让你哭笑都不是。只能捺着性子，调整自己的心情，尽量适应这些变化。

这季节中的四兄弟，最讨厌的，最虚伪的，要数排行老二的夏天。

春天的温和，秋天的萧瑟，冬天的冷峭，都没有半点遮拦，即使你再不喜欢，它也要真实地呈现（其实这也正是它们的可爱之处）。这种一览无余的性格，无须提防，无须奉迎，永远让人可以坦然面对。仔细地想想，干脆利索，光明磊落，并没有什么不好。我就非常喜欢这种诚实。

而夏天则完全不同，它用温柔的水诱惑你，它用美妙的绿迷惑你，当你正沉醉在它营造的氛围中，常常又会突然地捉弄你。不是在你的头顶上，滚过虚张声势的雷；就是在朗日晴空时，倾泻下无情分的雨。有时它又会用习习微风抚慰你，让你在烦躁中获得片刻的宁静；有时它又会用火热的烈日烤炙你，让你的五脏六腑都感到难以忍受。这就是夏天的狡猾。

当然，夏天也有叫人惬意的时候，那是在清幽的林子里听鸟鸣，那是在浪涌的海洋里展身姿，可是又有多少人会有这样的情致呢？耐不住寂寞的人，不愿亲近宁静；不会游泳的人，只能观赏海的壮景，说归齐，更多的人还不是依然故我，守着多年不变的习惯，在家中苦苦地挨过闷热的夏天。对于普通人来说，能有个西瓜吃，能有瓶汽水喝，这夏天也就算可以了。至于别的什么，空调降温，冷饮消暑，那是很少想的，更甭说，到游泳馆游泳，到乡村别墅纳凉。

我说过我不喜欢夏天，自然也就不会正经对待。一条短裤一件 T 恤衫，一领凉席一壶清茶，一碗绿豆粥一个咸鸭蛋，就潇潇洒洒地应付过来了。倘若你认真地过夏天，那要费多少时间和精力，把真诚给这样一个无赖季节，值得吗？实在没有必要。反正我要坚守自己的信念，既然不喜欢夏天，就绝不会向它“暗送秋波”。那样连自己岂不是也成了“下三烂”？

不过当话再说回来时，我们又不能不清醒地承认，生活着就得跟季节打交道，这其中也包括我不喜欢的夏天。生活的本领说到底，就是打交道的技能，谁能在这方面运用自如，谁就是生活的真正强者。像我这样不善于打交道的人，也只好老老实实地甘拜下风，做一个不丢人格的自在人。

好在我不求大名大利，不想看着别人的脸色讨饭吃，混到现在不挨整的份儿上，这也就算是修来的福了。这样倒也不错。我不需要恩赐，夏天又能奈我何?!

2000 年 6 月 26 日

失落的情书

这是多少年前的事了。一位朋友就要告别人世，当他双目未合之际，大家多希望他再说点什么。人们喊着他的名字说，你还需要什么就说，我们一定满足你。这位朋友有气无力地，轻轻地摇了摇头，意思是别无他求。过了一会儿，他用眼睛示意，要一只柳条箱子。有人把箱子搬过来，打开给他看，里边除了几件旧衣服，还有一个大纸袋。他又示意打开纸袋，袋里边装着一沓信，看到这一封封信，他的眼睛立刻略显沉郁，脸上却不时轻轻掠过一丝丝甜美的笑意……

上边这个近乎凄切的镜头，是保存在我心册上的照片。事情发生在当年的北大荒，那时我们这帮“右派”中的一位，在艰难的流放生活中病故了，大家向他告别时，这位难友给我留下的最后记忆。那些信是他的恋人给他的情书。

这位难友是上海交通大学毕业生，他的女友原是他的同窗，俩人恋爱几年就要结婚了，他被划成“右派”被迫分手。可是他没有丝毫怨艾，相反还常常怀念她，每逢农场公休日，别人闲聊天玩扑克，他总是拿出这些信来读，这是许多人都知道的。我甚至于相信，这些有着女性挚爱情怀的文字，很可能成为他直面苦难的力量。在我们安葬他时，难友们不由分说地把这些情书，端庄地摆放在他的身边，让它们永远伴随着他，起码到了天堂看看这些情书，他会觉得人间还是可以留恋的。

我说的这个近乎古典式的往事，对于今天的年轻人来说，实在显得有些遥远了，闹不好还会遭到他们讥笑。有人也许会说，这会儿连可视电话都有了，谁还用这种古老的信件传情，再说爱情也不是跑马拉松，干干脆脆直奔主题，那该多么具有现代味道。其实我要说的也正是这些，只是有些想法不尽相同，希望今天的年轻朋友不妨听听。

在我看来，爱情是件非常神圣的事物，两个人只要建立起这种关系，就应该认真细致地善待。如果把爱情说得浪漫点儿，即使不像一支情感的交响乐，起码也是一支优美的小夜曲，你若是像唱通俗歌曲那样快速处理，你就永远不会品咂出乐曲的内涵。对于今天情书的失落，不，被热恋中的年轻人废弃，我实在为他们感到惋惜。要知道，人的情感的表达，人的心迹的表白，只有在从容不迫时，才会传递出真情，同时也会激发出智慧。这些用文字记述情感的信件，的确没有电话、手机来得利索快捷，但是话还得说回来，情感的交流和情意的表达，毕竟不是谈生意做买卖，只需来回几句话便可坦露。感情只有倾诉，而且是含蓄的倾诉，那才会有无法言传的隽永韵味儿。写情书实在是个娓娓倾诉情感的好方式。

看到那些吃“爱情快餐”的人，有时我就独自地想，幸亏那位难友早生几年，倘若他生活在今天，跟他女友表达感情时，只有这硬邦邦的电玩意儿，没有情感的回味，他身处逆境中会是什么样呢？我想至少他的回忆要冷清许多。留在他记忆中的初恋，绝不会是如此情意绵绵，永远给他以新鲜的感受。他在临终前想起这几封情书，说不定正是爱情抚慰过他，使他觉得人间如此美好，当然，他也就会宽恕所有不愉快的事情。

生活方式可以现代化，感情处理还是细腻些好。现在正热恋着的情人，要是你的文字能力还可以，建议你多写写情书，肯定会给你的爱情增加些情致。要是你肯于在忍耐中等待情书，那份焦灼，那份期盼，甚至于无端的猜疑和担心，都会成为一首美好的朦胧诗，写在你心灵的稿纸上。这首诗的题目，就是：体味真诚。

1998 年 6 月 6 日

信的魅力

近读傅雷先生的《傅雷家书》，这位大翻译家的品德、学识，无不一一跃然纸上，读后自然让人钦敬。除此而外，让人另有感触的是，不能不这样想，倘若没有这些信件存在，我们想了解这位学者的心迹，谁知会从哪里获得呢？这时我们不能不由衷地感激这些信件。

这会儿信息的沟通，大都借助于电话，连电报都很少打，就更不必说写信了。这自然简便直接，适合现代人生活，但是这种“简便”，却也有不足之处。起码它使人在感情处理上，显得过于急促粗糙，少了许多生活的乐趣。更不会有像傅雷先生那样的家书藏于家中。

我住进楼房已经快二十年，依然怀念住平房那会儿，每天邮递员来送信时，那一声悠长的“来信啦”的喊声。尽管这喊声天天如此，年年如是，却丝毫没有给人重复的感觉，相反倒让人在期盼和等待中，享受着人与人之间的至爱亲情。这些用文字传达的信息，无论是喜是忧、是多是少，都有种浓得化不开的情感，让人读着动心动容，有时许久都郁积在胸中。这就是信的魅力。而信的这种魅力，电话电报都不会有，寻呼机“大哥大”也难寻。从这个意义上讲，老祖宗留下的文字，似乎更有人情味儿。

在过去很长的时间里，我和家人的情感，都是用信维系着的，信成了我生活中的一部分。记得我的儿子诞生时，我正在腾格里沙漠劳动，当时的身份不允许我回家，心却又惦记着妻儿的安危，日夜都在苦闷中度过。突然有一天邮递员来到工地，把远方的来信给了我，我怀着忐忑不安的心情，读着妻子分娩后的来信，看着儿子出世后的相片，心海里立刻泛起喜悦的涟漪。多日来因惦念积聚的忧闷，此时通通化为大漠中的沙粒，被强劲的风吹得无影无踪。这信息要是用电话传达，在时间上肯定是要早一些，却不会有令人品味的情感。

随着写信习俗的渐渐改变，这些年里，每个家庭都少有信件来往，这不能不说是种遗憾。家庭生活毕竟不是节日聚会，在简短的时间里大家热闹一番后，便各奔东西不再有情感交流。家里人终年累月形影不离，自然不会有陌路人的生分，却也不乏习惯性的重复。如果有谁偶然远走他方，到达后先用电话报个平安，而后再抽点时间写封信来，家里人一定会有新鲜的感觉。在追求简便快速生活的今天，要是能有个细细品味书信的时候，真可谓是种高尚的精神享受。

我自打家人聚到一起，就再少有写信的机会，读信的情趣也不复存在。有时想想过去的两地分居，心中难免仍然会有少许苦涩，只要一想到家人在纸上的交流，觉得那些日子也还算有所依恋。只有在这时才会知道，一封薄薄的家信，竟会有着如此迷人的魅力。可惜“来信啦”的喊声，怕是再也不会有了，它作为美好的往事，将永远地留在我的记忆里。

1997 年 10 月 31 日

晚　景

姓前名后被冠以“老”字，总有几个年头了。可是自己并不真的感觉到老。依然是疾步行走，依然是遇事急躁，成熟生命的魅力并未在我身上形成。在似老非老之间，就这样“混迹”着。老而无感觉，这或许也是悲哀。

真正的感觉到老，感觉到人生晚景的到来是在某种特定的环境里，譬如同代人聚在一起，即使无人言老，那种沉静的氛围，难免令人心头发紧。如同秋日观枫冬天赏雪，零星的红叶，散落的雪花，绝不会构成美丽的风景线。只有层林尽染、雪覆大地的景象，才会点燃你心中的旺盛激情。

头次有老的感觉，是三年前的夏天。作家协会给会员做体检，年龄限定在六十岁以上，北京的这群老作家，那天从四面八方聚在一起，互相称谓除了老字别无他样。其实当时我还未跨入这个年龄，仅是当做照顾对象享受了这份待遇。记得那天来的人很多。作家协会许久没有搞活动了，好不容易有这样的机会，谁不想顺便会会文友呢？倘若是单枪匹马地见面，纵然两鬓染霜皱纹满脸，恐怕很难一时联想到老。眼下这么多老人聚在了一起，谈得最多的话题又都是退休生活，这就不由你不想到老了。

当我置身在这些老作家之中，生命的成熟和蒂落这两种感觉，几乎是同时浮现在我的脑际。谁还能掩饰这样的事实呢：我们真的老了。说与不说，都一样。生命的兴衰，是自然规律，谁也无法抗拒。即使日日有补品陪伴，天天有医药相随，大限之期总还是要来，这实在是没有办法的事情。当我听到一些老作家坦然说老，甚至于说许多人忌讳的死字，神情中无半点儿失落和懊丧，我着实感到他们的可亲可敬。我想不必找谁去仔细询问，从他们饱经沧桑的脸上，可以清清楚楚地看出，他们每个人都有艰辛的人生经历。竟然会如此无怨无悔地面对人生，这无疑是真正的大智大勇者。

这会儿，我真的跨入了老年门槛，往日的喧闹已不属于我，谁能说不会有迟暮的情绪呢？但愿我会时时想到这些老作家，从他们不倦不厌的人生态度上，吸取一星半点营养，以强健自己的身心，做他们这道风景线上的枫叶雪片，岂不是也会漫染自己生命的色彩？

人生的美丽，并非全在青春。经过风吹雨打的人生，有一种深沉的美丽，这是更耐看的景象，说不定更能揪扯人心。有一位我认识的诗人朋友说过，皱纹也很美丽，当时我并不认同，以为他是在空口安慰人。拂去往日虚荣的粉尘，重新品咂有过的酸甜，这时才承认朋友的看法。原来人生晚景更为舒展更为洒脱。

2000 年 9 月 12 日

第五辑　生活写意

喝早茶

在北京的老作家中，有几位喜欢喝早茶，这当中首推邓友梅。友梅的小说《那五》《寻访画儿韩》等，都是写的老北京生活，作家老舍先生和邓友梅，都被称为京味小说家。照理不应该钟情粤港生活，可是友梅妻子多年在香港工作，友梅兄作为家属，常去香港探亲居住，一来二去，生活方式也就有了港味儿，喝早茶大概就是那时养成的。

友梅喝早茶有两个特点：一是定点儿，二是定食，至于有什么讲究，不详。所谓定点就是，非民族饭店，其他店家都认为不正宗；所谓的定食就是，除常吃的几样茶点，别的一概都觉得没味道。他喝早茶很有点谱儿。

别人喜欢喝早茶，是不是友梅带的，我不十分清楚，反正我头次在北京喝早茶，是跟李国文去的，地点就是民族饭店。这个地方正是友梅预订的。那时叶楠还在世，他较我早加盟，好像也是国文带去的。后来张洁也加入进来。这样我们五个人，从此就常相约，一起去喝早茶。采用“转转会”方式，哪天该轮到谁做东，就提前去占座位。很坚持了一段时间。

友梅喝早茶是生活习惯使然，别人喝早茶，大都是想借此机会会朋友，因这喝早茶比吃正餐时间从容，大家边聊天儿边随意选点食品吃，还是蛮有情致蛮有意思的。再说这会儿的物质生活，大多数人就是再不富裕，肚子里总还不算缺少油水，吃的好坏已经不在话下。对于像我们这些有点年纪的人，友情相叙比之吃喝玩耍，在精神上似乎更觉得欣慰。这起码是一些老年人，爱喝早茶的原因之一。

友梅为何愿意在民族饭店喝早茶呢？据我从旁观察揣摩，并把民族饭店的早茶，同别的店家早茶比较，有两样是别家饭店早茶所欠缺的。一是用小推车送食品，二是食品的样多味正，很少有偷工减料的情况。像友梅这样走南闯北、见过大世面的作家，在吃上自然也就要求高，他怎么能随便糊弄呢？何况这会儿的人，已经把吃当做文化，只要有条件的话，谁不想好好享受呢?

叶楠去世后，我们的五人茶座，从此也就不再。不过友梅自己还是喝早茶。常去的地方好像还是民族饭店。据他自己说，他家安定门附近，最近也开了家茶食店，名字好像叫什么轩之类，他有时不愿意跑远处，偶尔也在那里喝早茶，只是吃的样数没有怎么改变。至于味道如何，我没有问过他，估计不如民族饭店吧。有没有小推车送餐也不知道。

我家居住的亚运村，最近新开一家茶食店，店的名字叫嘉年华，营业时间从早七点到夜里两点，我觉得很适合朋友们一起聊天儿，就想约几位朋友聚聚。当然少不了爱喝早茶的邓友梅兄。我打电话约他时，听了听店名他说："从名字上看，像是香港人开的，香港店名就爱叫什么'年'。"大概就是冲着店名吧，那天早晨友梅果然来了，我想，先让他这位行家品品，倘若够档次的话，以后朋友们小聚，就把这里当个点儿。

应该说，这家茶食店蛮有特点的，例如营业时间比较长，例如茶水不要钱，对于一般顾客来说，我看还是挺有群众观点的，只是这特点不是太讲究，对于友梅和另外一位茶友何镇邦，就显得多少欠了点档次。至于另外四位茶友张凤珠、刘锡诚、杜高、王建勋，好像都属于我这样的人，茶点无所谓，能舒心畅快地聊天就好，所以那天的早茶，大家就推举友梅和镇邦二位，给大家具体安排茶食。友梅点广东茶点不看食谱，直接要这个要那个，熟悉的程度连服务员都惊讶。茶水因为是免费供应，茶叶自然不会是好的，镇邦一看不上档次，立马跑回家去，拿来上等好茶叶，酽酽地沏了两茶壶，放在朋友们面前，一股清香气味立刻飘散在室内。

这天的早茶，茶自然是没的说，茶点就很难说了，因为一算账才六十多元钱。临走时我问友梅印象如何，他只说："便宜，比民族饭店便宜多了。"底下的话他就未再说。我猜想，如果再说大概是："样子少味道不地道。"或者干脆说："不怎么样。"由此我想到，生活的讲究与不讲究，大概就在于此。讲究的人追求的是品位，随意的人要求的是快乐。两者的区别是有的，本质却都一样，这就是：对生活的热爱与执着。

2005年6月19日

烟酒琐忆

熟悉我的人都知道，平日里烟酒不沾。有时朋友们聚会，觥筹交错，烟来火往，我只是踽踽独坐。置身在这种轻松热闹的氛围里，离群寡合，有时连自己都觉得扫兴，可是又实在无亲近烟酒的福分。就这样好歹地活了大半辈子。

俗话说“饭前一杯酒，快活大半宿”，“饭后一根烟，赛过活神仙”，倘若真是这样，这种神仙的快活，今生今世，我怕是难以享受了。

有次同几位朋友相聚，这几位都是嗜烟酒如命的主儿，好容易凑在了一块儿，烟酒齐来，好不快活，似乎日子就该这样痛痛快快地过。唯有我好像陌生人坐在一旁，欣赏着朋友们沉浸烟酒之中的得意神态，朋友们兴奋得也好像忘记了我的存在。这其中有位相识三十几年的朋友，无意中意识到我的孤寂，她便打趣地说：“喂，诸位别忘了，这儿还有一位哪，烟酒不沾，这辈子白活了。”

随这位老朋友怎么说，我都不会介意，本来嘛，我这辈子就很平庸，白活也不全在烟酒上。倒是另一位朋友接茬儿说的话，着实让我想起了一些事情。这位朋友说：“其实你真该学学烟酒，这玩意儿真像人们常说的那样，酒能消愁，烟能解闷儿，你不信试试，天大的愁事儿闷事儿，一沾烟酒，立刻就会烟消云散。”

要说这愁事儿闷事儿，我这辈子可还真不少，愁情悲绪总是理不尽，照这位朋友的说法，大概就是因为不近烟酒的缘故，这么一想，我真后悔当初在烟酒上的不尽心。

在一般人看来，男人——尤其是文化人，烟酒无好，简直不可思议。经常有些新结识的朋友问我：“你从未沾过烟酒吗?”每每这时，我只是淡淡地一笑，从不更多地答话，因为一两句话说不清楚。说从未沾过烟酒，那也不是实活。我毕竟不是佛爷僧侣，凡心一颗在胸中嘣嘣地跳，总还是向往人间乐趣的，哪能忍心怠慢自己呢?

那年被划“右”，流放到北大荒，同成百上千的落魄文人在一起，这其中很有些烟酒之徒，又是在逆境之中，心情不佳，烟酒便成了他们的难友。

我记得有位北京某报社的记者，自打我见到他那天起，就不曾见他脸上挂半点儿笑容，沉板的面孔犹如北大荒的荒地，看上一眼心中好不是滋味。后来听他们报社同来的人讲，这位仁兄，本来就生性软弱、内向，这次又被划了“右”，爱人也同他离了婚，肩负着人生难测的不幸和烦恼，来到这苍凉冷漠的荒野，他自然不会有宁静的心境。此公很喜欢饮酒，每天从田间劳动归来，路过商店打上二两，晚上睡觉前面壁而坐，独斟独饮，从来不让任何人。是解疲劳，是浇块垒，谁也不清楚，他自己也不说，反正天天这样，如遇阴天下雨不出工，还要多饮一两次。

我当时是个小光棍儿，尽管有“右”的枷锁加身，心情上也不自在，但是没有家累之愁，终日就是吃饭干活儿，比之成家之人的烦恼要简单些。就这样糊里糊涂地在劳改农场干了一年。

次年有一天下起大雨，屋顶的房泥被冲开了，屋里四处漏雨，我们拿出所有的脸盆接雨，一时间嘀嗒嘀嗒的滴水声四处响起，单调而宁静，沉闷而烦躁，更多的人在那里无言地吸烟，借以消磨这段惹人多愁善感的时光。那位终日不离酒的老兄，在这样风雨愁人的天气，自然更需要烟酒的陪伴。

可能是这种沉闷的氛围太撩人了，我这平日里傻吃闷睡的主儿，忽然想起了自己未卜的前程，坐在那里看这位老兄饮酒出了神儿。他叫了一声我的名字，然后诚恳地说：“喝口吧，解解闷儿。”这位从来喝酒不让的人，这次破例地让了我，又是在这样的境遇、这样的天气、这样的心境里，我很感激他的同情和理解，毫不犹豫地喝了一口他递过来的酒，这也是我有生以来第一次尝到酒的滋味儿。谁知就是这么一口辣辣的酒，不仅没有化解我心中的愁闷，反而让我感受到了醉酒折腾的痛苦。先是肠胃火烧火燎的，好像是吞进了烧红的炭块，接着就是打咯呕吐，翻肠倒肚地揪扯，本来肚子里只有四两带壳的高粱饭，这么一折腾颗粒无剩了，只好躺在大炕上忍饥挨饿。

这次用酒浇愁反倒愁的教训，我一直铭记着，从此滴酒不沾，任凭别人怎样热情地劝酒，我都不会在诱惑面前退却。这几年社会活动多了，聚会时有些初识的朋友的盛情，实在令我感动，有时不得不沾杯轻抿一点儿，表达我对这些新交的敬意。然而更多的时候，还是清茶或饮料一杯，独自在一旁清静地享用，倒也自由自在。

说到赛“神仙”的烟，同样与我无缘。

在文化大革命的疯狂年月里，造反派的英雄们，想抖抖他们的威风，揪斗“黑帮”时，连我这个“明码”右派一起抓了起来，同“黑帮”关在同一个“牛棚”里。这些黑帮大都是过去的“清白”人，有的还是头头脑脑，一夜之间成了“反革命”，从高位上拉下来，有的想不通，有的很害怕，睡觉吃饭都不怎么踏实，不知道事情会演变成怎样。相比之下我倒比他们放得开，一是我经历过挨批斗的世面，二是我没有“革命者”的遮羞脸皮，再说当时我又同家人异地分居，管它是黑是红是死是活，照睡照吃不误，觉足饭饱之后还要开开玩笑，很有点“死老虎”的煮不烂的本色。这些人都很羡慕我。其实我也不是天生就这么遇事镇定，还不是多年挨整练就了“随他去”的筋骨，反而没有精神压力和思想负担了。

在“牛棚”里过了一段担惊受怕的日子，这些人的心境渐渐地开始平复，他们脸上的愁容惨状也随之云散，只是耐不住这沉闷压抑的气氛，有的原来并不吸烟的人，这会儿也开始捎信儿找家里要烟。同我邻铺的“黑帮”分子原来是工会主席，他学会吸烟以后无聊时就吐烟圈儿，一个个白色的圈儿，好像一朵朵蒲公英，边飘散边扩大，在那种情况下很能给人一点乐趣。

我出于好奇也想玩玩烟，有天就伸手找他要了一根，用他损我的话说是吸“伸手牌”烟。点着火儿刚往嘴里吸了两口，就被烟呛着了，干咳得满脸通红，一再喝水还压不住。没有玩成烟反倒被烟戏弄了，气得我立刻把烟扔在地上，用鞋底狠狠地碾成稀巴烂。我的这位邻铺看着我这副狼狈相，一边好笑一边数落我：“看你这个人，真是没福气，连烟都抽不了。”我只是听着，不想说什么。这时我却想起了那些好样的烟民，在三年经济困难时期，买不到烟，他们把白菜叶子晒干，卷着辣椒面吸，依然是那么有滋有味儿，享受着同真烟一样的乐趣。我就没这个命，正儿八经的香烟，到我嘴里都被拒绝，只好认头了。

想当烟民未当成，有时心里也挺不是滋味儿，特别是参加什么会的时候，桌案上摆着“中华”、“玉溪”、“三五”等名牌高级烟，常常会情不自禁地拿起一支闻闻。后来听人说，吸烟有害身体，吸多了得不治之症，我也就无心思再学。这烟也就同酒一样，再不可能亲近我。

不饮酒，不吸烟，在我前半生颠沛流离的生活里，似乎并未觉出有什么不适，再说那时我的经济情况也不允许这样奢侈，烟酒无嗜倒也活得过去。可是社会发展到今天，烟酒除了自娱，还是交际的手段，像我这样拒绝烟酒的人，就多少有点不合时宜了。好在我已年逾半百，所求不多，干的又是不值钱的工作，交际也少，学不学烟酒就无所谓了。

烟酒再好，再解愁闷，总与我无缘，那就随他去吧。人生哪有那么多欢乐。生活着，就准备着受苦受累。这苦这累，这愁这闷，光靠烟酒的灵慧，我想是难以消弭尽的。生活得淡泊些，洒脱些，自然些，寂寞些，岂不更好。

1998 年 6 月 28 日

窗　口

生活里有些事情，其实并非刻意如何，于不知不觉中就记住了，而且很可能难以忘怀。我下边要讲的这件事，就是不经意间偶然见到，却始终让我念念不忘。它就像那幅俄罗斯油画《小旁门》，年轻时候偶然读过以后，从此就总是出现在脑海。那位美丽的俄罗斯少妇，黄昏时分依偎自家门前，等待什么人归来的画面，只要一想起就呈现在眼前。尤其是那双含情脉脉的眼睛，相信谁看到都会心跳加速。

我要说的这件事情，时间已经很久远了。

年轻时有年夏天傍晚，我去中央戏剧学院，看望一位在此读书的朋友。熟悉中央戏剧学院的人，我想都知道，这里校园并不怎么大，一进院子就有座楼房，紧对着学院的大门。刚走进这所学院大门，迎面传来一阵歌声："在那矮小的屋里，灯火在闪着光，年轻的纺织姑娘，坐在窗口旁……"声音不怎么大，唱得却很有味道，不由得让我循声而去。抬头朝着楼房一望，有个敞开的窗口，一位年轻姑娘正在梳头，从她垂下的光润长发，我猜测大概是刚洗过，一边轻轻梳发一边唱着歌。此情此景就如同一幅画，镶嵌在洒满夕阳的窗口，更镶嵌在我记忆的画框中。

那时正是流行苏联歌曲的年代，她唱的这支歌是《纺织姑娘》，我不仅非常喜欢而且会唱，只是唱得没有她动听。她的歌唱以及眼前的景象，无形之中使我对这支歌，更加深了印象和热爱。后来只要听到这支歌，就会想起看见过的情景；只要想起这见过的情景，同样又会默唱起这支歌。

时间过去没有多久，我就在政治上倒了霉，发配到遥远的北大荒，从事笨重的体力劳动。年纪轻轻的就沦为贱民，思想不通和精神压力，如同碾过心地的车轮，常常地让我感到疼痛。我们劳动的军垦农场，大田种植大豆和小麦，一般都是拖拉机播种，农场的土地非常辽阔，拖拉机走一趟得半小时。我到农场干的头桩正经活，就是扛着麻袋往播种机装麦种，装完种子拖拉机开走，没有事了就仰卧地上，看天上云彩自由飘动。不知怎么，从自由自在飘动的云彩，不禁想起自己的处境，觉得连一朵云彩还不如，不免难过。头脑里也就开始胡思乱想。

从眼前想到过去，许多景象就像画，一幅一幅地翻着。蓦然间眼睛一亮，出现了戏剧学院那个窗口，还有那个梳理长发的姑娘，以及她那优美动听的歌声。这时尽管是在逆境中受劳役，想到这偶然见到的情景，让我感觉人生依然美好，生活还是值得我留恋。就是为了这幅美丽的“画”，我想也应该坚持生活下去，人不就是为美好而生存吗?

有好几次看电影，只要有相似的画面出现，我就会想起那个窗口，而电影里有哪位披长发的姑娘，如果坐在窗口轻声歌唱，就以为是当年的那位姑娘，如今成了电影演员呢。当然，这只是我的想象。这位唱歌的姑娘，我根本无缘认识，只是一次邂逅记住了。而这一记就是几十年。

当我的命运好转以后，再次去中央戏剧学院，走进那个熟悉的院落，自然而然想起那幅“画”，情不自禁望了望那窗口，只是早已经物是人非。当年那位唱歌的姑娘，就是留在学校任教，或者毕业后成了演员，她也永远不可能知道，当年曾经有个青年人，偶然看到过她梳发唱歌。而且正是她不经意的举动，给这个年轻人留下美好记忆，以至于在他身处逆境时都不曾忘记……

2004 年 11 月 12 日

花之谊

明史学者、作家王春瑜先生，日前著文《送您杜鹃花》，发表在《文汇报》副刊上，讲述他前年迁入新居后，请几位文友到他家喝茶，我送他两盆杜鹃花的事。其实这只是平常小事一桩，竟然让春瑜如此念念不忘，足见他对友情的重视和珍爱。读后立刻让我想起，这些年来，文友间以花相赠的事。

自从迁入亚运村新居，年年春节，我几乎都有鲜花相伴。起初是自己在花店购买，后来是邻居的文友赠送。评论家张韧、蒋翠林夫妇，是我多年的老朋友，现在又住同一栋楼里，他们每年春节去花市，给自家选购鲜花的同时，总是不忘带一两盆鲜花赠我。诗人吉狄马加也是我的邻居，这位来自“天府之国”的老弟，自然对于花儿有着天然的情缘，也总是在春节时送花给我。还有那位祖籍福建的评论家何镇邦，虽说跟我不住在一栋楼里，只要他家乡捎来水仙花头，同样不会忘记让我同享水仙的清丽。所以每年春节期间，我和妻子守在家中，沐浴着温暖的阳光，呼吸着鲜花的芬芳，或看电视节目，或听音乐唱片，我就有种幸福的感觉。而传递这幸福和友情的正是朵朵鲜花。

清新明丽的鲜花，如此受文人喜欢，原先还真未想到。后来每有朋友迁入新居，想表示祝贺和友情时，我就自然而然想到鲜花。学者、散文家林非迁入新居，作家张抗抗在北京西郊定居，我都是在附近花店买一束鲜花，请店家精心包装后拿去祝贺。这两位老朋友看到非常高兴，立刻找出花瓶放水供养起来。那天去春瑜新家给他温居，本来也是想如法炮制，买一束新鲜花儿送他。他新居地处西四一带，属于北京的繁华区，我满以为找家花店不难，却不料来回走了几遭，竟然没有找到一家花店。正想再往远处找找看时，到一个胡同忽然发现，几个人围着一辆三轮车，走到跟前才知是卖鲜花的，而且都是栽在原装花盆里，于是不等别人划价还价，我上去就抢了两盆，按卖花人的要价买下。省去了我的奔波之苦，更给春瑜带去了福气，我觉得这比什么都重要。

探望病人赠送鲜花，表达对友人的祝愿，在记忆中只有一次。那是在老作家冯牧先生生病时，代表《二十世纪争论作品丛书》编委会，我去医院看望这位前辈。在此之前看望生病亲友，都是按照当时的习俗，从商店里买些各种食品，这次照我这俗人的想法也想依旧，经此书其他编委的建议，这才决定购买鲜花送冯老。当时我居住的团结湖小区，有家刚刚开张的小花店，走进去面对形色各异的鲜花，我一时间真的有点目不暇接，不知选哪种花给病人更好。店主人见我久久愣在那里，就主动走过来问我选哪种花儿，我吭吭许久说不出个花名来，店主一看我就是个花儿盲，于是便和气地说："我看这样吧，您告诉我，买花干什么用，我帮您选，您看行不?"最后在热情的店主人帮助下，选了一束美丽温馨的康乃馨。病中的冯牧先生见到非常喜欢，立马叫护士找来一个空药瓶，把这花放在他的床头柜上，洁白的病室里顿时显得熠熠生辉。

除了真正的鲜花，从网上传递花图，这是今年春节时，我得到的另样祝贺。既感到幸福又感到惊喜。在我打开电子信箱，拜读朋友发来的贺信，忽然发现其中的两封信，还有附件在信末。这两封电子信件，一位是《解放日报》编辑朱蕊发来的，一位是《小说选刊》编辑王素蓉发来的，我就逐一把它们打开，不一会儿，美丽的花朵图案和祝词，一张张在电脑屏幕上展开，实在太漂亮太抢眼了。因为是第一次享受这现代式的祝贺，自然也就有着异乎寻常的兴奋，观赏许久仍然不想从屏幕上移开。特别是王素蓉发来的那组花图，一张一种花样，一张一种姿色，伴着悠扬的音乐展开，简直就是一个美丽大画册。我本想以同样方式，用花图向朋友们祝贺，只可惜我过于愚笨，试了几次不能如愿，最后只能给朋友们发几句话。这网上花图跟鲜花一样，给了我无限的欢乐和幸福，使春节又增加了新的情趣。

我送给春瑜的两盆杜鹃花，开得时间之长并不奇怪，因为他家的条件比较好，夫妻俩都很勤快，侍弄好几盆花儿，怎么说也不会有问题。令我惊喜的是这两盆杜鹃花，其中一盆竟然开出一百零七朵花儿，简直有点儿福气盈门的味道。春瑜一家人非常高兴，又是在花前拍照，又是通报给朋友，我这个送花人颇感欣慰。自然更要感谢这花的使者，以及那不知名姓的卖花人，是他们装点了我们的生活，给了朋友们比花更清新的友谊。

2004 年 2 月 29 日

愿 望

每年春节前几天，在京会员欢聚一起，迎接新春到来，早已成为中国作家协会传统活动。这个活动通常都在北京饭店举行。金碧辉煌的老楼大厅，摆放密密麻麻圆桌，桌间空隙只能侧身而行，为了占个座位坐坐，有的人就提前到来，如果踩着钟点来，就很可能四处游走。来人渐渐到达，寒暄声说话声，飘荡整个大厅。喜欢安静的文人，对于这个活动，怎么如此看重呢？我想主要的还是来会朋友。尽管大家同居北京城，平时却很少见面，特别是有的年长作家，由于年老体弱行动不便，平时很少出门参加活动，这一天就是在家人陪同下，总也要来看看老朋友们。

我过去家累压身离不开，总有许多年，没有参加这个活动了。2009 年春节将要来临时，收到中国作家协会请柬，跟家人商量要去参加，被坐在一旁的孙女听到，她突然问我："爷爷，您认识袁鹰吗？"我说："认识。"她又问："袁鹰是爷爷是奶奶呀？"我说："是爷爷。"她说："我还以为是奶奶哪。那袁爷爷去吗？"我告诉他肯定去。她就说："我跟您一起去行不，我想见见袁爷爷。"接着孙女告诉我说，她的语文课本里，有袁爷爷一篇散文《枫叶如丹》，她能全文背诵下来。因为喜欢课本里这篇散文，就想跟我见见袁鹰先生。

孙女今年十一岁，在北京中关村第一小学读书，跟我从无任何要求，长这么大我也未带过她玩，对于她今天的这个愿望，我想我应该满足她。当天晚上我给袁鹰先生通电话，跟他讲述情况和转达孙女愿望，袁鹰先生听后非常爽快答应，并且询问了孙女的名字和年龄，准备题写几句话赠送给孙女。次日下午我们祖孙俩，早早打的到北京饭店，在大厅门前恭候袁鹰先生。这时有许多老朋友，走过来跟我打招呼，有的还请我坐同桌，由于等候袁鹰先生，我只好谢辞陪孙女。

袁鹰先生终于来了。我把袁鹰先生介绍给孙女，她高兴地依偎在老人身旁，然后我们跟老人一起，找到他的座位落座，我立刻找来一位摄影记者朋友，请袁鹰先生跟孙女合影。合完影袁鹰先生坐下，跟孙女又说了说话，把在家写好的字给了孙女。字是这样写的："祝刘易文小朋友新春幸福！做一篇好文章不易，做一个好人更不易，只要坚定志向，不懈努力，做好文章好人都易。你说是吗？袁鹰 2009 年 1 月。"老人用孙女名字拆意，表达他对孩子的期望，而跟孩子交流的口气，却是如此谦和平易，足见老人心地的宽厚。

孙女想见袁鹰爷爷的愿望实现了，袁鹰老人也表达了祝福的愿望。而我这个搭桥人，又有什么愿望呢？祝袁鹰先生健康长寿，祝孙女刘易文茁壮成长。晨曦和晚霞都美丽，就是我的最大愿望。

2009 年 5 月 12 日

高莽给我画像

高莽的身份，真不知如何定位好？

学者、作家、画家、翻译家、编辑家、文化使者，哪一样都不是徒有虚名：说他是学者，因为他是中国社会科学院研究员；说他是作家，因为他出版有几十种散文书；说他是画家，因为他画有大量国画；说他是翻译家，因为他用“乌兰汗”笔名翻译有大量俄罗斯文学作品；说他是编辑家，因为他曾任《世界文学》杂志主编；说他是文化使者，因为俄罗斯总统叶利钦给他授过勋章，最近又获得俄罗斯“高尔基文学奖”，这就是我认识的高莽的身份。

可是当你见到他时，你就会惊奇地发现，哎哟，这么一位文化界名人，怎么连一点架子都没有啊，说话嘻嘻哈哈，做事实实在在，给你的第一感觉就是，这是个随和、厚道的人。水多河静，土厚山重。有学问的人，有本事的人，越发平易近人，这种品德在高莽身上，体现得好像非常明显。

既然这篇小文章，要说高莽给我画像，咱们就说画家高莽吧。

画家高莽最擅长的作画内容，就是文学界——尤其是俄罗斯文学界人物画，像普希金、高尔基、果戈里等大作家的形象，都曾经生动地出现在他的绘画里。他画的一幅大作家列夫·托尔斯泰画像，至今悬挂在俄罗斯作家协会大楼。他有时也画风景画，我就有他赠送的一幅，而且是裱装好赠送的。高莽有时参加文学集会，都不会忘记他的画家身份，总是随身带个速写本和笔，哪位作家的表情或神态，触动了他的灵感和激情，他就立刻匆匆勾勒几笔。有次在欧美同学会开会，我坐在他附近的位子，大概正好进入他的视界，就给我画了一幅面部速写，然后悄悄递过来让我看了看，我本想就势掠为己有，却不料他手快拿走了，说：“等我回去整理出来，再送你。”从此，高莽就欠下我一笔画债，可是他好像完全忘记了，以后见面从不提此事，我当然也不便死乞白赖地要。

1994年有天去协和医院看病，刚在候诊室坐下，只见高莽走了进来，就招呼他坐我旁边，两个人一边聊天一边候诊。说着说着，他从随身带的布袋里，拿出笔和几张白纸，说："我给你画张像吧。"听后，我想这可是个要账的机会，就说："你还欠我一张哪，那年在欧美同学会开会，你画了我，说把画给我，后来连提都不提，这回可别糊弄我呀。""那好，这回当场兑现。"他说。

他看我片刻，画上几笔，再看我几眼，又画上几笔，不一会儿，一幅我的头像，就画成了。题签完"高莽速写一九九四年四月十日"字样，交我看过后，马上又拿了回去。思忖少顷，他说："咱哥俩儿，老在这地方见面可不好。"说着他在画上写道："柳萌兄一笑——画于八宝山前几站……"刚递给我看过，他好像觉得有点失口，于是又拿了回去，在"画于八宝山前几站"字句后边，填写了"指我而不是你"几个字，并用括号括上。这才送给我。

看后，我们俩都哈哈大笑起来，既觉得开心好玩，又好像悟出点什么道理。由此可以看出，高莽性格的豁达，以及对生死的泰然，还有对朋友的体恤。我说："何必呢，咱老哥俩结伴而行，多好，一路上不会寂寞。我还可以看你画画。"说着又是一阵笑。高莽老兄以为我忌讳"死"字呢，其实我和他一样，早把这件事想清楚了。在七十岁将临的时候，中国作家协会主要领导，分管干部工作的书记，以及老干部办公室的人，那天特意到家来看望我，我就非常明确地说："活着不过生日，死后不开追悼会。"只想活在生与死的过程中。我写过一篇散文《从来不过生日》，发表在1998年《人民文学》杂志上，就是要表明我对生与死的态度。

现在，距高莽为我画像的时间，转眼已经八年时光过去，高莽和我都还硬朗朗活着，趁写这篇小文之际，我倒想打油一首赠高莽兄，感谢他为我作画：春秋移换已八载，八宝山中未收留；多做善事少害人，何须佛前勤磕头。

2006年5月26日

家樽常满

家庭的自在闲适，可以由多方体现，譬如阳台鸟语厅室花香，譬如音乐缭绕书画生趣，无不让人觉得怡然陶然。然而，比这些更令人感觉惬意的，莫过于樽中酒壶中茶，家中只要常有酒茶这两样，就会有着无尽的愉悦。尤其是有了这解忧之酒，即使在外烦恼淤积成结，几盏下肚便会顿时消解，长嘘一声犹如薄云飘散。该是何等舒畅。

我从不嗜酒，就是天天饮茶，也是清淡的几叶，很少浓酽在杯。因此，就谈不上自在，更没有闲适好讲，但是，在我认识的人中，却常有恋樽之情，观其神态颇为得意。这其中有三位朋友，闲适小酒天天喝，实在令我等羡慕。

一位是作家舒展先生。他不怎么喝白酒，啤酒却从不断顿。有天晚上我们去他家，他夫人说他在书房里，我们以为他正在写作，推开门进去一看，这老兄正在饮酒。他端正地面壁而坐，一瓶啤酒，一盘小菜，摆在书桌上，轻斟慢饮，品咂有声，那种悠悠然的自在，恐怕外人实难领会。见此情景，感慨颇多，回到家立刻提笔，我写了篇小文章，题目就是《酒“泡”出来的杂文》。

另一位是画家尹瘦石先生。这位以画马名世的老画家，嗜酒到何等程度，我不详，每次见面也不曾问过。有次跟几位内蒙古文友，相邀去看望尹老，正是个晚上，不知是老先生外出才归，还是作画劳累了，只见他正在独自饮酒。一张代桌的小方凳上，摆着一盘红烧平鱼，尹老手把瓷制酒盅，忽饮，忽吃，还不时地跟我们搭话。他的夫人则在旁而坐，像是侍候老画家饮酒，又像是观赏先生的酒姿。

这两位文友的家饮，都被我偶尔碰上，其情其景久久难忘。并由此断定，只要不是酗酒，每日家樽不空，就会是温馨多多。倘若夫妻能同桌共饮，其乐融融犹坐春风，彼此之间的恩爱感情，在交杯碰盏时得到增进，岂不是更得感激这酒。

还有一位工程师朋友，此公别无他好，就是喜欢喝两口。去他家环顾四壁，最打眼的东西，就是酒。“文革”中从“牛棚”出来，一进家刚张口就是：“快拿酒来”，然后就是一通猛喝。多少委屈，多少痛苦，都在酒中化解消减。有次我跟他儿子闲聊，问他：“你爸打过你没有?”他说：“打过，就只有一次。”我又问他：“为什么?”他说，有一次他爸刚进家，拿过酒瓶就喝，喝着喝着，突然叫他过来，二话未说，照他屁股就踢了一脚。他妈心疼得就骂他爸，他爸说：“你偷喝酒，就喝呗，你小子偷喝了酒，又往酒里兑水。”我一听笑了，问他是不是真兑水啦，他说：“没想到我爸真有两下子，他一沾口，就知道味儿不对。”这酒给这位朋友家，带来这么一段故事，事后谈论起来，肯定会是满室笑声。

听说时下兴饮干红葡萄酒，原因是此酒能健心促血。是否真有这么大的效用，我不是医学家不得而知，不过我倒是觉得，有了这样的低度果酒，对于像我这样不善饮者，可以说是个不小的福音。大概就是从保命考虑吧，我还真的买过一瓶干红酒，尽管放了好久才想起来喝，喝时就像喝中药般勉强吞下，但是它给予我的餐桌乐趣，却为任何美味佳肴难以比拟。罗贯中在其大著《三国演义》卷首云：“一壶浊酒喜相逢，古今多少事，都付笑谈中。”这虽然说的是老友相见，共饮浊酒谈笑忘忧的事，距离我们好像很遥远了，但是其感情依然还是很亲近的。生活在今天的人，由于分配不公、贪官当道等等，这些社会转型期诟病的存在，使得人与人之间的关系不畅，正直人有时窝火生闷气，在家中端起酒杯小饮，这确实不失为解忧消气之法。

别看我不嗜酒不善饮，对于家樽不空的做法，却打心眼里一百个赞成。因为酒可以忘忧、健身，更可以给家庭带来温馨、欢乐，让我们的日子过得更舒畅。这样的好事，何乐而不为。现在正是冬天，一场大雪，纷纷扬扬，把人锁在了家中，这时端起暖酒一杯，岂不是更有春意在心头，纵然，有眼前的烦情，有远年的愁事，都会在酒中燃烧殆尽。

1998 年 10 月 28 日

梅菜扣肉

没有吃过梅菜扣肉之前，我这北方人馋了，总要来碗红烧肉吃。红烧肉是北方人的看家菜。取皮薄肥瘦相间的五花猪肉，用酱油和各种作料炖得烂烂的，放到嘴里立刻便会溶化进肚，在齿间留下喷喷的香味儿。这红烧肉好吃是好吃，只是吃多了会觉得油腻，所以有人只好蘸着醋吃，或者就一些大蒜来解腻。倘若跟白菜土豆一起炖，倒是不怎么太腻了，问题是那味道也就欠纯正。

梅菜扣肉则完全不同。肉中的油腻全渗到梅菜里边，不仅肉块不怎么油腻了，而且连梅菜都有了肉的香味儿，既让人解了馋，又不觉得油腻，这的确是道肉食中的好菜。至于它的做法，我就不知道了。想吃这口时，一是到饭店里，一是买半成品，只是那味道儿，总觉得不如家中做的，这常常给我的嘴留下遗憾。

头次吃家做梅菜扣肉，是二十几年前，在老诗人艾青先生家。那时，我们这些“右派”，从流放地陆续回来，大都还没有住处，无事就往熟人家跑，赶上谁家的饭，就偶尔蹭上一顿。艾老这时搬出北纬饭店，刚刚在史家胡同安了家，老诗人和夫人高瑛大姐，两位都是重情谊的人，朋友们来串门儿，他们总是热情接待。

有天我和两位朋友，一起到艾老家聊天儿，天南地北，时事民情，聊得非常开心惬意，不知不觉到了中午时分。这时高瑛大姐来客厅，非让我们留下吃饭，加之艾老依依不舍，我们也就又叨扰了一顿。那时艾青家人口比较多，又刚刚回到北京不久，依我看经济上并不富裕，可是在接待朋友时，这夫妇俩人仍是倾其所有。那天由于我们在他家，高瑛大姐特意多做了几个菜，招待我们这三个准光棍儿。高大姐做的别的菜，我一点儿也记不得了，唯有那碗梅菜扣肉，至今还记得清清楚楚，想起来都会涎水难抑。那么，为什么对这道菜，会记得如此真切呢？除了是第一次吃梅菜扣肉，还因为在端上这道菜时，高瑛大姐放在艾老跟前，并对大家说：“这是艾青最爱吃的。”从中可见他们夫妇二人，在患难中结下的情意，是多么真挚多么深笃。

高瑛大姐无意间说的这句话，却使我们这几个客人有了心，都不好意思往那肉碗里伸筷子了。细心的艾老和高大姐，好像看出了我们的心思，俩人又是让又是夹，我们美美地吃了几块肉，那味道儿完全不同于红烧肉。艾老是浙江金华人，这种梅菜扣肉，无疑是南方的做法。高大姐是东北人，丈夫喜欢吃这种肉，她就学会做了，而且味道蛮地道，我们都羡慕艾老好福气。从此我就记住了梅菜扣肉，下饭馆时遇有这道菜，无论做得如何都想尝尝。吃的时候自然便会想起，第一次吃这道菜的时候，以及在老诗人艾青家的情景。

前不久去浙江省青田县，有次又吃到梅菜扣肉，比之北方饭馆做的，味道当然要纯正许多。然而还是不如家里做的可口。这时不禁让我想起二十几年前，在诗人艾青家吃的梅菜扣肉。可惜艾老如今已经仙逝，我们再不能沾他光，吃高瑛大姐做的饭了。艾青年高八旬有余而去，他的长寿跟爱吃梅菜扣肉，有没有关系不得而知，但是有一点是肯定的，这就是风风雨雨几十年来，高瑛对艾老无微不至的照顾。

1999年12月14日

在汪老字纸篓中淘画

汪老，即著名作家汪曾祺先生。

1987年春天，邵燕祥等我们一伙同游云南，作为访问团团长的燕祥兄，指定我负责照顾汪老，在近二十天的时间里，我都和汪老朝夕相处。因为有过相同“右派”经历，说话也就比较随便，晚上睡不着觉就闲聊，老人家的隽语妙言里，无不透着人生机智和事理，对于我这个晚辈颇有启示。后来又曾跟汪老等一起，参加泰山、承德等地笔会，以及北京的各种文学活动，从汪老和别的文学前辈身上，学到许多做人处世学问。特别是在我主持《小说选刊》时，包括汪老在内的许多作家，都给予多方面帮助和支持。

《小说选刊》刚刚复刊时，经济上特别困难，编辑高叶梅提出，杂志社办家书店，即使挣不了什么钱，起码可以借此扩大影响，我觉得这个主意不错，就采纳了她的意见。书店想请名家题写匾额，我自然想到了汪老，汪老文章写得好，这是圈内人公认的，汪老的书画也好，这连圈外人都了解。凭我跟汪老的交情，我想老人总不会拒绝，就在一天下午，带着两瓶好白酒，跟高叶梅和司机小宫，来到汪老虎坊桥新居，请老人给书店题写匾额。汪老欣然命笔书写“百草园书屋”五个大字。

我想，既然来到了汪老家，总不能空手而归吧，得跟老人家讨幅字，可是又不便跟汪老明说，就翻弄书桌旁字纸篓，汪老看到就问：“你这是干什么啊?”我说：“看有没有您扔掉的字画，我们好捡一两幅啊。”汪老把我的胳臂一拨弄，说：“去，要什么字，都谁要，说。”听说话的口气，老人今天情致不错，竟然如此爽快答应，我们三个人每人讨一幅，这是情理之中的事。除此而外，得寸进尺，我又用试探的口吻，给王巨才要了幅字，没想到汪老也答应了。那时巨才刚从陕西省，调来中国作家协会，汪老还无机会认识他。我私下里跟巨才接触几次，觉得巨才为人比较正派，对困难中的《小说选刊》，非常理解并呼吁解决办公室，令我这个当家人很感动。有次跟巨才聊天儿，知道他是一位书法行家，作家中最喜欢汪老的字，这次就想帮他跟汪老求一幅。我把情况跟汪老说了说，他一听遇到知音，立刻就来了精神，展纸挥毫立马书写一幅。巨才见到很是高兴。几年后巨才赠我一幅字，我表示感谢时，巨才还说："我得谢谢你，当年要不是你，我还讨不到汪老字哪。"当然，这是后话了，巨才后来跟汪老认识了，再讨要过字没有不详，起码我给他拿来的这幅字，算是他得到最早的汪老的字，而且有我淘字纸篓的故事。

当我们带着如此"丰硕成果"，以及满怀的喜悦回来，中国作协机关有位朋友，听说后很是羡慕，他对我说："还是你面子大，一次就要汪老那么多字，我提着酒去他家，都未讨得汪老的字。"此话是真是假，不便过多理会。不过我得从实招来，我珍藏的文人书画中，老一辈作家赠我的书画，除了艾青、秦兆阳二位有多幅，下来当数汪老书画，大概总有三四幅吧。起初还经常悬挂厅中，后来怕落土蒙尘，就小心地包装收藏起，逢年过节或换季时，有时才拿出来欣赏。汪老赠我书画的情景，这时，就会清晰地重现眼前，更加怀念这位老作家。

如今汪老不在了。想想他生前往事，我常常暗自感叹：那是一位多么优秀的作家，那是一位多么善良的老人。读他的文学作品，读他的书法绘画，你总有种安详之感。可惜这样的作家，如今太少了，文坛就显得喧闹。然而作家心境的安详，绝对不是刻意包装的，完全是自身修养使然，没有那样的文化底蕴，没有那样的练达人生，就不会有从骨子里透出来的、文人应该具有的高贵和清雅。难怪汪老谢世后，我读到好几篇文章，都在称汪老是一位真正具有文人气质的作家。

2008 年 2 月 28 日

鲍鱼泡饭

鲍鱼泡饭到底是啥滋味儿，它的营养价值究竟有多高，因为没吃过自然也就不知道。鲍鱼泡饭价钱不菲，我倒是听说过了，是在亲见作家张贤亮美餐一顿之后。

有次吴泰昌请我们几个人吃饭。席间不知怎么说到了张贤亮，李国文立刻拨通贤亮的手机，通报了席间的友人和就餐情况，贤亮一听马上说他立刻赶来。国文问："你在哪儿哪，怎么能赶来啊?"说来也巧，这天恰好贤亮来北京办事，刚从银川乘飞机到北京，此时正在保利大厦办入住手续，听说他认识的朋友们聚会，就风风火火地跑了过来。

贤亮赶到我们用餐的酒楼，桌子上的饭菜已经所剩无几，泰昌就想再给他要两个菜。贤亮听后说："泰昌，这样，我就要一份鲍鱼泡饭，由我自己付钱。"这是我第一次听说鲍鱼泡饭。在座的袁鹰、李国文、叶楠、张洁、吴泰昌、吉狄马加，都是走南闯北见多识广的人，相信他们听后都会习以为常，绝对不会有任何的想法。我听后则不然。首先想到的是，贤亮可能跑累了，想吃点儿软食；再次想的是，贤亮可能客气，说要自己付款。因为我没有吃过鲍鱼泡饭，想象不出这种饭的样子，更不会知道这种饭的价钱。过一会儿服务小姐端了上来，我一看，就是我也吃过的泡饭样子，心想这有什么好吃的，它又能值几个钱呢？以为自己的判断没有错。

回家的路上，我跟泰昌一起走，对泰昌说："贤亮要的鲍鱼泡饭，我没有吃过，跟别的泡饭也差不多，能值几个钱啊，他还跟你客气，非要自己付款。"泰昌说："这你就不知道啦，贤亮太会要了，你看着不怎么样，这份鲍鱼泡饭的价钱，都快赶上咱们这顿饭的价钱啦。"噢！这时我才知道这鲍鱼泡饭敢情这么贵。可是这泡饭到底贵在哪里呢？饭不过是普通的稻米饭，肯定不值几个钱，这鲍鱼听说价钱比较贵，难道比黄金还贵吗？我感到茫然。

我不否认自己是个"老土"，就像国文常挖苦我的那样，纯粹是个"农民"，没有见过大世面，没有吃过"皇帝宴"，对于许多事情充满好奇。可是我也有我的想法。比如那自幼听说过的燕窝鱼翅，有机会吃过以后并不觉得如何，它们的身价之所以高贵，无非是在于数量比较少，加之有地位有钱的人，在吃上追求奇缺稀少，这样也就成全了它们的虚名。实际到了嘴里也不过如此而已。至于说到营养如何，那就更不必太信。再有营养的东西，总得经常不断地吃，一般人哪能有那么多钱？

这鲍鱼泡饭，何贵之有？多日来一直在我的脑中盘旋。不得不向《辞海》请教，书上记载说："鲍，动物名。古称'鳆'或'石决明'，俗称'鲍鱼'。鳆足钢，鲍科。壳坚厚，低扁而宽，呈耳状，螺旋部只留痕迹，占全壳极小部分。壳的边缘有一列呼吸小孔。壳表面粗糙，内面现美丽的珍珠光泽。我国沿海均产。自古以来视为海味珍品，鲜食干制均可。壳可供药用及镶嵌螺钿的材料。"后来偶然在报纸上读到一篇文章，说作家梁实秋曾著文谈过鲍鱼，只是一时难以找到梁先生的文章，不知梁先生对于鲍鱼有何高见。

梁先生和贤亮，都是作家中的雅士，对于吃自然内行。他们二位如此钟情鲍鱼，相信这鲍鱼肯定不一般，用"物以稀为贵"来解释，恐怕不见得完全对。因为《辞海》中明确地说，我国沿海均产，而且国家允许上餐桌，这就说明并不是稀罕物。那么，这鲍鱼究竟贵在何处呢？我依然不得而知。只能猜测是在其营养价值上。

由此想来，任何吃的东西，无论是有营养的，还是有毒性的，恐怕都得经常吃才会产生效果，偶尔沾沾嘴终不会奏效。

自打亲见贤亮吃鲍鱼泡饭后，我也就开始留意酒家的招牌，有天路过华侨饭店，看见门前赫然亮着一块大牌子，上边写着：鱼翅泡饭每份一百八十元。嗬，除了鲍鱼泡饭，原来还有鱼翅泡饭，我也就想当然地推测，大概还有燕窝、龙虾之类的泡饭，因为在一般人的眼里，这些都是人间的美味珍品，商家总不会放过炒作吧。这一百八十元一份的鱼翅泡饭，价钱大概算是便宜的，不然店家不会如此张扬。我看后这样想。我还想，鲍鱼、鱼翅、龙虾、燕窝，这些餐桌上的珍品，都是过去一般人难以享受的，如今却成了时尚食品在大店小馆里推出。这到底是有钱的人多了，还是商家挣钱的招数多了，在我的心里总是个不解之谜。

我没有吃过鲍鱼泡饭，不知道其味道如何，更不知道质量怎样？我以小人之心猜测，倘若里边鲍鱼不多，或者是使用代用品，客人花那么多钱，只是吃了个名声，那岂不是白花大钱？我在这样担心着。

2003 年 9 月 14 日

照片上的往事

后来有幸认识艾青的人，我敢说十有八九不会知道，这位大诗人还会吸烟。可是，艾青的老朋友知道，诗人不只是个烟民，而且烟瘾还蛮大哩。他的许多诗情佳构，说不定，就是来自“云雾”之中。有次艾青边吸烟边跟我聊天，大概是聊天的内容，忽然触动了他诗的灵感，只见他顺手拿起烟盒，用笔在上边写了几个字。当时看到这情景我就想：谁能知道未来一首优秀诗篇，不是来自这随手记下的字迹呢?

我保存至今的一张照片，生动地记录着诗人吸烟神态，重读不禁让我想起往事。这张照片摄于1982年6月。当时我在《新观察》杂志社工作，杂志社社址在北京王府井大街，距艾青家丰收胡同特别近，只要有时间或偶尔路过，我就去艾老家里随便坐坐，他家如无客人就跟他聊天。有次从杂志社办公室出来，在院子里碰到同事潘德润，老潘问我去哪里，我说“去看望艾青”。他一听赶忙说：“等等，我跟你一起去。”潘德润是位职业摄影家，善长拍摄文艺家肖像，出于摄影家的职业习惯，他去谁家串门儿都背上相机，有什么好题材就顺便拍下，今天去艾青家他更会是如此。他背上摄影器材箱，我们一路说说笑笑，很快就到了艾青家。

平日里有客人到艾青家，开门的常常是艾青夫人高瑛，若见来访者是熟人或老朋友，高大姐就高声通报给艾青。这天像往常一样，高大姐见是两位老朋友，就想喊着告诉给艾青，立刻被老潘制止住，悄声对高瑛说：“不用啦，我们自己去，我想看看艾老在干什么。”我们轻轻推开客厅的门，只见艾青双目紧闭，左手夹着烟在猛吸，那专注认真的神情，好像是在回首人生往事，又好像是在思索生活忧欢，更好像是在构思一首新诗，他全然没有发觉我们到来。老潘一看立刻来了创作激情，他迅速地用手把我推到身后，示意我不要惊动沉思的艾老，然后麻利地掏出箱子里的相机，连续咔嚓咔嚓的几声，一幅大诗人艾青的生活照，就这样在老潘手中瞬间顺利完成。这时艾青才从沉思中走出来。

过了几天，老潘洗印出照片，赠送给我一张，另一张让我转赠艾青。艾老见到这张照片，端详好久，然后以他惯有的幽默口吻，笑笑说：“不错，可以给烟草公司做广告。”老潘当然没有按照艾老的戏言办，但却留下了这位大诗人的吸烟照，以《浮想联翩——诗人艾青》为题，发表在1982年第五期《中国摄影》杂志上。艾青吸烟的照片，我还看到过几张，唯独这张拍得最好，这大概跟老潘抓拍有关。

高瑛大姐和子女们，考虑老诗人的健康，在这以后没几年，就让艾青彻底戒了烟，从此，再未见艾老吸过烟。有的朋友去艾青家，吸烟时逗他说：“艾老，来支烟吧？”他只是笑而不答。艾青家人这种保护性措施，说起来还蛮灵验，老诗人的身体和精神，戒烟后比过去要好得多。不过对于吸了几十年烟的艾青来说，这没有烟的日子可以想象会多难挨。

有次我自己去艾青家串门儿，走进客厅见艾青独自一人，坐在电视机前似看不看，嘴里还不停地吃着零食，那种无奈的神情很有趣，只可惜我不会摄影未拍下。就逗艾老说：“怎么，是不是想抽烟啦？”艾青笑笑说：“反正嘴闲着不是味儿，高瑛就想了这么一个办法。”我一听就笑了，说到底高瑛还是高瑛，多年与艾老苦乐相伴，两人始终这样心融神会，连这点区区小事都能想到。难怪诗人艾青逝世后，熟悉文学界情况的人说：“在老一辈的作家中，晚年生活最幸福的，艾青恐怕数一数二，高瑛对他照顾太好了。”这是实话。

如今，这张照片的主人艾青已经走了一年，这张照片的拍摄者潘德润也早走了，他们都是值得永远怀念的朋友。当我再次欣赏这张照片时，想起这两位朋友的往事，我的心情感到格外沉重。因此更加珍爱这张照片。

2006年4月28日

逆水河中的“风帆”

我家里的图书，有的是工作样书，有的是自己买的，有的是朋友送的；只有两三本书，来历比较特殊，其中就有这本《风帆》。

《风帆》是本散文集，其作者袁鹰，是一位诗人、散文家，还是一位资深报人。年轻时就知道他的大名，更读过他不少散文作品，只是零零散散不系统。这本名为《风帆》散文集，收录了作者五十多篇精短作品，是我读到他的第一本书。时间应该是二十世纪七十年代初，那时“文革”还未完全结束，我从“五七干校”“回炉”出来，被分配到内蒙古集宁市，在《乌兰察布日报》当副刊编辑。在此之前的十多年，由于政治上一直倒霉，已经没有读书的习惯，更没有读喜欢的书的条件，除了当做任务读“红宝书”，从来不想读“无用”的书，以免给自己招致麻烦。这样的日子过得倒还平安，真正让我体会到“读书无用”，知识越多越反动（越倒霉）的真谛。

结束底层的贱民日子，重新到报社当了编辑，再不能那样不碰书了，就想找回原来的读书感觉。有天到报社图书馆去翻书，品种倒是不算少，只是内容比较单一，几乎都是政治类的图书，随手翻了翻就要走开，管理员就问我要找啥书，我说想看点文学图书，她知道我是副刊编辑，自然就没有更多的想法，说：“你打开里边书柜的下门，那里边有些书未摆出来，看有你要用的书没有。”那时正是禁书的年月，无论是经典名著，还是后来出版的书，只要被说成有“毒”，就得立即销毁或封存。我猜想报社藏起来的书，大概就是属于这一类的书。图书员以为我借书是参考，自然也就给我开了“禁”，她让我自己随便找封存书。

我把书柜打开一看，嗬，几乎都是被“禁”的书，或者是被批判作家的书，如《约翰·克里斯朵夫》《战争与和平》《红与黑》《红楼梦》《古文观止》《儒林外史》《家》《子夜》《三家巷》《三家村札记》等中外名著，我只是看看书名却不敢伸手碰。当时刚调到报社不久，对于图书管理员不很熟，怕万一不慎被人伤害，可是我又不甘心走开。想来想去就借了这本《风帆》。有那么多好书摆在眼前，为什么要偏偏借这本呢？首先是未集中读过袁鹰散文，其次是未见作者被批判，再其次是内容未被政治化，既不会引起管理员“警惕”，又不至伤害我的读书胃口，两全其美而且绝对保险，这就是选择《风帆》的理由。

此书借出后一直放在枕边，临睡觉时就随手翻阅一两篇，在那个心灵如荒漠的年代，这本书无异于甘霖雨露，让我的思想多少生出绿意。尤其是这本书的书名，我很欣赏和喜欢，我的家乡有条蓟运河，童年的许多趣事，都跟这条河流有关，而我此时远离故土，回忆往事会得到慰藉。这书名激起我的心帆，在往事的河流里漂荡，常常让我有种温馨感。可以说是它陪伴着我，度过了那个荒唐年代。后来我的政治命运好转，调回当年罹难的北京，由于走的时间太紧迫，竟然把这本《风帆》忘记还给报社。这本书也就留在了我这里。

回到北京以后，由于同在文学界，就跟袁鹰认识，渐渐地来往也多了，对这位前辈作家更为敬重。袁鹰每有新书出版，总会最先寄赠给我，而且题签还称兄道弟，我却总不敢贸然接受，平日叫他也得加“同志”，原因就是这本《风帆》，它在那样的年月里，给过我无限的快乐，起到过师长的作用，我怎么好随便造次呢？这件事开始并未跟袁鹰说，那年参加鲁迅文学奖颁奖会，我是袁鹰主持下的散文奖评委，我们一起住在韶兴一家宾馆，晚上我跟他一起聊天儿，我才说出这件二十几年前的往事。这也算是我和他最早的书缘吧。

如今，我家中有文友们的赠书，满满当当装着四书架，成了我家一道风景线。著名作家的书，获奖作者的书，装帧漂亮的书，都会有许多本，而且都有赠者题签，我一直视为我的收藏。然而像《风帆》这样，跟我有些故事的书，好像并不是很多，自然就让我格外珍重。书一旦有了故事，真的很可爱呢。

2007 年 2 月 26 日

马年随想

结束了在北大荒的两年流放生活，1960年底我被分配到内蒙古。在那里一待就是十八年。

内蒙古是个很不错的地方。它那丰厚的资源，独特的风光，这几乎是人人皆知的事了，可是它的纯朴的民风，诚笃的民情，恐怕就很难为一般人所了解。每当我回想起在那里度过的十八年，心中涌起的眷恋之情，并不亚于对故乡的思念。我之所以一有机会就想回去看看，正是要慰藉不时闪过我脑际的向往。

那么，在那里度过的十八年，有没有什么遗憾呢？想来还是有的。有两件事让我十分懊悔，一是未习惯吃羊肉，以至于现在有人请客吃涮羊肉，大家围着热气腾腾的火锅有说有笑，我只能独坐一旁用余下的酒菜佐餐，常常使一起吃饭的朋友们感到不安；二是未曾骑过一次马，以至于现在有人谈起骑马的乐趣，兴高采烈地好像正在草原上驰骋，我只能以聆听体会人家的愉悦，过后朋友们常常为我失去的机会惋惜。而羊肉食品和草原骑马则是内蒙古生活的两大特色。

如今我已离开内蒙古，而且年岁一天大似一天，有些习惯难以改变，有些东西难以学会，吃羊肉和骑马，这辈子恐怕与我无缘了。

几天前参加《群言》杂志社作者座谈会，那天天空飘着大雪，天气显得格外冷，与会者从四面八方赶来很不容易，盛情的主人非要留大家吃顿便餐不可，以释心中的不安。既然是便餐就不能进饭店餐馆，可是请客也不能像平日那么简单，于是便决定在杂志社食堂吃涮羊肉，经济又实惠。别人照例地围着滚烫的火锅，忽而站起忽而坐下地放肉夹肉，我也照例在一旁就些余下的酒菜吃馒头，很快便放下了筷子，看他们涮锅子，听他们说话。不知怎么谈起明年是马年来了，几位属马的年轻作家便大谈他们的本命年，那兴趣那情致同他们涮羊肉时一样浓厚。在一旁听着的我，被他们的热门话题触动，思绪也牵绕在了马上。回到家里想起几个关于马的往事。

当今健在的画家中，尹瘦石和刘勃舒二位大家，大概是公认的画马高手。他们二位都有画赠我，有时不管懂不懂地拿出来观赏，好像还真能从中体味一点什么哩。尹老的画，我只有一幅。勃舒兄的画，我有两三幅，其中有一幅，可以说是我赖来的。那还是我在内蒙古的时候，有次来北京向他求画，他慷慨地赠我两幅，一幅上边有题签，一幅上边只署了他的名字，不过我同样精心珍藏着。

调回北京工作以后，有次整理书画，想起这幅无题签的画，我拿去想请他补题上。勃舒兄把画放在画案上，展开端详了好一阵，忽然卷起来掷在一旁，认真地说："算了吧。那是几年前画的，不好。我再给你画一幅吧！"这样我又意外地得到他一幅新作，但他那幅旧作我也向他要了来。这倒不是我过于贪婪，而是想以这两幅画提醒自己，为人做事都应向勃舒兄这样认真，做学问搞创作更应有他那样的进取心。说句牵强点的话，这正是马的进取精神。我喜欢马，喜欢尹老和勃舒的马画，同样是敬重这种品性。

别看我在内蒙古未骑过一次马，却在草原上多次看过赛马、套马，那激动人心的场面，无论什么时候都历历在目。马的脾性是不是永远都这样暴烈呢？在未出访奥地利之前，我一直想着这个问题，却没有谁给过我回答。在维也纳看过奥国皇家马队的表演，我明白了，原来马同其他动物一样也有温顺的时候。

维也纳有座豪华的马术馆，原来只供皇室人员使用，现在供各国游人观赏，但马队的骑手们同当年一样，个个都是英俊漂亮的小伙儿，身着当年皇室马队骑士的服饰，连表演的程序都同当年一样。那一匹匹有着油光锃亮皮毛的高头大马，由骑手们驾驭着在号声伴奏下做各种队列动作，越发显出皇家马队的威严气派，只是没有了草原马的那种昂首扬蹄的欲飞神态。我不知道奥地利当年的皇帝是怎么想的，竟然把马这样属于大自然的动物当做鸡、猫、犬来驯养，反不如当年中国皇帝在围场的飞骑射猎更来得威风。维也纳皇家马队骑手们的表演并未引起我的兴趣，我更不愿意让它们破坏留在我记忆中的草原奔马壮景。

我在内蒙古呆了十八年，朋友们猜想我一定喜欢马，有好几位送给我泥塑的马，这样在我书柜上的小摆设中，形态色彩各异的马就占了显要地位。这其中有一件变形马塑更惹人喜欢，你看它那被夸张了的低垂着的头，几乎占了全身三分之一的比例，好像这匹马在沉思着什么。雕塑者为什么这样夸大马的头部，而且让它深深地低垂着，他的创作意图我们不得而知，但是却使我产生了一些联想。我想起东北乡间大道上的三套马车，在骑手长鞭的驱赶下，马儿精神抖擞地奔跑着，洒下一串叮叮咚咚欢快的马铃声，马儿跑累了信步往前走动，就是这样低首的姿态。有时看到马儿沉重的负载和艰难的步履，在心生恻隐的同时又不能不敬佩马的耐力和忍性。我们喜欢马，用马比喻奋进的劲头；画家们画马，用马寄寓自己的心迹，我想同马有这样可贵的品格有一定关系。

从近几年来报刊发表的文章看，每逢什么年都会有相关题目的文章问世，马年也会有谈马论马的文章的。我在这篇短文里也说了马，不过绝不是想凑热闹。只是听了朋友们的讲述，自己有些联想，信笔写出而已。但是既然成文了，就不能没有想法，我倒是真诚希望马年成为振奋的年月，让马的品格，马的风采，化作马的精神，鼓舞我们这个民族。只要我们这个国家、民族马不停蹄地往前奔，就会达到预定的目标，我们就不至于永远落在人家的后边。我在真诚地祈望着。

1989 年 12 月 18 日

记忆的叫卖声

小时候最早听的歌唱，除了母亲催眠的哼声，再就是串街小贩的吆喝了。这两种声音在我听来实在美，如同一股股清澈的溪水，从我的心间潺潺地流过。尤其是那伴我时间更久的叫卖声，现在有时回味起来，越发感到韵趣无穷，常常会使我有重获童年欢乐的感觉。只可惜这会儿很难再听到有谁唱着叫卖了。

那时候走街串巷的小贩真多。早晨还没有起来，长街短巷就会飘来声声吆喝，一直到了家家窗口亮出灯光，还会有叫卖声荡在静夜。踏着曙色而来的是卖早晨吃食的，披着阳光而来的是卖针头线脑的，到了中午也许是卖金鱼的或是吹糖人的，到了傍晚是卖花生一类干果的，间或还有收破烂的小贩敲的小鼓咚咚声，挑担剃头的师傅拨动铁夹的“刺啦”响，这些有着抑扬顿挫的各类声音，谱成了一支市井生活的交响曲。当时我怎么也不明白，这些小贩怎么唱得这么好，即使你没有买什么的打算，只要听了他们悠悠的叫卖声，都会不由自主地移动脚步。现在我才真的懂得了，他们这是用自己独特的方式，在招揽和吸引顾客，这是多么聪明的商人啊。

可是不知从什么时候起，这样如歌如诉的叫卖声，渐渐地从城镇的街巷里消失了。这会儿倒是也有小贩不时在街巷出没，卖大米的、卖青菜的、卖酱油醋的，偶尔还有卖臭豆腐、韭菜花、麻豆腐的，只是他们的叫卖声实在不怎么好听，几乎都是扯着脖子喊。有的吐字还含混不清，像是嘴里含着未化的糖块，直到你走到跟前才知是卖什么的。这些过于直的粗俗的吆喝，丝毫引不起人的购买欲望，更不要说长久地在心中回旋。在听不清或听不懂的时候，他们的声声急促的吆喝，有时会在我的耳边幻化成“挣钱喽”，让我一听就会立刻警觉地想着提防。

人也许都是这样，长大了，变老了，难免要回忆过去、留恋往昔，而且说不定还要加以比较，尽管这种人之常情曾有过不准许的年月，感慨“今不如昔”就要犯“罪”。可是生活里有些事情，偏偏又有“今不如昔”

的事实，怎么好让人连说都不能说呢？总不能像孩子似的捂住眼睛说“你看不见我”吧。

别的不去管他，还是说小贩的叫卖声吧，我以为就不如过去好听。究其原因也很简单，那会儿的大小生意人，还真有点做好买卖的敬业精神，弄虚作假、漫天要价的不能说没有，但总不至在整捆的棉花里放石头。买卖人想得更多的是用信誉、技术招揽顾客，这优美的叫卖声就是竞争的手段之一，所以才会各有各的行腔走调。现在有些生意人光知挣钱当“大款”，什么办法简便来钱快就来什么，还怎么会可能有发自内心的美的叫卖声呢？

这会儿商家也有些时髦的口号，诸如“顾客就是上帝”、“树立企业文化形象”等等，如果这也算作叫卖声，似乎也还颇为动听，但是很少能让听者真的动心动情。文化是种潜移默化的东西，上帝是人们打心眼里崇拜的偶像，只能意会和渐渐地融合在买卖的过程中，喊自己如何不见得真的怎样。那种发自内心的叫卖声才可爱才美妙。

哦，今天的顾客，实在没有耳福，再也听不到优美的叫卖声，在大街小巷里时不时地飘荡啦。

1998 年 6 月 26 日

我与“银”缘

到底是在哪一年哪一月，走进银行储蓄所大门，实在一点也想不起了。反正跟银行打交道，少说也有几十年啦，正是因为这个缘故，文章题目才这样写，就算是跟银行套近乎了。只是千万别误会我跟“银元”有缘分。

至于什么时候开始存钱，这倒还记得。那是在二十世纪五十年代，当时在中央某部当职员，虽然级别不怎么高，属于兵头将尾干部，但是每月也能挣六十多元，在一顿便饭不过几毛钱的当时，对于一个二十来岁的单身汉来说，这点钱也还是足够花用。何况我又烟酒无好，还时不时有点稿费外快，以当时一般人收入来看，算不上如今说的“单身贵族”，勉强也可称得上“单身知足”。每月六十多元的工资收入，除了留下的饭票钱，再加上买书看电影，富余下来的一些钱，有时寄给父母一些，有时就往银行储蓄。说是把钱往银行存，其实并不需要去银行，每月一到机关开支那天，吃过中午饭走出饭厅，准有银行的人在那里等候。搬两三张办公桌子，在显眼的地方一摆，再放上票据算盘和笔，这个“银行”就开张了。或存钱或取钱都在这里经办，既给了顾客方便，也给了银行效益，可以说是两利共助的好办法。所以我那时存钱从未去过银行。

1957 年在政治上罹难，先是发配到北大荒，后来又流放到内蒙古，别说工资降级后钱不多了，就是有点富余钱也不便存，因为总得考虑回家探亲路费吧。从此，银行这个名称也就从记忆中消失，储蓄之事更是成为遥远的往事，关于银行的模样只是在电影里看过。偶尔从银行门口经过，曾经也想过进去看看，可是一考虑自己的政治身份，怕万一真出点什么事情，自己长嘴都说不清楚，立刻也就打消了好奇心。

二十二年的“右派”日子真正结束，重新回到北京工作和生活，心情好了，工资多了，这时才第一次真正走进银行。去的是北京地安门一家储蓄所，门脸不大，人员很少，因为当时更多的人收入不高，百姓中难有多余钱储蓄，营业自然也就略显清淡。记得由于是第一次储蓄，存款条连写几张都未填写对，洁白纸条被撕碎自己都有点心疼，最后还是在营业员的帮助下，她问我说一点点填写准确。拿到银行里开的存款折，一边走一边看，心里还犯嘀咕，这毕竟不同当年在机关存钱，万一有点差错不知人家认不认。简直一个地道的“土老帽”。

尽管成为正常人生活后，第一次的存款并不算多，但是却从此延续下来，连本带利日积月累，渐渐地也有了几十上百元，在银行人员建议下存了个“死期”，这才知道敢情还有这种存法。这大概就是我第一次获得的银行储蓄知识。从此以后一直照此办理，只要零存的钱攒到整数，我就改存成定期储蓄。银行代发的各类债券，除了买惯的国债，别的什么债券，如这个“红”那个“利”，我一律不认不买。即使利息再低也仍旧是储蓄。听说银行内部出了贪污犯，说实在的，这时心里也开始有点“那个”，可是再想想，我这点不用掐指便可算的养老钱，怕是连小贪污犯都看不上哪，就又恢复了对银行的信任。

可能是早年百姓日子拮据，能够存钱的人并不多，在我记忆的印象中，二十年前银行设备很简陋，营业厅没有什么保安人员，更没有什么一米线的讲究，当然，像现在这样拿号排队更不存在，所以只要有点余钱就往银行跑，跟银行也就越发亲近起来了。尤其令我高兴的事情是，那时我买了好几次国债，经过若干年到了还息日期，取出来还真让我占了点不便宜。倘若像现在这样，为了多点利率和免税，起早贪黑排队买国债，打死我也绝对不会干，这倒不是我不想钱多，而是实在贪不得那辛苦。经过多年的坎坷经历，我悟出了这样的道理：再有钱再有地位又该怎样，人活一世最可宝贵的东西，我以为莫过于自由自在。如今我拥有了这份自在和快乐，钱的多少那只是个数字增减，即使用黄金盖间豪宅又如何？算来算去觉得还是快乐更重要。

如今单位工资改由银行发放，水电煤气费可在银行交，大宗稿费可以从银行提取，银行对于我就更是须臾难分，就如同最好的邻居街坊，随时都可以出出进进。只要听说银行有什么新举措，我也几乎是第一时间到达，比如知道银行增加租用保险箱业务，出于好奇我立刻就去看了看。只是我既非富翁也非收藏家，保险箱距离我的生活太远，看过增长点知识也就很满足了。当然，对于银行的某些不足和欠缺，我也有自己的想法和看法，比如，起码在我家附近几家银行，就没有一家银行厕所供客户方便，店堂修得再好口号叫得再响，终归还是没有考虑人的方便。这不能不说是个遗憾。

正是因为把银行视为芳邻，对银行有了亲近的感情，所以银行开始办理信用卡时，我这有把年纪的老人学年轻人，赶时髦也及时办了好几张，有工商行的，有交通行的，有光大行的，有北京行的，有建设行的，经常揣在怀中逛商店溜超市，用刷卡的方式结算付款，享受现代人生活的便利，还有那份城市生活的快乐。唯一没有尝试过的就是，至今还未使用过柜员机取款，一是怕操作失误被吞卡，二是怕被人窥视了密码，想来想去，还是不去冒这个险为好。如若取钱就得仍然麻烦银行辛苦了。唉，毕竟到了这把年纪，再时髦的生活方式，看的总比享受的要多。

2005 年 5 月 15 日

走近西郊

家居东北隅，很少去西郊，尤其是西苑一带，总有许久没有去，年轻就心仪的北大，更是多年不曾光顾了。

那天，幸逢季羡林教授八十七岁生日，《思忆文丛》主编之一邓九平先生，邀请文学界的一些朋友，云集北京大学芍园宾馆，跟季先生在教育界的朋友一起，为知识界尊敬的季老贺寿。听操办此事的李老师说，季先生原来的意思是，请几位他的老朋友，这一天在一起聚聚，不承想，一些相识不相识的朋友，知道了这件事，就都来了。足见季老的人格魅力。季老是位学者、教授，他写的《牛棚札记》一书，发行以后颇受读者喜爱，从报纸上看一直高居销售前列。经历过“文革”浩劫的人，听过许多假话骗话的人，读了季老的这本书，由衷地钦佩老教授的刚正。

趁给老教授贺寿的机会，我走过了熟悉的西郊，嗬，多年不见完全变了样。过去那么宽敞幽静的地方，现在一家家店铺联体排开，路旁那些高大的白杨树，都被挤得难见身姿。北京大学校园里，也是熙熙攘攘，店铺散落其间，少去了记忆中的清幽，多了眼前的喧闹。今天又是个休息日，校园内外就更显嘈杂。我本想趁此机会，顺便游游早年居住地，领略一番未名湖畔的秋色，见此情形也就没了兴致。

四十年前，我所在的单位就在西苑，我还在北大旁听过课程，对于西苑对于北大都不陌生，更有着不泯的缱绻之情。

那会儿从西直门到颐和园，大公共汽车好像不太多，我几乎记不得了，每次进城经常乘坐的，是一种烧木柴的小汽车，很有点像现在的小巴。这种汽车车身不大，最多坐十几位客人，这条路来往的人也少，汽车司机等人坐满了，就点燃车背后铁筒的木柴，打着火以后就开走了。嘟嘟的吵闹声，浓浓的木柴烟，洒过这条绿荫覆盖的路。那时这条路上的建筑物，除了北京大学的燕园，有点模样的房屋没有几处，苏联专家招待所（现在的友谊宾馆）和中央民族学院，当时在这条路上都很抢眼。路面上车辆不多，有时骑自行车进城，像我这样的二把刀，竟然可以大撒把，唱着歌儿观赏田野风光。

北京大学距我的单位，只有百米之遥，白天去听课，晚上去玩耍，都在非常幽静的环境里。那时西苑一带小馆不多，有时赶不上单位的饭，常去的是一家炒饼铺，这家饼铺炒出来的饼，外边又焦又黄还透着油，里边又嫩又香还松软，后来我再没有吃过这么好的炒饼。北大外边的小馆也不多，只有西门有两三家，我中学时的朋友翟胜健兄，此时正在北大中文系读书，我们俩有时一起聚聚，就是在这些小馆吃顿便饭。傍晚有时候去北大，说是玩耍或看朋友，其实是去吃夜宵，当时的北大校园，到晚上就有馄饨担进来，除了热气腾腾的馄饨，还有我更喜欢的烧饼夹肉。那烧饼是马蹄形的，趁热用刀从中间切开，夹上肥瘦相间的酱肉，简直太解馋了。

上边说的这些，都是几十年前的老事了，如今是景物全非温馨不再，留下来的仅仅是美好的回忆。从物质享受来说，无论是行的吃的用的，现在当然比过去要方便，西郊一带也繁华了许多，更有富于现代气息的电子城，这也算是进步吧。但是，从精神的享受上来说，从生存的环境上来说，我还真有点留恋过去的西郊。它那份清幽洁净的自然氛围，对于生活在沙尘飘散、噪音刺耳的我们，昨天难道不是比今天更为可贵吗？

2000 年 8 月 8 日

日子开始变得温馨

几乎是在不知不觉间，桌上的台历就要翻完，好像那秋天的落叶，无声无息地撒在地上，新的一年悄悄来到人间。

每天从沉睡中醒来打开收音机，就有悦耳的乐曲悠悠飘来，像清冽的山泉水滋润着心田。听完新闻里播送的各种消息，紧接着就是各地的天气预报，告诉你当日的天气怎样，还用亲切的语调提醒你，出门要不要带雨具多穿衣服。还有那居民区里的警示牌，提醒你锁好门关好窗防火防盗。如同小时候上学前母亲的叮嘱，听后有种暖暖的柔柔的感觉。起床后推开窗户，天空是蓝的，草地是绿的，就连行人的衣着都有色彩。这早晨是多么温馨啊。

其实，温馨的不光是在早晨，也不只是在自己的家里。走出家门去上班或者闲逛，乘坐的公交车不再是脏兮兮的，街道上到处有花有草有雕饰，高楼上的广告牌更是五彩缤纷，目力所及的地方都很赏心悦目。有时候找一家幽静的茶楼，跟两三友人一起聊天饮茶，天南地北中外古今地神侃，多少劳累多少烦恼全都消释。回家有灿烂灯火一路伴随，城市的气氛天天都像往日的节日，紧张中透着愉快和温馨。

当然，温馨可心的事情，不只是我说的这些。人们说话再不是官腔官调，城市标语没有了过去的霸气，政府公告很少有“斗争”字样，衣着打扮不再单调划一，吃饭做衣不再排长队，逢年过节不再愁吃喝，有条件的人家还考虑出外旅游。总之百姓的平常日子，比过去踏实了放松了自在了，自然也就有种温馨的感觉。人就如同天上的鸟儿水中的鱼，还不就是求个自由自在地觅食吗？倘若终日提心吊胆地过日子能算是幸福吗？

其实，早就应该拥有这样的生活，它却迟来了至少三十几年。每每想到这件事情，我常常地暗自琢磨，到底是怎样的精灵支使的呢，这日子悄悄地变得如此温馨啦。同样是这片土地，同样是这么多人，同样是这样的时光，怎么一下子说变就变了呢？反正我记忆中的二十几年前，从来没有这么踏实温馨过，那时起床后琢磨应付的不只是吃喝，还要考虑如何说话做事，睡觉还有时被噩梦惊醒，更怕“天天讲”“年年讲”说来就来。

当然，现在并不是一切都那么尽善尽美，也不是所有的人都感觉天天开心，总还有贪污有恶人横行，城市有失业者，乡村有贫困人，这都是需要我们去改进的。可是也正是因为这样，打击腐败者的办法才会不断出台，救助工程才会一个一个地提出，让人们总有希望在眼前。奋斗目标不再是水中月镜中花了，时间的排序清清楚楚，同样透着温馨荡着朝气。如果还是空喊“超过”“赶上”，连个美丽的影子都没有，谁又能相信真的会有美好的未来呢？

历史学家是专门研究历史的。那么，请问什么才是历史呢？百姓原汁原味的生活，折射出时代的光影，记录着无遮拦的生活，这算不算真实的历史呢？如果算，请历史学者书上这一笔：中国普通人的日子，开始变得温馨啦、踏实啦，“与人斗其乐无穷”的哲学，不再像魔影似的笼罩着天空。中国人开始有了像模像样的生活。

1998 年 2 月 18 日

第六辑　无忧时光

老家的窗户

离开祖居的老宅多年，每每想起儿时的时光，就会想起老宅的景象，以及那给过我欢乐的窗户。

我家的老宅，是北方县城里，一座典型的四合院。正房的台阶高高的，厢房的门户对开着，进院还有一栋门房，遮住喧闹的市声，小院显得格外清幽。祖辈们居住的正房，门前有个方方的天井，全家人经常在这里歇息。炎热夏天夜晚纳凉的时候，孩子们依偎在大人身边，数着天上的星星听讲故事，就是在这个小天井上。这时花草的芬芳，随着微风轻轻飘来，院子里立刻显出温馨，就没有了暑热的感觉。听故事听得入迷时，常常会忘记时辰，直到两只眼睛打架，实在熬不住才去睡觉，可是，刚一爬上炕又来了精神，就悄没声地独自看窗户。

走出祖居老家多少年以后，许多事情都已经渐渐忘却，唯有那老宅里的窗户，至今想起来还清晰如初。在这所故乡的老宅里，我度过了无忧的童年，这里的各样人情景物，自然都很熟悉都有感情，那么又为什么唯独对这窗户，会有如此难弃的缱绻之情呢？我想这同我扒窗户观景致不无关系。

说起老家的窗户来，不知是玻璃太贵，还是出于旧习惯，反正那时的窗户，都是用绵纸糊贴，就是家境殷实的人家，在我的记忆里，好像也很少装大块玻璃，顶多装一小块做点缀。我们的老家虽说也在北方，却又不同于东北的人家，东北的窗户纸糊在外边，我们的窗户纸糊在里边，大概是风没有东北的强劲。这纸糊的木棂窗户，就如同一个人的脸面，家家都尽量往漂亮打扮，通常是贴红色窗花，样子大都是喜庆的，如“喜鹊登枝”“梅开四季”“鸡鸣报晓”“鲤鱼跳龙门”等等。还有的人家把绵纸刷层桐油，晾干后再糊在窗户上，既增加了窗户明亮度，又结实得能抗风雨侵蚀。故乡人的灵慧，毫无遮拦地，呈现在这窗户上。

夜晚躺在炕上睡不着觉，常常是两眼紧盯在窗户上，不是看月影，就是数窗棂，消磨这难耐的寂寞时光。别看我家窗户上什么也没有，它只是一格格的空白，可是只要两眼盯着窗户，在我的想象的天幕上，总会幻化出各种图案，有的似花，有的像树，有的成鸟，有的变鱼，总之，凡是我能认识的东西，此时都会出现在眼前。就像家乡的皮影戏，培养了我的想象力，使我幼小的心灵，开始学会憧憬美好的事物。所以长大以后有人问我，你读过“小人书”吗？我总是肯定地回答：“读过，比你们读的还精彩，一本是皮影，一本是窗花。”这两样东西，是我的故乡，最好的美学教材——尤其是那窗花，装点着艰辛生活，让人们从中得到些许宽慰。

记得有年夏天，晚上格外闷热，在院里纳凉到深夜，困得实在挺不住了，就跑到屋里去睡觉。迷迷糊糊听到沙沙的声音，睁开眼睛一看，窗上黑影斑驳，还不时地在左右晃动，我马上跑到窗户前巴望，把眼睛睁得又圆又大，可是怎么也看不到窗外。噢，原来是一时心急，竟然忘记了是纸窗户，清醒后不禁自己暗笑，就用手指捅开个小洞，这才看见外边的情景。原来是“爬山虎”在捕捉小虫子。由此我得到了启发，只要听到外边的动静，我就捅开窗纸巴望，结果这个洞越来越大，直到秋凉时节有风吹进，母亲才注意到这个洞。可是母亲并未责备我，甚至于连问都未问，她用刀割掉这格的窗纸，然后在周围钉几个小钉子，在钉子上拴几条细绳，再用细绳拦住一个卷帘，这样想看外边就方便了。

自从有了母亲做的这个卷帘，我的视野一下子开阔许多，秋夜看繁星，冬晨观飞雪，夏日听雨声，春天望雁归，即使在不能外出的天气里，我都不会感到寂寞难当。尤其是在观赏这景色时，我想象的翅膀就会张开，在无际的趣味天空里遨游。喜欢上文学以后，我学着写诗作文，都离不开想象力，说不定正是这个小窗户，给了我最初的培养哩。因此，只要想起老家，就会想起这个小窗户，想起这个小窗户，就想起聪明贤惠的母亲。

1997 年 2 月 18 日

知了的歌

在这燠热得像蒸笼似的夏天，本来就够人心乱如麻了，那躲在树梢上的知了，偏偏又没完没了地叫个不停，这就越发令人感到烦躁。你看那个不知天高地厚的吹牛匠，一天到晚“知——了”、“知——了”地鸣叫，好像这世上万物就数它能。真讨厌。难道你真的什么都知道，我才不信哩！

噢！别看这会儿我这么憎恶知了，嫌它贫嘴滑舌，老是唱着歌儿吹嘘自己。其实幼年时我还是喜欢知了的。所以喜欢，正是觉得它比我强，问起什么来他都知道。“知——了”、“知——了”，每逢听到这样的叫声，我总是羡慕地想：要是有谁问我什么，或者是在课堂上面对老师的提问，我也毫不犹豫地回答“知了”，那该多好。

那时我家居住在北方一个小镇上。在镇口河边有棵歪脖大柳树，每到夏天，枝繁叶茂，好像两把张开的大伞，遮住似火的骄阳，这树下的阴凉处，自然成了人们歇息的好地方。叔叔大伯们边抽烟喝水，边谈论着古今的趣事；婶子大娘们边做着营生，边闲扯着远近的传闻。那躲在树上的知了，更是不甘寂寞，无论人们议论什么，它总是“知——了”、“知——了”地答腔，给这小镇寂寥的夏天增添了些许生气，因此人们倒很喜欢这多嘴的虫儿。

孩子们都是爱动的，天再热也闲不住，总要玩耍。可是在这山路小镇，又有啥好玩的呢？不能老在河沟里戏水吧，便仨一群俩一伙地凑在一起，到苇塘里去掏鸟，爬大树去捉知了，寻找自己的欢乐。掏鸟离大人们远，随便我们怎样折腾，终为无人知道。捉知了可不行，常常会惹恼大人。说起这知了来，有的也真机灵，只要树枝稍有点晃动，它就哑然不语了，人们谈论什么，它都不再“知——了”、“知——了”地答腔，好像是怕被孩子们发现，捉住它这多嘴虫。听惯了知了鸣叫的大人们，一时听不到“知——了”、“知——了”的叫声，如同正聊得起劲忽然走了个人，总是不免有点扫兴，于是便下意识地朝树上望望。如若发现是孩子们捣的鬼，你听吧，立刻便会粗声粗气地申斥起来：

“淘小子，又爬树了，快给我下来。”

“那知了又没招你惹你，别捉！不听话，小心我敲断你的腿。”

“你们哪，还不如知了呢！你别看那是只草虫，问它啥都知道，你们懂得啥?”

说我们什么都可以，唯独说我们不如知了，真有点不服气。我们是人哪，干吗说我们不如虫。

一天中午，太阳火烧火燎的，几乎把光裸的脊背晒出油来，实在不能乱跑乱跳了，我们几个小孩子便席地坐在水生爷爷身边，请他给讲个故事。水生爷爷脾气好，又知书识礼，还爱孩子。平时谁家有什么难事，都找他给出主意。

水生爷爷敲打了几下火石，点燃他的旱烟袋，足足吸了一大口，然后问我们：

“我的故事，你们都听过了，还讲啥呢?”

“给我们讲个知了的故事，我们就下去!”我的小伙伴二柱，可能是想起了因捉知了挨训的事，便这样提出来。

“那好吧!”未承想知了还真有故事。

水生爷爷说：“知了原来是一只普通的小虫，不会叫唤，靠吃树叶生存。从这棵树到那棵树，在采树叶吃时，经常听人们在树下讲话，一来二去听多了，便懂了不少的事儿，慢慢地它又学人讲话，复杂的学不会，只学会了简单的一句：知了。从此以后，人们在说话时问什么，它总是在说：‘知——了’、‘知——了。’”

这个故事，不知是真的，还是水生爷爷编的，反正我们都相信了，而且打这以后，我们格外喜欢知了。每逢做不上作业，或者考试不及格，我便想起知了的故事，并且暗暗企盼自己变成一只知了，无论老师问什么，我都能举起手来，说声“我知道”那该多好。有次我还做了个梦，梦见自己真的成了一只知了，落在了我们镇口的一棵大柳树上，乡亲们聊天时我也在“知了”、“知了”地答言。后来好像是被谁听出这声音挺熟，才发现原来是我变的，又气又恼地说：“这鬼东西，还真懂事啦!”

在我幼年的印象中，知了无疑是种好昆虫，尤其是它那拟人的鸣叫声，曾给过我无限美好的憧憬。可是经过几十年的生活，碰到不少各式各样的人之后，现在我又讨厌知了了，因为它过于不谦虚。

那么，我现在还愿不愿意变成一只知了呢？我的回答是：愿意；又不愿意。

因为我幼年的记忆不会消失，我现在的印象也不会丢掉。

你听，我家窗外树上的知了，又在叫了：“知——了”，“知——了”……

1996年3月6日

芦苇丛

离开了故乡，再未回去过。这倒不是我不想回去，开始是上学、工作实在没有时间，后来是流放他乡难以回去，待有了时间也可以回去时，那年唐山大地震把故乡夷为废墟，我不忍睹那破坏了的模样，反不如把童年的印象留在记忆里。这样一来，总有四十二三年了，我终未能回过故乡。可是，无论走到哪里，无论什么时候，最让我魂牵梦绕的地方，就是冀东平原上的那个小镇，生我养我的故乡。虽然我在她的怀抱里，生活只有十一二年，便随父母迁居天津，但是她在我的记忆中，比任何我待过的地方都更亲切、更清晰。

我的故乡是个水乡。那条蜿蜒流淌的蓟运河，好像一条碧绿色的带子，拴着河两岸的村村镇镇，给故乡带来繁荣和生机。天津、唐山的生活日用品，用船运到乡下，乡下的农副产品，用船运到天津、唐山，都离不开这条蓟运河。小时候在河边玩耍看那行进的运输船队，让我萌生的第一个愿望，就是想跟船逛逛天津、唐山，看看这世界到底有多大。至于蓟运河上那忽明忽灭的点点渔火，艄公行船时飘在河上的敞亮吆喝声，更是我永远不会忘记的，它们使我最早感受到家乡的美。

然而，比这更令我痴迷的，还是蓟运河畔的芦苇丛。那里有我童年的欢乐，那里有我童年的梦幻。我对大自然的深情热爱也是从这芦苇丛开始的。长大以后读过的哪一本美学书，我觉得都没有这芦苇丛更能启迪我的心灵，这芦苇丛是故乡馈赠我的一本天然美学书，我无时不在津津有味地默读着它。

蓟运河畔的芦苇，长得茁壮而茂密，铺展的面积也宽，我们小时候钻芦苇丛玩耍，一扎进去半天都走不出来，有时害得大人们喊叫着找我们。那芦苇丛一年四季都有不同的景色，最美的要算夏天和秋天。

夏天是翠绿的一片，秋天是金黄的一片，在温煦的阳光照耀下，闪着青色的黄色的细碎光点，让人眼花缭乱，不禁产生种种奇特的联想，要是有微风习习吹来摇动芦苇丛，芦苇发出好似轻波袭岸的瑟瑟音响，如同悄声细语在絮叨什么，就更使你感到芦苇丛的神秘。秋天正是芦苇扬花的时节，这时你若走进枯败的芦苇丛，很快就被苇花沾一身白绒绒，赶也赶不走，扑也扑不掉，弄得你又急又气，不知如何是好，却又在手忙脚乱之中感到快活。苇花洁白轻柔犹如棉絮，我们常常用苇花沾成白眉毛、白胡须，充做老年人互相嬉闹着占便宜，好像只有成了至尊长者，在这世界上生活才有味儿。那时真的一点也不谙老来会有的辛酸，不然哪里会慷慨地肯用少小换老年。

故乡的芦苇丛给了我童年无尽的欢乐，其中最使我惬意和迷恋的，还是掏鸟窝和吹苇哨。芦苇丛中栖息着不少的鸟儿，个头大小和长的样子都像麻雀，但是比麻雀漂亮精神，有股水灵劲儿，我叫不出鸟儿的名字来，更不知道他们的习性。这些鸟儿有时被惊动，扑棱棱地从芦苇丛里成群飞起，鸣叫着在低空盘旋一阵，又直冲冲地迅速扎入芦苇丛中，那情景那阵势颇像万箭齐射齐落，极为壮观。我们这些淘气的孩子，经常仨一群俩一伙，钻进茂密的芦苇丛里，寻找鸟儿衔草搭成的窝，掏鸟蛋抓雏鸟。窝里要是有几颗鸟蛋或几只雏鸟，便高兴地掏出来轻轻捧走；如果只有一个空空的草窝在那里，立刻翻了小脸，又气又骂地把鸟窝掏得寸草不留，个个都俨然是这芦苇丛中的好汉。其实几颗鸟蛋几只雏鸟，对于我们并没有什么用场，无非是寻得一时的乐趣，要要孩子的威风罢了。

要说有意思，还是吹苇哨。蓟运河畔的芦苇，叶子又青又宽，最宽的有一寸多，乡亲们用来包粽子，拿到集市上去卖，不一会儿就被买光，人们就是图这粽子个大新鲜。我们这些孩子也喜欢苇叶，有时兴致一来，大家采几抱堆在河边，围坐一起折各式各样的小船，放漂在河里，很是好看。不过更多的时候还是做苇哨。采几叶宽宽的青嫩芦苇叶子，卷成一个形似海螺的小喇叭，吹出单调而美妙的音响。那带着水灵灵潮气的声音，呜呜地连成一片，响在故乡黄昏，听起来非常亲切，让人有种感情上得到愉悦的满足。可是孩子们总不是安分的，吹着吹着就有人故意吹出怪调，这时就会索性来个怪调大比赛，那不时冒出来的怪声怪调，逗得我们前仰后合地笑。我的童年就常常沉浸在这芦苇哨吹出的乡音里，后来一想起故乡就有这稚嫩的哨音响在耳边，它比任何优美的思乡曲都更能打动我的心。

噢，从年龄来说，童年早不属于我了，那些无忧而有趣的童年生活也不复存在，更何况后来的生活给了我不少艰辛，我的童心也该泯灭了。然而，一想起那有过的童年，一想起那蓬勃的芦苇丛，我还是这般兴奋，因为这些都是同我思念着的故乡紧紧地联系在一起的。

哦，童年；哦，故乡。原来你并未远去，你还在我的记忆里，你还在我的思念中。

1995 年 11 月 12 日

放学路上

我在家乡天津读中学时，学校没有重点非重点之说，只有公立和私立的区别。公立学校录取学生看重的是分数，私立学校录取学生主要是看学费，因此相对而言，公立的学校也就比较难考上。我那时还算幸运，考上了天津市立中学（后改为一中）。市立中学是当时四所公立中学之一，另外还有省中（铃铛阁中学）、女一中、女二中。

熟悉我国近代史的人都知道，天津曾经被划割过好多租界地，租界地上大都驻扎着外国军队。我读书的天津市一中校址，1949 年前属于英国租界，学校校园原来是英国营盘（军营），校舍和设备自然比较一般，根本没办法跟南开、耀华这些老牌的私立中学比。天津市一中十分注重学生全面发展，尽管那时没有明确地提出什么要求，例如现在的德智体美全面发展，但是在教学的实施和管理上，却对学生有这样的安排，连体育不及格都要留级。从这所学校走出的学生，既有科技人才又有文艺家，就是偏爱数理化的学生也都略通文艺。

现在回忆读中学的时光，几乎没有当今孩子的压力，我可以毫不夸张地说，在欢乐中读书，在游戏中成长，好像是我这辈人的特点。我常跟朋友们说，我是在玩中长大的，从来没有什么压力。如果小时候，像现在孩子似的，由家长逼着读书，说不定我早跑了。所以记忆中的童年都是欢乐。

我家距离学校比较远，那时又喜欢上了文艺，有时参加学校社团活动，有时跟同学去逛书店，经常回到家里已经很晚。母亲唠叨管教是经常的，却不记得有什么约束，更多的还是亲切叮咛，如路上注意车辆啦，放学早点回家啦，好好读书上进啦，如同春天的雨滴滋润在心田，总会照母亲说的去做。但是有时也不完全听，因为这一路上的景致，对于少年人实在充满诱惑。

从我家到学校距离相当远，乘坐老式的有轨电车，中途要换乘两三次。坐车坐的时间太久了，叮当叮当单调的车铃声，难免让人心烦意乱，有时就中途突然下车，走进电影院看场电影，钻进书店看会儿蹭书，在我几乎成了家常便饭。回到家里母亲自然要询问，我从来不说谎编瞎话儿，总是一五一十地照实说，这样一来母亲反而信任和放心，再怎么回来晚她也不惦记，只是做好饭留在热锅里，等着我回来看着我吃，眼神里透出的爱抚，总是让我很不安，有时在玩的时候想起，就赶快早早回家，免得再让母亲操心。

有一次跟同学一起在书店，读到刘云若写的一本小说，书名好像是《街头巷尾》。故事是说一个富家小姐，骑自行车不慎撞了人，被撞的人是个穷学生，富家小姐把他送到医院，在治疗过程中小姐常去探视，一来二去两个人产生爱情。刘云若是天津的作家，写的是马场道一带的事。马场道是富人居住区，距我们读书的学校不远，几个人对故事信以为真，就跑去挨着大宅院门，争着从门缝往里边扒看，想找到故事里的主人公。我们几个人在那里扒看，被巡逻的警察发现，差点儿误认为小偷，看了胸前校徽才让我们走。

还有一次是个大风天，傍晚放学回家乘坐电车，换车等候时间过于久，站旁恰好是家电影院，几个同学一商量就去看电影，放映的影片是《三毛流浪记》。因为影片的主人公三毛，跟我们的年龄差不多，他的故事自然更吸引我们。电影散场以后出来乘车，这时车上乘客已经不多了，我们就在车上议论三毛。这是一条白牌电车的线路，围着天津旧城区来回转，购一张车票从起点到起点，在通常情况下都被允许。我们坐在车上瞎议论，既忘记了时间，又忘记了下车，不知不觉电车已经转了两圈儿，直到开电车的师傅提醒，这才停止议论下车。

距学校不远处有一座教堂，我不信教家里也没有信教的，只是这教堂的唱诗太好听了。有的时候放学回家，从教堂的门口经过，听到传出音乐声，我就进去找个座位听唱。尽管唱词一点也记不住，意思更是似懂非懂，但是那音调和伴奏的琴声，听后却很让我心旷神怡，觉得这异国音乐情调，比当时的流行歌曲好听。大概就是从这时候起，我开始喜欢听外国歌曲，像《可爱的家庭》《夏天最后一朵玫瑰》这些洋歌，都是在少年时代学会的。这些歌唱起来觉得特别温馨，几十年后的今天回忆少年生活，一想起这些歌曲仍然暖意在心。

中学时代早已经离我远去，无忧的少年生活再美好，都只是我记忆相册的一页。撷取当年放学路上的小事，在这里随便地讲一讲，并不完全因为这些事记忆深刻，更因为这些小事后来启发了我。它使我懂得了这样一个道理：少年时代多接触一些事物，只要自己真正把握好了，对于个人的成长和未来，都会有一定的帮助。倘若我没有读一些闲书，就不会喜欢上文学；倘若我没有那颗好奇心，就不会历尽艰辛坚持写作。我有篇文章叫《少年起步正当时》，就是讲述少年学习作文的事。

当然这得感谢老师和父母，在我处于成长的少年时期，他们没有像"防贼"似的对待我，而是给了我一个宽松宽容的环境。这一点对于少年人非常非常重要。少年人无拘无束的天性，如同山上流淌下来的泉水，想截堵无论如何不行，怎么着他也得择路而行。因此在写这篇短文时，我觉得那放学的路，正是我成长的路——随意、自在、快乐。

2005 年 3 月 9 日

中学生书包

距我读初中的时间，至今已经几十年，原以为那段时光，早就不属于我了。忽然有一天发现，我的想法错了，时光带走的只是年龄，而我的心境并未变老，依然透着纯真和好奇。让我有如此发现的，是一个中学生的书包。

那天早晨，我照例去菜市场买菜，行走的这条附近小路，车少人稀，清洁宁静，喜欢热闹的人，一般都不愿意走这里。此时只有一个中学生和我在这里走。他走在前边，我走在后边。我们相隔不过两三米。他背着一个蓝色书包，步履艰难地往前走着。这个长方形的粗布书包，跟他身体的比例，起码有三分之一，从外形上看鼓鼓囊囊，包里好像装有许多的东西。这么大这么沉的书包，里边到底装些什么呢？我边走边猜想着……

这时，我的读书生活，如同电影片子，一幕幕地展开，跟眼前的情景，交替地呈现在脑海里。

回想我读初中那会儿，甭说，书包绝对没有这么漂亮，当然也没有他的这么大，在我的印象中，好像就是一个小背包，里边是两层布分隔，外边是一扇布包起，用扣绳或纽扣系牢，有点像过去的军人包。不过颜色并非全是绿色，还有蓝色灰色黑色的。有时斜背在肩上，有时提在手上，丝毫不觉得沉重。下午放学有时不回家，跟同学去旧书店看书，或者在路上玩游戏，就把它平放在地上，当坐垫儿坐在上边。对于书包的这种做法，尽管显得有点不敬，但是却很随意自然，就如同当时的人，想问题做事情都比较实际。

书包这样小这样轻，那么，包里边都放些什么呢？就我现在的记忆，课本书是必不可少的了，还有笔记本也不能没有，文具盒有没有，这就要看个人的情况了，有的人买不起就没有，有的人图轻便就不带，这就是书包里的东西。除此而外还带些什么，这就要看个人喜好而定了。比方就拿我来说吧，书包里还有两样东西常带着，一是借来的一两本文学书，一是一副买来的玻璃弹球，有了这两样一静一动的东西，我的课余时间也就过得有意思了。特别是这副玻璃弹球，什么时候想玩儿，找块平整的地方，把书包往旁边一扔，几个小伙伴就玩起来了。既方便又惬意。我的少年时光，跟这玻璃球一样，就是这么简单，然而却很快乐。

十几岁的初中学生，大都比较贪玩好动，放学时同学一起回家，路上免不了打打闹闹，互相抢夺书包是常有的事。抢走了别人的书包，就要给人家拿着，或者跑出老远扔下，总之怎么有意思就怎么闹。倘若那时候的书包，也像现在这么大这么沉，我想就不会有人抢了，谁愿意走路压沉呢？有的更淘气的同学，想戏弄某个小伙伴儿，抢走人家的书包以后，就把书包里的东西，一样一样地拿出来，边走边往地上摆，隔一两米摆一样儿，让那个小伙伴在后边捡，别的同学还跟着起哄。这抢书包玩的恶作剧，让我们每个人都很开心。

在我的记忆里，那时候普通人家的家长，大都为全家生计奔波，很少有时间指点孩子学习，最多偶尔问问读书情况，或者检查是不是贪玩儿。最简便的检查方法就是看书包。放学回来刚走进家门，父亲或母亲有时突然说，把你的书包拿过来看看，如果书包里只是课本，他们会很高兴地说，好好读书，别光贪玩儿，将来才有好的前途。如果发现书包里有玩物，他们就不是很高兴，但是也不会斥责你，这要看是什么玩物。若是弹弓子或者是小足球，就会嘱咐不要伤人不要打坏玻璃；若是他们认为不好的东西，就会马上绷起脸让立刻扔掉。有次我书包里有几张烟号（香烟盒里放的画片），母亲可能怀疑我学抽烟，就立刻抢过去扔在灶膛里。从此只要有这类玩物，我就悄悄地藏起来，生怕母亲再发现，当然更怕伤母亲的心。其实，只是玩玩这种烟号，根本没有学抽烟，不过有了母亲的提醒，我至今都不曾亲近香烟……

走在我前边的那位中学生，还在背着书包艰难地走着，可能学校离家比较远。他的书包在我眼前晃来晃去，让我想起有关书包的往事，即使现在也觉得蛮有意思。他的书包这么大这么沉，里边装着课堂必备的书本，这无疑会给他许多知识，对于一个学生来说当然必要。可是作为一个正在花季的少年，这又沉又大的书包背在身上，说不定又让他有可能失去些什么。究竟会失去些什么呢？我不知道，这得问他自己。反正我更喜欢我读中学时的小书包。

2003 年 11 月 26 日

果汁儿刨冰

城市里的人真有口福。光正经的中西餐食，就有各大菜系中餐，法式俄式西餐大菜，等等，我们就不去多说了。单说这夏天冷饮冷食，就多得几乎难以尽数，这个汁那个液，这个果那个料，这个奶那个浆，让人眼花缭乱目不暇接。听听看看都会心生“凉”意，再热的天气也会清爽许多。

北京街头冷饮小店比比皆是，家家的生意好像都非常火爆，据我家附近的冷饮店老板讲，冷饮冷食早已跨越季节界线，有的好吃这口的人冬天也吃。大概正是因为有吃客的缘故，“麦当劳”“肯德基”洋快餐店，早就顺便经营冰淇淋了，最近去一家江西餐馆吃饭，我发现这家餐馆也卖冰淇淋，看来这“冷”买卖还真“热”。有天去亚运村遛弯儿，无意间碰到个冷饮亭，专卖美国冰淇淋，据门前广告介绍，品种竟达六十多种，好家伙，这得掏走孩子多少钱啊。我不禁摇了摇头悄悄走开。

回想我小的时候，夏天也有冷饮冷食，只是非常的简单。母亲做的有绿豆汤、酸梅汤，街上卖的有冰淇淋、冰棍儿，品种质量当然没办法跟今天比，不过它们依然给我解了暑热，并带给了我许多童年快乐。我前边已经说了，这会儿城市夏天冷品，光冰淇淋就有上百种，大饱了人们口福。可是有一种冷食品，北京市场上很难见，不光是现在的夏天，就是过去几十年里，我好像都没有吃过，这就是果汁刨冰。可是在家乡天津，这种浇果汁刨冰，却极为普遍寻常，大街小巷都有卖的，价钱也不算太贵。这是一种物美价廉的大众化食品。

年少在天津读中学时，学校门口和街道道口，有好几个刨冰摊儿。一部刨冰机，一张木长桌，两把长条凳，几十个放冰盘，四五个果汁盆，外加老板热情微笑的脸，就是一个很不错的刨冰摊儿。盛夏时节母亲给的零用钱，十有八九都用来买刨冰吃。刨冰这种夏天节令食品，既有冰棍儿的凉度，又有冰淇淋的口感，还有果汁儿的滋润，所以深得孩子们的喜欢。课间休息的铃声一响，同学们就往校门外跑，争着抢着买刨冰吃。卖刨冰老板很是精明，怕买主多了一时刨不出，刨多了放那里又会融化，他们就踩着钟点儿刨，提前个三五分钟开始刨，只等同学们出来加果汁，既不让同学们久等，自己又及时挣了大钱。

吃刨冰的同学跑到摊前，这个要这个汁儿，那个要那个汁儿，老板边收钱边递货，忙坏了老板也快乐了老板。讲究的刨冰果汁儿，最少也得有个六七种，如小豆的红果的橘子的柠檬的葡萄的，等等，摆在一起如同个调色板，未吃就先大饱了眼福。我最爱吃的果汁，就是红果和小豆。这两种果汁，一个酸甜，一个谷香，都很有味儿。不过再爱吃也不多吃，每天只吃一盘最多吃两盘，有时为了解馋多吃几样果汁，就跟一两个同学交换几勺，这几勺刨冰显得越发好吃，比自己独吃的都回味无穷。同学之间也因换吃增强了友爱。

参加工作以后来到北京，这一住就是几十年，夏天吃过的冷食不算少，唯独没有吃过喜欢的刨冰。这时我隐隐地发现，我是那么想吃刨冰。想吃的时候，就怀念家乡，就回忆童年，一种莫名情感，竟悄悄攀上心头。到底是想吃刨冰呢，还是怀念家乡，抑或眷恋童年时光？不知道，也不想知道。反正非常想吃刨冰——在家乡吃过的那种红果浇汁刨冰。

2005 年 6 月 23 日

中学生电车

假如有人问我，你在中学读书时，什么事情最开心？我会毫不犹豫地说：乘坐有轨电车上学。

生活在今天城市的孩子，他们接触的东西太多太多了，小小的脑袋装着整个世界，家庭经济条件优越的孩子，还会有享受现代快乐的机会。可是我敢说，知道有轨电车的孩子，相信大概没有几个，因为这种老式交通工具，早从我们的城市里消失了。想知道这种老式交通工具，只能参观交通博物馆，或者到欧洲的城市去乘坐。

如果你未坐过有轨电车，那你一定知道火车吧？有轨电车跟火车一样，同样有两条长长的铁轨，跟火车铁轨不同的是，有轨电车的轨道比较窄，而且是埋陷在路下边，不是像火车那样摆在路面，这主要是考虑行人走路方便。有轨电车的车厢，没有火车那么多节，通常只有一节或两节，而且一般都是木结构。有轨电车跑起来，老远地望过去，好像是两间移动的小木屋。

我在天津读中学那会儿，学校没有重点非重点说法，而是分为官立私立学校。官立的就是不必交钱的学校，私立的就是全自费学校。官立学校只认分数，比较难考；私立学校只认钱，有钱就行。当时天津只有四所官立学校。我就读的天津一中，就是其中的一所，距我家住地比较远。骑自行车母亲不放心，上下学只好乘坐有轨电车。

有轨电车不按数字分路线，而是用红、黄、蓝、白、绿的颜色，标明是走哪一条路线的车。白牌电车是绕城转的车，绿牌电车是一趟短程车，这两条线的车都很有意思。被同学们戏称为“咱们的专用车”。这是为什么呢？原因还得慢慢从头说。

先说白牌电车。白牌电车是绕着旧城转的车，东西南北四通八达，无论在哪儿换车都行。没有通用月票的乘客，只要买一张普通车票，坐上绕一圈儿都被允许。中学生住在各处的都有，乘坐这趟车的人就多，所以说它是中学生电车。如果哪天放学回家，临下车时赶上下雨，就干脆先不下车了，跟着电车绕上一两圈儿，直等到雨过天晴再下车。还有的时候同学之间抬杠，你一句我一句都不服输，到了应该下车的车站，为了表示自己不服输，常常是坐着车继续抬。这时开车的师傅总要说："该下车了，还不下，这车是你们家的啊?"我们就装未听着，或者搭腔说"我有月票，想坐就坐，这跟我们家的一样"，用这样的话气开车的司机师傅。可是开车的师傅并不恼，因为有的时候车上人少，孤独开车也挺没意思的，有我们叽叽喳喳的吵闹，他倒觉得也是一种乐趣哪。

再说绿牌电车。这是一条直驶的短程车，从劝业场到法国教堂，沿途有好几所中学，早晚乘坐的大多是中学生。中学生都是十来岁的孩子，男男女女的凑在一起，有的还是同班或邻居，能够消消停停地乘车吗？打打闹闹说说笑笑，就像一窝儿刚出窝的麻雀，欢乐声随着电车的铃声，走一路就轻快地洒一路。最有意思的是车上人多，有的中学生挤不上车时，就干脆不坐车了，他们把书包往车上一扔，自己跟着车在下边跑。这时司机师傅就有意加快速度，踩着叮叮当当的车铃，跟奔跑的同学比赛，"加油""加油"的喊声，从车厢里不时地传出来，声浪大得盖过车声。车到达终点停下来，司机师傅打开车门，朝后边的来路一看，有的孩子还在气喘吁吁地跑。可是也会有个把孩子，跟电车同时到达电车终点站，甭问，大都是学校的体育尖子，在学校和市里的运动会上，他们都拿过不错的名次。

我最常坐的就是白牌和绿牌电车。我之所以喜欢有轨电车，除了它的方便随意，还有它的清脆铃铛声，那简直就是一曲美妙音乐。一般司机师傅踩铃，都是"叮当，叮当"的两响，显得异常规范而单调，如同懒散人的脚步声；还有的踩得略微复杂些，如"叮当——叮当——叮叮当"，只是点数略微增加些，其实也不算太大的变化。倘若是一位熟练的老师傅，或者是位喜欢张扬的师傅，那踩出的铃铛点就不同了，不仅会踩出花点儿铃声，而且还会透着愉快情绪，就好像一位快乐的行者，一边走路一边兴奋地唱着歌。经常乘坐有轨电车的人，只要一听这铃铛点儿，就会猜出师傅的心情。自己无形中也受到感染，立刻加快了脚步去追赶，好在这趟车停站时争取乘坐。

离开学校许多年以后，回忆起中学时代的生活，就会想起乘坐过的有轨电车。那一串串清脆的车铃声，顿时又会在我的耳畔响起，仿佛要把我召回到那逝去的少年时光。唉，可惜这段时光再不会回来了，就像我可惜的有轨电车，永远地从我的故乡消失了，留下的只是依然清晰的记忆。当然，城市有轨电车给过我的那些快乐，今天的孩子也就再享受不到，他们只能借助别的交通工具上学，快乐自然也就是另外的样子。

这种有轨电车特有的快乐，我们曾经独有，谁让我们赶上了那个年月呢！现代交通工具的舒适，今天的中学生享受，谁让他们赶上现在的年月呢！不过，无论是过去还是现在，孩子们都拥有快乐就好，仅这一点也就应该心满意足啦。中学生活就应该这样多姿多彩。

2003 年 8 月 20 日

北京老头儿

我读书的最后一所学校，是天津市立第一中学。天津一中跟南开中学，在天津乃至华北地区，都是很有名气的学校。天津一中的学生，不仅数理功课好，有不少学生考上北大清华，而且文体活动也不错，出了不少名演员运动健将，在这所学校读书的学生，真正得到了全面发展。

这所在过去很难考入的学校，校舍在当时却并不讲究，远不如那些“贵族学校”。它的校址原来是个英国营盘，除了一水儿的兵舍做教室，真正让学生感到高兴的是，这个营盘里的体育馆和游泳池，还有一个非常大的操场。大概正是得益于这些条件吧，一中比别的中学更重视体育，别的中学每周一节体育课，一中则是每周两节体育课，而且授课教师都是体育系毕业生，这还不说，学生体育不及格还得补考，补考再不及格就要留级。我那时的体育并不好，有次考试不及格，补考时考篮球投篮，幸亏投进去要求数量，不然那次肯定会留级。可以毫不夸张地说，天津一中这个学校，是一块肥沃的体育土壤。

在这块肥沃的体育土壤上，生长出无数朵体育之花，有的后来成了著名的体育健将，仅我知道的就有，比我高几班的篮球国手白金申，跟我同年级的游泳健将穆祥豪、穆祥雄，以及后来的乒乓球健将王志良，等等，都是从天津一中起步走向世界的。当他们伴随着庄严的国歌，高兴地领取优秀体育大奖，我相信在这幸福的时刻，他们一定会想起自己的母校，想起给他们启蒙的体育教师，只是不知道他们会不会想到，另一个值得尊敬的人——保管体育器材的“北京老头儿”。

这位体育器材保管员，姓什么已经记不得了，只知道他是地道的北京人，说一口纯正的京腔京调儿。听说祖上还是一位清朝大官儿。此人说话声音洪亮，不带一点杂音沌调，他那腰板儿总是直挺挺的，一看便知是个喜欢体育的人。我们找他借体育器材时，就一口一个老师地叫他，背地里却叫他“秃老亮”“电灯泡”，原因是他谢了顶的脑门儿，在阳光照耀下显得非常亮。但是，在更多的时候，有更多的同学，还是叫他“北京老头儿”。我们偶尔不慎，叫出他的绰号，他听到了也不气恼，老人总是温厚地笑笑说：“孩子们，别这样。我都这样的年龄了，跟你们爷爷差不多，都上中学了，要懂事讲礼貌。”听他这么一说，我们这帮淘气鬼，谁也不敢言声了，脸上也挂起羞愧的红云。可是我们这帮淘气包儿，就像一群没记性的老鼠，放下爪子就会忘记猫，以后又会照样戏弄老人。

记得有次跟老人借来足球，在学校大操场上踢着玩，我们争着抢着正起劲儿，突然天上下起了瓢泼大雨，躲也躲不开，避也无处避，索性不理会这一套，冒着暴雨继续踢个不停。不一会儿工夫，人成了“落汤鸡”，球成了“泥蛋蛋”，搞得一塌糊涂。我们这群淘气的孩子，好像谁也不想示弱，雨越是下得大，越是拼命地抢，还时不时地怪声喊叫，唯恐别人忘记这群“好汉”。

就在这时，我们发现操场边上站着个人，撑着一把油纸伞，不停地向我们招手呼唤：“快回来吧，别再踢了。”起初我们没有理睬，后来听他不住地喊，这才停下来走过去，原来是“北京老头儿”，怀抱着几件雨衣雨伞，还有几条洁白的毛巾，正关切地等待着我们。他面带愠色和疼爱地说：“真不像话，这么大雨天，还踢球，也不怕雨激着。以后再不要这样啦。”说着，他就一件一件地，将雨衣雨伞毛巾，递给我们每个人。后来见雨具不够用了，他就将手中那把雨伞，顺手递给一位同学，他自己却被雨淋着。

这初秋淅淅沥沥的雨，越下越紧，越下越密，像条条扯不断的线，从天上顺势飘下来，在地上激起汪汪水窝。这时我看见“北京老头儿”，浑身上下全被雨水淋湿，特别是他那光秃的脑袋，被雨水冲刷得异常光亮，像是一颗泡过水的葫芦。尽管那时年幼不懂疼爱人，更不会说什么感激话，但是一种说不出的滋味，立刻在我幼小的心中翻腾。这时我真想扑到他的怀里，亲切地喊他一声“老师”，不，大声地喊他几声“爷爷”。

1990 年 7 月 20 日

爱好的延伸

少年时代是人生的梦季，即使家境再贫穷艰难，孩子都会有自己的梦。只是由于生活的环境不同，每个人的梦也就不尽一样，因此才有五彩缤纷的梦境，这梦不管在将来能否成真，回忆起来都会有着温馨。所以少年人一定要珍惜，你有过的这样那样的梦想；因为未来的生活和事业，说不定就要从梦想开始呢。我在美梦缠绕的年龄，同样有着自己的梦想，那就是想当一名医生。可是还未容我向梦想靠近，爱好带来的一个偶然机会，使我的梦想突然有了改变，以至于影响了我的一生。这个促成事业机遇的爱好，就是喜欢文学写作以后，我的文章《可敬的人》，1950 年在《天津青年报》发表，我心中隐约地有了文学梦。

当时我正在天津第一中学读书。刚刚建立起来的新中国，像一轮红日照在海河之滨，尽管解放前我的年龄小，不曾体会旧社会的罪恶，但是新社会带给长辈的欢欣，却也深深地感染着我这辈人，我们用与前辈完全不同的方式，享受这美好的中学时光。为了满足学生多方面的爱好，学校成立了各种文艺社团，我当时既没有好嗓子，更没有演戏的天赋，属于那种基本无特长的学生，在同学撺掇下参加了文学社。有次班里组织同学到钢厂参观，工人师傅们顶着高温烘烤，站在钢花飞溅的炼钢炉前，为支援抗美援朝战争，日以继夜地辛勤劳动着。这种劳动情景和热情，实在让我们感动不已，回到学校班主任就找我，说："你参加了文学社，练着写点文章吧。把今天参观钢厂的事，先写一写，写好了给我看看。"我利用课余时间，写了一篇千字文，然后郑重地交给班主任。文章连个题目都没有。

几天以后的一个下午，我正在操场上跟同学玩球，负责文学社活动的老师，从老远的地方喊我的名字。我急匆匆地跑到这位老师面前，他打开手里拿着的报纸，问我："这篇文章是你写的吧?"我凑到跟前一看，是张《天津青年报》，一篇题为《可敬的人》的文章，署着学校名称和我的名字。因为我没有向外投稿，也还未看文章内容，一时不好回答是不是，我就拿过来仔细地看了看，嗬，还真是我那篇钢厂参观记，只是不知是谁加了题目。后来听班主任讲，他觉得这篇文章，内容充实，文笔流畅，他便推荐给了报社，结果还真的发表了。语文老师见过这篇文章后，告诉我说："你写的这篇文章，从文体上来说，应该是篇散文。写得不错，以后多练习写。"

这篇第一次印成铅字的文章，如果还算散文的话，这就是我的处女作啦。

文章发表以后，得到了第一笔稿费，在吵吵闹闹中，请同学们吃了糖，自然我比别人更高兴。大概就是从这时开始，一个朦朦胧胧的作家梦，在我幼小的心中形成，它像一团强力酵母菌，在我身上渐渐起了作用，一种想接近文学的欲望，就这样挥之不去地伴着我。所以后来应报刊编辑之约，给中学生朋友们讲述，有关理想爱好一类问题，我总是希望少年人，一定要珍惜最初的爱好。这爱好就是事业的起点，有时还是人生的机遇，沿着这条路顽强地走，说不定会成就一番事业。即使像我这样没有大的作为，当做一种终身业余爱好，不是也可以给自己带来乐趣吗？

我真正喜欢上文学以后，跟许多文学青年一样，是从痴迷诗歌开始的，先是朗读诗歌，后来偷着写诗，还真的发表过一些诗，直到意识到自己无诗才，这才下决心停笔。谁知这诗神并不完全美丽，当"反胡风运动"风暴掀起，我这喜欢诗歌的青年人，由于听过诗人阿垅、鲁藜的课，以及我的两位诗人朋友，是阿垅、吕荧先生的学生，我也就不可避免地遭殃，成了运动批判审查对象。这时我的心中真不是滋味儿，不禁埋怨起那篇处女作，倘若没有那次偶然"成功"，读书时学好数理化各科，进入社会做些技术工作，很有可能避开这为文的劫难。但是想象终归是想象，事实是我吃上了文字这碗饭，除去划成"右派"被迫离开，这前前后后的几十年里，都是在报刊出版社编辑岗位上。这就是由一篇《可敬的人》引发的，我跟文学说不尽的恩恩怨怨。

经历过长达二十二年痛苦的流放，再次进入报刊出版界工作，本想从此不再提笔写作，只安心地为他人作嫁衣。岂知这从小培植起来的爱好，就如同一个穿上冰鞋的孩子，只要走进冰场就会习惯地抬脚，不知不觉地又溜了起来。二十年前《中国青年报》的朋友，约我给他们的《青春寄语》，连续写几篇专栏文章时，我心又动了，手也又痒了，这一写就又成了瘾。这些年的生活比较安定，我又没有别的什么爱好，就把业余时间都用来爬格子，这些文章后来结集成书，由中国青年出版社出版，这就是我的第一本书《生活，这样告诉我》。

我第一篇散文《可敬的人》，发表至今已快五十年了，我的第一本书《生活，这样告诉我》，出版至今已经二十年了，如果把它们看成一条线的话，那篇《可敬的人》不过是个爱好的起点，而这本《生活，这样告诉我》则是爱好的延伸，跟此后这些年出版的书一起，构成了我风雨人生的画图。许多读过我近年文章的人说，你的文章都比较有真情实感，听到这话比给我个大奖还高兴，原因是我写作的唯一目的，就是想倾诉积在心中多年不得说的话。只要一想到我能够用笔说话时，我就会感激那篇处女作《可敬的人》，对于由它引出的种种不幸和苦难，我也就当做一种人生经历欣然接受啦。

现在，当顺着这条写作线往回捋时，让我唯一感到不悦和遗憾的是，这条线是那么弯曲，那么软弱——弯曲是苦难造成的，软弱是懒散造成的。要是时间和精力允许，我真想把这篇《爱好的延伸》当做处女作，争取今后写得好一些，以便不枉对文学爱好一场。只是希望它不要再给我人为的苦难。

1999 年 5 月 15 日

幼年生活拾趣

风　筝

朗日晴空，微风托起片片风筝，在孩子的眼里，这便是春天了。别的什么，譬如河解冻，譬如树发芽，都算不上春天。我的童年也是一片风筝。

那时乡间的生活，贫困，单调，几乎没有什么好玩的，给孩子欢乐最多的，当数父母给糊制的风筝。风筝在蓝天上悠悠地飘忽，没有烦恼，没有忧愁，多像孩子童年的心境啊。倘若不是有根绳子拉扯着，风筝任着性子荡向远方，那该多好，趁寻找风筝的时候，不就可以逛逛世界了吗？孩子们常常这样想。

那时想象的世界，就跟风筝一样飘忽无定。每逢放风筝的孩子凑到一起，空旷的原野上，便会响起说笑声，尖细短促的声浪，使原野越发显得空旷。一场隆重的风筝比赛，马上就要开始了。比赛时风筝的式样并不重要，飞得高才是好样的，风筝手自然也成了英雄。孩子们的竞争意识，在放风筝的时候，渐渐地在心中孕育，今生今世就再不会忘记。

我的童年的风筝，早从岁月的天空消逝，留下的只是记忆。这记忆如同一条长线，拴着童年生活的风筝，在寂寞的回忆中飘荡。有时想到生活中的种种烦恼，常常地想：心境永远像只风筝该多好，哪怕依然被长线拉扯着。

河　边

总是忘不了故乡的河。

那条名为蓟运河的水流，童年时给了我不少的欢乐，这会儿只要回忆童年生活，就会情不自禁地想起她。她的长长流水，如同母亲的乳汁，滋养了我的身体和灵慧。长大以后无论走到哪里，面对怎样的名川大流，或许有一时的激动，而当沉静下来，还是心倾故乡的河。

故乡的蓟运河弯弯曲曲，两岸丛生密密匝匝的芦苇，夏天暑热难当，这凉爽的芦苇塘，就成了孩子们的乐园。在碧绿的苇丛中追逐，百顷河滩翻起瑟瑟波浪；用苇叶编成轻巧的小舟，放在河里随水流漂向远方；轻手轻脚地掏出巢穴中的小鸟，把玩一会儿再送它回家。这些只有乡间孩子才有的欢乐，充满无限甜蜜的圣洁天趣，孩子们善良纯朴的性情就在这时形成。

然而，更让我喜欢的玩耍，还不完全是这些，而是吹奏芦苇哨。好像是老天有灵，知道乡间孩子不善言词，示意用苇哨做嘴巴，倾诉对故乡的深情。每当夏天来临，芦苇茂盛的时候，在我故乡蓟运河的河边，总会听到美妙的苇哨声。这哨音委婉，清丽，悠长，透着水灵灵的潮润气息，飘散在故乡的土地上。这只只的苇哨，大都含在孩子们的嘴里，越发显得单纯而深情，谁听了都会动心。

我记忆中的孩子，如今都已经老了。再无心思掏鸟，追逐，吹苇哨，但是我相信，他们对故乡的眷恋，永远都不会衰老。因为，在他们血脉里流淌的血液，早就融入故乡河流的长长的水流中……

冬 夜

乡村冬天的夜晚是漫长的。袅袅炊烟刚刚熄灭，村街处处就响起呼唤声，于是，玩耍的孩子们就会循声而归，吃过饭再不会出来。那一盏如豆的油灯，陪伴一家老小度过长夜，欢声笑语随着灯花跳跃。至今想起来依然很温馨。

孩子们总是向往自在。在这漫长的冬天夜晚，大人们或许会感到惬意，尽情地享受这难得的宁静，对于跑疯了的孩子们，却难以忍受这寂寞。他们在炕上地上打闹，大人们连说话都不可能，更不要说做什么针线活。要想拴住孩子们的心，只有讲那些好听的故事，他们才会安静下来。其实乡下人又哪里有什么故事好讲呢？无非是《封神榜》《小八义》之类的评书。就是这些老掉牙的故事，总是让孩子们着迷不已，他们想象的翅膀，就从这时开始张开。

那时候冬天雪多，有时一场大雪来临，把房舍封得严严实实，人们只好在屋里闲坐。这漫长冬天夜晚的话题，许多都是关于雪的。大人们自然会想到庄稼，这场雪乐得他们心花怒放，孩子们自然想到雪地玩耍，这场雪让他们早起许多时辰。我的关于雪的记忆，最美好的，同样大都来自童年。因此，在后来的生活中，遇到那么多暴风雪，我依然保持着一份纯净。

乡村的冬夜，总是那么宁静。这会儿想起来，我浮躁的心，立刻便会沉寂。

榆钱儿

记忆中故乡的树，品种并不多，常见的有柳树、杨树、枣树，还有就是榆树，它们都以不同的风姿，装点着故乡的土地。我的故乡是一抹平原，倘若没有河流和树木，故乡绝不会那么美丽。这会儿只要想起故乡来，首先走来的就是河流和树木，别的什么有时也会出现，那要比这两样逊色得多了。

在这种类不多的树木中，柳树、枣树、杨树，固然都给过我欢乐，至今想起来依然难忘。但是更让我感念的还是榆树，特别是那串串鲜嫩欲滴的榆钱儿，在荒年时节它救过我们的命，所以故乡人格外钟爱榆树，长辈们都把榆钱儿当命根子。生活渐渐好起来以后，不再吃榆钱儿度荒了，可是每年榆钱儿挂串时，人们总还是想尝尝鲜。吃的时候断不了说起过去，荒年往事也就随之传了下来。

我故乡的榆树都长得很壮实，可能是得利于蓟运河的水，树长得好榆钱儿也就肥大。榆钱儿的吃法也许有好多种，我知道的和吃过的却并不多，主要的有榆钱饼子、榆钱粥、榆钱炒疙瘩、榆钱菜团子，等等。尽管这些都是乡野吃食，不可能做出什么讲究花样，可是我的乡亲们，还是要精心制作，端到桌子上来总是有模有样的。样子一好看了，再难吃的食品，就有了诱惑力。何况榆钱儿还有甜味儿，在当时贫困乡村的孩子，一年难得吃到一两块糖，这点榆钱儿的甜味儿，就足让他们享受不尽了，哪里还管得了别的什么。

这会儿榆树不大见了，自然也就很难吃到榆钱儿，有时还真有点想它呢。

捉蝈蝈儿

乡村的孩子，不玩蝈蝈儿的，几乎没有。别说是我们那会儿了，就是现在，土生土长的孩子，又有几个有玩具呢？要想寻找欢乐，就得自己想办法，这办法就是就地取材。春天放风筝，夏天学游泳，冬天玩冰雪，各有各的乐趣。然而，最好玩的季节，还是金色的秋天，处处都有乐趣，钻高粱地，斗蛐蛐，捉麻雀，掏螃蟹，打野鸟，每一项都很惬意。

在这些玩耍中，最有意思的，要算捉蝈蝈儿。秋天，暖洋洋的太阳，照在高粱地里，蝈蝈儿被晒得舒舒服服，便会自由自在地唱起来，田野里就有了秋之声。孩子们循着这声音，就在高粱地里捉蝈蝈儿。把随处撕下的高粱叶子，卷成一个小筒拿在手中，见到鸣叫得最欢的蝈蝈儿，轻轻地走到它跟前，拢起弯曲的手指，然后毫不留情地捂过去，一个快乐自在的小生命，就成了筒中的囚禁之物。

捉到的蝈蝈儿，我们从来不糟蹋，把它们放在蝈蝈儿笼里，挂在屋檐下听叫声。到时还要给它们菜叶吃。一时若听不到叫声，会以为它们死了，立刻就跑过去看，见它们只是一时热得慌，就赶快找来清水喷洒。那种尽心尽力的劲头，我敢说，只有乡村的孩子才会有。它们实在喜欢这些大自然恩赐的小伙伴。

我故乡的蝈蝈儿，叫声非常好听，带着清灵灵的水音，像唱小调一样。后来在别处的田野里，我也听过蝈蝈儿叫，总觉得没有那么诱人。如果把它们放到一起，从它们的叫声里，我一定会找出来，哪一只是故乡的蝈蝈儿。

照螃蟹

故乡的蓟运河，像一条长长的绸带，抖落在大平原上，它的支脉水流，形成无数沟沟渠渠，便成了水中动物的家园。所以在我的故乡，除了远近闻名的水稻，还出产银鱼、紫蟹，以及芦苇的编织品。它的水乡风物风情，丝毫不亚于江南。在华北地区小有名气。我的童年在这里度过，自然会有机会接近水，也就少不了水中乐趣。游泳摆船我不会，摸鱼捉蟹倒在行。

捉蟹的办法有多种，例如钓，例如摸，但是最为简便的，还是用马灯照螃蟹。当太阳渐渐隐落，天色开始暗淡了，河水清静如镜，这时就有盏盏灯火，在河岸上明暗闪动。这是人们布置的捉蟹阵，正张开灯网在等待螃蟹。螃蟹很喜欢灯光，见到亮光就往上爬，等它不慌不忙地上了岸，大人孩子便在岸上捉，不一会儿，布袋子里筐篓里，便装了许多大小螃蟹。傻螃蟹还没有醒过闷儿来，此刻就乖乖地成了俘虏，再过一会儿就要被放上饭桌。

当然，守着淘气的孩子们，螃蟹也绝不会很快入口。他们总要把玩许久，让螃蟹夹得乱哭乱叫时，这才会听从大人们送进锅中。等澄黄的热蟹端上饭桌，一家老小欢欢喜喜动筷子时，总会说起照蟹的情景，又会有一番的喜悦好说。

如今市场上也有卖河蟹的，只是价钱过于贵，每次都是问一问终不敢买。价钱贵是主要的原因，不过偶尔吃一次总还可以，更主要的是怕那蟹的味道，不如故乡的蟹鲜美。我故乡秋天的紫蟹，实在太肥太鲜，想起来就会口水难禁。

端午节

再过几天就是端午节。在都市里过民间节日，终归没有乡村热闹，只是吃点应季的食物罢了。在我的家乡过端午节，可不光是吃粽子，它还有不少的讲究。端午节也算是个大节日哩。

在端午节的前几天，人们便结伴到野地里，采撷最好的艾草，回到家编成艾辫子。在节日的头天夜晚，用火点着在院里燃烧，据说它可以驱邪辟妖。是不是真有这么大的法术不得而知。反正在这天夜晚，家家都是青烟缭绕，村子里处处有艾草香。家家户户的门框上，这天也都挂几枝艾草，有的还用红布条拴上，这有什么说法，我从未听大人们讲过，可能也是驱凶化吉吧。

母亲很重视这个节日，她总是天不亮就起来，用一盆清水泡几枝艾草，让我们起床后用它洗眼睛，说是一年下来就不会得眼病。然后端来两盆粽子，让我们一样样地尝，粽子的馅总有好几种，这两盆也是分为凉热的，谁愿意吃什么样的都行。平日对孩子管教再严的父母，在节日里也要放松些，尽量让孩子们高兴，孩子们也就放开肚子吃。

端午节做荷包，是故乡的风俗。年轻女人们，找来各色的丝线，在布上绣着花样，然后缝成小巧的荷包。荷包的样子有多种，常见的还是心形的，再有就是八角形的，不管是什么花样的，荷包里边装的都是艾草和各种香料。

当然，年轻女人们做的荷包，倘若是送给情人的信物，里边更要装上一颗痴情的心。

贴窗花儿

我小的时候，乡村房子的窗户，很少有玻璃的，大都用纸糊。谁家有玻璃窗户，便成了新鲜事，很快就会传开。可能正是因为纸窗户多，心盛的人家不肯重复别家，就在窗户上找花样儿。

说是花样儿，其实，也还是重复。再巧的手，又能装扮得怎样呢？见得最多的花样儿，无非是贴剪纸，家乡人叫窗花儿。窗花儿的图案，大都是梅花、松枝、猪狗、牛羊，借此寄托心愿。那时候会剪纸的人，在乡村非常吃香，人们像圣人般地“供着”，乡亲们说起来都会交口称赞。

我见过的窗花儿不算多，好坏也说不出道理。只是有一幅窗花儿，至今都还在记忆中。那是有家人家结婚，新房布置得很漂亮，特别是纸窗上的窗花儿，更是有别于常见的样子。这家的窗户很大，窗纸用桐油油过，显得格外敞亮，窗花儿也是大幅的。用一块大红纸剪成几枝梅花，迎春怒放，梅花枝上是几只喜鹊，引吭高歌，图案上的形象非常生动喜庆。上边还剪出“喜鹊登枝”的字样。谁看见都不忍走开，总要驻足欣赏一会儿。

乡村人有闹新房的习俗。这天傍晚来了许多人，开始是在屋子里闹，闹得太晚了就又走出屋来闹，直到闹累了才肯回家。夜阑人静时分，新郎新娘正要睡觉时，听到窗外有窸窸窣窣的声音，新郎摸黑走近窗前一看，嗬，有好几双睁大的眼睛，从舔破的窗纸洞往里看。

闹房人想看的情景并未看到，这幅精美的窗花儿却被完全糟蹋了。给我留下的，是一个永远遗憾的记忆。

马　灯

马灯，在我的故乡叫提灯。这是一种铁皮做的灯，形状像个长柄葫芦，结构比较严紧，不怕风吹雨淋，乡村人都很喜欢这种灯。这种灯特别适合在野外用。

我的家乡河流多，跑船的人常有夜行，大都用这种灯照明，有时也可打信号。还有一种人用马灯，那就是赶大车的，他们常在夜间拉货，要用马灯照路。乡村的小杂货店，用不起汽灯的，有的也用马灯。在我的记忆里，那时候，马灯的用处，要比别的灯大得多。

对于普通人家来说，马灯也是不可少的，只要夜晚走远路，总要提盏马灯。所以在各种灯具中，除了家中常用的油灯，感情上最为接近的，那就是这种马灯了。我对马灯如此念念不忘，还因为我跟马灯，有过一次非凡经历。

那是在我六岁的时候，闹了一场大病，发病时在夜里，家里人带我去外村找医生。当时正下着大雪，风也刮个不停，道路更为难行，家人顶风冒雪地赶路，多亏了这盏马灯照明。病好了以后，对于这盏马灯，我格外感激，只要有时间，我总是擦拭它。我甚至于觉得是这盏马灯，给了我第二次的生命。

长大后去过不少地方，做过不少劳动活儿，只在北大荒用过马灯。不管用不用马灯，不管灯具如何变化，我对于马灯的感情，永远都不会改变。是马灯照亮过我童年的路，是马灯温暖过我寂寞的心。哦，我的小马灯，你还在闪闪发光呢。

祈　雨

别看我的故乡河流多，有的时候也闹旱灾，它给乡亲们带来的灾难，绝不亚于洪水泛滥时。由于乡亲们熟悉水性，在洪水面前还是有些办法的，一遇到旱灾反而显得束手无策。就连那些年长点的人，在这时候都会感到无奈，只好把希望寄托在老天身上。他们通常的做法就是，动员全村的男女老少，向老天苦苦地祈雨。这种办法在我小的时候极其盛行。

有一年冀东平原大旱，土地裂开的大口子，像一张张待食的嘴巴。人踏在地上脚立刻起泡。家中有一点水来回使用。就连孩子们想喝口水，也只能用毛巾沾沾嘴唇。那可真是滴水贵如油啊。

这样的旱情持续了足有个把月，乡亲们实在扛不住了，就请出年长者带领大家祈雨。人们找来一块门板，在门板上用泥巴做成一条龙，由几个头戴柳条环的赤身壮汉抬着，在街上边走边喊：“下雨啦!”“下雨啦!”可是谁知喊破了嗓子，依然是丝云不见的响晴天。人们不责备老天不可怜人，反而怪罪乡亲中有人不敬，非要把这个人找出来惩罚。幸好过了几天下了雨，不然的话，说不定会出什么事哩。

老天下雨了，大家都高兴。家家户户烧香磕头，让老天继续保佑，更祈盼来年有个好年景。对于孩子们来说，这些事情只是热闹，别的什么都无所谓，更不知道感激老天。我现在记得最清楚的，是在下雨之后，我足足地喝了几大碗水，还把脏了多时的脸洗了洗。

油纸伞

乡村的孩子没有什么好玩的，一年到头只能以大自然为伴，风霜雨雪都会成为他们的玩物。皑皑白雪沥沥细雨，可以锁住大人们不出家门，却很难绊住孩子们的脚步，不管天气如何恶劣，他们照样地疯跑乱闹。再有办法的家长，都很难管住自己的孩子，只好让他们由着性子，爱怎样跑闹都不去管。

在风雪天里还好说，再怎么着也不会闹出病来，倘若是下雨天被雨激住，就难说不有个头疼脑热。在物质匮乏的乡村，家里没有别的雨具给孩子们遮风挡雨，孩子们就拿来麻袋，窝进半条成一个角形雨披，这在当时乡村很流行。这种简便的挡雨用具，充分显示乡村人的智慧，一直到现在仍然沿用着。

后来有机会跟家里人进城，见到有种油纸伞着实好看，软磨硬泡地纠缠着大人，总算得到了这件宝物。这种雨伞是用桐油浸过的纸做成，打在手上还能闻到桐油的气味儿，淅淅沥沥的雨落在伞上，如同美妙的音乐，撩着少年人无忧少虑的心，越发觉得这把油纸伞的可爱。它伴我度过了许多年，直到后来走进大城市，有了别的更新的伞具，我才把它弃置一旁。不过只要看到它，便会想起童年，以及雨天的快乐生活。

我的这把油纸伞，让我难以忘怀的，还有个原因，那是在我考上初中之后，老师们演话剧用过它。这在什么事情都想显摆的年纪，就是这样本来跟自己不搭界的事，总也要想表现出自己的优越感。现在想起来也许觉得好笑，其实，这正是少年人的率真之处，这会儿即使有这样的想法，都会深深地埋在心底。难道这就算是成熟了吗?

吹糖人

“嘡——嘡——”几响清脆的锣声，划破村庄宁静的氛围，街上立刻飞起忙乱的脚步。乡下的孩子很少有新鲜玩意儿，听到这锣声脚板都要生风，哪里还顾得大人的阻拦。孩子们从四面八方跑来，不一会儿就把小小的糖摊围住，眼珠子睁得滴溜溜圆，随着吹糖人儿师傅灵巧的双手，看一个个小玩意儿怎样诞生。

担子担着铁锅、糖稀和木炭，是糖人师傅的全部家当，一双巧手不停地飞旋，造出的气象却变化万千。一会儿是孙悟空，一会儿是大公鸡，一会儿是小兔子，一会儿是老母猪，糖人师傅用嘴一吹，手上就托起了这些生灵。“这吹糖人的嘴，咋这么神啊?”孩子们在好奇的疑问，伸长脖子瞪圆两眼，恨不得撬开他的嘴看看。然后掏出母亲给的几个钢镚儿，选自己最喜欢的一个糖人儿，高高兴兴地举着跑回家去。没有买糖人儿的孩子，羡慕地跟随在后边，说说笑笑地走出老远老远……

一个糖人儿一个故事。孩子们凭借想象，讲述糖人的趣事，这个这么讲，那个那么编，凑在一起才更好听。嘻嘻哈哈地说个不停。忽然发现糖人就要融化，这时才想起应该吃掉。可是谁吃第一口，这又成了难题。大家让掏钱的孩子先吃，掏钱的孩子又坚持别人先吃，推让好久只能用猜拳决断。猜胜的孩子拿起糖人，端详一会儿，用舌尖轻轻地舔舔，然后郑重地让给别人，别人依然用舌尖小心地舔舔，谁也不想咬碎这个糖人儿。这个糖人儿就这样渐渐地融化了、消失了。

我的童年早就消失了。有时想起这件事情，就自然想起那些小伙伴，仿佛糖人儿还未从我心中融化。

小白兔

关于兔子的传说，小时候听过不少，有的叫兔爷爷，有的叫兔奶奶。我听得最多的叫法还是兔奶奶。原因是有位女同学，属兔，皮肤又白，同学们就叫她“小白兔”，有人给她编故事，就叫她“兔奶奶”。可是不知怎么，在我的心目中，她就是一只“小白兔”，这个“兔奶奶”的叫法，我永远不能接受。

“小白兔”个头高，长长的浓浓的黑发，衬着洁净的白脸盘，显得两只大眼睛很精神，滴溜溜地转起来，好像在跟你说话。至于听懂听不懂她的话，那就是你自己的事情了。

有次，她的一块橡皮，被一位淘气的男同学，抢走藏在了什么地方，她左找右找没有找到，按别的女同学的做法，不是找老师告状，就是咧着大嘴哭，可是“小白兔”，既未告状，又未大哭，而是用两只眼睛，狠狠地盯着这位男同学。没有过多久，这位男同学，乖乖地拿出来，还给了“小白兔”。有人问这位男同学：“你怎么还她啦?”男同学说：“我怕她那两只眼睛。”这说明他听懂了她的话。

“小白兔”的功课好，在班里数一数二，经常受老师表扬。老师讲过龟兔赛跑的故事，同学们就跟“小白兔”开玩笑说：“我们这只兔子，可不骄傲，永远跑在前头。”话语中有崇敬有羡慕，甚至于还有些嫉妒，更多的却还是无奈。大家只能在暗地里发奋追赶。

我挺喜欢“小白兔”。一是她不矫情，二是她不扭捏，让人觉得清清爽爽，跟她接近非常愉快。放学时男同学都愿意跟她一起走。有时她高兴了，唱起歌来更是迷人，她那甜甜的嗓音，就像家乡的河水，缓缓流过我的心间。这会儿一听到唱歌好的歌星，就会自然而然地想起她，只是我那时不懂得追星。

捏泥人儿

故乡多水。故乡孩子们玩耍也就离不开水，洗河澡，钻苇塘，掏螃蟹，放苇船，吹苇哨，捕水鸟，钓河鱼，打水漂……如此等等，这是再平常不过的玩耍了。小时候母亲管得严，几次偷着下河洗澡，被母亲察觉后，都没有轻饶过，自然就未学会游泳，对于水边长大的我，几乎成了终身遗憾。小时候的这些玩耍，除了下河洗澡，别的都不在话下。

说到小时候的玩儿，有一样儿，总是让我念念不忘。这就是捏泥人儿。

从河滩上挖一块泥，视其软硬情况，或掺土或加水，把泥和得适度后，就开始捏小人儿。有艺术天赋的孩子，捏出的泥人就很像，脸面有鼻子有眼，四肢形体比例相称，甚至于男女都分得出。更多的人没有天赋，只能捏个大模样，细部就分不出来了。泥人儿捏成放在一起，这个说这个像谁，那个说那个像谁，然后一起哈哈一笑，别提多么开心啦。

捏泥人儿只是个统称，凡是用泥做的东西，在故乡的孩子中，都是叫玩泥人儿。用泥做房子、做桌椅、做小船、做花瓶、做锅碗……也包括其中。最有意思最开心的玩法，我以为还是摔泥罐儿。做一个罐子形状的泥胎，罐体厚实底部却是薄薄的，然后底部紧挨手心，用劲儿往地上一摔，立刻发出“嘭”的声音，就跟春节扔甩炮似的，只是没有烟火的气味儿。

这会儿城市孩子们玩泥土，总得花钱到专门的商店，还美其名曰什么

“陶艺”。尽管比我们那时显得文静，而且有人手把手指导制作，做出来的东西也蛮像；但是我总觉得比我们那会儿，好像少了点什么更让人动心的东西。那么到底少了什么呢？我想应该是对故乡的亲近和自己的创造。这两样东西，无论如何，金钱难以买到。

布缠足球

这会儿的孩子，都喜欢足球，有的还能踢两脚。可是我要问，你们踢过布足球吗？大概连听说都未听说过，肯定的。这并不奇怪。这种足球呀，商店里根本没卖的，只能自己做。好在现在的孩子，家庭再不富裕，总还能买得起足球，有谁家还自己做呢？即使自己不买，学校也有足球。在我小时候却不同，足球很贵，喜欢足球，只能自己做。

先用诸如铁丝棉花套子等物，缠绕个圆的球胎雏形，然后就一道一道地缠布条，越缠越大，越缠越大，很快一个小足球就做成了。只要不是下雨天，这种布缠的足球，踢起来依然很轻快；唯一的缺欠是，万一布条缠得不紧，踢的时候容易散开。为避免踢时散开，小伙伴们比赛时，就多准备几个球轮流替换。布条颜色、宽窄不一，刚缠出的球花花绿绿，有时颇令人爱不释手，踢谁的新球都舍不得，争执好久才不得不拿出来。

那时我读书的学校有足球场，不过球门太宽太高，我们身量小够不着，就用绳子横一道竖一道拦住，变成适合我们玩的尺寸。每天下午放了学，几个要好的伙伴儿，相约来到学校操场，把书包往地上一放，就开始踢起来。那时也不懂规则，更没有位置概念，反正把人分成两拨儿，争着抢着往球门里踢，哪拨儿进的球多就算胜利。在场上喊叫着推搡着，真的很开心很得意，课堂上一天的沉闷，就在这时一扫而光。

有时玩上瘾来，踢到天黑地暗，实在看不到球了，这时才想起回家。母亲询问迟回家的原因，怕母亲惦记和责备，开始难免要说谎话，接二连三几次下来，谎话再也说不圆了，母亲就说：“说实话，到底干什么去了？不能说谎。”从此如实告诉母亲，母亲反而高兴，我也玩得踏实。只是得劳累母亲，每天都要给我留饭。

抖空竹

空竹是这种玩具的正名，在我的家乡叫“嗡嗡”，大概是由空竹抖起时，发出嗡嗡的声音而得名。我小时候一到春节，家乡小镇的街道上，处处都响着嗡嗡的空竹声，应和着此起彼伏的鞭炮声，给春节增添了浓浓年味儿。如果循着嗡嗡声走过去，到跟前就会看到，孩子们穿着新衣服，兴高采烈地抖空竹，技艺好的还会抖出花样，如猴爬杆儿、鸡上架等等，有声有景就更有意思。

父亲那时在天津做事，每年春节回家过年，他都要给我带些玩具，其中必有一两只空竹，或者是单轴或者是双轴。为了让空竹更结实，抖起来声音更响，父亲还要重新地灌胶，封住空竹透气的缝隙。为了让空竹有色彩，抖起来形状更美，父亲还要粘上彩纸，空竹旋转时格外惹眼。一个小小的空竹，经父亲精心调理，比原来越发显得神气。比之别的同龄小伙伴儿，我更加喜欢抖空竹，技艺似乎也要好一些。

最有意思的当数空竹比赛，空竹比赛的项目，通常是赛扔空的高度，或者是看谁抖的花样多，如果是比赛单轴空竹，就看谁的在地上旋转的时间长。比赛裁判一般都找长辈人，同辈人怕搞猫腻不公平，万一输了的一方不服输，大过年弄得怪不痛快的，岂不是显得很扫兴吗？别看当时年纪都很小，这点儿道理大家还懂，干脆就在比赛前立规矩，最后输的赢的都没话说。比赛都是自发组织的，即使是赢家也没有奖品，只是输家把自己的空竹，让赢家随便玩上几次，摔坏了也不再赔偿。

就是这么一个小小空竹，在春节期间给予的欢乐，让许多孩子久久难忘。春节过去以后谈论时，那种快乐还会在心中荡漾，耳畔依然有嗡嗡声萦绕，仿佛春节的余味儿还在散发。

捉迷藏

在童年所有的游戏中，玩得最多最让我开心的，应该要数捉迷藏了。

这种游戏既不需要器具又不需要场地，只要有些能够遮挡身体的物件，就可以无拘无束地随时玩起来。人不管是多是少，分成两拨儿，一拨儿藏，一拨儿找，找到了就算胜，找不到就算输，胜了的一拨儿便成为藏家，输了的一拨儿便成为找家，这样来来回回地因胜负而调换，胜负两家都很兴奋。

玩捉迷藏的游戏，身材矮小的孩子，比身材高大的孩子，要多少占点便宜，因为遮挡起来比较容易。但是也不是绝对的，更要看是否机智灵活，有的孩子身材很高大，动作却很灵敏又肯动脑子，他能准确观察判断情况，视寻找方向随时变更藏身地，往往比别人更难捉到。这也正是捉迷藏游戏好玩的地方。

当年一起玩捉迷藏的小伙伴，有两个人我至今记忆犹新。一个叫锁柱，个头较大，虎头虎脑，表面看好像很笨重，其实他很会动脑子，行动也很灵敏，做藏方他会不时更换地方，做捉方他会观察动静，伙伴们都称他“虎仔”。一个叫三宝，个头很小，身体单薄，做藏方转眼工夫就不见了，做捉方不声不响就来到跟前，小伙伴就给他起了个外号“耗子（老鼠）”，用以说明他的超人之处。“虎仔”和“耗子”这两个人，都是捉迷藏的好手，把他俩放在一拨儿，一般情况下无人愿意，通常是让他俩当“拨头儿”，一人带领一拨儿较量。

捉迷藏的游戏，看似简便单调，只是捉捉藏藏。其实玩起来非常开心，捉住的喜悦，被捉的尴尬，都在变化的瞬息中，得到充分的享受。更何况捉迷藏，还能启机智练筋骨，实在是种好游戏。至今想起来都觉得好玩，恨不得找人再玩一把，重享那有过的童年欢乐。

镜　子

我说的这个镜子，可不是家中的镜子，而是学校里的镜子，一块一人多高的穿衣镜，放在学校的进门处。镜子上镶刻着两个大字：端庄。每位学生进门来，都无例外地要照照，要是衣服不整洁，认真地整理好，然后才能去教室。这就是我上小学时，家乡那所中心学校，多年来立下的规矩。

那时候毕竟年纪小，不懂得更深层的事情，照镜子也就是照镜子，别的意思也就不去想了。尤其是“端庄”这两个字，尽管老师也有过别的解释，但在我看来它只是说着装，从来不往行为上去想。直到有一天一位淘气的同学，对老师做出不敬的事情，校长在全校大会上讲话，说到这块镜子和“端庄”二字，我才明白了这块镜子的意义。

这位淘气的男同学，比我大两级，是全校有名的“赖皮”。他人很聪明，却不用功读书，可是在考试时，只要一铆劲儿，准能得个高分，同学们都很佩服。聪明的人淘气，都与众不同，总要别出心裁。他这次干的淘气事是，在一位女老师的衣袋里，放了一只癞蛤蟆，这位女老师伸手一摸吓一跳，引得全班同学一场哄笑，女老师觉得没了面子，哭着找校长告了他的状。

在这次全校大会上，校长气愤地说：“在我们学校，竟会出现这种事，实在丢人，我这个校长很难过。你们都还年纪小，不从小养成好品德，将来长大了，想起来会后悔。我这会儿不能不提醒你们。”接着校长便说到这块镜子。他着重地告诉大家，这镜子上的“端庄”二字，既是指衣服整洁，更是说行为端正。以后大家走进校门，在照镜子时，整理衣服的同时，还要想到行为，在心中让行为照照镜子。

还别说，校长的话真灵，从此以后，每逢走进校门，在镜子跟前一站，就要检点一下自己的行为。这样做的人多了，校风也就好了。至于那位“赖皮”如何，不在一个班里，不知道他的情况，不过再没有听到他的新“传奇”。

放河灯

乡下的生活实在单调，一年到头没有什么热闹，对于孩子们来说，只有在节日里才有玩的。小时候有人问我最想干什么，总是毫不犹豫地回答：“想过节。”这节日在大人们看来，只有叫做大年的春节，那才算得上是个节日，别的根本算不得节日。可是孩子们却不这样想，有吃的有玩的都是节日。八月十五是中秋节，按照民间的习俗，全家老小要团圆，即使在外地的人，只要有条件，都要赶回来度中秋。

中秋节最好吃的就是月饼。那么玩的呢？依我看就要数放河灯了。我的家乡河流多，在中秋节前后，大人们下河掏螃蟹，为的是中秋赏月时下酒，这时，孩子们总是尾随其后，查看哪一段河岸平坦，好在夜晚来放河灯。

做河灯是最费脑子的事。叫是叫河灯，就是灯的载体。这种载体，一得结实，放到河里才不会湿沉；二要美观，在河流里漂荡才好看。人们最常用的材料，大都是牛皮纸和苇叶，这两样材料比较耐水，用它们叠成船的形状，上边放上一盏小灯。更多的人则是放“懒灯”，所谓“懒灯”，就是在木板上放盏灯。从木匠铺找些木板块，把小油灯放在上边，同样可在河里漂，只是样子不怎么美观。

当月亮高悬在天空，银白色的月光洒在河上，一层层的水波荡漾着，如同一块丝绸在抖动。孩子们呼喊着，放下各式各样的灯，一盏一盏地在水中漂，灯的火苗忽闪忽闪地，映得河面光亮点点，跟月光交融在一起，别有一番情趣。倘若有谁不小心，万一碰翻了一盏灯，或者两盏灯相撞，都会成为人们的笑料，河岸上立刻会热闹起来。放河灯的玩耍，有了这样的插曲，更显得有意思多了。

放完河灯，并不是马上就走开，总要跑到很远的地方，去等待河灯漂来，然后数一数还剩几盏。谁的剩下得最多，谁就会高高兴兴。有的孩子一盏也未剩下，同样也不会扫兴，毕竟在月光下观赏了河灯。

滚铁环

如果铁环也算正经玩具的话，它就是我的第一件玩具了，因为打制铁环总还得花钱。在这之前的玩具，大都是家里人给做的，没花过一分钱。拿钱买玩具在乡村，这也算是不容易了，孩子们自然很高兴，看着孩子玩得开心，大人们也就不心疼钱了。

那时候乡村都有铁匠炉，一只风箱，一炉炭火，从早到晚呼啦啦地烧着。叮叮当当的铁锤声，如同悦耳的音乐，醉着乡村人清静的心。铁匠师傅都有一双灵巧的手，犁耙刀斧等工具自不必说，就是别的铁活儿也不在话下，他们是乡村里的能人。这些手艺人有的还外出，远走他乡去卖手艺，顺便也学点新花样儿，回来再做给乡亲们，让乡下人大开眼界。这种铁环玩具，就是从外边学来的，立刻受到孩子们的喜欢。

做这种铁环很简单，把一根粗的铁条弯成环形，再套几个小铁环在大铁环上，然后把缝口缝死就算做成了。玩滚铁环的时候，用一个铁把手扶着推动，小铁环随着大铁环翻滚，一路上发出哗啦啦的响声，很是轻巧很是快活。有的时候玩的人多了，断不了来场滚铁环比赛，男孩女孩排成一溜横阵，喊一声“开始”就一齐出动，响声好似百辆铁轮车在奔跑，那阵势那响声非常壮观。玩滚铁环这种活动，我一直觉得很有意思，可惜这会儿没人玩了。

前些年从国外传来一种呼啦圈儿，孩子们玩得都很快活，有的还能玩出几个花样来，只是没有多久就不见玩了。其实我们的土玩具铁环，这是老辈子传下来的，它给几代人带来过欢乐，实在不该让它失传。倘若这会儿有孩子要玩，我想我一定会凑过去，即使跑不动摸一摸也会唤回童年。

晒日头

我的家乡把太阳叫日头。冬天田地里没有多少活儿，人们又没有别的事情好做，几个人就凑到一起晒日头。暖洋洋的日头晒在身上，连心里都觉得热乎乎的，有的人再讲些轶闻趣事，家里有事来叫都不肯走开。冬天里多少闲散的日子，就这样在日头底下消磨了。

晒日头的地方，一般都有讲究。女人们大都在墙根儿，离家里近，有事好照顾；男人们喜欢在地头儿，说“荤事儿”，可以放开讲。孩子们要想晒日头，也是男女有别，有些男男女女的话，怕让孩子们听到。倘若是讲些有趣的故事，就是你不往前凑，大人们也要叫你去听。

除了墙根儿地头，最适合晒日头的地儿，那要数柴火垛了。被日头晒过的柴火垛，温暖得像热炕头儿，人们在上边或坐或卧，舒服得连嘴都愿意张了，一个个抢着说些有意思的事。我小时候知道的许多故事，都是在柴火垛晒日头听来的，故事也就带有不少“野味儿”。

晒日头让孩子们最喜欢的事，还不是这样的胡吹乱扯，而是在洒满日头的地上玩。通常玩得最多的，就是土块走格子，再有就是投坑儿，既简单又好玩儿。走格子就是在地上画个方格子，双方各用一个土块儿走，谁最后被逼得走投无路，谁就得老老实实地认输。投坑儿是在地上刨个浅坑儿，玩的人站在相同的距离内，用土块往坑儿里投，谁投进的多谁就是赢家。

这些古老的玩儿法，祖辈相传了多少代，今天很可能没有人玩了。我们祖先的智慧，相信依然照耀千秋，永远启发着我们，说不定在什么事情上，我们又会用上它。起码我会记住它给我的乐趣。

截　鱼

水乡的孩子喜欢水。我的故乡有不少河河沟沟，每年夏天来临，这些河沟就成了孩子们的世界。他们在这里戏水、摸鱼、捉蟹、划船，尽情地享受着水乡的天趣，更在水中发挥着自己的聪明。尤其是在对付水类小动物方面，他们越发显得有智慧有计谋，我相信这是城里孩子无法比的。

在捕捉水类小动物时，他们有许多土办法，这些办法既简便又有效。这其中截鱼的办法，最为稳妥，最能偷懒，经常被孩子们使用。这种办法就是在河沟的一边，用苇帘子挡住游动的鱼，在河沟的另一边，用泥巴挡住鱼的回路，然后孩子们就在苇帘子旁捉鱼，简直如同袋中取物，这些鱼一条也跑不了。这样一段一段地截取，半天下来可以捉到不少的鱼，几个孩子论堆儿地大致一分，高高兴兴地走回家去，让母亲给做一顿贴饽饽熬小鱼，吃着比什么饭都香都可口。直到现在都想这些东西吃。

有的时候截的鱼很多，几个孩子拿不了，我们就取出一些来，送给摆船的老爷爷，因为我们常常不花钱坐船，用这点鱼表表我们的心意。水乡的孩子最讨厌吃独食，无论是谁只要有了好吃的，总得想办法给小伙伴们留点儿。倘若有谁不遵守这乡俗，孩子们就非常瞧不起，认为他没出息不讲义气，以后再很少有人找他玩。给老爷爷送鱼，就有这样的想法，同时也是按“规矩”办事。

离开家乡以后，我到过不少近江河的地方，各种捕鱼的办法都见过，但从未见过用苇帘子截鱼的，这时我就越发想念家乡，怀念逝去的童年生活，更怀念那些讲义气的小伙伴。这种在小时候结成的友谊，比金子还要珍贵，比水晶还要透明，越年长的时候就越会怀念。

剃　头

听家里人说，我小时候护头，一说要剃头，就会到处跑，捉住了按在那里，也要想办法挣脱。这种习惯一直延续到今天，头发不是长得很长，总是不愿意走进理发店。一走进理发店，就会想起小时候，以及颤悠悠的剃头担子。

我的家乡，那会儿没有理发店，剃头的都是挑着担子，担子的一头放着火盆，另一头放着工具箱，剃头师傅手里拿着铁拨，刺啦刺啦地拨动，只要一听到这声音，不管是不是让我剃头，我都会立刻快快地跑开。只是有一次，没有想跑，那次头上长了疮，疼痛难忍，不把头发剃掉，不好往疮上涂药，只好乖乖地听从摆布。就是因为有了这次经历，以后只要不想剃头，长辈们总是拿话吓唬我：“不剃，就再让你生疮。”这句话，还真灵。一想到生疮的疼痛，觉得还不如剃头，就没有了脾气。

乡村里的剃头师傅，最好的手艺就是刮刮脸，根本不会设计发型。我第一次不剃光头，要留长发时，那位师傅实在不会剃，他就找了一个海碗，扣在我的头上，然后把扣不住的发剪掉，这样也就算是留发了。后来到了城市，看见城里孩子留分头，我特别羡慕，就让家里人带着理分头。这是我第一次正式理发，更是我第一次走进理发店。

从小时候护头到现在想剃头，却因头发稀疏无发可剃，转眼几十年过去了，这不能不说是人生的严峻历程。想想这个过程中的坎坎坷坷，无论是谁都不会平静，该有多少跟头有关的事情，同我们的命运相连呢？当然，最令人不可容忍的，大概要算“文革”中，被人剃的阴阳头了。幸好那时我已是死老虎，造反派的英雄们才没有给我添彩，否则说不定我又会护头的。

纸帆船

我上小学那会儿，有门功课叫手工。其实，就是教学生做工艺品，比如糊灯笼、扎纸花、编绳袋，等等，训练学生的技能。我在这些方面，没有什么天分，却也不算太笨，每次都能及格。偶尔做成的一两件，有的还能得高分。

在这些小工艺品的制作中，我最喜欢的还是叠纸，觉得叠纸简单，不必找各种材料，有几张平整的纸，就可以叠出各种式样来。那时最常叠的纸制品，除了纸裤、纸鸟、纸雁、纸房子、纸马，我最喜欢叠的要数纸船。纸船有几种叠法，几种不同的式样，每种都很好看，这其中的纸帆船，可以说是我的保留项目，一玩叠纸就要叠几只帆船。

我为什么对纸帆船，会这样的钟情呢？大概跟我的幻想有关。家乡的蓟运河，弯弯曲曲像条绸带，流向远方，流向大海，使我对远方对大海，总是怀有神秘的感觉。出于一个乡村男孩的好奇，很想有朝一日，坐船到那些地方去看看。我是在河边长大的，知道没有帆的船只能摆渡，要想坐船去远方，就得在船上扯起高帆。这帆船也就成了我向往的寄托。

我积攒了许多纸帆船，都是在课堂在家里叠的，有时间就带到河边，找一个可以下水的地方，轻轻地把它们放入水中。看着它们随水流依次漂走，心里就会有无限的喜悦，仿佛我的幻想就在那船上。有时怕那船在途中受阻，放完以后跟随船走出很远，直至它们安然无恙，这才会放心地回到家中。当跟家里人说起放船的情景，远比谈论功课更有兴趣，兴致上来连饭都忘记吃。

长大成人以后，到过不少陌生的地方，更结识了广阔的大海，我常常会想起那些纸船，以及逝去了的童年生活。这时在我心中涌起的情绪，再也不是飘忽无定的幻想了，而是更为坚实的人生艰辛。想到这些就更感到，人这一生最宝贵的时光，当数无忧少虑的童年。

歌　声

只要一想起童年的欢乐，就自然想起那时的歌声，它对我幼小心灵的抚慰，是任何事情都无法比拟的。尽管时光流逝了许多年，现在一听到那时唱过的歌，我的心依旧会怦然跳动，仿佛又回到了少小时代。那是多么让人留恋却又无可奈何地消失了的时光啊。

那时究竟唱了哪些歌，现在一点儿也记不起了，更不会想起学会的第一支歌。但是有一支歌至今未忘，这就是《夏天最后一朵玫瑰》。它的略带忧伤的曲调，刚一听便立刻揪住了我的心，从此就在我的心中回荡。

记得是在一个闷热的夏天，我从故乡的那所中学里走过，从教室敞开的窗户里，忽然有一阵悠扬的歌声，在风琴伴奏下款款飘来，我就站在那里静静地聆听。直到人家下了课，不再唱，我才怏怏地走开。这是我第一次听到自认为最美的歌声。后来我上了中学，老师在音乐课上，教我们唱这支歌，我这才知道它的名字，并且知道它是一首洋歌。

这首爱尔兰的民歌，为什么这样让我痴迷，为什么这样让我动情，连自己也说不清楚，可能是我的心灵过于脆弱了。就是从这时候开始的，我对于文学艺术有了兴趣。音乐、诗歌、小说这些文艺形式，我都是如醉如狂地喜欢，我常常为它们悄悄流泪。到后来自己学会用笔倾诉时，我的心中的情感才得以解脱，觉得这支笔比我的嘴巴还好用。

到后来随着年岁渐增，我又学会了一些别的歌，有的词曲同样很美，给了我极大的感染，但总不如听到的那第一支歌，更能引起我的情感共鸣。每当有什么不愉快的事情出现，我常常地哼唱这支《夏天最后一朵玫瑰》，心中的郁闷马上就会消释。这支小时候唱过的歌，它是那么深情，它是那么诱人，唱起它时就会怀念童年。听："夏天最后一朵玫瑰，还在孤独地开放……"多么动听多么感人。

打水漂儿

水乡孩子的玩耍，总也离不开水——打水仗、赛长泳，这是对水性的锻炼；划船、掏蟹、捕鱼，这是对技能的培养。还有一种玩耍，则是玩灵巧玩机智，这就是打水漂儿。水乡的男孩子女孩子，大都会玩打水漂儿，玩得好却不那么容易，得有一定的巧劲儿。

打水漂儿，就是找几块瓦片儿，顺着水皮儿撇向远处，瓦片儿就会像蛇一样地蹿走，河面上立刻出现一长溜的波纹儿，非常好看。玩打水漂的高手，可以撇出十几米远，有的还带着嗡儿嗡儿的响声。如果有几个人同时在玩，无形之中就要比试一番高低，那一阵阵的笑声喧闹声，伴随着水漂儿的响声，在河岸上悠悠地回荡。

我喜欢玩打水漂儿，只是没有别人玩得好，瓦片儿到了我的手里，不是蹿得不远，就是扎“猛子”（钻进水里），常常惹得小伙伴们笑。尤其是在比赛打水漂儿时，越是想打得好越出乱子，倒数后几名总有我的份儿，让人讥笑为“老疙瘩”。好像只有那么一次，我手中的瓦片儿，不知怎么使对了劲儿，一下子蹿出十来米远，我这个“老疙瘩”，总算着实地威风了一回。从此以后，我也就越发想玩啦，不过像这么好的成绩，后来再也未出现过。

长大成人之后，常听人说打水漂儿，开始以为，就是说的这种玩耍，渐渐才明白，原来是把干事情马虎、不怎么沉实叫打水漂儿。仔细想想也蛮有道理。这时我不禁暗笑起来，心想，按这样的说法，我当初当“老疙瘩”，打不好水漂儿，瓦片儿净往河水里钻，岂不是“表现”得很好吗？

可惜玩耍毕竟不是生活，时光更不会倒流回去，这些童年的往事，如今还留在记忆中，总还会有些益处吧。我这样想。

2007 年 6 月

第七辑　珍藏相册

丁聪有个“红卡”

漫画家丁聪先生有个“红卡”。

这张由街道居委会发的“红卡”，既无荣誉性质，又无优待作用，它唯一的用途是来证明，画家小丁是位七十有八的老人。这种特殊用途的“红卡”是不是别处也有，是不是别人也有，都不得而知，反正我是头次知道。如果别处别人都没有，只有丁聪一人独享，还别说，这本身既是荣誉又是优待，实在会让别的老人羡慕。说到这里，读者也许会问：老人就是老人呗，干吗还要出具证明，难道容貌还看不出？再说，年老年幼是自然规律，谁也无法抗拒，这还要什么证明？我想问题也正是出在这里。

我认识这位著名漫画家，从二十世纪五十年代在北大荒一起流放，到不久前向他强行索稿，算起来总有三十几年了。尽管我们平日来往不多，对于丁先生的近况不甚了解，但是有两点相信他很难改变：一是他满头的浓密黑发，二是他爱逛书店的癖好。知道了他有这张“红卡”，越发证实我猜测的正确，而且这张“红卡”恰好同他的黑发有关联，这样我也就想说几句话了。

中央电视台《东方时空》的记者采访丁聪，当问到丁先生的爱好和平日活动时，丁先生说他最喜欢抽空逛书店。记者知道丁先生是位年近八旬的老人，又是一介穷儒，不可能有自家汽车，照常理推断，怎么好为逛书店挤公共汽车呢？神情中不免流露出疑惑。丁先生好像是意识到了这些，为了说明自己不是吹牛说谎，他掏出电汽车月票的同时，出示了这张“红卡”给记者看。丁先生还说：“这会儿老年人乘电汽车，很少有人给让座了，万一站不稳撞了谁，我就掏出这张‘红卡’，请对方原谅，不过自打有了这张‘红卡’，还没有发生这种事。”说这些话的时候，丁先生依然在微笑，没有丝毫的怨艾。然而我却感到很尴尬，不知该笑，还是该哭，总之鼻子是酸溜溜的，心中更不是滋味儿。

丁先生有一头娘给的浓密黑发，让人难以判断出他的实际年龄，外出乘车倘若站不稳万一撞了谁，说不定真被人误认成壮年呵斥，恐怕他有嘴也难以分辩，想起来丁先生也怪可怜的。可是说句不讲道理的话，谁让他偏爱逛书店呢？谁让他不把黑发染白呢？我说的这两个“谁让”，大概丁先生都不会拒绝，那就只好拿“红卡”了。这件事乍一听起来，似乎觉得有点滑稽，实际上也只能这么做，因为你总不能强迫别人照顾。既然别人不照顾，那就求得别人原谅，这也算是对自己的保护。仔细想想，这招儿还是蛮高明的。

尊老爱幼的传统美德，连几岁的娃娃也懂，有人说起来也头头是道，可惜现实生活里体现不多了。在万般无奈的情况下，丁先生所在街道居委会的干部，想出给老人发“红卡”的办法，尽管这办法显得被动，但是可以毫不夸张地说，这是从反面对道德的完善。过去电汽车都设有老弱病残孕的专座，不知从何时起这些专座不见了，谁让座谁不让座全凭个人的恻隐之心。倘若这会儿还有这样的专座，类似丁先生这样高龄的人乘车时，拿出“红卡”来“对号入座”，即使占专座的人多么不愿意让座，恐怕也难抗拒众人谴责的目光。电汽车上取消这种专座，很不利于社会道德的完善，相比之下，发老年“红卡”的居委会，我倒是觉得很有眼光，他们的善举如若能得到社会配合，说不定会促进社会风气的好转。

丁聪先生是我国目前数一数二的漫画大师，他手中有支含愠带怒的画笔，以这张“红卡”为素材画幅漫画，可说是唾手可得，谁也不会说什么话。然而他并没有这么做，连讲这件事的时候都无讥讽言词，这说明丁先生为人的善良宽厚。但是作为观众读者的我们，知道了这张“红卡”的事情，我想总不至于全都无动于衷吧。是不是也该由此想些什么呢？

凭着我对丁聪先生的了解，他大概不会改变逛书店的爱好，同样，靠他那点笔墨钱一时半会儿也买不起汽车，恐怕还得挤公共电汽车逛书店，恐怕车上还是少有人给他让座，这就仍然要为难这位老画家了。这里我倒想给我尊敬的这位难友出个主意，您不妨把这张“红卡”挂在胸前，提醒人们躲着点儿，不然撞着谁都不好。特别是碰到什么嘎杂琉璃球，谁知会给您生出什么事儿来呢？还是要当心些噢。

1994 年 8 月 9 日

方成和他的自行车

吉尼斯纪录的“世界之最”里，有没有自行车这个条目，我还从来没有听谁说过。不过仅凭猜测和直觉，我想，大概中国会当之无愧，而且可以说是最中之最。在几个大城市里出差，我曾站在高楼上观晨景，抬头是初升的太阳，低头是蠕动的自行车，两样都很雄伟壮观，重叠一起如同霞染的长河，从我的眼前静静地流过。这在别的国家恐怕很少有这样的阵势。

正是因为有这样多的自行车，当然也就有众多的骑车人。

在这些男男女女老老少少的骑车人中，尽管他们的身份、财富、年岁、衣着不同，但是骑上车就成了真正的同路人，谁也不会在心理上有什么失衡的感觉。如果非要找出彼此的差别，无非是骑术的高低、车子的新旧、骑龄的长短，别的可以说是难分伯仲，完全体现了人间的平等，就连违章受罚都无两样。反正我没有听说过，骑车人之间有过什么攀比的苦恼，更没有听说过，骑车人之间谁对谁有什么不服气，上了路就是心悦诚服的竞争。不信我就考考你，倘若你不认识方成先生，在街上成百上千的骑车人中，你准不会找出他来。只有在有人告诉你之后，你才会惊愕地说：“你说什么？那位骑车的棒老头儿，敢情是位大漫画家啊。”是的，一点没错儿，正是方成，当今中国的大漫画家，他骑车的技术，同他的画一样的好。

我头次知道方成先生骑自行车，应该是在十多年前，那时我在《新观察》杂志社当编辑。有次编辑部开作者座谈会，来的人都是当今中国的大笔杆子，这其中就有漫画家方成先生。那会儿还没有出租汽车可代步，编辑部也不像现在这样接送作者，大家怎么来怎么走，谁也不曾打问和关照。我在会后送大家走的时候才发现，原来还有几位老先生是骑自行车的，他们中年龄最大的就是方成先生。在我这个骑车技术不高的人的眼里，简直无法想象这老头儿该怎样应付车流中的不测，自然也就对方成先生有了几分敬佩。

认识方成先生的人都知道，他早年在大学里读的是工科，可是却以画在世上扬名享誉，而且还写得一手漂亮的文章，我这里就有方先生惠赠的大著。要是你有机会跟方成先生交谈，你就会高兴地发现，听他说话同读他的画一样是种享受，机智、幽默的语言时不时地流露出来，很少有一般老人的滞板沉重的语调。方成先生还没有退休那会儿，他没有更多的时间作画，报刊编辑约他的画很难，可是我们《新观察》却能时不时地得到，而且有些文章急需配画时，只要找到他也总是不肯推辞。有些编辑同行特别羡慕我们，常常会向方先生讨公道："我们约您的画这么难，怎么《新观察》找您，您就满口答应呢?"方先生立刻半认真半玩笑地说："嚯，那可不一样，从《观察》杂志那会儿，我就是作者，我们是'老关系户'啦。"说得你马上没了脾气。既没有大画家的傲慢，又没有小画家的尴尬，一句"老关系户"的幽默，亮出了方成先生的磊落之心，还让你没有被伤害的感觉，这是多么机智得体的解围方法。

方成先生的灵敏快捷的思维，适中健康的身材，固然同他经常作画有关，但同时也得益于他长年坚持骑车。这老头儿跨上他那辆旧车，从远处骑来或从近处骑去，蹬车的速度绝不亚于棒小伙。有次我在人民大会堂开会，散会走出会场穿行马路时，见一位骑车人匆匆地骑车过来，到了跟前看清是方成先生，我便喊他，他下车后我问："干吗骑这么快，又不是赛车。"他说他刚看望一位朋友，还要赶去开个会，我也就不便更多地搭话。待他骑上车渐渐远去，留给我的背影是那么硬实挺拔，没有一丝半点的老态。

这位老画家这么愿意骑自行车，我想自有他的道理，更会有不少骑车的故事，只是从无机会听他说。后来读过作家谢云先生一篇文章，好像是谈骑自行车的事情，里边引用了方成先生谈骑车的好处，可惜我没有完全记住。谢云先生也是我的朋友，他同方成先生一样喜欢骑车出行，以他的人民出版社副总编辑的身份，外出开会办事要辆公家汽车，我想总还是可以的吧。可是在我的印象里，他很少这么做，更多的时候是骑自行车，所以才有关于自行车的文章。类似方先生谢先生这样的骑车文人，光我认识的就有二三十位，这其中不乏有资格在单位要车者，但是他们都坚持骑车，因此从岗位上退下来以后，就没有某些人要不上车的烦恼。有机会我真想写写这些朋友在自行车上的风光和自在。

我把方成先生同自行车连在一起，其实没有更多的故事好讲，只是从他健康的身体和敏捷的才思上感悟到，他长年坚持骑自行车带给他的益处。对于像我这样懒散的人，总会有些启发吧。不过我骑车的技术实在不怎么样，要是同方先生并肩而骑，从背后判断，十有八九的人会认为我比他年长。这实在没有办法，我只好改为“步颠儿”啦，腿脚还算利索，说不定他走不过我。

1994 年 8 月 18 日

悠然自若一轻帆

每次跟袁鹰先生一起饮茶，听他用轻缓舒畅的声调聊天儿，常常让我想起他那本散文集《风帆》。

这是二十几年前读到他的一本书。那时我还在内蒙古流放，根本没有想到几年之后，我会重回北京生活工作，更不会想到有机会认识书的作者。后来认识了袁鹰先生并多有接触，感受到他待人的宽厚处世的豁达，这时我总是不由得把袁鹰先生，跟他那本书的名字连在一起。袁鹰先生不就是一叶轻帆嘛，那么从容，那么悠然，在漫漫的人生长河里迎风展开。一个年近八旬的老人，在文坛报界半个世纪，经过多少世事沧桑，见过多少好人赖皮，竟然如此不惊不诧，心如秋水般的宁静，实在是难能可贵啊。反正我是学不来做不到。

记得是在十多年前，给《人民日报》写过一篇短文《心中的渔火》，谈我年轻时学习散文写作的情况，文中提到几位给我影响的散文家，其中就有袁鹰先生。文章见报后别的文字未动，唯有袁鹰先生的名字不见了。后来问编辑才知道，是作为部主任的袁鹰，在看版样时自己圈掉了。从这件小事情可以看出，这位在编辑岗位辛苦了大半辈子的人，有着多么严格的职业自律观念，这跟那些用职业谋私的编辑相比，在品德上简直有着天壤之别。其实这完全是袁鹰先生的过虑，像我这样年纪已经不轻的作者，又多少发表了一些文学作品，绝没有以讨好换取名利的想法，何况我又不是直接跟他打交道。

有次跟袁鹰先生一起在外地开会，晚上无事情可做正好聊天儿，我跟袁鹰先生说："我读的您的第一本书是《风帆》，那时正是'文革'后期，没有什么像样的书好读，在单位图书馆看到这本书，就借出来放在枕头边，每天睡觉前就看几篇。后来我从内蒙古调回北京，走得比较匆忙，书忘记还了，这会儿还在我这里。"袁鹰先生听后，只是轻哼一声，没有说更多的话。我想袁鹰先生如果还记得，此时他应该明白，我在文章中之所以提到他，并不是出于某种功利的目的，而是他的作品确实给过我影响。自然也就对他格外地敬重。

正是因为有这样一段美好的书缘，所以认识袁鹰先生这些年来，每次他有新书出版都要送我，在书上题签时跟我称兄道弟，除了感动从来不敢造次接受。就是在平时的称呼里，尽管别人呼“老田（袁鹰本姓）”叫“袁鹰”，我也总是在他笔名的后边，恭敬地加上“同志”或“先生”。不为别的什么，只为保持认识之前，我对他的那份尊敬。因为他是一位值得让人尊敬的文学前辈和师长。

真正认识袁鹰先生，并开始有密切交往，是在“右派”问题改正后，我调到中国作家协会工作。在《新观察》杂志，在作家出版社，在《散文世界》杂志，在中外文化出版公司，在《小说选刊》杂志，于公于私都有接触，更得到他的支持和帮助，自然也就有了进一步了解。这时我发现，作为老编辑，他是那么敬业；作为老作家，他是那么勤奋；作为老同志，他是那么随和，从不张扬轻狂，从不吹嘘卖弄，永远让人觉得好接近。在文学界具有他这样资历成就的人，不能算是很多可也不算太少，然而像他这样跟晚辈不太分彼此的，起码在我认识的人中不多见。袁鹰先生属于那种靠人品赢得人们尊敬的人。不是像有的人只是因为地位显赫，人们不得不在表面上应付他，在背地里却微词不断骂声不绝，下了台走对面人们都不屑搭理。

我这个人有个习惯，说不上好也说不上坏，这就是，自认为人品好的人，总是经常来往，自认为人品欠佳的人，碰上也不见得说几句话，更不会搞虚与委蛇那一套，因此也就吃了不少的亏，所以经常提醒自己接触人多注意。我跟袁鹰先生一认识就很投脾气，在他跟前可以完全敞开心扉，无顾虑地说心里话说真话，把他当做一位自家兄长相信。说实在的，在我置身的文学圈里，能够无拘无束说话，而且绝不会遭暗算，包括袁鹰先生在内，只有几位人品好的师长。我一直把这件事视为晚年生活的幸运。

在多年的接触中，袁鹰先生给我印象最深的，就是他的宽厚。他在《人民日报》主持副刊几十年，扶持过相当多的作者，有的后来成了著名作家，有的后来混成文学官员，大多数依然对他以诚相待。但是也有个别势利眼的人，觉得无须再靠蹬袁鹰先生肩膀攀高了，见面也就没有过去的热情。当朋友们一起说到这些事情，袁鹰先生总是处之泰然，一笑了之，很少听他说什么鄙夷之词。所以有很长一段时间，误认为袁先生处事过于谨慎，竟然连个明显的是非，都不愿意正面表示对错。

跟袁鹰先生渐渐来往多了，我才知道自己想法不对，他为人处世还是有原则的，对于那些实在看不下去的事情，他有时也会观点鲜明地发表意见。前几年作家协会有人提出，要把作家协会建成“美丽的林子”，以此增强对作家的凝聚力。这种提议的出发点是好的也很浪漫，只是不见得真正可行，因为团结作家和组织创作，这是非常具体细致的事情，口号再响亮还得实际去做。有一次作协主席团开会，我正好应邀列席，袁鹰先生非常坦率地对这个“林子”之说表示了自己不同的观点，大家都很赞同袁鹰先生的看法。

袁鹰先生淡泊名利，圈里的人大都知道。以袁鹰先生的人品、资历、成就，在我这个中国作协会员看来，当个中国作家协会的副主席，还是会让几千名会员心悦诚服的，可是袁鹰先生自己好像并不计较这些。在我跟他交往的二十多年里，一起饮茶的时候不少，一起开会的时候更多，文友们聊天免不了会说到正派人的荣升和下三烂的发迹，他从来都是淡淡地说上几句。很少像有的人那样，总是拿别人跟自己对比，认为某个位置只有给他，这世道才算公平。实际上世上的事情哪有那么公平，又不是分生日蛋糕，只要人在场就有你的一份儿。

最近袁鹰先生又寄赠我一本新书，他在书的扉页上，写有这样两句诗：“花开花落等闲过，尚有情怀似旧时”，我读后颇为欣赏，从中透出的自然心态，如同一股清新的风，吹散我因暑热积存的烦躁。不由得想起他在一篇新作中的文字：“我不敢奢言什么‘超越自我’之类的话，只求能够保持几分清醒。‘朝闻道，夕死可矣。’闻道，也是一种清醒。感受古代哲人这种执着豁达的襟怀，推窗遥望浩渺幽邃的星空，顿觉心平如水。”这段蕴意深邃的文字，是在一个午夜里听广播，最先得到和感受到的，当时，万籁俱寂，身心相拥，听着听着不禁眼泪湿了枕畔。那一夜想了好久好久，仿佛一下子更多地了解了袁鹰先生。

我在团结湖居住的时候，常去水碓子菜市场买菜，有时遇到袁鹰先生，见他跟我一样提篮买菜。听《人民日报》的朋友说后才知道，敢情这位老作家也是个“家庭主夫”。我妻子的身体不大好，许多家务活得我来干，难免有厌恶心烦的时候，就常常地抱怨发火儿。知道袁鹰先生的家务事，比我的还要多还要重，就真的不好再说什么啦。前些年去过他的家，见他既侍候老父亲又照顾残疾女儿，自己还要上班工作业余写作，真也难为他了。可是从未见他有过埋怨和不悦，在家里不管多么累多么忙，出门总是轻轻松松高高兴兴，依然是一位洒脱豁达的文人。

有时朋友们一起说起袁鹰先生，我就想：人生在世，名声可大可小，官位可有可无，最要紧的得有个平和状态——心情不浮，行为不躁，始终如一地做自己的事情。就像那江河里的风帆，随着水势风力起伏漂荡，悠然自若地永远前行。这就是最快乐的人生，这就是最难得的境界。人哪，如果都能这样活着，岂不更有滋有味儿。

2002 年 7 月 16 日

诗人赠送的墨宝

从原来居住的地方，迁入新居以后，总算有了个客厅，这样，朋友们赠我的书画，也就有了个挂处。起初像小孩子得新衣，一件一件试着穿，我喜欢的这些书画，也是一件一件换着挂。开始选画的时候，只是从形式上考虑，例如哪幅画装裱得好，哪幅画的颜色相宜，等等，这倒也给了我些许乐趣。但是重复几次就觉没意思了，后来就从内容上挑选，哪幅书画中的意思，更贴近自己的想法，就选哪幅挂在显眼处。这其中挂的时间最长的，当数诗人艾青和牛汉的，这二位书赠我的条幅，都不止我挂着的这一幅，只是这一幅更符合我的心态。

艾老赠我的墨宝，是在二十年前，当时我们的“右冠”刚摘，艾老给我写了这样几个字：“时间顺流而下，生活逆水行舟。”像我这样从二十几岁起，就开始成为“运动员”的人，几乎在历次政治运动中，都是挨批斗的主儿，整个最美好的前半生，都是在坎坷中度过的。这时好容易结束了“管制”，开始恢复了正常人的生活，于略觉宽松的同时，想起过去也常有怨艾，老诗人的这句话，无形中给了我一定的启示。我拿到以后就想装裱，去画店一问价钱，吓了一跳，以我那会儿的收入，简直无法这样“奢侈”，只好请一位画家朋友，在他方便的时候，为我装裱这幅字画。这位朋友是画画的，装裱毕竟不是他的特长，出来的样子也就可想而知，但就是这样也让我着实高兴。没事的时候就独坐在那里，面对着艾老的字幅遐想，品咂老诗人写的这两句话。后来我有机会出版第一本书，特意把它制版印在扉页，把这位诗坛泰斗的人生体会，让更多的年轻人知道。

诗人牛汉给我写的条幅，只有“得大自在”四个大字，是在我迈入老年行列以后。这位我非常敬重的兄长和文友，他的诗歌读得不多，他的散文见到必读，特别是写童年生活的篇章，我尤其爱不释手，常常拿来细细地品咂。在如此浮躁的社会里，没有一颗宁静的心，很难有这份洒脱的情绪，回忆那逝去了的遥远的往事。这大概正是他拥有“自在”的结果。

事实也的确如此。熟悉他的人知道，他淡泊名利，他豁达率真，是位有着传统品德的文人。牛汉兄写的“得大自在”这四个字，出自北京大佛寺正殿的匾额。年轻时我也去过大佛寺，只是没有留意这块匾。不过我想就是那会儿看见了，也不会有怎样的想法，人世间的许多事情，不经过亲自体会，是很难真正明了的。我这些年沉沉浮浮的生活，别人抑抑扬扬的名利，都使我长了见识、明了事理，最终总算感悟到，金钱和名利都是累人的东西，同时也是转瞬即逝的过眼烟云。唯有这“自在”才是人生最可宝贵的。

对于“自在”这两个字，不知牛汉兄如何理解，我想，由于人们的生活经历不同，大概总有不同的理解，绝不会是一模一样的。我的前半生极不平顺，一顶右派荆冠如同一座山，压得我连气都喘不过来，能保住性命就算不错了，哪里有什么“自在”可言，别的诸如名啊利啊什么的，更不敢有此非分之想。可是等到脱冠以后，恢复了正常人的生活，正常人的性情也就来了，如对名的注意对利的向往，都或多或少地困扰过我，这时同样不可能有“自在”。真正觉得“自在”，是在有些东西拥有过又失去了，这时顿悟了人生的真谛，开始略尝了“自在”的滋味儿，知道“自在”是个好东西，这时才进而寻求“大自在”。而我理解的这“大自在”，说白了，就是一切顺其自然，不要刻意地去追求什么，特别是对于名利上的事情，万万不可为了一时的快慰，就丢失人格和自尊，干些正直人不齿的下三烂的勾当。干这种事的人永远不会有“自在”。当然，我这样说，并不是要让人们凡事都忍，明知有理的事情也不说，明知不对的事情也不讲，这样做势必会心灵受折磨，同样不会有真的“自在”。如果我理解的“自在”大致不错，那么，这样的“自在”是不是不好得呢？我看也不尽然。据我不完全的了解，文学界就很有几位朋友，属于得到“大自在”的人，他们完全按自己的性情生活，不惧怕权势，不轻慢凡人，悠闲自得地在那里读书写作，日子过得倒也颇为宁静淡泊。以这几位作家的资历、成就而论，跟那些头衔多作品少的人相比，他们要个一官半职并不为过，可是他们从不把这些虚名放在心上，这样反而更受同行的尊重和爱戴。他们不卑不亢的品德，使他们活得很轻松，绝不会像一些善于钻营的人那样，今天想着给这个打个电话问好，明天想着给那个送点礼致意，终日心神不定地看着别人的脸色。纵然捞上个什么官儿，即使不折寿也实在够累的了，这样的人更不可能有“自在”。生活在物欲横流的今天的人，要想达到“自在”的境界，并非人人都能轻易做到，但是只要我们有意修炼，我想总还是可以学得一二，这也就足够一生受用了。牛汉兄写的条幅“得大自在”，我之所以常挂厅室，正是想时时提醒自己，学习几位可敬的师友，尽量排除各种杂念，让自己也活得“自在”些。倘若能得到“大自在”更是来生预修的福。岂不快哉。

1995 年 11 月 26 日

听说羊肉好吃

羊肉鲜美，好吃，我是听别人说的。自己没有这份口福。是不是天生没这个胃口呢？不得而知。反正从未正儿八经地吃过。说起来有人不信，在“在风吹草低见牛羊”的内蒙古，我被流放了十八年，牛羊的膻气没少闻，硬是拒吃牛羊肉。不要说别人感到有些奇怪，连我自己也觉得有点邪行。有些熟朋友跟我开玩笑说：“难怪你的‘右派’脾气没改呢，当初要是发现你吃不了羊肉，把你放到草原上去赶羊，说不定你早不这么倔啦。”谁知道呢？也许是吧！只是为时晚矣。

那么，羊肉好吃，我是听谁说的呢？倘若是内蒙古人说的，倒也罢了，天底下的人，哪有不说家乡好的。我听说羊肉好吃，说得最起劲儿的，恰恰是京城三位作家，其中二位还是南方人。这三位作家，都是我的师友，他们那么爱吃羊肉，我一点儿也没想到。

头一位是老作家汪曾祺先生。这位我非常敬重的师友，人品好，文章好，书画也漂亮，喜欢烟酒，善操烹饪，文学圈里的人，几乎谁都知道。他对羊肉也那么爱吃，我还是从他文章中知道的。在一篇题为《手把羊肉》的散文中，汪老开宗明义的头句话是：“到了内蒙古，不吃几回手把肉，就是白去了一趟。”这句极富刺激性的话，立刻把我镇住了，不由得胆战了几下。我曾同汪老多次一起赴会或出游，难免胡聊神侃，幸亏没有说过我不吃羊肉，不然会误以为老先生是冲着我来的。现在我是自己来对号入座。

另一位说羊肉好吃的，是作家陈建功老弟。这位小说写腻歪了的作家，近几年间或也写些散文，他赠我的散文集中有篇《“涮庐”闲话》，着实地吹嘘了一气涮羊肉。他写得无意，我读着有心，直犯嘀咕。他说“爱吃肉，尤爱吃涮羊肉，有批评家何君早已透露”，接着他便侃侃而谈涮羊肉的乐趣，以及如何自做调料、涮法，等等。最后他还挑战似的说：“迷狂至此，不知京中有第二人否？”他文中提到的何君，就是评论家何志云老弟，也是我的文友，真怪他多嘴，透露出建功爱吃涮羊肉，以至让他张狂到如此地步。读到这些，我真有点憋不住了，恨不得找他俩去理论，这不是在我这矮人面前说短话吗？后来一想，他俩也不知我不吃羊肉，还是要自保“隐私”权。

还有一位爱吃羊肉的馋鬼，就是写报告文学的作家杜卫东了。他曾不止一次地跟我宣传，羊肉如何好吃，涮羊肉如何有意思，如果不是我知他的底细，说不定会以为他是“东来顺”的少东家。有次卫东请四川出版社的两位朋友吃饭，这两位也是我的朋友，卫东请我作陪，我自然愿意同他们一起聚聚。我一看桌子上摆了电火锅，立刻皱起了眉头，卫东这时才忽然想起我不吃羊肉，让他爱人小阿单另给我炒了菜。他家用的电陶瓷火锅，火势不怎么旺，卫东连夹几堆生羊肉片放在锅里，沸水压下去好久不见再沸，他等得不耐烦，就半生不熟地大口吞咽，还连声叨咕“好吃”，那副旁若无人的贪婪相，简直让我难以理解。尤其得时时提防他，万一他不小心把汤水滴到炒菜上，可就把我害了。

这三位作家朋友，爱吃羊肉爱到说大话绝话的份儿上，细品起来真让我有点不好意思。特别是汪老“不吃羊肉”“白去一趟”内蒙古的叫号，使我这在内蒙古待了十八年的“草原人”，确实感到有点无地自容。

说起我的拒吃羊肉，其实，并非压根儿如此，真的一点儿未沾过嘴。在内蒙古的那些年，还是认真尝试过的，只是完全失败了。头一次是捏着鼻子闭上眼睛，像小时候生病大人往嘴里灌药似的，倒是把一小块羊肉吞进去了，可是到了胃里就不行了，如果胃真的有胃门，这个门怎么也不为我开，这块肉却死乞白赖地往里挤，折腾得我好不难受，结果还是被胃顶出来了，并一起带出来不少黄水。同桌的朋友们哈哈大笑，没有半点儿同情心，还说我“装孙子”、“娇气”，当时气得我恨不得把桌子掀翻了，只是没有了这个精气神儿。后来在又一次聚会时，他们背着我把羊肉掺在猪肉里，在我无备的情况下让我吃，我又折腾好久吐出来，他们开心以后才真的相信，我的确拒吃羊肉，从此再聚会总是给我另开小灶。

这是在正常情况下我的顽固表现。那么，在特殊情况下，比如饥饿时，我会怎样呢？

经历过二十世纪六十年代饥饿的人，总还会记得，那时别说吃肉了，就是果腹也是很困难的。有位朋友好容易弄到一点儿羊肉，炒了几个仅有肉味儿的菜，想起我这个当时同家人分居的准光棍儿，诚心实意地把我请到他家中，想让我分享这份难得的美餐。人都说饥不择食，几年不闻肉腥味儿的我，自然也想解解馋，就同朋友一家大嚼了一顿，吃时也还真顺溜儿，几乎没什么反应，仿佛几年的饥饿都得到了完美的报偿，我也自信还是可以吃羊肉的。吃过饭又同朋友边饮茶边聊天，身心就越发感到舒畅，这在那种年代简直是天大的享受。

待我欢欢喜喜地同他告别，走出家门，恰好一阵风掠过，只觉胃有些不适，接着就是食物上翻，我赶紧蹲在墙根前，任胃翻腾，直至完完全全吐出来，这才感到松快了许多。在朋友面前再次证明我确实是吃不了羊肉。从此，无论在怎样的情况下，无论谁怎样的劝说，说出大天来，我也绝不亲近羊肉。尽管有不少的好心人告诉我，他们开始也是吃不惯，后来慢慢试着吃也就适应了，再后来又觉得比别的肉更好吃，我依然毫不动心，因为实在不想再为嘴伤身。在对待羊肉的态度上，我就是这样坚定不移，恐怕今生今世都不会改变。

由听人说羊肉鲜美，好吃；由我的胃拒绝羊肉，生厌，常常使我联想起人世间的事情，有时是不能完全听别人怎么说的，还得自己去体察感受。人家说好的东西是人家的体验，自己说好的东西是自己的体验。跟着别人的屁股后头跑，失掉自我的真实感悟，无论什么事情，无论什么时候，都不能不说是人生的悲哀。所以我说，羊肉鲜美，好吃，我是听别人说的，我自己绝不这样认为。

1990 年 2 月 26 日

酒前高人

文化圈里的人，嗜酒者不少，贪杯的不多。这样的饮者，我视为高人。比如作古的汪曾祺、刘绍棠，这两位先生都善饮，几杯下肚之后，话语立刻多了起来，但是绝不胡说八道，相反，借着清淳的酒劲儿，他们会有妙语吐出。跟那些酗酒之人，完全有着不同的神态，前者让人觉得疯癫，后者让人感到飘逸，如果按照民间的鬼神说，给这两者来个定位，后者似“仙”，前者像“鬼”。我这个不嗜酒的人，对于跟酒有缘的诸君，就是这样看。

汪老在世时，我有多次机会，跟他一起参加笔会。每次一沾了酒，老人家就会兴奋，显出雅人深致的气度，而且往往会乘着酒兴，铺纸泼墨，写字作画，完全一派纯文人的举止。其情其景，煞是可爱。这时的汪老，边饮边说，妙语如珠，听者畅然如饮，方悟这酒，原来竟是个好东西。

绍棠好饮，早有耳闻。亲眼见他饮酒，是在他行动方便时，有次，他、戴煌和我，三人一起去首钢。住在小招待所里，用餐时只我们仨人，当然也就随意。开始哥仨只是闷头吃，吃到半截儿上，绍棠发了话：“没酒怎么行，来点喝，怎么样?”戴煌和我，都不饮酒，就没有应声。绍棠自酌自斟，几杯下肚以后，原本善言的他，话立刻更多了，人也就更显风流倜傥。

这两位酒仙，都是只饮白酒。还有一位酒仙，著名画家丁聪先生，几种酒放在桌上，竟然同时饮用。那年一家杂志开会，用餐时，我跟丁聪先生同席。席上备有白、啤、葡萄三种酒，我以为他只选一种，不承想，他让服务小姐，一种满一杯，三种轮流饮。我问丁先生：“味道如何?”这位老画家幽默地说：“味道好极了，反正我画不出这感觉。”

这三位酒前高人，都是在餐桌上，表现出一派文人情致。那种不愠不躁的酒风，给我留下了极深印象。我这个对酒毫无兴趣的人，如果说对酒并不厌烦，正是见过这些真正的饮者。

还有一位齐木德道尔基生，这位蒙古族著名老诗人，同样是个酒前高人，而且比之前三位雅士，在酒前更有可爱之处。他饮酒是真正的饮酒，不见得有下酒之菜，要是有点咸菜顺酒，那就更会让他快乐不已。我认识他那会儿，正是挨饿时期，用粮食做的酒，是要凭票供应的，老先生喝完还想喝，就去商店柜台前，跟营业员没话找话，目的是最后讨一杯免票酒。酒饮透了，兴致来了。老先生就悄悄地走开，一路上哼哼唧唧的，不知是吟诗，还是唱歌，只有他自己知道。看，这是一位多么高洁的酒人，酒有了这样的人，岂不是使酒更有身价吗?

当然，文人同样都是普通人，饮者中也有人成“鬼”，只是撒起酒疯来，似乎也还文明。我认识一位作家，他非常喜欢酒，几乎每餐必饮，一饮必醉，一醉必撒，很有点酒中性情人。这位老弟的撒疯，撒起来，一不骂街，二不打人，只是钻桌子，钻进去就在里边唠叨。唠叨的话，不是政治，不是经济，仍然是文学。不过这会儿，可就别要求他谦虚了，他说的都是，自己的书如何好，别人的书怎样臭，你若是想反驳，那可就没你的好了。所以这时，你就得瞎话当真话，假正经当认真，这台戏就平安散场。看，这是一位多么单纯的酒人，酒有了这样的人，岂不是使酒更有魅力吗?

人说，文人天生与酒有缘，这话大体不算错，但是也不尽然，在今天的文人中，不嗜酒者大有人在。这些不嗜酒的文人，倒是有个好处，并不反对别人饮酒。如果从这方面来讲，酒跟更多文人沾点边儿，那也应该算是缘分啦。在文化圈里，酒前高人，可真不算少呢。

1998 年 11 月 3 日

玩伴儿林希

早年写诗的林希，几年前开始写小说，而且一发不可收拾。这还不说，竟然还越写越火爆，成了小说界一颗新星，而且连鲁迅文学奖都拿到了。这是我万万没有想到的。同着他，我不说；私下里，真佩服。这说明老作家阿垅先生，很有些视才的眼力，在几十年前，林希还是个中学生时，他就看出林希有出息。作为小时候的玩伴儿，也是为了沾他点光，有人打听林希时，我总是说："我们是中学同学。"不过，我说这话，绝非吹牛。

新中国建国初期的天津市，社会文艺活动非常活跃，我和林希就读的天津一中，当时就有各种文艺社团。那时我们两个并不同班，只是都喜欢文学，一起参加文学社活动，就这么认识了。天津市立第一中学，我和林希读书时，光招男生，没有女生，有些社团，譬如话剧团，演戏需要女角，就由男同学担任。我们那会儿，最活跃的"女角"，大概要数金乃千，后来乃千上了中戏，真的成了戏剧教授、名演员。在我们那拨喜欢文学的同学中，林希同样是最早成名的，只是那时他不叫林希，叫的是本名侯红鹅。金、林这两位校友，可说是一中的同学中，真正实现了理想的人。

有次我们三个人在乃千家中，谈起那段想入非非的生活，三个人着实快乐了一阵子，仿佛又回到了少年时。几十年不幸遭遇的伤痛，在这短暂的欢乐中，顿时从心灵上得到缓解。可惜的是乃千英年早逝，刚在改革开放年代松口气，就永远地离开了他事业的舞台。去年林希的话剧《蛐蛐四爷》上演，我坐在剧院观看时就想，这要是乃千还健在，他一定愿意饰演个角色。演老同学写的家乡戏，那该是多么有意思的事情。

离开天津一中，我参加军干校到了北京，林希后来去了唐山，在林西煤矿学校教书，可能是有文学这根绳子牵着吧，我们仍然有书信来往。正是因为两个人都系在这根绳子上，这根绳子也就把我们狠狠地勒了一番，先是在"反胡风运动"中，后来是在"反右派运动"中，我们两个谁也没有跑掉，而且理所当然地成了“同案犯”。只是林希的才气大成名早，在颇看重名气的中国，他也就不容置疑地被报纸点名。由于他的大名上了报，我在单位说了几句同情的话，再加上我别的“罪状”，因此，在他被划为“胡风分子”以后，我也在单位受到审查批判。

现在重新审视那个运动，我觉得实在抬举我们了。林希还不算“冤枉”，他毕竟有文学天分，又是阿垅先生的得意门生。我当时算什么呢？充其量是个文学梦想者，听过阿垅、鲁藜、王琳等几位作家的课，连一点联系都没有，运动一来简直就不得了啦。其实无论是他还是我，以及我们那代的青年人，说白了，头脑里装的都是盲目的热爱，真要是有点“反叛思想”，谁还肯一门心思走文学这条路。早就以当时有的人为榜样，跟在政治战车的后边，等待运动来了冲锋陷阵，弄好了还可混个一官半职。尤其是林希，用他自己的话说：“这辈子连个小组长都没当过。”他倒是真的无官一身轻。难怪那些机灵人说，吃文学这碗饭的人，都是十足的傻瓜蛋，赚不着大钱当不了官，运动来了还得首先挨整。林希更是个典型的“傻瓜蛋”，两次大劫仍不改初衷，如果没有这几年的改革开放，恐怕这辈子也难有平顺日子。他的创作才能和满腹故事，都得在苦难的劳役中，被一点点地蚕食掉，中国也就少了一位优秀小说家。

不过话还得说回来，人就得认命，自己会走到哪一步，谁也说不清楚，按道理讲，人的命运是自己掌握，历史要由自己来写。但是，在那个运动频仍的年月，说不定什么时候，上边就吹来一阵风，哪还由得你自己。就以林希来说，要是没有“反胡风运动”，受不到那么大株连，他也许成了外交官哪。记得在这场运动之前，我和他都准备到大学读书，我的目标是北大中文系，他想读人大外交系，他在给我的一封信中，非常明确地表示了这个意向。谁知就在这时“反胡风运动”来了，我们的理想之灯被吹灭，还相继成了“运动员”。后来紧接着又是“反右派运动”，我和他更没有躲过这场灾难，一人戴了一顶“右”字荆冠，那时我们不过二十几岁。把我们这些有理想有抱负的青年，从红颜乌发折腾成满脸皱褶，这一晃就是二十二年的时光。一个人能有几个二十二年啊，何况还是最宝贵的青年时期，这简直是天大的罪恶。幸亏赶上现在的好日子，让我们抓住了生命的尾巴，这才多少干了一点实在的事情。

我现在正在写前半生经历，写到“反右派运动”时，为把有些事情弄清楚，特意找出当时“改正”时的“结论”，我的头条“罪状”就是关于林希的，说我在“反胡风运动”后说：“我的朋友林希年纪轻轻的，在

‘反胡风运动’中被整了一通，把身心都摧残得未老先衰。”便以此话定我同情“胡风分子”，替“胡风分子”喊冤叫屈，借林希的事否定“反胡风运动”，等等。这种不顾事实的定性，稍有点良知的正直人，听了都会笑掉大牙。定性者完全高估了我认识问题的水平。以我当时的年纪和经历，思想哪能有那么大的“穿透力”，无非是跟林希从小儿一起玩大的，对他的情况为人多少知道点，面对政治谎言说了一句真话，结果也就成了我的“右派罪状”了。不管怎么说，我毕竟还算了解林希，他也还算多少了解我，当后来看到别人揭发我的材料时，还好，即使在最艰难的情况下，个别“朋友”实在顶不住了，有的没有的胡乱揭发我，林希也没有乱咬我什么，这使我感到十分欣慰，认为林希还算条汉子。

1978 年我在《工人日报》工作时，偶然从《天津日报》上看到一首署名林希的诗，断定他还在天津并又开始写作了，我就立刻请《工人日报》驻天津记者，为我打探寻找音讯隔绝二十多年的林希，这样我们两个又算接上了前缘。说实在的，要是发现他那时背后使绊儿，我才不会理他哩，就是他有今天这样火，我也绝不会沾他的光。

我在前边曾说到，现在总算过上了好日子，这里说的好日子，当然包括物质生活，但是主要的还是精神。要是没有今天的宽松环境，林希就是想写小说，也只能写那些规范题材，他熟悉的他的家族生活，他知道的天津市井风俗，绝对不可能从他笔下流出。我们也就不会看到，诸如《小的儿》、《相士无非子》、《蛐蛐四爷》、《天津胖子》《买办之家》等这类作品，所以林希的小说一问世，立刻在北京文学界引起关注。林希的小说作品，我没有全部读，仅以读过的一些来说，我以为，他的跟别的带有地域特点作品不同，有的这类小说的地域味儿，颇有点像芝麻沾在外皮的烧饼，半生半熟的芝麻缺少香味儿，而林希是把芝麻磨碎放上调料，跟面和在一起烙成外焦里嫩的烧饼，因此吃起来又香又脆又有余味儿。也就是一些评论家说的，林希的小说非常好读，一拿起来就放不下了；我以为，小说就得这样写才好，才会让普通读者更喜欢。

这类作品能写得如此得心应手，没有对生活的熟悉和文学天分，我想就是使出吃奶的劲儿也不可能。作家李国文先生就曾跟我说过，林希的小说写晚了，要是他前几年出道，早就成气候了。这话并不过誉，鲁迅文学奖评奖时，他的小说《小的儿》，评委两次投票都是全票。这是相当难得的。

现在的大环境，比之前些年好，是个出作品的条件，这是谁都承认的。倘若自己没有个好心态，恐怕也很难写出东西。因为市场经济下，人们最容易浮躁，作家要是耐不住寂寞，为了捞个一官半职，今天给这个进贡，明天找那个磕头；或者是终日当明星，一会儿在这儿讲话，一会儿在那儿上电视，哪还有心思爬格子。新时期以来，我一直混迹文学界，这些年亲眼看见，一些被称为作家的人，由于混上了个职务，就俨然以为是官儿啦，结果创作上再无长进。至于本来就是下三烂的人，写了几篇马屁作品，给某位大官树过碑，再加上厚着脸皮活动，真的坐上一把交椅，那又该怎么样呢？还不是让人背后指指点点，有一天下台恐怕再无人理。林希这几年能写出好作品，另外一个重要的原因，就是他有个理智的头脑，知道作家这碗饭怎么吃，而且有个平和的心态，坐在电脑前没有功利考虑。据我所知，早几年他也有调京的机会，并被某杂志许以小官做，但是被他婉言谢绝了。要是他的志向不是写作，头脑一昏，想过过比小组长还大的"官儿"瘾，文坛的是非和编务琐事，足可以把他压垮，哪会有诗人兼小说家、散文家的林希。

在当今健在的作家中，有好几位跟我相交于四十年前，是我做编辑时结下的朋友，唯有林希是小时候的玩伴儿。尽管我们两个不在一个城市生活，但是有机会相见或通电话时，总还是要互相聊聊天儿。他几次在电话里告诉我，上午用电脑写作，下午跟电脑下棋，悠闲自得是可以想见的。有时我跟他说点文学界的破烂事，他总是不屑一顾地说："管那些干什么，与咱们有何相干，写自己的东西就是了。"听了他的话，这几年我也开始练笔，还真的出了几本书，到底是老同学，小时候的玩伴儿，互相之间有个照应。别看林希对文坛上的"杂耍"不爱看，犯起嘎来偶尔也会喊两声倒好，而那倒好也完全是林希式的。譬如最近有人写了篇文章，说到"娘打儿子"论的论者时，对一位作家没有勇气点名道姓有微词，林希就给打了一个横炮，在《文论报》上著文说"点儿子名，算什么本事，有能耐点娘的名啊"（大意如此），读到这里我不禁暗笑起来。早年间侯红鹅的嘎样儿，又历历如在眼前，只是多了几分成熟的智慧，这大概跟生活磨砺有关。后来听说京城有几位作家，读了林希的这篇文章，都为他的嘎劲儿生笑叫绝。作家中能说俏皮话犯嘎的，其实可以开出一个长长的名单，但是像林希这样俏得深沉，俏得含蓄，嘎得让人叫绝，嘎得让人佩服，似乎并不是很多，这正是林希之所以成为林希的缘故。林希会说笑话讲故事，接触过他的人都知道。倘若是只会讲那些旧故事，倒也罢了，大凡一个小说家，有几个不会讲故事的呢？这里说的林希讲的故事，主要是指他讲的那些，在他受难时的种种趣事。有次我们一拨儿人在泰山，他说起劳改时在河里洗澡，被一群农村姑娘看见，夸他皮肤白嫩的事，边讲边形容，绘声又绘影，逗得几个听的人哈哈大笑。在场的老作家汪曾祺先生，不禁用天津话说了句："林希，你真哏儿啊。"随后汪老又非常正经地说："这是苦难中的幽默，含泪的笑话。"我相信在讲这些往事时，林希的心情也并不轻松，一个正经的读书人，沦落到那种地步，只有在荒唐的年代才会发生。

如今，我和林希都进入老年行列了，偶尔想起年轻时候的事情，难免会惋惜逝去的宝贵年华。我们在二十岁出头的时候，就被人整得找不到东南西北，人到中年才开始有点好日子过，中间最富于创造性的二十几年，完整地被罪恶的手斩断。打个蹩脚的比方，好似一条条活虾，去掉一头一尾，来了一道红烧中段儿。厨师也许得意他自己的手艺，可是我们失去了的岁月，这是谁也补偿不了的，只能自己在有生之年，想着怎么在最后再拼搏一次。林希在同辈作家中，现在可说是高产的一位，小说、诗歌、散文、话剧，文学的诸般形式，他都要伸伸手，大概也是从争取时间考虑吧。祝他老运亨通。

1998年10月26日

卖“傻”不装“疯”的王朝柱

你知道王朝柱吗？

在文学界，如果这样问，我相信，有50%以上的人会说：“知道。”在影视界，如果这样问，我相信，有70%以上的人会说：“当然知道。”那么在一般观众读者中，如果这样问，会是怎么说呢，我相信，也许有20%以上的人会说：“知道”或“不知道”。倘若换一种方式——用王朝柱的作品问，你看过电视剧《长征》吗？我相信，起码会有80%—90%以上的人会说：“知道，太知道了。”

这，就是剧作家王朝柱，在一般观众读者中的知名度。

在某种情况下，传媒上的文章，会议上的介绍，出于礼貌或尊敬，或某种利益的需要，喜欢在作家名字前边，加上“著名”的字样，于是这位或多位作家，从此也就算是“著名”了，因为在未注明“著名”之前，很少有人知道其大名，更不知道他写过什么作品。倘若偶尔有人知道的话，只是因为他开会多出镜率高见报频繁，以及会炒作会调动社会情绪，从商成为“著名”作家，这样的事情也是有的；只是人数并不是很多。所以我一直固执地认为，真正著名的作家，是靠其作品支撑的，根本不需要刻意注明，而且在许多的时候是，人们也许不知道他的名字，提到他的作品才联系起名字，这样的作家才是真正的著名作家。难道不是吗？不信，咱们还是从王朝柱说起。

王朝柱的作品，远的且不说，就说近两年的吧。请问，有几位影视观众，没有观看过《周恩来在上海》《开国领袖毛泽东》《长征》的？我想会有，恐怕不是很多吧。这“红色电视三部曲”，不仅给我国荧屏带来色彩，而且让王朝柱也着实火了一把，所以说王朝柱是一位著名作家，大概无须注明也会被世人承认的。

作为王朝柱多年的朋友，对于他的成就而不是名声，我感到由衷的欣慰和高兴。

这时忽然想起，十几年以前，我们相识不久以后，王朝柱赠送我的第一本书（厚得像一块砖），好像是长篇传记《李大钊》，他签名时赫然写上："傻柱子"，我不禁惊愕地笑了笑，却没有好意思说什么。后来我们渐渐地熟悉了，成了无话不说的朋友，知道了他的一些情况，我却真的觉得王朝柱，的的确确有点不可理喻的傻。就是他自己不表白，我也会称他是"傻柱子"，或者称他是我的"傻兄弟"。真的，我真是这么想。

您想想看啊，一个中央音乐学院作曲系的毕业生，放着像金蝌蚪似的五线谱，他不轻车熟路地去摆弄，挣大钱出大名，歌星围电视捧，来一番"红红火火闯九州"，却非要往穷寒的文人堆里扎，点灯耗油地爬格子换小钱，这不是犯傻又是什么？亏他自己还有勇气觍着脸说。说自己是个"傻柱子"，谁让他自己找罪受呢，活该。

后来以及再后来，不断地收到他的书，每一本都写得那么厚，每一本都写得那么快，我对于他的勤奋和执着，真的服了，觉得一个人如果迷上什么，恐怕就跟初恋的情人一样，你是没有办法不让他思念的。王朝柱的理想情人，大概正是文学，绝对不是音乐，怎么可以分开呢？这也算是"有情人终成眷属"吧。这么来回地一想，对于柱子的痴情，反倒让我对他更尊敬起来，因为一个人事业的成功，往往是从痴迷开始的。但是对于他的傻的看法，不仅没有消减或改变，而且还有所增加和坚定，原因是他写的那些书，在我当时看来就很犯傻。这里不妨随便列出几本：《宋美龄和蒋介石》《张学良和蒋介石》《龙云和蒋介石》《蒋介石和他的政敌》等等，一看这一本本书的书名，就得让有的人发怵或心惊，反正这么说吧，国民党哪个官大他就写哪个，用过去的话说，哪个反动他就写哪个，这简直是傻得跟自己过不去。我心里这么想，没说，怕影响他的情绪。

跟王朝柱同样写大人物传记的作家，比如赫赫有名的叶永烈、权延赤，这二位我都认识，看人家都是写响当当的红色传主，自己的名声自然也就随书红起来。权延赤还是我给他出了《走向神坛的毛泽东》《走下神坛的毛泽东》，他的名声开始在国内外大震起来，当然他的书也给我们出版社带来效益，这是多么皆大欢喜的好事情啊。而你这个王朝柱非要写这另类题材，稍有点闪失就会让几百万字泡汤，略微精明点的作家都不会走这招险棋，王朝柱却还美滋滋地跟我说："国民党上将以下的人物，我绝不写。"您听，他多牛啊。

就这样日复日月复月年复年，他横下一条心走在这条路上，几千万字的蒋家王朝的系列书，皇皇几十本搬上图书市场，竟然没有出现政治错误，而且给出版社带来经济效益，你说怪不怪。

十多年过去以后，不知是把蒋家的题材写尽了，抑或是想再走一条别的路，他也开始涉足红色题材的写作。当他把想法跟我说了，我就心里犯嘀咕，写红色题材的作家，前有叶、权二位老将，后有无数新秀紧跟，你非要插在中间掺和，这不是又要自己找罪吗？柱子你傻得也太没边了吧。我这样想，却没有说，怕打击他的积极性。

王朝柱送给我的第一本红色传记书，是写潘汉年的《功臣与罪人》，我接过书一看不禁又是浑身冷汗，心想，好你个柱子，傻劲儿又上来了，红色革命家那么多，放在那里你不写，却非要写潘汉年这个人，这不是又往刀刃上碰吗？潘汉年的一生是极富传奇色彩，写起来过瘾，读起来好看，这是毫无疑问的，可是他是个有大争议的人物，共产党的是是非非谁能说明白，弄不好又是一步险棋。紧接着他又写了《周恩来在上海》，同样是不好处理的题材。谁不知道早在“文革”之前，共产党内就有红区白区之争，你不写周恩来在红区的正常经历，却要挑选他在白区的特殊斗争，莫非你嘴里长着钢牙铁齿，只有专找硬骨头啃才解馋？真是令人费解。结果，他还是获得成功，不仅顺利地通过审查，而且收视率也很不错。真是“傻”人有“傻”命。

紧随其后，他又连续写了《开国领袖毛泽东》和《长征》。应该说，写这两部电视剧，在题材上是不会有麻烦的；但是一个不可回避的问题是，这样题材的作品太多太多了，后来者再写又能写出什么花样呢？尤其是关于红军长征的事迹，不客气地说，建国初期我还是个中学生时，就在天津聆听过杨成武将军，讲述他和他的战友们的长征故事，后来又看过陈其通的《万水千山》，还读过其他的写长征的图书，难道你王朝柱还能写出新东西？说实在的，我不信，就没有看。可是我的妻子和儿子，他们却看得津津有味，说是非常地好看，很有人情味儿，把这样一个老故事写得这么精彩，不容易。有一次在北京郊区开会，跟学者兼作家的王春瑜先生闲聊，无意中说到近来的影视剧，他极力向我推荐电视剧《长征》，并说他和他们社科院历史所一位学者，两个人站在马路上议论《长征》，都觉得这部剧写得不错。当我跟他说《长征》的作者是我的好朋友，王春瑜先生立刻兴奋起来，说：“请你告诉王朝柱先生，我对这部电视剧很看好，觉得唯一的不足是，音乐还不是很理想。”前些时有两位外地朋友来我家，他们都是出版社的编辑，说到畅销书和好看影视的时候，两个人都说：“《长征》这部电视剧，写得特别有人情味儿，跟过去的完全不一样，又好看又感人。像这样的书能抓上一两本就太好啦。”

学者和一般老少观众，都如此喜欢《长征》，说明柱子的这部作品，真的有所突破和新意，这时我才有点动心和后悔。有次朝柱给我来电话，我把这些信息告诉他，并且实话实说，我未看，想找他要《长征》的带子。他没有任何责怪和拒绝，而是非常爽快地答应，留一部带子过些天给了我。

从文学创作上看王朝柱，他敢于在别人未蹚过的路上走，他肯于在前人做过的事情上做，似乎是很傻，其实是聪明，因为这样更能考验创作实力。在艰难条件下争得一席之地，远比在轻松环境中获取成功，更能体现自己的人生价值。王朝柱口口声声说自己傻，其实他一点都不傻，他这是大智若愚的卖傻。所以也就傻得可爱。

不过在我看来，比“卖傻”更可爱的地方，还是柱子的“不装疯”，即：不张狂，不气傲，不作态，不忘旧，永远保持一颗平常之心。成名前怎样成名后还是怎样，不像有的小家子气文人那样，原来既无大名又无官位时，不了解的人乍一看还算本分，后来一旦混出名声捞上官位，马上就露出暴发户的嘴脸，连走路微笑都拿架子，真没劲。我在文坛混迹时间不算特别的长，可也不算太短，仅就这二十几年来，就亲眼看见有的作家，或因写出过作品成名，或因会钻营拍马当官，于是乎飘飘然不知姓什么了，在提携过他的编辑面前充老大，在一般读者面前摆出不可一世的臭架子，在帮助过他的人面前佯装见而不识，只知道抱粗腿让自己得到更多的好处，人格和文品，名声和行为，就如同过去穿长袍套罩衫，在他的身上是完全的两张皮。这样的人跟王朝柱比，简直是截然不同的层次。没有自己的思路，没有高尚的品德，算什么真正的作家，作品写得再快再多，充其量不过是个文字匠。

我欣赏柱子的不“装疯”，实际上是想真诚地说，柱子比有的人活得明白。如果用现在世俗的眼光看，今天的王朝柱可以说是名人阔佬了——有响亮头衔，有香车洋房，在文坛小路上辛苦奔波的人中，以名利搞个排行榜的话，从前几位数也会有他一号，摆摆架子，拿拿劲儿，比有的自以为是的人，我想他还是有这个资本和资格的。可是他不，他跟朋友们往日如何，今天他还是依然如此。前几年他在家里请朋友们吃速冻饺子，这几年他在饭店请朋友们吃大菜，在朋友们眼里柱子没有任何变化，仍旧是那么自然自在无拘无束，如果说有变化的话，就是，无论在小店喝粥，还是在饭店摆宴，他首先抢着声明：“只要我柱子在，兄长小弟们，都不要抢着埋单，我现在比你们富裕。”其实这几个钱，经济再困难的人，谁也会拿得起，主要是柱子有这份心意。有次他在外地拍片子，走了好几个月，突然有一天他来电话：“大哥，好久不见朋友们，我可真想啊。我现在名声有钱不缺，想来想去也就是那么回事，最可宝贵的还是朋友。人要是没有几个朋友，你说这日子该多不好过呀。”

王朝柱说这话，我信，绝对相信。既不是客套，又不是礼貌，而是他发自内心的感慨，或者是对人生的真实体会。如果不是这样，他就不会跟唐国强、刘劲等演员，几度愉快合作并成为好朋友，因为我曾不止一次听说，在演艺界能合作一次，而后大家高兴散伙都很不易，往往是因经济上的问题。在几部戏的拍摄过程中，王朝柱既是编剧又是制片，在钱的问题上稍微手紧点，他就会惹恼一起合作的人，他一个刚刚涉足影视界的人，我相信绝对不会有好果子吃。我曾经看过一个报道，演完《开国领袖毛泽东》之后，唐国强本来不想再接《长征》，可是他说：“柱子哥请我出来，我不好说不，只好听他的安排。”在市场经济情况下，在讲收益的演艺界，凭人情也能办成大事，足见王朝柱的个人魅力。

一个人对朋友是否真诚，按我个人的方法判断，首先要看他对家人如何，一个对家庭没有责任感，稍微有点成就或者官做大了，就想换掉结发妻子另觅新欢，这样的人我就不相信他会注重友情。王朝柱的妻子贾冰伦，是一位外语学院教授，非常贤惠，非常通达，对于王朝柱的创作、事业，总是在背后默默地支持，却从来不说三道四地干预。王朝柱这几年一直搞影视，周围年轻漂亮的女孩子有的是，跟着他国内国外地拍片子，贾冰伦对柱子却一百个放心，因为他们牢固的感情基础，是在艰难的境遇里夯实的，她深爱更相信自己的丈夫。柱子看起来像个大大咧咧的粗心汉子，其实他的心跟他的头脑一样精细，对于自己的妻子和两个女儿，总是给予尽可能更多的关照。据我所知，自打他挣到第一笔可观稿费起，起码接连有两个春节的假期，他让妻子带着女儿们去旅游，独自一人留在空旷的家里，啃方便面煮速冻饺子过节。你了解到王朝柱的这一面，你就有足够的理由相信，王朝柱对于朋友的真诚和随和。

拍完这“红色电视三部曲”，正赶上爱国将领张学良逝世，王朝柱曾跟张将军有过接触，他立刻又为张将军赶拍了一部新片，很快就要跟广大观众见面。他的生活节奏就是这么快，他的创作激情就是这么饱满。倘若没有对国家民族的热爱，没有对文学艺术的执着，一个已经有把年纪的艺术家，能有这么大的创作劲头吗？

我最近一次见到他是在去年秋天，恰在这时我们共同的朋友李硕儒从美国回来，他立刻放下手头创作给硕儒接风，顺便把朋友们都叫上一起相聚。此时的王朝柱可以说是今非昔比了。不管别的人是不是刮目相看，反正从他的神态中言语里，你感觉不到志得意满的逼人气势，他说话还是那么平和随便，而且没有一点自我夸耀和张扬，总是让朋友们觉得，王朝柱还是大家心中的“傻柱子”。一个“卖傻”而“不装疯”的剧作家，一个可以以心相交的好朋友，这就是王朝柱。

2001 年 10 月 26 日

对襟小棉袄

穿对襟衣裳的男人。不敢说这会儿没有，反正是很少见了。就我的目力所及，只知道作家邓友梅先生，有时还穿着对襟袄，在大庭广众前走动。可能是人们知道，他写过《烟壶》、《那五》这些很有京味的小说，见他穿着这种衣服，不仅没有异样感觉，而且还觉得很“酷”，很有些“古典”的韵味哪。

我也有一件对襟小棉袄，可惜没有友梅兄的勇气，再在公开场合穿出来，怕给人不合时宜的印象。但是也没有那么狠心寡情，把这件小棉袄轻易丢弃。这件对襟小棉袄也就成了我的镇箱之“宝”。每年春来冬至寻找换季衣物，翻箱子见到这件对襟棉袄，立刻就会想起二十年前。从内蒙古流放地回到北京，我经历的最初尴尬时光。

在回北京之前的许多年，我都是个电信工人，而且是在野外劳动作业。终年跟风暴沙尘打交道，再好的衣服也穿不上，就整天蓝粗布不离身。由于头顶“右”字帽子，根本看不到前途和希望，当然也就不会想做像样的衣服。考虑一年有十二天探亲假，回家要看望父母妻儿，总得给家人一点情面，节衣缩食攒了大半年钱，购布做一身蓝布中山装，就算是我高贵的礼服了。

谁知幸运之神突然降临，在1978年回到了北京，而且是重操报刊编辑旧业，接触的大都是文化人，再穿那套工装在人前走动，先别说自己的感觉如何了，起码对别人也不够尊重。有的同事就劝我换换装，脱掉他们戏称的“劳改服”。朋友们的心意我是领了。可是他们哪里想象得到，此时的我口袋里的钱，买饭票糊口还算凑合，购买衣服就实在没辙了。真的是有这心无这力啊。

有天下班去旧物商店闲逛，本想碰到别的便宜货买点，不承想那里还有旧衣服，这其中就有三件对襟丝绵袄。我一看眼睛立刻亮了起来，心想，这真是应了那句老话了：天无绝人之路。经过跟商家多次讨价还价，我用不多的钱买了件，然后又用不多的钱，到商店扯了几尺蓝布。在裁缝摊做了件罩衫，总算把自己装扮起来了。不管肚子里有无水，穿上了这件丝绵袄，看上去还算斯文，再也不至于太污染众人眼。

后来随着政治身份的正常，口袋里的钱渐渐多了点，我就又做了几件新衣服，这件估衣店买的丝绵袄，我也就很少再穿上身。不过我对它的感念，并没有从心中消失。我想人不能没有良心。对于帮助过自己的人，对于接济过自己的物，都应该永远铭记着，人之所以称为人理应如此。正是出于这样的想法，几次捐钱捐物给灾区，宁可把新衣服捐出，我也不想打这件丝绵袄的主意。

如今，这件对襟丝绵袄，还压在我家的箱子里，每年找棉衣时看见它。或者见友梅兄穿对襟袄。我便会自然而然地想起它。在我的人生记忆里，只是在被划“右”前，穿过这种中式衣服，罹罪流放外地他乡，再穿这种旧衣服。一是劳动不方便，二是怕别人议论，穿衣服的自由，无形中就被剥夺了。所以，我常常在心中自语：这件棉袄可以不穿，只是像过去那样穿不上的日子，千万千万不要再有。这是我真心的想法和希望。

1998 年 10 月 16 日

朋友就是财富

已故老作家李凖先生，生前赠送我两张条幅，一幅横写，一幅竖写，写的字都是："朋友就是财富。"

说到这两张条幅的来历，就得从十七年前说起。1989 年意大利作家访问我国，老诗人、翻译家冯至教授，以中国作协副主席的身份，接待这拨儿欧洲客人。邓友梅、李凖和我等几位作家陪同。地点就在外宾下榻的前门饭店。可是他们来访的时间不巧，正赶上胡耀邦总书记逝世，那天北京有众多学生悼念，整个北京城气氛异常凝重，人们的心中除了悲痛，还有一些别样的情绪。在这种情况下接待外宾，很难有正常时候的礼遇。

外宾下榻的前门饭店，距中国作协所在地沙滩，正好是个大对角儿。在平时若是不堵车，最多有二十分钟就可到，正好赶上这个时候，时间也就很难掌握了。那天我跟老作家邓友梅先生，乘坐同一辆作协派的车前往，绕道走了大半个北京城，行驶时间足足一个多小时，最后总算到达前门饭店。住在别处的中国作家，也有人未能按时到达，致使这次两国作家会面推迟。好在外宾能够理解。

由于同样的原因，当时主事的作协主要领导，没有一个人出席接待，跟外宾谈起文学交流时，接触具体事宜就不好接应了。记得好像是谈到双方互访的事，如果不立即答应下来的话，对客人多少有点失礼，对中国作协声誉也不好，当时分管外事的书记邓友梅兄，征得冯至先生的同意后，让我暂时先应承下再说。我当时主持的中外文化出版公司，在中国作协算是一个独立实体，尽管在诸多方面也有不小的困难，但是跟在座的诸位作家相比，我总还算能够当家做主，就理所当然地推到我身上。

中外文化出版公司的宗旨，就是向世界译介中国文学，对外交流按说是分内事，可是当时毕竟资金困难，万一答应下来兑现不了，同样会有个信誉问题。在座的作家们，见我流露出为难，就从各方面劝慰我。冯至和邓友梅两位先生，最后把话说到这份儿上："你先应承下来，咱们把这台戏唱完，到时有什么情况，再找作协领导解决。”这样我才勉强答应了。

会见结束以后，李凖先生对我说：“你这个出版社（中外文化出版公司），是专门对外的，应该广泛结交朋友，尤其是外国朋友。我告诉你，有了朋友，什么事都好办。朋友就是财富。”对于这位老作家的话，我完全能够积极理解，而且也会牢牢记住。让我万万没有想到的是，在这次接待外宾后的一天，李凖先生给我送来两幅字，都写的是“朋友就是财富”。李凖的毛笔字写得好，在这之前早就有耳闻，只是还无缘一饱眼福，这次老先生主动赠我墨宝，我当然感到非常高兴。读着他那苍劲有力的隶书大字，我不禁思索起自己的生活经历，体会这“朋友就是财富”的含义。

的确，这几十年的风风雨雨，生活得非常艰难坎坷，倘若没有众多朋友帮助，恐怕很难度过道道关坎儿。在我陷入人生绝境的时候，只要想想人间还有友谊在，我就会有了生活的勇气。所以我不止一次地说，我们可以没有金钱，但是不能没有朋友，生活中没有朋友的人，日子就一定会孤独寂寞。从这个意义上来讲，朋友不光是财富，朋友也是座山峦，依偎着颇感踏实。我一直怀着感激的心情，铭记着朋友们真诚的呵护。

朋友也是一部内容丰厚的书，它可以给你许许多多知识。在那些不正常的漫长岁月里，生活的窘迫，心情的压抑，就像一把巨大的钳子，狠狠地扼住我的咽喉，连喘气都觉得非常困难，更不要说自由自在地讲话，这时经常给我关怀和抚慰的就是朋友。我在逆境时认识的朋友中，有些就是极普通劳动者，大字不识几个，甚至说话带脏，对于人情世故的道理，他们却非常通透畅达，远比一些读书人更明白。这些朋友给过我不少人生启示。

至于说到“朋友就是财富”，大凡在事业上有所作为的人，都有这样的切身体会，认识一位有智慧的朋友，有时候远比结交一个有金钱的人，更能够获益多多。朋友的一个点子，说不定就能启发你；朋友的一句提醒，很可能让你免于损失，这不正是财富的体现吗？今天重读李凖先生的条幅，享受的不仅是书法艺术，还有他多年的人生体验，因此，就更加敬重和怀念这位老作家。

2006 年 8 月 18 日

生命因丰盈而美丽

回忆就如同一条流淌的山溪，你不知道它会流淌到哪里，当你侧耳聆听那潺潺的水声，心里是温暖的舒畅的，就像一只随意漂浮的船，载着你的思绪悠悠远去。此刻，在这鞭炮声不绝的除夕夜，连接几个从内蒙古打来的电话，我回忆的溪水也开始流淌，朋友们的面容，共同走过的岁月，都在我的眼前不停地闪动。由远在内蒙古难以谋面的朋友，想到来自内蒙古的在北京的朋友，每一位都是那么真诚友好，仿佛被广阔草原涤荡过的心胸，不管社会风尘怎样的浑浊，这块神圣的友情领地，都不会轻易地被污染。

我再无心思观赏“春晚”了。泡了一杯龙井茶，独自怀念朋友们。当我想到李硕儒，不知他现在哪里，他妻子从美国回来，未住几天就匆匆走了，这个凝聚亲情的春节，硕儒是在妹妹家过呢，还是会在弟弟家过?这种亲人相隔的滋味儿，我和硕儒过去都曾有过，相信他现在会自己解脱。想到这里我也就释然了。

在北京新闻出版界文学界，都有不少来自内蒙古的人，汉族的，蒙古族的，其他少数民族的，都有。跟我过从较多的，当数作家李硕儒，算起来总有三十多年了。除了他定居国外那些年，只要他在北京，我们就经常一起聚聚，或者不时打个电话问问近况，彼此的心却始终息息相通。

我和硕儒在内蒙古相识。记得是在自治区的一次笔会上，经诗人张之涛介绍，此后再未断过联系。那时，他在《巴彦淖尔报》当副刊编辑，我在《乌兰察布日报》当副刊编辑，是真正的同行自不必说了，再一仔细地攀谈，他和我都来自北京，家乡还都在冀东平原，年龄又同属30后，这样自然的心天地壤，就成了我们友情的纽带。只是那时我们相隔两地，相互间只能靠书信，或者寄赠自己编的报纸，维系这异地的友情。真正地彼此了解和相知，应该是在二十世纪七八十年代，我们俩相继调回北京工作以后，他在中国青年出版社当编辑，我在中国作家协会的报刊社当编辑，同属文学出版界的圈子，两个人的家和工作单位相距也近，来来往往或者开会相遇，都是我们经常见面交谈的机会。硕儒本性善良、实诚，待人尤其宽厚随和，身边总有些圈内外的朋友，有的人也在内蒙古待过，他就介绍给我成为朋友，我认识的人有的也来自内蒙古，我同样也介绍给他认识，渐渐地就都成了“内蒙古老乡”。有时我们聚在一起聊天儿唱歌，话题和歌曲都是内蒙古的，草原成了我们心中解不开的心结。

硕儒和我都是二十世纪六十年代，以各自不同的情况到内蒙古的，只是他比我晚到五六年，可是对那片土地的深情和热爱，我们却都是远远超过故乡。原因是他和我一样，在人生最艰难时期，那片土地和朋友，给了我们无私的帮助。现在定居澳大利亚的马白教授，曾经在内蒙古师范大学任教，那年回国来北京看望我，我知道他跟硕儒也是朋友，我就请硕儒过来一起吃饭，席间说起在内蒙古的生活，我们这三个在内蒙古待过的外乡人，几乎比满桌的饭菜更诱人。硕儒妻子莫逢娜是从北京分配去的大学生，在内蒙古与硕儒相识相恋结为伉俪，由于小莫的家族在“文革”运动中，遭遇了非常沉重的刺激，改革开放不久家人相继移居国外，硕儒舍不得生养他的这片故土，只是为跟在美国的妻儿团聚，磨蹭许多年才不得已去了国外。当此刻马白我们三人相聚时，这两位谈论的共同话题，就是在国外更怀念国内生活，尤其是想念相处多年的朋友。我没有这方面的体会，不过从他们回来的第一件事，就是看望朋友这一点上看，我相信他们话语的真实和真诚。

大概是硕儒出国定居的第一年，我们两个共同的好友、剧作家王朝柱，去美国访问张学良将军时，顺便看望了硕儒一家。朝柱回来我问他，硕儒在美国的情况，朝柱说，生活上还是可以的，只是他很想国内生活，毕竟事业在国内朋友在国内，他一时恐怕难以适应国外生活。我相信他迟早还是要回来。

还真叫朝柱说中了，次年他就跑回来了，他来看我那天，进屋刚一坐定，他就找我要香烟抽。我不吸烟家里没有，从邻居家借来一盒，他接连抽了好几支，烟雾在屋内缭绕，呛得我直咳嗽，他却全然不觉，还一个劲儿地说“好香，好香”，这时我就想，有的人连外国月亮都说圆，硕儒却觉得香烟都比外边的香，这样的人肯定不适应国外生活。就是在他这次回来，我请他吃饭时，问他想吃什么饭，我把附近小馆说了个遍，最后他选中一家春饼馆。我叫来邻居、诗人吉狄马加作陪，我们一起吃了顿春饼卷菜，外加小米稀粥老咸菜，硕儒吃得痛痛快快，也是连说“好吃，好吃”。

后来他再回来时，朝柱请他吃饭我作陪，硕儒竟然要去喝稀粥，他同样是觉得很可口。俗话说，笼络男人首先要满足他的肠胃，像硕儒这样并不需要笼络，就对家乡饮食情有独钟的人，命运注定他是离不开故土的。所以说他出国定居完全出于无奈。

我至今还清楚地记得，妻子小莫想让他转道西非多哥出国定居时，一帮在内蒙古待过的朋友，给硕儒饯行的情景，浓浓的惜别情，沉沉的祝福意，还有那弥漫的烟雾酒香，偶尔哼唱的内蒙古歌曲，把个小小的餐厅包房，弄得那么悲悲酸酸凄凄婉婉，好像硕儒这一去再也不会回来似的，不过却也显露出硕儒在朋友们心中的位置。谁知人留不如老天留，硕儒到了多哥妻叔处，待了一些时日，因拿不到美国签证又回来了，朋友们自然高兴重聚，却也为他不能与妻儿团圆惋惜。直到1998年初春时节，硕儒才算真正离别北京，踏上异乡土地与家人团聚。这次的送别由王朝柱张罗，在太阳宫饭店一个大厅里，聚集着硕儒内蒙古和北京两地政界文化界的朋友们。气氛比前一次要轻松愉快得多。一来是这次他将由妻子陪伴离乡，二来是硕儒已经送走了双亲尽了孝道，他也就来无牵去无挂地自在了。

令我未想到的是，他身在异乡心仍系故土，几次来信或者打越洋电话，总是流露出思乡念友的情绪。有次旅美作家黄运基回来，我请他吃饭，席间说起硕儒来，黄先生说，硕儒还是很不习惯，不像我们在那里住了几十年啦，他念旧恋乡的感情比我们深，得有个慢慢适应的过程。谁知他连想适应的念头都没有，出去两三年后他回来在北京长居了，而且开始了他的文学创作事业。开始是为好友王朝柱的电视剧做文学顾问，后来又自己创作电视剧剧本《大风歌》，如今在这个领域也算是有一号了。

硕儒和张伟佳创作的电视剧《大风歌》，表现的是西汉初期由乱到治的历史，如此真实地展现在电视荧屏上，据说在我国这还是第一次。填补了重大历史题材电视剧创作的一个重大空白，当然，这也填补了硕儒创作上的一个空白，因为这是他第一次牵头写电视剧，而且一上来就创作这样的重大题材，这未尝不是硕儒的事业突破呢？关于《大风歌》这部电视剧，评论家李準先生评价说："纵观全剧，堪称一部形象的西汉前期的信史，浑厚、凝重而又好看。这样的历史美学品格不仅有力地提升了片子的审美认识价值，也与那种读几本通俗读物就拍历史大片的做法划清了原则界限。"李準先生公正而准确的评价，这既是对硕儒作品的评价，更是对硕儒人品的评价。就我三十多年来对硕儒的了解，他在事业上和做人上都很严谨，反映在历史题材的文学创作上，除了表现上的必要的艺术手法，在史实上必然会严格尊重历史，这也正是每一位严肃作家，应该具备的基本品格和人生态度。

我知道硕儒写过散文、小说、戏剧，出版有《红磨坊之夜》《外面的世界》《浮生三影》《寂寞绿卡》等十多种文集，有的图书和影视作品曾获得过各种奖项，又当过中国青年出版社的编审、《小说》杂志的主编，尽管不算隔着行跨着业，但是并没有独立写过电视剧，这第一次的影视创作尝试却身手不凡，业内评论家、作家给予很高评价。这部电视剧的创作，给岁近晚秋的硕儒，平添了生命一抹亮色，更是对生养自己热土的报答。俗话说，有什么土地就长什么苗，如果他人不在北京，如果没有这种氛围，相信他写不出这部成功的作品。

春华秋实。说的是自然季节，其实人生也是如此。青年时代不管多么志得意满，倘若到了中年以后，在事业上一事无成，或者做不成自己想做的事，想起来多少总会有些遗憾。因为，青年时期年纪轻经历浅，大都没有人生的紧迫感，最容易把时光荒废掉，只有在临近晚秋的时刻，荣辱尝受过了，沉浮经历过了，生命越发显得成熟、历练，这时才会有种丰盈的美丽。

我看现在的老友李硕儒，比之三十年前在内蒙古初识时，性格中少去些许活跃，气质中增加不少成熟，这是人生的另种美丽景象。如果用我们都喜欢的草原比喻，今天的李硕儒，好似沐浴着雨后霞光的秋天草原，那么沉静，那么清新，那么辽阔，那么深邃，看上去让人情不自禁地感叹：噢，人生这株大树，到了成熟时节，它会自然结实。大概是心中有着太多的感慨，以及对于人生的思索与认识，硕儒这才写这部《大风歌》。这部电视剧不也正是他人生的壮丽之歌吗？硕儒，那就尽情地唱吧！

2010 年 2 月 16 日

玩古旧物的作家

北京的旧物市场有几个，不详。如今最负盛名的，除了老牌琉璃厂，新的当数潘家园。琉璃厂以买卖古董字画古籍传名，这早已经被世人所知和公认，我年轻时逛琉璃厂主要是淘一些旧书。这潘家园旧物市场的买卖，似乎更为广泛更为庞杂，去逛的人也就比琉璃厂要多得多。在玩古旧物的人中也就时常谈论它。

潘家园旧物市场在南城，跟我居住的北城太远，至今不曾光顾过那里。不过听说这家旧物市场已经很久，主要是得助于一些人淘金的故事，其中青年学者李辉淘到戏剧家杜高档案的事，在文学界流传得最为广泛和生动。后来李辉写出《一纸苍凉——杜高档案原始文本》一书，杜高写出《又见昨天》一书，这二位都是我的朋友，他们都曾分别赠送给我，这就越发让我对潘家园市场有了印象。可是这潘家园旧货市场，究竟都买卖些什么旧物，在我的心中一直是个谜。

有天一位朋友告诉我说，他去逛潘家园旧货市场，发现我写的一封信，说卖家要卖多少多少钱，问我要不要买回来留下。我听后不禁哈哈大笑，说："你还真把我当成个人物啦，我算什么名人啊，这种信如果真值钱，我就再写几封去卖好啦，然后咱们去吃烤鸭。"这件事他一说我一听，连去看看的想法都没有，我以为就算过去了。时隔不久的一天下午，邻居于润琦先生来访，他说他买来我的一封信，特意来送给我做纪念。润琦是现代文学馆研究员，是一位专攻明清小说的学者，业余时间还研究北京民俗，有好几本相关专著出版。他的职业和爱好，断定他要去淘旧物，自然成了潘家园古旧市场的常客。前不久他去潘家园淘书，恰巧发现了我这封信，就特意买回来赠送给我。既然买回来了，就不好再说什么，只是感谢润琦。

我拿过来一看，的确是我的信。这是二十世纪七十年代，我从流放地内蒙古返京后，正在《工人日报》文艺部打工，给《新观察》杂志主编戈扬女士写的信，谈论我调入《新观察》工作的事，不知如何流落到社会上了。如果作为名人书信来看，这位主编戈扬女士自然是位名人，我的这封信是沾了她的光。但是我觉得这封信如果有价值，绝对不在这封信的本身，而是从这封信里可以看出来，当时回到北京的“右派”在安排上，他们显出的无奈和焦虑，给研究这个时期的政治状况，提供了一个具体的实际例证。除此再无什么实际意义。对于我个人来说，于润琦先生的赠送，使我们的友谊增加了色彩。仅此而已。

说到这旧物市场，不禁想起了古董和旧物的玩家。如今玩古董旧物的人越来越多，而且玩什么古董旧物的都有，大的如明清家具，小的如各种钱币，至于别的稀奇古怪东西，当然也会不乏大小玩家。玩家玩古旧物的目的，好像也不尽一样，可以说是各怀“心计”。笼统地说不外乎两种，一种是纯粹为了收藏，一种则是想发点财，当然这两者也不能截然分开。不管是出于什么目的，对于一个执着的玩家来说，这古董旧物在他们的生活中，都占有相当大的分量。玩古董和炒股票一样，潜伏着一定的高风险，玩不好很可能被古董玩了。因此真正的古董玩家，起码得具备三种素质，一是多少要有点鉴别知识，不然不容易分辨真品赝品；一是要有足够的心理承受力，不然上了当受了骗吃不消；三是要有些经营头脑，不然在购买时价钱上会吃大亏。

我对古董一窍不通，更无此雅兴和精力，无论是靠古董发财，还是被古董戏弄，敢说都没有我的份儿。我认识的人当中，很有几位算得上玩家，有的玩玉具，有的玩砚台，有的玩门墩儿，有的玩剪纸，都玩出了一些名堂。这些古旧物玩家到一起，谈论“玩”事在一旁听听，我倒是觉得蛮有意思。因为在这种场合，他们谈论古董，绝不是如何鉴别，更多的时候是买卖。买卖古董旧物，非一般人能为，有鉴别能力，有价钱问题，有买卖方法，无不体现买卖双方聪明机智。

小说家邓友梅先生，在他的京味小说中，专门写有《烟壶》，自然是古物的玩家和收藏家，不然打死也不敢碰这类题材。有位朋友有次去潘家园古玩市场，见有一堆鼻烟壶摆在摊位上，就想买来送给玩鼻烟壶的邓友梅。这位朋友跟友梅一样也是行家，从这一堆鼻烟壶里看出门道，就跟摊主说把这堆全包圆，问多少钱，最后经过划价用一百五十元买了来。他为什么要论堆购买呢？因为这堆鼻烟壶里，只有一个是真品，如果单独挑这一个买，摊主肯定会警惕起来，说不定要大价钱呢。幸好摊主是个“二把刀”，碰上了真正的行家，他也就只能让了买家。这位朋友跟友梅说，就这一个就买值了。友梅的这位朋友，无疑是个真正玩家，既会鉴别真假，又懂得如何划价。听了友梅的讲述，我真的很佩服。

友梅讲这个故事时，作家周明也在场，他也讲了一个故事，更有点令人哭笑不得。有位画家去逛潘家园市场，看见一幅郁达夫字画，很想当时买下来，身上带的钱又不够。他正在琢磨如何办时，只听摊主说：“这可是‘有（郁）连（达）夫’的字啊，大名人，您还犹豫什么?”这位画家一听，摊主把郁达夫念成了“有连夫”，这说明他是个半文盲，当然也就不会真正懂得这幅字画的真正价值。经过一番讨价还价，最后终于以合适的价钱，买下了郁达夫的字画。这位画家的判断无疑是对的，利用摊主不懂装懂的弱点，买下了自己喜欢的古董，从此也就成了古旧物玩家中的佳话。

听了友梅、周明二兄讲的故事，更相信一位玩家朋友所说，买家内行得靠金钱“泡”，卖家内行得靠时间“耗”，有了这两方面的行家里手，这古旧市场才会真正地成熟。的确，如果都是“二把刀”瞎混，真品赝品不分，讨价还价离谱儿，古旧市场恐怕也就变了味儿。难怪一位古砚的玩家，在早期买得砚台时，不辨真伪怕上当受骗，主动去请教张中行先生。谁都知道中行先生是作家，同时是一位学者和玩家，对于古砚鉴赏更是个内行。幸亏我认识的这位朋友，同是文学圈内的作家，所以才有条件求教中行先生，如果玩家是一个普通百姓，自然也就没有条件找专家鉴定，即使买来赝品恐怕也就认了，活该倒霉。

当然，什么事情并非都是绝对的，有时大的行家也会走眼，把真品当赝品或把赝品当真品，这种事情也不是完全没有。例如故宫现存成吉思汗腰牌，由张家口一个农民带到北京出售，开始就是被一位行家视为赝品拒收，后来经大鉴定家史树青先生认定追回，这才由国家有关部门花钱收购下来，不然这件国宝级文物很可能从此流失。古董鉴定家的眼力很了不起，他们的判断结论正确与否，同样起着举足轻重的作用。忘记是一件什么样的古董了，起初并未被买家和卖家看好，无意间被大鉴定家朱家缙先生发现，他只随口说了句“这可是好东西”，此物身价立刻就能升几十倍，着实地乐坏了此物的拥有者。大概正是因为鉴定家“口可吐金”，所以他们开口都非常的慎重，生怕一件古董的真假轻重，在自己的话语中决定了前程。

盛世玩收藏。在生活比较安定的今天，家中有钱有闲的一些人，很多都是经常出入古旧市场，他们在那里淘宝的同时，还收获了一份悦己的欢乐。正是因为有着这种心态，即使买到赝品也不苦恼，用他们自己的话说，管它是真是假呢，只要自己喜欢就行。不过更多的人还是希望买到真品，假的再怎么喜欢想想也堵心，更不用说还白扔了不是小数的钱。

2006年4月28日

痴迷足球的作家

作家中有多少足球迷，我没有问过知情人，我想，称得上真正足球迷的，少说也得有上千人。至于这些真正的足球迷，谁属于哪一个“迷”段，这我就更分不清了，因为我对足球只是看个热闹，根本说不出什么门道来。不过我想，倘若有谁想编本《作家侃球大全》的书，报名参侃的足球迷作家，准比出席文学笔会的还多。我这样说是有根据的，比如，大多数作家都不愿上电视，有的电视节目导演找到头上，他们总是想方设法推掉。可是一说是在电视上侃足球，他们就来劲儿了就兴奋了，生怕人家发现不了他们的侃才，就以我认识的作家来说，在电视侃球节目中露面的作家，总有二三十人，更不要说有的作家还大写侃球文章。可见足球对他们有多么大的诱惑。

足球使人着迷，让人发疯，这我是知道的，至于迷到什么程度，疯到什么程度，我就没有一点感性认识了。尤其是女球迷、作家球迷，他们究竟会迷疯到什么地步，对我来说更是一个想象不出的“谜”。幸运的是今年夏天，在迷人的足球之乡大连，我亲眼目睹了女作家球迷，疯迷足球的迷人场面。让我同时认识了女球迷、作家球迷的迷人“风采”。

大连是大名鼎鼎的足球之乡，它的大名鼎鼎的万达足球队，几乎是踢遍中国少敌手。全国中年作家创作会议，恰好在大连召开，球迷作家们自然便会联想到，他们心目中神圣的足球，他们心目中英雄般的万达足球队，因此，在会议的间歇时间，他们总要有滋有味儿地谈论足球。当然，不用说，他们心中更是暗暗企盼，在这美丽的足球之乡，倘若能欣赏一场足球比赛，那就更是不虚此行了，而且永远都会记住这个夏天。遗憾的是他们没有这样好的福气，他们的足球瘾，他们的英雄梦，只能在他们各自的嘴上实现。

谁知老天有时也会可怜人，在你企盼某件事近于失望时，说不定给你个意外的惊喜，让你感到生活并不那么残酷。这些球迷作家，就是在失望中，意外地实现了愿望，他们目睹了万达队的主帅，正在走红的教练迟尚斌。这下可把有的作家球迷乐坏了，真像他们自己写作时形容的那样，“乐得屁颠儿屁颠儿的”，一个个都成了得意忘形的孩子，不知该怎样迎接这突然降临的幸福。

那是在会议的第三天晚上，大连市长薄熙来请作家们吃饭，正在市长举杯祝酒时，一位中年男子在一位女孩子陪同下，快步走过宴会厅的长长通道。这时薄市长立即停止了正常的致词，把这位男子拉到自己跟前，微笑着给大家介绍说：“我给大家介绍一位朋友，这位就是我们万达队的教练，为我们大连争得荣誉的迟尚斌。”宴会厅里立即响起了热烈的掌声。我坐的位子距主宾席比较近，几乎跟迟教练就在同一排上，这时忽然发现有两位女士健步走来，高高兴兴地依立在迟教练的身旁，我定睛一看，原来是小说家徐小斌和赵玫。这两位当今文坛颇有名气的女作家，她们写的小说和散文都拥有不少读者，当然也就少不了崇拜她们的人，请她们签名题字的人也会不少。我想即使这两位不是那种拿架子的作家，在读者面前也还不会有失庄重和常态，而此时她们却完全成了另一个人，高兴得颇像当年红卫兵见了老人家，美滋滋地不知说什么好，只是一个劲儿地张着嘴傻笑。其实这两位平日里都是伶牙俐齿的好口才，这会儿却显得木讷起来，可见人只有在完全放松的时候，才有一个不折不扣的真实的自我。

亲眼目睹了眼前的这一幕，我也就真的服了，原来这作家球迷、这女球迷，还真的不是装出来的疯迷，他们确确实实能够得上“等级”，只可惜中国的球迷不这样分，实在有点委屈这二位女士了。身兼女球迷作家球迷的人，在咱们中国并不多，这二位恰好具备双重身份，因此也就格外引人注意。

有那么一天，我忽然发现这二位女士不见了，起初以为有什么要事在办，后来才知道，敢情这二位和写报告文学的女作家陈祖芬一起，又去访问她们心目中的大英雄迟尚斌去了。那天才跟迟尚斌见过，今天怎么又要去呢，像我这样的非球迷，简直是无法理解的，当然也就不去想。等她们高高兴兴地回来，拿着迟英雄给他们签名的本子，我这才感到作为球迷的快乐。这种快乐同她们给别人签名时，那是绝对不一样的，难怪她们如同孩子似的在人前显摆。据说那天在宴会厅相见，迟尚斌以为她们只是一般球迷，这样的人他见得太多了，也就没有往心里去。

后来听说这二位是著名作家，迟尚斌有点过意不去了，就特意邀请这三位女士，在某饭店跟她们再次见面。听说迟尚斌请她们三位吃了顿便饭，还赠给了她们几本写自己的书，这就更让这几位球迷如痴如醉了。在她们迷球的过程中，这次在大连的幸运，恐怕占有相当地位，今后再跟谁侃球时，足可以引以为荣。至于她们跟迟尚斌谈了哪些球事，我就不得而知了，更没有兴趣去听，因为我毕竟不是球迷，就是告诉我也会听不懂。再说球迷大都是自私的，他们有了关于球事的快乐，宁可自己偷着笑掉牙，也绝对不会让别人分享半分。

有了这次球迷目睹记，我才真正地认识了球迷，他们的疯迷，他们的陶醉，看来真是这样发自他们的内心。这时我不禁羡慕起他们来。我想世界上再没有什么运动，比足球更让人神魂颠倒的了，足球真是个迷人的怪物。同样，这世界上再没有什么人，比足球迷更拥有幸福了，他们真是个快乐的群体。

1990 年 12 月 8 日

文坛往事后人说

在我认识的文坛师友中，很有几位细心的人，在几十年编辑岗位上，或者在长期的文学活动中，他们结识了不少作家，经历过许多文坛沉浮事，平日都仔细地留下一些资料，近年陆续写成这方面的书出版。如袁鹰的《抚简怀人》，如姜德明的《文苑漫拾》，如邵燕祥的《旧信重温》，如吴泰昌的《我的前辈同辈晚辈》，如刘锡诚的《在文坛边缘上》，等等，不仅对文坛人物事件多有记述，而且附有照片、信件和相关资料，读起来非常亲切、直观和受启发。这些可供欣赏参考收藏于一身的书，简直就是一座座书的“文学库”。

每次接到寄赠来的这一类图书，兴奋之余不免感慨唏嘘一番。尽管我也在文坛吃了几十年饭，经历过的风风雨雨也不算少，但是平日却没有这方面的资料积累，现在想写点文坛往事的文章，只能在自己有限的记忆里回想。比如在上个世纪的八十年代，中国散文节在天津举办时，陈荒煤看望孙犁和方纪；作家访问团访问天津农垦系统，韦君宜大姐看望孙犁、方纪，陈荒煤和韦君宜两位知道我是天津人，都提出来让我引路和陪同。这些前辈会面的情景非常感人，那种氛围现在还缭绕于我的心中，却没有记下当时任何一点细节。这在我不能说不是个遗憾。因为在我的印象中，他们这次的会面，好像是最后的一次，其后相继生病或去世。倘若能像锡诚兄那样，回来赶快补记下来，或者像泰昌兄那样，带上个相机拍些照片，岂不是会给文坛留下点资料？

跟这几位一样细心的友人，还有评论家何西来兄，自打我认识他以来，只要有机会一起参加什么会，或者在什么场合有人讲话，他都会一丝不苟地记录。长年累月地记下来，就是一笔资料财富，什么时候做学问写文章，说不定就会用得上。我没有当面询问过西来，但是我相信他的记录本，肯定要比他出版的书多。他治学态度的严谨和学识的广博，在同行中颇得称道，大概同他的细心也有关系。类似西来兄这样有记录习惯的人，我知道的作家中还有几位，比如青年作家陈徒手，曾经在中国作协机关工作，不吭不响地记录下不少资料，最后写成《人有病，天知否》一书，许多同行惊讶他的用心细心。由于他们掌握着大量资料，有谁若写关于文坛的什么事情，一时记不起时间地点询问他们，随时一查记录就会准确无误地说出。他们是文坛的“活字典”。

熟悉文学界情况的人都知道，几十年的风风雨雨是是非非，过去再有看法想法都不便说，使得许多真实情况都搁置在旁，特别是在大批前辈作家谢世后，当时的参与者已无机会亲自讲述，梳理陈年往事的任务和责任，就自然落到了当时的年轻人身上。这些当时的年轻人如今也到了老年，再无人事顾虑再无个人想望，讲述评说起来反而公正客观。除了前边提到的那些书，就我所知，还有几本回忆文坛往事的图书，如徐光耀的《昨夜西风凋碧树》、顾骧的《晚年周扬》、王蒙的《不成样子的怀念》等，或写某个文学界的大人物，或写某次文学界的运动，由于丝毫不避讳个人观点爱憎，基本真实地反映了当时情况，在读者中产生一定的影响。丁玲早期秘书张凤珠，最近写了一篇长文章，讲述“反右运动”前后的丁玲，由于事实真实客观观点鲜明，许多人读后大加称赞和推介。这些文坛后生晚辈的著述，听说正在被图书馆收藏，相信对于写作文学史，将会是难得的第一手资料。

谁都知道，在我国所有职业中，最敏感的当数作家。尤其是在二十几年前，政治运动几年一次，每次文艺界都首当其冲，作家如同温度计的水银柱，只要政治气候变化就会显现。所以说记录书写文坛往事，对于研究我国社会生态，以及探讨人性优劣好坏，都是非常难得的原始资料。这些文坛的细心人可谓功不可没。正是因为他们积累下这么多资料，并且经过多年的时间过滤沉淀，在比较理智的情况下重新认识评说，即使当事人健在也会心平气和地看待。正如人们常说的那样，时间是“公正的法官”，前辈往事由后辈评说，很值得人们关注。

当然，由于有的当事人已经谢世，讲述的事情难以对证，或者因为涉及某些禁区，有的事情不便更深入评论，让后辈人完全放开来写，似乎会有一定的困难。这就使这些回忆性文章，多多少少留下一些遗憾。我们只能假以时日等待未来。不过不管怎样，现在有人开始记述，总是一件好事情。

2005 年 5 月 27 日

在歌唱艺术天堂里跋涉

那天也是闲了，打开电视机，恰好，一台大型文艺晚会，正在红红火火地演出。戏剧小品刚刚演完，台上走出一男一女演员，男的是著名歌唱家李光羲，女的是青年歌唱家张也，他们合唱完一曲《走进新时代》，观众席立刻爆发出热烈的掌声。从观众的反应里，清楚地说明，我刚才的那份担心，是丝毫没有根据的。

那么，我担心什么呢？说实在的，我担心李光羲这位老歌唱家，尽管歌唱天赋不错功底扎实，但是毕竟已是年逾七旬之人，跟张也这样的实力派青年歌手合作，他那优美的音色能够发挥尽致吗？听完才知道，李光羲的声音依然甜美动听，就像二三十年前听他的演唱一样，那富有磁力的抒情男高音，行云流水般地掠过我的心头，让我如醉如痴。这时我就想，六十岁左右的歌唱家，如今仍然活跃在舞台上，除了李光羲还能找出几位呢？怕是很难。

我年轻那会儿，算不上追星族，却是个真歌迷。中央乐团的星期音乐会，不说场场演出不落，起码隔三差五必到，就是别的音乐演出，同样也会想法找票。口袋里装着点心看演出，在我几乎是常有的事。当时走红的歌唱家，如刘淑芬、罗天婵、楼乾贵、张权、郑兴丽、郭兰英、马玉涛等等，他们那柔美动听的歌声，常常感动得我泪下。我当时供职的报社在和平里，距中央乐团宿舍不远，早晨或黄昏时从那里走过，窗口里飘出的悠扬音乐，宛如一只只温馨的手，拉扯住我的衣襟，许久都不想移动脚步。

第一次听李光羲的歌，是在电台播放的节目里，他唱的舒伯特《小夜曲》，实在太美妙太动情了，当然也就记住了他的名字。可惜这样美好的享受没多久，一场政治风暴的突然来临，把我打入十八层地狱，从此政治上失去了自由，自然也就没有机会听音乐会。即使有时能够听听收音机，那时的节目里很少有抒情歌，我喜欢的歌曲这时都化为梦，偶尔出现在还算自由的眠床。好像是在六十年代的初期，我在内蒙古的野外劳动，休息时打开收音机随便听，一个美妙的音乐飘进我的耳际，我立刻屏住呼吸静静地听，嗬，竟然是李光羲在唱，而且正是那首《小夜曲》。在那个沉寂的荒野上，在那种繁重的劳动中，能听到这样美好的声音，这是多么大的精神享受啊。那天夜里好久都难以入睡，想起北京的无忧时光，想起此时的艰难处境，我的心中突发奇想：假如我也有一副好歌喉，那该多么好啊，即使我不能引吭高歌，轻轻地轻轻地哼哼几句，岂不是也会舒解这苦闷的心情？这时我是多么羡慕李光羲啊。

祖国大地阴云散尽，动听歌声重回人间，我从流放地回到北京，有次去看望老同学金乃千。乃千在中央戏剧学院任教，课余时间也演戏，他饰演的屈原、毛泽东等人物形象，在当时颇得行家们好评。我们回忆在天津一中读书时，说到乃千在学生戏剧队的情景，两个人都开心地笑了起来。因为天津一中当时是所男校，连女老师都很少，演话剧《群猴》没有女演员，老师就让乃千饰演剧中女主人公。我对乃千说："真没想到，就是那么一出戏，造就了你这位戏剧表演艺术家。"乃千说："你以为咱们一中的同学，就光我搞文艺这一行哪，李光羲、郑邦玉（在电视剧《四世同堂》中饰大少爷），他们也是咱们学校出来的呀。"这时我才知道，这位著名男高音歌唱家，原来是我的校友。只是他比乃千我们高好几级。我们入校时李光羲已经离开。

后来有机会认识光羲，再后来一起出席校友会，以及北戴河休假巧遇，参加纪念乃千逝世的小型活动，使我们的距离拉得更近了，却一直没有机会促膝长谈。就是有一次去他原来在剧院的家，我们两个一起愉快地聊天儿，关于他自己过去的事情，他都没有工夫说得更多。那时曾有报刊约我写写光羲，因为实在没有时间去跟他谈，只好请一位文友代我完成这件事。所以我对光羲的了解只限于他的歌。

有本《舞台是我的天堂》的书，是两位作家写光羲的传记，样书一到，光羲立即来电话告诉我并随后又寄书来。读了这本书才对光羲有了更多的了解。而且不光是对光羲本人，从书中还了解了他的家人，以及他从艺以来的种种情景。读后很令我感动，情不自禁地想起，光羲唱过的那些歌，深情的音律顿时萦绕耳畔。这时我一下子感悟到，光羲的歌之所以唱得好，首先是他做人做得老实，做得纯真，做得本分，人品自然而然地融入感情中，然后春雨润物般地轻洒出来，怎么能不让听众欣喜、共鸣呢？

光羲的歌唱生涯是从少年时代开始的。在天津家乡一次偶然的祭孔活动，使少年光羲意识到自己有一副好嗓子，从此他就在歌唱的道路上苦苦跋涉。寒来暑往，朝斯夕斯。正像人们常说的那样，机会永远属于有准备的人。1954 年秋天中央歌剧院的招生，使这位没有受过科班训练的业余歌者，凭他的天赋敲开了艺术圣殿之门。到了这个名家荟萃的艺术团体，光羲同样以他的天赋和勤奋，渐渐地跻身于优秀演员之列，最终成长为著名男高音歌唱家。在多部世界著名歌剧中他都饰演过主角，如《茶花女》中的阿芒、《货郎与小姐》中的阿斯克尔、《叶甫根尼·奥涅金》中的连斯基等，中国歌剧《刘胡兰》、《第一百个新娘》、《阿依古丽》等，他也在剧中饰演过主角。至于节日里的大型音乐会，在李光羲更是家常便饭，对于没有机会欣赏歌剧的人，他们正是通过这些晚会的演出，认识李光羲并被他的优美歌声征服。

成功男人背后的贤内助之说，有一定的道理，却不见得适合所有的成功男人，然而在李光羲成功的背后，却实实在在有一位贤内助，这就是他相濡以沫的妻子王紫薇。他和他的妻子不属于青梅竹马，却也算得少年时的相知相慕，两个人的爱情跟光羲的事业一样，历经艰难坎坷才走到一起。正是因为有这样的感情做基础，在后来的频繁政治运动中，以及物质极端匮乏的年月里，每到光羲困难和需要的时刻，总会看见王紫薇的身影。王紫薇是一位大夫，她自幼喜欢音乐，两人由音乐结缘，音乐也陪伴他们一生。如今他们的女儿李棠，从国外获音乐硕士学位归来，同样成为一位歌唱家，这就使光羲的歌唱艺术生命，在女儿的身上得以延伸。我没有机会听这父女俩一同歌唱，但是我相信他们的演唱一定很精彩，因为他们的声音会在默契中显出魅力。这可能正是别的歌唱家合作时所没有的。

光羲在被他视为天堂的音乐中，如今已经跋涉了四十多年，他那优美动听的歌声，同样地感染了我们四十多年。在这四十多年的悠悠岁月里，有事业成功的喜悦，有生活窘迫的烦忧，更有着一位正直歌唱艺术家，在过去那种荒唐年代的遭遇，这就构成了李光羲的丰富人生。这本写李光羲艺术人生的书，完全不同于“红星”们的书，没有自我粉饰没有隐私暴露，客观地讲述李光羲在事业上的拼搏，真实地诉说李光羲在爱情中的美好，写作者完全满足了李光羲的期望：“写一本书介绍一下李光羲的生活与拼搏，供大家参考，可能有点用。”因此，作为光羲的学弟和他的忠实听众，我愿意把这本记述李光羲的好书，推荐给广大的青年读者和喜欢唱歌的人。

在歌唱天堂里跋涉了大半生的李光羲，我知道他是会继续往前走的，可是歌唱艺术毕竟是年轻人的艺术，歌唱天赋再好的人也有停歇时。如果有一天光羲唱不动了，希望他能引领有志歌唱的人，跟他当年一样敲开音乐天堂的门，为我们的祖国和人民永远高唱《祝酒歌》。

2002 年 5 月 10 日

酒劲儿冲不走书生气

阎纲、刘锡诚二位仁兄，跟我在饭局相遇的机会，不算多可也不算少，在我的印象中，他们喜欢喝点酒，却不是那种贪杯的人，所以好久以来，在我的“酒人名录”上，没有这二位的大名。这次一同参加“长江笔会”，他们在宜昌的“精彩表演”，让我彻底改变了看法。原来这二位高大汉子，不仅是贪杯，而且还“贪”瓶，只是书生气十足，想贪却未能贪上，最后只落了个“贪”名。您说冤不冤?

从武汉乘船去重庆，在宜昌上船之前，主人招待一顿饭，本来可以吃好喝好，然后美美地漂在江上，岂不是人间的一大快事。不料用餐的饭店，有位“小皇帝”过生日，摆了几桌酒宴祝贺，席间又喊又叫好不热闹。其实这也都在情理之中，人家有钱愿意怎么花，那是人家自己的事，外人再觉得如何哪能管。问题是宜昌好像有个习俗，喝酒的人不是划拳行令，而是嗷嗷地像起哄似的喊叫，弄得整个大厅都很嘈杂。更奇怪的是这喊叫声持续不停，喊叫的人自己倒是蛮开心，别的用餐人却遭了大殃。

那边生日宴会未正式开宴时，我们这几桌人按照常理，文绉绉地举杯碰盏很是自在。可是酒也就是刚润舒舌尖，只听那边爆发出一片喊叫声，起初大家也未过多在意，以为很快就会过去，反正都是乐和的事情，哪能随便扫他人的兴致。我们就硬着头皮忍受，各自沉闷吃喝，提高声调说话，等待喊叫声停下来再对饮。谁知这喊叫声好似长江水，后浪推前浪，滔滔无尽头，再忍耐都不会有停歇指望。于是有的人率先放箸离席，走到饭店门前站街临风，排遣这浓浊的喊声酒气。阎纲、锡诚二位仁兄，虽是酒未酣意未尽，离席的时间比我们要靠后，见桌上的人渐渐走得差不多，他们也不好意思再留恋，这才依依告别那喷香的老酒。

这顿饭吃好未吃好先不管，反正是领教了宜昌的酒风，大家总算长了社会见识。这时笔会同伴都已经上车，车正要启动送大家去码头，忽见阎纲、锡诚二位，匆匆走下车朝饭店方向跑去。有人说他们是去寻找落下的东西。稍候这二位老哥又匆匆回来，一走进车厢就败兴地说：“真快，这么一会儿，就没了！”有人问：“丢什么东西啦？”“酒呗。问服务员还说未看见。刚才瓶子还在桌上哪。”二位颇为惋惜地回答。这时大家才闹清楚，原来这二位刚才酒未喝好，上了车想起来有点“亏”，就下车去找那两瓶酒，打算带上船再继续喝。谁知酒早被人收走，问人家还不承认。车开动随便说话时，还听这二位在念叨，那酒如何如何好喝。

我不会饮酒，再诱人的酒，都不至动心。但是，这些年的饭局不少，毕竟相识一些酒人，酒席宴上的事略知一二。有位爱酒的杂文家，一次酒兴正酣席要散，他非常坦然地拿起席间酒瓶，当场宣布回家再喝，做得是那么落落大方。还有位评论家有点爱面子，人家拿酒不说喜欢酒，而是说喜欢这酒瓶子，自然也就顺手连酒带走，烟酒不分家嘛。哪有像阎纲、锡诚这二位这样，斯斯文文的十足书生气，既不懂酒席宴上的“放纵”，又不谙社会上的贪婪，结果到嘴边的酒未喝上，怪谁。

当然，斯文也好，腼腆也罢，这都是表现在酒上，并不完全体现书生，为人做事还是守规矩讲礼貌一些好，尤其是读书人总得知书达理。我是由这二位想拿酒瓶，未承想酒瓶如此快被人抢走，问起人家又不承认拿走的事，联想到混进文坛的个别人，可比他们懂得斯文值不得几文钱。比如有两位原本不是文人堆里的人，前几年借风势混入文坛来，并且双双成了管作家的“官儿”，人家就没有阎、刘二兄的客气。一位想出国没作家的头衔摆不上场面，忽然想起写过两篇影视读后感的文章，于是就大模大样地给自己封了个“戏剧评论家”；另一位的文章大都是由别人捉刀，可是发表时署的却是他的大名，于是下台后参加会议被封“著名评论家”毫不脸红。据说这两位趁尚未下台时，就把自己先安排进×委会，并且自己加封×委会的正副主任，以便日后下台不至连个虚名都没有。看人家想得多么周到，根本不理会丢不丢脸，阎、刘二位仁兄，你们的半瓶剩酒算什么。请问这抢位子跟抢酒有什么区别？不同的是比抢酒的人更公开更恶劣。

阎纲、锡诚二位老兄啊，连应该干净的文坛如今都如此，你们却还生活在书本里，在区区半瓶的剩酒面前都这样斯文，不是我说你们，未免有点太“老夫子”了吧?！别客气，下次再有这种事，你们不好意思拿，老弟我伸一次手，反正谁都知道我不饮酒。何况拿酒喝再丢人，总还不是抢官位争代表要全委，现眼掉价儿也到不了哪儿去。得，就这么说定了，如何？

2001 年 11 月 30 日

大雅之声

在电视如此普及的今天，你还听广播吗？如果听，而且是个文学爱好者，在万籁俱寂的午夜，请你不妨打开收音机，把频道锁定在《子夜星河》节目上，就会听到古今中外的文学作品。在几位朗诵家的朗诵中，常常会有一个雅正大方的声音，像一种美好的磁力吸引住你，让你的心灵受到震撼。这时你就会惊奇地发现，噢，文学作品通过朗诵家的声音，原来显得竟是这么美好。你也许还会发现，文学作品通过广播，要比电视画面处理，更有种享受的感觉。因为文学毕竟得用心欣赏。

我说的那个大雅宽洪的声音，就是方明先生朗诵时的声音。方明先生是目前在职的著名播音家。听方明先生播报重要新闻时，常常让我想起另两位播音家——齐越和夏青，在五六十年代的中国，他们的声音被千家万户所熟悉，他们那种落落大方洒洒脱脱的声音，向世界传递信息时无疑代表中国，因此曾被人私下称为“国嘴”。可见这两位播音家播音的艺术魅力。今天方明先生的播音同样具有这种魅力。

二十几年前《八小时以外》杂志创刊时，应杂志社之约我采访过夏青先生，见了面才知道这位播音家是那么平易近人，没有丝毫的大播音家的派头，跟他完全可以像朋友似的交谈。因此就把这篇小文的题目写为《未见过面的朋友》，这当然是就不曾见过夏青的广大听众而言，但是我相信像我这样见过夏青的人，接触后更会有这种朋友式的感觉。近年有幸结识方明先生之后，这位播音艺术家给我的印象，同样是朋友式的随和平易。他的人格和他的声音一样有种纯正的魅力。

有次一帮作家一起聚会，把方明先生也请来了。文人相会历来是随意而为，说说笑笑，嘻嘻哈哈，很难有什么庄重可言。有着严肃习惯的方明先生，自然插不上嘴跟大家搭话，就独自一人坐在那里听着，听到可笑的地方就脸绽笑容。就我多年在交际场合观察，有两种人最怕被人家冷落，一是在职的官员，一是什么名家，这些人被宠为“中心”惯了，一旦被别人怠慢就承受不了。派头十足地立刻便会拂袖而去，稍有点涵养的就会托词告退，反正得显示自己的“高贵”和“优越”。那天我以为方明先生也会坐不住。结果恰恰相反。他一直坐到席散，临走还一一告别，就如同老朋友一样。

2002 年中秋节，在《钓鱼台中秋之夜》晚会上，方明先生朗诵了两首古典诗词，他声音的优美感情的充沛自不待说，让人感动的还有他那潇洒的风度，俨然李白、苏轼这二位大诗人、大词人再生。欣赏完了他的朗诵，突然联想起那次聚会，我才一下子有所感悟，原来作为播音家的方明，其实本质上也是个文人，难怪他朗诵文学作品时，把感情诠释得那么准确。他那次跟作家们相聚，尽管不言不语静坐倾听，我想这不也是用心在交流吗？这时在我眼中的方明先生，就是一位感情澎湃的诗人，只有在他接触到文学时，他的心门才会大敞四开，让情感的潮水任意流淌。

方明先生作为国家广播电台播音员，擅长播送庄重的新闻和重要文章，这是天经地义的基本条件和职业要求。他还精于抒情文学作品的朗诵，这可以说是他性情和修养使然，在一位播音家身上好像都好理解。让我出乎意料而感到惊讶的是，在播送诸如杂文讽刺诗这类作品上，他依然有自己的独到之处和风格。我连续几天听他朗诵杂文作品，那种嬉笑怒骂嘲讽鞭挞的口吻，让你不得不跟着他的情感一起跌宕。尤其令我钦佩的是方明的业务功力。有次在一个文学聚会上，临时请方明朗诵一篇杂文，他拿去准备了一会儿上台，读的是那么有声有色声情并茂。要知道，这可不是一篇抒情诗文，酝酿一下情感就可诵出，而是一篇含有多种情绪的杂文，读起来自然要更有表现力才是。方明却处理得非常好。

方明先生就是这样一位人品好，音色好，情感处理得好的播音员。一位可以传递大雅之声的播音艺术家。一位兢兢业业维护汉语读音纯正的语言学者。

2002 年 12 月 28 日

友谊的呼唤

有天整理旧电话卡，发现几个寻呼电话号码，不禁让我感慨起来。

大概是八年前吧，我供职的出版社被撤销，再次“失业”在家闲居，生活处境有很大变化，心绪自然也不见佳。尽管这类事在我并非头次，比这更大的生活磨难，我都不止一次地经历过，这次就更是人生桌上的小菜一碟。但是每每想起这件事，心里仍然觉得不是滋味儿，感到这人世间的事情太无常，沉沉浮浮让人无法琢磨。

当时我正值盛年。经过长达二十二年的非人待遇，这几年好容易有了工作，满以为从此可以认真地做事了，不料又遭此不测。人生有多少好时光啊，就这样被莫名其妙地给糟蹋了，放在谁的身上，我想也不会完全无动于衷。好在我过去长期不受人待见，冷落和歧视，寂寞和孤单，在我早已经是家常便饭。何况这会儿的境况比过去好得多，再怎么着也还能够坦然地接受。

有的朋友依然放心不下，出于对我的关怀，时不时地打电话来，或问候或帮助，或聊天或解闷，使我感到人间的真情仍在，并没有完全被金钱和权势所吞食。尤其让我感到欣慰和感激的是，我们中国作协车队的几位司机朋友，他们主动地把自己的寻呼机号告诉我，让我有什么事时呼他们找他们。这就是这几个寻呼电话号码的来历。它也是我那段生活的最好的纪念。

中国作家协会这个地方，大小名人汇集，司机师傅更是见多识广，名人要人他们接触得多了，在他们的眼里好像很少有特殊。而对我这样一个“失业”的干部，竟然会如此厚爱如此关照，实在让我感到有点受宠若惊，有很长的时间在思索这件事情。倘若我还在位上，或者我有财势，按世俗的眼光，倒也不难理解。问题是这时我已是白丁一个，连过去跟我过从较多的人，都觉得我再无使用价值，都不再像从前那样来往。这几位司机朋友，却在这时向我伸出友谊之手，而且不带一星半点儿功利，怎能不让我感动呢？在这种时候到来的关心和慰藉，自然也就显得格外的珍贵，将会永远留在我的记忆中，让我懂得什么才是真正的友谊。

经过长达六年的闲居以后，我又重新走上工作岗位，有些老朋友问起我的感觉，我说：“这是一次退休预备期。有失有得，有喜有忧，总的感觉不错。经历了这次的生活变故，认识了几位新朋友。”我说的这几位新朋友，当然就有这几位司机，而且在我的心目中，他们的友谊更值得珍惜。要说在这六年闲居中，我在心灵上曾承受过痛苦，这是我生活中的不幸，那么，在变故中重新认识人，这又何尝不是我的收获呢？从这个意义上讲，对于生活中的磨难，一旦无法摆脱时，无奈地接受下来，说不定会成为财富。

人这一辈子活着不容易，说不定会碰到什么事情，遇到什么样的人。在平顺的时候，尤其是在得志的时候，往往会失去理智的判断，对于许多事和人，一时也就难以认清，甚至于完全错认，这并没有什么好奇怪。我这个人由于过去顺当的日子不多，自认为尚能理智地生活，即使在比较顺利的环境中，大多时候也不会移位，像有的人那样忘乎所以。这倒不是我比别人高明，而是几经沉浮增长了见识，总不能老是记吃不记打。所以，在我生活不顺利的时候，常常也是我认识人的时候，这时候品出的人，这时候了解的事，要比平顺时似乎更准确，更让你长久地萦回于心。当然，没有谁愿意无端经受磨难，认识人也不见得非在磨难中，只是由于摊上了又不好摆脱，也就只好心安理得地接受。人的思想在这时候往往比较冷静，品起人来当然要比平顺时真实许多。后来每每想起那六年闲居的日子，尽管在情绪上有些压抑，但是我并不十分感到懊悔，因为毕竟让我结识了一些真正的朋友。

1997年7月30日

第八辑　人间世相

冒充足球迷

压根儿好像就同体育无缘。中学就读的一所学校很重视体育，像体育健将白金中、穆祥豪、穆祥雄、王志良等，都是从这所学校出来的。可是我却因体育不及格险些留级，后来补考时做篮球投篮动作，我总算投进去两个球才勉强过关。至于别的什么体育项目，除了乒乓球会打几下，其他的都没有我的份儿。

人说足球是男子汉的运动，世界杯足球赛是男人的节日。说起来就更惭愧了，只在少年时踢过线缠的小球，真正的足球还真的未碰过脚（男子汉同胞，实在对不起，让我给大家丢脸了。不过您也还别埋怨我，倘若那时我有机会接触足球，说不定中国足球还不至于这么惨哪）。因此，每每听到别人有滋有味地侃足球，我总是悄没声地快快走开，生怕有谁将我一军，我再说几句不受听的话，弄得彼此都很尴尬，何必呢?

这一届世界杯足球赛在美国举行。这四年一次的足球世界大战，随着赛期的一天天临近，早使一些球迷魂不守舍了，就连一些小女子都在津津乐道，而且说得还颇为动听。什么马拉多纳、意大利“二乔”，什么巴西艺术足球，什么谁捧金杯、谁穿金靴，等等，尽管我一窍不通，听了白听，但总还算记住了这些词儿。人大概都是这样，既然记住了这些词儿，就总想弄清意思，于是就有意无意看球赛的电视。因为不会看，瞎看，只是看个热闹，并不投入。更不曾像我认识的那些男人，见面开口就是世界杯，仿佛这是人生的头宗大事。我依然该吃就吃，该睡就睡，倒也自在。

谁知，这北京的天气也真会赶热闹，像球迷起哄似的跟着凑趣，世界杯赛这几天热得你吃睡不安，我想自在也自在不了。夜里热得大汗淋漓，躺在床上辗转难眠，干脆坐起来饮茶看电视，反正有通宵节目。打开一个频道是足球赛，打开另一个频道是评球，简直是走进了足球场，几乎没有我愿意看的节目。得，不就是避暑消磨时光嘛，管什么爱看不爱看的，眼前有球飞滚，就不会想到热了。这么一想，心平气和了，也就半认真地看起了球赛。妻子见这从没有过的情形，有几次说：“你怎么也喜欢上足球了。”其实她哪里知道，我这纯粹是出于无奈冒充球迷，要是电视台有别的好节目，我早就不看球了。这几天不就是足球让人开心吗？电视台摸准了老百姓这根脉，所以让你看个够过足瘾。

看了几场足球赛，听了几场评论球，我还真的有了点足球常识。尽管这点常识还远远不够取得球迷的资格，当然更不敢挺起男子汉胸膛，正儿八经地往真球迷堆里掺和；可是您还别说，就这么一点足球常识，竟然也让我冒充了一回球迷，不仅没有被人打冒防伪，而且还让一位“面的”司机睁开了欲睡的双眼。您说神不神。

那天参加完一位突然撒手人寰朋友的追悼会，从八宝山回来正逢倾盆大雨，我好不容易截住一辆“面的”，赶紧拉开车门坐在司机师傅身旁。这位司机师傅也就是三十左右岁，身体倒还壮实，只是那双不大的眼睛缺点神，好像几天没睡觉似的，让我担起心来。完全出于对自己安全的考虑，我便主动跟他搭讪，以免他在雨天走神，出点什么意外。说什么呢？无非是近来营业怎样？下雨天活多不？听说这会儿“面的”不好拦，今儿个又下雨，我幸亏碰见你。如此种种，无话找话，外加讨好。照我以往的经验，就这么几句话，总会逗出司机的一串话的，有时聊得投机，到了地方还难舍难分，司机独自一人串马路，实在寂寞。

可是我眼前这位司机师傅，好像是个生瓜，怎么拍也没响声，最多嗯啊一声，简直没治。我心想，今天算是让我摊上了，自己注点意就是了，于是我紧紧地抓住座旁扶手，两眼透过湿漉漉的车窗盯着路况，做好应付突然事故的准备。我不再同他说话。

驶到一个路口，正赶上堵车。司机师傅从座位旁顺手拿出一张报纸，摊在方向盘上浏览，我用眼一扫，是张新出版的《足球报》，猜想他准是个球迷，起码比我对足球有兴趣。我灵机一动，又给他递话：“巴西和瑞典那场球，你看了吧，巴西队的脚也真够臭的，上半场射门十四五次，愣是踢不进去。”我这话其实完全是个看热闹观众的语言，没有一点儿行家里手的味道，可是您还别说，就是这么一句，好像我胳肢了他的胳肢窝，他立马来了神儿，把《足球报》丢在一旁，兴致勃勃地跟我侃起了这几天的杯赛。刚才那种蔫茄子似的萎靡劲儿不见了，两只眯缝的小眼儿也睁开了，牙疼似的嘴也鼓起了腮帮子，完全一个精精神神的小伙坐我身边，眉飞色舞地大谈足球杯赛。他说的无疑都是很在行的话——起码我是这么认为，我一点也插不上嘴，更不敢插嘴，只是张着两只耳朵听他侃。他边侃边开车，又稳又快，这时我才意识到，他的技术还真不错。我觉得没必要担心安全了，就放松地靠在座背上，听他说那些我不很懂的球经，不过我还是装着懂的样子，有时点点头或者应应声。

这时我在想：这么一个黑白相间的小皮球，竟有如此神奇的魅力，把司机师傅的疲倦驱走了还不说，我们之间的距离也一下子缩短了，立刻也就有了共同的话题。难怪世界上有那么多人为它痴为它狂，自己喜欢的球星胜利时会高兴得一蹦三高，自己厚爱的球队失败时会痛苦得食水不进，更甚者有的为足球犯罪。要是有哪位政治家有眼光，不妨用足球做和平使者，让它沟通国与国之间的感情，人间会消弭多少怨艾和仇恨。

雨越下越大，车窗被雨水冲刷得模糊不清，司机师傅开得越发细心，但是依然在同我侃球。我猜想他夜里看球没睡好觉，白天又怕耽误了营生，便带着疲惫上了路，来个看球挣钱两不误。没有机会同别人侃球，今儿个好容易碰见我，不管我懂不懂球，反正他得侃个痛快。听人说球迷都有这口瘾，光看不侃，别人就不承认你是个球迷。

又走了一会儿，我到家了。车停下来，他不无惋惜地说："师傅，咱俩还真有缘，下雨天一起侃球，真叫痛快。再有机会碰到，我还拉您，咱们再侃。"

我不想扫他的兴，说我不是球迷，便很正经地回答："那当然。"

他高高兴兴地开车走了，很稳很快地行驶在雨中。可是很快又折了回来，我以为是他忘记我已给了他车钱，回来要钱呢，我从衣袋中掏出单据，想让他看。只见他把车停在我跟前，摇开车窗的玻璃，探着头说："师傅，我忘记告诉您了。报上预报，十七日夜里有世界杯决赛，巴西对意大利，您可得想着看哪。"然后又掉转车头开着走了。

好你个球迷，真有你的。未想到球迷会这么快乐，我这个冒充的球迷，还真想再冒充下去了。不为别的，就为了球可结缘，还有那份快乐。

1998 年 8 月 16 日

拒绝莫斯科

陪同访问的翻译说，从北京去维也纳，没有直达班机，得先乘中国飞机到莫斯科，然后换乘奥地利飞机到维也纳。回来也是如此。我听了以后暗暗地高兴起来。心想，这回可好了，等于多访问一个城市，而且还是心仪已久的莫斯科，算我有福气，头次出国就圆了少年时代的梦。

其实，无论是维也纳，抑或是莫斯科，对于我这个世界史盲来说，都是完全陌生的城市。只是在“一边倒”的年代，人们很少也不敢谈论别的城市，无形中心里也就只有莫斯科了。至于维也纳仅知道他是音乐之都，别的都是资产阶级的玩意儿，谁又敢多打听多了解呢？就是“红星照耀的莫斯科”，我也是因为听宣传听得多了，才在思想感情上有点盲目亲近，真正地对它有兴趣有认识，是在年岁稍大许多年以后。那时我喜欢上了文艺，开始读苏联作家的作品，经常唱苏联流行的歌曲，渐渐地也就真的有了好感。特别是在读了列夫·托尔斯泰、莱蒙托夫、普希金、高尔基、屠格涅夫的作品之后，对于这些作家作品中反映的生活，以及他们对于那片土地景色的描述，还有在他们作品中散发的说不出的情调，都牢牢地征服了我这颗正在幻想的年少的心。尽管那时候走出国门，对于普通人来说，还是一种大胆的奢望，但是由于当时不谙人间烟火，我仍然做着这样美妙的梦，幻想有朝一日去结识俄罗斯，去领略《莫斯科郊外的晚上》的风情，去接近这个有文化的伟大民族。

这次参加作家访问团出访奥地利，能够顺便访问向往的莫斯科，这对于我来说不啻是美梦成真，心中自然有着说不出来的喜悦。恰好同行的老作家康濯先生，早在二十世纪五十年代就到过苏联，对于那里的情况有一定的了解，这一路上他也就成了我们的向导。

在从北京飞往莫斯科的寂寞旅程中，我们最感兴趣也是谈论最多的话题，除了文学就是俄罗斯和莫斯科了。尽管对于这个国家这个民族，并非真的有多少深刻的了解，但是对于它的感情还是真挚的，这是我们年轻时所受的教育决定了的。这天晚上我轻哼着俄罗斯歌曲，渐渐地进入甜甜的梦乡，许多关于苏联的往事，不时地出现在梦中，仿佛认识这个国家好久了。等我从梦中醒来，飞机正在渐渐下降，我朝机窗外一看，嗬，满地的璀璨灯火，如同闪烁的明珠，在我们的眼前熠熠放光——我们向往已久的莫斯科，到了，真的到了。

莫斯科不愧是一个国际大都会，它的机场大楼非常的宽敞豪华，给人一种振奋舒畅的感觉。我们正在依次准备出站时，看见了中国作家协会的刘宪平，这位熟悉俄罗斯的年轻人，热情地招呼着我们，在他乡遇故知自然高兴。他和另外几个人是来接我们的。本来宪平想在次日陪我们游览，因他要陪一个儿童文学代表团，就临时找来一位留学生做我们的向导，这位留学生小杨今天也来到机场，这样我们就算是认识了，然后大家一起乘车去我驻苏使馆。

中国驻苏联大使馆所在地，是一个很不错的地方，我们下榻的使馆招待所，推开它那厚重的双层窗，巍峨的列宁山就屹立在眼前。这个地方尽管从未来过，我却依然感到十分亲切，因为在读过的一些诗文中，有许多为它唱过赞歌。我还知道著名的莫斯科大学，就在我眼前这座列宁山下，于是放下行装就迫不及待地出来，顺着一条浅水河的河边，朝着列宁山的方向走去，没有一会儿就到了校门前。距学校不远的地方，有几棵高大的落叶树，在蓝天下傲然挺立着，不时地飘下几片落叶。我坐在附近的一张长椅上，地上全是金黄色的树叶，像一张颜色鲜艳的地毯，在春日明丽阳光照耀下，显得异常宁静而温馨，一种难以表述的惬意气氛，深深地撩拨着我的心，情不自禁地哼唱起了《列宁山》……

来到莫斯科是不能不到红场的，到了红场又不能不进克里姆林宫，更何况这是我们多年向往的革命圣地。非常不巧的是，这天红场有群众活动，四周都站满荷枪军警，老远地就喊着不让接近，可是我们又不想放过这次机会，就由留学生小杨用俄语告诉他们，我们只想照个相就走，不然以后再无机会来了。这些苏联大兵还算通情达理，还真的让我们在一个指定地方，从容地照了几张照片，总算不虚此行，只是没有能进克里姆林宫，在我不能不是一个遗憾。于是康濯先生和小杨就安慰我说，没关系的，等从奥地利回来还过莫斯科，那会儿可多住两三天，我们再来，同时也可看看别的地方。就这样怀着深深的惋惜之情，我们离开了红场离开了莫斯科，希冀着返程路过时再来造访。

从莫斯科机场候机大厅出关，我原以为不会怎么麻烦，不承想光检查行李就很费时间。幸亏有使馆的人跑前跑后的照应，不然我们得到处乱找乱撞，谁知要浪费多少精力和时间呢。就是这样也还是由使馆的人出面，用两条丝绸巾送给检查的人，我们才得以被提前放行，使馆的人说："这些人没什么出息，别说是头巾了，有时半瓶酒，就能打发了。"尤其让我感到可怕的是，莫斯科边防哨兵的眼睛，仿佛对中国人充满着敌意，这同我年轻时听到的那些，关于苏联"老大哥"如何友好，完全不一样了。

这就是 1988 年当时的苏联。我就是带着这样恶劣的印象，从莫斯科登上了开往维也纳的飞机，走向另一个与莫斯科不相同的城市。

维也纳到底是个音乐之都，一踏上这个城市给人的印象，就觉得很宁静、很温馨，机场的检查人员态度也很友好，跟在莫斯科成了鲜明的对照，这时也就必然会产生一些想法。当我们在维也纳住了几天以后，那随处可闻的轻缓音乐，那随处可见的艺术雕塑，那随处可见的悠闲自在景象，都使人感到无比的赏心悦目。走在幽静的大街上，时有行人含笑点头，向我们表示问好，越发感到奥地利的亲切。我们在非常愉快的氛围里，轻松地走过的几个州府城市，以及附近的乡间小镇，它们都有自己独特的风情，无不给人留下美好的记忆。然而，尽管如此，我依然想着莫斯科，希望在返程时的逗留，但愿他不至于再那样敌视，破坏了我早年的梦般的向往。

谁知当我走到苏联海关门前，这些年轻的苏联边防大兵，似乎并不懂得我的感情，他们用比上次出关更恶劣的态度，一件件地翻检着我的衣物，连每个衣袋恨不得都要掏掏。这种近乎野蛮的检查办法，跟在奥地利的文明过关检查，形成了非常鲜明的反差，我感到是对我的羞辱，实在无法忍受，就立刻跟康濯先生提出，我们不要在莫斯科停留了，马上换乘中国民航回国，尽管这时已经进入海关。随和的康濯老人见我真的来气了，他就好言相劝："我是无所谓的，反正来过，你这次不停留，以后怕是没机会了。"我在感激康老的好意的同时，决心不再改变回国的主意。我们找到中国民航办事处，说明改签的原因，民航的先生小姐们，一方面表示理解，一方面劝说我们不要走，我同样表示了感激。最后还是搭上中国民航班机，飞向我阔别半月的北京，觉得比在莫斯科停留，心情上似乎更轻快许多。

坐上我们自己的班机以后，我拿出我的护照，看着苏联驻奥使馆的签证，我不禁感慨起来，伤心起来，也暗自地疑问起来：莫斯科啊，苏联；苏联啊，莫斯科，我从青年时代就向往你，如今我真的走进了你的怀抱，你竟然会这样对待我。你的土地是美丽的，你的文化是独特的，这我都承认，那么，你们对人是怎样的呢？实在不敢恭维。一个国家一个民族，如果没有对人的尊重，我不相信会有所作为。

莫斯科啊，莫斯科，此刻，我只能唱着那首《莫斯科郊外的晚上》，跟你说再见了，以便让那早年的印象，早年的情感，不至于被这次的遭遇全毁了。

1988 年 12 月 12 日

凡人智者陈木匠

实在有点不大恭敬，木匠陈师傅的大名，我一时竟然想不起来啦。这倒不完全因为年代久远，回忆四十多年前的事，在我多少有些勉为其难。更主要的恐怕还是，四十年前在一起时，我压根儿就不曾呼过他的名字。读者不妨想想看嘛，我那时头顶“右派”荆冠，大凡算得上革命的人，都天生长我两三辈儿，何况工人阶级一分子，就更是我的“天王老子”，我哪敢直呼领导阶级大名呢。所以一直呼他陈师傅，以至于陈师傅的名字，在当时也是偶尔才想起。这会儿相距已是四十几年，更没有办法忆起他的名字，就仍然呼他陈师傅吧。

认识木匠陈师傅，是在六十年代初期。我们这些北京的“右派”，在北大荒农场劳改近三年，突然遇到中苏两国交恶，大后方变成了“反修”前哨。把这么多阶级敌人放在这里，据说有关方面不大放心，就决定把我们疏散到全国各地。我就又被重新发配到内蒙古。原以为“右派”帽子摘了，集中劳改总算结束了，到了内蒙古安排机关工作，所以抱有一线再生希望。到了那里一报到才知道，仍然得继续干体力劳动，而且是在野外卖苦力。开始是扛电线杆子，后来就给木工打下手，这样就认识了陈师傅。

我当时不过二十岁出头，算“右派”中的小字辈，又没有娶妻成家，并且经过北大荒的劳改，就一门心思地干活儿。可能是经过几天观察，陈师傅觉得我还老实，既没有乱说乱动，又没有藏奸耍滑，在只有我们两个人时，他悄悄地跟我说：“看你脸面干干净净的，干活还行，以后就学点手艺吧，起码今后不愁吃。”对于他的关照，我自然很感动，“嗯”地答应了一句，就说：“谢谢您，以后请您多帮助我。”这是干了十来天活儿以后，陈师傅跟我说的头句正经话，也是我从北大荒来到内蒙古，身处人生地不熟的环境里，听到的第一句让我心热的话。如果把时间再向前推算的话，可以说是自从我被划“右”以后，革命者说给我的第一句温暖话，在这之前听得最多的话就是，诸如“不许乱说乱动”“只有脱胎换骨地改造才有出路”“老实点”等等，最好听的也不过是“好好改造，重新做人”。所以陈师傅的一席话，就像一股暖流淌过心间，让我开始觉得生活还有希望。

又经过一段时间以后，还是我们俩在一起时，陈师傅告诉我说，他的老家原来在山西，有一年家乡闹灾荒，连树皮都被剥光吃了，实在混不下去了，父亲一咬牙，拉扯着一家大小六口，走西口来到了绥远（今呼和浩特）。父亲是个木匠，手艺不错，靠给人家做箱柜，总算活了过来。所以从那时起，他就有个想法：“家有万贯不如一技在身。”他说：“我让你学手艺，就是这么想的。听说像你们这种人，比判有期徒刑还长呢，你年纪轻轻的，总得成个家吧，有手艺就能养家糊口。”就是在这次谈话之后，我知道他三十几岁，比我也大不了多少。然而，他丰富的人生阅历，他宝贵的社会见识，远比书本上的道理，更能启发我帮助我。所以我也更敬佩他。

人们常说某某人聪明。那么什么叫聪明人呢？在我看来，这位陈师傅，就是个聪明人。他对生活的看法，不像读书人那么广泛，而是实实在在地过日子。因此许多事理看得更透更准。渐渐地熟悉以后，他常跟我说：“这人哪，活着就像跟做木工活一样，拿起一根木材，就得想想怎么用，大了浪费，小了不够，总得掂量好了再动家伙。像你们这些人吃亏，就吃在没有思量好，就说话就做事，结果倒霉了吧。怎么行呢？”

后来经过多时观察，我发现这位陈师傅，无论做什么事情，就跟他说的那样，确实都思量好了再做，一做起来就是八九不离十。有次我们在外地施工，工间歇息的时候，见他拿支铅笔，在一块木板上画，一会儿圆一会儿方，谁也猜不出他画啥。过几天他忽然找到我，拿着一个信封让我写住址，我很奇怪地想，这人是怎么了，既然让我写信封，说明他没有文化，那为什么不让我写信呢？我就试探着问：“陈师傅，那写不写信呢？”他有些不好意思地说：“信，我自己写了，反正也没有几个字，就是找家要点东西。你给我看看也行。”我接过来一看，不禁惊叹起来，与其说这是信件，反不如说是绘画，似乎更为准确。因为在一些字里行间，画着不少物品模样画，代替他不会写的难字，读起来还蛮有意思。我说要不我再为你写写。他执意不肯，说：“老求人怪麻烦的，我老板（老婆）看得懂。”这时我才意识到，他在木板上画的，正是他画在信里的，是想先练习一下。你看这人多么精细聪明。

信发出以后告诉我，他没有上过一天学，参加过几天扫盲班，学点字不用也忘了，想记点什么怕忘的事情，他就用画的办法。天长日久地画下来，他老婆看得懂，就明白是啥意思了。这种记事情的画本，他说家里有好几本，有时在家没事翻翻，还觉得很有趣的。这使我对他更增加了几分敬重。我们的所谓文化，是跟前人学习的字，陈师傅所谓没文化，却是自己创造字，如果他是字的首创者，我们今天学习的文化，岂不正是跟他学吗？这到底是谁更富有创造性更有文化呢？

陈师傅心眼很好，非常朴实善良，用当时的标准看，他就是政治觉悟不高。有次我生病发高烧，他到宿舍来看我，特意带给我两个馒头，说："一个后生家，说几句错话，就让人家离开家，生病都没人管。本来就怪可怜的，还让我监督你哪。我不懂这个派那个派的，我就看你这后生人不错。我监督个'×'。"我立刻制止陈师傅，千万可别这样说。他说："我都不怕你怕甚？你们这些人哪，倒霉就倒霉在嘴上，吃亏也吃亏在嘴上，官打没嘴的老理儿，连小孩都懂得，难道你们读书人不明白?!再大的事情，自己不是那么想的，就得用嘴说，争个理儿出来。不管人说你是甚，你就自己承认是甚，那还不是闷葫芦——甘让人抖啊。小鸡挨刀还得哼两声哪。"陈师傅走后我想，他说得完全正确，我们这些所谓的"右派"，还不都是一打就招的主儿，连一句分辩的话都不敢说，其实有几个是存心要反共产党啊。所以在后来许多年许多事情上，特别是在万恶的"文革"当中，只要不是我真实的想法，再怎么着也死不认账，反而活得更快活更踏实。

给陈师傅当小工打下手，无非是干些零星木工活儿，如拉拉锯抻抻线什么的，一般的技术活他从不让我动，估计是怕我给弄坏了。后来见我还真的愿意学木工，他就教我锯板开槽什么的，慢慢我还真的做了几件小东西，像我家里现在还用的马扎脸盆架，就是那时我跟陈师傅学习做的，所以这会儿每每看见这些东西，就会自然而然地想起这位陈师傅。我想，像他这么聪明的手艺人，如今赶上改革开放好时光，说不定自己办了工厂，早成了不大不小的老板了。

2001年2月6日

老字号的老师傅

年轻时发现眼睛近视，开始戴眼镜就再未摘下，这一戴就是四十几年。那时北京的眼镜店，好像只有几家，最著名的当数“大明”，其次就是“精益”，都是国营老字号。“精益”在西单，“大明”在王府井。我在北京的几十年，居住最长最多的地方，都是在东城和朝阳，距王府井比较近，乘公交车也方便，因此购物买书，自然而然就到王府井。配眼镜修理眼镜，只有一次是在“精益”，其余全部都在“大明”。

这四十多年来配眼镜，少说也有十多副了，再加上有时修理，跟这“大明”眼镜店，渐渐也就有了感情。这所谓的感情，除了习惯和信任，还因为有几位师傅，跟我成了熟人，只要我去配眼镜，他们又恰好在店里，总会热接热待，还要帮助出出主意。例如配什么样的镜片合适啊，旧眼镜框可不可以再用啊，反正是让我既省钱又合用。

其中有位姓冯的师傅，更是位热心肠的人，1957 年我因为政治罹难，发配去北大荒劳改，走之前想配副眼镜，去“大明”的那天，正好是老冯值班。我坦率地跟他说明情况，冯师傅没有表示什么政治态度，只是说：“您这一走，说不准什么时候回来。我看这样吧，您多配两副镜子，我给您做结实点儿。到了农村劳动，万一坏了，不是没处配镜子不是吗？您说呢？”眼镜配好我去取，除了正常的镜盒和擦布，我发现还多了几个小螺丝钉，以为是配镜师傅忘掉拿走的，就顺手取出交给冯师傅。老冯立刻制止住说：“这是我特意给您放上的，到了农村掉了螺丝钉不好找，又没处修理，还是准备点好，您说呢？”我没有多说什么，看着这几个小螺丝钉，心里真的热乎乎的。

我离开北京以后，先是北大荒，再是内蒙古，这一去就是二十二年。其间也配过几次眼镜，都是借回天津探亲途经北京，到大明眼镜店匆匆配完就走，没有也不想再见到冯师傅，眼镜也都是别的师傅给配。直到我完全成了正常人，重新回到北京工作，几年后去“大明”配眼镜，我打听冯师傅是否还在店里。一位中年师傅见我打听冯师傅，立刻满脸堆笑地说："您知道冯师傅啊？说明您是老主顾了。冯师傅已经退休了。"我还打听其他几位师傅，差不多也都陆续退休，退休后他们再很少到店里来。不过我仍然习惯地在"大明"配眼镜。我相信这家京城老字号眼镜店。别处再怎么着，我都觉得不踏实，并不是眼镜材料好坏，而是没有"大明"的老师傅。我相信老字号，说白了，其实是相信老师傅。

有天从《光明日报》上看到，"大明"眼镜店开了家分店，地点就在地安门一带，还说这家分店有位冯师傅，服务如何好技术如何好，我一看非常高兴，心想，没错，报上说的这位冯师傅，肯定是给我配眼镜的那位。尽管这时我并不需要配眼镜，只是想去看看冯师傅，我还是特意到地安门店，找冯师傅配了两副眼镜。经过这么多年的世事沧桑，我和冯师傅都已经老了，不过，说起早年配眼镜的事，都还像过去一样亲近。这次冯师傅给我配了眼镜，还特意给我办了个优惠卡，说是下次再配镜子或修理，凭这个卡就可以获得优惠。只是这个优惠卡有年限，还未容我享受就已经过期了，当然也就没有机会再见冯师傅。

前不久一副眼镜腿折了。我想在附近的眼镜店修理，走了几家都没有修理业务，这时我又想到了"大明"，想到了多年未见的冯师傅。冯师傅是在地安门分店？还是又去了别处的分店？我总不能随便地瞎跑吧，趁去协和医院看病，顺便又跑到了"大明"总店。我一问在店里的师傅，他们告诉我："您说的那位冯师傅，不在了，是去年去世的。"听后不免心中有些惆怅，冯师傅给我配眼镜的事，又一幕一幕地浮现在脑际。这时一位中年师傅问我："您是配镜子吗？找别人一样。"我当然知道一样，那也只是说的技术，如果说对顾客的关照，我想大概总会有区别。何况还有彼此的情感和信任，这却是别的师傅无法一样的，怎么能不让我怀念和伤感呢？

当然，老师傅们的离岗，从感情和习惯上，顾客难免一时不适应。但是对于老字号的信任，却绝对不会从此消失，就拿我来说吧，再配眼镜还是得去"大明"。谁让我有着老字号情结呢？只是希望，不管社会如何变新，产品如何更新，老字号啊，还像有老师傅们那样，让我觉得还是"老"的好。这个"老"意味什么呢？说不清……

2005 年 4 月 12 日

油漆工

家中有几件旧家具，扔了可惜，卖不值钱，于是想起了重新油漆。问一位外地来的油漆工，他说："这几件家具是旧了些，只要重新油饰一下，管保像新的一样。新的质量还不见得比这好。"听他说得有理，就约了时间，请他来家中，油这几件旧家具。

我曾经有过在外漂泊的经历，对于这种生活的艰辛，自然比别人要体会得深。这位油漆工来我家做活的时候，我又是给他倒茶又是跟他聊天儿，俩人的关系立马亲近了许多。当他知道我也曾经远走他乡，在外地做过工种过地，他说话时的神情也就不一样了，跟我再没有了那种买卖的生分。话也是越说越多了起来，而且是想说什么就说什么，完全没有了陌生人的隔膜。

从闲聊中了解到，这位憨厚、壮实的年轻人，家在河南农村，初中毕业后来北京做工。其实他的家境并不怎么困难，只是出于青年人的好奇心，想知道城里人怎么生活的，就跟着几位同乡一起出来闯荡了。这样一闯荡六年的时间就过去了，开始的时候吃了不少苦，后来有了比较踏实的饭吃，这会儿基本上站稳了脚跟。

刚来北京那会儿，在中关村一带，卖青菜卖水果，可是怎么也赚不了钱，有时还要赔一点儿。他就想，别人怎么就能赚钱呢，这里边到底有啥"秘笈"，我得弄清楚了。后来渐渐地了解到，原来功夫全在秤上。明白了这个道理，自己就想试试看，头两次还真见效。只在几个买主身上，略微动了动脑子，就赚了几十元钱，这下可把他乐坏了。那天他也跟别的生意人一样，找到一家小饭馆，又是酒又是肉的，美美地撮了一顿。

钱是赚了，饭是吃了，这一夜却未睡好觉。原因不全在兴奋，主要是想："我卖菜给了人家小分量，要是我买别的什么，人家也给我小分量，那我又该怎么办呢?"越想越觉得这黑心钱不能挣。不挣这钱又不好找别的辙生活，最后一咬牙不干了，找了一家油漆工厂当临时工，四年以后竟然学会了一门油漆手艺。

他告诉我说："这油漆活儿，如同家具美容师，认真做，瞎糊弄，当时的效果都一样。外行的主家看不出来，过几年就露馅了。比如这油灰腻子吧，我和得稀点儿，给您凑合上也行，起码顶个三四年。"他一边和着手中的油灰腻子，一边这样跟我说。接着他又往油灰腻子里加了点什么，端给我看了看说："您看我新和的这些了吧，用上去准能挺十年八年。要是糊弄了您，我心里不踏实，我想还是得重和，不就是费点时间吗？总比事后您骂我好。"他还告诉我说，他的许多活儿，都是干过活的人家给介绍的，由此他得出个结论来：人还是要老实，老实人从长远看不吃亏。他说："要是活儿干得不地道，谁给你介绍另一家啊？"

这位油漆工，在我家干了两天。我的几件旧家具，经过他的精心油饰以后，一件件发出明晃晃的光亮，简直让人无法相信是旧的。我为他能学到这么好的手艺由衷的赞叹。

他做完工要走的时候，我跟他算账，我本以为得花些钱的，不承想跟我想象的很不一样。他只收了我的工钱，油漆等原料钱按商店价，而且还拿出发票来。我一再跟他说，出门在外不容易，无论如何得再加点钱，他却执意不要。他见我也是实实在在的，就说："这样吧，我看您这儿书不少，要是有不看的，您借给我几本，我看完了再还您。"他说他没有别的爱好，干完一天活儿，就想看看书，这会儿书太贵，挣这点钱买不起。

我立刻爽快地答应了他，跟他说："我这儿别的没有，书还有一些，一时也看不过来，你就拿去看吧。"说着就走到书架前，找了几本给他，让他阅后也不必送回来。顺手又给他找了几本杂志。他拿着这些书刊，高高兴兴地就走了，那种满足的神情，我看比挣多少钱，似乎更让他喜欢。

他走了以后，站在那几件家具前，我看了又看。那光洁的漆面，如同一面面镜子，闪在我的眼前。我分明看到了，一张青春的笑脸，那么可爱可敬，像朵绽开的花儿，在愉快地吐露着芬芳。

1997 年 6 月 29 日

酒相种种

我不会喝酒，酒给予的生活乐趣，自然就会少去许多。我常常地为此感到遗憾。可是我敢这样说，对于喝酒的状态，我见过的并不少。这跟我多样的经历，可能有着一定关系。比方说，正常人的喝酒，许多人都见过，那么，获“罪”人的喝酒，就不见得见过了，我却有过这样的机会。以我多年的观察，喝酒的状态，大概有这样几种。

一是喝喜庆酒。结婚、寿辰、得子、乔迁、开业，遇到这些传统“项目”，摆酒庆贺一番，这就不必说了。现在就连分上房子、炒股赢了、评上职称、坏人倒霉，都有人要喝顿酒，好好地庆贺庆贺。至于子女考上大学，父母捞个一官半职，全家人高兴至极，都会想到酒。这时的酒，喝得最痛快最热闹，醉得烂如泥，都不觉得醉。还要不住地说：“太高兴啦。”

二是喝自在酒。这样的喝酒人，性情不见得孤傲，在喝酒的行为上，却绝对不怎么大方。在他们看来，酒只有独酌独品，那才有味道。许多人凑在一起，你劝我推，行令叫阵，那不叫饮酒，那只能算作灌酒，哪有自己喝自在。这样的人饮酒，有个明显特点，即，下酒菜不见得讲究，甚至于无菜都成，只是酒一定要好。酒好，才有味儿，有味儿才自在。

三是喝郁闷酒。喝郁闷酒的人，一般说来，不是很常见。这样的人平日里，都不是嗜酒如命者，只是遇到了愁事烦事，如失恋、离婚、退休、要官未捞上，感情上非常落寂，又不便跟别人讲，心里觉得别扭，这时就想起了酒。喝闷酒的人，大都不张扬，找个背静的地方，自己一个人去喝。这种人也有个特点，这就是唉声叹气，比喝的酒还要多。

四是喝生气酒。生气喝酒的人，一看就知道，眼发直，乱蹾杯，没有醉脸就红了。甭问他生气的原因，问也是白问，要么不搭理，要么就是呛你。其实他生气，不是跟老婆吵架，就是跟孩子怄气，要不就是气单位头头太贪，实在没辙，就来上二两消消气。酒喝了，气消了，情绪恢复正常，顿时觉得这年头，幸亏还有酒，这要是倒退三十年，连酒都买不上，不就是气上加气吗？这么一想，心也就平顺了。

五是喝消闲酒。遇到下雨阴天，或者闲着没事儿，心情又不错，就想起了酒。能有一两位酒友更好，找不到伴儿，自己喝也行，反正就是消闲呗。喝消闲酒的人，总是慢悠悠地，边扯闲篇儿边喝，倘若是自己喝，说不定还得哼哼两口小调，要不就是敲敲筷子，谁让有个闲情逸致哩。这种爱喝消闲酒的人，我以为是酒人当中，最为得意最会用酒的人。

六是喝誓言酒。现在喝誓言酒的人，好像没有过去多了，主要是现在的人，有不少的主儿说话不算话，别说是以酒盟誓了，签订的合同公证过，到时说不认就不认哪，喝酒起誓又能怎样。从无数事实中得到了教训，就干脆免来这一套，真的到了不认账的地步，就真的来动真格的，该怎么着就怎么着，倒不至于把酒糟蹋了。

以上我只说了六种酒相。诚然，喝酒的景象，绝不止这些，这不过是我见过的罢了。别的还有什么，那就得由酒中豪杰们补充了，因为我毕竟跟酒不沾边。不过就是这简单的几种，从中也可以看出来，酒之所以受欢迎，大概正是因为它会来事，见啥人哄啥人，谁也不想得罪，所以在人世间颇有人缘。作为酒，有这种品质，蛮好。作为人，若是这样，恐怕就不足取了。

2000 年 9 月 2 日

证券所里的眼睛

总有许多天了，一早一晚散步，经过一栋二层楼。门口有穿蓝色警服的人站岗，跟一般银行营业所的门卫一样，只是这里不像银行那样，不断有人出出进进，从招牌上看，是一家证券机构的办事处。这样的门脸，这样的警卫，这样的冷清，我自然不敢贸然闯进。

又是一天早晨，我散步走到这里，恰好是八点半钟。这栋楼的铁网大门徐徐启开，几十位男女老幼鱼贯而入，却不见警卫有任何阻拦，更不需要任何证件。完全出于好奇，我尾随这些人之后，跟着跨入门槛，又跟着走上二楼。这时我才发现，这是家证券交易所，难怪吸引这么多人。其实我从未到过这些地方，这次误入能马上认出，主要是凭借看过的电影电视。许多反映经济生活的影视，都有眼前这样的场景。

这家证券交易所的地方并不很大，狭长的大厅不过百米，几块方形的褐色屏幕挂在墙上，上边依次标示着各家证券的名称，不时地闪进闪出，如同一块块神秘莫测的魔板。屏幕前摆放的上百张小凳子，很快便被来人占满，后来的人只能心甘情愿地旁立。

这些人目不转睛地盯视着屏幕，像是观赏一部迷人的电视片，却又远比观看电视更为投入。尽管那屏幕上只是些单调的数字，既无美丽的画面，又无生动的情节，但是仍然如同一块块强力磁铁，紧紧地吸引着一双双不肯移动的眼睛。

我曾经观察过不同场合的眼睛，譬如足球场上球迷们的眼睛，是那么激动不安，眼睛几乎跟着足球一起滚动腾飞；譬如剧场里戏迷们的眼睛，是那般变幻莫测，眼睛几乎是跟随剧情一起变换悲欢，这些眼睛都能很快袒露出心灵的声音。唯独这证券所里的眼睛，每双都是那么沉稳，单调，仿佛是那屏幕上哪个证券的翻版，再大的屏幕再多的证券，每双眼睛也只能盯着其中的一个或两个，而都是无声无息地静观着，如同等候一个庄严神圣时刻的到来。从这些眼睛里几乎窥视不出，这些股民内心世界的变幻。

然而对于屏幕上的数字变动，这些眼睛却显得异常敏感，倘若你偶然碰上一双正在变化的眼睛，说不定会看出刹那间的贪婪或懊丧的心绪，毫不掩饰地从眼睛里流露出来。这证券所里的眼睛，别看是这般沉稳，从中难以觉察出内心的秘密，但是我相信，这里的每双眼睛，都牵动着紧张的神经。假如不是怕扰乱那双双藏匿着祈盼的眼睛，我真想随便找一位股民谈谈，问问他们此时到底在想些什么事情。是对金钱的渴望，抑或是时光的消磨？我想无论如何不会仅仅是为了观赏那屏幕上数字的变化。最终还是忍住了性子，没有发问，我便快步走出了证券所。

在回家的路上，我边走边想，刚才见过的那些，留给我最深的印象，究竟是些什么呢？我想还是那一双双的眼睛——充满着祈盼和嗟悔的交易所里的眼睛。什么叫欲望，什么叫贪婪，什么叫惊恐，什么叫高兴，这证券所里的眼睛，给你说得明明白白清清楚楚，没有一星半点的模糊、含混。

1997 年 5 月 16 日

秋　夜

几乎没有过渡的季节，暑热炎炎的夏天刚过，两场骤然而至的秋雨过后，这京城的气天就变了。似秋，又没有秋的清爽舒畅；像冬，又没有冬的凛冽寒冷。就如同世间的许多事情，应该是这样却又不是这样，让你在疑虑之中奈何不得。这正是“最难将息”的时候。

不过，秋天毕竟是秋天，夜晚毕竟是夜晚。沉寂萧条的秋天夜晚，街头比之夏天更显宁静，走在华灯映照的大街，远比夏天更惬意更舒适，就也随意地多走了一段路。刚才跟朋友们聚会时的开心，就像大块的晶莹冰糖，依然甜蜜地含在嘴里，久久舍不得嚼碎咽下。边移步边回想地往前走，不知走了多少时辰，觉得实在有些力不从心了，就想到赶快乘车回家。偏巧这是个不靠车站的地方，“打的”吧也不在路边儿，就又犹犹豫豫地走了几步。

突然一辆红色夏利车，稳稳当当停在我的身旁，一张微笑的脸探出车窗：“这位先生，您好。请问您是要打车吧？”我犹豫了一会儿，勉强地嗯了一声。这时开出租车的师傅，主动帮我推开车门，热情而利索，我再不好说什么了。跨进车门刚一坐定，司机师傅打开计时器，喇叭里又传出录制的问候声。这一切都是那么自然自在，几乎没有任何生硬的感觉。

司机是一位中年人，有着一张微笑的脸，更有一张善谈的嘴。我们边走边聊。谈变化的天气，谈夜晚的街灯，谈堵塞的道路，谈偷税的影星，谈黑心的贪官，谈下岗的工人，谈“的哥”们的种种奇遇，总之，凡是他能想到的事情，这一路上都谈到了。他那滔滔不绝的话语，就像他车的四个轮子不停滚动，几乎让我没有机会插话。后来终于我可以问话了，就说：“我刚才是想打车，总有十来辆出租，从我的身边很快地开过去了，我想拦都拦不住，就又往前走了走。你叫我的那个地方，紧靠便道了，可是你怎么就知道我想‘打的’呢？”

“您看，这您就不明白了吧。其实是您自己在告诉我的。我见您走一走又回头看一看，那种想走又不想走的犹豫劲儿，说明您是在找车，所以我就主动地开过去问您。您看这不就是咱们的缘分吗?”我听了不禁暗自称赞。的确，我是想“打的”走，可是我的眼神不好，不知道哪辆车是空的，随便招手拦一辆坐，又怕拦一辆富康，舍不得多花几元钱，自然就要犹犹豫豫。就这么边走边回头，结果走到了这个地方，又不适合停车，就在这时碰到了这位师傅。

接着他告诉我说，他比别的开出租车的司机，每天少说也得多挣两三百元，窍门就是他有眼力见。他说：“咱开车不就是为了挣钱吗?想挣钱就得找钱挣，您刚才不是说了吗?从您眼前开过好几辆车，您想拦都拦不住，这不就等于把钱丢了不是吗?我不是这样，只要不是在交通主干线上，尽量开慢点儿观察行人，看有的人想打车又犹豫的，我就上前去问问，就是人家不打，对我也没什么，万一有个正犹豫的，我一问不就走了不是吗，您说是吧?”

“有道理，这也算是顾客心理学吧。刚才你要是不主动来问我，我肯定还要再走几步，起码要找个靠路口的地方等车。”我这样说。他听后笑了笑说：“我总觉得挣钱就要挣个聪明。我们开出租车的，算个体力活儿，可是你要是稍微动动脑筋，就会多挣个百儿八十块。比方说，有的出租车司机中午不愿意动，认为中午都休息没有活儿，其实这要看你在什么地方，我就经常中午在大机关附近停车，有时活还挺多的呢。女干部没有时间上街购物，有的就利用中午休息时间上商场，来来回回就都坐出租车，这会儿又不塞车跑得又痛快。这样方便的钱干吗不挣呀。”这同样是对顾客心理的揣摩。

从朋友的住处到我的家，其实只不过二十分钟的路程。由于中途不断地塞车，走走停停大概用了四十多分钟；路上幸亏有这位善谈的司机聊天，不然谁知会有怎样难挨的寂寞呢?而且他的一席话，就像这秋天的风，让我感到一种快意，更使这个秋夜温馨了许多。

2002年9月20日

刷卡的快乐

电脑、手机、银行卡这三样，可以毫不夸张地说，是现代物质文明的成果，跟大多数普通人的关系，比之汽车更亲密更容易获得。我很为自己庆幸，在人生的晚年，赶上个好时候，这三样东西都拥有，尽管使用得并不娴熟，却依然有种满足感。尤其是这三样中的银行卡，给生活带来的方便快捷，使得原本存钱花钱的负担，成了颇为快乐的生活享受。对于当今的普通人来说，放着轻便银行卡不利用，依然怀揣大把钞票购物，无论如何总是一种遗憾。

我第一次知道花钱可以用银行卡支付，是1988年随作家访问团出访奥地利，但是无论如何不承想到若干年后，银行卡居然也会走进我的生活。当时出国不允许兑换更多外币，按我的级别只能兑换八十美元，生怕这点钱很快花光，访问半个月也就格外地仔细，连如厕方便都尽量控制，以免付给厕所管理人费用。我们作家代表团下榻的宾馆，好几处都属于四星五星级，随便动用什么设施都要花钱，因此总是小心翼翼问明情况，考虑再三才决定是否享用。真实地感受到不富裕国家作家，在世界交往中的拮据与尴尬。

有天晚饭后户外散步回来，发现随团年轻翻译独自喝咖啡，完全出于好奇就随便问问，喝杯咖啡要多少钱怎么支付？年轻翻译从衣袋里掏出张卡片，在我眼前晃了晃说："这叫银行信用卡，里边存着钱，把它放在机器上一刷，签个名字，就算是结账了。非常方便。"他还告诉我说，我们这次的作家团出访，东道主是维也纳市市政厅，所有费用全部由他们负担，这个银行卡就是他们给的。他让我也坐下喝杯咖啡，然后一起用这张卡结算。这时我才知道有银行卡，并且目睹了结算过程，只是因为这次是政府用卡，在我的印象中这银行卡，大概只能由公家单位使用，并不知道每个人都可以持有。

咱们国家什么时候流通银行卡，我没有认真地留意过和询问过，亲见个人使用银行卡是两位作家朋友。

叶楠在世的时候，有一阵李国文、叶楠、邓友梅、张洁和我，经常一起在民族饭店喝早茶，五个人采取“转转会”方式。哪天轮到谁做东结账，都是用现金支付，唯独到了邓友梅做东时，他就从一个小背包里，小心地掏出一张小卡片，跟饭店结算茶资，这是我头一次看见，国人使用银行信用卡。友梅在我们这个年龄段文友中，属于眼界比较开阔的那种人，一是他任中国作协书记处书记时，分管外事工作和国际文学交流，经常迎来送往跟老外打交道，二是他夫人任新华社驻香港记者时，友梅时不时要去香港探亲，有这样两个原因，他也就有机会接触现代生活方式。

第二次亲见别人刷卡付费，是作家林希请李国文、邵燕祥等几位北京文友，专门去天津一家大酒店吃海鲜，饭后结账他掏出来好几张卡，一边挑选一边跟我们说，用银行卡购物吃饭如何方便，他说话时脸上显得非常得意。林希儿子在美国工作，他有时去美国探望居住，自然知道洋人如何生活。这次看见他也使用银行卡，这就使我隐隐地觉得，这银行卡跟普通人的距离，仿佛越来越近了，无形中对我就成了一种诱惑。但是并无马上使用的打算，跟未使用电脑之前一样，还心存许多疑虑和忐忑。

那么，自己使用银行卡，是在什么时候呢？应该是由银行发工资时，单位发给纸质存折的同时，还给了一张银行的信用卡。不过起初并未想到使用，取工资存钱或日常生活消费，依然按老习惯用存折钞票支取。

那年去杭州创作之家休息，行前正为如何带钱犯难时，一位朋友提醒我说：“你办个银行卡呀，就不必带那么多钱了，用钱时在杭州的银行取，那多方便！”这时我才想起单位给的工资卡。岂料到了杭州去银行取钱，人家没有异地取款业务，我一听立刻就傻了眼，来时身上未带多少钱，在杭州的日子怎么过？待我把情况跟银行说了说，人家还是给我解了难，用寄钱方式从银行卡提取，比我自己带钱出行，仍然还是方便安全。这张小小薄薄银行卡，在我心目中的分量，顿时增加了许多，从此开始跟它亲近起来。

如今我已经有了好几张银行卡，随时带在身上逛商店下饭馆，带给我的不仅仅是付款的方便和快捷，而且也让我感受到了拥有的快乐。原来用钞票支付，整钱换取零钱时，对方给我找的钱，票额大小，币面脏洁，都得听别人的，自己觉得不满意，还得跟人家说好话调换，那钱仿佛不是自己的，简直没有主动权。有了银行卡就完全不同了，没有纸币的污染且不说，支付时得由我来敲密码，出单后得由我来签字确定，这种感觉俨然是个富豪大官——尽管银行卡上的钱并不多，但是这种拥有者支配者的“威风”，绝对不是用钞票支付时所能比的。银行卡真的很令人兴奋快乐和充满自信。

不过，我也得如实地相告，银行卡用了这么久，至今还未用柜员机取过钱，原因是那些用柜员机作案的事，听得实在太多了，真的让我心神不安。还是不去用为好。谁知银行信用卡何时会变得真正安全呢？我企盼着。

2005 年 11 月 12 日

饥时读菜谱

人这一生会接触许多什物。这些经意或不经意接触的什物，有的也许很有价值，有的也许稀松平常，然而就具体人来说，只要能唤起生活记忆的，就亲切，就珍贵，很难说有无什么价值。我保存至今的一本菜谱，对于我来说就属于这种情况。这本极普通的菜谱，在别人看来，也许一钱不值；而在我的眼里，它犹如善本孤版图书，永远值得珍爱。

这的确是本普通的菜谱，纸张印装都很粗糙，上面开列的菜目，大都是容易做的家常菜，很难说属于哪个菜系。由于时不时地翻阅，弄得油污破损，就越发显得陈旧。若不是我精心，放在抽屉里，怕早被家人当旧书卖了。

可就是这样一本菜谱，使我这个原来只会熬稀粥、煮白菜的笨男人，如今也可以做几样有名有姓的菜了，装在盘子里还真像那么回事似的。每逢家中有客人来，把什么木须肉、干烧鱼、黄焖鸡、油煎豆腐之类的菜，一道道地摆在餐桌上，听客人也许是完全出于礼貌的称赞，我心里总是有种美滋滋的感觉。这时我会自然而然地想起这本菜谱来。

咱们中国人懂吃、爱吃、会吃，古往今来有过不少美食家，这是世界公认的，为此我国曾荣享美食大国的盛名。有几次同外国友人一起用餐，席间谈起饮食上的事，他们把我也视为美食的国民，好像我在吃上也是个行家，岂不知这只是沾了老祖宗的光。我历来是个以果腹为美的主儿，即使有机会享受过多次宴请，山珍海味都曾尝过，鱼翅和粉条，猴头儿和蘑菇，到我嘴里仍分不清楚它们各自的味道。更不要说那鲜字半边儿的羊，任凭别人怎么吹嘘它的美，我至今未得过这口福，好像天生就怕那福气。至于别的诸如牛鞭、百叶、蹄筋之类的食品，常常会得到食家们的好感，我却宁肯大口大口地嚼食青菜，也不想去碰一碰筷子。这样顽固的偏食习性，使我拒绝了不少人间美味，有时想起来自己都觉得遗憾，可是又有什么办法呢，只能可怜自己没有生就一副宽容的胃口。

不过，我倒是有过向往美食的辉煌的梦。那是在六十年代挨饿的时候。不管真的是老天施威，还是的确是人祸所致，总之那时普通人都终日饥肠辘辘。有时实在忍受不住饥饿的折磨，就用睡觉或喝酱油解脱，就这样也还免不了浑身浮肿，到医院去，说是瞧病，其实真正的目的是乞求善心的医生，无论如何给开点儿麦麸子充饥。在那些荒灾的年月里，对于真正食物的体验，完全变成了记忆，再美好也都成了往事。

有天晚上，实在饿得心里发慌，浑身没有一点劲儿，只好躺在床上静静地数数儿，想借此催眠之术早点合上眼睛，谁知从一数到二百仍不奏效，索性不睡了，坐起来跟同室的人侃吃侃喝，热热闹闹地来了顿精神会餐。我们这间宿舍里，住着三个单身汉，有位是江苏人，出身于江南富户，在吃嚼的事情上，自然比一般人知道得多。说起他家乡的淮扬名菜来，更是如数家珍，有板有眼儿，着实让我有些云遮雾罩，嘴里不住地淌涎水。当他说到他家老辈传下来的菜谱书，语调中有着明显的喜悦和骄傲，毫不掩饰他眷恋往日生活的情怀。就是从这时我才知道，在我们这个美食大国，不光有这么多美味佳肴，敢情还有专门的饮食书。这时我是多么希望有本菜谱书啊！

从饥荒年代过来的人都知道，那时很少有人去饭馆舒舒服服地吃顿饭，再爱穿的女人也只能把花袄套在蓝布罩衫里，不然会被说成是“资产阶级”生活方式，闹不好会遭批判挨处分。至于菜谱、服装、家具之类的生活图书，书店里好像很少有卖的，只有内部培训才编印一些。我有位朋友，在一家报社当记者，专跑商业新闻，经常同餐饮业打交道。有次采访烹饪培训班，他拿回来一本做讲义用的菜谱，我一看就喜欢上了，求爷爷告奶奶，请他再给我要一本。这位朋友还真够意思，跑了几次未要来，索性割爱把他那本给了我，这就是我保存至今的这本菜谱的来历。

有了这本菜谱，我很高兴，更想有机会试着做些菜。那时我的工资每月只有五六十元钱，又同家人异地分居，经济条件和生活环境，都不允许我在灶台上实践，自然也就无法享受烹调的乐趣，于是便时不时地拿出这本菜谱书阅读，那种情致，那种执着，远比读某位伟人的名著更显浓厚。因为，伟人的话倒是很惊天动地，确也能给人以鼓舞和振奋，只是一旦同现实生活联系起来，往往会很少得到实实在在的印证。这菜谱上的话则要实在得多，起码在我感到饥饿时，它会在精神上满足我，更不要说还会给我些文化的熏陶。在精神和物质都极度匮乏的当时，这本菜谱是我最好的朋友，它在我的心目中是那么神圣。它如同一位善解人意的朋友，给了我不少安慰和知识。

结束了两地分居以后，我同妻子在北京安了家，生活安定了，经济宽裕了，我这才开始掌勺学着炒菜。这本菜谱书，理所当然，成了我的师傅。能在炉灶前实现饥饿年月的美食梦想，心中有着无限的喜悦。但有时想起那有过的艰难，又难免会有悲凉袭上心头。我不明白，我想发问，中华民族灿烂的饮食文化，是我们祖先的伟大创造，令世人钦佩，有的人干吗非要推给资产阶级呢？讲究吃穿，这正是文明的标志，至于经济条件是否允许，那是另一回事儿。如果人们的生活老是停留在最原始的水平，有条件改善也不求改善，我感到作为人的我们实在太可怜。

这会儿好了。无论走到哪里，那些书店，那些书摊，都会有菜谱书出卖。有中餐的，有西餐的，有名菜的，有小吃的，这洋洋大观的烹调图书世界，同那些大大小小的酒楼、饭店、餐厅、酒吧一起，真正地展示了我们美食大国的饮食文化风采。作为中国人，有谁不感到由衷的高兴和自豪呢？然而即使是这样，我也不想扔掉这本保存多年的菜谱书，因为它会让我永远记住过去——那个曾经使人迷惘和愚昧的年代。

1995 年 4 月 8 日

瑞雪兆丰年

可能是在北方长大的缘故，尽管风霜雨雪，以各自的特色撩拨过我的心，但最让我痴情的莫过于冬天的雪。这几年北京的冬天偏暖，很少下雪，总觉得不够味儿，像缺少了点什么似的，以至于回味那早年的雪天情趣，在精神上方能得到些许满足。

还好，今年冬天终于下雪了，而且头场雪竟是这般纷纷扬扬，把个北京城装扮得银雕玉琢般的美丽洁净。早晨踩着街上嘎吱作响的积雪去上班，令人好不心旷神怡，生活中的许多烦恼，顿时都从五脏六腑中剔除，浑身上下都觉得清清朗朗。这真是一场好雪。

瑞雪兆丰年。我从少年时代便知道这句话，后来还不止千百次地说过这句话，可是仔细地想一想，那场场瑞雪又带来过多少丰年呢？即使是个丰年又给过农村什么富裕呢？老天爷可以主宰天上，却无法支配人间。

雪天带给孩子们的欢愉是无穷的。打雪仗、滚雪球、堆雪人这些沿袭已久的游戏，吸引着颗颗纯真童心。听着那阵阵清脆的嬉闹声，我这颗近乎麻木的心欢跃了。那曾经属于过我的童年欢乐，又在我的脑际回旋起来。哦，雪啊，你这纯洁的精灵，给予我的梦幻般的欢乐是永恒的。然而不知为什么，当我把记忆中的欢乐与生活中的景象联系在一起，我美好的遐思如同被利刃割断的丝带，在我的眼前晃晃悠悠地飘荡起来，使得我的心灵重新承受着压抑。

那是十多年前的一个冬天，我作为一家报纸的记者，要到农村去采访“学大寨”的情况。从我居住的塞北小城火车站上车时，发现有几个衣服褴褛的人，偎依在墙根下晒太阳。其中有个满脸泥污的瘦孩子，穿着一件缝补也遮不住破烂的老羊皮袄，紧紧抱着一只草色的老鸡挤在这几个人中间，用他那绿色变黑的旧军帽下的无神的目光，看着从身边走过的每一个人。他不时地裹紧老羊皮袄的衣襟，好像是怕把怀中的那只鸡冻死，那只鸡则挣扎着要露出头来咯咯地叫，好像是要说些什么似的。我的同伴告诉我，这些人都是从农村来的，带着鸡和当地产的胡麻油去矿区卖，无钱购买火车票，得等到傍晚或夜里偷乘拉煤车。在当时的农村里，这类事情有的是，我听完了也未再理会。

几天后从农村采访回来，报社有好几位同事告诉我，前几天有伙搭煤车去矿区卖东西的人，在途中被活活冻死了。装煤时未发现，卸车时发现了这几具尸体，里边还有个不满十岁的孩子。

听了这则悲惨的新闻，我再也无心思写“学大寨”的报道了，在我的眼前不时闪出那几个人，特别是那个生怕鸡冻着的孩子的身影，总是首先出现在我的脑际。唉，多么幼小的生命，正是在雪天嬉闹的年岁，为了几个零用钱，却活活地冻死在冬天。雪啊，你带给穷苦农家的，到底是什么呢?

带着这个悲惨的记忆，离开那座塞北小城，一晃已是九年了，它常常出现在我的思念里。去年刚刚进入冬季不久，我又重返那座塞北小城，在匆匆来去的两天里，朋友们告诉了我许多事情，唯独没有说现在农村的情况，只好主动询问。他们告诉我说，农村人去矿区卖油卖鸡的，现在比过去更多了，只是不再偷搭运煤车了，他们都是购张车票舒舒服服地坐着去。我于欣慰之中又想起了那个孩子，他要是活着该是个二十岁左右的小伙子，即使生活不会像有的农民那样富裕，起码也不至于抱着鸡冻死在寒冷的冬天。

漫天飞雪，越来越紧。纷纷扬扬地掩盖住了这大都会的一切，美的丑的，净的脏的，都被洁白无瑕的雪遮住了。只有我的那个记忆，还清晰地出现在雪天；瑞雪越是预兆着丰年，这个记忆越不会消失，因为它曾使我的心灵震颤过……

2007 年 12 月 28 日

蒙古商人

放好随身携带的行包，我倚在车窗前，看行色匆匆的旅人，以及车站闪烁的灯火。

这几年出门大都坐飞机，很少再坐火车远行，像眼前这样的景色，已是许久没有感受了。我在远离家乡流放那会儿，一年中不知有多少时间，就要在火车上度过，来来往往，奔奔波波，简直就是个生活的过客，心理上没有一点安定感。那时的物质又极为匮乏，从内地到边疆，总要背些生活日用品；从边疆到内地，总要背些土特产，无形中成了个不赚钱的“倒爷”。那会儿旅客上了车不是先占座位，而是先抢地方放大包大袋，不然这一路上就甭想消停，随时都会有人让你挪地儿。现在的旅客就完全不同了，他们脚步匆匆只是表明心急，每个人手中带的东西却并不多。那种物质异地大搬家的年代，只是成了我这辈人的难堪往事，当代人是绝对想象不出来的。

正当我边看边想往事的时候，我乘坐的车厢里，走进来三位彪形大汉，拖着一个个纸箱编织袋，很快就把架上椅下占满了，连过道都堆放着纸箱，出出进进极为不便，他们却没有表示出一点歉意。有一只箱子实在挡路，我就客气地说：“请挪挪好吗?”他们中的一位较年轻者，似听懂又似听不懂地，向我张张手臂耸耸肩，冲我笑了笑说了句什么，像是道歉，只是我听不懂他说的话。这列火车是从北京开往内蒙古的，我曾在内蒙古流放十八年，对于蒙语不会说也听不懂，但是从语音上还是能听出来，他们说的话像蒙语又不完全是。于是，我便猜测他们的身份，借以消磨这段时光，从他们的装束上看，好像是草原上的牧民，但从气质上看又不怎么像。那么他们到底是干什么的呢？我就这样胡乱猜想着……

就在这时，他们中的一位，搬弄东西不慎划破了手指，鲜血不停地流，想找点什么包扎一下，却又一时找不到，我就示意他们去找列车员。他们只是看着我不说话，这说明他们真的不懂汉话，不然是不会不搭理我的。我见有位列车员站在那里，就喊过来请她帮忙，她很快找来碘酒纱布，耐心地给他包扎好，然后麻利地走开了。这中间他们也是谁也没有说话。这就更引起了我的好奇心。我快步走出去，询问列车员："这几个人是不是草原牧民?"列车员说不是，是外蒙来的人，不会说汉话，一下子解开了我的疑惑。我也就再未跟他们说什么，在奔驰的列车上，回忆着过去十八年的往事。

没过多长时间，一位眉清目秀的女孩子，从我们的车厢走过，被他们叫了进来。我以为是他们认识的中国姑娘，可是她却能同他们流利自如地交谈，这无形中又给我出了一道题。当她操着不很顺畅的语调，用汉语问我去哪里时，我越发有些糊涂了，实在憋不住了，就问她："你是中国人吧?"她笑了笑反问我说："你说呢?""我说是。而且是江南一带的，主要是你的长相，像江南女孩。可是你的口音，又有点不像。"她听了哈哈大笑了起来，那么开心，那么得意，好像占了什么天下的大便宜，然后顽皮地说："告诉你吧，我是地道的蒙古国人。"啊，难怪她这样得意忘形，原来是这么"中国化"，竟然唬住了我这中国人。

我们之间谈得是这样愉快，她连她的同胞都无意关照了，就又津津有味地说了她的经历。她在蒙古国乔巴山大学读书时，就对中国非常感兴趣，毕业以后又到中国来学中文，这会儿在一个外事部门供职。当我问起三位她的同胞时，她告诉我说，那位年轻些的人是公司老板，另外那两位是他公司的雇员，她还说，那位年轻人就是中国说的大款，他会好几国语言，从法国留学归来以后，就在蒙古国经营电脑装配，在他们国家颇有些名气。他这次带着这两位雇员到北京，是来采购建筑材料的，他自己的家正在盖新楼房。

听了这位蒙古国小姐的介绍，打量了一番这位年轻人，我只是"嗯"了一声，别的话就不想说了，也实在说不出来什么。原来这蒙古国的大老板、有钱人，竟是这样的随便平常，这样的肯于劳动，这同我见过的我们的一些暴发款爷，实在太不同了太不一样了。这天夜里带着这样的印象，在隆隆车声的伴奏下，我进入了沉沉的梦乡……

1997 年 10 月 7 日

猫儿眼

深宅大院人家的门铃，我早就见过——有拉线的，有电动的，似乎都没有什么特别之处。这些人家的院大宅深，用手敲门听不见，来客用铃通报，于主于客都很方便。如今时兴楼房住户安门镜，也就是俗称的“猫儿眼”，我知道得却晚了许久。头次见到，还出了点洋相哩。

那天去一位朋友家，敲门未见应声，我就趴在“猫儿眼”上，伸长脖子瞪眼望，黑咕隆咚的，什么也没瞧见，反被里边的主人发现了，他开门的头句话就是：“这是从里往外看的，要是外边能看见里边，还要它干吗？真傻帽儿。”当了一回傻帽儿，心里别扭了不少天，在思想感情上，跟这位朋友，仿佛筑起了一道墙。这倒不是因为他骂我傻帽儿，而是觉得有了这么个“猫儿眼”，人与人之间显得生分了，再没有了过去的热乎劲儿。从这以后，我特烦谁家安“猫儿眼”。

有时去谁家，见门上装有“猫儿眼”，敲半天门不见动静，我就猜想，八成是主人正蹑手蹑脚地走过来，正趴在“猫儿眼”上打量呢。待认定你确实没带刀子棍棒什么的，这才假模假式地问声：“谁呀?”然后再开门迎你进去。这种“猫儿眼”迎客的办法，简直让人受不了。幸亏客人站在门外，主人的举动只凭揣测，否则脾气如我者的客人，肯定得扭头就走，绝不会接受这种“验明正身”的审查。

倘若从安全的角度看，先用“猫儿眼”窥视，然后再开门，要比隔门探问好。只是这样一来就把人与人之间的信任完全冲散了。如果像我们通常习惯的那样，听到有人敲门，先通个声音：“找谁”或“谁”，尽管真是生人，等于白问，但却使主客之间的距离立马缩短了。假若听到敲门正做事腾不开手，先说声“请等会儿，就来”，客人也不会觉得怠慢，真挚的情感依然会及时得到交流。平民百姓之间的交往，尤其是客人登门来访，稍稍有点端架子的味道，就会让人觉得不舒服，更何况叫门应声是种礼貌。

我刚从平房迁居楼房时，有位朋友跟我说过多次，送给我一个“猫儿眼”，外国货，我却再三谢绝，并讲了我讨厌“猫儿眼”的原因。这位朋友听了，哈哈大笑起来。我倒觉得我的感觉极其平常，朋友完全不必这样莫名其妙地大笑，后来经他一说，我也跟着笑起来，原来朋友想起了用“猫儿眼”窥视某人给头头送礼的事情。

朋友所在单位的领导班子要改组，有几个官迷想弄个一官半职，就在私下里进行活动。恰好他们单位的头头住他家对门儿，来访者难免敲错门，或者他误听以为敲的是自己的门，他家门上装有“猫儿眼”，常有意无意地向外看看，对门头头家的门前“戏”，他也就观赏得一清二楚。朋友单位有位女士，领导班子人选开始有她，后来听说又没有了，这位女士就来找头头，来时提着东西，走时哭天抹泪，演出了一场完整的门前“戏”。这情景全被他用“猫儿眼”一览无余，只是没有在当时张扬出去。过了几天宣布班子成员时，这位女士还真在其中，这时他才同别人说：“又送（礼）又哭，还真灵。”他把他从“猫儿眼”中看到的事情，一五一十地说给了同事，这时许多人才忽然发现，这小小的“猫儿眼”，原来还有监视劣行的效用。

听了这位朋友讲述的关于“猫儿眼”的故事以后，我打趣地说：“你也真傻，要是你当时把这些告诉给对门的头头，为了堵你的嘴，说不定也会给你点好处呢。”

朋友说：“我又不是官迷。不过，头头真的知道我看见了这些事儿，说不定会睡不好觉的呢！”

1996年2月16日